Cathys Traum

Maeve Binchy

Cathys Traum

Deutsch von
Gabriela Schönberger

Weltbild

Weltbild Taschenbuch

Originaltitel: *Scarlet Feather*

Die Autorin

Maeve Binchy wurde in Dublin geboren, studierte Geschichte und arbeitete als Lehrerin. 1969 ging sie als Kolumnistin zur *Irish Times*. Sie hat zahlreiche Romane, Kurzgeschichten und Theaterstücke geschrieben. Ihre Romane wurden in England, den USA und in Deutschland zu Bestsellern. Von Maeve Binchy erschien bereits im Weltbild Buchverlag der Roman *Ein Haus in Irland*.

Für Gordon, mit all meiner Liebe

Silvester

Im Radio lief eine Sendung, in der die Leute befragt wurden, wie sie am liebsten Silvester verbringen würden. Das Ergebnis war nicht sonderlich überraschend. Diejenigen, die zu Hause waren und nichts zu tun hatten, wollten ausgehen und feiern, während diejenigen, die gestresst waren und vor Arbeit nicht aus noch ein wussten, lieber mit einer Tasse Tee ins Bett gehen wollten und sich wünschten, noch vor Mitternacht tief und fest zu schlafen.

Cathy Scarlet lächelte grimmig, als sie den Lieferwagen mit Tabletts voller Essen belud. Es gab wohl niemanden in ganz Irland, der auf die Frage geantwortet hätte, er wünsche sich von ganzem Herzen nichts sehnlicher, als an dem Abend der eigenen Schwiegermutter eine Silvesterparty auszurichten. Das war nämlich die Prüfung, die ihr heute Abend bevorstand: Hannah Mitchells Gäste in Oaklands mit Speisen und Getränken zu versorgen. Aber wieso machte sie es dann? Zum Teil, um mehr Routine zu bekommen, doch selbstverständlich auch, weil es eine gute Gelegenheit war, potenzielle Kunden kennenzulernen. Jock und Hannah Mitchell kannten genau die Art von Leuten, die sich einen Partyservice leisten konnten. Aber hauptsächlich tat sie es, um Hannah Mitchell zu beweisen, wozu sie fähig war. Sie wollte ihr zeigen, dass sie, Cathy – Tochter der armen Lizzy Scarlet, der früheren Zugehfrau der Mitchells –, die Neil, den einzigen Sohn des Hauses, geheiratet hatte, sehr wohl ihr eigenes Geschäft zu führen wusste und diesen Menschen ebenbürtig war.

Neil Mitchell war im Auto unterwegs, als er das Radioprogramm hörte. Er ärgerte sich ziemlich darüber. Keinem, der zufälligerweise aus einem der anderen Autos zu ihm herübergeschaut hätte, wäre die Empörung entgangen, die sich auf seinem kantigen, gut geschnittenen Gesicht ausbreitete. Die Leute glaubten oft, ihn von irgendwoher wiederzuerkennen, und sie kannten ihn tatsächlich aus dem Fernsehen, nur dass er kein Schauspieler war. Als engagierter Anwalt und Sprecher sozial benachteiligter und schwächerer Mitmenschen war er regelmäßiger Gast auf dem Bildschirm, wo er sich mit leidenschaftlicher Geste die Haare aus dem Gesicht strich und kämpferische Blicke in die Runde warf. Die Art, wie hier in dieser Radiosendung gejammert und gestöhnt wurde, machte ihn wirklich verrückt. Menschen, die alles hatten – ein Heim, Arbeit, eine Familie –, riefen bei einem Radiosender an, um sich darüber zu beschweren, wie schrecklich das Leben war. Dabei ging es ihnen allen gut, sie waren nur zu selbstsüchtig, um es zu erkennen – ganz im Gegensatz zu dem Mann, zu dem Neil im Moment unterwegs war. Dieser Mann, ein Nigerianer, hätte alles gegeben, um die Probleme dieser Narren aus dem Radio zu haben. Aus Schlamperei und Unachtsamkeit waren seine Papiere nicht vollständig, und es bestand die große Gefahr, dass er Irland innerhalb der nächsten achtundvierzig Stunden würde verlassen müssen. Neil gehörte einer Gruppe von Anwälten an, die sich zusammengetan hatten, um die Interessen von Flüchtlingen effektiver vertreten zu können. Aus diesem Grund hatte man ihn zu einem Treffen gebeten, bei dem das weitere Vorgehen besprochen werden sollte. Das konnte Stunden dauern. Seine Mutter hatte ihn gewarnt, nicht zu spät in Oaklands zu erscheinen, es sei schließlich eine wichtige Party.

»Ich hoffe wirklich, dass es die arme Cathy schaffen wird«, hatte sie zu Neil gesagt.

»Wenn du willst, dass deine Gäste etwas zu essen bekommen, dann lass sie ja nicht hören, dass du sie ›arme Cathy‹ nennst«, hatte er lachend erwidert.

Dieser unsinnige Hickhack zwischen seiner Mutter und

seiner Frau war wirklich idiotisch. Er und sein Vater hielten sich strikt aus allem raus. Es war doch klar, dass Cathy gewonnen hatte, wozu dann der ständige Ärger?

Tom Feather überflog bereits zum zweiten Mal den Immobilienteil der Zeitung. Ein angestrengtes Stirnrunzeln lag auf seinem Gesicht. Er hatte sich quer über das kleine Sofa drapiert, anders brachte er seine langen Arme und Beine nicht auf dem Möbelstück unter. Wenn er dann noch einen Stuhl für seine Füße ans Ende stellte, war es sogar relativ bequem; aber eines Tages würde er in einem Haus mit einem Sofa leben, das groß genug für ihn war. Es war zwar schön und gut, den breitschultrigen Körperbau eines Rugbyspielers zu haben, aber nicht unbedingt dann, wenn man sich auf einem unbequemen Sitzmöbel niederlassen musste, um die Immobilienangebote für Gewerberäume zu studieren. Er schüttelte die Zeitung. Bestimmt hatte er etwas übersehen, irgendwelche alten Werkstätten oder Ähnliches, die Platz genug boten, um eine Küche für ihren Heimservice einbauen zu lassen. Cathy Scarlet und er hatten wirklich hart gearbeitet, um ihre Idee Wirklichkeit werden zu lassen. Seit dem ersten Jahr ihrer Ausbildung an der Fachschule für Gastronomie hatten sie es sich in den Kopf gesetzt, einmal Dublins besten Catering-Service zu betreiben. Die Vorstellung, ihren Kunden zu vernünftigen Preisen ausgezeichnete Küche anbieten zu können, hatte beide zu Höchstleistungen angespornt. Sie hatten hart gearbeitet, die entsprechenden Kontakte geknüpft und das Startkapital aufgetrieben, und jetzt brauchten sie nur noch ein Hauptquartier, von dem aus sie operieren konnten. Cathys und Neils kleines Reihenhaus in Waterview war zwar sehr elegant, bot aber zu wenig Platz, um infrage zu kommen, und die Wohnung in Stoneyfield, in der er mit Marcella lebte, war noch winziger. Sie mussten unbedingt bald etwas finden. Mit halbem Ohr lauschte er dem Programm im Radio. Wie er diesen Silvesterabend am liebsten verbringen würde? Am liebsten würde er erst die perfekten Räume für ihre Firma finden und sich dann zu Hause einen schönen Abend mit Marcella machen. Er würde sich mit ihr vor den Kamin setzen, über ihr wunderschönes Haar streichen und Pläne für die Zukunft schmieden. Aber so würde es bestimmt nicht kommen.

Marcella Malone arbeitete im Schönheitssalon bei Hayward's. Wahrscheinlich war sie die schönste Maniküre, die ihre Kunden je zu Gesicht bekommen hatten. Sie war gertenschlank und geschmeidig, und so auszusehen wie sie – ovales Gesicht mit olivenfarbener Haut und einer Wolke aus üppigem, dunklem Haar –, davon träumte bestimmt jedes Schulmädchen. Dabei verfügte sie über eine ruhige, unaufdringliche Art, die ihr trotz ihrer Schönheit sogar die Sympathien älterer, hässlicherer und dickerer Mitmenschen sicherte. Ihre Kunden hatten bei ihr immer das vage Gefühl, als könnte ihr gutes Aussehen irgendwie auf sie abfärben, und Marcellas Interesse an dem, was sie zu erzählen hatten, schien immer echt zu sein.

Auch im Schönheitssalon lief das Radio, und man unterhielt sich über die Sendung. Selbst die eine oder andere Kundin beteiligte sich an der Diskussion, dass offensichtlich niemand das zu bekommen schien, was er sich von Silvester erwartete. Marcella sagte die ganze Zeit über nichts. Sie beugte ihr schönes Gesicht nur noch tiefer über die Nägel, an denen sie gerade feilte, und dachte, wie glücklich sie doch war. Sie hatte alles, was sie wollte. Sie hatte Tom Feather, den attraktivsten und liebenswertesten Mann, den eine Frau sich nur wünschen konnte. Außerdem war sie erst kürzlich bei zwei erstklassigen Veranstaltungen fotografiert worden, einmal bei einer Strickwarenpräsentation und ein anderes Mal bei einer Modenschau, wo Amateurmodels für einen guten Zweck Kleider vorgeführt hatten. Es sah so aus, als könnte sich im kommenden Jahr alles zu ihren Gunsten entwickeln.

Mittlerweile hatte sie eine recht passable Setcard mit guten Fotos, und Ricky, der Fotograf, der sie aufgenommen hatte, würde heute Abend eine schicke Party geben, zu der auch sie und Tom eingeladen waren und zu der jede Menge Medientypen kommen würden. Wenn alles gut lief, dann hätte sie im nächsten Jahr um diese Zeit bereits einen Agenten und einen richtigen Modelvertrag und würde nicht länger als Maniküre bei Hayward's arbeiten.

Es wäre schön für Cathy gewesen, wenn Tom mit ihr nach Oaklands hätte kommen können. Sie hätte in der Küche, die so viele schlechte Erinnerungen für sie barg, ein wenig moralischen Beistand und Unterstützung gut brauchen können, außerdem wäre es dann nur die Hälfte Arbeit für sie gewesen. Aber Tom musste Marcella irgendwohin begleiten, was selbstverständlich völlig in Ordnung war, da es ihr bei ihrer Karriere helfen würde. Marcella war so schön, dass die Leute auf offener Straße stehen blieben und dieses gertenschlanke, geschmeidige Wesen mit einem Lächeln, das selbst die dunkelste Nacht erhellen konnte, hemmungslos anstarrten. Kein Wunder, dass sie unbedingt als Model arbeiten wollte, und eigentlich war es erstaunlich, dass es nicht schon längst geklappt hatte. Aber dann hatte sich Neil als Hilfe angeboten, und sie hatten zusätzlich noch Walter, Neils Cousin, als Barkeeper verpflichtet. Außerdem hatte sie das Menü so schlicht wie möglich gehalten, ohne jeden Schnickschnack; Tom und sie hatten den ganzen Vormittag geschuftet.

»Es ist nicht fair, dass du das alles machst«, sagte Cathy. »Sie wird uns keinen Penny dafür zahlen, das weißt du doch.«

»Das ist eine gute Investition ... Vielleicht bleiben ja jede Menge Folgeaufträge hängen«, erwiderte er gutmütig.

»Es ist doch wirklich nichts dabei, das sich einem der Gäste auf den Magen schlagen könnte, oder?«, erkundigte sich Cathy besorgt.

Sie sah Hannah Mitchells Gäste schon vor sich, wie sie im Haus herumliefen und sich als Folge einer entsetzlichen Lebensmittelvergiftung stöhnend die Bäuche hielten. Tom hatte nur kopfschüttelnd gemeint, sie würde von Stunde zu Stunde alberner werden. Er müsse verrückt sein, mit einer Partnerin zusammenzuarbeiten, die so leicht zu verunsichern war wie sie. Kein Mensch hätte ihnen Geld geliehen, wäre klar gewesen, dass die nach außen hin so cool wirkende Cathy Scarlet in Wirklichkeit ein schlotterndes Nervenbündel war.

»Mit den anderen Leuten komme ich schon klar«, versicherte Cathy ihm. »Es ist nur Hannah.«

»Lass dir einfach genügend Zeit, fahr rechtzeitig hin, hör dir im Auto ruhige Musik an, die gut für deine Nerven ist, und ruf mich morgen sofort an«, versuchte er sie zu beruhigen.

»Gern, wenn ich dann noch lebe. Viel Spaß heute Abend.«

»Na ja, bin schon gespannt auf diese Veranstaltung in Rickys Studio«, sagte er.

»Also, ein gutes neues Jahr, und grüß Marcella von mir.«

»Nächstes Jahr um diese Zeit – stell dir das mal vor…«, sinnierte er.

»Ich weiß, wir werden einen Riesenerfolg haben«, antwortete Cathy viel munterer, als ihr eigentlich zumute war.

Das war ihre übliche Art. War einer von beiden niedergeschlagen oder zweifelte er, stellte der andere übertriebenen Optimismus oder Fröhlichkeit zur Schau. Mittlerweile war der Lieferwagen fertig beladen. Neil war doch noch nicht zu Hause, da er zu einer Besprechung gefahren war. Er war nun mal kein normaler Anwalt, dachte sie stolz, er hatte keine festen Bürozeiten und verlangte auch keine teuren Honorare. Wenn jemand in Not war, war er da. So einfach war das. Und das war der Grund, weshalb sie ihn liebte.

Eigentlich hatten sie sich bereits als Kinder gekannt, nur begegnet waren sie sich selten. In all den Jahren, in denen Cathys Mutter in Oaklands gearbeitet hatte, war Neil im Internat gewesen und auch später, während seiner Zeit an der Universität, nur selten nach Hause gekommen. Danach, nach seiner Zulassung als Anwalt, hatte er sich eine kleine Wohnung genommen. Es war also ein großer Zufall gewesen, dass sie ihn ausgerechnet in Griechenland wiedertraf. Wenn er in eine der anderen Villen gefahren wäre oder sie in diesem Monat auf einer anderen Insel gekocht hätte, hätten sie sich nie kennengelernt und ineinander verliebt. Und Hannah Mitchell wäre heute glücklicher, nicht wahr? Cathy bemühte sich, diese Gedanken beiseitezuschieben. Es war noch viel zu früh, um nach Oaklands zu fahren, Hannah würde sich nur fürchterlich aufplustern und ihr im Weg herumstehen. Deshalb würde sie noch auf einen Sprung bei ihren Eltern vorbeischauen. Das würde sie beruhigen.

Muttance und Elizabeth Scarlet, die bei allen nur als Muttie und Lizzie bekannt waren, wohnten in der Innenstadt von Dublin in einer Straße mit alten, zweistöckigen Steinhäusern, genauer gesagt im St. Jarlath's Crescent, der nach dem irischen Heiligen benannt war. Früher hatten hier nur Fabrikarbeiter gelebt, die jeden Morgen von der Werkssirene aus den Betten geworfen wurden. Vor jedem Haus befand sich ein winziger Garten, der keine drei Meter lang war und eine Herausforderung an jeden Hobbygärtner darstellte, hier etwas halbwegs Sinnvolles zu pflanzen.

In diesem Haus war Cathys Mutter zur Welt gekommen, und in dieses Haus hatte Muttie eingeheiratet. Es lag zwar nur zwanzig Minuten Fahrzeit von Cathys und Neils Reihenhaus entfernt, aber es hätten ebenso gut tausend Meilen sein können oder gar eine Million, wenn man dieses Viertel mit der exklusiven Welt von Oaklands verglich, wo sie heute Abend hinfuhr.

Ihre Eltern freuten sich sehr, als sie Cathy unerwartet in ihrem weißen Lieferwagen auftauchen sahen. Wie sie Silvester verbringen würden, erkundigte sich Cathy. Sie würden in ein Pub um die Ecke gehen und sich dort mit ein paar von Mutties Partnern treffen. Die Männer, die Muttie als seine Partner bezeichnete, waren in Wirklichkeit die Stammgäste, die er tagtäglich in Sandy Keanes Wettbüro traf. Aber da es keinen unter ihnen gab, der seine dortigen Aktivitäten nicht todernst nahm, hütete Cathy sich davor, Witze über sie zu machen.

»Bekommt ihr dort auch was zu essen?«, fragte Cathy.

»Um Mitternacht gibt's Brathähnchen.« Muttie Scarlet war sichtlich zufrieden mit der Großzügigkeit des Wirts.

Cathy betrachtete ihre Eltern.

Ihr Vater war klein und rund, mit wirr abstehendem Haar; sein Gesicht schien ständig zu lächeln. Er war fünfzig, und sie hatte ihn noch keinen Tag arbeiten sehen. Er hatte einen lädierten Rücken, der ihn daran hinderte, einen Job zu finden. Doch so schlimm, dass er nicht täglich zu Sandy Keane hätte gehen und dort einen todsicheren Tipp für das Rennen um Viertel nach drei hätte abgeben können, war sein Rücken nun auch wieder nicht.

Lizzie Scarlet sah aus wie immer – klein, zäh, drahtig. Ihren Kopf schmückte eine kompakte Dauerwelle, die sie sich viermal im Jahr im Frisiersalon ihrer Cousine machen ließ.

»Das ist so zuverlässig wie Lizzies Dauerwelle«, hatte Hannah Mitchell einmal gesagt. Cathy hatte sich fürchterlich darüber aufgeregt. Sie hatte es nicht ertragen, dass Hannah Mitchell, die sich einmal in der Woche für teures Geld bei Hayward's die Haare richten ließ, während Lizzie Scarlet auf den Knien lag und Oaklands schrubbte, sich über die Frisur ihrer Mutter mokierte. Aber es hatte keinen Sinn, sich jetzt deswegen Gedanken zu machen.

»Freust du dich auf heute Abend, Mam?«, fragte sie stattdessen.

»Und wie, die veranstalten sogar ein Quiz mit allen möglichen Preisen«, schwärmte Lizzie. Cathy spürte eine Welle der Zuneigung zu ihren genügsamen Eltern, die mit so wenig zufrieden waren, in sich aufsteigen.

Ganz im Gegensatz zu Neils Mutter in Oaklands. Deren Mund würde sich heute Abend um Mitternacht zu einer dünnen Linie verhärten, und sie würde an allem, was Cathy tat, etwas auszusetzen haben.

»Und haben die aus Chicago sich schon gemeldet?«, fragte sie.

Cathy war die Jüngste von fünf Geschwistern und das einzige Kind von Muttie und Lizzie, das noch in Dublin lebte. Ihre beiden Brüder und ihre beiden Schwestern waren alle ausgewandert.

»Alle haben sie angerufen«, sagte Lizzie stolz. »Mit unseren Kindern hatten wir schon immer Glück.«

Cathy wusste, dass ihre Geschwister ihrer Mutter auch ein paar Dollar hatten zukommen lassen, weil die Umschläge mit dem Geld immer an sie und nicht an ihre Eltern gingen. Schließlich hatte keiner was davon, ihren Vater unnötig in Versuchung zu führen und mit dem amerikanischen Geld vor seiner Nase herumzuwedeln, wo doch jeder wusste, dass er nur darauf wartete, das Geld auf angeblich todsichere Sieger bei Sandy Keane zu verwetten.

»Also, am liebsten wäre ich heute Abend ja bei euch«, gestand Cathy. »Aber stattdessen werde ich es Hannah Mitchell bestimmt hinten und vorn wieder nicht recht machen können, ganz gleich, was ich ihren Gästen auftische.«

»Du hast das selbst so gewollt«, bemerkte Muttie.

»Sei bitte höflich zu ihr, Cathy. Im Laufe dieser ganzen Jahre habe ich festgestellt, dass es besser ist, sie bei Laune zu halten.«

»Und das hast du auch getan, Mam, du hast sie immer bei Laune gehalten«, erwiderte Cathy grimmig.

»Du wirst doch hoffentlich heute Abend keine Grundsatzdiskussion vom Zaun brechen, oder?«

»Nein, Mam. Du kannst ganz beruhigt sein. Ich habe

zugesagt, und ich werde meine Arbeit gut und mit einem Lächeln auf den Lippen erledigen – und wenn es mich umbringt.«

»Ich wünschte, Tom Feather würde dich begleiten, er hätte dich schon gebändigt«, warf Lizzie ein.

»Dafür ist Neil da, Mam, der passt auf mich auf.« Cathy gab den beiden zum Abschied einen Kuss und übte im Wagen schon mal ihr Lächeln, während sie nach Oaklands hinausfuhr.

Jetzt, da es keine arme Lizzie mehr zum Terrorisieren gab, hatte Hannah Mitchell auch keine fest angestellte Zugehfrau mehr. Zweimal in der Woche kamen vier Frauen ins Haus, die sich von niemandem mehr dumm anreden ließen. Sie putzten, staubsaugten, bügelten und brachten sogar ihre eigene Ausrüstung in einem kleinen Lieferwagen mit.

An einem Tag wie Silvester berechneten sie den eineinhalbfachen Preis. Hannah hatte schärfstens dagegen protestiert.

»Wie Sie meinen, Mrs. Mitchell«, hatten sie nur fröhlich und in dem Wissen erwidert, dass an einem solchen Tag jede Menge Leute nur allzu froh wären, wenn ihnen jemand ihr Haus sauber machte. Hannahs Widerstand währte nicht lange. Heutzutage war wirklich nichts mehr wie früher. Aber es hatte sich bezahlt gemacht, das Haus sah prächtig aus, und im weiteren Verlauf des Abends würde sie auch keinen Finger rühren müssen. Das heißt, falls die gute Cathy tatsächlich in der Lage war, ein anständiges Essen auf den Tisch zu bringen. Bald würde sie in diesem großen Lieferwagen auftauchen, der wirklich in einem beklagenswerten Zustand war: Sogar die Frauen, die zweimal in der Woche kamen, um das Haus sauber zu machen, fuhren einen anständigeren Wagen. Schnaufend und keuchend würde sie in die Küche kommen und sich dort breitmachen. Die Tochter der armen Lizzie tat doch tatsächlich so, als gehörte das Haus ihr. Was wahrscheinlich eines Tages auch so sein würde. Aber noch war es nicht so weit, dachte Hannah mit verkniffenem Mund.

Hannah Mitchells Mann Jock hielt auf dem Nachhauseweg kurz auf einen Drink an. Er brauchte dringend einen, eh er es mit Hannah aufnehmen konnte. Vor einer Party war sie zwar immer nervös und angespannt, aber dieses Mal war ihr Zustand noch um vieles schlimmer, so sehr ging es ihr gegen den Strich, dass Neils Frau Cathy die Bewirtung der Gäste übernommen hatte. Bisher hatte sie sich strikt geweigert, anzuerkennen, dass das Paar glücklich miteinander war, dass es den beiden gut ging und es höchst unwahrscheinlich war, dass sie sich trennen würden. Da mochte sie ihnen noch so viele Steine in den Weg legen. Cathy würde für sie immer die Tochter der armen Lizzie und eine intrigante Schlange bleiben, die es irgendwie geschafft hatte, in Griechenland ihren Sohn zu verführen. Sie war der festen Überzeugung gewesen, dass die junge Frau sich bestimmt mit Absicht hatte schwängern lassen, um ihn zu ködern. Als es sich schließlich herausgestellt hatte, dass dies gar nicht der Fall war, war sie vor Überraschung aus allen Wolken gefallen.

Jock Mitchell trank nachdenklich seinen schottischen Whisky und wünschte sich, sich zu allem anderen nicht auch noch darüber Gedanken machen zu müssen. Er hatte heute mit seinem Neffen Walter ein Gespräch geführt, das ihn zutiefst beunruhigt hatte. Walter, ein arbeitsscheuer Möchtegern-Playboy und ältester Sohn seines Bruders Kenneth, hatte ihm eröffnet, dass es mit The Beeches, dem Anwesen der Familie, nicht zum Besten stünde. Ganz im Gegenteil. Walter erzählte, dass sein Vater kurz vor Weihnachten nach England verschwunden sei und keinerlei Hinweis auf seinen Aufenthaltsort hinterlassen habe. Walters Mutter, die nicht gerade für ihre Charakterstärke bekannt war, hatte sich daraufhin in heftigen Wodkakonsum geflüchtet. Das Problem waren nun die neunjährigen Zwillinge des Paares, Simon und Maud. Was sollte aus ihnen werden? Walter hatte nur die Schultern gezuckt; er hatte keine Ahnung. Irgendwie würden sie sich schon durchschlagen, meinte er. Jock Mitchell stieß erneut einen Seufzer aus.

Als sie in Oaklands ankam, hörte Cathy ihr Handy klingeln. Sie hielt an und meldete sich.

»Schatz, ich werde nicht kommen und dir beim Ausladen helfen können«, entschuldigte er sich.

»Neil, das macht doch nichts, ich wusste ja, dass es länger dauern würde.«

»Die Angelegenheit ist komplizierter, als wir dachten. Aber bitte doch meinen Vater, dir bei den vielen Kisten zu helfen. Schlepp die Sachen nicht selbst, nur um meiner Mutter zu beweisen, wie toll du bist.«

»Aber das weiß sie doch«, knurrte Cathy.

»Walter sollte schon längst da sein...«

»Wenn ich mit dem Ausladen und Aufbauen so lange warte, bis Walter kommt, ist die Party schon halb vorbei... Hör auf, dir Sorgen zu machen, und kümmere dich lieber um deine eigene Arbeit.«

Keine sechs Stunden würde dieses Jahr mehr dauern, nur noch sechs Stunden, in denen sie nett zu Hannah sein musste, redete Cathy sich immer wieder ein. Was war eigentlich das Schlimmste, das passieren konnte? Das Schlimmste war, dass ihr Büfett nicht schmecken und es keiner essen würde, aber das war völlig ausgeschlossen, da das Essen köstlich war. Fast ebenso schlimm wäre es, wenn es nicht ausreichen würde, aber in ihrem Lieferwagen war genügend, um halb Dublin satt zu bekommen.

»Es gibt also keine Probleme«, sagte Cathy laut, als sie die von Bäumen gesäumte Auffahrt zu dem Haus hinunterblickte, in dem Neil geboren worden war. Das Anwesen eines Gentlemans, hundertfünfzig Jahre alt, von imposanter und beruhigender Ausstrahlung mit seinen vier Schlafzimmern über der großen Eingangstür und den Erkerfenstern rechts und links davon. Die Wände waren mit Efeu und wildem Wein bewachsen, und auf dem großen, runden, mit Kies bedeckten Platz vor dem Haus würden heute Abend mindestens zwanzig teure Wagen stehen. Es war ein Unterschied wie Tag und Nacht zwischen diesem Haus und St. Jarlath's Crescent.

Shona Burke saß oft noch spät an ihrem Schreibtisch bei Hayward's; sie hatte ihren eigenen Schlüssel und ihr eigenes Codewort, um in die Büroetage zu gelangen, wann immer es ihr beliebte. Auch sie hatte das Programm im Radio gehört und sich gefragt, ob sie tatsächlich so etwas wie eine Wahl hatte, zu entscheiden, wie sie den Silvesterabend verbringen wollte. Vor langer, langer Zeit, in einem glücklicheren Leben, hätte es ein Fest gegeben, aber das war in den letzten paar Jahren nicht mehr vorgekommen. Sie hatte keine Ahnung, was ihre Geschwister unternehmen und ob sie ins Krankenhaus gehen würden. Shona würde selbstverständlich im Krankenhaus vorbeischauen, das war schließlich ihre Pflicht, auch wenn es sinnlos war, da man sie weder erkennen noch ihr Bemühen anerkennen würde.

Hinterher würde sie zu Rickys Party in seinem Studio gehen. Jeder mochte Ricky. Er war Fotograf, angenehm und locker. Er lud einfach einen Haufen Leute ein und feierte mit ihnen ein rauschendes Fest. Selbstverständlich würde es dort auch von Angebern und hohlköpfigen Typen wimmeln, die alles dafür tun würden, ihren Namen in den Klatschspalten zu lesen … Es war höchst unwahrscheinlich, dass sie dort die Liebe ihres Lebens oder auch nur einen Seelenverwandten kennenlernen würde. Trotzdem würde sie sich schick machen und hingehen, und zwar aus dem einfachen Grund, weil sie nicht der Typ Frau war, der sich allein in seiner kleinen Wohnung in Glenstar vergrub.

Die Frage ließ sie aber nicht mehr los. Was würde sie heute Abend wirklich gerne machen? Eine Antwort fiel ihr schwer, da sich so vieles verändert hatte. Die guten Zeiten waren vorbei, und es war ihr unmöglich, sich etwas vorzustellen, das sie wirklich glücklich gemacht hätte. In Ermangelung anderer Möglichkeiten war das Fest bei Ricky eine annehmbare Alternative.

Marcella lackierte ihre Zehennägel. Sie hatte sich neue Abendsandalen in einem Secondhandshop gekauft. Stolz zeigte sie sie Tom. Sie waren kaum getragen; bestimmt hatte jemand erst zu Hause festgestellt, dass sie nicht passten.

»Die müssen neu ein kleines Vermögen gekostet haben«, sagte sie und betrachtete sie glücklich.

»Freust du dich?«, wollte Tom wissen.

»Sehr«, antwortete sie. »Und du?«

»Oh, sehr sogar«, entgegnete er lachend. Stimmte das? Er wollte eigentlich gar nicht zu dieser Party gehen. Aber allein Marcellas Anblick versetzte ihn in frohe Stimmung. Er konnte es nicht fassen, dass eine so schöne Frau, die jeden hätte haben können, den sie wollte, sich wirklich mit ihm zufriedengab. Tom hatte keine Ahnung, was für ein attraktiver Mann er war; er hielt sich für zu groß und ungelenk. Er glaubte allen Ernstes, dass all die bewundernden Blicke, die das Paar auf sich zog, einzig und allein Marcella galten…

»Ich habe heute eine Sendung im Radio gehört. Irgendwie kam dabei rüber, dass die Leute nie richtig glücklich sind«, begann sie.

»Ich weiß, ich habe sie auch gehört«, unterbrach Tom sie.

»Und dabei habe ich gedacht, wie glücklich wir beide doch sind. Die arme Cathy und Neil können heute Abend nicht machen, was sie wollen.« Marcella, die außer einem Stringtanga noch nichts anhatte, griff nach einem winzigen roten Kleidungsstück, das über dem Stuhl hing.

»Tja, Cathy wird jetzt schon im Haus ihrer Schwiegermutter sein und die Tische decken. Ich hoffe nur, sie verliert nicht die Nerven.«

»Das wird sie sich nicht leisten können, sie ist schließlich ein Profi. Und arbeiten müssen wir alle«, bemerkte Marcella, die sich in ihrem Leben schon über viele herrische Hände gebeugt hatte und sich jetzt endlich einen Platz an der Sonne wünschte, ein Leben als Model auf dem Laufsteg.

»Neil ist schließlich auch noch da, außerdem sein kleiner Cousin, da dürfte eigentlich nichts mehr schief gehen.« Tom klang trotzdem nicht sehr überzeugt.

Marcella war in das rote Etwas geschlüpft, ein kurzes Kleid, das eng an ihrem Körper klebte und wirklich nichts der Fantasie überließ.

»Willst du das wirklich heute Abend auf der Party tragen, Marcella?«

»Gefällt es dir nicht?« Schlagartig verdüsterte sich ihr Gesicht.

»Natürlich gefällt es mir. Du siehst wunderschön darin aus. Mir wäre es nur irgendwie lieber, du würdest es nur hier tragen, für uns, es muss dich ja nicht jeder darin sehen.«

»Aber Tom, das ist ein Cocktailkleid«, rief sie beleidigt.

Er nahm sich sofort wieder zusammen.

»Da hast du natürlich recht. Du wirst die Königin des Abends sein.«

»Was hast du dann damit gemeint...?«

»Was ich damit gemeint habe? Nichts Bestimmtes. Ich wollte damit nur sagen, du siehst so atemberaubend aus, dass ich dich am liebsten mit niemandem teilen würde... Aber vergiss es. So ernst habe ich es auch wieder nicht gemeint.«

»Und ich dachte, du bist stolz auf mich«, sagte sie leise.

»Ich bin doch stolz auf dich, du hast ja keine Ahnung, wie sehr«, versicherte er ihr. Und sie war wirklich eine Schönheit. Er verstand seine eigene Reaktion nicht.

Hannah Mitchell trug ein marineblaues Wollkleid. Nach ihrem feiertäglichen Besuch in Hayward's Schönheitssalon starrte ihre Frisur von Haarspray und war steif wie ein Brett. Sie kleidete sich immer, als sei sie mit ein paar Damen zum Mittagessen verabredet. Cathy konnte sich nicht erinnern, sie jemals mit einer Schürze oder in einem alten Rock gesehen zu haben. Aber wenn man keine Hausarbeit machen musste, wozu sollte man dann solche Sachen tragen?

Hannah sah Cathy zu, wie sie jede Kiste und jeden Karton einzeln ins Haus trug. Natürlich stand sie ihr dabei nur im Weg. Sie kam gar nicht auf die Idee, ihr beim Tragen zu helfen. Stattdessen bangte sie um ihre Tapeten, auf denen die Kisten hoffentlich ja keine Spuren hinterlassen würden, und fragte sich, wo Cathy wohl ihren Lieferwagen parken würde, damit er aus dem Weg wäre, wenn die Gäste kamen. Mit grimmiger Miene marschierte Cathy zwischen Küche und Wagen hin und her. Sie schaltete die Herde ein, hängte ihre Geschirrtücher über die Stühle, legte ihren Beutel mit Eis in den Gefrierschrank und fing an, die Lebensmittel zu sortieren. Es würde nichts nützen, Hannah zu bitten, sie allein zu lassen, nach oben zu gehen und sich hinzulegen. Sie würde bleiben und ihre nervigen Kommentare abgeben, bis die ersten Gäste kamen.

»Wird Mr. Mitchell bald nach Hause kommen?« Cathy dachte daran, ihn vielleicht zu fragen, ob er ihr nicht beim Auspacken der Gläser helfen könnte.

»Ich weiß es nicht, Cathy. Es ist auch nicht meine Aufgabe, Mr. Mitchell Anweisungen zu geben, wann er nach Hause zu kommen hat.« Cathy spürte, wie sich ihr vor Wut die Nackenhaare sträubten. Wie konnte es diese Frau nur wagen, immer so unverschämt und herablassend zu sein. Aber sie wusste, dass sie mit ihrem Ärger allein dastand. Neil würde nur die Achseln zucken, wenn sie es ihm erzählte. Ihre Mutter würde sie anflehen, Mrs. Mitchell nicht weiter zu reizen. Und sogar ihre Tante Geraldine, auf deren moralischen Zuspruch und Ermutigung normalerweise immer Verlass war, würde nur sagen: Kind, was regst du dich auf. Ihr Verhalten bewies doch nur, dass Hannah Mitchell ein völlig unsicherer Mensch war, für den seine Zeit zu verschwenden sich nicht lohnte. Cathy machte sich daran, die Alufolie von den vorbereiteten Speisen zu nehmen.

»Ist das Fisch? Den isst aber wirklich nicht jeder, das solltest du doch wissen.« Hannah hatte mittlerweile ein Gesicht aufgesetzt, aus dem ernste Sorge sprach.

»Ich weiß, Mrs. Mitchell, manche Leute mögen keinen Fisch, deswegen gibt es auch verschiedene Hauptgerichte.«

»Aber woher sollen die Leute das wissen?«

»Das werden sie schon erfahren. Ich werde es ihnen sagen.«

»Aber hast du nicht gesagt, das soll ein Büfett werden?«

»Ja, aber ich werde dahinter stehen und servieren und die Gäste darauf aufmerksam machen.«

»Sie auf was aufmerksam machen?« Hannah Mitchell verstand die Welt nicht mehr.

Cathy fragte sich, ob ihre Schwiegermutter vielleicht tatsächlich geistig etwas unterbelichtet war.

»Ich frage sie zum Beispiel, ob sie Fisch in Meeresfrüchtesauce oder Hühnchen mit Kräutern oder doch lieber das vegetarische Gulasch haben möchten«, erklärte sie geduldig.

Mrs. Mitchell konnte an dieser Aussage nichts auszusetzen finden, so sehr sie sich auch anstrengte.

»Tja, dann«, sagte sie schließlich.

»Also, dann mache ich jetzt einfach mit meiner Arbeit weiter, ja?«, fragte Cathy.

»Cathy, meine Liebe, ich wüsste nicht, wer dich aufhalten sollte!«, bemerkte Hannah mit versteinerter Miene. Es war unverzeihlich, welche Dreistigkeit sich die Tochter der armen Lizzie Scarlet ihr gegenüber herausnahm.

Neil schaute auf seine Uhr. Jeder Einzelne hier im Raum hatte an diesem Silvesterabend etwas vor, nur der Student nicht, zu dessen Unterstützung sie sich alle hier versammelt hatten. Bald wären sie mit ihrer Besprechung zu Ende, aber sie durften es sich nicht einfallen lassen, dann sofort fluchtartig den Raum zu verlassen. Es wäre schrecklich für diesen Mann, dessen Zukunft auf dem Spiel stand, wenn er denken müsste, dass die Bürgerrechtsaktivisten, die Sozialarbeiter und die Anwälte mehr Interesse an einem vergnüglichen Abend als an seiner Zwangslage hatten. Neil versuchte alles, dem jungen Nigerianer zu versichern, dass er in Irland willkommen wäre und hier auch Gerechtigkeit fände. Er würde es deshalb nicht zulassen, dass Jonathan den letzten Abend dieses Jahres allein verbrachte.

»Wenn wir hier fertig sind, kommen Sie mit zu meinen Eltern nach Hause«, sagte er. Er war schon viel zu spät dran, aber das konnte er jetzt nicht mehr ändern.

Die großen Augen sahen ihn traurig an. »Das müssen Sie aber nicht machen.«

»Ich weiß, dass ich es nicht muss, und es wird auch nicht sehr lustig werden, aber meine Frau sorgt für die Verpflegung, sodass wenigstens das Essen gut sein wird. Die Freunde meiner Eltern sind ein wenig... ja, wie soll ich mich ausdrücken... ein wenig festgefahren.«

»Ich komme schon klar, Neil, ehrlich. Sie haben schon so viel für mich getan, und diese Besprechung hier hat Sie auch noch aufgehalten...«

»Ich würde sagen, wir gehen die Angelegenheit ein letztes Mal durch«, schlug Neil den anderen Teilnehmern vor, »und dann werden Jonathan und ich losfahren.« Er bemerkte, dass sie ihn bewundernd ansahen. Für Neil Mitchell gab es wirklich keine halben Sache. Deshalb fühlte er sich auch schuldig, weil er nicht da war, um Cathy zu helfen, wie er versprochen hatte, aber das hier war wichtiger – sie würde es verstehen. Cathy würde schon zurechtkommen. Bestimmt waren mittlerweile auch sein Vater und Walter da, um ihr unter die Arme zu greifen... Alles würde klappen.

Hannah ließ sich nicht vertreiben, was bedeutete, dass Cathy sich mit ihr unterhalten, ihre dummen Fragen beantworten, unnötige Ängste zerstreuen und sogar noch Konversation machen musste, um nur ja nicht als launisch zu gelten.

»Es ist schon fast halb acht, Walter wird jede Minute kommen«, meinte Cathy verzweifelt. Hätte sie nicht dem prüfenden Blick der kritischen Augen der ganzen westlichen Hemisphäre standhalten müssen, wäre ihr die Arbeit viel flotter von der Hand gegangen. Sie hätte öfter die Finger benutzen und manche Dinge einfach irgendwohin legen können, statt sie elegant platzieren zu müssen.

»Ach, Walter! Er wird sicher zu spät kommen, wie die meisten jungen Leute.« Aus Hannahs Stimme klang Missbilligung und Resignation.

»Das glaube ich nicht, Mrs. Mitchell, nicht heute Abend. Er bekommt schließlich Geld für seine Arbeit und wird von halb acht bis halb eins bezahlt. Das sind fünf Stunden. Ich bin überzeugt, dass er uns nicht im Stich lässt.«

Cathy war sich dessen jedoch nicht sicher; es gab keinerlei Beweis, dass Walter zuverlässig war. Aber zumindest wüssten die anderen jetzt, zu welchen Bedingungen er für sie arbeitete. Und wenn er nicht auftauchte, dann wäre er vor der eigenen Verwandtschaft bloßgestellt. Sie hörte draußen jemanden kommen.

»Ah, das ist bestimmt Walter«, sagte sie. »Ich wusste doch, dass er pünktlich ist.«

Aber es war Jock Mitchell, der händereibend in die Küche kam.

»Das sieht ja alles großartig aus, Cathy. Ist das nicht eine verwirrende Auswahl, Hannah?«

»Ja«, erwiderte seine Frau.

»Schön, dass Sie zu Hause sind, Mr. Mitchell. Ich dachte, es sei Walter. Eigentlich soll er heute Abend für mich arbeiten«, erklärte Cathy. »Wissen Sie vielleicht, ob er mit Ihnen zusammen aus dem Büro weg ist?«

»Der ist schon viel früher gegangen«, antwortete ihr Schwiegervater. »Der Junge hat offenbar seine eigene Zeiteinteilung. Ich musste mir von seinen Vorgesetzten deswegen schon einiges anhören.«

Hannah Mitchell mochte es gar nicht, wenn familiäre Angelegenheiten in Cathys Gegenwart besprochen wurden.

»Wieso gehst du nicht nach oben und duschst dich rasch, mein Lieber? Unsere Gäste werden in einer halben Stunde hier sein«, meinte sie steif.

»Schon gut, in Ordnung. Kannst du noch Hilfe gebrauchen, Cathy?«

»Nein, nicht nötig. Wie ich schon sagte, mein Kellner muss jeden Moment hier sein«, erwiderte Cathy.

»Und Neil?«, fragte Jock.

»Der hat eine Besprechung. Er kommt, sobald er kann.«

Endlich war sie allein in der Küche. Bisher hatte sie es überlebt, aber es war erst Viertel vor acht, und es lagen noch endlose Stunden vor ihr.

Rickys Party ging erst um neun Uhr los. Sie würden erst später hingehen, und deswegen blieb Tom Feather noch viel Zeit, seine Eltern zu besuchen und ihnen ein gutes neues Jahr zu wünschen. Er nahm den Bus, der vor ihrer Wohnung in Stoneyfield hielt und der ihn direkt nach »Fatima« brachte, in das Haus seines Vaters und seiner Mutter, das wegen der vielen Statuen und Heiligenbilder eine bedrückende Atmosphäre ausstrahlte. Er hätte so gerne Cathy angerufen und sie gefragt, wie es lief, aber sie hatte ihm erklärt, dass es besser sei, ihr Handy nicht mit ins Haus zu bringen. Es schien Hannah Mitchell über alle Maßen aufzuregen, weshalb sie es im Lieferwagen lassen wollte. Cathy würde es auch nicht gutheißen, wenn er im Haus anrief und sie an den Apparat von Oaklands gehen müsste, also würde er es lieber lassen.

Toms Herz war schwer, als er im Bus saß. Es war so dumm, sich wegen des knappen Kleidchens aufzuregen, das Marcella tragen wollte. Sie machte sich schließlich seinetwegen schick; er war es, den sie liebte. Er war so schlechter Laune, dass er sich sogar über die Stunde Zeit aufregte, die es ihn kostete, zu seinen Eltern zu fahren und einen Moment in ihrem vollgestopften Wohnzimmer mit ihnen zu verbringen. Aber die beiden waren immer so pessimistisch, immer gleich bereit, nur die negativen Seiten zu sehen, während er genau das Gegenteil davon war. Es war dumm, sich Sorgen zu machen, da sie bisher noch nicht die geeigneten Räume für die neue Firma gefunden hatten. Irgendwann würde es schon klappen. Wie hieß es so schön? Alles brauchte seine Zeit, und wenn es so weit wäre, dann würden sie auch das Richtige finden.

Toms Mutter beklagte sich, dass sie nichts von seinem Bruder Joe gehört habe, nicht einmal an Weihnachten. Es gebe schließlich auch in London Telefon, und er bräuchte doch nur den Hörer abzunehmen. Toms Vater erzählte von einem Zeitungsartikel, in dem stand, dass es mit dem Baugewerbe wieder aufwärtsginge, während er, Tom Feather, irgendwelchen Seifenblasen hinterherjage und versuche, eine Catering-Firma aufzuziehen, statt sich bei ihm ins Büro zu setzen. Tom blieb die ganze Zeit über fröhlich und gelassen und redete, bis ihm der Kiefer wehtat. Schließlich umarmte er seine Eltern und sagte, dass er nun wirklich zurückmüsse.

»Ich nehme mal nicht an, dass du im neuen Jahr eine anständige Frau aus Marcella machen wirst. Das könntest du dir doch als guten Vorsatz nehmen, oder?«, fragte seine Mutter.

»Mam, ich wollte Marcella bereits heiraten, da kannte ich sie noch keine halbe Stunde. Ich habe sie bestimmt schon hundertmal gefragt …« In einer hilflosen Geste breitete er die Arme aus. Sie wussten, dass er die Wahrheit sagte.

Walter Mitchell sah auf die Uhr. Er war in einem Pub und nahm gerade mit einer Gruppe von Freunden einen kleinen Silvesterumtrunk zu sich.

»Scheiße, es ist schon acht Uhr«, stöhnte er.

Cathy würde fuchsteufelswild auf ihn sein, aber Onkel Jock und Tante Hannah würden ihm schon helfen. Das war das Schöne daran, wenn man zur Familie gehörte.

Von Walter war immer noch nichts zu sehen, also packte Cathy selbst die Gläser aus, gab in dreißig davon ein Stück Würfelzucker, kippte je einen Teelöffel voll Brandy darüber und stellte sie auf ein Tablett. Wenn die Gäste dann da wären, würde sie die Gläser mit Champagner auffüllen. Eigentlich hätte der Junge das machen sollen, während sie die Tabletts mit den Kanapees fertig machte. Cathy erblickte sich plötzlich in dem Spiegel in der Halle – sie wirkte verschwitzt und gestresst. Ein paar Strähnen hatten sich aus dem Band gelöst, das ihre Haare zusammenhielt.

Sie ging in die Garderobe im Parterre, trug beigefarbenes Make-up auf Gesicht und Hals auf, glättete ihr Haar und band es wieder etwas ansehnlicher zusammen. Jetzt hätte sie Marcella gebraucht, die bestimmt irgendetwas Tolles für die Augen dabeigehabt hätte. Cathy durchwühlte ihre Handtasche. Sie fand einen kurzen braunen Stift und schminkte sich mit ein paar zaghaften Strichen. Schließlich zog sie eine saubere weiße Bluse an und schlüpfte in ihren scharlachroten Rock. Jetzt sah sie wenigstens ein bisschen besser aus, dachte sie. Wie schön wäre es doch, wenn sie von dieser Party jede Menge Aufträge mit nach Hause nehmen könnte! Aber Cathy wusste, dass sie vorsichtig sein musste. Jedes Anzeichen, sie könnte auf Aufträge aus sein, indem sie Visitenkarten verteilte, würde vonseiten ihrer Schwiegermutter nur mit einem kritischen Stirnrunzeln quittiert werden. Der Abend musste unbedingt ein Erfolg werden, sonst hätte sie tagelang umsonst geschuftet und Geld investiert, das sie eigentlich nicht hatte.

Rickys Studio, das aus drei ineinander übergehenden Räumen bestand, lag im Kellergeschoss. In dem einen Raum gab es etwas zu essen, in dem anderen etwas zu trinken, und im dritten wurde getanzt. Man kam aber nicht irgendwie durch die Tür, sondern hatte einen richtigen Auftritt, indem man eine breite, hell erleuchtete Treppe hinunterschritt.

Tom und Marcella hatte ihre Mäntel im Erdgeschoss abgelegt, und Tom meinte, die Augen aller Anwesenden im Raum auf Marcella in ihrem knappen roten Kleid ruhen zu sehen, als sie anmutig vor ihm die Treppe hinunterging und ihre wunderbaren langen Beine und die goldenen Abendsandalen, auf die sie so stolz war, präsentierte. Kein Wunder, dass alle sie ansahen. Im Vergleich zu ihr schien jede andere Frau plötzlich grau und langweilig zu sein.

Marcella aß oder trank nie etwas bei solchen Anlässen, höchstens mal ein Gläschen Champagner. Sie habe wirklich keinen Hunger, erklärte sie mit solcher Ernsthaftigkeit, dass die Leute es ihr gerne glaubten. Ganz im Gegensatz zu Tom, der es kaum erwarten konnte, das Büfett zu sehen, um es mit dem zu vergleichen, das er und Cathy angeboten hätten. Bei einer solchen Party hätten sie zwei warme Gerichte mit reichlich Pitta-Brot zur Auswahl gestellt, vielleicht das Hühnchen in Kräutern und das vegetarische Gericht, das Cathy momentan im Haus ihrer Schwiegereltern servierte. Dem Partyservice, der Ricky mit Essen beliefert hatte, schien nichts weiter eingefallen zu sein, als endlose Tabletts mit trockenen und langweiligen Häppchen zu beladen. Der Räucherlachs welkte bereits auf dem Weißbrot dahin, und daneben lagen unappetitlich aussehende Brötchen, die mit einer undefinierbaren Pastete bestrichen waren. Erkaltete Cocktailwürstchen versanken in ihrem eigenen Fett, das langsam erstarrte. Bissen um Bissen kostete Tom hier und probierte dort, identifizierte hier eine Industriepastete und stieß dort auf aus Fertigteig hergestellte Brötchen. Er hätte für sein Leben gern gewusst, was die Firma pro Kopf berechnet hatte. Natürlich könnte er Ricky danach fragen, aber nicht heute Abend.

»Tom, hör auf, diese armseligen Häppchen gnadenlos in der Luft zu zerreißen«, meinte Marcella kichernd.

»Schau dir doch nur dieses Käsegebäck an – matschig, viel zu viel Salz …«

»Komm, tanz lieber mit mir.«

»Gleich. Ich muss erst wissen, was hier sonst noch für Scheußlichkeiten angeboten werden«, sagte er und griff mit spitzen Fingern nach den Partyhäppchen.

»Würden Sie vielleicht mit mir tanzen?« Ein neunzehnjähriger Junge starrte Marcella ungläubig an.

»Tom?«

»Nur zu. Ich komme in einer Minute nach und erlöse dich«, meinte Tom grinsend.

Natürlich dauerte es viel länger als eine Minute, und nach drei Gläsern eines mittelmäßigen Weines fand er endlich seinen Weg auf die kleine Tanzfläche. Marcella tanzte mit einem Mann mit einem breiten roten Gesicht und großen Händen. Die Hände dieses Mannes klebten fest auf Marcellas Hinterteil. Tom ging zu ihnen hinüber.

»Jetzt bin ich da, um dich zu erlösen«, sagte er.

»He«, mischte sich der Mann ein, »was soll das? Suchen Sie sich Ihr eigenes Mädchen.«

»Aber das ist mein Mädchen«, erwiderte Tom laut.

»Na, dann zeigen Sie wenigstens ein wenig Manieren und lassen uns diesen Tanz beenden.«

»Wenn Sie nichts dagegen haben …«, setzte Tom an.

»Ich würde wirklich gern erst zu Ende tanzen«, mischte Marcella sich ein. »Und dann werde ich mit dir tanzen, Tom, ich warte nämlich schon die ganze Zeit auf dich.«

Verärgert ging er weg. Plötzlich war es seine Schuld, dass dieser Flegel Marcella von oben bis unten betatschte. In dem Moment sah er Shona Burke, ein hübsches Mädchen, das er von Hayward's kannte. Sie war eine der vielen Leute in Dublin, die er gebeten hatte, sich wegen der Räume für ihre Catering-Firma umzusehen.

»Soll ich dir ein Glas rote Tinte und eine Scheibe Pappendeckel mit einem Hauch Fleischpastete bringen?«, erbot er sich.

Shona lachte. »Es wird dir nichts bringen, schlecht über die Konkurrenz zu reden«, sagte sie.

»Nein, aber so etwas macht mich wirklich wütend. Das ist so billig, und es steckt nichts dahinter«, erwiderte Tom. Sein Blick kehrte zu Marcella zurück, die immer noch mit dem schrecklichen Kerl tanzte und sich mit ihm unterhielt.

»Ist schon gut, Tom, sie hat doch nur Augen für dich.«

Tom schämte sich, dass er so leicht zu durchschauen war. »Ich habe eigentlich das Essen gemeint. Es ist eine Unverschämtheit, Ricky dafür auch noch Geld abzuknüpfen. Da ist jeder Penny zu viel.«

»Natürlich hast du das Essen gemeint«, antwortete Shona.

»Möchtest du tanzen?«, fragte er.

»Nein, Tom, ich werde mich da nicht einmischen. Geh und hol Marcella.«

Aber als er zu ihr kam, hatte sie bereits ein anderer Mann zum Tanzen aufgefordert, und der Kerl mit dem breiten Gesicht und den großen Händen musterte sie anerkennend vom Rand der Tanzfläche aus. Tom verzog sich, um sich ein weiteres Glas von dem unsäglichen Wein zu holen.

Walter kam um halb neun, als sich bereits zehn Gäste im Wohnzimmer von Oaklands niedergelassen hatten. Beschwingt betrat er das Zimmer und küsste seine Tante fröhlich auf beide Wangen.

»Jetzt bin ich da, um dir helfen, Tante Hannah«, sagte er mit einem breiten Lächeln.

»Ist das nicht ein netter Junge?«, bemerkte Mrs. Ryan zu Cathy.

»Und ob er das ist«, war alles, was Cathy herausbrachte.

Mrs. Ryan und ihr Mann waren die ersten Gäste gewesen. Sie war das genaue Gegenteil von Hannah Mitchell, eine bescheidene Frau und voller Bewunderung für die Kanapees. Freundlich richtete sie das Wort an Cathy.

»Meinem Mann wird es gar nicht recht sein, dass wir die Ersten sind«, vertraute sie ihr an.

»Irgendjemand muss den Anfang machen. Ich finde es immer schön, wenn man unter den ersten Gästen ist.«

Cathy war nicht bei der Sache. Ihr Blick ruhte auf Walter, der schmal und gut aussehend wie alle Mitchells war. Sie musste sich sehr anstrengen, nicht die Beherrschung zu verlieren. Dafür, dass er eine ganze Stunde zu spät kam, lobten ihn Leute wie ihre Schwiegermutter und ein paar dumme Gäste in den Himmel. Cathy hörte kaum zu, als Mrs. Ryan beinahe entschuldigend erklärte, was für eine lausige Köchin sie doch sei.

»Sie haben sich Apfelstrudel gewünscht, und ich weiß einfach nicht, wie ich den herzaubern soll.«

Cathy riss sich zusammen. Die Frau sollte in der kommenden Woche ein paar Geschäftsfreunde ihres Mannes mit Kaffee und Kuchen bewirten. Ob es Cathy wohl möglich wäre, ihr etwas ins Haus zu liefern, sie bräuchte auch nicht zum Servieren zu bleiben.

Cathy achtete sorgfältig darauf, dass ihre Schwiegermutter das Zimmer verlassen hatte, ehe sie sich Mrs. Ryans Telefonnummer notierte …

»Das wird unser kleines Geheimnis bleiben«, versprach sie ihr.

Ihr erster Auftrag. Noch nicht einmal neun Uhr, und sie hatte bereits einen Auftrag.

»Hast du eigentlich die Absicht, die ganze Nacht mit Wildfremden zu tanzen?«, wollte Tom von Marcella wissen.

»Tom. Endlich«, sagte sie und wandte sich mit einem entschuldigenden Lächeln von einem Mann mit schwarzer Lederjacke und Sonnenbrille ab.

»Aber vielleicht bin ich auch nicht genug für dich als Tänzer«, fuhr er fort.

»Sei doch kein Idiot. Nimm mich doch einfach in den Arm«, erwiderte sie.

»Sagst du das auch zu den anderen Männern?«, blaffte er.

»Wieso bist du so?« Sie war verletzt und durcheinander. »Was habe ich dir getan?«

»Du bist halb nackt mit halb Dublin herumgehopst«, antwortete er böse.

»Das ist nicht fair.« Marcella war wie betäubt.

»Wieso, das bist du doch, oder?«

»Wir sind hier auf einer Party, da fordert man Leute zum Tanzen auf, das ist alles.«

»Oh, schön.«

»Was ist los mit dir, Tom?«, fragte sie, ohne dabei jedoch die Tanzfläche aus den Augen zu lassen.

»Ich weiß es nicht.«

»Sag es mir.«

»Ich weiß es nicht, Marcella. Mir ist klar, dass ich ein Spielverderber bin, aber würdest du bitte mit mir nach Hause kommen?«

»Nach Hause gehen?«, fragte sie verblüfft. »Wir sind doch gerade erst gekommen.«

»Ja, natürlich. Natürlich.«

»Und wir wollen doch ein paar Leute kennenlernen und gesehen werden.«

»Ja, ich weiß«, erwiderte er düster.

»Fühlst du dich nicht gut?«, fragte sie.

»Nein. Ich habe zu schnell viel zu billigen Wein in mich hineingeschüttet und fünf merkwürdige Teilchen gegessen, die wie Pappe geschmeckt haben.«

»Na, dann setz dich doch einen Moment hin, bis es dir wieder besser geht.« Marcella hatte nicht die geringste Absicht, schon zu gehen. Sie hatte sich auf diesen Abend gefreut und sich extra schick gemacht.

»Vielleicht gehe ich dann ein bisschen früher als du«, fügte er hinzu.

»Bitte nicht. Bleib hier und stoß mit unseren Freunden auf das neue Jahr an«, bat sie ihn.

»Das sind doch gar nicht unsere Freunde, das sind doch alles Fremde«, antwortete Tom Feather traurig.

»Tom, iss lieber noch ein Pappendeckelsandwich und mach ein fröhliches Gesicht«, riet sie ihm lachend.

Cathy versuchte, Walter zu zeigen, wie man die Champagnercocktails zubereitete. Er hörte kaum zu.

»Klar doch, ich weiß schon«, antwortete er zerstreut.

»Und sobald die Gäste zum warmen Essen und zum Wein übergegangen sind, kannst du die Champagnerkelche einsammeln und in die Küche bringen. Die müssen noch mal gespült werden, weil es um Mitternacht wieder Champagner gibt.«

»Wer spült sie?«, wollte er wissen.

»Das machst du, Walter. Ich werde das warme Essen servieren ... Ich habe hier die Tabletts hingestellt, die du ...«

»Ich werde dafür bezahlt, beim Servieren auszuhelfen, nicht zum Spülen«, sagte er.

»Du wirst dafür bezahlt, mir vier Stunden zu helfen und das zu tun, was ich von dir verlange.« Cathy hörte das Zittern in ihrer Stimme.

»Fünf Stunden«, erwiderte er.

»Vier«, widersprach sie ihm und sah ihm fest in die Augen. »Du bist eine Stunde zu spät gekommen.«

»Ich denke, du wirst ...«

»Ich denke, wenn Neil kommt, werden wir die Sache mit ihm besprechen. Bis dahin sei so nett und trag dieses Tablett hinaus zu den Gästen deines Onkels.«

Cathy nahm die Tabletts voller Essen vom Herd. Irgendwann würde auch dieser Abend zu Ende gehen.

Shona Burke sah Tom Feather mit düsterer Miene in einer Ecke stehen. Sie wusste, dass sie nicht die einzige Frau im

Raum war, die ihn beobachtete. Aber sie und die anderen hätten ebenso gut unsichtbar sein können, so wenig beachtete er sie.

»Ich glaube, ich gehe nach Hause«, sagte er laut. Ja, genau, das würde er tun.

»Würdest du Marcella bitte ausrichten, dass ich nach Hause gegangen bin, falls sie mich vermisst?«, bat er Ricky.

»Bitte an Silvester nur keinen Streit unter Liebenden.« Ricky sprach gern ein bisschen geziert. Das gehörte zu seinem Image. Heute Abend störte es Tom gewaltig.

»Nein, das hat damit gar nichts zu tun. Ich habe nur von diesen Partyhäppchen gegessen, die mir nicht bekommen sind«, erklärte Tom.

»Welche hast du denn gegessen?«, wollte Ricky wissen.

»Keine Ahnung, Ricky, irgendwelche Sandwiches.«

Ricky beschloss, nicht beleidigt zu sein. »Wie soll Marcella denn nach Hause kommen?«

»Ich weiß nicht. Vielleicht fährt Shona sie heim – das heißt, falls der Typ mit den beiden Schaufelhänden, die überall an ihr herumtatschen, sie nicht mitnimmt.«

»Tom, jetzt bleib doch noch. In einer Stunde ist Mitternacht.«

»Ich bin heute nicht in Stimmung, Ricky. Ich verderbe den anderen nur die Laune. Bei meinem Anblick bleibt wahrscheinlich sogar die Uhr stehen.«

»Gut, ich werde mich darum kümmern, dass Marcella sicher nach Hause kommt«, versprach Ricky.

»Dank dir, Kumpel.« Und weg war er, draußen auf den nassen, windigen Straßen von Dublin, wo Nachtschwärmer von Pub zu Pub zogen oder vergebens nach einem Taxi Ausschau hielten. Hinter geschlossenen Vorhängen blitzte ab und zu ein Licht auf und ließ die Feste erahnen, die dort stattfanden. Hin und wieder blieb Tom stehen und überlegte, ob es nicht doch dumm von ihm gewesen war, aber jetzt konnte er nicht mehr zurück. Alles an der Party hatte ihn aufgeregt;

seine Unsicherheit und das Gefühl, nicht gut genug für Marcella zu sein, würden dort nur immer wieder neue Nahrung erhalten. Nein: Er musste einfach so lange weiterlaufen, bis er wieder klar im Kopf war.

Endlich konnte Neil sich von seiner Besprechung losreißen. Er fuhr mit Jonathan durch die festlich geschmückten Straßen von Dublin und bog dann in die mit Laub bedeckte Straße ein, wo Oaklands lag. Das Anwesen war grell beleuchtet wie ein Weihnachtsbaum. Er sah, dass Cathy ihren großen weißen Lieferwagen so weit wie möglich außer Sicht abgestellt hatte. Er parkte seinen Volvo und trat durch die Hintertür ins Haus. Cathy stand vor einem Berg aus Tellern und Gläsern. Wie konnte man sich mit dieser Arbeit nur seinen Lebensunterhalt verdienen, ohne verrückt zu werden …

»Cathy, es tut mir leid, dass es länger gedauert hat. Das ist Jonathan. Jonathan, das ist Cathy.«

Sie gab dem hochgewachsenen Nigerianer mit dem müden Gesicht und dem höflichen Lächeln die Hand.

»Ich hoffe, ich schaffe Ihnen durch mein Kommen nicht noch zusätzliche Probleme«, sagte er.

»Nein, um Himmels willen, Jonathan«, protestierte Cathy und fragte sich gleichzeitig, wie ihre Schwiegermutter wohl auf den späten Gast reagieren würde. »Sie sind uns sehr willkommen, und ich hoffe, dass Sie einen netten Abend verbringen werden. Ich freue mich, dass ihr beide noch gekommen seid. Ich dachte schon, ich müsste ganz allein Auld Lang Syne singen.«

»Ein gutes neues Jahr, mein Schatz.« Neil legte seine Arme um sie.

Plötzlich war sie sehr müde. »Meinst du, dass wir es schaffen werden, Neil? Sag es mir.«

»Natürlich werden wir das. Wir haben alles Menschenmögliche getan, da wird sich an Silvester nicht mehr viel ändern, nicht wahr, Jonathan?«

»Ich hoffe nicht. Sie haben so viel Zeit geopfert.« Der junge Mann lächelte dankbar.

Cathy wurde in dem Moment klar, dass Neil dachte, sie habe von der drohenden Ausweisung gesprochen. Aber das machte nichts, Hauptsache, er war da.

»Läuft da drinnen alles nach Plan?« Neil zeigte mit dem Kopf in Richtung der vorderen Räume.

»Es läuft, denke ich, aber das ist schwer zu sagen. Walter war übrigens eine Stunde zu spät dran.«

»Dann bekommt er auch eine Stunde weniger bezahlt.« Für Neil war die Sache einfach. »Ist er dir überhaupt eine Hilfe?«

»Eigentlich nicht. Neil, geh ruhig rein und misch dich mit Jonathan unter die Leute.«

»Vielleicht könnte ich Ihnen ja helfen«, bot Jonathan sich an.

»Gott, nein. Wenn irgendjemand feiern muss, dann sind Sie das. Nach allem, was Sie durchgemacht haben«, erwiderte Cathy. »Jetzt geh schon rein, Neil, deine Mutter kann es gar nicht mehr erwarten, mit dir anzugeben.«

»Aber kann ich nicht irgendetwas tun für dich …«

»Geh und lenk deine Mutter ab. Halte sie von der Küche fern«, bat sie ihn.

Sie hörte freudige Rufe, als die Gäste den Sohn und Erben von Oaklands willkommen hießen. Viele hatten ihn bereits als kleinen Jungen gekannt. Neil bewegte sich ungezwungen, begrüßte hier jemanden, hielt dort einen kleinen Plausch und verteilte Küsschen rechts und links. Dann entdeckte er Walter, der neben dem Klavier stand und sich mit einer Frau unterhielt, die ungefähr zwanzig Jahre jünger als der Durchschnitt war.

»Ich denke, du wirst in der Küche gebraucht, Walter«, sagte er schroff.

»Das kann ich mir kaum vorstellen«, lautete die Antwort.

»Doch, und zwar jetzt«, bemerkte Neil und setzte an seiner Stelle das Gespräch mit der ziemlich hohl aussehenden Blondine fort.

Tom Feather kehrte nicht auf direktem Weg in die Wohnung in Stoneyfield zurück. Stattdessen wanderte er ziellos durch kleine Straßen, Wege, Gassen und sogar Hinterhöfe, wo er noch nie zuvor gewesen war. Irgendwo in dieser Stadt mit ihrer Million Einwohner musste es doch einen Ort geben, wo er und Cathy mit ihrem Catering-Service loslegen konnten. Es musste sich nur einer die Zeit nehmen und sich auf die Suche machen. Und heute Nacht hatte er alle Zeit der Welt.

In der Halle von Oaklands klingelte das Telefon.

Hannah Mitchell ergriff die Gelegenheit und eilte hinaus; sie brauchte dringend etwas Zeit, um ihre Gedanken zu ordnen. Sie war ziemlich durcheinander: Neil hatte ohne ihr Wissen diesen Afrikaner mit zu ihrem Fest gebracht. Sie hatte selbstverständlich nichts gegen diesen Mann. Weshalb sollte sie auch? Aber es war ihr lästig, von allen Seiten darauf angesprochen zu werden, wer er war, und keine Antwort geben zu können. Einer von Neils Mandanten, sagte sie dann, und dass Neil ja so engagiert sei. Aber sie spürte, dass man sie merkwürdig von der Seite ansah. Es war eine Erleichterung, dem allen zu entkommen.

»Das ist bestimmt Amanda, die aus Kanada anruft, um uns ein gutes neues Jahr zu wünschen«, flötete sie. Aber von ihrem Gesicht war abzulesen, dass das nicht ihre Tochter war.

»Ja, sicher, das ist alles sehr verstörend, aber was meint ihr, dass ich… Ja, ich weiß… Natürlich, da weiß man gar nicht so recht, was man tun soll, aber momentan ist ein schlechter Zeitpunkt. Am besten sprecht ihr mit eurem Bruder. Oh, ich verstehe. Gut, dann mit eurem Onkel… Jock, komm doch bitte einen Moment her.«

Cathy war auf dem Weg ins Wohnzimmer und wurde Zeugin des Gesprächs.

»Es sind die Kinder von Kenneth. Sie sind offensichtlich allein zu Hause. Sprich du mit ihnen. Ich habe ihnen zwar gesagt, dass Walter hier ist, aber sie glauben wohl nicht, dass er ihnen viel helfen kann.«

»Damit haben sie leider recht«, knurrte Jock Mitchell.

»Na, dann erzähl mir mal, wo der Schuh drückt«, sagte er müde in den Hörer.

Cathy mischte sich unter die Gäste und verteilte die kleinen Teller mit dem Dessert. Sie ersparte den Gästen, die ohnehin beides wollten, die Qual der Wahl, und servierte gleich beides: ein Stück Schokoladenkuchen mit einem Löffel Obstsalat.

Sie bemerkte, dass Jonathan allein und ziemlich verloren am Fenster stand, während Neil sich mit den Freunden seiner Eltern unterhielt. Sie wechselte ein paar Worte mit ihm, sooft sie konnte, ohne den Eindruck zu erwecken, sie mache es aus Höflichkeit.

»Ich könnte in der Küche mitarbeiten, ich kann das ganz gut«, sagte er bittend.

»Davon bin ich überzeugt, und es würde vielleicht auch mehr Spaß machen, aber das kommt überhaupt nicht infrage – meinetwegen. Ich werde mir von Neils Mutter doch nicht nachsagen lassen, ich würde nicht allein damit fertig. Ich stehe sozusagen unter Beweisdruck – verstehen Sie?«

»Ja, ich verstehe, dass Sie sich selbst beweisen müssen«, antwortete er.

Cathy ging wieder in die Küche zurück und hörte auf dem Weg dorthin, was Jock am Telefon sagte.

»Gut, Kinder, dann machen wir das so. Ich werde jetzt Walter holen, und morgen komme ich selbst vorbei. Und jetzt seid brav, Kinder.«

Neil hatte es gerade geschafft, Walter ein wenig auf Trab zu bringen, als Jock ihn wieder aus dem Verkehr zog. Cathy hörte mit an, wie der Junge mit seinem Bruder und seiner Schwester sprach, die über zehn Jahre jünger waren als er.

»Jetzt hört doch mal zu. Ich werde ja nach Hause kommen, ich weiß nur noch nicht, wann. Ich muss hinterher noch wohin, aber irgendwann komme ich bestimmt, deshalb will ich jetzt auch nichts mehr von euch hören. Geht jetzt bitte ins Bett. Vater hat sich seit ewigen Zeiten nicht mehr blicken lassen, und Mutter verlässt ihr Zimmer nie, also was ist heute Abend anders als sonst?«

Er drehte sich um und sah, dass Cathy ihn beobachtete.

»Wie du ja mittlerweile wohl verstanden haben dürftest, gibt es zu Hause ein Problem. Ich fürchte also, dass ich meinen Einsatz beenden muss.«

»Ja, das habe ich mitbekommen.«

»Na, dann nehme ich jetzt mit, was mir zusteht...«

»Ich werde Neil bitten, dir dein Geld auszuzahlen«, sagte sie.

»Ich dachte immer, du seist so stolz darauf, dass das deine Firma ist, oder?« Er war wirklich unverschämt.

»Das ist sie auch, aber Neil ist dein Cousin, er wird wissen, was dir zusteht. Gehen wir und fragen ihn.«

»Vier Stunden sollten genügen«, meinte er widerwillig.

»Du bist nicht einmal drei Stunden hier gewesen«, erwiderte sie.

»Es ist doch nicht meine Schuld, dass ich...«

»Du gehst doch gar nicht direkt nach Hause, du gehst zuvor noch auf eine andere Party. Deswegen habe ich keine Lust, mit dir herumzustreiten. Fragen wir Neil.«

»Gut, dann drei Stunden, Geizhals.«

»Nein, das bin ich mit Sicherheit nicht. Komm, nicht hier vor den Gästen, gehen wir in die Küche.«

Fast verließ sie ihr Mut, als sie die Berge an schmutzigem Geschirr sah, ganz zu schweigen von den Champagnergläsern, die sie um Mitternacht noch einmal benötigen würde.

»Gute Nacht, Walter.« – »Gute Nacht, Geizhals«, sagte er und lief aus dem Haus.

Tom stand am Kanal und sah den beiden Schwänen zu, die unter ihm vorbeiglitten.

»Sie bleiben ein Leben lang zusammen, wussten Sie das?«, sagte er zu einer jungen Frau, die gerade vorbeikam.

»Tatsächlich? Die Glücklichen«, meinte sie. Sie war schmal und hager, wie ihm auffiel, eine drogensüchtige Prostituierte mit einem verängstigten Gesicht.

»Sie hätten nicht zufälligerweise Interesse, sich ein wenig mit mir zusammenzutun?«, fragte sie hoffnungsvoll.

»Nein, nein, tut mir leid«, antwortete Tom. Ziemlich schroff, wie ihm schien, deshalb fügte er rasch hinzu: »Nicht heute Nacht«, als wollte er damit sagen, dass er normalerweise ganz gern mitgegangen wäre. Sie schenkte ihm ein müdes Lächeln.

»Trotzdem ein gutes neues Jahr«, wünschte sie ihm.

»Ihnen auch«, erwiderte er hilflos.

In Oaklands klingelte es an der Tür.

Hannah schwankte auf ihren hohen Absätzen hinaus. Sie fragte sich, wer so spät noch kommen mochte. Cathy lehnte am Ende der Halle an einem Tisch, um ihre müden Beine zu entlasten. Auch sie war gespannt, was es jetzt wieder für neue Überraschungen gäbe. Ein später Gast vielleicht, der noch Appetit auf was Warmes hatte?

Es stellte sich heraus, dass es zwei Kinder waren, die in einem Taxi vorfuhren, das sie nicht bezahlen konnten. Cathy seufzte. Fast hätte Hannah ihr leid getan. Erst ein Student aus Nigeria und nun zwei heimatlose Kinder – was die Nacht wohl sonst noch bringen mochte?

»Hol sofort Mr. Mitchell, Cathy«, befahl Hannah.

»Ist das das Dienstmädchen?«, fragte der kleine Junge. Er mochte so acht, neun Jahre alt sein, war blass und hatte glattes, aschblondes Haar wie seine Schwester – und überhaupt sah alles an ihm irgendwie beige aus: sein Pullover, seine Haare, sein Gesicht und der kleine Leinenbeutel, den er in der Hand trug.

»Dienstmädchen sagt man nicht«, zischte ihm seine Schwester zu. Sie machte ein erschrockenes Gesicht und hatte dunkle Ringe unter den Augen.

Cathy hatte sie nie zuvor gesehen. Jock Mitchell und sein Bruder Kenneth standen sich nicht nahe. Der größte Beweis familiärer Verbundenheit war bisher gewesen, dass Walter im Büro seines Onkels als Lehrling angefangen hatte. Cathys Einschätzung nach schien das jedoch alles andere als ein Erfolg zu sein.

Auch Jock war mittlerweile herausgekommen. Er war nicht gerade begeistert, als er die beiden sah.

»Und«, setzte er an, »wen haben wir denn da?«

»Wir wussten nicht, wohin«, erklärte der Junge.

»Deshalb sind wir hierher gekommen«, fügte das Mädchen hinzu.

Jock schien nicht ganz zu verstehen.

»Cathy«, sagte er schließlich, »das sind Walters Bruder und Schwester. Könntest du den beiden in der Küche etwas zu essen geben?«

»Aber natürlich, Mr. Mitchell, gehen Sie ruhig zu Ihren Gästen zurück. Ich kümmere mich um sie.«

»Bist du jetzt das Dienstmädchen oder nicht?«, hakte der Junge nach. Er musste offensichtlich jeden einer Kategorie zuordnen.

»Nein, ich bin Cathy, ich bin mit Neil, deinem Cousin, verheiratet. Wie geht es dir?« Sie sahen sie mit großen Augen an. »Wollt ihr mir vielleicht auch noch sagen, wie ihr heißt?« Sie hießen Maud und Simon, wie sich herausstellte. »Kommt mit in die Küche«, forderte sie die beiden müde auf. »Mögt ihr Hühnchen mit Kräutern?«

»Nein«, murmelte Maud.

»Das haben wir noch nie gegessen«, erklärte Simon. Cathy bemerkte, wie die zwei ein paar Schokoladenplätzchen nahmen und in die Tasche steckten.

»Legt sie wieder zurück«, sagte sie scharf.

»Was sollen wir zurücklegen?« Simon sah sie aus unschuldigen Augen an.

»Hier wird nichts geklaut«, erklärte sie.

»Wir haben nichts geklaut, man hat dir doch gesagt, dass du uns was zu essen geben sollst«, erwiderte Maud heftig.

»Und ich werde euch auch etwas geben – also legt sie sofort wieder zurück.«

Widerwillig legten sie die zerdrückten Plätzchen wieder auf das Tablett zurück. In der Küche bereitete Cathy ihnen rasch ein paar Sandwiches mit kaltem Hühnerfleisch zu und goss jedem Kind ein Glas Milch ein. Hungrig machten sie sich darüber her.

»Habt ihr in eurem Leben schon mal das Wort ›danke‹ gehört?«, fragte sie.

»Danke«, antworteten sie wenig begeistert im Chor.

»Gern geschehen«, erwiderte sie mit übertriebener Höflichkeit.

»Was sollen wir jetzt tun?«, wollte Simon wissen.

»Tja, wenn ihr mögt, könnt ihr hier sitzen bleiben – es sei denn, ihr wollt mir beim Abwaschen helfen.«

»Eigentlich nicht, um ehrlich zu sein«, sagte Maud.

»Sollen wir nicht lieber hinüber ins Wohnzimmer zur Party gehen?«, überlegte Simon.

»Nein, eigentlich nicht«, äffte Cathy ihn nach.

»Wir sollen also den ganzen Abend hier rumsitzen, bis wir ins Bett gehen?«, erkundigte Maud sich.

»Ja, wollt ihr denn heute Nacht hierbleiben?«

»Wo sollen wir denn sonst hin?«, fragte Maud unschuldig.

Hannah kam mit kleinen Schritten in die Küche getrippelt. Ihre Art zu gehen machte Cathy immer ganz wild.

»Oh, hier bist du, Cathy. Ich denke, die Gläser der Gäste sollten nachgefüllt werden…«

»Selbstverständlich, Mrs. Mitchell, ich werde mich sofort darum kümmern. Walter, der eigentlich für die Getränke verantwortlich gewesen wäre, scheint verschwunden zu sein, und mich hat man gebeten, Walters Bruder und seiner Schwester etwas zum Essen zu geben…«

»Tja, äh, dann«, meinte Hannah.

»Gut, dann überlasse ich es jetzt Ihnen, sich weiter um Maud und Simon zu kümmern«, bemerkte Cathy auf ihrem Weg zur Tür.

»Mich um sie zu kümmern?« Hannah war ihre Verwirrung deutlich anzumerken.

Cathy verharrte noch lange genug auf der Schwelle, um mitzubekommen, wie Maud in ihrer glockenhelle Stimme fragte: »In welchen Zimmern werden wir schlafen, Tante Hannah? Wir haben unsere Schlafanzüge und alles mitgebracht…« Dann machte sie ihre Runde, um die Gläser nachzufüllen.

»Ihnen muss das alles hier doch ziemlich verrückt vorkommen, nicht wahr?«, erkundigte sie sich bei Jonathan.

Er lächelte sein müdes Lächeln. »Ich bin in der Schule von irischen Priestern erzogen worden. Sie haben mir alles über Irland erzählt, aber dass es an Silvester so zugeht, hätte ich nicht gedacht.«

»Normalerweise ist das auch nicht so, glauben Sie mir«, erwiderte Cathy grinsend.

Sie setzte ihre Runde fort, füllte hier ein Glas nach und übersah dort den suchenden Blick eines Gastes, der vielleicht schon zu viel hatte. Auch die nette Mrs. Ryan hatte eigentlich schon genug. Zu ihrer Überraschung sah Cathy, dass Maud und Simon sich ohne Probleme unter die Leute gemischt hatten, so, als fühlten sie sich hier schon ganz zu Hause.

Cathy arbeitete wie in Trance. Sie räumte Teller ab, sammelte zerknüllte Servietten ein, leerte Aschenbecher aus und sah zu, dass alles reibungslos lief. Bald war Mitternacht, und dann würde es vielleicht lockerer werden. Die meisten Gäste waren Ende fünfzig, Anfang sechzig und hatten bestimmt nicht so viel Elan, bis zum Morgen durchzufeiern. Zwischendurch warf sie einen raschen Blick zum Fenster, wo sie Jonathan sich selbst überlassen hatte. Er unterhielt sich angeregt. Cathy musste gleich zweimal hinsehen. Es waren die Zwillinge, mit denen er in ein Gespräch vertieft war.

»Jock, was sollen wir nur mit ihnen machen?«

»Beruhig dich, Hannah, beruhig dich.«

»Sie können unmöglich hierbleiben.«

»Sicher, für immer natürlich nicht, klar.«

»Aber für wie lange?«

»Bis wir sie woanders untergebracht haben.«

»Und wie lange wird das dauern?«

»Nicht lange.«

»Aber wo …«

»Gib ihnen Neils und Mandys Zimmer oder irgendein anderes. Himmel, wir haben doch nicht nur ein Schlafzimmer in diesem Haus.« Er war sichtlich verärgert und wollte zurück zur Party. Hannah ging zu dem bunten Grüppchen am Fenster.

»Kinder, seid so gut und belästigt nicht Neils Mandanten, Mr. … äh«, begann sie.

»Oh, die beiden belästigen mich ganz und gar nicht, im Gegenteil, sie sind eine reizende Gesellschaft«, meinte Jonathan schmeichelnd. Immerhin waren die beiden die Einzigen, die sich an diesem Abend normal mit ihm unterhalten hatten – und mit Sicherheit die Einzigen, die von ihm hatten wissen wollen, ob seine Zunge schwarz sei und ob er viele Sklaven zu seinen Freunden zählte.

»Bleibst du auch hier?«, fragte Maud hoffnungsvoll.

»Nein, sicher nicht. Man war so freundlich, mich zum

Abendessen einzuladen«, antwortete Jonathan und blickte dabei in das aschfahle Gesicht von Neil Mitchells Mutter.

»Auf jeden Fall ist es jetzt Zeit, ins Bett zu gehen«, sagte Hannah.

»Kann Jonathan nicht zum Frühstück wiederkommen?«, schlug Maud vor.

»Ich weiß nicht, ob …«, erwiderte Hannah zögernd.

»Es war auf jeden Fall sehr nett, euch beide kennenzulernen. Vielleicht treffen wir uns ja mal wieder, aber morgen bestimmt nicht«, warf Jonathan hastig ein. Widerstrebend ließen sich die Kinder wegführen.

Hannah scheuchte sie die breite, ausladende Treppe von Oaklands hinauf, ehe noch mehr Einladungen ausgesprochen werden konnten. Oben zeigten sie ihnen ihre Zimmer und gab ihnen die strikte Anweisung, sich am nächsten Morgen ruhig zu verhalten, da man in diesem Haus am Tag nach einer Party nie früh aufstand.

»Hast du auch schlechte Nerven? So wie unsere Mutter, die hat nämlich ganz schlechte Nerven«, wollte Maud wissen.

»Nein, natürlich nicht«, fuhr Hannah sie an. Aber sie hatte sich gleich wieder unter Kontrolle. »Das ist jetzt natürlich alles sehr aufregend für euch, aber das kommt schon wieder in Ordnung. Euer Onkel wird sich darum kümmern«, sagte sie bestimmt. Sie wollte sich die Sache unbedingt vom Leib halten.

»Welches ist mein Zimmer?«

»Welches dir gefällt.« Hannah deutete auf den Gang, wo Amandas und Neils alte Zimmer lagen, die noch immer voller Erinnerungsstücke waren, die ihre ehemaligen Bewohner dort zurückgelassen hatten. Zwischen den beiden Zimmern lag ein Bad.

»Und jetzt, gute Nacht, schlaft gut. Wir werden morgen früh alles Weitere besprechen.« Mit einem tiefen Seufzer ging sie die Treppe hinunter. Ihre Schuhe waren zu eng, Neil hatte einen schwarzen Mann mitgebracht, mit dem ihre Gäste sich unterhalten sollten, und Cathy war wieder einmal unerträglich. Wer hatte je behauptet, es sei einfach, eine Party zu geben? Selbst wenn ein anderer für Essen und Trinken sorgte?

»Welches Zimmer willst du nehmen?«, fragte Simon. Sie hatten sich alles genau angesehen.

»Ich nehme das mit den vielen Mänteln«, sagte Maud.

»Aber hat sie nicht gesagt ...«

»Sie hat nicht ausdrücklich gesagt, dass wir das nicht nehmen sollen.« Maud schien wild entschlossen.

»Vielleicht ist das ihr eigenes Schlafzimmer, daneben ist gleich ein Bad. Ich denke, du solltest da besser nicht schlafen, Maud.«

»Sie hat gesagt, wir sollen es uns aussuchen. Wir können die Mäntel ja auf die Stühle legen.«

Eine Weile standen sie unschlüssig in Jock und Hannah Mitchells großem Schlafzimmer herum.

»Da ist auch ein Fernseher.« Simon bedauerte es, dass er ihn nicht sofort entdeckt hatte.

»Ja, aber zuerst muss ich diese alten Mäntel und Schals und die anderen Sachen auf die Seite schieben.« Damit wären sie wieder quitt, dachte Maud. Ein paar der Mäntel legten sie auf die Stühle, aber den größten Teil schoben sie einfach auf den Boden.

»Schau mal, die hat hier auf ihrer Kommode auch so viel Schminkzeug wie Mutter, bevor ihre Nerven so schlecht wurden.« Maud griff nach den Lippenstiften.

»Was sind das für schwarze Dinger?«

»Die sind für die Augenbrauen.«

Simon malte sich dicke, sehr dunkle Augenbrauen und einen Schnurrbart ins Gesicht. Plötzlich ertönten ringsum Kirchenglocken, Jubelrufe wurden laut. Er erschrak, zerbrach den Stift und nahm sich einen anderen. Maud legte dunkelroten Lippenstift auf und tupfte sich rosafarbenen Puder auf die Wangen. Dann griff sie zu einem Kristallflakon und hüllte sich in eine Wolke aus Parfüm.

»He, ich habe was ins Auge bekommen«, schimpfte Simon und schnappte sich aus Rache ein längliches Ding, das wie eine Dose Haarspray aussah. Es stellte sich heraus, dass dicker Schaum darin war, der über die ganze Frisierkommode quoll. »Was ist das denn?«, fragte er verwundert.

»Das könnte Rasierschaum sein«, überlegte Maud.

»Das ist es wahrscheinlich auch. Ich kann mir nicht vorstellen, wofür sie so etwas braucht.«

Maud fand ein Paar lange Ohrringe, die sie unbedingt anprobieren wollte. Aber da man sie nur mit Löchern in den Ohren tragen konnte, ging sie ins Bad und suchte sich zwei Heftpflaster. Sie bewunderte sich im Spiegel. Simon hatte indes eine kurze Pelzjacke entdeckt, sie angezogen und einen Herrenhut aufgesetzt. Glücklich hüpften die beiden auf den zwei großen Betten mit den weißen Tagesdecken auf und ab, als zwei Frauen hereinkamen.

Entsetzt schnappten die Damen nach Luft, als sie die Garderobe auf dem Boden liegen sahen; eine stieß gar einen lauten Schrei aus, als sie feststellte, dass Simon ihre frisch vom Kürschner umgearbeitete Nerzjacke trug. Ihre Schreie jagten wiederum Maud und Simon einen Riesenschrecken ein, die nun ebenfalls zu schreien begannen, sodass Hannah und Jock – gefolgt von einem kleinen Grüppchen – die Treppe heraufgerannt kamen und die Bescherung mit eigenen Augen sahen.

Neil stand gerade unten in der Küche.

»Was ist da oben nur für ein Geschrei?«, fragte er.

»Halt dich da raus. Wenn du hochgehst, wirst du nur mit reingezogen«, meinte Cathy grinsend.

»Aber hör dir das mal an!«

»Halte dich da besser raus«, warnte sie ihn.

»Wir werden Jonathan doch nach Hause bringen, wenn wir fertig sind, ja?«, sagte Neil.

»Ich werde erst dann fertig sein, wenn alle anderen gegangen sind. Du solltest ihn besser allein nach Hause bringen, ich komm dann mit dem Lieferwagen nach.«

Oben wurden immer mehr Stimmen laut.

»Ich gehe jetzt wirklich besser hoch und sehe nach«, sagte Neil und war schon verschwunden.

Jonathan brachte ein paar Aschenbecher in die Küche und leerte sie aus.

»Grauenvolle Raucher, diese ältere Generation«, sagte Cathy lachend.

»Ich würde jetzt eigentlich ganz gerne gehen. Meinen Sie, ich bekomme um diese Zeit ein Taxi?«

»Nicht an Silvester, aber Neil wird Sie auf jeden Fall nach Hause fahren.«

»Ich will ihm aber unter keinen Umständen noch weiter zur Last fallen.«

»Sie fallen ihm nicht zur Last, aber er wird noch nicht so schnell gehen können. Möchten Sie vielleicht mit dem Fahrrad fahren, das draußen steht?«

»Meinen Sie, das könnte ich?« Aus seinen Augen sprach Erleichterung.

»Aber sicher. Es ist ein ganz altes Ding und hat mal Neil gehört. Ergreifen Sie ruhig die Gelegenheit, Jonathan, und gehen Sie, während da oben der Dritte Weltkrieg ausgefochten wird.«

»Ich könnte die Situation ja noch zusätzlich verschärfen, indem ich anfrage, ob die Herrschaften für mich vielleicht auch noch ein Bett hätten«, meinte er grinsend.

»Ah, das würde ich gerne erleben«, entgegnete Cathy.

»Wer sind denn eigentlich diese Kinder?«

»Das ist eine lange Geschichte. Es sind die Cousine und der Cousin von Neil, die Kinder seines hoffnungslosen Onkels und seiner Tante. Sie sind heute Nacht zum ersten Mal hier.«

»Es könnte durchaus ihre letzte sein.«

Tom ging den Kanal wieder hinauf, wanderte durch die Straßen mit den Häusern im georgianischen Stil und lief schließlich einen Weg entlang, den er noch nie zuvor gegangen war. Und dort entdeckte er es. Ein schmiedeeisernes Tor führte auf einen gepflasterten Hof und zu einem Gebäude, das wie eine alte, umgebaute Remise aussah. Er öffnete das Tor und ging zu der Tür, wo etwas angeschlagen war. Auf ein Stück Pappendeckel hatte jemand geschrieben: *Zu verkaufen*. Darunter stand eine Telefonnummer für weitere Auskünfte. Überall in Dublin läuteten die Kirchenglocken, es war Mitternacht, ein neues Jahr hatte begonnen. Tom spähte durch die Fenster. Er hatte gefunden, was sie suchten.

Mrs. Ryan erklärte Cathy, sie würde sich nicht sehr wohl fühlen, und Cathy erwiderte, dass in diesem Fall drei Gläser Wasser und drei dünne Scheiben Brot mit Butter noch nie ihre Wirkung verfehlt hätten. Folgsam aß Mrs. Ryan das Brot, trank das Wasser und meinte dann, dass es ihr jetzt viel besser ginge. Cathy füllte die Champagnergläser für Mitternacht, und als die Glocken über der Stadt ertönten, prosteten sie einander zu und sangen Auld Lange Syne. Hannah Mitchell machte fast einen zufriedenen Eindruck. Cathy beschloss, ihr diesen Moment zu gönnen, und entwand sich rasch und ohne Aufhebens den herzlichen Umarmungen.

Sie machte die Küche sauber, wusch ab und trocknete das Geschirr. Anschießend packte sie die Kisten und stellte ein paar kleine Schüsseln mit Leckereien in den Kühlschrank, wo Hannah sie am nächsten Tag entdecken würde. Unzählige Male lief sie zwischen Küche und Lieferwagen hin und her, aber der größte Teil der Arbeit lag hinter ihr. Jetzt musste sie nur noch Wein nachschenken und den Kaffee servieren. Die Kaffeetassen konnte sie später auch noch abräumen. Sie war müde bis auf die Knochen. Das Telefon läutete. Gott sei Dank, Neils Schwester schien endlich zurückzurufen. Dann hörte sie Hannahs Stimme, die ungläubig sagte: »Cathy, Sie wollen Cathy sprechen?« Sie ging in die Halle. Ihre Schwiegermutter stand da und hielt ihr den Hörer entgegen, als könnte sie sich eine ansteckende Krankheit holen.

»Es ist für dich«, meinte sie erstaunt.

Bitte, keine schlechten Nachrichten, betete Cathy. Hoffentlich waren ihrer Mutter oder ihrem Vater nicht schlecht geworden von dem Hähnchen, das sie im Pub bekommen hatten. Oder sie hatten einen schlimmen Anruf aus Chicago erhalten, wo ihre Brüder und Schwestern seit so langer Zeit lebten.

»Cathy«, meldete sich Tom atemlos. »Ich habe sie gefunden.«

»Was hast du gefunden?«, fragte sie. Sie wusste nicht, ob sie erleichtert sein sollte, weil es keine schlechten Nachrichten waren, oder ob sie sich ärgern sollte, weil er sie hier angerufen hatte.

»Unsere Zentrale«, erklärte er. »Ich habe den Ort gefunden, wo Scarlet Feather zu Hause sein wird.«

Januar

Das neue Jahr begann in jedem Haus auf unterschiedliche Weise.

Tom Feather wachte in der Wohnung in den Stoneyfield Apartments mit einem Schmerz in der Schulter und einem steifen Nacken auf... Der Sessel war nicht sehr bequem gewesen. Er holte kalten Orangensaft aus dem Kühlschrank, befestigte mit einem Klebeband eine Blume am Glas und marschierte ins Schlafzimmer.

»Ein gutes neues Jahr für die schönste, die heiligste und die am wenigsten nachtragende Frau auf der Welt«, verkündete er.

Marcella wachte auf und rieb sich die Augen. »Ich bin nicht heilig, dafür aber sehr nachtragend. Und wütend bin ich auch auf dich«, fügte sie hinzu.

»Aber dass du schön bist, streitest du nicht ab, und ich habe dir total vergeben«, sagte er glücklich.

»Was soll das heißen? Es gab nichts, was du mir hättest vergeben können.« Sie war äußerst empört.

»Ganz recht, und deshalb würde ich sagen, kein Wort mehr darüber. Stattdessen sollte ich dir nämlich dankbar sein. Gestern Nacht habe ich die Räume für unser Geschäft gefunden.«

»Du hast was?«

»Ich weiß, dass ich das alles nur dir verdanke. Hättest du dich nicht so danebenbenommen und mich gezwungen, die Party zu verlassen, hätte ich den Ort nie gefunden. Sobald du dich angezogen hast, zeige ich ihn dir. Also, hinunter mit diesem Gesöff, das ich dir so elegant serviert habe, und...«

»Wenn du auch nur einen Moment glaubst, dass ich jetzt sofort aus dem Bett springe und...«

»Du hast ja so recht. Nicht einen Moment glaube ich das.

Stattdessen werde ich jetzt ins Bett hüpfen. Das ist wirklich eine großartige Idee.« Und mit diesen Worten zog er seine zerknitterten Sachen aus.

In Neils und Cathys Haus in Waterview klingelte das Telefon. »Das ist bestimmt deine Mutter, die uns sagen will, dass alle Gäste an einer Salmonellenvergiftung gestorben sind«, seufzte Cathy.

»Ich glaube eher, das ist ein Seelendoktor, der dir die frohe Nachricht überbringen will, dass du endlich einen Platz in einer Anstalt für Paranoiker im fortgeschrittenen Stadium bekommst«, antwortete Neil und streckte die Hand aus, um ihr das Haar zu zerzausen.

»Meinst du, wir könnten es einfach mal läuten lassen?«, fragte sie zweifelnd.

»Haben wir das schon mal gemacht?«, entgegnete Neil und griff unter das Bett, wo das Telefon stand. »Außerdem ist es wahrscheinlich ohnehin Tom.«

Es war nicht Tom, es ging um Jonathan. Neil war bereits mit einem Bein aus dem Bett.

»Sag ihnen, dass ich schon unterwegs bin«, rief er.

Cathy setzte Kaffee auf, während er sich anzog.

»Keine Zeit«, wiegelte er ab.

»Da, ich habe ihn in eine Thermoskanne gefüllt. Nimm ihn mit und trink ihn im Wagen«, sagte sie.

Er kam wieder zurück, nahm die Thermoskanne und küsste sie. »Tut mir wirklich leid, Schatz. Ich wäre wirklich gerne heute Vormittag mit dir gekommen, um mir eure Zentrale anzuschauen, das weißt du.«

»Ich weiß, das hier ist wichtiger. Los.«

»Aber unterschreibt nichts, und lasst euch ja nicht auf irgendwelche Bedingungen ein, ehe es sich jemand angeschaut hat.«

»Nein, Herr Anwalt, du weißt, dass ich das nie machen würde!«

»Falls es bei mir früher zu Ende sein sollte, habe ich ja auf jeden Fall die Adresse, und dann komme ich sofort nach.«

»Du wirst nicht früher fertig sein, Neil, es wird den ganzen Tag dauern. Geh und mach das Beste daraus.«

Cathy sah ihm vom Fenster aus nach. Als er die Thermoskanne auf den gefrorenen Boden stellte, um die Wagentür aufzuschließen, schien er zu wissen, dass sie ihn beobachtete. Er winkte ihr. Jonathan hatte Glück, dass er Neil Mitchell an seiner Seite hatte. Neil würde mit demselben Eifer an diesem Fall arbeiten wie ein Hund, der einen vergrabenen Knochen gefunden hatte. Und was diesen Standort für ihr Geschäft betraf, der tatsächlich perfekt zu sein schien, so würde er einen Kollegen schon zu überreden wissen, sich die Eigentumsurkunde ganz genau anzusehen.

J. T. und Maura Feather erwachten in »Fatima«, einem kleinen, aus Ziegeln gemauerten Häuschen in einer ruhigen Nebenstraße. Früher hatten in diesen Häusern nur Arbeiter und Handwerker gelebt, aber mittlerweile mussten die Feathers missbilligend feststellen, dass sich viele junge und trendige Leute eingekauft hatten. Damit wurden nur Einbrecher in die Gegend gelockt.

»Ich hätte nie geglaubt, dass wir dieses Jahr noch erleben dürfen, J. T. Der Herr muss uns doch ein anderes Schicksal zugedacht haben«, sagte Maura. Sie war eine hochgewachsene, hagere Frau mit einem langen, traurigen Gesicht und der Haltung einer schmerzensreichen Madonna, auf deren Schultern die ganze Schlechtigkeit dieser Welt lastete.

Ihr Mann war groß und breitschultrig. Lange Jahre schwerer körperlicher Arbeit auf dem Bau hatten ihn stark gemacht. Sein wettergegerbtes Gesicht hatte sich in der ganzen Zeit nicht wesentlich verändert.

»Den Jahren nach sind wir zwar noch nicht so alt, aber ich weiß, was du meinst«, erwiderte J. T. zustimmend. Er schaltete die Teemaschine zwischen ihren Betten ein. Sie war ein

Geschenk von Tom. Maura hatte sie zuerst für nicht sehr praktisch gehalten, weil man abends nicht vergessen durfte, die Kanne auszuwaschen und frische Milch bereitzustellen, aber so musste man wenigstens nicht gleich in die kalte Küche hinunter.

»Wieder hat ein Jahr begonnen, und keiner von den beiden scheint Interesse zu haben, ins Geschäft einzusteigen«, beklagte er sich mit einem heftigen Seufzer.

»Oder endlich zu heiraten, wie es Gottes Wille ist«, schniefte Maura.

»Ah, eine Ehe ist etwas anderes«, warf J. T. ein. »Heiraten kann jeder, aber ich kenne keine zwei anderen Jungs aus diesem Viertel, die sich nur ins gemachte Nest zu setzen bräuchten und darauf verzichten. Nein, Joe verkauft drüben in London Frauenkleider, und Tom hat nichts anderes im Kopf außer Kuchen und Pasteten. Das kann einen doch vor seiner Zeit ins Grab bringen.«

Maura bekam es jedes Mal mit der Angst zu tun, wenn er vor Kummer ganz grau wurde. »Sage ich dir nicht ständig, dass du dich seinetwegen nicht so aufregen sollst. Sonst ist dein Blutdruck gleich wieder zu hoch«, schimpfte sie ihn. »Tom ist wie alle anderen jungen Leute, er sucht einfach seinen eigenen Weg. Warte nur, bis er ein paar Kinder hat, dann wird er bald vor der Tür stehen und fragen, ob er im Geschäft mitarbeiten kann.«

»Vielleicht hast du ja recht«, erwiderte Joe und nickte. Aber im Grunde seines Herzens glaubte er nicht, dass er es jemals erleben würde, dass einer seiner Söhne ihn darum bitten würde, die Worte *Feather und Sohn* über seine kleine Baufirma zu schreiben.

Muttie Scarlet wachte mit einem Ruck auf. Letzte Nacht war irgendetwas Schönes passiert, aber er konnte sich nicht mehr erinnern, was es war. Dann kehrte die Erinnerung zurück. Er hatte im Pub bei der Verlosung ein Pferd gezogen. Das war alles. Die meisten hätten sich darüber gefreut. Aber nicht so Muttie, für den Wetten eine ernste Sache war. Bei einer Verlosung musste man weder etwas Besonderes können noch wissen.

Man musste nur ein Los für eine Tombola kaufen, und dann bekamen einundzwanzig Leute ein Pferd, man konnte nicht einmal wählen, welches man wollte. Er hatte einen Gaul namens Lucky Daughter erwischt. Er wusste nichts über ihn, nicht, ob er in Form war, ein totaler Außenseiter. Wahrscheinlich hatte er nur drei Beine. Lizzie begriff überhaupt nichts. Sie hatte sich für ihn gefreut und gesagt, dass er nun ein spannendes Rennen erleben könnte, ohne gleich einen Wochenlohn auf ein Pferd setzen zu müssen.

Die arme Lizzie. Es war fürchterlich, wenn man ihr irgendetwas über Pferde erklären wollte. Und sie war so überzeugt, dass von dem Geld, das sie verdiente, nie ein Penny beim Buchmacher landete. Aber um fair zu sein, sie brachte tatsächlich immer das Essen auf den Tisch und knöpfte ihm nie viel von seinem Arbeitslosengeld ab. Muttie hatte schon seit langer Zeit keinen Wochenlohn mehr in der Hand gehalten. Er hatte einen lädierten Rücken, aber nicht so schlimm, um jetzt nicht aufstehen und Lizzie einen Becher Tee ans Bett bringen zu können. Sie würde später ihre Runde drehen, bei anderen Leuten putzen und den Müll ihrer Silvesterpartys wegräumen. Auf Lizzie konnten sie sich alle verlassen, die Kinder in Chicago und auch Cathy. Muttie musste grinsen. Wie so oft, wenn er daran dachte, welchen Streich ihre Cathy gespielt hatte, als sie sich Neil, den Sohn und Erben des Hauses in Oaklands, schnappte. Hannah Mitchells Stolz und Freude. Selbst wenn er den Jungen nicht gemocht hätte, wäre Muttie überglücklich über die Heirat gewesen. Der Anblick des harten, hasserfüllten Gesichts von Hannah bei der Hochzeitsfeier war Rache genug für das gewesen, was sie die arme Lizzie in diesem Haus alles hatte durchmachen lassen. Aber zufälligerweise war Neil ein großartiger Bursche. Einen netteren als ihn hätte Cathy nicht finden können. Es war schon komisch, wie sich manchmal alles so ergab, dachte Muttie, als er in die Küche ging, um Tee zu machen.

Hannah und Jock Mitchell erwachten in Oaklands.

»Also, Jock«, sagte Hannah drohend. »Also, heute ist morgen. Du hast gesagt, du würdest dich ›morgen‹ entscheiden.«

»Mann, das war ja wirklich ein wildes Fest«, stöhnte Jock. »Irgendwie tut mir alles weh, aber am meisten brummt mir der Schädel, vor allem links vorn.«

»Das überrascht mich überhaupt nicht«, erwiderte Hannah kühl. »Aber wir haben leider keine Zeit, uns über deinen Kater zu unterhalten. Wir müssen über diese Kinder reden. Sie werden keine weitere Nacht in diesem Haus verbringen.«

»Nicht so voreilig«, bat er.

»Ich bin nicht voreilig. Ich war sehr geduldig gestern Abend, als du und Neil gemeint habt, sie müssten diese Nacht hierbleiben. Ich war eine Heilige, dass ich ihnen nicht gleich jeden Knochen im Leib gebrochen habe, als ich die Verwüstung sah, die sie angerichtet hatten. Die Jacke von Eileen wird nie mehr sauber zu bekommen sein, nie mehr. Gott weiß, was sie da hineingeschmiert haben …«

»Besser, er weiß es nicht. Damit sieht sie aus wie eine Wühlmaus«, seufzte Jock.

»Du hast die ganzen Jahre über genug für Kenneth getan …«

»Darum geht es doch nicht.«

»Doch, genau darum geht es.«

»Nein, tut es nicht, Hannah. Wo sollen sie sonst schon hin? Es sind die Kinder meines Bruders, und anscheinend hat er sie im Stich gelassen.« Er zuckte vor Schmerz zusammen.

»Das geht jetzt aber wirklich zu weit«, protestierte Hannah. »Und außerdem sind sie schrecklich ungezogen, beide. Da kam kein Wort der Entschuldigung. Sie behaupteten sogar, ich hätte ihnen gesagt, sie könnten sich jedes Zimmer aussuchen, und sie hätten sich eben dieses ausgesucht. Das allein ist doch schon Grund genug, wütend auf sie zu sein, und das noch dazu auf einer Silvesterfeier, wo es eigentlich ein wenig festlich hätte zugehen sollen.«

»Kann es sein, dass du dich gestern auch ein bisschen übernommen hast?« Er hegte die schwache Hoffnung, dass sie vielleicht auch einen kleinen Kater hatte, sodass ihr der Gedanke an eine Bloody Mary zum Frühstück nicht gar so abwegig erscheinen mochte.

»Unfug, irgendjemand musste doch aufpassen, dass alles läuft«, erwiderte sie empört.

»Aber Cathy hat das doch sehr gut gemacht. Ich habe von allen Seiten nur Lob gehört über ihre...«

»Was verstehen Männer schon davon, was an einem solchen Abend zu tun ist?«

»Cathy hat das Haus in einem blitzsauberen Zustand hinterlassen«, erwiderte er in Verteidigung seiner Schwiegertochter.

»Na ja, irgendwo muss sich die Mühe, die ich mir mit der Ausbildung ihrer armen Mutter gemacht habe, ja auszahlen.«

Hannah würde nie etwas Positives über Cathy sagen. Jock gab es auf. Manche Dinge waren es einfach nicht wert, dass man sich darüber aufregte, besonders dann nicht, wenn einem der Kopf so brummte wie ihm.

»Richtig«, sagte er nur, hatte aber das ungute Gefühl, seiner Schwiegertochter, die so hart arbeitete, in den Rücken gefallen zu sein. Aber Cathy war wahrscheinlich eine der wenigen, die wussten, um wie viel einfacher es war, im Umgang mit Hannah den Weg des geringsten Widerstands zu gehen.

»Und dann ist sie am Ende auch noch überstürzt auf und davon, nur weil sie mitten in der Nacht diesen Anruf bekommen hat. Irgendetwas über den richtigen Standort für ihre Schnapsidee.«

»Ich weiß, einfach lächerlich«, bemerkte Jock Mitchell. Er kam sich vor wie Judas persönlich, als er aufstand und sich eine Schmerztablette holte.

Geraldine war bereits seit sieben Uhr auf den Beinen. Sie war im Swimmingpool der Glenstar Apartments völlig allein gewesen. Normalerweise hätten ihr noch mindestens ein halbes Dutzend anderer Bewohner des Hauses Gesellschaft geleistet, die wie sie die Vorzüge ihres Schwimmbeckens zu schätzen wussten. Aber Silvester hatte seinen Tribut gefordert. Geraldine schwamm ihre zwölf Bahnen, wusch sich die Haare und ging im Geist noch mal die Organisation für das heutige große Essen durch, das für einen wohltätigen Zweck stattfinden sollte. Sie hatte der Gruppe geraten, ihre Veranstaltung am ersten Januar durchzuführen, da dieser Tag im Allgemeinen immer ziemlich flau war und die Leute sich ganz gern in Gesellschaft erholten. Und die Reaktion auf die Einladung war tatsächlich überwältigend gewesen. Es war klug von ihr gewesen, die Party dieses Fotografen gestern Abend früher zu verlassen. Sie hatte niemanden kennengelernt, der sie sonderlich interessiert hatte, viele der Gäste waren wesentlich jünger als sie gewesen. Kurz vor Mitternacht hatte sie sich unauffällig verdrückt. Sie hatte zwar Tom Feather und seine verrückte Freundin dort gesehen, war aber nicht mit ihnen ins Gespräch gekommen. Cathy und Neil hätten eigentlich auch dort sein sollen, aber stattdessen hatte Cathy natürlich das Catering für die Party bei den Mitchells übernehmen müssen. Geraldine hoffte, dass alles gut gegangen war und dass Cathy Gelegenheit gehabt hatte, dort geschäftliche Kontakte zu knüpfen. Cathy hasste Hannah. Deswegen war es extrem wichtig, dass dieser Abend in geschäftlicher Hinsicht ein voller Erfolg für sie war. Geraldine wünschte ihr, dass sie bald ein geeignetes Objekt für ihre Firma finden würden. Sie hatte sich bereit erklärt, für den Kredit zu bürgen, wenn es so weit wäre, ebenso Joe Feather,

Toms älterer Bruder, der sich nur selten in Dublin blicken ließ. Jetzt mussten die beiden nur noch die geeigneten Räume finden. Und dann würde die tapfere und mutige Cathy nicht länger ein Lächeln auf ihr Gesicht zaubern und im Haus ihrer Schwiegermutter in der Küche arbeiten müssen, etwas, das sie aus tiefstem Herzen verabscheute. Einer der Vorteile, Single zu sein, war, dass man nicht mit irgendwelchen Schwiegermüttern auskommen musste, dachte Geraldine, als sie sich eine Tasse Kaffee eingoss.

In einem anderen Teil der Glenstar Apartments erwachte Shona Burke und dachte über das kommende Jahr nach. Viele andere sechsundzwanzigjährige Frauen erwachten heute bestimmt mit einem warmen, anschmiegsamen Körper neben sich. Shona hatte es so satt, dass die Leute sie ständig mit der Frage belästigten, wann es denn endlich bei ihr so weit wäre. Das war indiskret. Shona hätte nie jemanden gefragt, warum er oder sie kein Kind haben wolle oder wann eine Kundin sich endlich den Damenbart abrasieren ließe. Sie wäre auch nie auf die Idee gekommen, zu fragen, weshalb manche ein Auto fuhren, das bereits auseinanderfiel, oder mit einem Ehepartner zusammenblieben, mit dem sie nichts mehr anfangen konnten. Wie konnten die anderen es deshalb nur wagen, offen und vor ihrer Nase darüber zu spekulieren, weshalb sie immer noch nicht verheiratet war?

»Vielleicht, weil du so kühl und erfolgreich wirkst. An dich traut sich doch keiner ran«, hatte einmal eine Kollegin hilfreich zu ihr gesagt.

Die gestrige Party bei Ricky wäre eine gute Gelegenheit gewesen, sie anzusprechen und nach Hause in die Glenstar Apartments zu begleiten. Es hatte auch ein eindeutiges Angebot und zwei vorsichtige Annäherungsversuche gegeben. Aber das wäre nichts Dauerhaftes gewesen, es waren keine Männer gewesen, denen sie hätte vertrauen oder auf die sie sich hätte verlassen können. Shona Burke traute so leicht keinem. Sie würde jetzt bald aufstehen, mit dem Hund einer Nachbarin einen strammen Spaziergang hinaus nach Dun Laoghaire machen, dann zurückkommen und sich für das Wohltätigkeitsessen umziehen. Da sie durch ihre Arbeit bei Hayward's überall bekannt war, wurde sie oft gebeten, an solchen Veranstaltungen teilzunehmen. Hayward's war *das* Kaufhaus in Dublin. Es hatte Verkäufe, Renovierungen und den Wandel der Zeiten überlebt. Heute hatte Shona wenigstens Gelegenheit, das neue Kleid zu tragen, das sie bei einem Ausverkauf erstanden hatte. Trotzdem war es traurig, mit sechsundzwanzig Jahren so viele hübsche Sachen zum Anziehen, aber zu wenig Gelegenheiten zu haben, sie zu tragen.

»Neil, kann ich einen Moment mit dir sprechen?«

»Nein, Vater, das ist gerade sehr schlecht, wir sind mitten in einer …«

»Wir auch, wir befinden uns mitten in einer Krise. Diese beiden Kinder nehmen das Haus Stein für Stein auseinander.«

»Nein, ich meine es wirklich ernst. Ich kann jetzt nicht mit dir über Maud und Simon sprechen.«

»Aber was sollen wir nur tun?«

»Vater, wir werden uns um sie kümmern, das ist doch ganz einfach. Wir werden euch helfen, Cathy und ich, aber wenn du mich jetzt bitte entschuldigen würdest …«

»Aber Neil …«

»Ich muss weitermachen.«

Jock Mitchell legte auf. Er war müde. Die Zwillinge hatten alle Nachspeisen, die Cathy im Kühlschrank zurückgelassen hatte, zum Frühstück verspeist. Simon war daraufhin schlecht geworden, und er hatte auf den Teppich gekotzt.

In einer Erdgeschosswohnung in Rathgar war James Byrne bereits wach und saß an seinem Schreibtisch. Seit er vor einem halben Jahr in Ruhestand getreten war, hatte er sein

Leben und seine Gewohnheiten so weitergeführt, als würde er noch arbeiten. Zuerst das Frühstück, das aus einem gekochten Ei, Tee und Toast bestand, danach zehn Minuten Aufräumen in seiner Dreizimmerwohnung, eine zweite Tasse Tee und zwanzig Minuten an seinem Schreibtisch. Das hatte sich als sehr nützlich erwiesen, als er noch in der großen Steuerkanzlei angestellt gewesen war. Es hatte Klarheit in seine Gedanken gebracht, und er hatte sich überlegen können, was er in welcher Reihenfolge erledigen wollte, ehe er ins Büro ging. Jetzt gab es natürlich keine Prioritäten mehr. Er musste nicht mehr entscheiden, ob er eine Steuererklärung ablehnen sollte, weil sie ihm zu sehr nach Steuerhinterziehung aussah. Jetzt trafen andere, jüngere Leute diese Entscheidungen. Es gab immer weniger für ihn zu tun, aber irgendeine Tätigkeit fand er immer. Vielleicht würde er das Abonnement für eine Zeitschrift erneuern oder sich einen Katalog bestellen. Zu seiner Überraschung klingelte das Telefon. Es riefen zwar nur wenige Menschen um diese Zeit bei James Byrne an, aber an Neujahr hatte er um zehn Uhr morgens bestimmt nicht mit einem Anruf gerechnet. Es war eine junge Frau.

»Mr. Byrne? Ist es noch zu früh für einen Anruf?«

»Nein, nein. Wie kann ich Ihnen helfen?«

Die Stimme klang jung und sehr aufgeregt. »Es geht um die Immobilie, Mr. Byrne, wir haben wirklich großes Interesse daran, das müssen Sie mir glauben. Besteht die Möglichkeit, dass wir sie heute noch besichtigen könnten?«

»Immobilie?« James Byrne war verwirrt. »Welche Immobilie?«

Er hörte aufmerksam zu, als sie es ihm erklärte. Es handelte sich dabei um das alte Anwesen der Maguires, um die Druckerei, die sie seit dem Unfall nicht mehr betreten hatten. Er wusste, dass die Familienangehörigen niedergeschlagen und traurig gewesen waren, sie hatten nicht einmal einen Rat annehmen wollen. Aber jetzt schienen die Maguires fort zu sein und hatten offensichtlich ein Schild mit der Aufschrift

Zu verkaufen und James Byrnes Telefonnummer am Tor hinterlassen. In vielen Jahren Berufserfahrung hatte James gelernt, dass er seine eigene Unsicherheit oder Verwirrung niemals einem Klienten zeigen durfte.

»Mal sehen, ob ich etwas darüber finden kann, Miss Scarlet«, sagte James. »Ich rufe Sie in einer Stunde wieder zurück.«

Cathy legte vorsichtig auf und sah sich in Toms Wohnung um, wo die kleine Gruppe gebannt jedem Wort ihres Telefonats gelauscht hatte. Tom beugte sich vor, wie auch ihr Vater das immer tat, wenn er im Radio hören wollte, welches Pferd das Rennen gewonnen hatte. Marcella, die ein altes rosa Hemd von Tom und schwarze Jeans trug, sah mit ihren dunklen Augen und dem schwarzen Haarschopf immer mehr wie das Topmodel aus, das sie so gerne sein wollte. Geraldine hatte sich bereits in Schale geworfen für ihr Wohltätigkeitsessen, sich aber trotzdem noch die Zeit genommen, den wichtigen Anruf höchstpersönlich mitzuerleben.

»Er ist kein Immobilienmakler, er ist Buchhalter und kennt die Leute, denen das Gebäude gehört, persönlich. Er ruft uns in einer Stunde zurück«, erklärte sie mit glänzenden Augen. Sie konnten es kaum glauben.

Es kam ihnen allen vor wie drei Stunden, aber Geraldine schaute auf die Uhr und bestätigte, dass es noch keine sechsunddreißig Minuten waren, als das Telefon tatsächlich klingelte. Dieses Mal nahm Tom ab. James Byrne, der ehemalige Buchhalter, hatte sich mit seinen Freunden in England in Verbindung gesetzt. Sie hatten ihm bestätigt, dass sie das fragliche Objekt tatsächlich verkaufen wollten. Sie hätten ihre Entscheidung über Weihnachten getroffen und wären gestern, nachdem alles klar gewesen wäre, nach England gefahren. Sie hatten James Byrne gebeten, alles Erforderliche in die Wege zu leiten, und das so schnell wie möglich. Cathy warf

Tom einen ungläubigen Blick zu. Es war also so weit, und noch dazu war es genau so, wie sie es sich vorgestellt hatten. Außerdem waren sie die ersten Kaufinteressenten, sie hatten also durchaus eine Chance. Tom dachte genau dasselbe.

»Wir sind sehr froh, dass Sie unsretwegen nachgefragt haben, Mr. Byrne, und jetzt würde ich Ihnen noch gerne sagen, dass ...«

Die Stimme unterbrach ihn. »Sie werden selbstverständlich verstehen, dass meine Loyalität natürlich in erster Linie den Maguires, den Besitzern der Immobilie, gehört. Sie werden deshalb von einem Anwalt, einem Auktionator, vertreten werden, und ich werde versuchen, den bestmöglichen Preis für sie zu erzielen.«

»Ja, aber natürlich«, erwiderte Tom. Sein Elan schien plötzlich verschwunden.

»Aber ich bin Ihnen trotzdem sehr dankbar, Mr. Feather, dass Sie mich darüber informiert haben, sonst hätte es vielleicht noch Tage gedauert ...«

Geraldine kritzelte etwas auf einen Umschlag und hielt ihn Tom unter die Nase.

»Besteht eventuell die Möglichkeit, dass Sie uns das Gebäude vorher schon zeigen könnten?«, fragte Tom.

Es folgte eine kurze Pause. »Aber natürlich«, erwiderte der Mann. »Das dürfte kein Problem sein. Die Maguires sind sehr interessiert daran, zu erfahren, was das für Leute sind, die ihre Anzeige so schnell entdeckt haben. Sie haben sie nämlich erst gestern, bevor sie zum Flughafen sind, aufgehängt.«

»Gestern?« Tom wunderte sich. »Aber es sieht so aus, als stünde das Gebäude schon ziemlich lange leer.«

»Das tut es auch; die Familie hatte eine Menge Ärger.«

»Das tut mir leid. Sind Sie ein Freund der Maguires?«

»Gewissermaßen. Ich habe für sie gearbeitet, und sie hatten Vertrauen zu mir.«

Eine mehr als sachliche Beschreibung ihres Verhältnisses.

Tom hoffte, das Gespräch rasch wieder auf das Thema der Besichtigung zurückzubringen. Mr. Byrne räusperte sich.

»Meinen Sie, wir könnten uns in einer Stunde dort treffen?«, schlug er vor.

Die Stadt schien noch zu schlafen, aber James Byrne war hellwach. Er war ein Mann um die sechzig, klein und von korrektem Äußeren. Er trug einen dunklen Wintermantel, Handschuhe und hatte sich einen Seidenschal um den Hals gebunden. In einem Film hätte man mit ihm die Rolle des ewig besorgten Bankdirektors oder des professionell betroffenen Politikers besetzt. Er stellte sich höflich vor und schüttelte allen die Hände, als träfe man sich in einem Büro, statt am ersten Tag des Jahres in bitterer Kälte vor einer heruntergekommenen Druckerei zu stehen. Cathy freute sich, als sie sah, dass er den lächerlichen Pappkarton mit der Verkaufsankündigung abnahm, missbilligend die Nase rümpfend angesichts der laienhaften Machart. Aber dann erklärte er ein weiteres Mal, dass das Objekt normal zum Verkauf ausgeschrieben werden, vielleicht sogar versteigert werden müsse. Es könnte ihnen also immer noch vor der Nase weggeschnappt werden. Irgendwie spürten alle Anwesenden, dass Mr. Byrne ihnen nichts über die Maguires erzählen würde, nichts darüber, welche Sorgen oder Probleme es in ihrem Leben gegeben hatte. Es war jetzt auch nicht der Zeitpunkt, danach zu fragen.

Staunend liefen sie durch das Gebäude, durch den Ort, der Scarlet Feathers neues, besser gesagt, ihr erstes Zuhause werden könnte.

Im mittleren Teil konnte man bequem die große Küche unterbringen, dort könnten die Gefriertruhen und Kühlschränke stehen, in die Ecke könnte man die Toiletten und Waschräume für das Personal einbauen, und auf der anderen Seite wäre noch Platz für das Warenlager. Und dann gab es noch einen kleineren Raum, in dem man die Kunden empfangen konnte. Es war perfekt geeignet für ihre Zwecke, alles war so, wie sie es sich erhofft hatten. Und dabei war das Gebäude so schäbig und heruntergekommen, dass andere Interessenten möglicherweise das Potenzial nicht erkennen würden, das darin steckte. Cathy merkte erst, dass sie ihre Finger ineinander verknotet und die Augen fest geschlossen hatte, als sie hörte, wie James Byrne sich räusperte. Er schien sich Sorgen zu machen, sie könnte sich bereits zu sehr freuen und sich zu große Hoffnungen machen. Sie wusste, dass sie ihn beruhigen musste.

»Ist schon in Ordnung, James, ich weiß, dass es uns noch lange nicht gehört. Das ist der erste Schritt auf einer langen Reise«, bemerkte sie mit einem warmen Lächeln.

Seit einer Dreiviertelstunde kannten sie nun diesen Herrn und hatten ihn immer mit Mr. Byrne angesprochen. Er war ein Fremder, doppelt so alt wie sie, und sie hatte ihn gerade eben James genannt. Sie spürte, wie eine leichte Röte ihren Hals überzog. Aber sie wusste genau, weshalb sie das getan hatte; unterbewusst drückte sich darin ihr Wunsch aus, sich niemals einem anderen Menschen unterlegen zu fühlen, niemals kriechen und betteln zu müssen. Aber vielleicht war sie dieses Mal doch zu weit gegangen. Cathy sah ihm offen ins Gesicht und versuchte, ihn mit Blicken davon zu überzeugen, sich nicht beleidigt zu fühlen. James Byrne erwiderte ihr Lächeln.

»Vielleicht ist es gar keine so lange Reise, Cathy. Die Maguires sind sehr interessiert daran, die Angelegenheit so rasch wie möglich über die Bühne zu bringen, sie wollen schnell verkaufen. Es könnte durchaus schneller gehen, als Sie alle jetzt glauben.«

Cathy fuhr nicht sofort zurück nach Waterview. Sie wollte nicht allein zu Hause sitzen, während ihre Gedanken sich überschlugen, aber viele andere Orte, wo sie sonst gerne hingefahren wäre, gab es auch nicht. Tom und Marcella waren bestimmt viel lieber allein. In den St. Jarlath's Crescent wollte sie auch nicht; sie hätte es nicht ertragen, sich eine detaillierte Beschreibung des Abends im Pub anzuhören, obwohl sie es kaum erwarten konnte, ihren Eltern von den schwindelerregenden Veränderungen in ihrem Leben zu erzählen. Und nach Oaklands zu fahren kam schon gar nicht infrage. Dort, in dem großen Haus, würde in diesem Moment bestimmt ein schrecklicher Krieg im Gange sein. Es konnte durchaus sein, dass diese grässlichen Kinder mit ihren ernsten Gesichtern und ihrer totalen Missachtung des Eigentums oder der Gefühle anderer das Haus bereits völlig auf den Kopf gestellt hatten. Tief im Innern wusste sie, dass früher oder später sie und Neil sich in irgendeiner Form um sie kümmern müssten. Aber bis dahin schien es das Beste, sich von Oaklands fernzuhalten.

Hannah Mitchell würde bestimmt mit ihren Freundinnen telefonieren. Sie würde lachen und jammern oder sich bei ihrem Mann darüber beschweren, dass ihre Tochter wieder nicht aus Kanada angerufen hatte. Bestimmt hatte sie die ordentlich zugedeckten Teller im Kühlschrank noch nicht entdeckt, die fein säuberlich mit Huhn, Gemüse und Dessert beschriftet waren. Cathy wusste, dass sie keinen Dank dafür erwarten konnte. Das gehörte nicht zur Abmachung. Bestenfalls konnte sie erwarten, von Hannah in Ruhe gelassen zu werden.

Nein, das stimmte nicht. Das Beste wäre gewesen, wenn Hannah Mitchell für immer in einem offenen Kanalloch verschwunden wäre. Cathy war nervös, sie musste unbedingt ein bisschen laufen, um wieder einen klaren Gedanken fassen zu können. Sie stellte fest, dass sie in den Süden fuhr, hinaus aus der Stadt, Richtung Dun Laoghaire und Meer. Sie parkte den Wagen und marschierte den langen Pier entlang. Gegen die Kälte war sie in ihren Mantel eingewickelt. Viele Dubliner mit einem schweren Kopf vom Abend zuvor schienen dieselbe Idee gehabt zu haben und arbeiteten nun daran, wenigstens bis zum Mittagessen wieder so etwas wie Durst und Hunger zu entwickeln. Cathy musste schmunzeln; mit einem halben Glas Champagner um Mitternacht und sonst nichts war sie bestimmt nüchtern und abstinent gewesen wie keine Zweite hier an diesem Ort. Sogar ihre Mutter, die von sich behauptete, nichts zu trinken, hatte sich zur Feier des neuen Jahres mit Sicherheit drei heiße Whiskys gegönnt. Und wahrscheinlich war es klüger, nicht darüber zu spekulieren, wie viele Glas Bier ihr Vater getrunken hatte. Doch bestimmt gab es unter denen, die am Neujahrstag an diesem Pier spazieren gingen, keinen, der aufgeregter gewesen wäre als Cathy. Sie würde ihr eigenes Geschäft haben, sie würde selbstständig sein, Mitbesitzerin eines Erfolg versprechenden Unternehmens. Seit sie die Sache angefangen hatten, wurde ihr jetzt zum ersten Mal klar, dass es kein Traum bleiben sollte.

Sie würden ihren Firmennamen auf den Lieferwagen malen, sie würden jeden Morgen in dieses sonderbare Viertel fahren, und ihr Name würde über der Tür ihres Geschäftes stehen. Aber nicht grell oder auffallend, das würde nicht zu der Umgebung passen. In Schmiedeeisen vielleicht? Tom und sie waren sich schon lange einig, dass sie die beiden Türen in einem dunklen Scharlachrot streichen wollten. Aber es war trotzdem noch etwas zu früh, sich bereits über schicke Türknäufe oder Türklopfer Gedanken zu machen. In diesem Stadium konnte noch kein Geld für irgendwelchen Schnickschnack verschwendet werden. Immer und immer wieder hatten sie durchgerechnet, wie viel sie ausgeben konnten. Sie würden ihr Geschäft bestimmt nicht gefährden, ehe es überhaupt richtig lief. Unter den Gästen bei den Mitchells war auch der Besitzer eines großen Schreibwarengeschäftes gewesen. Vielleicht konnte sich Cathy wegen eines Rabatts auf Werbeprospekte und Visitenkarten an ihn wenden. Und selbst wenn er ihnen keinen Nachlass gewährte, würden sich der Besitzer und seine ziemlich sozial eingestellte Frau wenigstens an sie erinnern.

Jetzt gab es tausend Dinge zu tun. Wie sollten sie da warten, bis sie etwas von diesen Fremden hörten, die einen bankrotten Betrieb einfach geschlossen hatten und über Nacht verschwunden waren, ohne irgendwelche weiteren Vorkehrungen zu treffen? Wäre da nicht James Byrne mit seiner ruhigen, korrekten Art gewesen, Cathy hätte befürchtet, es mit Verrückten zu tun zu haben, die vielleicht nie einem Verkauf zustimmten. Aber dieser kleine Mann hatte etwas Beruhigendes an sich, etwas, das einem ein Gefühl der Sicherheit gab. Gleichzeitig wusste er eine gewisse Distanz zu wahren. Weder sie noch Tom hatten sich getraut, ihn nach seiner Adresse zu fragen oder bei welcher Firma er angestellt gewesen war. Sie kannten nur seine Telefonnummer von der merkwürdigen Anzeigetafel. Cathy wusste, dass weder sie noch Tom ihn anrufen und zur Eile antreiben würden. Sie würden warten, bis sie von ihm Bescheid bekämen. Mit seiner ausgesprochen höflichen, aber ein wenig ausdruckslosen Stimme hatte er ihnen erklärt, dies würde bestimmt eher früher als später der Fall sein. Cathy fragte sich, ob er wohl nach Hause zurückgefahren war, wo seine Frau bereits mit dem Mittagessen auf ihn wartete. Oder würde er mit seiner Familie zum Essen in ein Hotel gehen? Vielleicht hatte er gar keine Familie und war ein Junggeselle, der sich selbst versorgte. Doch dafür hatte er eine Spur zu gepflegt gewirkt: sauber geputzte Schuhe, perfekt gebügelter Hemdkragen. Viel mehr als das, was sie ohnehin schon wussten, würden sie wahrscheinlich nicht über ihn in Erfahrung bringen. Und sobald James Byrne sie mit diesen merkwürdigen, nur schwer zu fassenden Maguires zusammengebracht hätte, würden sie ihn nie mehr wieder sehen. Sie musste sich unbedingt seine Adresse besorgen, damit sie ihm, wenn Scarlet Feather seinen Betrieb aufgenommen hatte, erzählen konnte, dass er von Anfang dabei gewesen war ... Und es würde ein Erfolg werden, Cathy war sich sicher. Sie hatten doch nicht zwei Jahre Planung investiert, um dann nur als eine unter vielen Zahlen in diesen dummen Statistiken über fehlgeschlagene Geschäftsgründungen wieder aufzutauchen.

Und dann würde Cathy Scarlet, die erfolgreiche Geschäftsfrau, ihre Mutter zum Einkaufen und zum Essen in ein schickes Restaurant ausführen können. Bald würde dann auch der alles verzehrende Wunsch, Hannah Mitchell umzubringen, verschwinden, und sie wäre endlich in der Lage, in ihr nichts weiter als ein ganz normales, eher jämmerliches Mitglied der menschlichen Rasse zu sehen. Tom Feather hatte seine Gründe, weshalb er sich sehnlichst einen Erfolg herbeiwünschte, sie die ihren, weshalb sie noch dringender einen Erfolg brauchte. Ihre Gründe waren ziemlich komplex, wie Cathy gern zugab. Manche davon waren der Bank und Geraldine nur schwer zu erklären, manchmal verstand sie nicht einmal Neil. Sicher wäre das Leben einfacher, wenn Cathy ihre beachtlichen Talente weiterhin in den Dienst eines anderen stellte, der dann auch die Risiken tragen, die Rechnungen begleichen und mögliche Verluste übernehmen würde. Normalerweise, aber nicht immer, fiel es Cathy nicht schwer, die Leidenschaft, die Begeisterung, die feste Überzeugung aufzubringen, ein völlig ausgeglichener und praktischer Mensch zu sein. Wenn Cathy gut drauf war, war sie kaum zu bremsen.

Doch manchmal, während einer durchwachten Nacht, hatten Zweifel an ihr genagt. Das eine oder andere Mal, wenn die Widerstände besonders stark waren, stellte sie sich schon die Frage, wie Tom und sie es je schaffen sollten, in diesen Markt einzudringen. Am Ende eines ohnehin langen Arbeitstages in einem der Dubliner Restaurants war sie manches Mal versucht, sich auszumalen, wie schön es doch wäre, jetzt nach Hause zu gehen und ein langes Bad zu nehmen, statt noch ein paar Stunden mit Tom dranzuhängen und gemeinsam Kalkulationen zu erstellen, was die Lebensmittel im Einkauf kosten würden, und sich auszumalen, wie sie die Speisen noch gefälliger anrichten und noch schneller servieren könnten.

Aber gestern Abend, als sie die ehemalige Druckerei besichtigt hatte, und heute, als ihr klar wurde, dass sie das Objekt vielleicht sogar bekommen könnten, hatte sie keine Zweifel mehr gehabt. Cathy lächelte voller Zuversicht.

»Na, da ist wenigstens eine, die ein schönes Silvester erlebt hat«, sagte eine Stimme. Es war Shona Burke, die hübsche junge Leiterin der Personalabteilung bei Hayward's. Sie war eine Freundin von Tom und Marcella und trat immer ruhig und selbstsicher auf. Sie war ihnen sehr bei der Suche nach den richtigen Kontakten nützlich gewesen. Momentan zerrte ein rotbrauner, aufgeregter Setter an ihr, der nicht stehen bleiben, sondern andere Hunde aufstöbern oder das Meer anbellen wollte – alles, nur nicht noch eine langweilige Unterhaltung mit einem Menschen.

»Wie kommst du denn auf die Idee?«, fragte Cathy lachend.

»Verglichen mit allen anderen, die ich bisher getroffen habe, strahlst du geradezu. Alle anderen haben nur erzählt, dass sie entweder für immer das Trinken aufgegeben hätten oder von ihrer wahren Liebe verlassen worden wären oder sich nicht mehr erinnern könnten, wo sie zum Mittagessen verabredet sind.«

»Die haben ja alle keine Ahnung, wie hart das Leben sein kann ... Die haben alle noch keine Party für Hannah Mitchell ausgerichtet.« Cathy verdrehte die Augen. Shona kannte die gefürchtete Hannah, die eine treue Besucherin der regelmäßig stattfindenden Kundenabende bei Hayward's war, bestens.

»Und du bist trotzdem noch am Leben und kannst noch lächeln.«

»Während der Party habe ich kein einziges Mal gelächelt, das kannst du mir glauben. Ihr verkauft bei euch im Laden nicht zufälligerweise Gifte, die nicht im Körper nachweisbar sind, oder? Wo warst du übrigens gestern Abend?«

»Ich war auf der Party bei Ricky und habe dort Tom und

Marcella getroffen... Na ja... Tom ist ziemlich bald gegangen.«

Cathy erwiderte nichts. Sie hätte Shona gerne die Neuigkeiten mitgeteilt, aber sie waren sich einig gewesen, es so lange niemandem zu sagen, bis es wirklich etwas zu sagen gäbe. Geraldine und Marcella waren damit einverstanden gewesen, also durfte auch sie nichts ausplaudern. Und sie fragte auch nicht, weshalb Tom nicht lange geblieben war.

»Wie war denn das Essen?«, fragte Cathy stattdessen.

»Nicht du auch noch. Tom hätte das Ganze am liebsten unter dem Mikroskop untersucht.«

»Tut mir leid, ich weiß, wie nervtötend wir sein können.«

»Das seid ihr überhaupt nicht, und um die Wahrheit zu sagen, das Essen war schlicht langweilig. Aber, ich habe mir nicht nur einen Prospekt geben lassen, den ich dir schicken werde, ich habe Ricky auch gefragt, wie viel er dafür bezahlt hat, und du wirst erstaunt sein...«

»Positiv oder negativ erstaunt?«

»Positiv, stelle ich mir vor – ich weiß doch, was ihr beide für diesen Preis bieten könntet. Entschuldige, aber dieses Ungeheuer reißt mich jetzt gleich in den Hafen.«

»Gehört er dir? Du kannst doch unmöglich ein so großes Tier in den Glenstar Apartments halten?«

»Nein, den habe ich mir nur ausgeliehen, damit ich vor dem Mittagessen wenigstens noch ein paar Schritte aus dem Haus komme.«

Cathy stellte fest, dass sie nichts über Shona Burkes Privatleben wusste. Vielleicht arbeitete man heutzutage aber auch viel zu hart, um überhaupt ein Privatleben zu haben. Oder, was wahrscheinlicher war, man arbeitete vielleicht zu hart, um die Zeit zu haben, sich über das Privatleben anderer Gedanken zu machen.

»Aber ich verspreche dir, ich werde weiter nach einem geeigneten Objekt für euch Ausschau halten. Ihr werdet in dem

Moment etwas finden, wenn ihr es am wenigsten erwartet, glaube mir.«

Cathy kam sich schäbig vor, als sie sich bei ihr bedankte. Aber versprochen war versprochen. Sie sah sich die Gesichter an, die an ihr vorüberzogen. Manche Leute würde sie nie zu ihren Kunden zählen können, nicht in einer Million Jahren. Andere hingegen würden die Dienste von Scarlet Feather irgendwann einmal in ihrem Leben benötigen. Es gab immer Geburtstage, Abschlussfeiern, Hochzeiten, Jahrestage, Versammlungen – und Beerdigungen. Die Leute waren nicht länger der Ansicht, es sei das Privileg der Reichen und Berühmten, sich einen Partyservice zu leisten. Viele Frauen hatten, Gott sei Dank, den unsinnigen Versuch aufgegeben, sich als Superfrau zu präsentieren, die alles selbst gekocht hatte, während sie nebenbei noch ihren Job erledigte, sich um die Kinder kümmerte und einen Haushalt führte. Im Gegenteil, heutzutage war es ein Beweis von Intelligenz, wenn man fähig war, jemanden zu finden, der einem die Arbeit für einen Teilbereich des Lebens abnahm. Manche dieser Menschen, die hier ihren Morgenspaziergang absolvierten und auf die Wellen blickten, würden vielleicht irgendwann mal den Prospekt anfordern, den sie und Tom bald drucken lassen würden. Das stramm ausschreitende Paar da vorn mit den beiden Spaniels zum Beispiel. Das waren zwei mögliche Kandidaten, entweder für eine Ruhestandsparty oder aber für einen dreißigsten Hochzeitstag. Die gut gekleidete Dame, die einen so sportlichen Eindruck machte, sie könnte ihre Dienste bei der Ausrichtung eines Damenkränzchens für ihre Golffreundinnen benötigen. Oder das Händchen haltende Paar. Die beiden würden vielleicht bald einen Stehempfang organisieren wollen, um ihre Verlobung zu verkünden. Selbst der Mann mit den geröteten Augen und dem bleichen Gesicht, der vergebens hoffte, die frische Luft würde Wunder wirken und jede Übertreibung wieder rückgängig machen, die er gestern Abend seinem Körper zugemutet hatte. Er könnte irgendein

Manager sein, der auf der Suche nach einer Firma war, die alle seine offiziellen Einladungen ausrichtete.

Es gab endlos viele Möglichkeiten. Cathy atmete vor Freude tief durch. Wie sagte ihr Vater immer? Das Leben ist schön, solange man sich nicht unterkriegen lässt. Nicht dass ihr Vater jemals großen Unternehmungsgeist bewiesen und sich zu größeren Aktivitäten aufgerafft hätte – abgesehen von seinem regelmäßigen Gang zu Sandy Keane, dem Buchmacher. Der arme Dad. Er würde einen Anfall bekommen, wenn er wüsste, wie viel Geld sie und Tom Feather bereit waren, für ihre Zentrale auszugeben. Und ihre Mutter würde kreidebleich werden. Ihre Mutter würde sich noch bis zum Ende ihrer Tage dafür entschuldigen, dass die Tochter der Zugehfrau sich den einzigen Sohn der großartigen Hannah Mitchell geschnappt hatte. Ein entsetzliches Verbrechen – zehntausendmal schlimmer, als sich eine halbe Stunde Zeit zu nehmen, um eine Tasse Tee zu trinken, eine Zigarette zu rauchen und sich kurz eine Quizshow im Fernsehen anzusehen. Daran würde sich nie etwas ändern. In der ersten Zeit hatte Cathy noch versucht, die beiden Frauen zu einem normalen gesellschaftlichen Umgang zu zwingen, aber das war zu schmerzhaft gewesen. Cathy hatte jedes Mal beide Hände zu Fäusten geballt, wenn ihre Mutter bei ihren Besuchen auf Oaklands eilfertig aufgesprungen war, um den Tisch abzuräumen. Irgendwann hatte sie diese Versuche aufgegeben. Neil schienen diese Begegnungen nie etwas ausgemacht zu haben.

»Jetzt hör mir mal zu. Kein normaler Mensch kann mit meiner Mutter auskommen. Also, hör auf, deine unglückliche Mutter dazu zu zwingen, Dinge zu tun, die sie hasst. Ich würde vorschlagen, wir besuchen deine Familie allein oder laden sie zu uns ein.«

Muttie und Lizzie waren bei Cathy und Neil ebenso willkommen wie die jungen Anwälte, Politiker, Journalisten und Bürgerrechtsaktivisten, die dort ständig aus und ein gingen.

Und Neil schaute gelegentlich bei seinen Schwiegereltern vorbei. Er hatte ihnen immer etwas Interessantes zu erzählen. Einmal hatte er zu den Scarlets einen jungen Mann mitgebracht, den seine eigene Mutter einen Tinker genannt hätte. Neil nannte ihn einen Fahrenden. Er hatte den jungen Mann gerade erfolgreich gegen den Vorwurf, ein Pferd gestohlen zu haben, verteidigt und wollte ihn anschließend zur Feier des Tages auf ein Bier einladen. Schüchtern hatte der junge Mann gemeint, dass fahrendes Volk wie er in manchen Pubs oft keinen Zutritt hätte. Als alle Überredungskunst nichts genützt hatte, hatte Neil darauf bestanden, dass er unbedingt seinen Schwiegervater kennenlernen müsse; sie würden ein paar Flaschen Bier mitbringen und über Pferde reden. Muttie Scarlet hatte ihm das nie vergessen. Er hatte Cathy bestimmt tausendmal erzählt, wie sehr er sich gefreut hatte, Neil dabei hatte helfen zu können, einen seiner »Gefangenen« zu bewirten. Cathys Vater nannte sie immer »Gefangene«, nie Mandanten.

Nach und nach wurde auch ihre Mutter entspannter, wenn Neil zu Besuch kam. Falls sie doch wieder Anstalten machte, in ihre alte Rolle zu verfallen, seinen kalt gewordenen Tee auszuschütten, einen Knopf an seinem Mantel anzunähen oder – wie sie es schrecklicherweise einmal versucht hatte – seine Schuhe zu putzen, dann entzog er sich sanft und freundlich diesen Versuchen. Cathy wäre sofort wieder auf Konfrontationskurs gegangen. Neil schien das alles ziemlich normal zu finden. Er fand nie etwas Merkwürdiges dabei, in einem Handwerkerhäuschen in Jarlath's Crescent bei seinen Schwiegereltern gekochten Schinken zu essen, bei der ehemaligen Zugehfrau seiner Mutter und deren nichtsnutzigem Ehemann. Neil interessierte sich für alles, deswegen konnte man auch so gut mit ihm reden. Er hatte überhaupt nichts von der kämpferischen Art an sich, die Cathy wie einen Schutzschild vor sich hertrug. Für ihn war das keine große Sache. Was es ja auch nicht war, wie Cathy sich hundertmal immer wieder selbst einredete. Es war ihre Schwiegermutter, die alles so grotesk und absurd aussehen ließ. Cathy schob die Frau in Gedanken beiseite. Sie würde jetzt nach Waterview zurückkehren und dort warten, bis Neil nach Hause kam.

In der Anzeige war ihr Haus in Waterview Nummer sieben großspurig als »Stadthaus« beschrieben gewesen. Eine dumme Etikettierung, die den Preis für das kleine Haus mit den zwei Schlafzimmern und dem winzigen Garten nur um etliche tausend Pfund in die Höhe getrieben hatte. Dreißig Häuser dieser Art waren für Leute wie Neil und Cathy gebaut worden, für junge Paare mit zwei Einkommen und – noch – keinen Kindern. Man konnte zu Fuß oder mit dem Fahrrad zur Arbeit in die City gelangen. Ein idealer Zustand für Cathy und Neil und neunundzwanzig ähnliche Paare. Und wenn es an der Zeit war, zu verkaufen, würden bereits genügend Interessenten bereitstehen, um die Häuser zu übernehmen. Laut Neils Vater, Jock Mitchell, der alles über Geldanlagen wusste, war das eine gute Investition.

Hannah Mitchell hatte, außer tiefen Seufzern, noch keinen Kommentar zu dem Thema Waterview abgegeben. Besonders missbilligte sie jedoch die Tatsache, dass es dort kein Esszimmer gab. Cathy hatte von vornherein entschieden, aus diesem Raum ein Arbeitszimmer zu machen und in der Küche zu essen. Drei Wände des Arbeitszimmers waren mit Bücherregalen vollgestellt, in die vierte Wand war ein Fenster eingelassen, von dem aus man den versprochenen Blick aufs Wasser genießen konnte. An zwei mit Filz bezogenen Schreibtischen arbeiteten Cathy und Neil oft noch bis spät in die Nacht, bis einer irgendwann aufstand und Kaffee holte, und möglicherweise beschloss der andere ein wenig später, dass es jetzt Zeit war, eine Flasche Wein zu öffnen. Die Fähigkeit, Seite an Seite friedlich nebeneinander zu arbeiten, war eine ihrer großen Stärken. Sie hatten Freunde, die oft deswegen stritten und sich darüber beschwerten, dass die Arbeit ihres Partners negative Auswirkungen auf ihr Privatleben hatte. Aber Cathy und Neil hatten dieses Problem nie gekannt. Vom ersten Moment an, als sie sich in Griechenland kennenlernten und er aufhörte, für sie der hochnäsige Junge von Oaklands zu sein, dessen Mutter allen das Leben so schwer machte… und seit er in Cathy nicht mehr die rotzfreche Tochter der netten Mrs. Scarlet sah, hatte es nur noch wenige Missverständnisse zwischen ihnen gegeben. Neil hatte von Anfang an begriffen, dass Cathy selbstständig sein und ihr eigenes Geschäft führen wollte. Und Cathy hatte gewusst, dass er keine normale, sondern eine ganz bestimmte Art von Anwaltskanzlei haben wollte. Für Neil Mitchell sollte es keine Halbheiten geben, seine Arbeitsstunden würden nie weniger werden wie bei seinem Vater, der dies irgendwann für sich durchgesetzt hatte. Er würde auch nie vorgeben, geschäftlich unterwegs zu sein, während er auf dem Golfplatz war oder in irgendeinem Club in Stephen's Green. Cathy und Neil unterhielten sich oft noch bis spät in die Nacht über einen seiner Mandanten, der aufgrund widriger Umstände nie eine Chance hatte, zu beweisen, dass er unter einer Dyslexie, einer Lesestörung, litt und deswegen die Formulare, die man ihm zugesandt hatte, nicht lesen konnte. Oder sie gingen zum wiederholten Male das Budget für Scarlet Feather durch; Neil holte dann seinen Taschenrechner heraus und addierte, subtrahierte, dividierte und multiplizierte. Wenn Cathy niedergeschlagen war, beruhigte Neil sie und versicherte ihr zum wiederholten Male, dass einer der Partner seines Vaters, ein Mensch mit Geld im Überfluss, ihnen bei jedem Schritt auf ihrem Weg mit Rat und Tat zur Seite stehen würde.

Cathy sperrte die Haustür zu Waterview Nummer sieben auf und setzte sich in die Küche. Das war das einzige Zimmer, wo sie die Bilder an der Wand noch richtig sehen konnten. Im Arbeitszimmer gab es keinen Platz dafür, weil alles voller Bücher, Akten und Dokumente war. Die Diele und die

Treppen waren zu eng, um zu sehen, was dort hing, und in den beiden Schlafzimmern oben nahmen Einbauschränke und Kommoden jeden Zentimeter Wand in Beschlag. Dort war also auch kein Platz.

Cathy saß am Küchentisch und betrachtete ihre Kunstsammlung. Alles, was dort hing, war von jemandem gemalt worden, den sie kannten: der griechische Sonnenaufgang von dem alten Mann in der Taverne, wo sie gegessen hatten. Die Gefängniszelle von der Frau, die des Mordes angeklagt war und die Neil freibekommen hatte. Die Clew Bay in Mayo von dem amerikanischen Touristen, den sie dort kennengelernt und mit dem sie sich angefreundet hatten, als ihm die Brieftasche gestohlen worden war. Das wunderbare Stillleben stammte von der alten Dame aus dem Hospiz, die noch drei Wochen vor ihrem Tod eine eigene Ausstellung gehabt hatte. Jedes Bild hatte seine Geschichte und Bedeutung. Für Neil und Cathy war es egal, ob es sich dabei um große Kunst oder um Kitsch handelte.

Ein Telefon kann sich in einem stillen Haus wie eine Alarmglocke anhören. Irgendwie hörte Cathy es dem Klingeln bereits an, dass es kein angenehmer Anruf sein würde.

»Ist Neil da?«, fuhr ihre Schwiegermutter sie an.

»Nein, er ist mit Jonathan unterwegs. Man hat heute Morgen versucht, ihn abzuschieben.«

»Wann wird er wieder zurück sein?« Hannahs Stimme war ein einziges Krächzen.

»Tja, wenn er fertig ist, er wusste es nicht.«

»Ich rufe ihn auf seinem Handy an …«

»Das schaltet er bei Besprechungen immer aus, er wird Sie …«

»Sag mir, wo er ist, Cathy, er muss auf der Stelle herkommen.«

»Hat es einen Unfall gegeben …?«

»Es hat tatsächlich einen Unfall gegeben, der größte Teil der Küchendecke ist heruntergekommen«, rief Hannah. »Sie haben die Waschbecken überlaufen lassen, und das Gewicht des Wassers... Ich brauche Neil unbedingt, damit er mir diese Kinder aus dem Haus schafft und sie irgendwohin bringt, völlig egal, wohin. Wir haben hier keine Sekunde Frieden mehr – und was dich betrifft, Cathy, diese Kinder haben sich mit schweren und völlig unbekömmlichen Desserts vollgeschlagen, bis ihnen schlecht wurde. Ich muss mit Neil sprechen. Auf der Stelle.« Mittlerweile hörte sich ihre Stimme gefährlich hoch und zittrig an.

»Ich kann ihn jetzt nicht für Sie erreichen, ich kann es wirklich nicht. Aber ich weiß, was er sagen würde.«

»Wenn du mir jetzt sagen wirst, dass ich mich beruhigen soll...«

»Er würde sagen, dass wir sie zu uns nehmen. Und genau das werden wir auch tun.« Cathy seufzte.

»Würdest du das für uns tun?« Die Erleichterung in Hannahs Stimme war nicht zu überhören. »Man hat diesen Kindern jede Freiheit gelassen – sie brauchen jemanden, der etwas von Erziehung versteht und der versucht, ihnen wieder normale Manieren beizubringen. Aber ich will nicht, dass Neil sagt, ich würde sie dir aufhalsen...«

»Das wird er bestimmt nicht.«

»Nein. Aber sag ihm, er soll mich anrufen, sobald es möglich ist.«

Cathy lächelte. Sie hatte sich gerade von ihrer Schokoladenseite gezeigt, wie ihre Mutter es bezeichnet hätte: Sie hatte ein Angebot gemacht, das abgelehnt worden war, selbst wenn sie es nur deswegen angeboten hatte, weil sie es so kommen sah. Sie wählte die Nummer von Neils Handy, um ihm eine Nachricht zu hinterlassen.

»Tut mir leid, dich wegen Banalitäten zu belästigen, aber die Zwillinge haben offensichtlich die Decke in Oaklands zum Einsturz gebracht. Ruf doch umgehend deine Mutter an. Hoffe, dass für Jonathan alles gut läuft.«

Dann ging sie hinauf in das leer stehende Zimmer und bezog zwei Betten. Die Zwillinge würden noch vor Einbruch der Nacht eintreffen.

Tom rief an, um sie zu bitten, ihm den Lieferwagen zu leihen, er käme gleich vorbei.

»Ich möchte ein bisschen in die Berge hinauffahren. Ich kann einfach an nichts anderes mehr denken oder über nichts anderes mehr reden, und ich fürchte, ich mache Marcella noch völlig verrückt damit. Möchtest du vielleicht mitkommen? Ist Neil noch an der Front?«

»Er ist noch unterwegs und schlägt sich für die gute Sache. Ich komme besser nicht mit, weil sich bei uns eine Katastrophe abzeichnet. Kannst du dich an die Zwillinge erinnern, diese beiden Teufelsbraten, die gestern Abend in Oaklands plötzlich vor der Tür standen?«

»Haben sie das Haus abgefackelt?«

»Schon möglich, dass sie es mittlerweile getan haben. Aber wahrscheinlich packen sie gerade ihre Sachen und bereiten sich darauf vor, nach Waterview zu kommen, während wir hier miteinander plaudern.«

»Cathy, das geht doch nicht!« Tom war entsetzt. »Ihr habt doch keinen Platz, abgesehen von allem anderen.«

»Als ob ich das nicht selbst wüsste. Aber wie mein Vater sagen würde: Sie werden kommen, so sicher wie das Amen in der Kirche.«

»Und was tust du jetzt?«

»Ich bringe alles in Sicherheit. Ich packe alles weg, was nicht niet- und nagelfest ist. Was man in einem solchen Fall eben so macht.«

»Ich schleich mich nur kurz auf den Hof und nehme mir den Wagen«, sagte Tom.

»Wenn es geht, vermeide jeden Blick nach oben, sie könnten von den Fenstern aus auf dich schießen«, erwiderte sie lachend.

»Nur noch ein warnendes Wort, und dann halte ich meine

Klappe. Pass auf, dass Neil sie nicht bei euch aufnimmt und dann als Retter der Welt entfleucht und sie dir überlässt.«

Sie seufzte. »Für dich habe ich auch noch ein warnendes Wort: Fahr vorsichtig, wir haben den Lieferwagen noch nicht einmal zur Hälfte abbezahlt. Wenn du dich aufregst, dann neigst du nämlich dazu, deine Augen von der Straße und deine Hände vom Steuer zu nehmen.«

»Wenn unser Geschäft ein Erfolg wird, dann kaufen wir uns einen Panzer«, versprach er.

Cathy machte sich eine frische Tasse Tee. Der gute Tom. Sie hatten sich gleich an ihrem ersten Tag an der Fachschule für Gastronomie kennengelernt. Er war ihr wegen seiner üppigen Mähne hellbrauner Haare und wegen seiner ungekünstelten, aber doch eleganten Art, sich zu bewegen, aufgefallen. Es waren seine Begeisterungsfähigkeit und das Leuchten in seinen Augen gewesen, die die Jahre an der Fachschule wesentlich geprägt hatten. Es gab nichts, das Tom Feather nicht ausprobiert, vorgeschlagen oder getan hätte.

Einmal hatte er sich den Wagen eines Ausbilders »ausgeliehen«, der ihn auf dem Hof der Schule über das Wochenende hatte stehen lassen. Tom hatte sich in den Kopf gesetzt, darin zu sechst nach Galway und wieder zurück zu fahren. Leider hatten sie unten in Galway diesen Lehrer getroffen. Das hätte wirklich ins Auge gehen können.

»Wir haben Ihnen Ihren Wagen gebracht, falls Sie lieber damit nach Hause fahren wollten«, hatte Tom mit Vehemenz und Überzeugungskraft erklärt. Fast hätte es ihm der Ausbilder geglaubt und sich beinahe noch dafür entschuldigt, dass sie den weiten Weg umsonst gemacht hatten, da er nämlich bereits einen Rückfahrschein und außerdem eine Freundin dabeihatte.

Oft hatten sie Ausflüge und Picknicks zusammen unternommen, wo Tom – schließlich mussten sie ja ihrer Berufung gerecht werden – auf marinierten Kebab bestand, statt sich mit verbrutzelten Würstchen zufriedenzugeben, wie andere das gemacht hätten. Cathy hatte noch den Geruch dieser Abende in der Nase, den Duft nach gutem Essen, Kräutern und Wein an den Stränden rund um Dublin im Sommer und im Winter die Abende in der lausigen Bude, die Tom sich mit drei Freunden teilte.

Cathy hatte ihn um seine Freiheit beneidet, denn sie musste jeden Abend in den St. Jarlath's Crescent zurück. Auch wenn Muttie und Lizzie ihr ziemlich viele Freiheiten gelassen hatten, war das doch nicht dasselbe, als wenn man seine eigene Wohnung hatte.

»Du könntest hier bei mir wohnen«, hatte Tom ihr mehr als einmal vorgeschlagen.

»Ja, und dann bügle ich eure Hemden und räume eure stinkenden Socken weg.«

»Damit könntest du vielleicht recht haben«, hatte Tom widerwillig eingeräumt.

An Freundinnen hatte es Tom nie gemangelt, aber ernst war es ihm mit keiner gewesen. Er hatte eine Art, jemanden anzuschauen, dass derjenige meinte, der einzige Mensch auf der Welt zu sein. Er interessierte sich noch für die banalsten Dinge, die jemand erzählte, und fürchtete sich vor niemandem. Er war freundlich zu seinen eher schwierigen Eltern, was aber nicht hieß, dass er sich deswegen irgendeinen Spaß entgehen ließ. Als sie einmal zu einem Empfang in einem der großen Dubliner Hotels gehen wollten, wo Abendgarderobe vorgeschrieben war, hatte sich natürlich keiner einen Kleiderverleih leisten können. Aber Tom hatte eine Freundin, die in einer Reinigung arbeitete. Es war gefährlich und höchst dramatisch gewesen, und mindestens vier Arbeitsplätze hatten auf dem Spiel gestanden, aber, wie Tom fröhlich meinte: Keiner hatte etwas verloren, aber alle gewonnen.

Von Anfang an hatte Scarlet Feather in ihren Köpfen herumgespukt. Eine andere Art, ihren Beruf in der Gastronomie auszuüben, hatte keinen interessiert. Während ihre Freunde sich ausmalten, im Hotel oder auf Kreuzfahrtschiffen zu kochen, renommierte Meisterköche in Drei-Sterne-Restaurants zu werden, Bücher zu schreiben und im Fernsehen aufzutreten, hatten Tom und Cathy davon geträumt, ihren Kunden erstklassiges Essen ins Haus zu liefern. Und je wohlhabender Irland wurde, desto überzeugter waren sie von ihrer Idee.

Sie arbeiteten in Restaurants, um ein Gefühl dafür zu bekommen, was die Leute gerne aßen. Es amüsierte Cathy, wie beiläufig Tom die Komplimente und die Seitenblicke hinnahm, die ihm zugeworfen wurden. Sogar die strenge Brenda Brennan bei Quentin's hörte man hin und wieder sagen, wie sehr sie es sich wünschte, zwanzig Jahre jünger zu sein.

Hatte er Cathy damals auch gefallen? Na ja, irgendwie schon, auf eine bestimmte Weise. Es hätte gar nicht anders sein können. Und es hätte auch leicht etwas daraus werden können. Sie lächelte bei der Erinnerung daran.

Sie hatten zusammen mit einem billigen Flugticket nach Paris reisen wollen. Sie hatten schon die Restaurants aufgelistet, die sie besuchen wollten: Einige hätten sie nur von außen, durchs Fenster bewundern können, bei anderen hätten sie auch einen Blick in die Küche werfen dürfen, weil ein ehemaliger Mitschüler mittlerweile dort kochte, und in zwei wären sie tatsächlich zum Essen gegangen.

Sie waren noch nie zuvor in Paris gewesen. Abend für Abend besprachen sie ihre Reise und steckten die Köpfe über dem Stadtplan zusammen. Sie malten sich aus, dass sie dorthin zu Fuß gehen, an eine andere Stelle mit der Metro fahren würden; das eine Museum hätte offen, ein anderes wäre vielleicht geschlossen – aber in erster Linie wollten sie natürlich alles über die französische Küche in Erfahrung bringen.

Keiner sprach es aus, dass sie auf dieser Reise vielleicht ein Liebespaar werden würden, aber es lag in der Luft. Cathy ließ sich die Beine enthaaren und kaufte sich ein sündhaft teures Spitzenhöschen. Es war alles für ihren Aufbruch am

Freitagnachmittag vorbereitet, aber dann geschahen am Morgen drei Dinge.

Lizzie Scarlet fiel in Oaklands von der Leiter, als sie Hannah Mitchells Vorhänge aufhängte, und wurde mit der Ambulanz ins Krankenhaus gebracht.

Tom wurde angeboten, am Wochenende bei Quentin's auszuhelfen, weil Patricks Souschef ihn hatte hängen lassen.

Cathy bekam überraschend ein Bewerbungsgespräch zugesagt; sie sollte den Sommer über in einer Villa in Griechenland kochen.

Sie versicherten sich gegenseitig, dass es Paris noch länger geben würde.

Cathy fuhr auf die griechische Insel zum Kochen und traf dort Neil Mitchell, der Gast in dieser Villa war und seine Rückreise so lange wie möglich hinauszögerte, um mit ihr zusammen zu sein.

Und Tom lernte Marcella Malone kennen.

Paris gibt es immer noch, aber auf einen Besuch von Cathy Scarlet und Tom Feather musste es bisher verzichten.

Sie fragte sich manchmal, wie dieses Wochenende wohl verlaufen und was daraus geworden wäre. Aber wären sie damals wirklich ein Paar geworden, und sei es nur für kurze Zeit, hätte ihnen das als ernsthafte Partner eines aufstrebenden Unternehmens bestimmt im Weg gestanden. So schleppten sie keine Geschichte mit sich herum, und es gab nichts, das Neil oder Marcella in irgendeiner Weise ein schlechtes Gefühl vermittelt hätte.

Cathy hörte, wie ein Schlüssel in der Tür umgedreht wurde.

»Wo sind die Zwillinge?«, rief sie.

»Sie sind im Wagen«, antwortete Neil verdutzt. »Du wusstest, dass sie kommen würden? Mutter hat das zwar gesagt, aber ich habe es ihr nicht geglaubt, um ehrlich zu sein.« Seine Miene drückte Vorsicht aus, als hätte er Protest erwartet. »Und du hast nichts dagegen?«

»Das habe ich nicht gesagt. Aber dir blieb nichts anderes übrig. Wie war's mit Jonathan?«

»Es sieht so aus, als käme alles wieder in Ordnung.«

»Gut gemacht.«

»Das war Teamarbeit, wir haben das als Gruppe geschafft«, wandte er rasch ein. Wie üblich. »Ich hole die Zwillinge – du bist wirklich eine tapfere Frau.«

»Ein paar Tage lang werde ich eben tapfer sein müssen. Die Kinder sind wirklich nicht leicht zu haben, oder? Habt ihr in Oaklands irgendetwas klären können?«

»Nein, natürlich nicht. Sie haben sich vor ihrer Abfahrt mit Mutter noch ein schreckliches Geschrei geliefert, frei nach dem Motto ›irgendwer muss sich ja um uns kümmern‹, was leider nur zu wahr ist. Die armen Würmer.«

»Hol sie rein.«

Sie hörte, wie sie die Treppe heraufkamen und sich dabei missbilligend zuraunten, dass dieses Haus ja viel kleiner als das andere sei. Außerdem fragten sie sich laut, ob Neil und Cathy Kinder hatten und ob es im Schlafzimmer einen Fernseher gebe. Cathy wiederholte gebetsmühlenartig: Das sind zwei neunjährige Kinder, die Angst haben. Ihr Vater, ihre Mutter und ihr Bruder haben sie im Stich gelassen, und von ihrer Tante sind sie aus dem Haus geworfen worden.

»Willkommen in unserer bescheidenen Hütte«, sagte sie übertrieben höflich, als sie hereinkamen. »Ihr müsst euch ein kleines Zimmer ohne Fernseher teilen. Im Badezimmer herrschen strenge Regeln, das heißt, es muss sauber und ohne Überschwemmung für den Nächsten hinterlassen werden. Außerdem läuft hier nichts ohne ständiges ›Bitte‹ und ›Danke‹, aber ansonsten werdet ihr euch hier recht wohlfühlen.«

Zweifelnd sahen sie sie an.

»Zum einen ist die Verpflegung hervorragend.«

»Das kann ich nur bestätigen«, meinte Neil.

»Hast du sie geheiratet, weil sie gut kochen kann?«, wollte Simon wissen.

»Oder hat es sich erst danach herausgestellt, dass sie eine gute Köchin ist?«, fragte Maud.

»Ich heiße übrigens Cathy Scarlet und bin mit Neil, eurem Cousin, verheiratet. In Zukunft werdet ihr von mir also nicht von ›ihr‹ oder ›der da‹ reden, ist das klar?«

»Wieso trägst du nicht Neils Namen, wenn du mit ihm verheiratet bist?« Maud verlangte lückenlose Aufklärung.

»Weil ich eine stolze und unabhängige Frau bin und meinen eigenen Namen für meine Arbeit brauche«, erklärte Cathy. Das schien ihnen zu genügen.

»Gut, können wir jetzt das Zimmer sehen?«, fragte Simon.

»Wie bitte?«, fragte Cathy kühl.

Er wiederholte seine Frage; sie sah ihn weiterhin fragend an.

Dann begriff er. »Ich meine, könnten wir bitte das Zimmer sehen? Danke.« Er sah blass und müde aus, beide wirkten mitgenommen. Es war ein langer Tag gewesen, der aus nichts als Dramen und Vorwürfen bestanden hatte. Ihre Eltern waren verschwunden, ihre Zukunft war ungewiss, der Junge hatte den Teppich in Oaklands vollgekotzt, sie hatten die Zimmerdecke in der Küche auf dem Gewissen und würden niemals mehr dorthin zurückkehren dürfen.

»Kommt mit, ich zeige es euch«, sagte Cathy.

»Wie ist es dir heute ergangen?«, erkundigte sich Neil, als die Kinder schliefen und sie endlich Zeit zum Reden hatten. Mittlerweile war sie fast zu müde, um es ihm zu erzählen.

»Es ist genau das, was wir uns vorstellen – Lage, Objekt, alles perfekt. Es gibt Platz, um den Lieferwagen abzustellen ... Aber wir müssen noch warten. Geduld ist angesagt.«

Die Tage krochen endlos langsam dahin. Sie warteten und warteten. Und dann hieß es endlich: »Hier ist James Byrne, Ms. Scarlet.«

»Mr. Byrne?« Man achtete wieder auf die Regeln; sie war außerdem viel zu nervös, um ihn James zu nennen.

»Ich sagte, ich würde versuchen, Sie innerhalb von vier

Tagen zurückzurufen, und ich freue mich, dass es geklappt hat.« Er klang wirklich zufrieden mit sich selbst.

»Vielen Dank, aber …«

»Bei Mr. Feather lief nur der Anrufbeantworter, und Sie meinten, es sei gleichgültig, bei wem ich mich melde.«

»Bitte, gibt es irgendwelche Neuigkeiten?« Cathy hätte ihn am liebsten angeschrien wegen seiner langsamen, präzisen Sprechweise.

»Ja, ich bin autorisiert, für die Familie Maguire zu handeln.«

»Und?«

»Sie wollen Ihr Angebot akzeptieren, was die …«

»Sie werden das Objekt also nicht versteigern lassen … Bei einer Auktion hätten sie vielleicht mehr dafür bekommen.«

»Wir haben das lange besprochen, natürlich auch mit den Immobilienmaklern, aber die Familie zieht einen sofortigen Verkauf vor.«

»Mr. Byrne, wie geht es nun weiter?«

»Sie werden es Mr. Feather sagen, nehme ich an, Ms. Scarlet, und dann gehen Sie beide zu Ihrem Anwalt und Ihrer Bank, und dann machen wir einen Vertrag.«

»Mr. Byrne?«, unterbrach Cathy ihn.

»Ja, Ms. Scarlet?«

»Ich mag Sie, Mr. Byrne«, sagte Cathy atemlos. »Ich mag Sie mehr, als Ihnen je klar sein wird.«

Und danach passierte alles sehr schnell. Zu schnell. Wenn Cathy auf die ersten drei Tage des neuen Jahres zurückblickte, kam es ihr vor, als hätte sie sie in Zeitlupe erlebt. Jetzt hatte sie den Eindruck, dass eine Stunde nicht genügend Minuten enthielt, um alles darin unterzubringen, was erledigt werden musste. Eigentlich hätte sie an drei Orten gleichzeitig sein müssen. Saß sie mit Geraldine und dem Bankdirektor zusammen, hätte sie sich gleichzeitig mit Tom und seinem Vater in dessen Baufirma treffen sollen. Als sie die vier Apfelstrudel für Mrs. Ryan zubereitete, hätte sie eigentlich die ärztliche Untersuchung für die Lebensversicherung absolvieren sollen. Und statt beim Anwalt zu sein und mit ihm jede Klausel des Kaufvertrags durchzugehen, kochte sie Spaghetti Bolognese für Maud und Simon Mitchell, die sich als der reinste Albtraum entpuppten.

Ausgerechnet in dieser Phase ihres Lebens hatte sie sich einen Jungen und ein Mädchen aufgehalst, wie sie ihr zuvor noch nie untergekommen waren. Cathy, die in engem Kontakt zu allen ihren Onkeln und Tanten, Cousinen und Cousins stand, kam überhaupt nicht dazu, sich zu wundern, weshalb Kenneth und Kay in ihrer weit verzweigten Verwandtschaft keine große Rolle spielten.

»Man weiß nicht, wovon er lebt«, erklärte Neil. »Er behauptet zwar, er sei Geschäftsmann, aber keiner weiß etwas Genaues.«

»Du meinst, so wie bei meinem Vater? Der geht ja auch zur Arbeit, wenn er seine Buchmacher besucht und dort mit seinen Partnern, wie er seine Kumpel nennt, herumhängt.«

»Nein, so simpel ist das nicht. Und sie, glaube ich, spricht etwas zu gern dem Wodka zu, wenn er unterwegs ist. Das Problem sieht also folgendermaßen aus: Keiner weiß, wo er sich im Moment aufhält, und sie hat man in eine Anstalt gebracht, weil sie selber nicht mehr weiß, wo sie ist.«

Er beschrieb die Situation mit völlig neutralen Worten, er urteilte weder, noch war er emotional betroffen. Vielleicht war es diese Fähigkeit, die einen guten Anwalt aus ihm machte.

Es hätte wirklich zu keinem ungeeigneteren Zeitpunkt passieren können. Warum nur hatte sie zugestimmt, diese monströsen Kinder für drei Nächte bei sich aufzunehmen? Um eine mögliche eheliche Verstimmung zu vermeiden? Anfang Januar war doch in jedem Haushalt der westlichen Hemisphäre mit ehelicher Verstimmung zu rechnen. Und selbst wenn ihr Vater sich verdünnisiert hatte und ihre Mutter in eine psychiatrische Anstalt gebracht worden war, warum konnte sich dann nicht ihr großer Bruder Walter um die Zwillinge kümmern? Aber was hätte das gebracht? Walter hätte morgens nicht einmal die Cornflakes gefunden, immer vorausgesetzt natürlich, er wäre zum Frühstück überhaupt zu Hause gewesen. Und Hannah hatte nicht den geringsten Zweifel daran gelassen, dass die Kinder ihres Schwagers in Oaklands kein Ersatzzuhause finden würden.

Diese beiden blassen, ernsthaften Kinder, die so beunruhigende Fragen stellten ...

»Hast du ein Problem mit dem Trinken, Cathy?«, lautete Simons erste Frage, als sie das Haus betraten.

»Ich habe im Moment nur ein Problem – dass ich überhaupt keine Zeit zum Trinken finde«, erwiderte Cathy fröhlich. Aber dann fiel ihr ein, wie gefährlich es war, Kindern ironische Antworten zu geben.

»Wieso fragst du mich das?«, hakte sie interessiert nach.

»Du scheinst nervös zu sein«, erklärte Simon.

»Und außerdem steht eine große Falsche Brandy auf dem Küchentisch«, fügte Maud hinzu.

»Ah! Ich verstehe ... Nein, das ist Calvados. Der kommt in Mrs. Ryans Apfelstrudel hinein, der zum Schluss damit auch noch glasiert wird. Der wird nicht getrunken, dafür ist er viel zu gut. Und nervös bin ich deswegen, weil ich mir gerade eine alte Druckerei für mein Geschäft kaufe. Ich glaube nicht, dass das etwas mit dem Trinken zu tun hat. Aber wer weiß?«

»Wieso kaufst du dir ein Geschäft?«, fragte Simon. »Gibt Neil dir nicht genügend Geld?«

»Warum bleibst du nicht zu Hause und bekommst Kinder?«, wollte Maud wissen.

Cathy antwortete nicht sofort, sondern betrachtete die beiden. Mit ihrem kerzengeraden, farblosen Haar und den weißen kleinen Gesichtern fehlte ihnen der Charme ihres älteren Bruders, aber dafür waren sie nicht so selbstsüchtig wie er. Sie schienen tatsächlich Interesse an ihrer Lage zu haben, und deswegen musste sie ihnen auch eine ehrliche Antwort geben.

»Neil würde mir jederzeit die Hälfte von seinem Geld geben, deswegen hätte ich gern selbst etwas, das ich mit ihm teilen kann. Aus dem Grund möchte ich mein eigenes Geschäft haben«, schloss sie.

Sie nickten. Das schien ihnen einzuleuchten.

»Und Neil und ich werden eines Tages vielleicht auch Kinder bekommen, nur im Moment nicht, weil ich so viel unterwegs sein werde und so lange arbeiten muss. Vielleicht in ein paar Jahren ...«

»Bist du dann nicht zu alt, um noch Kinder zu bekommen?« Maud musste alles haargenau hinterfragen.

»Das denke ich nicht«, erwiderte Cathy. »Ich habe mich untersuchen lassen, und sie haben gesagt, dass das schon in Ordnung geht.«

»Mal angenommen, sie kommen früher, aus Zufall. Würdest du sie weggeben?« Simon runzelte die Stirn bei dieser Vorstellung.

»Oder noch Schlimmeres tun.« Maud schien über diese Dinge Bescheid zu wissen.

»Wir haben dafür gesorgt, dass sie nicht kommen, ehe wir für sie bereit sind.« Auf Cathys Gesicht lag das gequält fröhliche Lächeln eines Menschen, der hundert wichtigere Dinge zu tun hatte, als ein solches Gespräch zu führen.

»Das heißt, ihr habt also nur einmal im Monat Verkehr miteinander, meinst du das?« Maud ließ nicht locker.

»Ja, so ungefähr«, bestätigte Cathy.

Tom hatte zunächst noch Mitleid mit den Zwillingen, aber an dem Tag, an dem sie ihren Termin mit den Anwälten hatten, wurde er plötzlich nervös.

»Ob wir sie heute nicht vielleicht irgendwo unterbringen könnten, Cathy, was meinst du? Ich weiß, du warst schon überall mit ihnen, aber ehrlich gesagt ...«

»Wohin, Tom, wohin? In Oaklands haben sie keinen Zutritt mehr, und Walter wird sie nicht nehmen. Was soll ich mit ihnen machen?«

»Könnte Neil nicht ...?«

»Nein, könnte er nicht. Und Marcella ...?«

»Nein, sie auch nicht.«

»Himmel, Tom, ich kann doch zwei wehrlose Kinder nicht den ganzen Tag allein zu Hause lassen.«

»Willst du damit sagen, dass sie mitkommen sollen, um ein paar vertrackte Klauseln des Vertrags mit dem Anwalt zu besprechen?«

»Tom, hör auf, auf mir herumzuhacken. Du bist nervös, ich bin nervös, es geht um viel Geld, und es steht viel auf dem Spiel. Also, immer mit der Ruhe.«

»Ich bin nicht nervös und du schon gleich gar nicht. Das Einzige, was uns Sorgen machen könnte, sind diese beiden wandelnden Zeitbomben draußen im Lieferwagen.«

»Wo soll ich hin mit ihnen? Sag es mir.«

»Bring sie doch zu deiner Mutter und deinem Vater.«

»Damit mein Vater sich an ihrem Taschengeld vergreift und sie auf einen Gaul mit drei Beinen wetten lässt?«

»Dann erzähl ihnen von deinem Vater, warne sie. Cathy, wir können sie nicht zum Anwalt mitnehmen. Das ist ein piekfeiner Freund von Neil, der bestimmt keinerlei Verständnis dafür aufbringt, wenn diese beiden überraschend mitkommen und das elegante, teure Mobiliar mit ihren klebrigen Fingern untersuchen.«

»In Ordnung.« Cathy gab nach. »Aber merk dir eines, Tom: Heute hat deine Nervosität gesiegt, morgen oder übermorgen bin ich an der Reihe.«

»Abgemacht«, sagte Tom.

»Hallo, Simon.« Muttie schüttelte ihm kräftig die Hand.

»Wie heißt du?« Simon war nicht so leicht zu überzeugen.

»Muttie.«

»Aha, hallo, Muttie«, erwiderte Simon. »Du könntest auch Mr. Scarlet zu ihm sagen«, schlug Tom vor.

»Muttie reicht«, meinte Cathys Vater.

Simon warf einen äußerst triumphierenden Blick in die Runde.

»Und das ist Maud. Schön, dass ihr da seid, Kinder.«

»Gut, und was werden wir heute tun?«, fragte Maud unverblümt.

Cathy wollte eingreifen, ließ es aber. Es war ja nicht für lange.

»Ich dachte, wir drei machen einen kleinen Spaziergang«, begann Muttie. »Wisst ihr, ich muss ein, zwei Dinge erledigen, und vielleicht könnte ich euch überreden ...«

»Nein, Dad«, rief Cathy. »Und ihr, Kinder, vergesst nicht, was ich euch gesagt habe, ja?«

»Ich weiß, er ist süchtig«, sagte Simon.

Cathy schloss die Augen.

»Ich bin was?«, fragte Muttie.

Simons Erläuterungen ließen keine Fragen offen. »Du kannst nichts dafür, das ist wie bei einem Drogensüchtigen. Wenn jemand ein Pfund hat, dann nimmst du das her, um es auf ein Pferd zu setzen, und Cathy hat uns gesagt, dass wir für unser Geld Zeitungen oder Süßigkeiten kaufen sollen, falls du auf dumme Gedanken kommst.«

»Vielen Dank, Cathy«, meinte ihr Vater.

»Du weißt, dass ich das nie so gesagt habe, Dad.«

»Genau so, Muttie«, grinste Tom, der ihn bisher immer Mr. Scarlet genannt hatte, sich vor dem kleinen Simon aber keine Blöße geben wollte.

»Aber falls dir heute irgendein Gaul einfällt, der mir Glück bringen könnte – heute, wo wir den Vertrag unterschreiben –, dann setz das auf ihn, ja?« Er gab Cathys Vater eine Zehn-Pfund-Note.

»Du bist ein Gentleman, Tom Feather, das sage ich doch immer.« Muttie schüttelte ihm herzlich die Hand.

Als sie gingen, um in die Kanzlei des Anwalts zu fahren, hörte Cathy Simon ihren Vater beiläufig fragen: »Bist du auch süchtig nach Alkohol, Muttie? Meine Mutter ist es, sie kann nichts dafür, weißt du.«

Cathy stieg rasch in den weißen Lieferwagen. »Nichts wie weg hier, bevor ich noch mit anhören muss, wie er die Zwillinge in eine Kneipe am Hafen einlädt, um ihren Ausflug mit einem Bierchen zu beginnen.«

»Das wäre immer noch besser, als sie mit in die Anwaltskanzlei zu nehmen.« Tom hatte den Wagen gewendet, und sie fuhren ihrem Termin entgegen.

»Besser für wen?«, wollte Cathy wissen.

Beim Anwalt lief alles so glatt, dass Tom und Cathy sich fast Sorgen machten. Irgendetwas hätte es doch geben müssen, irgendein Hindernis, eine für sie unakzeptable Klausel.

»Die andere Seite war bemerkenswert entgegenkommend. Es hat die Anweisung vorgelegen, möglichst schnell zu verkaufen. Deshalb müssen wir trotzdem intensive Nachforschungen anstellen, falls es etwas zu verbergen gibt.«

»Selbstverständlich«, meinten Cathy und Tom zähneknirschend. Wieso mochten Anwälte nie glauben, dass jemand die Wahrheit sagt, dass diese Maguires einfach dringend Geld brauchten, ihr altes Leben vergessen und aus diesem Grund schnell verkaufen wollten? Aber sie wussten, dass der Vorgang nach allen Regeln des Anwaltsstandes ablaufen musste, gleichgültig, wie zeitraubend und mühevoll das auch sein mochte. Als sie zum Lieferwagen zurückkamen, war auf beiden Handys eine Nachricht eingegangen. Cathy sollte ihre Tante Geraldine zurückrufen, und zwar dringend. Tom sollte sich bei seinem Vater melden. Sie stellten sich rechts und links neben den Wagen und telefonierten. Als sie wieder im Wagen saßen, waren beide bester Laune.

»Du zuerst. Krise oder nicht?«, erkundigte er sich.

»Ganz und gar nicht. Im Gegenteil, großartige Neuigkeiten. Geraldine kennt ein Restaurant, das seine gesamte Küchenausstattung verkauft. Herde, so gut wie neu, und einen riesigen Eisschrank. Wir können sie uns heute noch anschauen, nachdem wir deinen Vater besucht haben.«

Tom sagte nichts.

»Und bei dir?«

Sein Vater hatte sich bereit erklärt, die Umbauarbeiten zu übernehmen, aber das hieß, dass ein anderes Projekt warten musste. Falls es Tom gelingen sollte, dem Kunden eine plausible Erklärung dafür zu liefern, ohne dem Namen Feather dabei zu schaden, war die Sache abgemacht.

»Er ist schon auf unserer Baustelle, mit zwei von seinen Männern. Die Maguires haben das erlaubt. Sie wünschen, dass ihre Sachen herausgeholt und verkauft werden, deshalb räumt Dad mit den anderen das Gebäude leer. Kannst du das übernehmen, ja?«

»Klar doch.« Cathy hoffte nur, dass die Herren nichts dagegen hätten, sich mit einer Frau über ihre Arbeit zu unterhalten.

»Mit mir über Bauarbeiten zu sprechen ist in seinen Augen noch schlimmer, als das mit einer Frau zu besprechen«, meinte Tom kläglich.

»Aber er braucht dich schließlich für wichtigere Dinge.«

»Ja. Er braucht mich, um einem Architekten schönzutun und ihn davon zu überzeugen, dass mein Vater und seine Mannschaft kein verantwortungsloses Gesindel sind.«

»Was wirst du sagen?«, fragte Cathy interessiert.

»Ich werde ihnen die Wahrheit sagen. Es ist erstaunlich, wie oft das funktioniert. Ich werde ihnen erklären, dass die Zukunft von Feather junior davon abhängt. Vielleicht kann ich sogar schon den einen oder anderen Auftrag für uns einholen – man weiß ja nie.«

Sein Grinsen war so überzeugend, dass Cathy wusste, es würde funktionieren.

J.T. Feather war ein Mann, der sehr auf eine korrekte Abwicklung seiner Aufträge achtete. Er duldete keine Schlamperei und vermied jede Konfrontation mit den Behörden.

Cathy parkte den Lieferwagen und stellte erfreut fest, wie sauber das Grundstück bereits war. Die Männer hatten wirklich hart gearbeitet.

»Sie wissen, dass es nicht korrekt ist, das vor Unterzeichnung der Verträge zu tun.«

»Aber Sie haben doch das Fax bekommen, Mr. Feather. Die Maguires wollen das so.«

»Aber mein ganzes Leben lang habe ich nach dem Prinzip gearbeitet, dass man ein Gebäude nicht anrührt, bevor es einem gehört.« Er runzelte heftig die Stirn.

»Wir werden diese Woche noch unsere Kücheneinrichtung bekommen. Wir müssen sie irgendwo hinstellen.«

»Ah, diese Woche geht das noch nicht, Cathy, seien Sie vernünftig. Die Fußböden müssen gemacht, die Wände herausgebrochen werden, alles muss neu gestrichen werden... Es sind zuvor noch tausend Dinge zu erledigen.«

»Wir werden uns über diese Dinge später unterhalten. Tom hat Ihnen doch gesagt, Mr. Feather, dass wir bis Ende des Monats betriebsbereit sein müssen.«

»Der Junge war schon immer ein Träumer, man braucht sich doch nur seine Ansichten anzuhören. Eine vernünftige Frau wie Sie wird diesen Termin doch nicht ernst nehmen, oder?«

»Oh, Sie können mir glauben, dass ich diesen Termin sehr ernst nehme. Wir haben einen Empfang am letzten Freitag im Januar auszurichten.«

»Es eilt doch überhaupt nicht, Mädchen. Die Arbeit muss ordentlich gemacht werden.«

»Nein, wir haben einfach keine Zeit, alles ordentlich zu machen. Wenn wir nicht schnell genug sind, haben in der Zwischenzeit schon drei andere Catering-Firmen eröffnet.«

»Aber die Bestimmungen, Cathy …« Er war ganz blass vor Aufregung. War das jetzt besser oder schlimmer als ihr verantwortungsloser Vater, der die Eigentumsurkunde ihres Häuschens im nächsten Rennen verwettet hätte, hätte ihre Mutter sie nicht versteckt?

»Ich will Sie nicht länger aufhalten, Mr. Feather, außerdem muss ich jetzt drinnen ausmessen, wo die Küchenausstattung, die ich heute kaufen werde, am besten hinpasst.«

»Heute?« Entsetzt schnappte er nach Luft, aber sie ignorierte ihn. Stattdessen holte sie ihren Meterstab aus Metall heraus, ging an Mr. Feather vorbei und betrat das Gebäude, das immer größer zu werden schien, je mehr sperrige Maschinen herausgebracht und auf die Anhänger geräumt wurden. Cathy ging in die Knie, um zu sehen, wie viel Platz sie für den Gefrierschrank hatte. Geraldine hatte nur gesagt, dass er riesig sei, hatte aber nichts Genaues gewusst. Sie schrieb gerade die Maße in ihr Notizbuch, als sie Toms Vater hereinkommen sah, der sich im Gehen den obersten Knopf seines Hemdes aufknöpfte, um besser Luft zu bekommen.

»Versprechen Sie mir, dass die Sachen heute noch nicht kommen.«

»Oh, ganz bestimmt nicht. Ich werde sie mir heute nur ansehen. Die Versteigerung ist morgen, also werden sie wahrscheinlich Ende der Woche kommen. Ich werde Ihnen heute Abend noch genaue Anweisungen geben können, wo wir überall Steckdosen brauchen. Meinen Sie, Sie könnten den Elektriker für morgen früh bestellen?«

»Die Welt ist auch nicht mehr so, wie sie früher einmal war«, meinte Toms Vater kopfschüttelnd.

»Sie werden mir das bei Gelegenheit sicher erklären«, erwiderte Cathy und ließ ihn stehen.

Tom rief an. »Ich wage kaum, danach zu fragen, wie es bei euch aussieht.«

»Nicht übel. Und bei dir?«

»Ich habe den Aufschub herausgeschlagen, erklärt, wie toll wir sind und dass wir einen Prospekt schicken werden. Gib mir doch bitte noch mal die Adresse, wo der Gefrierschrank und die Herde zu besichtigen sind.«

»Okay, und dort treffen wir uns dann.«

Als Nächstes war Cathys Freundin June am Telefon und wollte wissen, ob sie mit ihr einen Wein trinken würde.

»Wahrscheinlich werde ich für den Rest meines Lebens nie mehr mit Freunden einen Wein trinken können«, stöhnte Cathy, die gerade mit verrenkten Gliedmaßen eine Ecke ausmaß.

»Das kann ja heiter werden mit dir, wenn du erst mal eine richtige Geschäftsfrau bist«, erwiderte June verärgert und legte auf.

Dann rief Neil an. »Wie lief's mit den Herren Gesetzesvertretern?«

Sie erklärte ihm, dass es offensichtlich keinerlei Haken im Vertrag gebe.

»Es gibt immer irgendwelche Probleme mit dem Gesetz. Dafür werden die Herren schließlich bezahlt«, entgegnete er.

»Nun, bisher nicht.«

Sie wollte so gerne glauben, dass wenigstens einmal in ihrem Leben alles nach Plan verlief.

»Na ja, jedenfalls bist du dort in den besten Händen«, meinte er.

»Um wie viel Uhr wirst du zu Hause sein?«, fragte sie.

»Gott, keine Ahnung. Wieso?«

»Aus keinem besonderen Grund. Es ist nur wegen der Kinder ...«

»Himmel, die habe ich ganz vergessen. Wo sind sie jetzt?«

»In St. Jarlath's.«

»Du hast sie bei deinen Eltern gelassen?« Er schien sich sehr zu wundern.

»Irgendwo musste ich sie ja lassen, Neil. Ich konnte sie ja wohl schlecht mit zum Anwalt nehmen, oder? Oder hierher, auf diese Baustelle voller Gerümpel, oder vielleicht mit zur Vorbesichtigung der Küchenausstattung, die versteigert werden soll. Dort fahre ich nämlich jetzt hin.«

»Aber, Cathy …«, begann er.

»Aber was?«

»Nichts … nichts. Bis heute Abend.«

Es waren nicht viele Interessenten gekommen, um sich die Küchenausstattung anzusehen, die im Übrigen fast genau ihren Vorstellungen entsprach.

»Ist es nicht irgendwie traurig?«, meinte Cathy flüsternd.

»Ich weiß«, antwortete Tom. »Ich habe gerade genau dasselbe gedacht. Hier lösen sich hoffnungsvolle Träume in Rauch auf.«

»Das wird uns nicht passieren.« Sie klang mutiger, als sie sich fühlte.«

Den ganzen Tag lang standen ihre Handys nicht mehr still. Die Anwälte mussten unbedingt noch etwas wissen, J. T. Feather war auf ein weiteres Problem gestoßen, Marcella erkundigte sich, ob man nicht zusammen in einen Film gehen könnte, James Byrne fehlte noch ein wichtiges Detail. Und wo immer sie auch hinkamen, nirgends fanden sie einen legalen Parkplatz. Außerdem saß keiner, den sie anriefen, an seinem Schreibtisch oder war sonst irgendwo auffindbar. Um vier Uhr knurrte ihnen der Magen, aber sie hatten keine Zeit, Pause zu machen, sodass Tom ihnen zwei Schokoriegel und zwei Bananen besorgte. Doch irgendwie brachten sie diesen Tag hinter sich. Auf der Fahrt nach St. Jarlath's Crescent stellte Cathy mit schlechtem Gewissen fest, dass sie die Kinder schon viel zu lange dort gelassen und außerdem auch nichts zum Abendessen eingekauft hatte. Dann würden sie eben unterwegs etwas mitnehmen müssen. Für jemanden, der einen Catering-Service betrieb, war das wirklich keine Art, dachte sie.

Es war immer noch ein komisches Gefühl, die kleine Straße mit den kleinen Häusern – zwei Zimmer oben, zwei unten – entlangzufahren, in der sie geboren und aufgewachsen war. Ihr Vater hatte ihr immer voller Stolz erzählt, wie er damals eingezogen war und alle ihre Habseligkeiten auf einem Karren befördert hatte. Und jetzt fuhr Cathy lässig mit ihrem weißen Lieferwagen oder mit dem Volvo ihres Mannes vor. Es war so, als blickte man aus großer Entfernung auf die eigene Vergangenheit zurück, wo alles ganz anders und doch wieder gleich war. Ein Ort, wo ihre Mutter sich immer noch abmühte, es einer Hannah Mitchell recht zu machen, der man nichts recht machen konnte, auch wenn sie schon lange aufgehört hatte, für sie zu arbeiten. Ihre Mutter erstarrte selbst jetzt noch in ehrfürchtiger Achtung vor diesen schrecklichen armen Kindern, nur weil ihr Nachname Mitchell war. Hoffentlich war nichts Schlimmes passiert. Hoffentlich hatte ihre Mutter ihnen nicht die Schuhe geputzt oder ihr Vater ihnen das Taschengeld abgeschwätzt.

Die Zwillinge waren allein in der Küche und starrten gebannt auf den Herd. Der Tisch und ihre Kleider waren von oben bis unten voller Mehl. Sie hatten gebacken, sagten sie, sonst sei ja nichts losgewesen. Mutties Frau habe ihnen geholfen, eine Fleischpastete zu machen, die sie mit nach Hause nehmen sollten – weil der Schuster ja immer die schlechtesten Bohlen hatte.

»Sohlen«, korrigierte Cathy sie.

»Bohlen, Sohlen, ist doch egal«, meinte Simon.

»Hat es euch wenigstens Spaß gemacht?«, fragte Cathy.

Sie hatte es geliebt, an diesem Tisch zu stehen und ihrer Mutter beim Kochen zu helfen.

»Nicht sehr«, erwiderte Simon arrogant.

»Er meint, das ist keine Arbeit für Männer«, erklärte Maud.

»Damit habe ich nicht gerechnet. Bei uns zu Hause machen wir so etwas nicht«, beschwerte sich Simon.

»Es schadet nie, etwas Neues zu lernen«, erwiderte Cathy. Am liebsten hätte sie ihn geschlagen. Ihre herzensgute Mutter hatte den beiden beigebracht, eine Pastete zu machen, und er tat nichts als sich beschweren. »Was hast du denn heute gelernt?«

»Ich habe gelernt, dass man ein scharfes Messer braucht, um Fleisch zu schneiden. Hast du eigentlich scharfe Messer für deinen Kellnerservice?«

»Es ist ein Catering-Service, um genau zu sein. Ja, ich habe scharfe Messer, danke für deinen Hinweis, Simon.«

»Mutties Frau macht das ganz raffiniert mit dem Salz und dem Pfeffer im Mehl«, fing Maud an. »Man schüttet alles zusammen in eine Papiertüte und mischt es, wusstest du das?«, fragte sie Cathy.

»Ja, meine Mam hat mir das auch beigebracht«, entgegnete Cathy.

»Ich habe das vorher nicht gewusst«, sagte Simon vorwurfsvoll, als wäre es eine äußerst fragwürdige Art des Würzens.

»Du hast auch noch nie zuvor einen Teig gemacht, bis Mutties Frau es uns gezeigt hat«, meinte Maud schneidend.

»Ach, zum Teufel noch mal, sie heißt Lizzie«, rief Cathy, die am Ende ihrer Geduld war.

»Aber wir haben nicht gewusst, wie sie heißt«, erklärte Maud erstaunt.

»Sie hat uns erzählt, dass sie als Dienstmädchen oder Putzfrau oder so was für Tante Hannah gearbeitet hat«, warf Simon ein. »Und wir haben ihr erzählt, dass wir Tante Hannah hassen und dass sie uns hasst.«

»Ich bin sicher, dass eure Tante Hannah euch nicht hasst, das müsst ihr falsch verstanden haben«, murmelte Cathy.

»Doch, ich glaube schon, sonst wären wir doch nicht hier bei Muttie und Lizzie und würden Fleischpastete machen, statt in Oaklands zu sein, oder?« Simon hörte sich an, als wäre für ihn die Sache sonnenklar.

»Ist ja auch egal«, fügte Maud hinzu, »wir haben Lizzie jedenfalls gesagt, dass es hier in vielerlei Hinsicht besser als in Oaklands ist und dass wir morgen wiederkommen werden.«

Cathy sah sie ungläubig an. Wie erstaunlich selbstbeherrscht und selbstbewusst diese Kinder doch waren. Sie waren sicher, überall willkommen zu sein, und fühlten sich frei zu jeglicher Kritik und jeglichem Kommentar. Das hieß es also, ein Mitchell zu sein. Die beiden betrachteten sie, als versuchten sie, in ihrer Miene eine Reaktion zu erkennen. Sie durfte nicht vergessen, dass die zwei erst neun Jahre alt waren, dass ihr Vater sie im Stich gelassen hatte und ihre Mutter in eine psychiatrische Anstalt eingeliefert worden war. Ganz zu schweigen von ihrem hoffnungslosen Bruder. Es war wirklich keine gute Zeit für sie.

»Wir haben ihnen das auch gesagt«, meinte Maud.

»Ihr habt was gesagt?«, fragte Cathy.

»Dass wir so lange weiter hierher kommen werden, bis auf The Beeches wieder alles normal läuft«, erklärte Simon.

»Und was haben sie gesagt?«

»Muttie hat gemeint, dass er kein Problem damit hat, und seine Frau Lizzie sagte, es würde alles von Tante Hannah abhängen.«

»Wo sind sie eigentlich?«, erkundigte sich Cathy besorgt. War es möglich, dass diese beiden wahnsinnigen Kinder ihre unglücklichen Eltern so verrückt gemacht hatten, dass sie fluchtartig das Haus verlassen hatten?

»Muttie hat gemeint, dass er mal kurz zum Schuhmacher geht...«, fing Maud an.

»Buchmacher«, korrigierte Simon sie.

»Na ja, irgendein Macher auf jeden Fall, und seine Frau Lizzie ist oben am Telefon, weil ihre Tochter aus Chicago angerufen hat.«

Cathy atmete auf und setzte sich in die Küche. Es hätte schlimmer sein können.

»Du darfst uns jetzt aber nicht weiter stören, wir müssen darauf aufpassen, bis alles goldbraun ist«, sagte Simon.

»Wer ist eigentlich dieser Buchmacher, und wieso hat er keine Sohlen?«, wollte Maud unbedingt wissen.

»Kommt er zum Essen zu uns? Haben wir deshalb die Pastete gemacht?«, fragte Simon.

Cathy war plötzlich sehr, sehr müde. Aber dann fiel ihr wieder ein, dass sie vor vielen Jahren ihre Tante Geraldine ebenfalls mit all diesen Fragen gelöchert hatte, und sie hatte immer eine befriedigende Antwort gewusst.

»Das mit dem Schuster ist ein Sprichwort. Mam wollte damit sagen, dass ein Schuster so viele Schuhe für andere Leute macht, dass ihm nie die Zeit bleibt, seinen eigenen Kindern Schuhe zu machen, sodass sie barfuß laufen müssen.«

»Wieso kaufen sie sich dann keine Schuhe im Laden?«, fragte Maud.

»Aber kommt er jetzt zum Essen oder nicht?«, ließ Simon nicht locker.

»Heute Abend nicht«, erwiderte Cathy erschöpft. »Manchmal kommt der Schuster schon zum Essen, aber nicht heute Abend, hoffe ich.«

Die Zeitungen waren voll mit Neils jüngstem Fall, der für den Augenblick zu seinen Gunsten ausgegangen war. Prominente Bürgerrechtler waren ins Gericht gekommen, es war die Rede von einem großen Protestmarsch gewesen. Neil hatte immerhin einen Aufschub von drei Monaten erreicht, länger, als sie erhofft hatten. Cathy hatte gerade noch Zeit, einen kurzen Blick auf die Abendausgabe zu werfen, während sie den Kindern Anweisungen gab, wie sie den Tisch decken sollten. Rasch duschte sie sich. Neil hatte einen Zettel hinterlassen, auf dem stand, dass er noch mal weggefahren war, um Wein und Eis zu kaufen. Sie schlüpfte gerade in ein frisches T-Shirt und in eine Jeans, als er ins Schlafzimmer kam.

»Die zwei haben mir gerade erklärt, sie hätten eine Pastete fabriziert – ist das ihr Ernst?«

»Eigentlich hat sie meine Mutter gemacht. Bravo, ich habe es in der Zeitung gelesen, du bist ein Held. Hat er sich gefreut?«

»Ich glaube, in erster Linie war er verblüfft, aber das Tolle daran ist, dass wir jede Menge an Unterstützung mobilisiert haben. Das nächste Mal wird es nicht mehr so leicht für sie sein, ihn bei Nacht und Nebel wegzuholen.« Auf Neils Gesicht spiegelten sich Freude und Erregung. Er hätte noch ewig so weitergeredet, doch Cathy ließ den Kopf hängen. Im Vergleich dazu erschien ihr der eigene Tag plötzlich banal.

Er streichelte ihre Wange. »Du siehst hinreißend aus. Wie schade, dass wir keine Zeit haben, um …«

»Ich glaube nicht, dass wir in absehbarer Zukunft mal wieder Zeit für so etwas haben werden. Maud hat meiner Mutter übrigens erklärt, wir hätten einmal im Monat Verkehr miteinander.«

»Du meine Güte, wie bitte? Wie kommt sie nur auf diese ausgefallene Idee?«

»Das ist noch eine der harmlosesten Bemerkungen, die sie losgelassen haben. Aber denken wir besser nicht daran. Essen und trinken wir lieber was und stoßen auf deinen Sieg an.«

Simon hatte den Tisch gedeckt. »Ist es sicher, dass der Schuster nicht kommt?«, fragte er leicht besorgt.

»Der Schuster?« Neil, der gerade den Korken aus der Flasche zog, hielt verdutzt inne.

»Frag nicht, bitte, frag nicht«, flehte Cathy.

»Entsprachen die Herde euren Vorstellungen?«, wollte Geraldine am nächsten Morgen wissen.

»Sie waren perfekt, wir nehmen zwei davon, plus einen Kühlschrank, eine Gefriertruhe, eine Fritteuse und jede Menge Töpfe und Kasserollen.«

»Wunderbar, hat Tom sich gefreut?«

»Und wie, wir haben auf alles eine Anzahlung geleistet, und die werden sich heute Abend bei uns melden. Heute kann ich nicht dorthin, da ich mich um den Elektriker kümmern muss. Feather und Kompanie haben endlich einen Elektriker aufgetrieben, der vor Mittag aus dem Bett findet, und den treffe ich jetzt in ein paar Minuten. Tom hat mit anderen Lieferanten zu tun.«

»Hast du Zeit zum Mittagessen? Du könntest ins Hotel kommen. Hier haben ein paar ausländische Köche ein Büfett aufgebaut, und du könntest dir ein paar Ideen abschauen.«

»Liebend gerne, Geraldine, aber ich habe keine Zeit. Wir müssen uns noch mal mit dem Versicherungsagenten treffen, die Police für die Immobilie muss umgeschrieben werden, da sich der Nutzungszweck geändert hat. Außerdem ist momentan Schlussverkauf, ich wollte mich noch nach einem billigen Vorhangstoff umsehen, bevor wir mit James Byrne vor Ort verabredet sind.«

»Du bringst dich noch um.«

»Wer was erreichen will, muss auch was dafür tun«, meinte Cathy fröhlich.

»Und wieso gehen diese schrecklichen Kinder nicht zu ihrer Familie zurück?«, fragte Geraldine vorwurfsvoll.

»Weil sie keine Familie mehr haben. Ihr Vater ist in Leeds gesichtet worden, und das hatte ihre Mutter postwendend wieder ins Irrenhaus zurückgetrieben.«

»Und was machen eigentlich meine Schwester und ihr umsichtiger, kraftstrotzender Gatte den ganzen lieben Tag lang mit diesen Zwillingen?«

»Du kennst doch Mam. Sie wird schon ein paar Nachbarn auftreiben, die sich um sie kümmern, während sie beim Arbeiten ist. Außerdem bringt sie ihnen das Kochen bei.«

»Das klingt vernünftig, schließlich muss irgendjemand für sie kochen, falls sie jemals wieder nach Hause kommen«, sagte Geraldine.

»Ich weiß, Geraldine, aber was sollen wir tun?«, jammerte Cathy.

»Und was sagt Neil dazu? Schließlich ist er für sie verantwortlich.«

»Er sagt, dass wir sie nicht in ein Heim geben können.«

»Also sind sie stattdessen tagsüber bei deiner Mutter.«

»Und nachts bei uns«, sagte Cathy munter.

»Da habt ihr bestimmt jede Menge Spaß«, erwiderte Geraldine trocken.

»Neil kann nur ganz schwer arbeiten, wenn die beiden im Haus sind. Keine Angst, Geraldine, es wird nicht ewig so weitergehen.«

»Ist Mr. Feather nicht mitgekommen?«, fragte James Byrne, als sich Cathy am späten Nachmittag, wie verabredet, mit ihm an der Baustelle traf. Der Lärm der Pressluftbohrer dröhnte laut in ihren Ohren.

»Meinen Sie, Sie könnten ihn Tom nennen?« Cathy wusste, dass sie müde klang, aber sie hoffte, dass ihr strahlendes Lächeln das wieder wettmachen würde.

»Sicher, wenn Sie das wünschen.« Er klang höflich.

»Wissen Sie, wir haben momentan so viel um die Ohren, dass ich immer, wenn Sie Mr. Feather sagen, meine, Sie würden von seinem Vater sprechen, der sich da drinnen die Seele aus dem Leib schuftet, für den Fall, die Maguires könnten in einem Hubschrauber aus England angeflogen kommen und ihn mit einer Unmenge an einstweiligen Verfügungen überschütten.«

»Was das betrifft, so habe ich ihn vollständig beruhigen können.«

»Wie haben Sie das denn geschafft?«

»Ich habe ihn persönlich mit den Maguires telefonieren lassen.«

Das war mehr, als Cathy und Tom gestattet worden war. Aber sie hütete sich, diesen merkwürdigen und reservierten Mann ins Kreuzverhör zu nehmen.

»Gut«, erwiderte sie nur knapp. »Das erklärt natürlich die vermehrten Aktivitäten hinter mir. Möchten Sie sich jetzt vielleicht ansehen, was wir bisher gemacht haben?«

»Und Tom Feather?«

»Der wird heute nicht kommen. Wir müssen uns die Arbeit aufteilen, da wir beide nicht gleichzeitig überall sein können. Ist es in Ordnung für Sie, wenn Sie mit mir allein reden?«

Sie sah müde und erschöpft aus. Völlig unerwartet trat er einen Schritt auf sie zu und tätschelte ihre Hand. »Das ist völlig in Ordnung für mich, Cathy«, sagte er.

»Mam, dafür stehe ich ewig in deiner Schuld«, stöhnte Cathy und ließ sich auf einen Stuhl am Küchentisch in St. Jarlath's sinken.

»Nein, überhaupt nicht. Die halten deinen Vater wenigstens vom Wettbüro fern.« Lizzie goss ihnen zwei Becher Tee ein.

»Du meinst, er hat heute einen Ausflug mit ihnen gemacht?«

»Ja, stell dir vor, sie sind in den Zoo. Sie waren noch nie dort, hättest du das gedacht?«

»Und Dad hat sie mit seinem eigenen Geld dorthin eingeladen?«

»Er scheint gestern Glück gehabt zu haben.«

»Und haben sie sich heute etwas anständiger benommen?«

»Kann man nicht sagen. Aber du solltest in ihrer Gegenwart alle Kommentare über die Mitchells unterlassen, Cathy.«

»Wo sind sie jetzt?«

»Sie zeichnen, sie sind brav wie die Mäuschen.«

Muttie hatte ihnen Papier gegeben. Sie sollten ihr Lieblingstier aus dem Zoo zeichnen. Simon hatte zehn Schlangen gemalt und unter jede deren Namen geschrieben, Maud hatte sechs Eulen gezeichnet.

»Muttie meinte, er sieht keinen Grund, weshalb wir zu

Hause keine Eule halten könnten«, sagte sie statt einer Begrüßung zu Cathy.

»Tatsächlich? Vielleicht kann er das auch eurer Mutter und eurem Vater klarmachen, wenn sie wieder nach The Beeches zurückkommen.«

»Sie kommen vielleicht gar nicht mehr zurück«, krähte Simon fröhlich. »Aber mit Schlangen könnte es größere Probleme geben, meint Muttie.«

»Das könnte stimmen. Aber was meinst du damit – dass sie vielleicht gar nicht mehr zurückkommen?«

»Na ja, unser Vater lässt nichts von sich hören, und die Nerven unserer Mutter sind dieses Mal wirklich schlecht, deswegen.«

»Ich verstehe.«

Cathy kehrte zu ihrer Mutter in die Küche zurück. »Was soll ich nur tun, Mam?«

»Weißt du, ein paar Tage hier, das geht schon in Ordnung, aber auf lange Sicht tust du dir keinen Gefallen, wenn du diese Kinder bei dir aufnimmst. Siehst du denn nicht, dass du sie damit nur bloßstellst... Wie mit allem anderen auch?«

»Was soll das heißen, Mam? ›Wie mit allem anderen auch?‹«

»Ich habe es dir schon tausendmal gesagt, du weißt, es geht um dein Geschäft. Solche Menschen, Cathy, erwarten von dir, dass du dich dankbar und froh zeigst, weil du so gut verheiratet bist. Du solltest zu Hause bleiben und Neil eine gute Frau sein.«

»Oh, Mam, ich bitte dich.«

»Nein, jetzt hör mir wenigstens ein Mal zu, Cathy. Ich bin nicht so klug wie du, und ich kann den Leuten auch nicht so gut rausgeben wie du, aber ich kenne Menschen wie sie. Ich habe ihre Fußböden geputzt, stimmt, aber ich habe dabei genau hingehört, was sie so reden. Sie sind nicht wie wir, und wir sind nicht wie sie.«

»Wir sind viel besser als sie, viel, viel besser.« Cathys Augen funkelten vor Zorn.

»Jetzt fang nicht wieder davon an …«

»Du hast doch damit angefangen, Mam. Aber sag mir lieber mal, was gut sein soll an einer blöden Ziege wie Hannah Mitchell, die mit dem Schirm auf die Tischbeine zeigt und dich auf die Knie hinunterzwingt. Oder die Teebeutel in das Spülbecken wirft, das du gerade sauber gemacht hast, oder die guten Handtücher, die du frisch gewaschen hast, nimmt, um damit die Böden zu wischen. Nenn mir nur einen Grund, weshalb diese Frau etwas Besseres sein soll, eine Frau, die nicht einmal fähig ist, zwei unglückliche Kinder aufzunehmen, die zur Familie ihres Mannes gehören.«

»Pst, Cathy, nicht so laut.«

»Nein, ich werde nicht leiser reden. Ich hasse diese Frau dafür, dass sie sich weigert, ihnen zu helfen, und ich habe nur Verachtung für ihren Mann übrig, schließlich sind die beiden seine Verwandten. Ich weiß, es sind zwei kleine Ungeheuer, die noch dazu verrückt sind, aber es gibt schlimmere als sie, und es ist auch nicht ihre Schuld, dass alle sie im Stich gelassen haben und keiner sie will.« Als sie den versteinerten Blick ihrer Mutter sah, hielt sie inne. Ihr Verdacht bestätigte sich. Simon und Maud standen mit offenem Mund unter der Tür, sie hatten jedes Wort mit angehört.

»Hallo, Lizzie. Hier ist Geraldine.«

»Tut mir leid, Ger, sie ist gerade weg.«

»Wer?«

»Cathy. Wolltest du nicht mit ihr sprechen?«

»Nein, ich wollte mit dir reden. Wie geht's ihr übrigens?«

»Schlecht, sie hat sich schrecklich über mich aufgeregt und vor diesen beiden harmlosen Kindern angefangen, über die Mitchells herzuziehen. Sie haben alles mitbekommen.«

»Was hat sie gesagt?«

»Sie hat gemeint, sie würde ihnen alles im Auto auf der

Fahrt nach Hause erklären. Gott weiß, was sie ihnen da erklären will, sie wird es bestimmt nur noch schlimmer machen.«

»Du wirst sie doch morgen nicht noch mal nehmen?«

»Natürlich nehme ich sie, was bleibt mir anderes übrig?«

»Und was werden sie bei dir machen, wenn ich fragen darf?«

»Sie werden mir in einer großen Tasche ihre schmutzige Wäsche bringen, und ich werde ihnen zeigen, wie sie die Waschmaschine benützen und hinterher ihre Sachen zum Trocknen auf die Leine hängen sollen...«

»Ist das dein Ernst?«

»Und dann werde ich den restlichen Tag in den Apartments arbeiten, und die zwei können mitkommen und eine Runde im Pool schwimmen. Tagsüber ist es dort völlig leer. Ich vermute mal, du würdest nicht...«

»Nein, ich würde nicht – ganz gleich, was du dabei im Sinn hast. Eigentlich rufe ich dich wegen Marian an.«

»Marian?«

»Lizzie, Mädchen, kannst du dich noch erinnern? Du hast eine Tochter namens Marian drüben in Chicago, und sie kommt bald zu euch. Sie will von dir wissen, ob sie mit ihrem Freund schlafen kann.«

»Sie will was wissen?«

»Du hast mich schon verstanden.«

»Wieso braucht sie dazu noch meine Erlaubnis, wenn sie es ohnehin vorhat? Die machen doch heutzutage da drüben alle, was sie wollen.«

»Nicht in Chicago, in Dublin, wenn sie hierher in dein Haus kommt.«

»Sie hat aus Chicago angerufen, um dich das zu fragen?«

»Sie hat gemeint, ich soll taktvoll bei dir nachfragen, ob sie und Harry in einem Zimmer schlafen können, wenn sie kommen, und das tue ich hiermit. Ich frage dich taktvoll.«

»Ich weiß nicht, Ger, es ist eine Sache, beide Augen zuzudrücken, aber es ist eine andere, wenn das unter deinem eigenen Dach passiert. Ich weiß nicht, was Muttie dazu sagen wird …« Sie war skeptisch.

»Muttie wird in erster Linie daran denken, worauf er in Wincanton setzen soll.«

»Das fällt doch auf, oder?«

»Soll ich ihr jetzt sagen, dass sie das Zimmer haben können?«

»Ich weiß nicht.«

»Und auch, dass du nicht weißt, ob du es in Hellgrün oder in zartem Rosa einrichten wirst?«

»Was meinst du?«

»Welche Farbe ich meine? Ich würde sagen, grün, und ich werde Marian bitten, eine Garnitur passender dunkelgrüner Handtücher mitzubringen. Amerikaner bringen doch liebend gerne Handtücher als Geschenk mit, aber dazu muss sie die Farbe wissen.«

»Himmel, Ger, und wer soll es weißeln? Du weißt doch, dass Muttie einen schlimmen Rücken hat.«

»O ja, das weiß ich. Aber ich würde es weißeln, und du würdest es tun, und wenn Kinderarbeit immer noch zulässig wäre, könnten uns die lieben Kleinen beim Halten und Tragen helfen, ehe wir sie wieder zum Teufel schicken.«

»Ger, du bist unmöglich.« Aber Lizzie musste lachen. Die Schlacht war gewonnen.

Der weiße Lieferwagen hielt vor einer Eisdiele an. Cathy kaufte drei Portionen, und sie machten es sich im Auto bequem. »Ich finde, dass ein Eis auch im Winter gut schmeckt«, fing sie an.

»Wieso hasst du unseren Vater und unsere Mutter?«, fragte Simon. Cathy zuckte die Schultern. »Ich hasse sie doch gar nicht, ich kenne sie ja kaum. Sie sind nicht einmal zu unserer Hochzeit gekommen.«

»Wieso hast du Lizzie dann so angeschrien?«

»Ihr habt doch gehört, was ich gesagt habe. Ich hasse eure Tante Hannah. Gegen eure Mam und euren Dad habe ich überhaupt nichts, glaubt mir.«

»Wieso hasst du Tante Hannah?«

»Ihr hasst sie doch auch, das habt ihr doch oft genug gesagt«, erwiderte Cathy sich selbst verteidigend und begab sich damit auf ihr Niveau.

»Aber du solltest sie nicht hassen, und außerdem bist du mit Neil verheiratet.«

»Das ist ja das Problem. Sie mag es nicht, dass ich mit Neil verheiratet bin, sie denkt, dass meine Familie und ich keine Klasse haben. Das macht mich wütend, versteht ihr.«

»Möchtest du denn Klasse haben?«, wollte Maud wissen.

»Nein, das ist nicht die Frage. Es ist mir völlig egal, was sie von mir hält, ich habe jede Menge Klasse. Aber sie hat immer von oben herab auf meine Mutter heruntergesehen, und das kann ich ihr nicht verzeihen.«

»Sollen wir den Mund halten?« Simons Augen verengten sich zu zwei schmalen Schlitzen angesichts der wunderbaren Möglichkeiten und der Macht, die möglicherweise für sie in diesem Wissen lagen.

»Worüber den Mund halten?«, fragte Cathy mit großen Augen.

»Über das, was du gesagt hast. Dass unser Vater sich herumtreibt und dass unsere Mutter trinkt, um alles besser aushalten zu können.«

»Aber so ist es doch, oder nicht?« Cathy blickte erstaunt von einem zum anderen.

»Stimmt.«

Simon fühlte sich mittlerweile nicht mehr so sicher.

»Aber sollen wir jetzt nichts davon verraten, dass du Tante Hannah hasst?«

»Wenn ihr wollt, könnt ihr das jedem erzählen. Ich werde ihr jedenfalls nicht sagen, dass ihr sie hasst, das ist alles eine Frage des Anstands. Aber es ist schließlich kein Geheimnis.«

Simon sah seinen Vorteil schwinden und versuchte es ein letztes Mal. »Und wenn wir es Neil sagen?«, versuchte er.

»Neil kann das schon nicht mehr hören, Simon, aber wenn du es ihm unbedingt sagen willst, nur zu. Aber jetzt kaufen wir uns besser etwas zum Abendessen. Ihr habt uns heute ja keine Pastete gemacht.«

Sie aßen ihr Eis und fuhren weiter. Cathy gestattete sich ein kaum merkliches Lächeln.

Die Kinder studierten die Speisekarte in dem chinesischen Restaurant sehr genau. »Du und Neil, seid ihr reich oder arm?«, fragte Simon.

»Eher reich als arm. Ich hoffe, du hast nichts dagegen, wenn ich das sage, aber so eine Frage stellt man nicht... Nur damit du es weißt.«

»Aber wie soll man so etwas sonst erfahren?«, erkundigte Maud sich interessiert.

»Manchmal müssen wir uns mit der Tatsache abfinden, dass wir nicht alles wissen können.«

»Ich muss es aber unbedingt wissen.«

»Musst du?«

»Damit ich weiß, wie viele Gänge wir bestellen können«, erklärte Simon, als wäre es das Normalste von der Welt.

»Ah, ich verstehe. Na ja, wir sind zu viert.«

»Wir könnten uns das kaiserliche Menü A für fünf Personen bestellen«, warf Maud ein.

»Dann nehmen wir das. Ich liebe das kaiserliche Menü A.«

»Möchtest du nicht zuerst die einzelnen Preise vergleichen?«

»Nein, Simon, will ich nicht.«

»Dann musst du wirklich reich sein, reicher als dein Vater.«

»Was?« Langsam ging ihr die Geduld aus.

»Muttie, dein Vater. Hörst du eigentlich auch Dinge in deinem Kopf wie er?«

»Ich wusste gar nicht, dass er Dinge in seinem Kopf hört.« – »Ja, die ganze Zeit. Das Geräusch von dröhnenden Hufen.«

»Oh, wie bei den Pferderennen, ich verstehe.«

»Er sagt, sie haben denselben Rhythmus wie dein Herzschlag. Hast du das gewusst, Cathy?« Maud hatte offensichtlich das Bedürfnis, alles Neue, das sie gehört hatte, sofort ihrer Umgebung mitzuteilen.

»Ich glaube, nicht.«

»Und Muttie sagt weiter, dass dieses Geräusch das Blut schneller durch die Adern fließen lässt und das Leben angenehmer macht.«

»So, tatsächlich? Das sollten wir unbedingt mal ausprobieren«, sagte sie.

Sie griff nach der Speisekarte und bestellte das kaiserliche Menü A für fünf Personen.

»Ich kann mir nicht vorstellen, dass du so etwas ausprobieren wirst.« Simon hatte so seine Zweifel.

»Entweder man hat es, oder man hat es nicht. Wir beide haben es ausprobiert«, erwiderte Maud und grinste vor Stolz.

»Das tut mir wirklich sehr leid für euch beide«, sagte Cathy.

»Wieso?«

»Weil ihr den Rest eures Lebens betäubt vom Geräusch der Hufe verbringen und keine Zeit oder Geld für andere Dinge mehr haben werdet«, erklärte sie mit einem bitteren Lächeln.

Als sie wieder in Waterview waren, deckten die Zwillinge den Tisch, wuschen sich die Hände und nahmen artig Platz. »Möchtest du eine Dose Lagerbier?«, bot Simon ihr an.

»Himmel, nein. Trotzdem, vielen Dank, Simon.«

»Muttie sagt, dass ihn das entspannt.«

»Um ehrlich zu sein, ich bin total entspannt«, bemerkte Cathy.

Das Telefon klingelte, es war Tom. »Alles gut gegangen?«, wollte er wissen.

»Ich bin für heute noch nicht ganz fertig, Tom.«

»Daraus schließe ich, dass die Kinder noch bei dir sind, ja?«

»Ganz recht.«

»Darüber will ich lieber nichts wissen, aber ist alles andere gut gelaufen?«

»Erstaunlicherweise ja, es gab keinerlei Probleme. Und wie ist es bei dir gelaufen?«

»Gut, anstrengend, aber ohne Katastrophen«, erwiderte er.

»Davon bin ich überzeugt«, seufzte sie.

»Nächste Woche kannst du dir einen Tag freinehmen, das organisiere ich schon irgendwie.«

»Ich weiß. Bin froh, dass alles so gut gelaufen ist. Mach's gut, Tom.«

Sie legte auf und kehrte an den Tisch zurück.

»Arbeitet Tom heute Abend als Kellner?«, fragte Maud.

»Du meinst, im Catering-Service«, verbesserte Cathy sie.

»Ja, und?«

»Könnte man so sagen. Wie schmeckt die Sauce aus schwarzen Bohnen?«

»Ein bisschen salzig, aber sonst okay. Können wir das hier haben?« Simon löffelte eifrig aus den Behältern.

»Natürlich, ich habe noch genug, und das für Neil habe ich im Ofen gelassen.«

»Und der Schuster kommt heute auch nicht?«

»Nein, Simon, der kommt nicht.«

»Ich hoffe, dass er nie kommt«, beteuerte Simon. »Du regst dich nämlich jedes Mal auf, wenn man von ihm spricht.«

»Nächste Woche müssen sie wieder in die Schule«, erklärte Cathy Neil an diesem Abend im Bett.

»Das dürfte die Sache wenigstens ein bisschen vereinfachen«, erwiderte er.

»Sag mir doch mal eines, Neil.«

Er ließ die Sammlung mit richterlichen Entscheidungen sinken, in denen er gerade las, und wandte sich ihr zu. »Ich weiß, was du mich fragen willst, und die Antwort lautet – keine.«

»Was wollte ich denn fragen?« Cathy lachte.

»Welche Pläne ich heute für die Zwillinge hatte, richtig?« Er lächelte reumütig. »Schatz, es war ein grauenvoller Tag.«

»Ich weiß, meiner war auch ziemlich voll«, sagte sie.

»Ich weiß, ich weiß, und dann bin ich auch so spät nach Hause gekommen, aber ich kann nicht arbeiten, wenn sie hier sind, Cathy. Ich habe mich einfach in ein Café gesetzt. Es ist nicht schön, nicht zu sich nach Hause zu können, nur weil da ein paar Kinder sind, die dir Löcher in den Bauch fragen.«

»Ich schätze, das ist mit allen Kindern so«, erwiderte sie trocken.

»Ich werde sie unter Vormundschaft stellen lassen«, sagte er unvermittelt. »Ich werde morgen alles Erforderliche in die Wege leiten.«

Schockiert sah sie ihn an. »Aber sie werden irgendwohin in Pflege müssen, in ein Heim, in eine Pflegefamilie, zu völlig Fremden.«

»Bis vor ein paar Tagen waren wir auch völlig fremd für sie ...«, begann er.

»Aber sie gehören zur Familie«, unterbrach sie ihn.

»Zu meiner, nicht zu deiner.« Neil bemühte sich, entschlossen und beherrscht zu klingen. »Das geht einfach nicht so weiter«, fuhr er fort. »Ich habe heute diesen Mistkerl von Walter im Four Courts getroffen, und den lässt das alles völlig kalt. Er muss arbeiten, muss sich mit Leuten treffen, muss Ski fahren. Er kann da gar nichts tun.«

»Würdest du sie ihm denn auch nur für zwei Stunden anvertrauen?«

»Aber es ist ja nicht nur meine Arbeit, es geht auch um deine. Ich werde nicht zulassen, dass uns diese Sache einfach so aufgezwungen wird. Wir haben zu viel investiert, um uns das jetzt von Kindern kaputt machen zu lassen.«

»Ich nehme mal an, das passiert überall auf der Welt.«

»Wenn es sich um die eigenen Kinder handelt, ist das vielleicht etwas anderes. Aber ich muss schon sagen, das beweist mir ein für alle Mal, wie richtig wir uns entschieden haben, keine Kinder zu wollen. Ich brauche mir nur Maud und Simon anzuschauen, um das zu erkennen.«

»Unsere Kinder wären nicht wie Maud und Simon«, erwiderte sie kichernd.

»Das werden wir wohl nie herausfinden«, sagte er grimmig. »Aber ich schwöre dir, Cathy, ich werde sie dir vom Hals schaffen. Irgendwo muss doch noch Geld vorhanden sein, und falls nötig, werden wir eine Hypothek auf The Beeches aufnehmen. Wir können die Kinder trotzdem weiterhin im Auge behalten.«

»Du weißt, dass wir keinerlei Einfluss darauf haben würden, wohin man sie schickt. Lass die Sache erst noch mal ein paar Tage ruhen, bis wir mehr wissen.«

Er streckte die Hand nach ihr aus. Sie lag noch lange danach mit offenen Augen wach da.

Geraldine saß bereits vor acht Uhr in ihrem Büro, wie immer. Am Vormittag kümmerte sie sich weiter persönlich um die Pressearbeit für die Hotelkette, während drei andere Mitarbeiter die Kundenkartei bearbeiteten, die sie aufgebaut hatte, als sie ihre eigene Firma gründete. Sie ging die Liste mit den kommenden Veranstaltungen unter dem Aspekt durch, ob nicht vielleicht irgendetwas für Scarlet Feather dabei wäre. Das Kaufhaus Hayward's würde in ein paar Monaten eine Modenschau veranstalten, aber sie wollten dafür das Hotel verpflichten, also nichts für Cathy. Im Restaurant Quentin's sollte eine Verleihung von Gastronomiepreisen stattfinden, aber die übernahmen die Verpflegung der Gäste natürlich selbst. Eine Möglichkeit wäre eine Präsentation von Gartenmöbelherstellern gewesen, aber dazu müsste sie sich erst die Örtlichkeiten ansehen. Es hatte schließlich keinen Sinn, wenn Cathy und Tom mit ihrem Angebot in einem Gewirr aus Rasenmähern und sonstigen Gartengeräten untergingen und kein Mensch ihre Speisen essen und würdigen würde.

Als sich die Woche ihrem Ende zuneigte, sah bereits vieles anders aus. Die elektrischen Leitungen waren verlegt, die Regale gestrichen, und Tom und Cathy warteten auf die restliche Einrichtung. Fensterrahmen und Eingangstür waren in einem leuchtenden Rot gestrichen. James Byrne hatte ihnen in einem feierlichen Vortrag erklärt, wie äußerst zufrieden die Maguires mit dem Verlauf der Dinge seien. Es hatte sich angehört, als überbrächte er ihnen eine Botschaft von Bewohnern eines fremden Planeten. Toms und Cathys Anwalt versicherte ihnen, es würde in der Natur der Dinge – sprich: dem Gesetz – liegen, dass alles seine Zeit bräuchte. Bisher habe sich bei der Überprüfung der Eigentumsverhältnisse aber noch nichts Negatives ergeben. Marcella hatte ihre Hilfe angeboten, und Geraldine machte bereits Vorschläge, wie man sich als Partyservice für zukünftige Veranstaltungen ins Gespräch bringen könnte. Cathy und Neil waren zu dem Entschluss gekommen, dass sie Simon und Maud in der momentanen Situation unmöglich im Stich lassen konnten. In Waterview konnten sie sie aber auch nicht behalten, das war zu viel Stress, denn hin und wieder benötigten sie einfach eine kleine Pause. Lizzie und Muttie hingegen schien es nur recht zu sein, dass die Kinder kamen. Sie fanden ständig eine Beschäftigung für sie im Haus. In der kommenden Woche sollten sie wieder in die Schule gehen, und so wurde ein Kompromiss gefunden. Neil erklärte seinen Schwiegereltern, sie würden auf Initiative seines Vaters von inoffizieller Seite eine Zuwendung zur Pflege bekommen. In Wahrheit handelte es sich dabei um Geld, das Jock und Hannah Mitchell zur Beruhigung ihres schlechten Gewissens zur Verfügung stellten, bis die Situation geklärt war. Muttie und Lizzie sollten eine feste Summe dafür bekommen, dass sie nachmittags nach der Schule Maud und Simon bei sich im St. Jarlath's Crescent aufnahmen, und die Kinder würden abwechselnd in Waterview und in St. Jarlath's schlafen. Zwei Zuhause statt einem. Maud und Simon waren damit einverstanden.

»Benimm dich, Maudie«, musste Cathys Vater die Kleine zwar des Öfteren ermahnen, aber irgendwie schaffte es Muttie, die schlimmsten Schnitzer der Zwillinge auszubügeln, ohne sich dabei im Geringsten beleidigt zu fühlen.

»Ich weiß überhaupt nicht, wie ich dir danken soll, Mam«, sagte Cathy zu ihrer Mutter.

»Das kannst du dir sparen, Cathy. Jetzt weiß Muttie wenigstens, was er mit seinem Tag anfangen soll. Er hat die zwei recht gern.«

»Das kann ich mir kaum vorstellen, so ruppig wie die beiden sein können. Achte bitte darauf, dass sie ihre Betten machen, abspülen und ihren Krempel aufräumen. In Waterview haben sie die nassen Handtücher im Bad auf den Boden geworfen. Neil wäre fast ausgeflippt.«

»Nein, nein, hier ist alles in bester Ordnung«, versicherte ihr ihre Mutter. »Und Neil gibt uns so viel Geld, dass ich Mrs. Gray aufgeben kann.«

»Die, die so schlimm ist wie Hannah?«

»Oh, die arme Mrs. Mitchell ist eine Heilige im Vergleich zu Mrs. Gray«, erwiderte Lizzie Scarlet lachend.

Neil war ein so regelmäßiger Gast in St. Jarlath's, dass Cathy sich verpflichtet fühlte, hin und wieder auch in Oaklands vorbeizuschauen. Ob es wohl noch andere Frauen auf dieser Welt gab, die sich erst mal einen Grund ausdenken mussten, ehe sie ihre Schwiegermutter anriefen, um ihren Besuch anzukündigen? Eigentlich wollte Cathy nichts von sich erzählen. Sie wollte weder von dem aufregenden Start ihres Geschäftes und den rasch voranschreitenden Umbauarbeiten berichten, da Hannah so offensichtlich gegen dieses Unternehmen eingestellt war. Noch wollte sie Einzelheiten darüber erzählen, dass sich Jock Mitchells Neffe und seine Nichte gegenwärtig in St. Jarlath's Crescent bei ihrer ehemaligen Zugehfrau und dem – wie sie zu sagen pflegte – nichtsnutzigen Ehemann der unglücklichen Frau aufhielten. Sie konnte auch nicht erzählen, dass sie für Hannahs Freundin, die nervöse, zappelige Mrs. Ryan, Apfelstrudel gebacken hatte, weil man ihr dann hätte vorwerfen können, dass sie den Silvesterabend erfolgreich dafür genützt hatte, Aufträge zu akquirieren. Mrs. Mitchell zeigte auch kein Interesse an dem, was sie und Neil in ihrem Haus in Waterview gemacht hatten, sodass auch dieses Gesprächsthema wegfiel. Das war aber nicht weiter schlimm, da sie in der letzten Zeit zu kaum etwas gekommen waren. Trotzdem war sie es Neil schuldig, den Kontakt nicht einschlafen zu lassen.

Um vier Uhr lenkte sie den weißen Lieferwagen die Auffahrt von Oaklands hinauf, in dem Wissen, dass weder sie als Schwiegertochter noch ihr Fahrzeug bei Hannah mehr als ein verächtliches Naserümpfen auslösten. Aber Cathy war bereit, das alles zu ignorieren und freundlich Konversation zu machen.

Sie würde den Besuch so kurz wie möglich halten, ohne dass es aussah, als sei sie nur vorbeigekommen, um etwas abzugeben. Sie hatte ihrer Schwiegermutter einen robusten Farn mitgebracht, der selbst in der tropischen Hitze der Zentralheizung von Oaklands nicht eingehen konnte, und klopfte an die Tür.

»Cathy.« Hätte eine Gruppe Tänzer steppend vor der Tür gestanden, ihre Schwiegermutter hätte nicht erstaunter sein können.

»Ja, Mrs. Mitchell. Ich habe doch eine Karte geschickt,

dass ich heute auf einen Sprung vorbeikommen würde, oder nicht?«

»Tatsächlich? Oh, das kann sein …«

»Aber wenn Sie gerade Besuch haben?«

»Nein … Nein, es wundert mich nur, dich zu sehen, aber bitte, komm doch rein.«

»Ich habe Ihnen eine Kleinigkeit mitgebracht. Vielleicht …« Cathy überreichte ihr den kleinen Farn. Die Frau war wirklich nicht mehr ganz bei Trost. Wie konnte sie nur sagen, sie sei verwundert, ihre Schwiegertochter zu sehen, die ihren Besuch noch dazu mit einer Karte angekündigt hatte!

»Vielen Dank, meine Liebe.« Hannah Mitchell würdigte die Pflanze keines Blickes, sondern ließ sie auf dem Tisch in der Halle stehen. »Aber wenn du schon mal da bist, würde ich vorschlagen, wir gehen in die Küche, dort fühlst du dich bestimmt am wohlsten«, sagte sie und durchquerte vor Cathy die Halle.

Cathy schäumte vor Wut. Sie spürte ein Pochen in den Schläfen, oder bildete sie sich das nur ein? Mrs. Mitchell empfing kaum jemanden in der Küche. Gäste, Familienangehörige, alle, die vorbeikamen, wurden ins Wohnzimmer geführt. Cathy begriff die subtile Bosheit durchaus und schnitt eine Grimasse in den Spiegel. Ihr Spiegelbild überraschte sie; sie sah müde und mitgenommen aus, ihr Haar war strähnig und achtlos hinter die Ohren geschoben. Wenn es mit der Arbeit erst mal richtig losging, würde sie wieder mehr auf ihr Äußeres achten müssen, dachte sie. Mit diesem Aussehen würde sie potenzielle Kunden nur abschrecken.

»Du siehst schrecklich aus«, bemerkte Hannah.

»Ich glaube, das ist nur eine Vierundzwanzigstundengrippe«, erwiderte Cathy, ohne lange zu überlegen. Sie sah, wie Hannah panisch vor ihr zurückwich, als befürchtete sie, sich einen grässlichen Bazillus einzufangen. »Das ist nicht ansteckend«, fuhr Cathy fröhlich fort. Das Gespräch schleppte sich qualvoll dahin. Cathy erkundigte sich nach

Amanda in Kanada und erfuhr, dass irgendetwas mit dem Telefonsystem in Toronto nicht in Ordnung gewesen war und dass Amanda in einem wirklich altmodischen Transportunternehmen arbeitete, wo es weder Fax noch E-Mail gab. Cathy verzog keine Miene, während sie zuhörte. Entweder hatte Amanda ihrer Mutter oder ihre Mutter ihr einen Bären aufgebunden. Welche auch immer – es war einfach traurig. Sie musste sich nur an dem Wort »traurig« festhalten, dann würde sie diesen Nachmittag schon überstehen.

Lizzie Scarlet, die jahrelang die Fußböden und die Tischbeine in diesem Haus geschrubbt hatte, saß in diesem Moment im St. Jarlath's Crescent und servierte Simon und Maud ein Glas Milch und selbst gebackenes Shortbread, ehe sie ihnen bei den Hausarbeiten helfen wollte. Später würden sie ein Videospiel machen, und am Abend wollte sie den Kindern das Bügeln beibringen. Bestimmt würde heftig spekuliert werden, ob der Jockey am Samstag ein gewisses Pferd zurückhalten konnte, damit sein Stallgenosse gewinnen würde, und mit Sicherheit schauten auch ein paar Nachbarn vorbei. Es gab ständig etwas zu tun. Cathy wusste, das ihre Tante Geraldine an diesem Abend zu einer Dinnerparty in einer Botschaft gehen wollte und sich deswegen bei Hayward's wieder einmal ein atemberaubendes Kleid gekauft hatte. Sie selbst war von ihren beiden verheirateten Freundinnen Kate und June auf eine Party eingeladen worden, aber sie hatte abgesagt. Sie wollte endlich mal wieder ein richtig schönes Abendessen allein mit Neil zu Hause genießen und vielleicht dabei sogar die Gelegenheit ergreifen, öfter als einmal im Monat mit ihm zu schlafen. Mauds Beschreibung ihres Liebeslebens schien sich als unheimlich prophetisch zu erweisen. Shona Burke war mit einem Mann verabredet, den sie in der Woche zuvor kennengelernt und von dem sie eigentlich gedacht hatte, dass er sich nicht mehr bei ihr melden würde. Auch Tom nahm sich einen freien Abend von Scarlet Feather und führte Marcella in einen der Clubs aus, wo sie vielleicht jemandem auffallen würde. Ricky, ihr Fotografenfreund, hatte gemeint, es seien momentan jede Menge Modefritzen in der Stadt. Mr. und Mrs. J.T. Feather gingen zum Konzert eines irischen Tenors, und der sonst so zurückhaltende James Byrne hatte angedeutet, dass er ins Theater gehen wolle.

Aber Hannah Mitchell, die gerade ihr Haar zurechtrückte und ihren feinen Wollrock glatt strich, hatte niemanden, mit dem sie an diesem nasskalten Januarabend verabredet gewesen wäre. Das rief Cathy sich immer wieder ins Gedächtnis, als sie ein höfliches, interessiertes Lächeln auf ihr Gesicht zwang.

Irgendwie schafften sie es, in kurzer Zeit doch viel mehr zu erledigen, als sie erwartet hatten. Sie informierten sich über alle Hygienevorschriften, stellten den Antrag, als Gewerbe zugelassen zu werden, und ließen ihr Firmenlogo auf ihren weißen Lieferwagen pinseln: eine große, geschwungene rote Feder. Darunter standen Name und Telefonnummer. Außerdem bestellten sie in einer Druckerei Visitenkarten, Prospekte und Einladungen.

»Ich kenne die Adresse, dort war doch immer die Druckerei der Maguires«, sagte der ältere Mann hinter dem Ladentisch, als Tom und Cathy ihre Bestellungen aufgegeben hatten.

»Ja, stimmt, wir haben das Gebäude gekauft. Haben Sie sie gekannt? War das eine gute Druckerei?«

»Ah, die beste von allen, aber dann hat sich alles geändert, nur sie nicht, und dann war da noch diese andere Geschichte.«

»Welche andere Geschichte?«

Der Mann blickte von einem zum anderen und beschloss, es lieber für sich zu behalten. »Ich weiß nicht mehr, ich kann mich nicht mehr erinnern.«

»Sie leben jetzt in England«, meinte Tom auffordernd.

»Der liebe Gott wird schon auf sie aufpassen, wo immer sie auch sein mögen«, erwiderte der alte Mann.

Sie war sehr still im Lieferwagen. »Das werden wir wahrscheinlich nie erfahren, Cathy. Hör auf, darüber nachzugrübeln«, sagte Tom.

»Wir wussten ja von Anfang an, dass die Sache etwas merkwürdig war und wir aus James nie im Leben etwas herausbringen würden.«

»Das spielt auch keine Rolle«, antwortete Tom.

»Möchtest du es denn nicht wissen? Männer sind manchmal wirklich überhaupt nicht neugierig.«

»Eher praktisch. Ich würde vorschlagen, wir treffen uns heute Abend auf einen Kaffee und stellen die Gästeliste zusammen.«

Sie hatten es sich angewöhnt, ihre Arbeit für Scarlet Feather nicht mehr zu Hause zu erledigen. Es war Neil gegenüber nicht fair, sein ganzes Arbeitszimmer mit Beschlag zu belegen, und Marcella wollte auch niemand aus ihrem eigenen Wohnzimmer oder ihrer Küche vertreiben. Nicht dass Neil oder Marcella sich beschwert hätten – keiner hatte auch nur ein Wort der Kritik geäußert –, sie hatten nur keine Zeit, ihnen zu helfen. Neil war fast jeden Abend in der Woche in einem anderen Ausschuss tätig oder führte ein Gespräch mit einem Mandaten. Und Marcella hatte sich für einen vierzehntägigen Kurs in Aquarobic eingeschrieben, um ihrem ohnehin schon perfekten Körper den letzten Schliff zu geben. Beide beteuerten regelmäßig, wie gerne sie helfen würden, hätten sie nur die Zeit.

Aber dann stand Neil doch eines Abends auf einer Leiter und malte die Wand an, während Marcella ein paar Tage später dabei half, die Vorhänge einzusäumen. Und dann war da noch der Abend, als Neil und Marcella sich köstlich über die Entlüftungsbestimmungen amüsiert hatten. Formulierungen wie »Dampf emittierende Gerätschaften« und

»Maschengröße 16, maximale Lochgröße 1,2 Millimeter zur Wahrung der Fliegensicherheit« hatten ihnen hysterisches Kichern entlockt. Cathy und Tom waren seit ihrer Zeit an der Fachschule bestens mit solchen Formulierungen vertraut und wunderten sich nur über die Heiterkeit, die sie bei den anderen hervorriefen. Und was ihre beiden Hauptsponsoren Geraldine und Joe betraf, die trieben sie weder zur Eile an, noch wollten sie ständig wissen, wie weit sie schon waren.

»Wenn ich es nicht glauben würde, dass ihr zwei es schafft, hätte ich mein sauer verdientes Geld bestimmt nicht in euch investiert«, meinte Geraldine.

»Wie hat sie es nur angestellt, so viel Geld zu verdienen, um uns einen solchen Batzen leihen zu können?«, fragte Tom.

»Keine Ahnung. Früher habe ich immer gedacht, sie sei die Geliebte von Mr. Murphy, aber es sieht nicht so aus. Wahrscheinlich hat sie es nur klug angelegt.«

»Jedenfalls bis jetzt«, hatte Tom geantwortet und auf Holz geklopft.

Joe Feather hatte aus London geschrieben.

»Wieso besucht er eigentlich nie eure Eltern, sie würden sich so freuen ...«, wollte Cathy wissen.

»Ich weiß es nicht«, erwiderte Tom. »Aus Egoismus, denke ich.« Irgendetwas an der Art, wie er das sagte, ließ Cathy aufhorchen. Die Welt war voller Geheimnisse, dachte sie traurig, als sie anfing, die Gästeliste für ihre Einweihungsparty zusammenzustellen.

»Ricky hat jede Menge guter Kontakte«, schlug Cathy vor.

»Am Silvesterabend bei Ricky habe ich mich wie das letzte Arschloch benommen«, meinte Tom zögernd.

»Auch wenn du dich wirklich so benommen hast, was dir überhaupt nicht ähnlich sieht, wird er sich wahrscheinlich nicht mehr daran erinnern können«, beruhigte Cathy ihn.

»Vielleicht doch.«

»Also bitte. Hätte ich das von mir behauptet, würdest du mir bestimmt vorhalten, ich bildete mir ein, die Welt würde sich immer nur um mich drehen.«

Tom lachte. »Ja, du hast recht, natürlich werden wir Ricky wegen seiner Kontakte einladen. Und selbstverständlich Shona und ein paar unserer Kollegen von der Fachschule. Aber vor allem sollten wir Freunde und Verwandte einladen, meinst du nicht?«

»Natürlich bin ich dieser Meinung, auch wenn ich sagen muss, dass von meiner Familie kaum jemand unsere Dienste in Anspruch nehmen wird. Bei den Buchmachern herrscht nicht viel Nachfrage nach einem guten Partyservice, nicht während der Morgenschicht, wenn mein Dad mit seinen Wettpartnern, wie er sie so gerne nennt, dort verkehrt.«

»In meiner Familie auch nicht«, sagte Tom. »Aber darum geht es nicht.«

»Können wir zwei nicht einen Deal abschließen? Wenn du deine Schwiegereltern nicht einlädst, lade ich auch nicht die meinen ein«, flehte Cathy.

»Ich habe keine Schwiegereltern, wie du genau weißt, aber du musst deine einladen, wie du ebenfalls sehr wohl weißt.«

»Das war auch nur ein sehnsüchtiger Wunsch«, seufzte Cathy. »Hannah wird allen den Abend verderben, wenn sie kommt, und wenn ich sie nicht einlade, wird sie mindestens ein halbes Jahr lang ein Gesicht ziehen.«

»Und was sagt Neil dazu?«

»Was meinst du wohl, was er sagt? Er sagt, das liegt bei mir. Als ob das eine Antwort wäre.«

»Also laden wir sie ein?«

»Ich fürchte. Kennt Marcella irgendwelche unsympathischen Leute, die uns den Abend ruinieren könnten?«

»Nein, nicht dass sie welche erwähnt hätte.«

»Okay, dann bin ich die Einzige, die die böse Schwiegermutter einlädt«, sagte Cathy. »Machen wir weiter mit der

Liste. Sollen wir irgendwelche Berühmtheiten einladen? Vielleicht kommen sie ja sogar.«

»Selbstverständlich werden wir ein paar Promis einladen.« Tom war Feuer und Flamme, und Hannah Mitchell war bald vergessen.

»Was werden wir auf der Party machen?«, wollte Maud wissen.

»Ich glaube nicht, dass ihr dabei sein werdet«, erwiderte Cathy.

»Aber wo sollen wir denn hin?«, fragte Simon, als ob alles bereits arrangiert wäre.

»Weißt du, Simon, die Party ist eigentlich eher etwas für ältere Leute.«

»Na ja, für Leute in jedem Alter, würde ich sagen.« Simon hatte sich offensichtlich so seine Gedanken gemacht.

»Klar, aber nicht so sehr für Leute, die gerade neun Jahre alt geworden sind«, entgegnete Cathy und bemühte sich, gelassen zu erscheinen.

»Aber wo sollen wir hin? Du bist dort, Neil ist dort, Muttie und Lizzie gehen hin, auch Tante Hannah und Onkel Jock. Es ist keiner übrig, um auf uns aufzupassen.«

»Muttie hat gemeint, dass wir mitkommen würden, als er uns von der Schule abgeholt hat.«

Cathy verspürte einen heftigen Drang, ihrem Vater für diese hilfreiche Bemerkung einen Stoß zu versetzen. Aber dann sagte sie sich, dass schließlich er es war, der zur Schule ging und dort auf die Kinder wartete. Und das war mehr, als man von irgendeinem der Mitchells sagen konnte. Sie musste nachdenken und durfte nicht in Panik geraten.

»Walter, euer großer Bruder Walter, wird auf euch aufpassen.« Cathy war sehr zufrieden mit sich, dass sie dieses Kaninchen aus dem Hut gezaubert hatte.

»Nein, er hat gesagt, dass er Ski fahren will«, rief Maud triumphierend.

»Wir könnten die Garderobe machen. Muttie hat gemeint, das ist der richtige Job für uns«, schlug Simon vor.

»Hat er das?«, fragte Cathy. »Und hat er vielleicht auch noch gesagt, was ich während der Party machen soll, oder hat er sich nur euretwegen Gedanken gemacht?«

»Nein, da hat er nichts gesagt«, antwortete Simon ernsthaft. »Wahrscheinlich meint er, dass du schon weißt, was du zu tun hast. Schließlich ist das ja dein Kellnerservice.«

»Catering-Service«, verbesserte Maud ihn.

Cathy glaubte, einen gewissen hysterischen Unterton aus ihrem Lachen herauszuhören.

Die Feathers hatten von Tom wissen wollen, ob sie eine förmliche Antwort auf die Einladung geben sollten.

»Bist du ruhig geblieben?« Cathy arbeitete gerade am Brandteig.

»Es ist mir extrem schwergefallen«, musste Tom zugeben. »Und es ist so dumm. Ich habe genau die Ironie aus meiner Stimme herausgehört, als ich sie fragte, ob sie Angst hätten, sonst nicht eingelassen zu werden.«

»Sie sind nicht daran gewöhnt, auf Feste zu gehen. Meine Eltern auch nicht«, meinte Cathy tröstend.

»Schon möglich. Aber deine werden wenigstens nicht dauernd die Wände betasten und allen erklären, dass sie eigentlich noch einen zweiten Anstrich benötigten, dass aber keine Zeit dazu gewesen wäre, weil alles so hopplahopp hatte gehen müssen ...« Tom war untröstlich.

»Nein, aber meine Mutter wollte unbedingt ihren gelben Nylonkittel anziehen und hinten in der Küche abspülen. Wir haben uns deswegen dreimal fürchterlich gestritten, und mein Dad meint, er will sein eigenes Bier mitbringen, weil er von diesen teuren Weinen Kopfschmerzen bekommt.« Cathy hatte das Blech mit den kleinen Brandteigformen belegt und stellte am Herd die Zeit ein.

»Aber du hast wenigstens noch Geraldine, die den Raum

für uns hergerichtet und uns allen Leuten wärmstens empfohlen hat.« Tom zerlegte fachmännisch die Hühner, während er sprach.

»Und du hast deinen sexy Bruder Joe, der alle Damen mit seiner Anwesenheit beglücken wird. Hoffentlich versprüht er wieder seinen Charme, ich schaue ihm so gerne dabei zu. Es ist schon erstaunlich, wie sie alle darauf abfahren.«

»Anfangs hatte ich Angst, dass Marcella sich in ihn verlieben könnte, als sie ihn kennenlernte, aber Gott sei Dank war das nicht der Fall«, erwiderte Tom.

»Marcella? Sie soll sich in Joe verlieben, wenn sie dich haben kann?« Cathy lachte.

»Er ist aber doch recht geschickt.« Aus Toms Stimme sprach Besorgnis.

»Ziemlich arrogant, meinst du. Deine Marcella ist doch viel zu clever für so etwas.« Marcella hatte Cathy in den letzten Tagen vor der großen Einweihungsparty einige Rätsel aufgegeben. Hinter den Kulissen war sie extrem hilfsbereit gewesen und jeden Abend nach ihrer Arbeit bei Hayward's zu ihnen gekommen. Sie war in ein Paar Jeans geschlüpft, hatte ihre Gummihandschuhe angezogen und klaglos jede noch so schmutzige und anstrengende Arbeit erledigt. Aber sie weigerte sich vehement, auf der Party zu servieren und sonst wie zu helfen. Sie hatte anscheinend ihre guten Gründe dafür.

»Cathy, du solltest doch wissen, wie es ist, wenn man einen Traum und ein Ziel hat. Du und Tom, ihr habt euch euren Traum erfüllt. Ich bin noch nicht so weit. Ich möchte Model werden. Ich weiß, dass ich das kann und dass ich so gut wie jede andere bin. Ich habe ein Vermögen für Kurse und Setcards ausgegeben. Ich kann mich in der Öffentlichkeit jetzt nicht als Kellnerin blicken lassen, sonst werde ich das ewig bleiben: Maniküre und Kellnerin.«

»Du könntest Schlimmeres sein«, hatte Cathy kurz angebunden gemeint.

»Und du hättest Tippse oder Verkäuferin werden können, aber du wolltest mehr«, hatte Marcella heftig erwidert. Sie hatte auch strikt abgelehnt, sich um die Mäntel zu kümmern. Sie wollte nur als Gast kommen. Hinterher würde sie selbstverständlich beim Aufräumen helfen, versprach sie, aber in der Öffentlichkeit wollte sie nur als Gast auftreten. Sie war nicht zu überreden, sodass Cathy es gar nicht erst versuchte. Schließlich stand ihr vielleicht noch bevor, Tom erklären zu müssen, dass die schrecklichen Zwillinge kommen könnten. Als Partner musste man eben Kompromisse schließen können.

James Byrne sagte zu, zu der Party zu kommen. Cathy war überrascht, freute sich aber sehr.

»Und natürlich, wenn es jemanden gibt, den Sie… äh, gerne… äh, mitbringen würden«, fügte sie zögernd hinzu.

»Vielen Dank, aber ich werde allein kommen.«

Sie hatten sich endlich darauf geeinigt, sich mit Vornamen anzusprechen, was dem älteren Herrn auf Anhieb gar nicht so leicht zu fallen schien. Er war so höflich und altmodisch und ausgesprochen zurückhaltend. Die Geschäfte mit den Maguires schienen fast zum Abschluss gebracht, und trotzdem wussten Cathy und Tom nicht mehr über die Druckerfamilie, die ihnen das Gebäude verkauft hatte, als es an Neujahr der Fall war. Über James hingegen wussten sie mittlerweile ein wenig mehr.

Er wohnte in einer – wie er es nannte – Gartenwohnung in einem der großen viktorianischen Häuser in Rathgar, war fast sein ganzes Leben lang Buchhalter in einer Kleinstadt gewesen und lebte erst seit fünf Jahren in Dublin. Mittlerweile war er pensioniert. Sie konnten ihn natürlich nicht fragen, was er den ganzen Tag so trieb und ob ihm die Zeit nicht lang wurde. Sie wagten auch nicht, sich zu erkundigen, ob er Familie hatte. Bei ihren Gesprächen, die zwar recht herzlich und entspannt waren, stand immer das Geschäftliche im Vordergrund. Eines

Tages hatte Tom ihn gefragt, ob er nicht jemanden wüsste, der ihre Buchhaltung machen könnte. Ein Vormittag in der Woche würde ihrer Meinung nach in diesem frühen Stadium ausreichen, hatten sie ihm erklärt, möglicherweise sogar noch weniger. Vielleicht fiel ihm ja jemand ein.

»Ich würde mich freuen, das für Sie zu erledigen«, lautete seine Antwort. »Jemanden zu suchen?« Cathy war sich nicht sicher, was er gemeint hatte.

»Nein, ich meine, als Ihr Buchhalter tätig zu werden, wenn Ihnen das recht wäre. Am Anfang dürften zwei Stunden pro Woche durchaus genügen.«

»Aber Mr. Byrne... Ich meine James... Wir können Sie doch nicht bitten...«, begann Tom.

Cathy spürte, dass James einsam war und nichts zu tun hatte. »Aber selbstverständlich. Wenn Sie uns auf eine Probezeit nehmen würden, würde uns das sehr freuen«, hatte sie entschlossen erwidert. Ein ungewohntes Lächeln huschte über James Byrnes Gesicht und ließ ihn geradezu aufblühen. Trotz des Lächelns immer noch sehr distinguiert, wirkte er aber plötzlich viel zugänglicher.

»Ich habe deiner Mutter ein Kleid gekauft und einen Termin beim Friseur vereinbart«, erzählte Geraldine.

»Das wird dich finanziell in den Ruin treiben«, protestierte Cathy.

»Nicht bei dem Friseur, zu dem deine Mutter unbedingt gehen will, das heißt, falls sie überhaupt hingeht.«

»Und das Kleid?«

»Das stammt aus einem Secondhandshop.« Geraldine sah sie aus klaren blauen Augen an, die schamlos logen.

»Tut es nicht. Es stammt von Hayward's.«

»Wie kommst du auf diese Idee?«

»Shona Burke hat mir erzählt, dass sie dich dabei getroffen hat, wie du es gekauft hast.«

»Plappermaul«, meinte Geraldine lachend.

»Wenn meine Mutter wüsste, dass sie ein Kleid von Hayward's trägt, würde sie ins nächste Bett neben unserer anderen Kranken im Nervenkrankenhaus – wie Maud es nennt – sinken. O Geraldine, was soll ich nur mit diesen Kindern tun?«

»Es muss doch irgendjemanden in St. Jarlath's Crescent geben, irgendeine Nachbarin.«

»Natürlich gibt es Dutzende von Leuten, aber Ma hat gegen alle etwas einzuwenden. Und ich will nicht, dass sie den ganzen Abend wie ein aufgescheuchtes Huhn hin und her flattert und sich jede Menge Sorgen macht, ob es den beiden gut geht.«

»Okay, okay, schick sie zu mir«, seufzte Geraldine. »Ich versuche, sie bei der Kinderbetreuung in Peters Hotel unterzubringen.«

»Was heißt das?«

»In ihrem Fall heißt das: Chicken McNuggets und Pommes frites, ein spannendes Video und eine Runde Schwimmen in einem geheizten Pool, wenn sie wollen.«

»Würdest du das wirklich tun?«

»Natürlich würde ich das tun, schließlich muss ich morgen Abend meine Investition schützen.«

»Das hat nichts mehr mit bloßen Investitionen zu tun. Du bist wieder einmal unsere letzte Rettung«, erwiderte Cathy.

Aber Geraldine wollte nichts davon hören. »Du bist einfach übermüdet, aber der morgige Abend wird ein rauschender Erfolg werden, glaub mir«, sagte sie. »Und wenn schon die Geldgeber zuversichtlich sind, können alle anderen es auch sein. Jetzt zeig mir noch mal das Menü.«

»Ihr beide werdet den morgigen Abend in einem Hotel verbringen«, erklärte Cathy Simon und Maud.

»Ich würde lieber mit zu deinem Fest kommen«, meinte Simon.

»Um dir zu helfen«, erklärte Maud.

»Sicher, und ich weiß das auch zu schätzen. Aber ehrlich gesagt, haben wir gar nicht so viel Platz bei uns im Geschäft, und ihr zwei werdet bestimmt einen schönen Abend haben.«

»Kommt Walter zu deinem Fest?«, wollte Maud wissen.

»Ja, ich glaube, er kommt. Er hat zwar nicht geantwortet, aber er kommt bestimmt.«

»Wird er für dich und Tom arbeiten?«, fragte Simon.

»Walter Mitchell wird nie mehr für mich arbeiten, und selbst wenn alle Gäste sich auf dem Boden wälzen, am Verdursten sind und jämmerlich um etwas zu trinken flehen«, erwiderte Cathy grimmig.

»Das klingt aber nicht nach einer lustigen Party«, sagte Simon zu Maud. »Ich denke, im Hotel sind wir besser dran, wenn ich ehrlich sein soll.«

Neil war bereits aufgestanden und angezogen, als Cathy mit einem Ruck erwachte. »Herr im Himmel, wie spät ist es?«

»Ganz ruhig, es ist noch nicht einmal sieben.«

»Wieso bist du dann schon auf?«

»Weil heute der große Tag ist«, antwortete er.

Das hatte sie doch tatsächlich vergessen. Heute würde Scarlet Feather Realität werden. Heute fand die Einweihungsfeier statt, die Prospekte waren draußen, die Firma war bereit, zu beginnen.

»Ich weiß, ich kann es kaum glauben.« Cathy stand da in ihrem gestreiften Nachthemd, rieb sich die Augen und schüttelte ihr Haar.

»Ich weiß, er ist zwar noch sehr jung für einen Minister, aber es ist eine große Sache für ihn, zu dem Treffen zu kommen. Außerdem ist er verrückt nach öffentlichen Auftritten, was hoffentlich die allgemeine Aufmerksamkeit darauf lenken wird.« Ihr wurde klar, dass Neil seinen großen Tag gemeint hatte. Einer Gruppe von ihnen war es gelungen, einen Minister der Regierung zu einem Gespräch über politische Häftlinge zu überreden.

»Ich hoffe, dass es ein großer Erfolg für euch wird«, erwiderte sie mit tonloser Stimme.

Verwundert über ihren Tonfall, sah er sie fragend an, aber sie fügte keine Erklärung hinzu. »Ich muss mich beeilen…«, sagte er schließlich.

»Ja, bis heute Abend«, entgegnete sie.

»O ja, natürlich, euer Fest. Es wird bestimmt ganz toll, Schatz, mach dir um Gottes willen keine Sorgen.«

»Nein, natürlich nicht.« Immer noch dieselbe tonlose Stimme.

Er kam zurück und zog sie kurz in seine Arme. »Ich bin sehr stolz auf dich, das weißt du«, sagte er.

»Ich weiß, Neil«, antwortete sie. Aber sie wünschte sich, die Sache wäre wichtiger für ihn und er würde sich nicht nur auf eine kurze Umarmung und einen aufmunternden Klaps auf den Rücken beschränken.

Ricky schickte eine Stunde vor dem Eintreffen der Gäste einen seiner Fotografen zu Scarlet Feather, damit sie ein paar gute Aufnahmen von den Köstlichkeiten und dem Büfett machen konnten, ehe alles voller Leute wäre. Cathys Freundinnen June und Kate waren wirkungsvoll herausgeputzt in ihren weißen Blusen mit dem dunkelroten Logo der Firma. Gemeinsam posierten sie neben den Platten mit Lachs in Blätterteig, den langen, ovalen Schalen mit gegrillter Paprika, den bunten Salaten und den Körben voller Brot.

Noch in der einen Sekunde schien außer dem nervös wartenden Personal niemand da zu sein, doch schon in der nächsten wimmelte es von Menschen. Der vordere Raum, wo sie später ihre Kunden empfangen wollten, sah wirklich großartig aus. Wie recht sie doch gehabt hatten, sich für altmodische Sofas und Sessel zu entscheiden. Ihre neue Aktenablage war klug hinter eleganten Schubladen versteckt. Es war ein Raum mit Atmosphäre, wo ihre Kunden sich hoffentlich wohlfühlen würden und sie in Ruhe die Menüvorschläge besprechen könnten. Hier war nichts von dem glänzenden Weiß und dem blitzenden Stahl der Küche zu sehen, das lag alles hinter der nächsten Tür verborgen. Dort hatten sie große Flächen freigeräumt, damit die Leute genügend Platz zum Herumschlendern und später zum Tanzen hatten. Heute Abend diente der vordere Raum als Garderobe, wofür sie zwei große Ständer besorgt hatten. Eine atemberaubende, rothaarige Schönheit, die bei Geraldine im Büro arbeitete und sich nicht zu gut dafür war, auf einer Party auszuhelfen, händigte den Gästen Nummern für ihre Mäntel aus und hängte diese fein säuberlich auf die Ständer.

Dann mischten sich June und Kate, ihre zwei treuen Freundinnen aus Schultagen, mit Tabletts voller Begrüßungsdrinks unter die Leute, damit Tom und Cathy frei waren, ihre Gäste willkommen zu heißen und sich deren Lob und Bewunderung für die neuen Räumlichkeiten ihres Partyservice anzuhören.

Neil war nicht unter den ersten Gästen. Cathy hatte vor, ihn später nahe an der Tür zu platzieren, damit er sich um seine Mutter kümmern konnte, sobald Hannah ihren großen Auftritt hatte.

Cathys Eltern waren bereits da. Sie wirkten verlegen, als hätten sie das Gefühl, nicht dazuzugehören. Sie kamen aus dem Staunen nicht mehr heraus. Ihr Vater hielt sich an seiner Mütze fest, die an der Garderobe abzugeben er sich aus unerfindlichen Gründen geweigert hatte. Auf der Suche nach jemandem, mit dem er ein Gespräch anfangen könnte, schweiften seine Augen unruhig durch den Raum. Ihre Mutter, die ein weiches, schmeichelndes grünes Wollkleid (das ihre Schwester bei Hayward's ein kleines Vermögen gekostet hatte) trug und das Haar hübsch frisiert hatte, hatte keine Ahnung, wie gut sie aussah. Auch ihre Augen wanderten durch den Raum auf der Suche nach einer Stelle, wo sie sich verstecken könnte.

»Mam, du siehst wunderschön aus«, sagte Cathy aus tiefstem Herzen.

»Nein, überhaupt nicht, Cathy. Ich mache dir nur Schande. Ich habe bei diesen Leuten hier nichts zu suchen. Ich frage mich…« Wieso fühlten sie sich so unbehaglich, fast so, als würde man gleich mit den Fingern auf sie zeigen, sie als unakzeptabel brandmarken und wieder nach Hause schicken? Cathy kannte dieses Gefühl. Sie hatte sich diese Fragen so oft gestellt, dass sie eigentlich wusste, wie sinnlos es war. Aber Tom erging es mit seinen Eltern ähnlich. J. T. und Maura sahen auch nicht so aus, als fühlten sie sich hier wohl. Da kam ihr eine Idee. Sie entschuldigte sich bei ihrem Gesprächspartner, einem angenehmen Herrn, der eine Putzfirma betrieb. Man hatte sich darauf geeignet, dass es durchaus Möglichkeiten der Zusammenarbeit geben könnte und man sich gegenseitig empfehlen würde. Geschickt stellte Cathy die beiden Elternpaare einander vor. Der erhoffte Erfolg stellte sich nicht sofort ein: Statt sich gegenseitig eine moralische Stütze zu sein, machten sie einander nur noch nervöser. Aber andererseits bezogen sie doch so etwas wie Stärke und Solidarität aus der Erkenntnis, dass auch das andere Paar unsicher war. Toms Vater ließ verlauten, dass man seiner Meinung nach – falls denn jemand an seiner Meinung interessiert war – viel zu überstürzt gehandelt hatte und sich mit dem Umbau ruhig noch ein bisschen Zeit hätte lassen können. Lizzie Scarlet gab zu bedenken, dass die beiden sich mit ihrem Partyservice möglicherweise übernommen haben könnten. Und Maura Feather sagte, dass ihr Tom im Geschäft seines Vaters ein prima Auskommen gehabt hätte, und dabei hätte er sich nicht einmal die Hände schmutzig machen müssen: Er hätte sich nur ins Büro setzen und die Kunden betreuen müssen. Wie diese aufgetakelten Leute hier, die bestimmt genügend Geld auf der Bank hatten, um ihre Häuser zu erweitern oder sich vielleicht sogar ein zweites bauen zu lassen. Muttie meinte, wenn ihre Cathy und ihr Tom schon so gute Köche waren, hätten sie lieber für andere arbeiten sollen, ohne ihr Geld zu riskieren. In kürzester Zeit hätten sie sich dann ein kleines Vermögen zusammengespart – aber auf die Erfahrung der älteren Generation wollte ja niemand mehr hören.

Von Minute zu Minute wurde die Stimmung entspannter. Cathy sah, wie ihre Tante Geraldine kam, die sofort in einer munteren Runde in ein Gespräch verwickelt war. Der Geräuschpegel war deutlich angestiegen, wie Cathy bemerkte. Sie erlaubte sich, ein paar Mal tief durchzuatmen und sich einzugestehen, dass eigentlich alles bestens klappte. Sie gestattete es sich sogar, in Ruhe ihre Gäste zu betrachten. James Byrne hatte im letzten Moment noch angerufen und abgesagt. Marcella sah prachtvoll aus in ihrem raffiniert geschnittenen Seidenblazer mit dem langen schwarzen Rock. Sie hatte keinen Schmuck angelegt, obwohl sie mit ihrem Schwanenhals wirklich alles hätte tragen können. Ihr heutiger Auftritt war sehr stilvoll, und sie stand im Mittelpunkt bewundernder Blicke. Tom strahlte vor Stolz. Cathy war froh, dass Marcella an diesem Abend auf ein ausgesprochen sexy Outfit verzichtet hatte; sie kannte Toms Gesicht bei solchen Gelegenheiten nur zu gut.

Immer mehr Gäste strömten herein, und dann sah sie Neils Eltern kommen. Der attraktive, wenn auch eine Spur nichtssagend aussehende Jock mit seinem leicht gekünstelten Auftreten erweckte meist den Eindruck, als wäre er eigentlich lieber woanders. Seine zur Schau getragene Gutmütigkeit und sein Staunen überzeugten nicht ganz. Und neben ihm war Hannah. Sie trug ein grelles, dunkellila Kleid, das ihrem Gesicht jede Farbe entzog. Sie sah schon beleidigt aus, noch ehe sie überhaupt durch die Tür getreten war. Eigentlich könnte sie an dieser Umgebung nichts kritisieren, dachte Cathy triumphierend. Absolut nichts. Es waren ein paar weniger wichtige Berühmtheiten vom Theater und vom Fernsehen da, aber in erster Linie hatte sich hier eine gut gekleidete, wohlerzogene Menge versammelt, aus denen sie später möglicherweise ihre zukünftigen Kunden rekrutieren konnte. Sie kannte Mrs. Mitchell jedoch seit ihrer frühen Kindheit, zu lange und zu gut, um nicht in ihrem Gesicht wie in einem Buch lesen zu können. Die Frau brannte geradezu auf eine Konfrontation. Aber den Gefallen würde Cathy ihr nicht tun.

Allen schien das Essen zu schmecken; es hatte sich offensichtlich rentiert, großzügig zu sein. Cathy bemerkte, dass ihr Vater in ein Gespräch mit einem Sportjournalisten vertieft war, während ihre Mutter zufrieden neben Mrs. Keane, einer Nachbarin aus Waterview, etwas abseits von der großen Menge auf einem Stuhl saß. Zu Cathys Überraschung eilte Hannah Mitchell auf die beiden zu.

»Ah, schön, dass du hier bist, Lizzie. Ich brauche deinen Stuhl, sei ein Schatz, ja, und dann hol mir einen Teller mit gemischten Häppchen, oder wie immer die Dinger gleich heißen…« Sie sprach mit herrischer Stimme, wie jemand, der wusste, dass alles nach seinem Willen gehen würde. Und es wäre auch nach ihrem Willen gegangen, wäre Cathy nicht in der Nähe gewesen. Die arme Lizzie Scarlet sprang auf ihre Füße und entschuldigte sich vielmals. Sie war immer noch Mrs. Mitchells Zugehfrau, die sich hingesetzt hatte und in unbotmäßig vertraulichem Gespräch mit einer Person höheren Standes ertappt worden war.

»Ja, natürlich, Mrs. Mitchell, entschuldigen Sie, Mrs. Mitchell. Was hätten Sie denn gerne? Von allem etwas?« Cathys gute Vorsätze waren beim Teufel. Noch nie war sie so wütend gewesen. Diese Frau hatte jegliche Grenze guten Benehmens und guter Sitten überschritten. Mit eisiger Stimme befahl sie ihrer Mutter, sich wieder hinzusetzen und Mrs. Keane nicht mitten im Gespräch allein zu lassen. Durcheinander wie sie war, gehorchte Lizzie ihr aufs Wort. Mit einem kombinierten Einsatz von Schulter und Arm komplimentierte Cathy Hannah Mitchell auf die andere Seite des Raumes. Im Vorübergehen zischte sie June zu, dass sie einen Stuhl bräuchte, und bei Kate gab sie einen Teller mit einer kleinen Auswahl in Auftrag. Dann setzte sie ihre

Schwiegermutter in eine Ecke, wo sie alles überblicken konnte.

»Es war wirklich nicht nötig, mich so grob quer durch den Raum zu bugsieren, Cathy, wirklich.«

»Ich weiß. Ist es nicht schrecklich, wenn sich so viele Menschen in einem Raum drängen? Aber Sie wollten einen Stuhl, und ich wollte sichergehen, dass Sie auch einen bekommen.« Sie lächelte, bis ihr die Mundwinkel schmerzten.

Hannah Mitchell war nicht so leicht zu täuschen. »Ich hatte aber schon einen Stuhl.«

»Leider nicht, das war der Stuhl meiner Mutter. Aber kann ich Sie jetzt für den Moment allein lassen? Ich hoffe, es gefällt Ihnen bei uns.« Und schon war sie weg, vor Wut zitternd.

Neil, der von alledem nichts mitbekommen hatte, unterhielt sich mit seinem Cousin Walter, der nervös und hektisch war wie immer. Cathy sah, wie Joe Feather kam; er hatte ihnen eine Küchenuhr mitgebracht, auf deren Zifferblatt altmodische Küchenutensilien gemalt waren.

»Habe ich mir fast gedacht, dass ich nichts zu essen und zu trinken mitbringen muss. Toll, großartig – ihr habt es geschafft. Ich kann den Erfolg direkt riechen.« Tom und Cathy strahlten ihn an. Er besaß die Fähigkeit, im richtigen Moment immer das Richtige zu sagen. Wie ein Magnet zog er die Menschen an. Er musste nicht auf sie zugehen, sie kamen zu ihm.

Sie drehten die Musik, die im Hintergrund lief, ein wenig leiser. Es war Zeit für ihre Ansprachen. Tom und Cathy reckten die Daumen in die Höhe und ermutigten sich gegenseitig. Immer wieder hatten sie ihren Auftritt geübt: Keine lange Litanei wie in der Oscar-Nacht, kein Prahlen, wie erfolgreich sie sein würden. Schon lange bevor sie überhaupt das Zuhause für ihre Firma gefunden hatten, hatten sie ihre Dankesreden aneinander ausprobiert. Jeder hatte höchstens zwei Minuten Zeit, und dann wollten sie die Musik wieder lauter drehen. So konnten ihre Gäste ihre Gespräche wieder aufnehmen, ohne sich ernsthaft gestört zu fühlen. Es lief genau so, wie sie es geplant hatten. Die Stimmung war viel zu gut, um die Party länger als für vier Minuten, plus Applaus, zu unterbrechen. Als alles vorbei war, sahen sie einander verblüfft an. Hatten sie wirklich alles gesagt, was sie sagen wollten? Keiner von den beiden konnte sich erinnern. Von allen Seiten prasselten Glückwünsche auf sie ein, und sie hatten Mühe, alle entgegenzunehmen. Die ersten Gäste brachen bereits auf und holten ihre Mäntel, aber der harte Kern würde noch länger bleiben.

»Schade, dass wir nicht daran gedacht haben, einen Kassettenrecorder mitzubringen!«, bedauerte Cathy.

»Ich schon.« Geraldine trat neben sie. »Und ihr wart beide richtig klasse.«

»Geht es Ma gut?«

»Es geht ihr gut. Jetzt mach dir nicht dauernd Gedanken.«

»Hast du ein Glück, dass du so mit Cathy reden darfst, Geraldine. Ich versuche es ja auch ab und zu, aber sie reißt mir jedes Mal den Kopf ab«, scherzte Tom.

»Ach ja, es hat manchmal schon etwas für sich, wenn man zur Familie gehört«, meinte Geraldine und ließ die beiden stehen.

Cathy sah, dass J.T. und Maura Feather gehen wollten. »Ich glaube, die haben Joe noch nicht einmal entdeckt, er ist drüben auf der anderen Seite«, fing sie an.

»Lass es, Cathy. Joe findet sie schon, wenn er will.«

»Aber das ist doch eine Schande …«

»Es war immer eine Schande, aber so ist es nun mal. Er tut nichts, was ihn langweilt, und sie in Fatima zu besuchen langweilt ihn, also geht er nie hin.«

»Heute Abend wird er sie sehen«, ließ Cathy nicht locker und hob die Stimme. »Joe, ich glaube, deine Eltern wollen gehen …« Er sollte sie unbedingt treffen. Cathy sah, wie die Gesichter der beiden beim Anblick ihres älteren Sohnes vor Freude aufleuchteten. Joe machte gute Miene zum bösen

Spiel und heuchelte Begeisterung und Überraschung, sie zu sehen. Er bewunderte das Kleid seiner Mutter, lobte seinen Vater für die Arbeit, die er geleistet hatte, und schob sie dabei unauffällig in Richtung Tür. Niemals hatte Cathy eine solche Freude auf den Gesichtern der beiden gesehen, wenn sie mit ihrem Sohn Tom sprachen. Mit Tom, der sie regelmäßig besuchte und sich um alles kümmerte. Aber seit wann war das Leben schon fair?

Geraldine hatte ein Taxi für Muttie und Lizzie bestellt, das die beiden erst in das Hotel, um Simon und Maud abzuholen, und anschließend nach Hause bringen sollte. Aber als es kam, wollten die Scarlets noch nicht gehen. Muttie hatte sich mit dem Sportjournalisten für das nächste große Rennen verabredet, wo er auf der Pressetribüne eingeladen war. Lizzie wollte Mrs. Keane in Waterview besuchen, um sich ihren neuen Wischmopp anzuschauen. Offensichtlich musste man sich heutzutage zum Aufwischen nicht unbedingt mehr hinknien, und Lizzies Knie taten auch schon ein wenig weh. Aus einem Gespräch über Putzmittel schien sich ein sozialer Kontakt anzubahnen. Cathy betrachtete ihre Mutter liebevoll. Es würde der Tag kommen, schwor sie sich, da würde Lizzie Scarlet für niemanden mehr den Fußboden schrubben müssen, nur noch ihren eigenen. Als die Scarlets in den vorderen Raum traten, startete Hannah eine weitere Attacke.

»Da bist du ja, Lizzie, hol mir doch meinen Mantel, sei so gut, ja?«

»Aber natürlich, Mrs. Mitchell, ist es Ihr Pelz?«

»Selbstverständlich nicht, Lizzie, doch nicht an einem solchen Ort. Nein, es ist mein schwarzer Stoffmantel... Oh, aber vielleicht warst du schon nicht mehr bei mir, als ich ihn bekommen habe. Vielleicht warst du da schon fort.«

»Haben Sie einen Garderobenschein, Mrs. Mitchell?«

»Ich habe keine Ahnung, was ich mit dem Ding gemacht habe. Such doch rasch den Schein, ja? Ich habe keine Lust, länger hier zu bleiben als unbedingt nötig.«

Mit einem eisernen Lächeln auf dem Gesicht mischte Cathy sich ein. »Mam, dein Taxifahrer wird schon ungeduldig. Ich werde Hannahs Mantel für sie holen.« Gemeinsam mit Geraldine verfrachtete sie ihre Eltern ins Taxi – was gar nicht so leicht war.

»Danke, dass ihr beide gekommen seid und euch mit allen so gut unterhalten habt. Ihr seid wunderbar, alle beide. Und nochmals vielen Dank, dass ihr euch um die Mitchell-Kinder kümmert. Ich weiß wirklich nicht, was sie ohne euch getan hätten.« Die letzten Sätze sagte sie sehr laut.

»Sachte, Cath«, flüsterte Geraldine. »Vielleicht brauchst du Hannah und Jock eines Tages noch.«

»Wofür, wenn ich fragen darf?«

»Ist schon gut, aber trotzdem, übertreib's nicht.«

»Du hast recht, danke, Geraldine.« Cathy ging zu dem rothaarigen Prachtweib an der Garderobe und deutete auf den Mantel ihrer Schwiegermutter. »Die Dame behauptet, ihren Schein verloren zu haben. Kann ich den schwarzen da bitte haben?« Sie hielt ihn Hannah hin, aber diese machte keine Anstalten, hineinzuschlüpfen. Also legte Cathy ihn über einen Stuhl. Mittlerweile waren sie allein im Vorraum.

»Jetzt bist du zu weit gegangen, Cathy Scarlet. Du wirst dein Benehmen heute Abend noch mal bitter bereuen. Denk an meine Worte.«

»Und ich kann nur hoffen, dass Sie Ihr Benehmen bereuen werden, Mrs. Mitchell. Um mich zu treffen, haben Sie versucht, meine Mutter zu demütigen. Ja, es hat funktioniert, Sie haben mich getroffen, aber meine Mutter können Sie nicht demütigen, das ist unmöglich. Sie ist ein großzügiger und anständiger Mensch, und nur weil sie jahrelang Geld von Ihnen genommen hat für harte körperliche Arbeit, meint sie immer noch, Ihnen etwas schuldig zu sein.«

Hannah wurde aschfahl bei dieser Unverschämtheit. »Deine Mutter ist zehnmal so viel wert wie du, so beschränkt sie auch sein mag.«

»Da kann ich Ihnen nur zustimmen. Und sie ist hundertmal mehr wert als Sie, Mrs. Mitchell. Das habe ich erst kürzlich wieder zu ihr gesagt. Sie wollte natürlich nichts davon hören, aber es stimmt trotzdem.« Hannah Mitchell hielt empört die Luft an, und Cathy fuhr fort: »Glauben Sie mir, ich bin eigentlich froh, dass dieses Gespräch hier stattfindet. Ich möchte nämlich, dass Sie eines wissen: Die Zeiten, in denen ich freundlich und höflich zu Ihnen war, die sind ein für alle Mal vorbei.«

»Du warst nie höflich zu mir, du billiges kleines… kleines…« Hannah fehlten die Worte.

»Als ich noch klein war und zum Spielen in den Garten kam, wenn Mam in Oaklands arbeitete, war ich nicht höflich, da haben Sie recht. Aber als ich Neil heiratete, da habe ich mich sehr bemüht. Ich wollte es ihm nicht schwer machen, und im Grunde haben Sie mir leid getan. Ja, tatsächlich, weil Sie so enttäuscht waren über die Frau, die er nach Hause gebracht hatte.«

»Ich habe dir leid getan!«, schnaubte Hannah.

»Und irgendwie tun Sie mir immer noch leid, aber jetzt gibt es keine Heuchelei mehr. Sie haben noch nicht verstanden: Ich hatte nie in meinem Leben Angst vor Ihnen. Sie haben einfach keine Macht über mich. Ihre Tage sind gezählt, Hannah Mitchell. Wir leben in einem neuen Irland, in einem Land, wo die Kinder der so genannten unteren Schichten heiraten, wen immer sie wollen, und wo vornehme Herrschaften wie Ihr Schwager sich glücklich schätzen dürfen – falls er überhaupt etwas um sich herum mitbekommt –, dass es Menschen wie Muttie und Lizzie Scarlet gibt, die mit dem Taxi in das beste Hotel von Dublin fahren, um dort seine Kinder abzuholen und sie mit nach St. Jarlath's Crescent zu nehmen, wo sie, wie es aussieht, wahrscheinlich die nächsten zehn Jahre aufwachsen werden.«

Hannah fiel ihr ins Wort. »Selbst wenn du dich entschuldigst, und das wirst du, Cathy, das versichere ich dir, werde ich dir nicht verzeihen oder dein Benehmen dadurch erklären, dass du heute Abend vielleicht etwas aufgeregt warst wegen alldem hier …« Hannah sah sich verächtlich schnaubend um.

»O nein, ich werde mich niemals entschuldigen, glauben Sie mir. Ich habe alles so gemeint, wie ich es gesagt habe«, erwiderte Cathy eisig. »Aber falls Sie sich für die Art und Weise entschuldigen, wie Sie meine Mutter heute Abend zweimal beleidigt haben, werde ich darüber nachdenken und Neil fragen, was er davon hält. Ansonsten werden wir in der Öffentlichkeit höflich miteinander umgehen, aber privat keinen Kontakt mehr haben. Jetzt können Sie entweder zu Ihrem Mann hineinkommen oder aber gehen. Das liegt ganz bei Ihnen.« Und mit diesen Worten drehte Cathy sich um und kehrte hoch erhobenen Hauptes auf die Party zurück. Drinnen merkte sie, wie Geraldine sie fragend ansah.

»Sie lebt noch, Geraldine, keine Angst.« Cathy Scarlet genehmigte sich den ersten Drink des Abends, ein extra großes Glas Rotwein. In dem Moment begriff sie, dass Hannah nur zwei Möglichkeiten hatte. Kurz wünschte sie sich, ihr Vater wäre da, um ihr zu sagen, wie die Quoten stünden. Aber wie Muttie oft sagte: Es gibt Zeiten, da kann man sich nicht auf irgendwelche Quoten verlassen, da muss man seinem Instinkt vertrauen. Und ihr Instinkt sagte ihr, dass Hannah nichts verlauten lassen würde. Sich über die Unverschämtheit ihrer Schwiegertochter auszulassen hieße, auch ihr eigenes Benehmen zur Diskussion zu stellen. Das würde Hannah nicht riskieren. Cathy käme also nicht in die Lage, irgendetwas erklären zu müssen. Sie musste unwillkürlich lächeln bei der Vorstellung, den Kampf ein für alle Mal gewonnen zu haben. Das war fast so schön wie ihre Einweihungsparty.

»Das gefällt mir gar nicht, dass du mutterseelenallein im Eck hockst, Wein schlürfst und in dich hineinlachst«, meinte Geraldine tadelnd. Die Musik war jetzt lauter. Tom nahm das schöne Gesicht von Marcella in seine Hände und fing an, mit ihr zu tanzen. Cathys Freundinnen June und Kate hatten mittlerweile auch schon einiges getrunken und tanzten ebenfalls. Wie im Traum streckte Cathy die Hände nach Neil aus, und sie hielten einander fest. Über seine Schulter sah sie Jock Mitchell, der seine Frau suchte und schließlich zur Tür ging. Sie sah, wie Joe Feather ging, ohne sich zu verabschieden, und bemerkte, dass Walter sich noch eine Flasche Wein unter den Arm klemmte, ehe er ebenfalls ging. Und Cathy Scarlet schloss die Augen und tanzte mit dem Mann, den sie liebte.

»Was denkst du?«, fragte er, aber es gab so viel zu erzählen, dass sie nicht wusste, wo sie anfangen sollte.

»Sag mir bitte, dass wir noch aufgeräumt haben«, wollte Tom am nächsten Morgen völlig verschlafen von Marcella wissen. »Sag mir, dass wir nicht einfach gegangen sind und alles so gelassen haben.«

Marcella lachte. »Du kannst dich doch bestimmt daran erinnern, dass du zu allen gesagt hast, du würdest in einer halben Stunde zwei Taxis rufen und bis dahin müsse alles aufgeräumt sein.«

»Weißt du, was? Ich dachte erst, mich daran erinnern zu können, aber jetzt fürchte ich, dass ich es nur geträumt habe«, stöhnte Tom.

»Du hast uns alle wie in einem Film, der zu schnell läuft, in der Gegend herumgehetzt, und als die Taxis kamen, war alles sauber mit Frischhaltefolie abgedeckt und wieder an seinem Platz. Sogar die Geschirrspüler liefen.«

»Ich bin ein Genie«, strahlte Tom.

»Natürlich bist du das. Du hast uns zwar angedroht, dass noch Hunderte von Gläsern gespült werden müssen, warst aber auch sehr stolz darauf, dass alle Müllsäcke fertig verschnürt waren und der Fußboden sauber geputzt.«

»Ich habe, fürchte ich, zu viel Wein erwischt«, meinte er reumütig.

»Erst ganz zum Schluss. Du und Cathy, ihr habt bestimmt jeder eine Flasche in zehn Minuten ausgetrunken, aber ihr habt ja den ganzen Abend nichts zu euch genommen.« Sie strich über seine Stirn und machte Anstalten, aufzustehen.

»Du wirst mich doch jetzt am Morgen meines Triumphes nicht mit meinem Kater allein lassen?« Die Enttäuschung war ihm deutlich anzumerken.

»Tom, ich habe meine Tanzstunde«, sagte sie. »Natürlich.« Das hatte er ganz vergessen. Marcella brauchte weder die zweistündige Bewegung jeden Samstagmorgen, noch brauchte sie die anderen Kurse. Sie war auch so schon eine schlanke, geschmeidige Schönheit, nach der sich alle umdrehten. Aber sie war nun mal der Überzeugung, dass dies Teil ihrer Ausbildung als Model war, und sie arbeitete hart, um sich das Geld dafür zu verdienen. Viele Stunden vor und nach der Arbeit füllte sie die Regale in der Lebensmittelabteilung bei Hayward's auf. Nur die anderen Angestellten sahen Marcella diese Arbeit erledigen. Aber sie zählten nicht, wie Marcella immer sagte, weil sie von ihnen bestimmt nicht als Model entdeckt werden würde und durch sie den Einstieg in diese Branche fände. Sonst war sie in der Öffentlichkeit nur als Kosmetikerin bei Hayward's oder als schöner Partygast zu sehen, der häufig bei Presseempfängen und in den Clubs fotografiert wurde.

Tom verstand voll und ganz, weshalb Marcella niemals als Kellnerin für Scarlet Feather arbeiten konnte. Es würde das Ende ihres Traumes für sie bedeuten, und damit würde sie zugeben, dass sie keine strahlende Zukunft zu erwarten hatte. Er war sich allerdings nicht sicher, ob auch Cathy das verstand; manchmal glaubte er, einen Ausdruck von Ungeduld über das Gesicht seiner Geschäftspartnerin huschen zu sehen, wenn er sagte, dass seine Lebensgefährtin ihnen nicht aushelfen könne. Cathys eigenem Mann, Neil, machte es nie etwas aus, schwere Tabletts zu schleppen oder den Lieferwagen zu beladen, wenn er gerade Zeit hatte, was allerdings nur selten der Fall war. Außerdem konnte er es sich auch leisten, das zu tun, da er schon jemand war, ein erfolgreicher und bekannter junger Anwalt mit Zulassung zu den höheren Gerichten, dessen Name und Foto oft in den Zeitungen erschienen. Er hatte seinen Weg bereits gemacht, Marcella musste den ihren erst noch gehen.

Tom wusste, dass er eigentlich ins Geschäft fahren, die

Gläser spülen und nachschauen sollte, ob die Lebensmittel auch richtig gelagert waren. Aber es war noch sehr früh, und sie hatten bei der Vorbereitung für den gestrigen Abend so hart geschuftet, dass er sich wirklich noch eine Tasse Kaffee verdient hatte. Er blickte hinaus auf die winterliche Szene, die kahlen Bäume und den nassen Hof, der Stoneyfield umgab. Toms Vater betonte jedes Mal, welche Schande es sei, diesen Grund ungenutzt zu lassen, da man doch leicht drei weitere Wohneinheiten dort unterbringen könnte. Und dabei war nicht einmal ein anständiger Garten mit einem Rasen angelegt. Vergebens versuchte Tom, ihm zu erklären, dass die Leute, die sich entschieden, hier zu wohnen, keine Zeit zum Rasenmähen hatten, aber sie brauchten Platz, um ihre Autos zu parken, um ihre bunten Räder in geschickt kaschierten Schuppen anzuketten und um Sport zu treiben wie Marcella. J. T. Feather, ein Bauunternehmer alten Schlages, der noch daran glaubte, dass mehr auf jeden Fall immer besser war, würde das in einer Million Jahren nicht verstehen. Genauso wenig wie er begreifen würde, wie viel ihres Einkommens er und Marcella für die Hypothek ausgaben. Es war besser, seinen Vater nicht mit diesen Details zu belasten. Tom stieß einen Seufzer aus, wie häufig in der letzten Zeit.

Dabei musste er an seinen Bruder denken. Joe hatte gesagt, dass er ihn noch anrufen würde, bevor er zum Flughafen fuhr, aber was die Familie betraf, war auf Joe kein Verlass. Tom wählte die Nummer seines Hotels.

»Hast du gedacht, ich vergesse, dich anzurufen, wie?«, sagte Joe.

»Du? Du vergisst, deine Familie anzurufen? Nie und nimmer.« Tom lachte gutmütig.

»Ich wollte dir eigentlich noch sagen, dass ihr da etwas ganz Großes auf die Beine gestellt habt, sehr professionell, wirklich. Das meint auch Geraldine. Das war mit eine unserer besten Investitionen.«

»Flotte Tante hast du da aufgegabelt. Hat jede Menge Stil.

Sie ist nicht zufälligerweise gerade bei dir?« Bei seinem Bruder Joe konnte man nie wissen.

»Nein, ist sie nicht. Das heißt, nicht sie, um genau zu sein.«

»Ich habe keine Ahnung, wie du das immer machst, Joe.« Tom schüttelte den Kopf. Joe hatte gestern Abend auf der Party jemanden kennengelernt und die Frau überredet, mit in sein Hotel zu gehen!

»Aber doch nur, weil ich ein trauriger alter Mann bin und keine so reizende Ehefrau habe wie du.«

»Wir sind nicht verheiratet.«

»Ich weiß, aber das könnte sie leicht sein, bei den Blicken, die sie anderen zuwirft.«

Das hörte Tom gern, wie Joe nur allzu gut wusste. »Irgendjemand von der Party, den ich kenne?«

»Hm«, brummte Joe.

»Ist sie im Moment bei dir?«

»Im Badezimmer. Hättest du noch Zeit auf einen Drink, bevor ich fliege?«

»Ich muss rüber ins Geschäft. Ich will nicht, dass Cathy mir zuvorkommt und alles allein macht.«

»Gut, dann treffen wir uns dort in einer halben Stunde«, schlug Joe vor.

Minuten später war Tom aus dem Haus. Der Lieferwagen stand nicht draußen vor der Tür, sondern war drüben in Waterview bei Cathy. Er würde sich auf der Straße ein Taxi nehmen. Außerdem wollte er etwas mit Joe besprechen. Er wollte von ihm wissen, ob die vage Hoffnung bestand, dass er sich vielleicht doch mal um ihre Mutter und ihren Vater kümmern und sie wenigstens hin und wieder kurz besuchen könnte. Den beiden würde das sehr viel bedeuten und Joes Lebensstil nur unwesentlich einschränken. Und es würde Tom entlasten.

Der Lieferwagen stand schon vor der Tür, als er kam. Tom ärgerte sich; er hatte es weder geschafft, Cathy zuvorzukommen, noch würde er jetzt in Ruhe mit Joe reden können. Vielleicht konnte er trotzdem mit ihm einen Kaffee trinken gehen. Er würde Cathy eben danach helfen. Tom hoffte nur, dass Neil nicht da wäre, denn das würde nur unterstreichen, wie sehr sich die beiden engagierten, während Marcella in ihrer Tanzstunde war und Tom sich mit seinem Bruder davonschleichen wollte. Aber nein, Neil war nicht dabei. Dafür war Cathy in Begleitung dieser bizarren Kinder, die sie unter ihre Fittiche genommen zu haben schien. Diese nur auf sich selbst bezogenen Kinder mit ihrem intensiven, ernsthaften Blick und dem abstoßend schlechten Benehmen, das sich in der letzten Zeit allerdings minimal verbessert hatte.

»Du kommst spät«, sagte Simon.

»Wo ist deine Freundin?«, fragte Maud.

Cathy kam heraus und umarmte ihn. »Das war doch wirklich ein unvergesslicher Abend«, begrüßte sie ihn. Mit einem Blick auf die Kinder fügte sie in einer völlig anderen Stimme hinzu: »Tom kommt nicht zu spät, wir sind erst zwei Minuten da, und seine Freundin Marcella ist in ihrer Tanzstunde. Und was habe ich außerdem gesagt, wie man Leute begrüßt?«

Sie senkten die Augen.

»Nein, hört auf, betreten zu Boden zu schauen. Wie begrüßt man seine Mitmenschen in einer zivilisierten Gesellschaft? Das will ich jetzt auf der Stelle von euch hören.«

»Wir sagen ›Hallo‹ und tun so, als würden wir uns freuen, sie zu sehen«, erklärte Simon.

»Und wir begrüßen sie mit Namen, falls wir ihn wissen«, fügte Maud hinzu.

»Okay. Tut mir leid, Tom, aber könntest du vielleicht noch mal hinausgehen und wieder hereinkommen? Wir werden üben, uns wie in einer zivilisierten Gesellschaft zu benehmen.«

Tom ging gereizt hinaus. Er hatte wenig Zeit, und jetzt sollte er sich auch noch auf diese lächerlichen Spielchen einlassen, um diesen Kindern Manieren beizubringen. Das würde doch nichts bringen.

»Guten Morgen«, sagte er, als er ein zweites Mal durch die Tür trat.

Simon stürzte sich mit einem grauenvoll künstlichen Grinsen auf ihn, um ihm die Hand zu schütteln. »Guten Morgen, Tom«, strahlte er.

»Schön, dich zu sehen, Tom«, sagte Maud.

»Vielen Dank… äh… Maud und Simon«, antwortete Tom zähneknirschend angesichts der Tatsache, dass er in seiner eigenen Firma wie ein Fremder von diesen beiden Kindern empfangen wurde. »Nicht doch. Und welchem Umstand verdanken wir die Freude eurer Gesellschaft?« Sie sahen ihn verständnislos an und hatten keine Ahnung, was er damit meinte.

Cathy erklärte es ihm. »Meine Mutter fühlt sich heute Morgen nicht wohl.«

»Zu viel Wein gestern Abend«, lautete Simons trockene Antwort.

Cathy fiel ihm ins Wort. »Deshalb dachte ich, es sei für alle Beteiligten das Beste, wenn sie mitkämen, um mir zu helfen… Und wenn du nichts dagegen hast, dann werden sie sich jetzt daranmachen, ganz vorsichtig die Geschirrspüler aus- und wieder einzuräumen. Und zwar sofort«, bellte sie die Kinder an, die daraufhin erschrocken davonliefen.

»Tut mir leid, Tom«, flüsterte sie ihm zu. »Mir blieb nichts anderes übrig. Ich habe noch nie erlebt, dass es meiner Mutter so schlecht ging. Sie trinkt ja fast nie etwas, und es ist alles meine Schuld. Mir ist diese alte Hexe Hannah Mitchell so auf die Nerven gegangen, dass ich meiner armen Mam immer wieder nachgeschenkt habe. Ich wollte nicht, dass sie mitbekommt, wie diese Frau sie zu schikanieren versucht.«

»Cathy, das ist schon in Ordnung, glaub mir, es ist nur…«

»Es ist nur, was?« Sie sah ihn forschend aus hellen Augen an.

»Na ja, ich habe dauernd das Gefühl, nie so viel zu tun wie du. Eigentlich war ich hier mit Joe verabredet, weil ich mit ihm etwas besprechen wollte. Wir werden uns also gleich wieder verdrücken, und das ist dir gegenüber nicht fair… Und außerdem…«

»Na los, Tom, raus mit der Sprache. Frag mich schon, ob die beiden bei Neil und mir wohnen werden, bis ich alt und grau bin. Die Antwort lautet: Ich habe keinen blassen Schimmer. Ich weiß nur, dass wir sie nicht im Stich lassen können. Aber die zwei werden mir hier helfen, also kannst du ruhig mit Joe losziehen. Und hör endlich damit auf, dir einzureden, du würdest deinen Teil nicht beitragen. Du leistest weit mehr als das.«

»Es war wirklich ein unvergesslicher Abend«, sagte er. »Ich habe allmählich tatsächlich das Gefühl, dass wir es schaffen können.«

»Wir werden Millionen scheffeln«, feixte Cathy, gerade als Joe durch die offene Tür hereinkam.

»Das hört man gerne«, meinte Joe Feather, umarmte Cathy, hob sie hoch und drehte sie im Kreis. »Gut gemacht, Cathy Scarlet. Du und mein kleiner Bruder, ihr beiden habt wirklich ein Händchen.«

Sie strahlte, wie Tom bemerkte, so wie jede Frau strahlte, der Joe seine Aufmerksamkeit schenkte.

Maud und Simon lugten aus der Küche heraus, als sie die Stimmen hörten. »Guten Morgen, ich bin Maud Mitchell, und das ist mein Bruder Simon. Schön, Sie zu sehen.«

»Darf ich Ihren Mantel nehmen?«

»Ich bin Joe Feather. Freut mich, eure Bekanntschaft zu machen«, sagte Joe.

»Sind Sie Toms Vater?«, fragte Simon interessiert.

Cathy machte ein betretenes Gesicht.

»Nicht ganz, eher sein Bruder«, erwiderte Joe amüsiert.

»Und möchten Sie mal eigene Kinder und Enkelkinder haben?« Auch Maud wollte genau informiert sein.

»Nein, ich bin Junggeselle. Das ist ein Mann, der nie das

Glück hat, jemanden zum Heiraten zu finden«, erklärte Joe, als würde er fürs Radio interviewt. »Und ich wohne ganz allein in London, in einer Wohnung in Ealing. Ich fahre jeden Tag mit der Central Line von Ealing Broadway bis Oxford Circus in die Arbeit und gehe dann zu Fuß in das Bekleidungsviertel, wo ich Kleider verkaufe.«

Tom hatte nichts von alledem gewusst. Er kannte die Postleitzahl seines Bruders, wusste aber nicht, dass das in Ealing war... Dass er mit der U-Bahn fuhr, hatte er auch nicht gewusst.

»Verkaufen Sie die Kleider in einem Geschäft oder auf der Straße?«

»Eigentlich ist das mehr ein Büro. Wisst ihr, die Kleider kommen zu mir, und dann schicke ich sie wieder weiter«, erklärte Joe.

»Machen Sie daran irgendetwas besser, bevor sie wieder rausgehen?«, fragte Maud.

»Eigentlich nicht. Nein, die gehen so raus, wie sie reingekommen sind«, antwortete Joe.

»Das ist doch eine fürchterliche Verschwendung, sie zuerst zu Ihnen zu schicken, oder?«, meinte Simon.

Es herrschte Schweigen. »Wahrscheinlich ist es das wirklich«, stimmte Joe ihm zu. »Aber so ist nun mal das System, versteht ihr? Damit verdiene ich mein Geld.«

Wieder herrschte Schweigen. »Reden wir zu viel?«, wollte Simon von Cathy wissen.

»Nein, aber wieso geht ihr nicht wieder in die Küche und sortiert das Besteck? Jetzt gleich«, rief Cathy mit lauter Stimme, so dass alle zusammenzuckten. Maud und Simon gehorchten auf der Stelle.

»Das sind aber ungewöhnliche Kinder«, bemerkte Joe.

»Wie man's nimmt«, entgegnete Cathy.

»Wer sind sie?«, fragte er.

»Dafür habt ihr zwei jetzt keine Zeit. Geht und trinkt irgendwo euren Kaffee, und wir räumen hier weiter auf.«

Tom hatte den Eindruck, als wollte Joe nur zögernd gehen. Sein Bruder war ein Weiberheld und würde es wohl auch immer bleiben. Tom hoffte, Joe möge nicht plötzlich Gefallen an Cathy gefunden haben. Das Leben war zwar nie unkompliziert, aber im Augenblick konnte er es wirklich nicht gebrauchen, dass sein Bruder, der fähig schien, der gesamten weiblichen Bevölkerung Irlands den Kopf zu verdrehen, sich ausgerechnet in die glücklichste Ehe der westlichen Welt einzumischen drohte – in die von Cathy und Neil Mitchell. Was sonst auch immer geschehen mochte, das musste unbedingt verhindert werden. »Komm, Joe, wir gehen zu Bewley's«, schlug Tom vor.

»Womit verdient Geraldine eigentlich ihr Geld?«, fragte Joe, als sie vor klebrigen Mandelhörnchen und Kaffee saßen.

»Sie hat eine PR-Agentur, das weißt du doch.«

»Nein, ich meine, wie sie zu dem Geld gekommen ist, diese Agentur aufzuziehen, und dann noch ebenso viel zu investieren wie ich?«

»Komisch«, erwiderte Tom, »Geraldine hat Cathy genau dieselbe Frage gestellt. Sie wollte wissen, woher du dein Geld hast.«

»Und was hat Cathy ihr gesagt?«

»Dass sie es nicht weiß und dass ich es auch nicht wüsste, soweit sie weiß.«

Joe sagte: »Also, was willst du wissen? Frag mich, ich werde es dir sagen.«

»Ich weiß eigentlich gar nicht so genau, was du machst. Du erzählst nie was.«

Joe stützte sich auf den Tisch und betrachtete seinen Bruder mit einem ungewohnt amüsierten Blick. »Gott, du weißt doch, was ich mache, Tom. Ich habe zwei Räume im Bekleidungsviertel in London angemietet. Ich lasse auf den Philippinen produzieren, importiere die Ware, präsentiere sie den Einzelhändlern, und die kaufen sie mir dann ab. Außerdem lasse ich noch in Korea produzieren, und diese Ware kaufen mir wieder andere Einzelhändler ab.«

»Und das ist alles?«

»Natürlich steckt da nicht mehr dahinter. Was hast du gedacht, was ich treibe? Dass ich alten Damen die Postsparbücher klaue oder Hasch in Kneipen verhökere?«

»Nein, natürlich nicht.«

»Aber was dann? Du weißt, was ich mache. Da steckte nie ein besonderes Geheimnis dahinter. Als du zum Arbeiten in diese Restaurants gegangen bist, habe ich immer gewusst, was du tust. Ich habe mich nie gefragt: Was Tom wohl bei Quentin's so alles treibt? Ich wusste, das du dort deine Lehrzeit als Koch absolvierst, bei diesem Patrick, oder wie hieß der Küchenchef noch mal?«

»Brennan. Patrick Brennan.«

»Ja, ich weiß. Ich bin dort oft zu Gast, seine Frau Brenda ist was Besonderes. Als du dann an die Fachschule gingst, habe ich auch gewusst, worum es dort geht. Stell mir ruhig Fragen zu meiner Arbeit, wenn du nicht genau verstehst, was ich mache«, forderte Joe ihn grinsend auf.

»Ich weiß, ich höre mich an wie vom Geheimdienst. Tut mir leid.«

»Es klingt noch schlimmer, es klingt nach Finanzamt«, erwiderte Joe mit gespieltem Entsetzen im Gesicht.

»Weil wir gerade bei diesem Thema sind, Joe, wir haben einen sehr fähigen Buchhalter gefunden …«

»Jetzt weiß ich, worauf du hinauswillst«, lachte er.

»Nein, ich meine, er stellt wirklich knifflige Fragen, und du kennst mich doch, ich mag es, wenn alles seine Ordnung hat.«

»Meine Bücher sind makellos, das kannst du mir glauben. Das ist das Wichtigste von allem.«

Tom beschloss, nicht weiter in ihn zu dringen, für den Fall, dass er von Büchern hörte, die nicht ganz so makellos waren, oder gar noch mehr erfuhr, als ihm zu wissen lieb war. »Fährst du eigentlich jemals nach Asien, um dir anzuschauen, wie deine Klamotten hergestellt werden?«

»So wenig wie möglich. Ich weiß, dass du mich für ein kapitalistisches Schwein hältst, aber ich kann es einfach nicht ertragen, zu sehen, wie arm sie dort sind und wie wenig Geld sie bekommen. Ich schaue mir lieber an, wie die Ware hier in einem Lagerhaus ankommt.«

»Oh. Jetzt kann ich allerdings auch keinem mehr vorwerfen, ein kapitalistisches Schwein zu sein, jetzt gehöre ich selbst dazu«, erwiderte Tom geknickt.

»Ich weiß, die Gebrüder Feather sind groß im Kommen.« Joe grinste ihn an.

»Weil wir gerade davon sprechen…«

»Ja?« Joe war plötzlich auf der Hut, als wüsste er, was jetzt käme.

»Joe, ich will dir keine Vorhaltungen machen, aber könntest du Ma und Dad nicht wenigstens hin und wieder besuchen? Du schaust nie bei ihnen vorbei, und ich muss alles…«

»Nein, Tom, du musst nicht dauernd etwas machen, das du nicht machen willst. Ich habe sie schließlich gestern Abend gesehen.«

»Ja, dreißig Sekunden auf einer Party.«

»Du verlangst von mir, dass ich mir stundenlang Mas Gejammere anhöre, dass ich in der Hölle schmoren werde, weil ich nie zur Messe gehe, oder Dad, der sich darüber beschwert, dass mein Name nicht auf dem Schild über dem Geschäft steht… Nein, Tom, ich will mein eigenes Leben führen.«

»Ich auch, und deines soll ich auch gleich noch mit leben… Wo ist er, wieso meldet er sich nicht?«

Joe zuckte die Schultern. »Sag ihnen, du weißt es nicht.«

»Das sage ich ihnen, und es ist die Wahrheit. Ich weiß es nicht. Ich verstehe nicht, wieso du, der so gut mit Menschen umzugehen weiß, ihnen nicht wenigstens hin und wieder eine Karte schicken oder anrufen kannst.«

»Wenn ich nach Manila fahre, dann schicke ich ihnen eine Postkarte, abgemacht? Aber würdest du mich jetzt bitte mit diesem Thema verschonen?«

»Eine Postkarte aus London wäre für Ma und Dad schon exotisch genug«, bemerkte Tom, aber er wusste, wann er aufzugeben hatte.

Tom und Cathy hockten stundenlang zusammen und überlegten sich mögliche Menüs für eine Taufe, eine Premierenfeier und einen Geschäftsempfang. Jedes Ereignis war auf seine Weise wichtig. Bei der Taufe hätten sie eine schicke, aufgetakelte Gästeschar zu bewirten, Kunden mit Geld, die es auch zeigten. Sie würden sich sehr anstrengen und mehr Wert als üblich auf die Dekoration und die Präsentation der Speisen legen müssen. Für die Feier im Theater war das Budget eher niedrig angesetzt; gewünscht war eine etwas anspruchsvollere Verpflegung als Würstchen und Chips, aber mehr kosten durfte es allerdings auch nicht. Das mussten sie sich genau überlegen. Denn wenn sie sich gut stellten mit den Leuten vom Theater, würden die ihnen bestimmt Kontakte für viele weitere, ähnliche Events vermitteln. Cathy hatte sich endlos lange das Gehirn zermartert auf der Suche nach billigem, aber edel wirkendem Essen. Crostini, vielleicht? Und dazu jede Menge Dips und Pitta-Brot. Aber da die Leute eigentlich wirklich gerne Würstchen aßen, sollten sie vielleicht doch ein paar anbieten, vielleicht mit einer extravaganten Glasur aus roten Johannisbeeren und Honig. Sie wusste, dass sie daran nichts verdienen würden, aber der Auftrag lag Tom am Herzen. Deswegen wollte er ihr im Ausgleich bei dem Geschäftsempfang helfen. Cathys Traum war es, einen Fuß in die Tür bei den Banken und Geldhäusern im Finanzviertel zu bekommen. Ihr schwebte eine leichte, exquisite Küche vor, die sie als Ausdruck der Gastlichkeit der jeweiligen Firma deren Kunden servieren würden. Und natürlich würden sie bei jedem Essen neue Aufträge akquirieren. Was hieße, dass sie auch tagsüber mehr Arbeit hätten.

Cathy hatte einmal angefragt, ob Marcella es sich nicht überlegen könnte, zumindest bei diesem ersten Auftrag zu servieren, sozusagen, um ihnen Starthilfe zu geben. Bestimmt würde kein Mensch je Marcellas betörendes Lächeln beim Einschenken des Mineralwassers vergessen. Tom sagte nur ungern gleich von vornherein ab. Er wusste, dass Marcella es nie machen würde, und es wäre unfair gewesen, sie überhaupt zu fragen.

»Sie muss diesen Job wirklich einmal ausprobieren, weißt du, so viel Energie sie das auch kostet. Ich sehe sie selbst kaum noch.«

»Ich weiß, was du meinst«, erwiderte Cathy achselzuckend. »Aber du wirst dich daran gewöhnen müssen, falls sie wirklich eines Tages als Model arbeitet. Dann wird sie nämlich die ganze Zeit über für irgendwelche Modeschauen unterwegs ein.«

Irritiert begriff Tom, dass er irgendwie immer gedacht hatte, Marcella würde es nie schaffen. Irgendwie hatte er sich die Zukunft immer so vorgestellt, dass Scarlet Feather ein großer Erfolg wäre und sie es sich leisten könnten, einen Manager einzustellen. Eine Zukunft, in der er und Marcella heiraten und zwei Kinder bekommen könnten. Aber vielleicht machte er sich auch nur selbst etwas vor.

»Wo werden wir in zehn Jahren sein, was meinst du, Cathy?«, fragte er plötzlich.

»Ich würde sagen, dass wir immer noch hier hocken und überlegen, was wir servieren werden. Das Kind wird schon groß sein und immer noch als Heide herumlaufen, weil es nie getauft worden ist«, sagte sie. »Komm, Tom, versuchen wir es. Wir probieren es mit Lachs und zusätzlich einem Hühnergericht. Sie wollen etwas Anständiges, und so, wie es aussieht, ist es höchst unwahrscheinlich, dass sie eine große Familie haben und noch viele andere Taufen folgen werden.«

»Das wird zu teuer, es sind doch immer die Reichen, die knausern ... Das weißt du doch«, meinte Tom.

Sie waren wieder beim Geschäft gelandet. Da saßen sie nun in ihren nagelneuen, glänzenden Räumen, tranken Kaffee aus wunderschönen Bechern mit dem Schriftzug Scarlet Feather und diskutierten. Marcella hatte sie ihnen geschenkt, sie hatte sie extra für sie anfertigen lassen. Cathys Freundin June, die bereits am Abend zuvor ausgeholfen hatte, kam vorbei, um ihnen zu sagen, dass sie für die Abende als Kellnerin hin und wieder gern zur Verfügung stünde. Ob sie ihr nicht ein paar von den feineren Adressen verraten könnten, wollte sie wissen.

»Ich bin nicht sicher, ob wir die überhaupt kennen«, antwortete Tom. »Aber wir können es ja mal versuchen.«

June war eine zierliche, lebhafte junge Frau, die mit Cathy in die Schule gegangen war. Mit sechzehn war sie schwanger geworden, und das Tolle daran war – ihrer eigenen Aussage nach –, dass ihre Familie aus dem Gröbsten jetzt heraus und sie frei war, zu tun und zu lassen, was sie wollte. Laut Cathy fühlte sie sich dabei manchmal ein bisschen zu frei, jedenfalls sagte das ihr Mann. Aber June wischte lachend alle Bedenken beiseite und meinte, sie müsse jetzt einfach zum Tanzen und in Clubs gehen. Schließlich habe sie mit siebzehn, achtzehn alles verpasst, als sie Kinderwagen schieben und Windeln wechseln musste.

»Ich werde mich aber bemühen, meine Klappe nicht allzu weit aufzureißen«, versprach sie Tom. »Und wenn du mir dann auch noch verrätst, wie man das alles ausspricht, werde ich mich bestimmt ganz gut machen. Tja, und ich werde immer gute Laune versprühen. Die Kerle auf solchen Veranstaltungen sehen doch oft aus, als hätten sie einen Kleiderbügel verschluckt.«

»Da könntest du recht haben«, hatte Tom geantwortet.

»Aber falls sich trotzdem einer dieser Typen in mich verguckt, ist das nicht meine Schuld.«

»Und damit könntest du ebenfalls recht haben«, lautete Toms Kommentar.

»Wann kommt eigentlich dein Bruder mal wieder in die Stadt? Er sieht ja fast so gut aus wie du, aber er ist immer schrecklich beschäftigt, wie?« June aß eines von den Crostini.

»June, hör sofort auf damit, du verspeist unseren Gewinn«, sagte Tom streng. »Oh, Joe kommt und geht, er bleibt nie lange. Kaum hört man, dass er da ist, ist er schon wieder fort.«

»Wie aufregend«, schnurrte June.

Tom kam die Idee, dass June Joes Begleiterin gewesen sein könnte, die Frau, die nach der Einweihungsfeier mit ihm ins Hotel gegangen war. Aber nein, doch bestimmt nicht June. Ihre Vorstellung von Freiheit schloss sicher nicht mit ein, gleich die ganze Nacht wegzubleiben. Schließlich hatte sie Kinder zu Hause. Und dann konnte es June gar nicht gewesen sein, wie ihm einfiel, denn sie hatte ja bis zum Ende getanzt, als Joe schon längst gegangen war. Aber sie hätte sich ja später mit ihm treffen können. Ein aufreizendes kleines Ding, auf ihre Art. Cathy würde er bestimmt nicht danach fragen. Da hätten schon die beiden Mitchell-Kinder hier sein müssen, die sofort die richtigen Fragen gestellt hätten. Aus irgendeinem Grund schien kein Mensch es ihnen abschlagen zu können, ihre Fragen zu beantworten.

Cathy und Tom hatten während ihrer Ausbildung an der Fachschule auch gelernt, sorgfältig zu rechnen und die Rohstoffe, die sie in der Küche verarbeiteten, ihre eigene Arbeitskraft und eventuelle Mitarbeiterkosten genau zu kalkulieren. Sie mussten vorher einen Überblick über die Kosten pro Kopf der Gäste haben und durften hinterher nicht vergessen, ihre eigenen Arbeitsstunden wieder herauszurechnen. Bei dem Auftrag des Theaters machten sie ein Minus von sechsundsiebzig Pfund. Tom war zutiefst erschüttert.

»Das war eine einmalige Sache«, tröstete Cathy ihn.« Damit haben wir unseren guten Willen bewiesen. Wir sollten die Kosten bei unserem Werbeetat verbuchen.«

»Wir haben aber keinen Werbeetat mehr. Die Einweihungsparty hat alles verschlungen«, jammerte Tom verzweifelt.

»Es werden bestimmt irgendwelche anderen Aufträge anschließen«, erwiderte sie hoffnungsvoll.

»Nein, Cathy, bestimmt nicht. Das war doch nur, um meinen Freunden vom Theater einen Gefallen zu tun. Sie haben das halbe Publikum eingeladen, da sind mit Sicherheit keine zukünftigen Kunden darunter gewesen... Und wir haben Stunden gebraucht, alles wieder herzurichten.«

»Und wir mussten June mit dem Taxi nach Hause schicken, und das waren auch einige Meilen«, stimmte Cathy ihm zu.

»Und wir mussten ihr zwei Stunden extra bezahlen, weil sie so lange gearbeitet hat. Ich hatte ja keine Ahnung, dass sich das so lange hinziehen würde.« Tom war völlig zerknirscht.

»Na gut, drei Aufträge in diesem Monat, und beim ersten haben wir gleich sechsundsiebzig Pfund verloren. Da frage ich mich wirklich, wie das noch enden wird. Wenn wir es spektakulär genug anstellen, können wir unsere Bücher als Unterlagen für einen Marketingkurs zur Verfügung stellen. Als Beispiel, wie man es nicht machen soll.«

»Apropos Bücher, die müssen wir uns jetzt wirklich mal besorgen, sonst machen wir nicht nur Pleite, sondern landen auch noch im Gefängnis. In der Theorie hat das alles so leicht ausgesehen, findest du nicht?« Tom hörte sich alles andere als munter an.

»Was wir jetzt bräuchten, wäre eine dieser glücklichen Fügungen, von denen wir dauernd gesprochen haben«, meinte Cathy.

Das Telefon klingelte, Cathy saß näher dran.

»O ja, James, wie geht es Ihnen?« Tom sah, wie Cathy die Stirn runzelte.

»Aber natürlich, James, es wäre uns ein Vergnügen.« Sie legte den Hörer auf. »Du kommst nie darauf, was James wollte.«

»Im Moment kann mich eigentlich nichts mehr überraschen. Aber es handelt sich doch nicht etwa um eine dieser glücklichen Fügungen, auf die wir warten, oder?«

»Das würde ich nun nicht gerade sagen«, antwortete Cathy gedehnt. »Er will, dass wir ihm beibringen, ein dreigängiges Abendessen für zwei Personen auf den Tisch zu zaubern. Wir sollen die Zutaten kaufen und zu ihm nach Hause kommen. Er will uns fünfzehn Pfund die Stunde bezahlen. Minimum vier Stunden, einschließlich der Zeit für den Einkauf.«

»Wann will er das haben?«, fragte Tom. »Wir sind in der Woche voll eingedeckt, wir müssen ...«

»Nein, nicht in dieser Woche, aber er will uns im Voraus bezahlen, um uns sozusagen zu buchen. Das sei so üblich im Geschäftsleben, sagt er, und er bestehe darauf«, erklärte Cathy. Sie wusste sehr wohl, dass James damit nur etwas Geld in ihre leere Kasse schaffen wollte.

»Das ist in Ordnung. Sechzig Pfund machen den Verlust von der Theatergeschichte fast wieder wett.«

»Er hat gemeint, fünfzehn Pfund in der Stunde für jeden von uns.«

»Er will uns hundertzwanzig Pfund dafür zahlen, ein Abendessen zu kochen? Er muss verrückt sein.«

»Ich nehme an, da steckt eine Frau dahinter. Er hat auch gebeten, die Sache mit Diskretion zu behandeln«, erklärte Cathy.

»Gut. Dann dürfen wir Simon und Maud auf keinen Fall etwas davon verraten; sonst verkünden die es in den Sechs-Uhr-Nachrichten«, meinte Tom, jetzt wieder bester Laune.

Einmal im Monat stellten Neil und Marcella sich in die Küche und bekochten ihre Partner. Beide waren hoffnungslos schlechte Köche, und Cathy juckte es immer in den Fingern, aufzustehen und es selbst zu machen. Es hätte nur halb so lange gedauert, aber doppelt so gut geschmeckt. Aber sie mussten sitzen bleiben und jedes Mal wieder dieselbe, endlose Zeremonie, die angebrannten Saucen, das zähe, zu lange gebratene Fleisch und die in Dressing ertränkten Salate über sich ergehen lassen.

Tom überlegte sich, dass sie eigentlich ihre Partner mitnehmen könnten, wenn sie dem armen James Byrne Kochunterricht gaben. Aber er musste sich den Vorschlag wohl verkneifen, denn das würde zu sehr nach Kritik aussehen. Aber er bekam Hilfe von unerwarteter Seite: Marcella machte von sich aus den Vorschlag. Als er ihr von dem Kochunterricht erzählte, gestand sie, dass sie und Neil schon daran gedacht hatten, heimlich zu Quentin's zu gehen und Brenda und Patrick zu bitten, ihnen das Kochen beizubringen. Konnte das die Lösung sein, hier in ihrem eigenen Haus? Als Generalprobe für Mr. Byrne? In diesem Monat waren sie in Stoneyfield, in ihrer eigenen Wohnung, an der Reihe. Das passte ja perfekt.

»Wenn du so alt wie James wärst und er versuchen würde, dich zu verführen, was würdest du dann gerne von ihm vorgesetzt bekommen?«, wollte Tom von Marcella wissen.

»Vielleicht ist sie ja gar nicht alt, sie kann genauso gut noch jung sein«, gab Marcella zu bedenken.

»Ja, und dann?«

»Austern, Seezunge vom Grill, grüne Bohnen und frischen Obstsalat ohne Zucker.« Marcella zögerte nicht lange.

»Das sagst du doch nur, weil du seit deinem neunten Lebensjahr Diät hältst«, meinte Tom missbilligend. »Vielleicht ist sie ja groß und üppig und isst am liebsten Nierenpastete und hinterher einen Apfelkuchen mit Sahne.«

»Ja, aber nicht bei einem Rendezvous. Da möchte sie bestimmt behandelt werden, als sei sie zierlich und schlank, auch wenn sie es nicht ist.«

Tom hielt das für eine gute Idee, Cathy auch. »Wir sollten Marcella als psychologische Beraterin ins Team aufnehmen«, meinte sie anerkennend. Tom strahlte übers ganze Gesicht, so freute er sich über das Kompliment für seine Freundin. Er mochte es sehr, wenn Marcella gelobt wurde. Manchmal befürchtete er nämlich, die anderen würden sie nicht gut genug kennen, um zu wissen, wie sehr ihr das Geschäft am Herzen lag.

Die Kochstunde war Gegenstand heftiger Diskussionen. Tom und Cathy mussten sich eingestehen, dass Neil und Marcella in dieser Beziehung noch hoffnungsloser waren, als sie ohnehin schon vermutet hatten. Alles würde dreimal so lange dauern; und die beiden würden alles durcheinanderbringen. Selbst die Sprache, die in der Küche gesprochen wurde, die einfachsten Ausdrücke, schien sie zu verwirren. Tom und Cathy hatten ihnen ihre Anweisungen gegeben, die sie aber nicht verstanden hatten. Die zwei hatten keine Ahnung, was es hieß, etwas zu »reduzieren«. Neil hatte es wie immer eilig und überflog nur rasch die Aufstellung mit den Rezepten.

»Ich schätze, reduzieren heißt, die Hälfte wegwerfen, oder?«, fragte er geistesabwesend, während er seine Unterlagen suchte.

»Mir will es nicht in den Kopf gehen, dass dich irgendjemand für einen Erwachsenen halten könnte«, lachte Cathy. »Selbstverständlich heißt es das nicht. Wieso soll man etwas doppelt machen und dann die Hälfte wegwerfen?«

Neil zuckte die Schultern. »Das kommt mir ja auch komisch vor. Also, bis heute Abend bei Tom und Marcella.« Er küsste sie und war schon fort.

Cathy wollte ihm noch hinterherrufen, dass er nicht zu spät kommen solle, weil Marcella extra eine Tanzstunde ausfallen ließ, um dabei zu sein. Aber irgendwie hörte sich das banal an, sodass sie es bleiben ließ. Tom berichtete, dass Marcella glaubte, etwas reduzieren hieße, einen Fehler gemacht zu haben und deswegen wieder von vorn, aber mit weniger Zutaten anfangen zu müssen.

»Wir haben wirklich einen harten Job«, bemerkte er traurig.

Cathy kam auf ihrem Weg an einem Haus vorbei, von dem sie wusste, dass ihre Mutter dort arbeitete. Lizzie strahlte, als sie sie sah.

»Na, ist das nicht eine schöne Überraschung«, freute sie sich, als sie in den Lieferwagen stieg. »Ich komme mir in dem Ding wie eine richtige Dame vor. Hoffentlich sehen mich alle.«

Cathy betrachtete sie liebevoll. Sie kannte so viele Leute, die es als unter ihrer Würde angesehen hätten, in einen großen weißen Lieferwagen zu steigen, aber für Lizzie Scarlet war das ein Privileg.

»Haben meine Geschwister eigentlich auch gerne gekocht, als sie noch jünger waren, oder war das nur ich?«, wollte Cathy wissen.

»Marian war ganz gut. Sie ist eigentlich immer tüchtig, in allem, was sie anfasst. Es fiel ihr irgendwie automatisch zu. Aber die anderen hatten nicht das Händchen, das du hast. Sie hatten auch nicht viel Zeit, sie sind so früh aus dem Haus. Wieso hätten sie bleiben sollen, wo da drüben so viel Geld auf sie wartete?«

Lizzie seufzte. Seit ihr erster Sohn nach Chicago zu seinem Onkel ausgewandert war und den jüngeren Geschwistern erzählt hatte, was man dort verdienen konnte, hatten ihre Kinder es kaum mehr erwarten können, achtzehn zu werden und zum Flughafen zu fahren. Alle hatten sich sehr gewundert, als Cathy nicht das geringste Interesse daran gezeigt hatte, ebenfalls wegzugehen. Ihre Mutter sah müde aus, kein Wunder nach einem langen Arbeitstag.

»Sind die Kinder dir nicht doch zu viel, Mam?« – »Nein, ich sage dir doch, ich freue mich sehr über ihre Gesellschaft, und dein Dad geht großartig mit ihnen um. Er lässt sich nichts von ihnen gefallen, da bin ich schon eher nachgiebig…«

»Ich weiß, dass du das bist, Mam. Du bist viel zu gut zu allen.«

»Und außerdem ist es schön, Kinder im Haus zu haben. Ich warte ja schon die ganze Zeit darauf, wieder auf Kinder aufzupassen, wenn du und Neil… das heißt, falls du und Neil…«

»Mam, ich habe dir doch schon tausendmal gesagt, dass das im Moment nicht infrage kommt, wenn überhaupt jemals. Wir haben momentan viel zu viel um die Ohren.«

»Der liebe Gott hat das früher schon ganz gut eingerichtet, als wir keine Wahl hatten«, sagte ihre Mutter.

»Jetzt hörst du dich ja schon fast wie Toms Mutter an, die dauernd von der guten alten Zeit spricht. Die Zeiten waren damals nicht gut, Mam. Ihr wart elf Kinder zu Hause, und bei Dad waren es zehn. Was hattet ihr da für Chancen?«

»Wir haben es auch zu was gebracht«, erwiderte Lizzie leise und gepresst. Sie war beleidigt.

»Mam, natürlich habt ihr das, und ihr habt gut für uns gesorgt, aber das war nie leicht für euch. Mehr will ich gar nicht damit sagen.«

»Ja, ja, ich verstehe schon.«

Sie waren in St. Jarlath's Crescent angekommen. Ihre Mutter war offensichtlich immer noch verletzt wegen Cathys unüberlegter Bemerkung.

Cathy sah sie flehend an. »Meinst du, es besteht die Hoffnung auf eine Tasse Tee für mich?«

»Aber natürlich, falls du Zeit hast.«

»Und ob vielleicht auch noch etwas Apfelkuchen übrig ist?«

»Ach, komm, Cathy, hör auf, dich wie eine Fünfjährige zu

benehmen.« Lizzie kramte nach ihrem Schlüssel. Sie konnte es kaum erwarten, den Kessel aufzusetzen. Fünfundvierzig Sekunden, so lange war ihre Mutter noch nie eingeschnappt gewesen. Cathy spürte, wie ihr die Tränen in die Augen stiegen.

Sie trafen sich bei Tom in Stoneyfield. Die Zutaten lagen alle auf dem Tisch. Marcella beäugte sie zweifelnd, von Neil war bisher nichts zu sehen.

»Sollen wir anfangen?«, fragte Tom. Neil und Marcella waren manchmal so umständlich, dass es möglicherweise vor Mitternacht nichts zu essen geben würde. Geduldig erklärten Tom und Cathy jeden Schritt, und die arme Marcella befolgte brav alle ihre Anweisungen. Mittendrin klingelte Cathys Handy. Neil wurde noch aufgehalten, er käme in einer Stunde, ob sie wohl schon ohne ihn anfangen könnten.

»Verräter!«, brüllte Marcella aus der anderen Ecke herüber.

»Ich schwöre ihr, dass ich komme und meinen Teil beitragen werde«, flehte er.

Aber Cathy hatte schon zu viele solcher Anrufe bekommen, als dass sie sein Versprechen weitergeleitet hätte. Irgendwann ging ihnen der Wein aus, und Neil, der sich eigentlich darum hätte kümmern sollen, war immer noch nicht aufgetaucht. Cathy wusste, dass er es wahrscheinlich vergessen hatte, und rief ihn an. Im Hintergrund waren Kneipengeräusche zu hören.

»Tut mir leid, Schatz, bin schon unterwegs.« Er klang genervt, weil sie nicht lockergelassen hatte.

»Ich wollte dich auch nur an den Wein erinnern«, sagte sie kühl.

»Gott sei Dank hast du mich daran erinnert. Ich hätte ihn sonst wirklich vergessen. Macht doch in der Zwischenzeit das auf, was noch da ist, für den Fall…«

»Haben wir schon«, erwiderte sie knapp.

»Ich hab's kapiert, Cathy«, sagte Neil. Eine Stunde später war er in Stoneyfield. Vor zwei Stunden hatten sie eigentlich anfangen wollen.

Er hatte eine teure Flasche Wein mitgebracht, die er für sie eingoss.

Marcella hatte sich mittlerweile durch eine Vorspeise und einen Hauptgang – Huhn in Weißwein – gekämpft und war am Ende ihrer Nerven.

»Du machst dafür jetzt die Nachspeise, Neil«, stöhnte sie und ließ sich auf einen Stuhl fallen.

»Selbstverständlich mache ich die, und den Abwasch werde ich auch noch übernehmen.« Neil lächelte sie alle gut gelaunt an.

»Aber jetzt sagt mir doch mal, was es mit diesem ›reduzieren‹ auf sich hat, ja? Ich habe vorhin gefragt, und die haben alle gemeint, es hätte was mit Kalorien zu tun.«

Sie erklärten es ihm. »Wieso kann man da keine allgemein verständlichen Ausdrücke benützen… Wie, ein Konzentrat machen?«, wandte Neil ein.

»Oder einkochen, bis kaum mehr was übrig bleibt?«, schlug Marcella vor.

Tom und Cathy machten sich Notizen zu ihrem Kochunterricht. Sie würden ihr Konzept radikal umstellen müssen, ehe sie es James Byrne präsentierten. Die Lachsmousse war viel zu schwierig, sie würden sie von der Liste streichen müssen. Der Coq au Vin war zwar in Ordnung, hatte aber ewig gedauert. Das Tiramisu sah entsetzlich aus und schmeckte auch so. Tom begriff zwar nicht, woran das lag, aber es war klumpig und hatte nichts mit dem zu tun, was sie eigentlich machen wollten. Das Essen war scheußlich, aber es war trotzdem ein netter Abend. Cathy fiel auf, dass Marcella praktisch nichts aß und am Wein auch nur nippte. Neil bestand darauf, sein Versprechen, für sie alle abzuspülen, in die Tat umzusetzen, aber Tom und Cathy wussten, dass sie bis zum Morgen noch alle beisammen wären, wenn sie ihn ließen. Und so machten sie sich daran, die Wohnung in Windeseile wieder in einen präsentablen Zustand zu verwandeln.

»Hier aufzuräumen macht richtig Spaß, findest du nicht?« Cathy bewunderte ihre Arbeit.

Tom sah sich in der Wohnung um. »Ja, es ist alles sehr praktisch, aber für immer würde ich hier nicht leben wollen. Man kommt sich vor wie in einem Hotel.«

Jetzt, da er sie darauf aufmerksam gemacht hatte, wirkte die Wohnung tatsächlich sehr unpersönlich: saubere weiße Wände und leere Oberflächen. Keine Bilder und kaum Bücher in den Regalen, keinerlei Ornamente auf dem Kaminsims oder auf den Fensterbrettern. Man kam sich wirklich wie in einem Hotelzimmer vor.

»Ich weiß, manchmal geht es mir mit Waterview ähnlich. Wenn man Neils Bücher rausräumt, sieht es sofort wieder aus wie bei unserem Einzug. Aber wäre es dir lieber, wenn es wie in St. Jarlath's Crescent wäre, wo alles vollgestellt ist und es überhaupt keinen Platz mehr gibt?«, fragte sie.

»Oder in Fatima. Ich weiß«, stimmte Tom ihr zu.

Die richtige Mischung zu finden war offensichtlich alles andere als einfach.

Tom und Cathy hatten ja keine Ahnung, wie schwierig es war, Kontakte zu knüpfen. Entweder waren ihre Ansprechpartner nicht der Meinung, sich einen Heimservice leisten zu können, oder wenn sie es doch waren, dann kannten sie bereits einen, mit dem sie zufrieden waren. Geraldine und Ricky versorgten sie zwar mit Namen, aber sie zogen eine Niete nach der anderen. Tom war fest entschlossen, sich davon nicht demoralisieren zu lassen.

»Weißt du, was, wir lassen Prospekte drucken und verteilen, ein- oder zweitausend Stück.«

Obwohl Cathy der Meinung war, das sei sinnlos, widersprach sie nicht. Aber wenn sie wieder einmal einen Tag lang vergebens versucht hatten, an einen Auftrag zu kommen, sagte sie oft, dass es nur Toms Begeisterung war, die sie noch weitermachen ließ. Und das war ernst gemeint, und er glaubte ihr. Aber seine Versuche, sie bei Laune zu halten, waren nicht ungerechtfertigt. Sie waren schließlich gut, sie hatten neue Ideen und arbeiteten hart. Da war es doch sicher nur eine Frage der Zeit, bis sich das herumsprechen und sie Anerkennung finden würden. Tom wartete auch nicht passiv ab, ob sich etwas ergab, er war immer auf dem Sprung und erkundigte sich hier und fragte dort.

»Ich belästige dich nur ungern, Geraldine, aber könnte ich nicht für eine halbe Stunde vorbeikommen und mit dir noch einmal die Liste deiner Kunden durchgehen? Du weißt, dass wir gut sind. Wenn du uns empfiehlst, schadet dir das bestimmt nicht.«

»Und meinem Ruf schadet es sicher auch nicht, wenn ein gut aussehender junger Mann wie du in meine Wohnung kommt«, erwiderte Geraldine. »Komm am Sonntagvormittag, und wir werden sehen, was sich machen lässt.«

Die Glenstar Apartments waren in tadellosem Zustand. Die Gartenanlagen wurden regelmäßig gepflegt, das Holz wurde jedes Jahr neu gestrichen, das Messing war auf Hochglanz poliert, und in der Eingangshalle empfing ihn ein livrierter Portier. Tom fragte sich, was die Bewohner wohl jährlich an Nebenkosten zahlten. Aber dann ermahnte er sich, nicht ständig in Kategorien von Kosten und Ertrag zu denken. Seine Eltern waren so, aber ihm lag das eigentlich fern. Es kam wohl daher, dass ihre Ausflüge in die Welt der Buchhaltung, die sie zusammen mit James Byrne unternommen hatten, ermüdend und anstrengend waren.

Er hatte einen richtigen Aktenschrank für sie besorgt und ein Hauptbuch für sie angelegt. Dann hatte er ihnen vehement ans Herz gelegt, jede Rechnung und alle Unterlagen über die einzelnen Einrichtungsgegenstände von Küche und Büro sorgfältig aufzubewahren, damit die jährliche Abschreibung korrekt abgebucht werden konnte. Außerdem erklärte er ihnen, dass sie ihre Kellner oder Kellnerinnen ihren Kunden am besten separat in Rechnung stellen und um direkte Bezahlung bitten sollten; auf diese Weise würden sie Probleme mit der Steuer vermeiden. Eigentlich war es faszinierend, James Byrne so sprechen zu hören. Tom hatte dabei das Gefühl, dass alles möglich sei und sie gegen alle Fallstricke der Mehrwertsteuer oder jeder anderen Steuerart gewappnet seien. Und drei Aufträge im Februar waren doch gar nicht so übel, oder? Trotzdem ließ er nicht locker, nach neuen Möglichkeiten Ausschau zu halten. Und jetzt war er mit Geraldine O'Connor verabredet, um ihre Kundenliste durchzugehen und zu entscheiden, wen sie ansprechen könnten und auf welche Art und Weise. Geraldine sah großartig aus in ihrem dunkelgrünen Trainingsanzug aus Samt; ihr Haar war noch feucht von ihren morgendlichen Runden im Pool der Glenstar Apartments. Kaffeeduft erfüllte ihr großes Wohnzimmer. Auf dem großen, niedrigen Tisch vor den Sofas lagen verstreut die Sonntagszeitungen.

Geraldine kam sofort aufs Geschäftliche zu sprechen. Sie brachten fast eine Stunde an ihrem Esstisch zu und diskutierten ihre Chancen. »Peter Murphys Hotel ist sinnlos. Dort braucht ihr es erst gar nicht zu versuchen, da sie alles im eigenen Haus machen. Das Gartenzentrum will nie Geld ausgeben, man bekommt dort gerade mal einen Fingerhut voll lauwarmen Weißwein, und damit hat sich die Sache dann.« Den Immobilienmaklern könnten sie eventuell Menüvorschläge und ein Anschreiben schicken, in dem sie mit glühenden Worten schilderten, wie positiv es sich auf zukünftige Geschäftsabschlüsse auswirken würde, wenn ein paar außergewöhnliche und unvergessliche Kanapees serviert würden. »Sagen wir doch mal so: Da haben die Leute noch lang was, an das sie denken können und das sie von ihrem grauen Alltag ablenkt.«

Tom sah sie voller Bewunderung an. Geraldine fürchtete sich vor nichts und niemandem. Woher nahm sie nur ihr Selbstvertrauen?

»Aber die hier, Tom, die könnten interessant für dich sein …« Sie gab ihm die Adresse einer wichtigen Agentur. »Sie nehmen jede Menge Klamotten ab, sogar von deinem Bruder, das hat er mir an dem Abend erzählt. Für diese Burschen gibt es finanziell kein Limit. Und ihre Firma ist jetzt völlig legal, es kann keine Rede mehr von irgendwelchem schwarz verdienten Geld sein. Ich werde ihnen sagen, dass sie bekannter werden und deswegen unbedingt eine Party zur Markteinführung organisieren müssen. Ich werde ihnen versprechen, dass Hayward's ihnen etwas abnimmt.«

»Und wie sieht es mit Hayward's selbst aus?«, fragte Tom hoffnungsvoll.

»Schlecht, keine Chance. Shona Burke und ich haben das oft genug besprochen. Sie hat wirklich getan, was sie konnte, aber sie haben ihre eigene Cafeteria. Es hat keinen Sinn für sie, einen Fremden mit hereinzunehmen.«

»Ich weiß, das stimmt. Scarlet Feather hätte sich nur wirklich gern mit dieser Eroberung geschmückt«, meinte er wehmütig.

Was Tom wirklich meinte, war, dass es auch für Marcella gut gewesen wäre. Wenn ihr Lebenspartner für das Catering bei Hayward's zuständig wäre, würde das positiv auf sie abfärben. Aber es sollte nicht sein. Sie sprachen die Liste mit den Namen weiter durch. Die Pharmafirmen kamen möglicherweise infrage, das Bildungsprojekt mit Sicherheit nicht; ebenso wenig die Leute, die den großen Literaturwettbewerb organisierten, denn die arbeiteten mit einer Brauerei zusammen und verfügten über eigene Kontakte. Die grenzüberschreitende Kooperative hatte kein Geld. Tom bewunderte die nüchterne Herangehensweise von Geraldine. Diskret, aber doch mit Engagement erzählte sie von ihren Kunden und gab Tom deutlich zu verstehen, dass sie ihm das alles selbstverständlich nur unter dem Siegel strengster Vertraulichkeit mitteilte. Dennoch schien sie nicht übermäßig beeindruckt von ihrer hochkarätigen Klientel. Sie erklärte Tom auch, dass dieses Gespräch unbedingt in ihrer Privatwohnung stattfinden musste, nicht in ihrem Büro, da sie ihr Personal nicht wissen lassen wollte, dass sie die Geheimnisse ihres Aktenschrankes ausplauderte. Sie schien sich absolut wohl in ihrer Haut zu fühlen, ganz im Gegensatz zu jeder anderen Frau, die er kannte. Sie war nicht wie ihre Schwester Lizzie, die sich ständig Sorgen machte und sich für alles entschuldigte. Oder wie Cathy, die von dem Wunsch besessen war, Hannah Mitchell zu beweisen, was für eine selbstständige Geschäftsfrau sie war. Oder wie seine Mutter, die immer nur die negative Seite von allem sah und sich völlig auf die Kraft des Gebetes verließ. Oder wie Shona Burke, die immer einen abwesenden, traurigen Eindruck machte. Ihm fiel wieder Joes Frage ein, wie Geraldine zu dem Geld gekommen war, um sich diese Agentur kaufen zu können. Aber er würde sie niemals danach fragen, auch wenn ihn ihre elegante Wohnung und ihre Bereitwilligkeit, sie bei ihren Bemühungen zu unterstützen, doch hin und wieder neugierig machte. Er seufzte. Er würde bestimmt nie so verzweifelt dem Geld hinterherjagen, wie das so viele Menschen heutzutage taten.

»Was geht dir durch den Kopf, Tom? Du machst ein Gesicht!« Geraldine entging wirklich nichts.

»Ich habe gerade über das Thema Geld nachgedacht. Man sollte Geld wirklich nicht zum Maßstab aller Dinge machen, aber wenn man sich nicht darum kümmert, kann es sein, dass man auf der Strecke bleibt«, sagte er.

»Ich weiß genau, was du meinst. Geld an sich ist nicht wichtig, aber um es zu bekommen und um das Leben zu führen, das man will, muss man eine Weile so tun, als ob, damit der Rubel rollt.« Einen Moment lang wirkte ihr Gesicht sehr hart.

Tom verfolgte das Thema nicht weiter. Er sammelte seine Notizen ein und stand auf. Als er seine Kaffeetasse in die Küche brachte, sah er, dass dort die Zutaten für ein Mittagessen bereitlagen. »Hast du heute noch was vor?«, fragte er.

»Ein Freund kommt zum Essen«, erwiderte sie einsilbig. »Dabei fällt mir ein, bring mir doch ein paar Kanapees, die sich gut einfrieren lassen. Damit kann ich dann überall hausieren gehen und Reklame für euch machen.«

»Klar doch, aber warum lässt du dir nicht von uns ein Mittagessen kochen. Jederzeit, das ist das Mindeste, was wir für dich tun können.«

»Ich weiß, Tom, das hat Cathy auch schon angeboten. Ihr seid beide wirklich lieb, aber meine Gäste wiegen sich gerne in dem Glauben, dass ich alles höchstpersönlich und mit diesen begnadeten Händen für sie auf den Tisch gezaubert habe.«

Shona Burke stieg gerade aus ihrem kleinen Auto, als Tom aus dem Haus kam. »Kannst du mir vielleicht die Nummer von deinem Bruder in London geben?«, rief sie ihm zu.

»Nein, nicht du auch noch. Was seht ihr nur alle in ihm?«, stöhnte er.

»Es ist rein geschäftlich«, antwortete sie. »Außerdem siehst du viel besser aus als er. Wir haben bei Hayward's die Absicht, im späten Frühling eine Aktion mit junger Mode zu machen, und Joe hat gemeint, dass er möglicherweise etwas für uns haben könnte, seine Fun-Kollektion, wie er es genannt hat. Bademoden, Dessous, so was in der Art.«

»Tut mir leid, ich wollte nicht unfreundlich sein, Shona.« Er holte eine Visitenkarte von Scarlet Feather aus seinem Adressbuch und suchte für sie Joes Nummer heraus.

»Du kennst sie nicht auswendig?«

»Nein, ich habe überhaupt kein Gedächtnis für Zahlen«, antwortete er entschuldigend.

Sie nickte.

Aus irgendeinem Grund fügte Tom hinzu: »Außerdem rufe ich ihn nicht oft an, oder er mich, keine Ahnung, wieso das so ist. Hast du eigentlich Geschwister?«

Shona zögerte. »Tja, im Prinzip schon.«

Eine merkwürdige Anwort, aber Tom ging nicht näher darauf ein. Manche Menschen mochten es einfach nicht, über ihre Familie befragt zu werden; Marcella gehörte auch dazu. Ihre Mutter war tot, und ihr Vater, der wieder geheiratet hatte, interessierte sich nicht für sie, wie sie sagte, und wollte daran auch nichts ändern. Cathy war das genaue Gegenteil, sie hatte jeden Tag etwas Neues über ihre Eltern zu berichten. Sie liebte Lizzie und Muttie, trotz der demütigen und unterwürfigen Haltung ihrer Mutter dem Leben gegenüber. Cathy konnte sich auch endlos über die angeborene Bösartigkeit ihrer Schwiegermutter Hannah Mitchell auslassen, ebenso über ihre Schwestern und Brüder in Chicago. Vor allem über Marian, die Älteste, die zwar eine steile Karriere in einer Bank gemacht hatte, in ihrem Liebesleben bis vor Kurzem aber eher erfolglos gewesen war. Jetzt aber wollte sie einen gewissen Harry heiraten, der aussah wie ein Filmstar. Und er, Tom, brauchte nur seinen eigenen Bruder Joe herzunehmen, der nicht den geringsten Familiensinn besaß. Tom stieg wieder in seinen Lieferwagen und winkte Shona zu. Sie schien den leichten Regen, der eben eingesetzt hatte, gar nicht zu bemerken, da sie ihr Haar nicht sofort bedeckte, wie das die meisten Frauen gemacht hätten. Sie stand mit hängenden Armen da und sah einsam und verletzlich aus. Sie war eine hübsche Frau, wenn auch nicht unbedingt schön. Marcella sagte immer, dass Shona viel besser aussehen könnte, wenn sie sich etwas mehr schminken und ihr Haar etwas modischer tragen würde. Aber sie hatte ein wunderbares Lächeln. Tom fragte sich einen Moment lang, ob sie vielleicht Joes Begleiterin an diesem Abend im Hotel gewesen war. Wieso nicht? Sie waren beide frei, und Shona musste niemandem Rechenschaft ablegen. Er ermahnte sich, mit diesen ständigen Spekulationen aufzuhören. Shona sagte gerade etwas; er kurbelte das Fenster herunter, um sie besser zu verstehen.

»Ich habe nur gesagt, dass du ein sehr freundlicher

Mensch bist, Tom, ein friedlicher Zeitgenosse, und noch dazu so gut aussehend«, rief Shona.

»Kein Wort über den Killerinstinkt, der mich bis an die Spitze führen wird?«, erwiderte er.

»Oh, darüber braucht man doch kein Wort mehr zu verlieren«, meinte sie lachend.

Marcella war am nächsten Abend mit erstaunlichen Neuigkeiten für Tom aus dem Schönheitssalon nach Hause zurückgekehrt. Eine Kundin war heute zu ihnen gekommen, die sich rundum erneuern ließ mit Haarschnitt, Maniküre, Gesichtspflege und allem Drum und Dran. Sie hatte erzählt, dass sie am kommenden Samstag auf eine stinkfeine Taufe eingeladen sei, und hatte doch tatsächlich hinzugefügt, dass das Essen von einem ganz exklusiven Partyservice geliefert würde.

Tom konnte es kaum glauben. Die Leute redeten schon über sie, und dabei hatten sie noch gar nicht richtig angefangen! Er konnte es kaum erwarten, Cathy anzurufen. Aber heute Abend besuchten sie und Neil zusammen mit diesen unsäglichen Kindern deren Mutter in einer Entzugsklinik für Alkoholiker. Er würde es ihr morgen erzählen.

»Das ist doch ein Grund zum Feiern, meinst du nicht?«, fragte er Marcella.

»Ach, Schatz, ich muss ins Fitnesscenter«, bedauerte sie.

»Könntest du nicht … nur für einen Abend … um ein Glas auf eine Dame der Gesellschaft zu trinken, die uns bei Hayward's als exklusiven Partyservice bezeichnet hat?«

»Tom, wir waren uns doch einig. Die Gebühren sind so hoch, dass ich jeden Tag hinmuss, wenn ich etwas für mein Geld haben will.«

»Natürlich«, erwiderte er. »Du hast völlig recht«, fügte er mit wärmerer Stimme hinzu. »Sobald wir wirklich ein exklusiver Partyservice sind, kommst du als unser Gast mit zu allen schicken, exklusiven Events und wirst dabei jedes Mal fotografiert.«

»Ihr werdet ganz bestimmt einen Riesenerfolg haben … Das weißt du doch, oder?«, versicherte sie ihm eindringlich, und er meinte, Tränen in ihren Augen zu sehen. »Ich sage das nicht nur so … Das weißt du.«

»Ich weiß.« Er glaubte ihr. Marcella hatte von Anfang an nur das Beste für sie gewollt. »Natürlich weiß ich das«, wiederholte er und zog sie einen Moment an sich, ehe sie ging, um ihren Gymnastikanzug, ihre Schuhe und ihre Körperlotion einzupacken. Tom betrachtete sie vom Fenster aus, bis sie ihm von den Toren von Stoneyfield zuwinkte, wie sie es immer tat. Er fragte sich, ob sie überhaupt wusste, wie schön und anziehend sie bereits jetzt war. Sie hätte sich ihr strenges Trainingsprogramm wirklich sparen können.

Ricky rief an. Er hatte die Fotos, die sie brauchten, sechs große Schwarzweißaufnahmen mit einer Auswahl ihrer Menüs, die sie in ihrer Zentrale aufhängen wollten. Er könnte sie morgen vorbeibringen, falls das Gestell für die Präsentation schon da war. Ob Tom die Maße wissen wolle. Tom wollte und holte sich Papier und Bleistift.

»Ich wollte sie dir eigentlich heute Abend auf dem Fest geben, aber wahrscheinlich sieht es doof aus, wenn wir bei einer Party übers Geschäft reden«, erklärte Ricky.

»Bei welcher Party?«

»Aber du weißt doch, der neue Club?«

»Nein, ich weiß nichts davon.«

»Tja, ich hab's Marcella gesagt, und sie hat gemeint, ihr würdet beide kommen.« Ricky war verwirrt. Tom spürte, wie sein Herz schneller schlug.

»Das muss ein Missverständnis sein«, murmelte er.

»Bestimmt. Die Bilder sind alle im Porträtformat. Ich gebe dir erst mal die Höhe und dann die Breite von allen Aufnahmen. Dein Vater baut doch noch diesen Ständer, oder?«

Ricky fuhr mit seinen Erläuterungen fort, und Tom notierte sich Listen von Zentimeterangaben auf seinem Block, aber seine Gedanken waren woanders. Er konnte einfach nicht glauben, dass Marcella ihn gerade verlassen und so getan hatte, als würde sie ins Fitnesscenter gehen. Und dabei ging sie irgendwo anders hin, ohne ihn. Und wie sollte sie ihr spätes Nachhausekommen rechtfertigen? Er war so schockiert von dem Verrat, dass er Rickys Worte kaum hörte.

»Okay, dann mache ich mich jetzt besser auf die Socken und schlüpfe in meine Ausgehklamotten. Verrückte Idee, um diese Zeit eine Party anzusetzen. Da ist doch noch keiner richtig wach. Wir sehen uns dann morgen in eurem Hauptquartier, ja?«

»Alles klar, Ricky, dank dir tausendmal«, sagte Tom Feather zu dem gut gelaunten Fotografen, der ihm eben das Herz gebrochen hatte.

Er musste die Maße unbedingt sofort an seinen Vater weitergeben. Die Fotos sollten an einer Art hölzernem Ständer aufgehängt werden; dazu mussten in bestimmten Abständen Einkerbungen ins Holz geritzt werden, und J. T. hatte darum gebeten, so frühzeitig wie möglich informiert zu werden, damit diese Arbeit nicht wieder ein bloßes Flickwerk blieb. Mit bleischweren Fingern wählte Tom die Nummer seiner Eltern. Er würde seinen Vater erst mal in gute Laune versetzen müssen, ehe er ihm die Maße diktieren konnte. Er hoffte, dass sein Vater am Telefon wäre, denn er würde es nicht schaffen, ein zweites Mal gute Laune versprühen zu müssen, falls seine Mutter sich meldete.

Aber es war keiner von beiden. Es war eine Frau, die ihn anbellte, dass es ihn fast umgehauen hätte.

»Ja«, meldete sich die barsche Stimme.

»Tut mir leid«, fing Tom an, »ich habe wohl die falsche Nummer gewählt. Eigentlich wollte ich die Feathers sprechen.«

»Hier ist der Anschluss der Feathers. Und wer sind Sie?«

»Tom, ihr Sohn.«

»Ein toller Sohn sind Sie. Hätten Sie nicht Ihre Nummer hier neben dem Telefon deponieren können?«

»Aber meine Eltern wissen meine Nummer«, rief Tom, empört über diese Ungerechtigkeit.

»Aber im Moment wissen sie sie nicht«, brüllte die Frau.

»Was ist denn passiert …?« Die Angst, die er empfand, war neu. Tom konnte Stimmen im Hintergrund hören. Irgendetwas musste passiert sein. Erst als er der Frau mit der bellenden Stimme versichert hatte, dass seine Telefonnummer tatsächlich ganz oben auf der Liste in dem plastikbezogenen Notizbuch stand, das seine Mutter aus irgendeinem Grund in der Küchenschublade aufbewahrte, ließ sie sich erweichen, ihm zu sagen, was überhaupt los war. Er erfuhr, dass sein Vater Schmerzen in der Brust bekommen hatte und dass seine Mutter auf die Straße hinausgelaufen war, um Hilfe zu holen. Fast alle Nachbarn aus der kleinen Straße waren nach Fatima geeilt. Manche waren mit ins Krankenhaus gefahren, als die Sanitäter kamen, andere waren bei der armen Maura, die völlig außer sich und von allem überfordert war, geblieben und hatten Tee gekocht.

»Kann ich mit ihr sprechen?«

»Wieso kommen Sie nicht hierher?«, wollte die Frau mit der unangenehmen Stimme wissen. Sie hatte recht. Er wünschte sich, er wäre netter zu seinem Vater gewesen, weniger ungeduldig. Tom griff nach seinem Autoschlüssel und seinem Mantel. Einen Moment zögerte er, ob er Marcella einen Zettel schreiben sollte oder nicht. Er und Marcella kommunizierten oft durch Briefe, die sie auf den Tisch legten. Aber er wollte ihr nichts von seinem Vater sagen. Außerdem konnte er ihr nicht verzeihen, dass sie ihn angelogen hatte. Und davon war er überzeugt. Sie war zu aufgeregt gewesen, als dass sie nur ins Fitnesscenter gegangen wäre, sie hatte zu gut gerochen, und vielleicht hatte sie auch deswegen Tränen in den Augen gehabt. Aber sie sollte auch nicht denken, dass er davongelaufen war. »Meinem Vater geht es nicht gut, bin zu ihm, hoffe, dir hat es auf der Party gefallen«, schrieb er. Damit wusste sie Bescheid. Und er fuhr ins Krankenhaus.

Wenn sein Vater in dieser Nacht keinen weiteren Herzanfall erlitte, stünden seine Chancen gar nicht so schlecht, erklärte man Tom auf der Intensivstation. Kompetente, ruhige Frauen und Männer in seinem Alter, die alles über Herzklappen und Arterien wussten. Eine Schwester bat ihn freundlich, ob er nicht draußen Platz nehmen wolle. Tom wurde in dem Moment erst klar, dass er allen im Weg gestanden hatte.

»Er ruht sich jetzt aus, es geht ihm gut.«

»Ich weiß. Vielen Dank«, antwortete Tom lächelnd.

Strahlend und offen erwiderte die junge Schwester sein Lächeln. Sie war ein kräftiges Mädchen mit Sommersprossen und leicht unordentlichem Haar und sprach ländlichen Dialekt. Tom kannte den Blick, mit dem sie ihn ansah; es war die Art von Blick, den fast jede Frau in Irland seinem Bruder Joe zuwarf: interessiert, hellwach und flirtend. Sein Herz war schwer, als er sie näher betrachtete. Sie sah wirklich hübsch aus in der weißen Strickjacke über ihrer Schwesterntracht. Aber selbstverständlich käme eine solche Frau für ihn nicht in einer Million Jahren infrage. Verglichen mit Marcella, stammte dieses Mädchen von einem völlig anderen Planeten und gehörte einer vollkommen anderen Spezies an. Er ging in die kalte Nacht hinaus, um etwas frische Luft zu schnappen. Von seinem Handy aus rief er seine Mutter an.

»Es geht ihm gut, Mam.«

»Was meinst du damit – es geht ihm gut? Ich habe doch mit meinen eigenen Augen gesehen, wie er sich an die Brust gegriffen und um Luft gerungen hat!«

»Aber jetzt hat man ihm ein Beruhigungsmittel gegeben, Mam, und er atmet wieder normal.«

Sie stieß einen jammernden Laut aus, und er hörte, wie die Nachbarn sie trösteten.

»Ich rufe dich in einer Stunde noch mal an«, versprach er ihr.

»Wieso?«, wollte sie wissen.

»Um dir zu sagen, dass es ihm immer noch gut geht.«

»Er ist am Ende, Tom, das weißt du. Er sollte in seinem Alter nicht mehr auf Leitern steigen, aber er wollte unbedingt deinen Auftrag noch fertig bekommen.«

»Das hat nichts damit zu tun, dass er auf Leitern herumturnt. Es sieht gut aus, das meinen alle hier.«

»Ach ja, du weißt ja alles über Medizin, und dabei hast du nicht einmal die sechste Klasse gemacht. Ausgerechnet du, der nicht einmal dem eigenen Vater im Geschäft helfen wollte. Und jetzt willst du plötzlich wissen, was einen Herzanfall verursacht, ja?«

»Mam, ich rufe dich später wieder an.«

Es war eiskalt draußen, aber immer noch besser als die Hitze, der Lärm und die Gerüche im Krankenhaus. Er ging zu einem Fahrradschuppen, wo er ein wenig gegen den Wind geschützt war, drückte sich in eine Ecke und konzentrierte sich darauf, dass sein Vater wieder gesund würde. Und wenn er dann wieder gesund wäre, würde er von Mann zu Mann mit seinem Vater sprechen und nicht eher gehen, bis das Ergebnis des Gesprächs mehr als nur ein Schulterzucken war. Von jetzt an würde er darauf bestehen, dass seine Eltern ihn regelmäßig in Stoneyfield besuchten. Und er würde Gerichte kochen, die ihnen schmeckten: Brathähnchen, Kartoffelauflauf. Er würde Marcella bitten, sich mit ihnen über Themen zu unterhalten, die sie interessierten. Marcella. Wie ein Schock kehrte die Erinnerung zurück. Von seinem Platz aus konnte er sehen, wie die Leute in ihren Autos auf dem großen, hässlichen, betonierten Parkplatz ankamen und wieder wegfuhren. Was für ein scheußlicher Ort. Aber ehrlich gesagt, wenn man schon Geld für Krankenhäuser ausgab, dann war es ihm lieber, dass man damit Maschinen kaufte, die das Herz seines Vaters überwachten, statt es für eine attraktive

Landschaftsgestaltung auszugeben. Eine Frau im Regenmantel und mit Schultertasche schloss ihren Wagen ab und ging zielstrebig auf den Empfangsbereich zu. Sie sah aus wie Shona Burke, und sie war es tatsächlich. Er machte einen Schritt auf sie zu, um sie anzusprechen, wich aber gleich wieder zurück. Er wollte ihr nichts von seinem Vater erzählen, ehe er nicht genau wusste, was es zu sagen gab. Auch wollte er nicht, dass sie ihm Fragen über Marcella stellte. Es wäre nur normal gewesen, dass die Lebenspartnerin dabei war, wenn es seinem Vater schlecht ging. Aber was war bei Marcella schon normal? Doch Shona hatte ihn gesehen und rief seinen Namen.

»Du fröstelst ja, Tom.«

»Ich weiß, aber drinnen ist es mir zu heiß.«

»Oh, als ob ich das nicht bestens wüsste, schließlich komme ich oft genug her…«

»Tut mir leid, aber…?«

»Ist schon in Ordnung, Tom.« Ihr Tonfall war sanft, ließ aber keinerlei Zweifel daran, dass sie ihm nicht verraten würde, wem ihr Besuch hier galt. »Du siehst aber wirklich schlecht aus. Komm doch kurz mit rein.«

»Du hast recht.« Er begleitete sie hinein.

Zuerst stellte keiner Fragen. Dann wandte sie sich an ihn.

»Ist es etwas Schlimmes?«

»Ich weiß es nicht. Mein Vater, Schmerzen in der Brust, Angina pectoris. Es hängt alles von heute Nacht ab – wenn er es bis morgen schafft, hat er eine gute Chance.«

»Armer Tom, wann ist das passiert?«

»Ich habe es erst vor einer Stunde erfahren. Da war plötzlich die Hölle los. Meine Mutter ist so durcheinander, dass sie sich meiner Meinung nach ins Bett neben ihn legen sollte.«

»Du meinst, du weißt es noch gar nicht lange?«, wollte Shona wissen.

»Ja, ich habe es noch gar nicht richtig begriffen.«

»Heißt das womöglich, dass Marcella es auch noch nicht weiß?«, fragte sie.

»Nein«, erwiderte er mit flacher Stimme.

»Oh, die arme Marcella. Ich wollte sie vom Fitnesscenter mit nach Hause nehmen, aber sie lehnte ab, sie wollte mit dem Bus fahren und dir eine Topfpflanze kaufen, als Überraschung.«

Vor allen Leuten am Empfang nahm Tom Feather Shona Burke in die Arme und drückte ihr einen Kuss auf den Mund. »Sie war im Fitnesscenter?«, rief er. »Heute Abend?«

»Aber das weißt du doch, Tom. Sie hat es mir selbst erzählt. Du wolltest doch, dass sie zu Haue bleibt und mit dir feiert, dass die Leute euch als exklusiven Partyservice bezeichnet haben.«

Er fuhr so schnell nach Hause, dass es ihn wunderte, nicht den ganzen Weg von einer Polizeisirene verfolgt zu werden. Als er aufsperrte, saß sie am Tisch, einen großen Farn neben sich.

»Marcella!«, sagte er.

»Wie geht es deinem Vater?« Ihre Stimme war eisig.

»Es geht ihm so weit gut, es ist alles unter Kontrolle ... Du warst im Fitnesscenter?«

»Wie ich es dir gesagt hatte.« Ihr Gesicht glich einer Maske.

»Marcella, wenn du wüsstest ... Ich dachte ...«

»Was hast du gedacht, Tom?«

»Ich nahm an, du seist auf eine Party gegangen, in einen Club ...«

Sie neigte fragend ihren Kopf.

»Ricky hat mir erzählt, dass er dich gefragt hätte.«

»Das hat er tatsächlich. Aber ich wollte nicht hingehen, weil du zu beschäftigt und zu müde bist und ich wusste, dass es dir nur lästig wäre. Also bin ich ins Fitnesscenter, genau, wie ich es dir gesagt hatte.«

Er konnte die Tränen nicht zurückhalten, die in seine

Augen traten. »Es tut mir leid. Ich… Ich dachte nicht, dass du mich so lieben konntest, um meinetwegen auf so etwas zu verzichten.«

»Ja, das habe ich, natürlich.« Ihre Stimme klang gefasst; sie schien nicht zu bemerken, wie sehr ihn das alles mitnahm.

»Du liebst mich tatsächlich, das weiß ich jetzt.«

»Nein, Tom. Ich sagte, ich habe, nicht, ich tue.«

»Aber daran hat sich doch nichts geändert, oder?«

Sie reichte ihm den Zettel. »Du bist der bitterste, misstrauischste Mensch, den ich kenne. Wie sollte dich jemand lieben?« Sie stand auf und ging ins Schlafzimmer.

»Marcella, geh nicht.« Er war aschfahl.

»Wenn du denkst, ich könnte noch eine Nacht mit dir unter einem Dach verbringen, obwohl du mich für eine Lügnerin hältst…«

Er stand unter der Schlafzimmertür und sah sie an.

Sie hatte sich ausgezogen und griff gerade nach einem ihrer ultrakurzen Miniröcke, die er so ungern an ihr sah. Aus der Schublade holte sie dunkle Strümpfe und ging damit ins Bad.

»Wo willst du hin?«

»Ich habe Freunde. Ich finde schon etwas, wo ich bleiben kann.«

»Bitte, Marcella.«

Sie bestellte sich ein Taxi und schloss die Badezimmertür. Erst als sie es an der Tür klingeln hörte, kam sie wieder heraus.

»Es tut mir leid«, begann er.

»Das sollte es dir auch, Tom, sehr sogar, weil ich dir nämlich immer die Wahrheit gesagt habe. Und wenn du glaubst, dass es möglich ist, jemanden anzulügen, den man liebt, dann hast du wirklich ein Problem.«

Und weg war sie. Irgendwann klingelte das Telefon. Es war seine Mutter.

»Du hast gesagt, du würdest in einer Stunde anrufen. Ich musste selbst mit dem Krankenhaus telefonieren.«

»Geht es ihm gut, Mam?«

»Es scheint dich ja wirklich bemerkenswert stark zu interessieren, Tom.«

»Mam, bitte.«

»Im Augenblick, ja. Tom, was sollen wir tun, wenn er stirbt?«

»Ich komme nach Fatima, Mam«, sagte er.

Ehe er ging, musste er noch zwei Dinge erledigen. Er rief seinen Bruder Joe in Ealing an. Der Anrufbeantworter meldete sich.

»Joe, hier ist Tom. Dad hatte einen Herzanfall. Ich gebe dir die Nummer des Krankenhauses. Du musst nur erklären, dass du sein Sohn bist, dann sagen sie dir, was es zu wissen gibt. Ich hoffe, du meldest dich, Joe. Aber es ist dein Leben, nicht meines, mehr kann ich dazu nicht sagen.«

Dann setzte er sich an den Tisch und schrieb einen Zettel.

»Ich hoffe und bete, dass du zurückkommst. Und wenn, mein Liebling, Marcella, dann lass dir sagen, dass ich nicht wusste, was Liebe heißt, bevor ich dich kannte. Ohne deine Liebe sehe ich keinen Sinn im Leben.«

Tom ließ sein Handy die ganze Nacht über eingeschaltet. Frühmorgens schaute er bei einem Baugeschäft vorbei, um den Holzständer mit den Einkerbungen für die Fotos zuschneiden zu lassen, ehe er in sein eigenes Geschäft fuhr. Cathy war bereits da.

»Wie sieht der andere aus?«, wollte sie wissen.

»Welcher andere?«

»Das war ein Scherz. Das sagt man zu jemandem, der sich geprügelt hat. Man hofft, dass der andere noch übler zugerichtet ist.«

Er sah sie immer noch verständnislos an.

»Gott, Tom, das war ein Scherz. Du bist ja schlimmer als Simon und Maud. Hast du zu viel Whisky erwischt, oder was?«

»Nein, ich war die ganze Nacht wegen meines Vaters auf

den Beinen. Er hatte einen Herzanfall, und Marcella hat mich verlassen.« Er sagte das in einem äußerst merkwürdigen Tonfall, so, als erzählte er gerade irgendwelche Nebensächlichkeiten.

Cathy sah ihn mit offenem Mund an. »Was ist passiert, Tom?«

Sie konnte es nicht fassen, versuchte aber, ihn zu beruhigen. Tom saß am Tisch, hatte den Kopf in beide Hände gestützt und stand kurz vor einem Zusammenbruch, als Ricky mit den Fotos kam.

»Mann-o-Mann, hast du eine wilde Nacht verpasst«, stöhnte er und fasste sich an den Kopf. »Es war sehr klug von dir, mein Freund, diese spezielle Party auszulassen.«

»Tja, ich bin eben ein kluges Kerlchen«, erwiderte Tom Feather traurig und holte den hölzernen Fotoständer, den sein Vater nicht mehr hatte machen können, weil sein Herz ihn im Stich gelassen hatte, bevor er die Maße wusste.

»Du hast jetzt fast vierundzwanzig Stunden gut überstanden, Dad, das heißt, dass du wieder gesund werden wirst«, beruhigte Tom am folgenden Nachmittag seinen Vater.

»Du hast ja keine Ahnung, wie das war, Tom. Als ob zwei Hände deinen Brustkasten eindrücken würden.« Sein Vater sah heute schon viel besser aus. »Man hat mir gesagt, dass du die ganze Nacht hier warst?«

»Wo hätte ich sonst sein sollen?«

»Und Marcella?«

»Sie lässt dich ganz herzlich grüßen, Dad.«

»Ich wusste es doch. Sie ist wirklich ein tolles Mädchen. Eine von den Schwestern hat mir erzählt, dass ihr zwei euch im Foyer in die Arme gefallen seid und euch geküsst habt, als ihr hörtet, dass es mir besser geht. Das werde ich nie vergessen.«

Tom schaute ihn verständnislos an.

»Oh, die nette Schwester Catherine. Sie sagte, sie sei sehr

enttäuscht, als sie merkte, dass du eine Freundin hast. Sie hatte Dienst und hat mir alles erzählt.«

Sein Vater tätschelte seine Hand, und Tom lächelte ihn an. Die Schwester in der Strickjacke hatte gesehen, wie er Shona Burke küsste, als er erfuhr, dass Marcella im Fitnesscenter gewesen war.

Die Tauffeier sollte – wie Cathy sie später bezeichnete – als »Teufelstaufe« in die Geschichte von Scarlet Feather eingehen. Ihre Auftraggeber hatten für fünfzig Personen bestellt, aber noch während der Raum sich füllte, war bereits klar, dass es mindestens siebzig waren. Dann war die Küche nicht richtig sauber gemacht worden, sodass Cathy, June und Tom erst mal zwanzig Minuten damit zubrachten, alle Oberflächen abzuwischen und mit einem Desinfektionsmittel zu besprühen. Gerade als sie die Küchenfenster zum Lüften aufgerissen hatten, kam der Vater des Täuflings herein und beschwerte sich, dass es hier wie einem Pissoir röche. Beim Versuch, das Büfett aufzubauen, fanden die beiden kleinen Hunde des Hauses einen großen Gefallen daran, immer wieder die Tischtücher herunterzuziehen.

»Mit Menschen, die keine Tiere mögen, kann ich wirklich nicht viel anfangen«, bemerkte pikiert die Mutter des Kindes, die bereits vor der Kirche drei Gin getrunken hatte.

Die Taufzeremonie war vierzig Minuten kürzer gewesen, als man Cathy und Tom gesagt hatte, sodass die Bar nicht fertig aufgebaut war.

»Man hat mir versichert, Sie seien erste Sahne«, erklärte der Kindesvater arrogant. »Wir sind in derselben Branche wie Sie tätig und möchten für unser Geld auch was geboten bekommen.«

Als Vorspeise hatte man sich auf Kedgeree geeinigt, ein Reisgericht mit Fisch und Eiern, das heiß serviert werden sollte. Eine gute Wahl, aber bevor alle davon kosten konnten, erklärte die Mutter den Anwesenden: »Ihr müsst euch jetzt nicht mit diesem Reiszeug vollstopfen, hinterher gibt es noch einen anständigen Braten.« Und so ließen viele Gäste brav ihre halb leer gegessenen Teller stehen. Tom und Cathy warfen sich in der Küche verzweifelte Blicke zu. Sie hatten gehofft, dass die Leute sich bereits an dem Reis satt essen würden, jetzt blieb ihnen nichts anderes mehr übrig, als auf das Wunder der Brotvermehrung zu warten.

»Was sollen wir, in Gottes Namen, nur tun?«, wollte Cathy von Tom wissen.

»Wir machen sie betrunken«, schlug er vor.

»Aber das ist nicht gerecht. Dann müssen wir ihnen die Kosten für den zusätzlich getrunkenen Wein berechnen.«

»Was ist schon gerecht, Cathy, erzähl mir das mal, was? Was ist gerecht daran, dass mein Vater, der sein Leben lang geschuftet hat, jetzt im Krankenhaus liegt? Oder dass du diese Kinder am Hals hast, die dir nicht gehören und die in deinem und im Leben deiner Eltern herumpfuschen? Oder was war mit dem Jungen, den Neil vor seiner Ausweisung aus Irland retten wollte? Und was ist gerecht an diesen beiden Schätzchen, die uns erzählen, sie hätten fünfzig Leute eingeladen, obwohl siebzig kommen. Mach sie besoffen, sage ich.«

Und das taten sie dann auch. Mit vollem Erfolg.

Ehe sie sich an ihre Aufgabe machten, schnappte Cathy Scarlet sich den Vater des Täuflings.

»Dürfte ich Ihnen einen Vorschlag machen? Ihre Gäste scheinen sich sehr wohlzufühlen, und Sie haben ja wirklich einen ausgesprochen guten Wein gewählt.«

»Ja, ja, worum geht's?«

»Aber falls es noch irgendwelche Probleme bezüglich des Weines gibt, den Sie geordert haben… Dürfte ich Sie vielleicht um Ihre Zustimmung bitten, Ihr Gäste großzügiger damit zu bewirten?«

»Wir dachten, eine halbe Flasche pro Kopf, oder?« Er war ein kleiner, dicker Mann mit kleinen Knopfaugen.

»Ganz recht, das war unser Vorschlag, aber es läuft alles so prächtig, dass wir gerne Ihre Zustimmung hätten, mehr …«

»Machen Sie, was Sie wollen.«

»Und bisher verläuft alles zu Ihrer Zufriedenheit?«

»Ja, es ist in Ordnung … Sorgen Sie nur dafür, dass meine Gäste etwas zu trinken bekommen.«

»Vielen Dank. Sie sind ein wunderbarer Gastgeber«, sagte Cathy und biss die Zähne zusammen.

Hätten sie doch nur vorher gewusst, was alles auf sie zukommen würde. Tom bahnte sich lächelnd seinen Weg durch die Gästeschar und erklärte allen, wie lecker das Kedgeree schmeckte.

»Sie sind selber ein recht leckeres Kerlchen«, musste er sich von einer Dame mit schokoladeverschmiertem Gesicht anhören. Sie sah lächerlich aus, und es konnte nur noch schlimmer werden. Tom bedankte sich für das Kompliment.

»Sie haben wirklich ein hübsches Kleid an«, erwiderte er. »Das stammt aus der Designerabteilung von Hayward's, ja?«

»Ja, stimmt.« Sie grinste dümmlich.

»Kommen Sie doch mal mit zum Spiegel. Sie haben hier einen Fleck im Gesicht.« Er bot ihr ein Taschentuch an, und sie sah in den Spiegel. Entsetzt über ihren Anblick, wischte sie rasch die Schokoladenflecken ab.

»Das war aber wirklich nett von dir«, bemerkte Cathy.

»Sei nicht so streng, Cathy. Es sind doch nur diese beiden Idioten von Gastgebern, die sich mies aufführen. Ich wüsste zu gerne, woher ich diesen Menschen kenne, das macht mich ganz verrückt. Diese arme Seele mit ihrem Walt-Disney-Muster auf dem Kleid ist doch harmlos.«

»Ja, du hast recht. Ach du meine Güte, da kommen ja noch mehr Gäste. Die werden uns die Haare vom Kopf fressen.«

»Was arbeitet der Kerl eigentlich? Ich habe ihn schon mal irgendwo gesehen, ich weiß es genau.«

»Wahrscheinlich ist er in einer Bar, in der wir mal gearbeitet haben. Hilf doch kurz mal June. Ich rufe meinen Vater an, der soll uns ein paar Taxis vorbeischicken.«

»Muttie? Taxis?«

»Haben wir vielleicht die Zeit, jetzt auch noch nach Taxis Ausschau zu halten? Die Hälfte der Wettkumpane meines Vaters fährt Taxi.«

»Du bist unschlagbar, Cathy! Vielleicht kommen wir hier doch noch mit einem blauen Auge davon. Aber sieh doch. Entweder spinne ich, oder dieser Riordan schaut mich an, als ob er in mich verliebt ist.«

»Tja, dir ist das vielleicht nicht so klar, aber du siehst ganz passabel aus. Wieso sollte Mr. Riordan nicht wie jeder andere auch seine Chancen bei dir testen?«

»Entschuldigung?«

»Ja, Mr. Riordan?«

»Kennen wir uns nicht?«

»Nun, Mr. Riordan, ich bin Ihr Partyservice ...«

»Hören Sie endlich mit dem Unfug auf. Wir sind uns vor ein paar Monaten über den Weg gelaufen, auf einer Silvesterparty ...«

»So, tatsächlich?« Tom hörte nicht genau zu, sondern ließ seinen Blick durch das Zimmer schweifen, um zu sehen, ob er vielleicht irgendwo benötigt wurde.

»Es ist mir eben wieder eingefallen. Ich wollte Ihnen nur sagen, dass mir so etwas nicht oft passiert, das war der Alkohol. Hinterher ging es mir gar nicht gut. Ich glaube, die haben dort mit Absicht wüste Drinks gemixt. Irgendein Fotograf, wirklich unverantwortlich von ihm.«

Jetzt konnte Tom sich wieder erinnern. Er war der Mann, der Marcella bei Rickys Party den ganzen Abend lang betatscht hatte. »O ja, stimmt, Mr. Riordan, natürlich erinnere ich mich an Sie.«

»Sie haben mich doch von Anfang an wiedererkannt«, sagte Larry Riordan.

»Nein, nicht bis zu diesem Moment.«

»Das glaube ich nicht. Sie hatten doch von vornherein was gegen mich, seit Sie durch diese Tür hereinkamen.«

»Ich habe wirklich nichts gegen Sie, außer dass Ihnen bei der Anzahl Ihrer Gäste ein Fehler unterlaufen ist. Aber mir war bis zu diesem Moment nicht klar, dass Sie der treue Ehemann sind, der mir an Silvester etwas unangenehm aufgefallen ist«, erwiderte Tom.

Er schien mit jedem Wort breiter und größer zu werden, während Larry Riordan in sich zusammenfiel.

»Die ganze Geschichte war natürlich ein Missverständnis ... Das lag nur ...«

»Wir wissen, woran es lag, Mr. Riordan.«

»Ich wollte auch nur sagen, falls es deswegen irgendwelche Unannehmlichkeiten gegeben hat ...«

»Oh, in dem Moment war es mir wirklich unangenehm.«

»Aber hoffentlich jetzt nicht mehr.«

»Ich werde jetzt weitermachen und meine Arbeit erledigen, wie es sich gehört, für Sie und Ihre Frau, mit der ich keinen Streit habe. Und das trotz der Tatsache, dass Sie für fünfzig Gäste bestellten, obwohl jetzt über siebzig im Haus sind.«

»Das war auch ein Missverständnis.«

»Es scheint ja jede Menge Missverständnisse zwischen uns zu geben ... Ich wollte übrigens Ihre Frau fragen ...«

»Sie brauchen meine Frau nichts zu fragen. Fragen Sie mich.«

»Entspannen Sie sich, Mr. Riordan. Ich wollte sie auch nur fragen, ob wir für später Taxis organisieren sollen. Viele Ihrer Gäste werden ihre Wagen stehen lassen müssen.«

»Machen Sie, was Sie für richtig halten«, entgegnete der Gastgeber und fuhr sich mit dem Finger unter den Kragen. »Aber Sie können mir wirklich glauben, dass dieser Zwischenfall völlig untypisch für mich war. Ich hoffe nur, er hatte keine Folgen. Ich meine, dass bei Ihnen alles so weit in Ordnung ist ...«

»Bei mir ist alles in bester Ordnung, Mr. Riordan.«

»Sehr gut, eine wunderschöne junge Dame übrigens... Ich möchte mich noch einmal in aller Form entschuldigen.«

»Danke. Wenn Sie mich jetzt bitte entschuldigen würden. Ich muss mich um die Gäste kümmern.« Mit diesen Worten ließ Tom ihn stehen. Dieser Mann würde nie erfahren, dass Marcella ihn verlassen hatte.

Cathy hatte mittlerweile das Kedgeree mit Pilzen und Kartoffelstückchen gestreckt. Ihrer Erfahrung nach würden die Gäste es später bestimmt noch als Unterlage benötigen, wie sie Tom erklärte. Und genau so war es. Sie verteilten ihre Visitenkarten an jeden, der daran Interesse zeigte, und als alles vorbei war, räumten sie das Haus so sauber auf, dass man es kaum wiedererkannte. Wenn dessen Bewohner am nächsten Tag aufwachten, würden sie es makellos und blitzblank vorfinden. Im Kühlschrank hinterließen sie eine Flasche Champagner und einen Karton Orangensaft. Die leeren Weinflaschen reihten sie wie die Soldaten in dem kleinen Garten vor der Küche auf, damit keine Zweifel an der Anzahl der bestellten und getrunkenen Flaschen aufkommen konnten. Sie wollten sie am nächsten Tag mitnehmen, wenn sie am Nachmittag kamen, um die Rechnung zu präsentieren. Muttie hatte fünf befreundete Taxifahrer geschickt, die den ganzen Abend unterwegs waren und für ihre Mühen gut entlohnt wurden. Tom und Cathy zahlten June drei zusätzliche Stunden und spendierten ihr noch ein Taxi nach Hause, ehe sie nach Waterview Nummer sieben fuhren.

»Komm doch noch auf einen Sprung mit rein«, forderte Cathy ihn auf.

»Nein, es ist schon spät, Neil wird...«

»Neil wird entweder unterwegs sein, schon schlafen oder aber sich glücklich schätzen, uns einen Drink eingießen zu dürfen«, sagte Cathy und ging die Treppe hinauf.

Neil saß an seinem großen Schreibtisch, umgeben von einem Berg von Papieren. »Oh, schön, Cathy, ich...« Dann sah er Tom, und sein Lächeln schwand.

»Oh, Tom«, sagte er enttäuscht, hatte sich aber gleich wieder unter Kontrolle. »Wie war eure Taufe? Erzählt doch.«

»Nein, Neil, es ist schon spät.«

»Jetzt setz dich, wenn du schon mal da bist.«

Er holte ihnen drei Flaschen Bier, und sie setzten sich.

»Also, wie war's?«, fragte Neil höflich, auch wenn er mit den Gedanken ganz woanders war. Tom schilderte den Abend in knappen Worten und kippte rasch sein Bier hinunter. Als er gerade aufstehen wollte, klopfte es an der Tür.

»Bist du betrunken?«, fragte Simon interessiert.

»Noch nicht«, antwortete Tom.

»Wo ist Marcella?«, wollte Maud wissen.

»Nicht hier«, sagte Cathy.

»Hätte ich nicht fragen sollen? Du hast doch gesagt, dass man Interesse zeigen soll.« Maud verstand die Welt nicht mehr.

»Kein Problem«, erwiderte Cathy barsch.

Es folgte längeres Schweigen.

»Wäre es dir lieber, wenn wir wieder in unser Bett zurückgehen würden?«, erkundigte sich Simon.

»Ja, es ist nämlich mitten in der Nacht«, antwortete Cathy.

Maud und Simon zeigten sich geschlagen von so viel Entschlossenheit und zogen wieder ab.

Tom stieg in den Lieferwagen und fuhr durch die leeren, dunklen Straße nach Hause. Die beiden, Cathy und Neil, arbeiteten wirklich hart – nur wenige Paare waren um diese Tageszeit noch damit beschäftigt, ihren Lebensunterhalt zu verdienen. Außerdem war es bestimmt nicht einfach für Neil, die Hälfte der Zeit auch noch diese merkwürdigen Kinder um sich zu haben, während die Frau ständig außer Haus war und arbeitete. Und was seine eigenen Probleme betraf, so hatte Cathy sich wirklich toll verhalten. Sie hatte sich eingehend nach seinem Vater erkundigt und nicht eine Frage zu

Marcella gestellt, die weder seine Anrufe bei Hayward's entgegennahm noch in die Wohnung gekommen war, um ihre Kleider zu holen.

»Stimmt irgendetwas nicht, Neil?«, fragte Cathy. »Du warst mit den Gedanken ganz woanders, als wir dir von der Feier erzählten.«

»Tut mir leid«, antwortete er, »aber im Ernst, diese Kinder, ich bin den ganzen Abend zu nichts gekommen. Dauernd sind sie gekommen und wollten dies oder jenes wissen. Über die Schularbeiten, und was sie mit ihrer schmutzigen Wäsche machen sollten.«

»Na, das ist ja immerhin ein Fortschritt. Am Anfang haben sie ihre Sachen einfach auf den Boden geworfen.«

»Sie können nicht länger hierbleiben. Wir müssen Muttie und Lizzie mehr Geld geben.«

»Sie tun es doch nicht um des Geldes wegen, außerdem waren wir zwei uns einig, den beiden eine kleine Pause zu gönnen.«

»Und wer gönnt uns eine kleine Pause? Es gibt so vieles zu tun und zu besprechen, aber wir haben nicht eine Minute Zeit, um miteinander zu reden.«

»Okay, jetzt haben wir Zeit.«

»Auch nicht richtig.«

»Also, ich würde mich jetzt gerne mit dir unterhalten, zur Entspannung, aber wenn du müde bist ...«

»Es geht um diesen Job ...«

»Der große Fall nächste Woche ...?«

»Nein, kein Fall. Ein richtiger Job. Ich könnte ... Es ist noch nicht endgültig, aber ich habe erfahren, dass man mir möglicherweise diese unglaubliche Position anbieten wird ...«

Sie hörte mit offenem Mund zu, als er ihr von dem Ausschuss erzählte, der mit der UN-Flüchtlingskommission zusammenarbeitete.

»Sie arbeiten nicht direkt im Auftrag der Vereinten Nationen, sie sind Teil einer Gruppe, die unter der Schirmherrschaft …«

Cathy schnitt ihm das Wort ab. »Entschuldige, aber ich verstehe nicht ganz. Versuchst du, mir damit zu sagen, dass du in Erwägung ziehst, zum jetzigen Zeitpunkt eine Stelle im Ausland anzunehmen?«

»Nicht sofort natürlich.«

»Wann dann?«

»In fünf, sechs Monaten, könnte ich mir vorstellen. Das heißt, falls es überhaupt so weit kommt, aber es scheint mir fair, es dir jetzt schon zu sagen.«

»Soll das ein Scherz sein?«

»Nein, ich war selbst völlig überrascht, als ich davon erfuhr. Normalerweise braucht man viel mehr Erfahrung, aber sie meinen, ich …«

»Willst du mich damit bitten, hier alles aufzugeben und dir nach Afrika zu folgen, weil du aus heiterem Himmel dort einen Job angeboten bekommst?«

»Nicht unbedingt nach Afrika. Wahrscheinlich kommen eher Genf, Straßburg oder Brüssel in Betracht.«

»Aber du hast einen Job. Du bist Anwalt. Deine Arbeit besteht darin, Leute zu verteidigen, sie zu retten, sie vor Gericht zu vertreten. Das ist dein Job.«

»Aber das ist etwas …«

»Das stand nie zur Debatte, Neil, darüber haben wir nie gesprochen.«

»Du weißt ja noch gar nichts darüber. Und es wird dir bestimmt gefallen, du bist doch noch nie richtig in der Welt herumgekommen.«

»Aber natürlich bin ich in der Welt herumgekommen. Ich war in Griechenland, wo ich dich kennengelernt habe.«

»Aber das war doch nur Urlaub.«

»Für dich mag es vielleicht Urlaub gewesen sein. Für mich war es Arbeit. Ich habe in dieser Villa gekocht.«

»Aber Schatz, das war doch nur ein lausiger Ferienjob als Au-pair-Mädchen«, sagte er.

Ihr Gesicht verhärtete sich. »Aber jetzt habe ich keinen lausigen Ferienjob mehr, ich habe ein Geschäft«, erwiderte sie.

»Ja, aber du kannst doch nicht erwarten…«

»Was kann ich nicht erwarten?«, fragte sie.

»Es ist jetzt wirklich nicht der geeignete Zeitpunkt für ein solches Gespräch, es ist schon spät.« Er stand auf.

»Du hast deinen Satz noch nicht zu Ende gesprochen. Du sagtest, ich kann nicht erwarten…« Sie sah ihn fragend an.

»Bitte, so provozierst du nur einen Streit.«

»Nein, wenn man einen Satz nicht vollendet, provoziert man einen Streit.«

»Ich hatte keine Ahnung, wie er enden sollte«, sagte er müde. Er wäre so gerne woanders gewesen.

»Soll ich ihn für dich zu Ende bringen?« Sie klang ruhig, zu ruhig.

»Kein Streit, Cathy.«

»Nein, sicher nicht. Ich würde sagen, wir beenden den Satz folgendermaßen: Wir einigen uns darauf, dass du nicht von mir erwarten kannst, dass ich meinen Lebenstraum, auf den ich so lange hingearbeitet habe, aufgebe, ebenso wenig, wie ich das von dir erwarten würde. Sollte es ungefähr so klingen?«

»Über diese Sache werden wir noch öfter reden und uns Gedanken machen müssen«, sagte er nur.

»Da hast du recht«, erwiderte sie. Sie gingen ins Bett, wo jeder sich so weit wie möglich auf seine Seite legte, dass nicht einmal ihre Zehen sich berührten. Cathy tat so, als würde sie noch schlafen, als er früh am nächsten Morgen Waterview verließ und dabei völlig sein Versprechen vergaß, die Zwillinge in die Schule zu bringen.

Am nächsten Tag im Geschäft war Tom wesentlich besserer Stimmung – sein Vater war definitiv über den Berg. Seine Mutter hatte sich für ihre voreiligen Worte entschuldigt; das sei der Schock gewesen. Die Riordans ließen wissen, dass die Aufstellung korrekt war und dass die Rechnung für die Taufe am Nachmittag sofort beglichen würde. Auch Marcella hatte von sich hören lassen. Shona hatte ihr von Mr. Feathers Herzanfall erzählt, und sie wünschte ihm gute Besserung. Das waren die guten Neuigkeiten. Die schlechten waren, dass Marcella ihn gebeten hatte, fürs Erste auf jeden Kontakt zu verzichten. Joe Feather, dessen Vater mittlerweile tot und begraben hätte sein können, hatte bis jetzt nichts von sich hören lassen. Und als Tom James Byrne mitteilte, dass Mr. Riordan, der Vater des Täuflings, bar zahlen wollte, hörte dieser das gar nicht gerne.

»Das klingt nicht gut«, meinte James Byrne spröde.

»Ich weiß, James, aber was können wir tun?«

»Wir erstellen einen Selbstbeleg für unsere Unterlagen und verbuchen die Einnahmen, wenn wir das Geld bekommen haben.«

»Aber angenommen …«

»Sie bezahlen mich für meinen Rat, also kein Wenn und Aber«, erwiderte James streng.

»Mr. und Mrs. Riordan, ich hoffe, es war alles zu Ihrer Zufriedenheit.«

»Es hat unseren Gästen bestens gefallen«, antwortete die Dame des Hauses.

»Sie waren voll des Lobes«, echote ihr Mann.

Tom nützte die Situation nicht aus; schließlich hatte er nichts davon, wenn der Mann sich weiterhin wie ein Wurm vor Verlegenheit wand.

»Aber unserer Buchhaltung wäre es lieber, wenn Sie uns einen Scheck geben könnten.«

»Selbstverständlich, nur manchmal wird Bargeld bevorzugt, um Steuern zu sparen«, erklärte Larry Riordan.

»Das ist nicht unsere Art.« Tom sah ihn an.

»Nein, natürlich nicht.«

»Gehen wir doch nach nebenan, während ich mein Scheckbuch hole«, schlug Larry Riordan vor. Offensichtlich hatte er entsetzliche Angst, Tom auch nur einen Augenblick allein zu lassen, für den Fall, er könnte plaudern.

Tom holte seinen Taschenrechner und seinen Quittungsblock heraus. »Wein, die Taxis und alle anderen Extras sind bereits abgerechnet. Jetzt geht es nur noch um... Sind Sie sicher, dass Sie die richtige Anzahl der Gäste hatten? Wissen Sie, unsere Kellnerin hat immer wieder die Teller gezählt und...«

»Meine Frau sagte mir schon, dass hier ein Fehler vorlag. Sie meint, dass es weit über fünfzig Gäste waren.«

»Wie weit über fünfzig?« Toms Augen blickten kühl.

»Schon fast achtzig, meint sie.«

»Sehr schön«, bemerkte Tom und stellte die Quittung über diese Summe aus.

Als er wieder zurück in Stoneyfield war, legte er die Platte von Lou Reed auf, die er so liebte, weil sie ihm zeigte, dass auch das Leben anderer Menschen nicht weniger chaotisch als das seine war. Da klingelte es an der Tür. Es war Marcella.

»Du hast doch einen Schlüssel«, sagte er ruhig in die Gegensprechanlage.

»Den werde ich erst wieder benutzen, wenn du...« Ihre Stimme wurde leiser.

»Wenn ich was, Marcella?« Er war immer noch vollkommen ruhig.

»Wenn du willst, dass ich hochkomme und wir miteinander reden.«

Er drückte auf den Türöffner. Aber sie kam nicht. »Ich meine, wirklich miteinander reden«, betonte sie.

»Seit Tagen, Stunden, Minuten, Sekunden – keine Ahnung, wie lange schon – warte ich auf nichts anderes«, gab er ihr zur Antwort.

»Du weißt es, und ich weiß es, wie endlos lange die Zeit war«, erwiderte sie leise.

»Also, Marcella, willst du jetzt zu mir hochkommen oder nicht?« Er wagte kaum zu hoffen.

»Tom, ich wollte wissen, wie die Taufe war. Und ich wollte dir sagen – ich weiß, dass du mich liebst und dass wir beide dumme Fehler gemacht haben.« Sie verstummte. »Meinst du, ich könnte wieder zu dir nach Hause kommen?« Er wusste, dass sie weinte, und ihm war es egal, ob sie wusste, dass ihm ebenfalls die Tränen übers Gesicht strömten, als er die Treppe hinunterlief, um sie nach Hause zu holen.

Am nächsten Morgen erhielten sie einen Anruf von der Dame, die Gast bei der Taufe gewesen war und deren gutes Aussehen Tom wiederhergestellt hatte. Sie wollte sich für ihre Freundlichkeit und ihr köstliches Essen bedanken und ihre Dienste für eine Feier zur Silberhochzeit buchen, die sie in ein paar Wochen geben wollte. Geraldine vermittelte ihnen ein Geschäftsessen für eine Gruppe von Immobilienmaklern, die auf dem Villenmarkt Fuß fassen wollten und sich deswegen ein Büfett mit spanischer Note wünschten. Das Krankenhaus rief an und teilte mit, dass Toms Vater noch heute entlassen würde. Außerdem traf eine Nachricht von Joe aus Manila ein, der darum bat, man möge ihm doch ein Fax schicken, da er noch zwei weitere Wochen auf den Philippinen zu tun hätte. Es hatte ein wenig gedauert, bis ihm endlich jemand die Nachricht über seinen Vater überbracht hatte. James Byrne schickte ihnen eine kurze Notiz, in der er das Datum seines Kochkurses bestätigte und weiter darauf bestand, im Voraus zu bezahlen und natürlich mit Scheck, da er es – wie ja bekannt – zutiefst missbilligte, Schwarzgeld zu kassieren. Cathy erhielt ein E-Mail von ihrer Schwester Marian in Chicago, die anfragte, ob Scarlet Feather im August eine rauschende Dubliner Hochzeit ausrichten könne. Und selbst das Theater schrieb, um anzukündigen, dass es eventuell zu einem weiteren Auftrag kommen könnte. Offensichtlich und zu ihrer Überraschung waren alle mit ihrem letzten Auftritt sehr zufrieden gewesen. Tom wäre doch sicher wieder so nett. Cathy hatte von Hannah Mitchell einen Brief mit dem Vermerk »persönlich« erhalten, in dem ihre Schwiegermutter ein Essen bei Quentin's vorschlug, um zwischen ihnen bestehende Missverständnisse aus dem Weg zu räumen. Und als Cathy anrief, um Tom diese letzte und für sie erstaunlichste Neuigkeit aller erstaunlichen Neuigkeiten dieses Tages mitzuteilen, war es Marcella, die sich am Telefon meldete.

»O Tom, du hattest so recht mit deinem Optimismus. Wenn wir dich nicht hätten. Ich bin ja so glücklich über dich, so froh«, sagte Cathy mit einem Kloß im Hals, als Marcella den Hörer an ihn weitergereicht hatte.

»Ich weiß, dass du dich für mich freust«, erwiderte er und schenkte Marcella ein strahlendes Lächeln.

März

Cathy war etwas zu früh bei Quentin's. »Kommst du, um unsere Ideen zu stehlen?«, fragte Brenda Brennan.

Cathy und Tom hatten in diesem Restaurant, das oft als das beste von Dublin bezeichnet wurde, sowohl im Service als auch in der Küche gearbeitet.

»Oh, die haben wir euch doch schon längst alle geklaut«, gestand Cathy vergnügt. »Diese kleinen Tomaten-Basilikum-Törtchen, ein Gaumenschmaus.«

Brenda lächelte; ein Heimservice stellte wirklich keine Konkurrenz für sie dar. Zu Quentin's kam man nicht nur wegen der Küche, sondern auch wegen der Atmosphäre.

»Wo soll ich euch hinsetzen, Cathy?«, wollte sie wissen.

»Wo sitzt meine Schwiegermutter gerne?«

»Eigentlich gefällt es ihr nirgendwo besonders. Der Dame kann man nie etwas recht machen.« Brenda Brennan kannte ihre Gäste.

»Mach mich nicht nervös, ich will heute versuchen, nett zu ihr zu sein«, bat Cathy.

Sie entschieden sich schließlich für einen Tisch, von dem sie meinten, das er noch am ehesten Hannahs Gefallen finden würde. Cathy nahm Platz und wartete. Sie hatte keinem von dem Treffen erzählt, nicht einmal Neil. Zu Hause herrschte momentan so etwas wie Waffenstillstand, das heißt, man sprach miteinander und nahm gemeinsam die Mahlzeiten ein, aber das fragliche Problem wurde bewusst vermieden. Sie hatten sich darauf geeinigt, die Sache erst einmal auf sich beruhen zu lassen, um sie später vernünftig und in einer anderen Verfassung zu diskutieren, als es um halb drei Uhr morgens in einem kleinen Reihenhaus möglich war, unter dessen

Dach noch dazu zwei Kinder wie Simon und Maud lebten. Vielleicht war Hannah ja bereits über die Stelle im Ausland informiert. Aber das erschien Cathy eher unwahrscheinlich. Sie würde warten, bis ihre Schwiegermutter die Katze aus dem Sack ließ, und außerdem hatte sie »persönlich« auf den Umschlag geschrieben. Möglicherweise hatte Cathy mit ihrem Ausbruch ja ins Schwarze getroffen, und Hannah wollte sich wirklich entschuldigen. Wenn dem so war, dann würde sie die Größe haben, ihr zu verzeihen, ohne die Sache an die große Glocke zu hängen und ohne Rücksicht auf diejenigen, die liebend gern ein paar pikante Details gewusst hätten. Vielleicht ging es aber auch um Maud und Simon. Offensichtlich war Kontakt zu ihrem Vater aufgenommen worden. Vielleicht brauchte aber auch eine von Hannahs Freundinnen einen Partyservice? Es war gemunkelt worden, dass Amanda aus Kanada zu Besuch käme. Hannah war vielleicht deswegen an einer Versöhnung interessiert – um besser dazustehen. Aber es hatte keinen Sinn, zu spekulieren, ermahnte Cathy sich. In einer Stunde, wenn der Hauptgang abgeräumt war und sie beide ein Dessert ablehnen, dafür aber Kaffee verlangen würden, wüsste sie mehr.

In einer kleinen, versteckten Nische von Quentin's saß James Byrne mit seinem Gast Martin Maguire. Das Schöne an diesem speziellen Tisch war, dass man von dort einen guten Überblick über das Lokal hatte, während die Nische von außen nur schwer einzusehen war.

»Beugen Sie sich doch ein wenig vor, Martin, dann sehen Sie sie. Da drüben sitzt Cathy Scarlet, sie ist allein.«

Der andere Mann blickte in die angegebene Richtung und sah eine Frau mit blonden Haaren, die in der Irish Times las.

»Sie ist aber noch sehr jung«, sagte er leise.

»Das sind sie heutzutage alle, Martin.«

»Nein, sie ist nicht fähig, ein eigenes Geschäft zu führen, zu viel Stress und Ärger.«

»Sie dürfte etwa sechsundzwanzig sein, das ist heute nicht mehr jung.«

»Frankie war fast im selben Alter.«

James Byrne blickte auf die Tischdecke und suchte verzweifelt nach Worten. Schließlich sagte er: »Frankie hat seinen Frieden gefunden.«

»Woher wollen wir das wissen?«, fragte Frankies Vater.

»Weil Gott gütig ist«, erwiderte James Byrne.

Die Riordans, die Gastgeber der Tauffeier, erkannten Cathy ebenfalls.

»Hätte nicht gedacht, sie in so einer Umgebung anzutreffen«, meinte Molly Riordan schnippisch.

»Na ja, sie wissen genau, was sie verlangen müssen. Wieso sollten sie sich dann das hier nicht leisten können?«, fragte ihr Mann, der immer noch Angst hatte, Tom Feather könnte ihn doch noch verraten.

In diesem Moment kam Hannah Mitchell herein. Sie war beim Friseur gewesen, trug ein neues, fliederfarbenes Wollkostüm, war mit Päckchen von Hayward's beladen, nestelte an ihrem Pelz und fragte übertrieben besorgt, ob Cathy der Tisch auch recht sei. Schließlich setzte sie sich.

»Mann, das ist die Frau von Jock Mitchell. Die bewegen sich ja wirklich in den höchsten Kreisen«, bemerkte Mrs. Riordans Mann verblüfft.

»Die wollte ich übrigens immer schon mal kennenlernen. Hannah Mitchell veranstaltet doch diese Wohltätigkeits-Bridgeabende. Von ihr sind immer Fotos in den Zeitungen und Illustrierten. Man kann ja später einfach mal am Tisch vorbeigehen«, schlug sie vor.

»Ach, das würde ich lassen… Die sind doch unbedeutend, diese Catering-Leute. So dringend haben wir es auch wieder nicht nötig, uns ihr vorstellen zu lassen«, erwiderte ihr Mann, der unbedingt vermeiden wollte, Tom Feather ein weiteres Mal in seinem Leben begegnen zu müssen.

»Mrs. Mitchell, Ms. Scarlet.« Brenda begrüßte ihre Gäste in ihrer ruhigen, gemessenen Art.

»Sie kennen meine Schwiegertochter?«, fragte Hannah, beleidigt wie immer, dass sie die beiden nicht einander vorstellen konnte.

»Es ist jedes Mal eine Freude, Sie beide zu sehen«, murmelte Brenda und überließ sie dem Studium der Speisekarte. Sie hatte es nicht für nötig gehalten, zu erwähnen, dass Cathy in diesem Etablissement das Geschirr gespült und an den Tischen bedient hatte und deshalb hier wesentlich besser angesehen war, als es die elegante Hannah jemals sein würde. Mrs. Mitchell war nur dafür bekannt, dass sie gewohnheitsmäßig den Tisch wechselte, das Essen zurückgehen ließ oder an der Rechnung zu mäkeln hatte. Es war Cathy gewesen, die an dem Abend, an dem Patrick, der Chefkoch, sich die Hand verbrannte, das Fleisch für das ganze Restaurant geschnitten hatte. Cathy hatte auf der Damentoilette die fünfzig Pfund gefunden und es so hingedreht, dass die betreffende Dame ohne Wissen ihres Ehemanns das Geld wieder zurückbekam. Cathy war an dem Abend da gewesen, als die Kanalisation verstopft war. Es konnte also kein Zweifel daran bestehen, wer von beiden als Gast beliebter war.

»Es ist schön, dass wir beide mal Zeit haben, ein wenig miteinander zu plaudern«, eröffnete Hannah Mitchell das Gespräch.

»Ihre Einladung hat mich sehr gefreut, sie ist eine willkommene Abwechslung für mich«, erwiderte Cathy, die sich vorher hundertmal gesagt hatte, dass es keinen Sinn machte, zu diesem Essen zu gehen, wenn sie nicht ruhig und höflich blieb. Es waren genug böse Worte gewechselt worden, die Konfrontation hatte stattgefunden. Cathy hatte wochenlang nicht mehr mit ihrer Schwiegermutter gesprochen, bis zu dem Moment, als sie zum Telefon griff, um diese Verabredung mit ihr zu bestätigen. Jetzt musste sie nur zuhören – zuhören und abwarten.

»Wahrscheinlich arbeitest du zu hart. Du solltest öfter mal eine Pause machen«, fuhr Hannah fort.

»Das ist schon möglich.«

»Du bist also einer Meinung mit mir, dass du etwas überarbeitet sein könntest, überreizt und angespannt, jederzeit bereit, zu explodieren?«

Cathy begriff, woher der Wind wehte. Sie, Cathy, sollte die Rolle der brüllenden Neurotikerin verpasst bekommen, der ihr kleines Geschäft bereits jetzt über den Kopf wuchs und die sich auf Festen nicht mehr unter Kontrolle hatte. Aha ... Es war gut, zu erkennen, worauf die Dame hinauswollte.

»Komisch, genau darüber haben Neil und ich erst kürzlich gesprochen. Wir sind zu dem Schluss gekommen, dass wir momentan wirklich alle Hände voll zu tun haben, um unserer Arbeit nachzukommen, sodass uns das Leben wahrscheinlich ruhig und friedlich vorkommen wird, wenn wir in das Alter von Ihnen und Mr. Mitchell kommen.«

»Das habt ihr gesagt?«

»Ja. Uns ist nämlich aufgefallen, wie viel Zeit Mr. Mitchell auf dem Golfplatz verbringen kann und wie viele Stunden Sie für Ihre Wohltätigkeitsessen opfern können. Was das betrifft, wird unsere Zeit auch noch kommen. Keine Angst.« Cathy lächelte breit.

Der erste Angriff von Mrs. Mitchell war abgewehrt. So hatte sie sich den Verlauf des Gesprächs nicht vorgestellt. »Sicher, meine Liebe, aber meinst du nicht, du könntest ... Wie soll ich das formulieren ... du könntest zu viel Energie in eine Richtung stecken?«

Cathy sah sie unschlüssig an. »In eine Richtung?«, fragte sie.

»Na ja, dieser Kellnerservice.«

Cathy lachte lauthals. »Ja, so nennen wir das auch immer, wie Simon und Maud. Die beiden sind doch wirklich komisch. So ernsthaft schon und dabei immer noch wie die Babys.«

»Ich verstehe nicht ganz, was du meinst.« Hannah war ernstlich verwirrt.

»Oh, tut mir leid, aber sie nennen unseren Catering-Service auch immer ›Kellnerservice‹, weil sie nicht verstehen… Ich nahm an, Sie hätten sie zitiert.« Ihre Augen waren hart, und ihre Stimme war schneidend.

Hannah traf eine Entscheidung. »Aber natürlich habe ich das so gemeint«, sagte sie.

»Ich wusste es doch. Aber um auf unser anfängliches Thema zurückzukommen, Mrs. Mitchell, da haben Sie wahrscheinlich recht. Ich investiere wirklich viel Kraft und Energie in meine neue Firma, und Tom Feather auch, aber das ist normal. Sobald das Ganze läuft, hoffen wir, ein wenig kürzer treten zu können und auch mal ein, zwei Abende in der Woche freizunehmen.«

»Aber meine Liebe, das ist doch lächerlich! Was ist mit deinem Leben, deinem richtigen Leben… Mit Neil, beispielsweise?«

»Neil arbeitet auch fast jeden Abend, entweder zu Hause oder auswärts in der Kanzlei. So läuft es eben.«

»Ich glaube, es läuft deswegen so, weil du es so weit hast kommen lassen, meine Liebe.«

Cathy kannte den Tonfall nur allzu gut. So hatte Mrs. Mitchell immer mit ihrer Mutter gesprochen. »Tut mir leid, Lizzie, meine Liebe, aber ich glaube, beim Badputzen waren wir heute nicht sehr gründlich.« Cathy hätte die Frau damals umbringen können, und dieses Gefühl war jetzt kaum schwächer. Sie zerbröselte das Olivenbrot zwischen ihren Fingern.

»Würden Sie mir erklären, wie Sie das meinen, Mrs. Mitchell?«

»Ich stelle mir nämlich die Frage, warum Neil so viel arbeitet, warum ihr kein richtiges Gesellschaftsleben habt, Dinnerpartys gebt oder in den Club geht? Seid ihr überhaupt Mitglieder in irgendeinem Club? Es macht mir einfach Sorgen, wenn ein junges Paar keinen gesunden sozialen Umgang pflegt. Da stellt man sich doch die Frage, warum.«

»Wir beide arbeiten ziemlich hart, und ich kann von Neil behaupten, dass ihm das Wohl seiner Mandanten und ihre gerechte Behandlung sehr am Herzen liegt. Das nimmt naturgemäß einen großen Teil seiner Zeit in Anspruch. Mehr steckt wahrscheinlich nicht dahinter, oder, was meinen Sie?«

»Nun ja, sicher, natürlich, das versteht sich doch von selbst. Ich frage mich nur, wenn du vielleicht ein wenig... Nun, wenn du mal versuchen würdest...« Sie schien nach geeigneten Worten zu suchen.

»Wenn ich was versuchen würde, Mrs. Mitchell?« Cathys Interesse war geweckt. Was wollte ihr die Frau vorschlagen? Dass sie sich ein paar neue und ausgefallene sexuelle Techniken aneignen sollte? Oder sollte sie zweimal wöchentlich eine Dinnerparty geben und dazu Politiker und Journalisten einladen? Sie wartete interessiert ab.

»Nun, wenn du versuchen würdest, etwas mehr aus dir zu machen«, antwortete Mrs. Mitchell. Zögernd zuerst, aber dann holte sie doch etwas weiter aus. »Es ist doch möglich, dass du mit deiner Arbeit und allem so viel zu tun hattest... dass dir keine Zeit mehr blieb, dich mal in Ruhe um dich selbst zu kümmern und einen Blick in den Spiegel zu werfen.«

Cathy wusste nicht, ob sie amüsiert sein oder sich gekränkt fühlen sollte. Es war schon sehr herablassend, wenn eine Frau der anderen erklärte, sie solle etwas besser auf ihr Äußeres achten. Und noch dazu kam dieser Rat von einer sechzigjährigen Frau, die ihr Haar in einem Stil trug, der schon seit zehn Jahren aus der Mode war, die sich in ein Wollkostüm zwängte, das ihr eine Nummer zu klein war, und die ihre Nägel in einer Farbe lackierte, die man seit Jahrzehnten nicht mehr außerhalb eines Varietees gesehen hatte. Hannah Mitchell, die mit ihrem harten, dick geschminkten

Gesicht und dem Nerzmantel wie eine Karikatur wirkte, wagte es, Cathy in dieser Hinsicht einen Rat zu geben.

»Und wo soll ich Ihrer Ansicht nach anfangen?«, fragte Cathy gelassen.

»Nun, mit deinem Haar natürlich. Und um dir zu beweisen, wie ernst es mir damit ist, habe ich dir einen Gutschein von Hayward's mitgebracht.« Mrs. Mitchell zog einen Umschlag heraus.

»Das kann ich doch nicht annehmen«, sagte Cathy.

»Aber du musst. Ich glaube, ich habe dir zu Weihnachten noch gar kein richtiges Geschenk gegeben. Du hast an Silvester bei uns zu Hause so gute Arbeit geleistet, viele Leute haben mich seitdem darauf angesprochen. Das Mindeste, was ich tun kann, ist doch, dir eine Starthilfe für ein neues Äußeres zu geben.«

Cathy betrachtete sinnierend den Umschlag.

»Und dann lass dir auch gleich noch die Nägel richten, lass dir lange, künstliche aufkleben. Die haben dort eine gute Kraft. Wenn ein Mann etwas gerne sieht an einer Frau, dann sind das lange, gepflegte Fingernägel.«

»Wissen Sie, Mrs. Mitchell, das mit dem Haarschnitt werde ich mir überlegen, aber wenn es Ihnen nichts ausmacht, werde ich das mit den Nägeln lieber lassen. In unserem Job könnten künstliche Fingernägel gefährlich werden – ich könnte sie beim Teigkneten verlieren.« Cathy versuchte locker und entspannt zu bleiben. Das war die einzige Alternative zu dem, was sie eigentlich am liebsten getan hätte: Am liebsten wäre sie aufgestanden, hätte den Tisch umgestoßen und alles, was darauf war, ihrer Schwiegermutter in den Schoß gekippt.

»Wenn du meinst.« Mrs. Mitchell klang enttäuscht. Sie hatte ihr Bestes versucht, hatte sich aber dank Cathys unsäglicher Dummheit leider nicht durchsetzen können.

»Aber ich bin Ihnen wirklich sehr dankbar für Ihre Freundlichkeit, Mrs. Mitchell. Und für diese Einladung.«

Man hatte gerade den Fisch serviert, und Hannah beäugte ihn misstrauisch. »Ist er auch richtig tranchiert?«, fragte sie den Ober.

»Selbstverständlich, Madam. Hin und wieder kann schon mal eine winzige Gräte entschlüpfen, aber Sie werden feststellen, dass ich mir große Mühe gegeben habe.« Cathy zwinkerte dem Kellner zu, als Hannah prüfend auf ihren Teller blickte. Sie kannte ihn gut von den vielen Abenden, die sie hier gearbeitet hatte. Er verzog keine Miene. Brenda Brennan führte ein strenges Regiment im Quentin's, und er wollte nicht dabei erwischt werden, wie er sich über die Gäste lustig machte.

In dem Moment kam James Byrne mit einem älteren Herrn an ihren Tisch.

»Ms. Scarlet, ich störe Sie wirklich nur ungern, aber ich dachte mir, dass Sie vielleicht Mr. Martin Maguire kennenlernen möchten, von dem Sie die Räume für Ihre Geschäftszentrale gekauft haben. Er ist nur für ein paar Stunden in Dublin.«

Cathy sprang auf. »Ich freue mich sehr, Sie kennenzulernen. Möchten Sie vielleicht heute Nachmittag vorbeikommen, um meinen Kompagnon Tom Feather kennenzulernen? Wir würden Ihnen so gerne zeigen, wie gut wir uns bei Ihnen eingerichtet haben. Oh, aber entschuldigen Sie. Darf ich Ihnen Mrs. Mitchell vorstellen, die so freundlich war, mich hierher einzuladen?«

Hannah starrte die beiden Männer mit offenem Mund an. Sie würde sich wohl nie an die Tatsache gewöhnen können, dass die Tochter ihrer Zugehfrau sie mit zwei gut gekleideten Herren bekannt machte, die noch dazu älter als sie selbst waren. Woher nahm sie nur dieses Selbstvertrauen? Mr. Maguire versprach, gegen vier Uhr auf einen Kaffee im Geschäft vorbeizuschauen, und dann verabschiedeten sie sich.

Cathy spürte die Verärgerung der älteren Frau und wechselte das Thema.

»Ich wollte Ihnen noch erzählen, dass meine Schwester Marian heiraten wird. Können Sie sich vielleicht noch von früher an sie erinnern?«

Hannah Mitchell runzelte die Stirn bei der Erwähnung früherer Zeiten. »Nein, deine Mutter hat außer dir keines ihrer Kinder mitgebracht.«

»Oh, Marian war die Umtriebigste von uns allen.«

»Drüben in Chicago. Dorthin sind sie doch alle ausgewandert. Ich erinnere mich, dass deine Mutter das gesagt hat.«

»Es gefällt ihnen sehr gut dort. Ich habe sie mal besucht. Waren Sie schon mal dort?«

Ehe Hannah Gelegenheit hatte, ihre Missbilligung über jede Stadt Ausdruck zu verleihen, in der die Kinder der armen Lizzie auch gelandet sein mögen, wurden sie abermals unterbrochen. Cathy bemerkte mit Entsetzen, dass sich das schreckliche Paar ihrem Tisch näherte, das die albtraumhafte Tauffeier veranstaltet hatte. Wieder stellte sie das Paar Hannah vor, aber dieses Mal meldete sich diese sofort zu Wort.

»Und außerdem bin ich Cathys Schwiegermutter«, fügte sie hinzu. Das war ja fast schon so, als ob sie Cathy das Du angeboten hätte.

»Dann ist also… Tom… äh, Ihr Sohn?«, fragte Molly Riordan verzückt.

»O nein, ganz und gar nicht. Mein Sohn ist Jurist, Rechtsanwalt, um genau zu sein«, erwiderte Hannah.

Schließlich gingen die beiden. Das Paar hatte Hannah seine Visitenkarte hinterlassen und eine beträchtliche Summe für ihre nächste Wohltätigkeitsveranstaltung zugesagt.

»Tut mir leid«, entschuldigte sich Cathy.

»Nein, wieso, ich bin nur etwas erstaunt. Wenn deine arme Mutter dich hier mit all diesen Menschen sehen könnte…«

»Mrs. Mitchell, es ist wirklich mehr als freundlich von Ihnen, mich hierher zum Mittagessen einzuladen und mir diesen teuren Haarschnitt zu schenken. Ich bin dankbar und gerührt, aber dürfte ich Sie um den persönlichen Gefallen bitten, meine Mutter nicht immer als meine arme Mutter zu bezeichnen. Sie ist weit davon entfernt, arm zu sein, sie ist glücklich und zufrieden, sie hat einen Mann und Kinder, die sie lieben.«

»Ja, natürlich … Ich meinte auch nur …«

Cathy erwiderte nichts.

Nach einer Weile sagte Hannah Mitchell: »Ich meinte damit nur, dass sie nicht dein Selbstvertrauen besitzt.«

»Oh, Selbstvertrauen ist nicht alles, Mrs. Mitchell.«

»Es scheint die Leute aber ziemlich weit zu bringen«, entgegnete sie mit verkniffenen Lippen.

Cathy sah, wie Geraldine in Begleitung von Peter Murphy, dem Direktor des Hotels, in dem sie für die Öffentlichkeitsarbeit zuständig war, an einen Tisch geführt wurde. Ihre Blicke trafen sich kurz, und Cathy schüttelte kaum merklich den Kopf. Geraldine verstand die Botschaft und tat so, als würde sie sie nicht kennen. Bei Quentin's von einem dritten Kunden begrüßt zu werden hätte Cathy in eine unerträgliche Lage gebracht. Sie war ihrer Schwiegermutter gegenüber ohnehin schon zu offen gewesen. Jetzt war es besser, ihrem weisen Ratschlag zu lauschen, sie solle sich doch regelmäßig eine Gesichtsbehandlung leisten, damit die Muskeln nicht erschlafften. Cathy hörte also zu und wunderte sich – wie schon so oft zuvor –, wie diese leere, traurige, neidzerfressene Frau und ihr vergnügungssüchtiger Ehemann einen Sohn wie Neil in die Welt gesetzt haben konnten. Neil, der sich in diesem Moment mit all seiner Kraft für einen seiner vielen hoffnungslosen Kandidaten einsetzte. Neil, der nur mit geringem Interesse zur Kenntnis nehmen würde, dass seine Frau sich mit seiner Mutter zum Mittagessen getroffen hatte. Neil, der alles verstand, nur eines nicht – wie unerträglich es war, von dieser Frau so von oben herab behandelt zu werden. Cathy wünschte sich fast, sie würden zu den Tagen offener Feindseligkeiten zurückkehren. Damit kam sie weitaus leichter zurecht.

Peter Murphy und Geraldine O'Connor sahen, wie die beiden Frauen gingen.

»Gott, die Frau kann einem ja richtig leid tun«, meinte er.

»Als Schwiegermutter ist sie ein ziemlich harter Brocken, das kann ich dir sagen«, erwiderte Geraldine.

»Und woher weißt du das?«, fragte er.

»Die junge Frau, die mit ihr zur Tür hinausgeht, ist Cathy Scarlet, meine Nichte. Sie hat das Pech, sich in der Rolle der Schwiegertochter zu befinden.«

»Aber natürlich, das habe ich doch schon mal gewusst. Sie ist mit dem jungen Anwalt verheiratet?«

»Und hat einen sehr guten Catering-Service auf die Beine gestellt, von dem ich dir dauernd erzähle, der aber, wie du mir ständig versicherst, nicht interessant für dich ist.«

»Ist er wirklich nicht, das heißt, nur als Konkurrenzunternehmen natürlich. Aber so sehr kann sie ihre Schwiegermutter auch nicht hassen, wenn sie mit ihr zum Essen geht.«

»Sie hasst sie, glaub es mir.«

»Und wieso hast du sie nicht begrüßt?«

»Cathy gab mir zu verstehen, es lieber zu lassen«, erklärte Geraldine.

»Ich werde die Frauen nie verstehen«, seufzte Peter Murphy, der nichtsdestotrotz zahlreiche Anstrengungen in dieser Richtung unternommen und diverse Affären mit vielen von ihnen gehabt hatte. Einschließlich Geraldine, was schon einige Jahre vorbei war. Und jetzt waren sie sehr gute Freunde.

»Ich wünschte, ich hätte nicht zugestimmt, an diesen Ort zurückzukehren«, sagte Martin Maguire zu James Byrne, als die beiden Männer durch Stephen's Green schlenderten und die Enten mit dem Brot fütterten, das sie von Brenda Brennan beim Abschied im Quentin's bekommen hatten.

»Nein, glauben Sie mir, es ist eine gute Idee. Sie werden die Druckerei so in Erinnerung behalten, wie sie jetzt ist: chromblitzend und völlig verändert«, versicherte James ihm. Schweigend sahen sie zu, wie eine Entenmutter ihre Jungen um die neue Nahrungsquelle herum zusammentrieb.

»Sehen Sie sich das mal an.« Martin Maguire war erstaunt. »Sehen Sie, wie die Enten ihre Eltern lieben und ihnen vertrauen. Bei den Menschen ist das nicht so.«

»Hören Sie auf, sich selbst zu bestrafen. Bitte, Martin, das hat keinen Sinn.«

»Es hat kaum mehr was einen Sinn. Haben Sie ihnen wirklich nichts gesagt?«

»Ich habe doch gesagt, nein.«

»Sie haben sich bestimmt gefragt, weshalb ich es mit dem Verkauf so eilig hatte. Sie müssen doch nachgefragt haben.«

»Es ist Ihre Geschichte, Ihr Leben, Martin. Natürlich habe ich den beiden nichts erzählt«, erklärte James. »Außerdem waren sie so wild darauf, mit ihrem Geschäft beginnen zu können – die wollten gar nichts wissen. Glauben Sie mir.«

»Aber ich kann trotzdem nicht hingehen«, sagte Martin Maguire. »So einfach ist das. Würden Sie ihnen das erklären, James?«

»Selbstverständlich.« James Byrne nickte ernst.

»Stell dir mal vor, sie ist ihre Schwiegertochter, und dabei hört man ihr ihre Gesellschaftsschicht gar nicht an.« Molly Riordan kam aus dem Staunen nicht mehr heraus.

»Ich hätte dir gleich sagen können, dass sie mit diesem Tom, der ein Gesicht wie ein Teenageridol hat, nicht verheiratet ist«, erwiderte Larry gekränkt.

»Mir hat er gefallen«, erklärte sie.

»Das eine kann ich dir sagen, der interessiert sich nicht für eine Anwältin. Der steht mehr auf schärfere Bräute, glaub es mir.«

»Woher willst du denn das wissen?«, fragte Molly.

»So was hat man als Mann im Gefühl«, meinte er, weise nickend.

Molly zuckte die Schultern. »Na, unsere Freunde waren alle der Ansicht, dass er ein toller Typ ist. Wieso ist er dir so unsympathisch?«

Ihr Mann konnte ihr das leider nicht erklären. Es war einfach so.

Brenda Brennan genehmigte sich in der Küche des Quentin's eine Tasse Kaffee, als das Mittagsgeschäft vorüber war.

»Patrick, wir sollten uns was einfallen lassen und Cathy und Tom ein wenig Arbeit vermitteln. Es ist so hart am Anfang.«

»Was würdest du vorschlagen?«, fragte er.

»Du weißt doch, dass wir oft angesprochen werden, Beerdigungen auszurichten … Meistens kommen wir nicht dazu und schicken nur Lachs in Blätterteig.«

»Du hast recht, das nächste Mal empfehlen wir Scarlet Feather. Sie sollen uns ihre Karte geben.«

»Die haben wir schon«, antwortete Brenda.

Tom und Cathy hatten pünktlich um vier Uhr Kaffee und Gebäck vorbereitet.

»Was hast du eigentlich bei Quentin's gemacht?«, wollte Tom wissen.

»Ich habe alle Sünden meines Lebens abgebüßt«, erklärte sie.

»Was hast du gegessen?«

»Keine Ahnung. Ich war mit Hannah dort.«

»Ist dort jetzt alles blutbesudelt?«

»Nein, sie wollte mir nur die Haare abschneiden«, erwiderte Cathy.

Tom hatte zunehmend Schwierigkeiten, ihrer Geschichte noch zu folgen. »Aber sie hat es nicht getan, oder?«, fragte er schließlich.

»Sie hat, beinah.« Cathy klopfte auf ihre Handtasche. »Sie hat mir einen Gutschein gegeben. Ich werde in der nächsten

Zeit also irgendwann mal in Marcellas Reich auftauchen. Tom, brauche ich wirklich einen neuen Haarschnitt?«

»Keine Ahnung. Willst du denn einen?«

»Nein, eigentlich nicht.«

»Dann lass es sein.« So simpel war das. Für Männer war das einfach. Es war für jeden einfach, der nicht Hannah Mitchells Geld angenommen hatte.

In diesem Moment hörten sie, wie James und Martin Maguire eintrafen.

»Und denk daran, wir dürfen nicht zu dankbar erscheinen, sonst will er es am Ende wieder zurückhaben«, ermahnte Cathy Tom nervös.

»Es ist doch alles unterschrieben und beurkundet, Cath. Es ist doch nur ein Höflichkeitsbesuch«, flüsterte Tom und öffnete die Tür. James Byrne war allein.

»Es tut mir sehr leid. Er hat es sich doch anders überlegt. Aber ich soll mich für ihn entschuldigen.«

Die Enttäuschung war groß. »Wieso hat er seine Absicht geändert?«, fragte Cathy, wusste aber noch in dem Moment, dass James Byrne ihr den wahren Grund nicht sagen würde. »Ich soll Ihnen nur ausrichten, dass es ihm leid tut.« Er sah selbst traurig aus.

»Nun, vielleicht war es noch zu früh für ihn, möglicherweise kommt er ein andermal«, meinte Cathy.

»Das ist durchaus möglich. Er hofft, Ihnen keine Unannehmlichkeiten bereitet zu haben«, fügte James Byrne noch entschuldigend hinzu, als er ging.

»Wir werden das Geheimnis wahrscheinlich nie erfahren«, seufzte Cathy. »Die Geheimnisse, die wir vor ihm haben, wird er auch nie erfahren«, feixte Tom.

»Wir haben keine Geheimnisse«, lachte sie. »Das heißt, ich schon. Ich werde den Gutschein für den Haarschnitt June schenken.« Fröhlich wedelte sie damit herum.

»Wie viel ist er wert?«, fragte Tom. Als sie ihm die Summe

nannte, tat er, als hätte ihn den Schlag getroffen. »Geben die Leute wirklich so viel Geld für ihre Haare aus?«, wollte er wissen.

»Offensichtlich.« Cathy lachte herzlich.

»Marian hat sich noch mal wegen des Hochzeitsempfangs gemeldet«, erzählte Cathy ihrer Mutter.

»Die haben komische Vorstellungen da drüben«, meinte Lizzie.

»Nein, das ist doch alles ganz einfach. Es gibt nichts, was wir ihnen nicht besorgen können: Ave Maria und Panis Angelicus.« Cathy sprach betont beiläufig.

»Erstaunlich, dass du dich überhaupt noch erinnern kannst, wie die Kirchenlieder heißen. Ist doch schon ziemlich lange her, dass du dich in einer Kirche hast blicken lassen.«

»Hör auf damit, Mam. Ich erzähle schließlich jedem, wie tolerant du bist...«

»Wie tolerant ich sein muss«, seufzte Lizzie.

»Sie wollen einen Jungen und ein Mädchen, die Blumen streuen, Mam. Das dürfte ein kleines Problem werden.«

»Na, dann haben sie eben keine«, erwiderte Cathys Mutter. »Marian wird kapieren müssen, dass hier nicht alles so piekfein wie in Chicago ist. Wir haben keine Kinder in dem Alter in der Familie.«

»Doch, wir haben Simon und Maud«, sagte Cathy nachdenklich.

»O nein, das kommt nicht infrage«, wiegelte ihre Mutter sofort ab.

»Wieso nicht?«, wollte Cathy wissen. »Wenn sie noch hier sind, und es sieht aus, als ob sie noch hier wären, dann wäre das doch nett für sie, oder? Marian hätte sie bestimmt gern.«

»Cathy, hör auf, ihnen solche Flausen in den Kopf zu setzen. Du weißt, dass sie damit nie einverstanden wäre, nie im Leben.«

»Aber sie hat nichts damit zu tun, Mam. Das sollten wir lieber mit Simon und Maud besprechen. Ihnen hat Riverdance doch gut gefallen«, sagte sie.

»Riverdance hat allen gut gefallen, aber Steppen werden sie deswegen bestimmt nicht lernen. Sie wird nichts davon wissen wollen.«

»Mam, sie spielt keine Rolle. Fragen wir doch die Kinder.«

»Sie sind nicht hier«, wiegelte Lizzie erneut ab.

»Natürlich sind sie hier, Mam, sie sind doch immer hier, lauschen an der Tür, spionieren herum und plündern den Kühlschrank. Die machen doch sonst nichts den lieben, langen Tag, oder?«

»Das ist nicht fair, Cathy. Du hörst dich an, als würdest du sie hassen, diese beiden armen Kinder, die kein richtiges Zuhause haben.«

»Nein, ich hasse sie nicht. In der letzten Zeit habe ich sie sogar ein kleines bisschen lieb gewonnen. Aber sie plündern trotzdem den Kühlschrank. Wenn auch nur aus dem Grund, weil sie Angst haben, zu kurz zu kommen. Und sie lauschen an Türen. Nicht wahr, Maud?«

»Ich kam zufälligerweise gerade vorbei«, beteuerte die arme Maud, und Simon verdrehte die Augen.

»Tom, ich bin es, June. Kann ich dich was fragen?«

»Alles, solange du nicht den nächsten Job absagen willst.«

»Nein ... Es ist nur ... ist Cathy eigentlich noch ganz richtig im Kopf? Sie hat mir einen Gutschein geschenkt, das ist der reine Wahnsinn ...«

»Nimm ihn, lös ihn ein, schmeiß das Geld zum Fenster hinaus.«

»Aber wird es ihr nicht leid tun?«

»Nein, der war von Neils Mutter. Sie mag die Dame nicht besonders, also lass dir eine tolle Frisur machen, Junie-Baby.«

»Ich stelle mir Folgendes vor: sehr helle, knallrote Strähnen, so ein paar Highlights, du weißt schon. Aber die müssen gut gemacht sein, sonst sehen sie ordinär aus.«

»Mach, was immer dir gefällt, June«, sagte Tom und legte auf. Seine Geduld, was Gespräche über Frisuren betraf, war nicht unerschöpflich.

»Ich werde doch nicht bei irgendeiner Hochzeit als Page auftreten«, protestierte Simon.

»Ich wäre gern mal Blumenmädchen. Ich glaube nämlich nicht, dass uns sonst jemand die Gelegenheit gibt, so was mitzumachen«, sagte Maud bedauernd.

»Andererseits lernen natürlich viele an der Schule irischen Tanz«, überlegte Simon. »Das wäre eine Möglichkeit, umsonst Unterricht zu bekommen.«

»Wie meinst du das – umsonst?«, fragte Maud.

»Na ja, Vater und Mutter sind ja nicht mehr da, um uns was zu bezahlen«, erklärte Simon traurig.

»Aber Muttie hat doch auch kein Geld, um Tanzstunden zu bezahlen«, warf Maud ein.

»Woher willst du das wissen?«

»Weil er Löcher in den Schuhen hat. Und er hat kein Auto, kein Scheckbuch oder sonst was in die Richtung«, erklärte Maud.

»Dann wird's also nichts mit Tanzstunden.«

»Würdest du denn gerne so was machen, Simon?«

»Ich könnte es mir schon vorstellen«, erwiderte er. »Aber warten wir doch einfach ab. Warten wir, bis sie von sich aus wieder mit dem Thema anfangen.«

»Schade, dass sie wissen, dass wir uns heimlich was zu essen genommen haben«, stellte Maud fest.

»Von jetzt an nehmen wir Muttie und Lizzie nichts mehr weg, nur noch von Neil und Cathy. Wir tun das ja nur, weil wir Angst haben, zu kurz zu kommen«, sagte Simon.

»Ich weiß, und Cathy hat auch gesagt, dass sie uns jetzt lieber mag.« Maud gab die Hoffnung nie auf.

»Aber nur ein kleines bisschen.« Simon achtete schon eher auf die Zwischentöne.

»Und was soll das hier sein, meine Herrschaften, wenn ich fragen darf?«, wollte Muttie wissen, als er den riesigen Klumpen Teig auf dem Küchentisch sah.

»Das ist Beef Wellington«, erklärte Simon.

»Das mag schon sein, aber woher kommt das?«, fragte Muttie.

»Ich glaube, Cathy hat es für uns bei den Leuten mitgehen lassen, für die sie mit ihrem Kellnerservice gearbeitet hat«, erklärte Simon gut gelaunt.

»Steh auf, Simon, und verlasse auf der Stelle das Zimmer«, herrschte Muttie ihn an.

»Was habe ich denn Falsches gesagt, Muttie? Du hast mich gefragt, und ich habe dir eine Antwort gegeben.«

»Das ist nicht die Wahrheit. Meine Cathy hat noch nie in ihrem Leben etwas mitgehen lassen. Die Einzigen, die in diesem Haus jemals etwas haben mitgehen lassen, seid ihr zwei, die Nichte und der Neffe der berühmten Mrs. Mitchell, der Lizzie ihr ganzes Leben lang hinterhergeräumt hat. Das sind die einzigen beiden Diebe, die wir hier je hatten.«

»Bitte, Muttie, es waren doch nur vier Würstchen und ein paar kleine Packungen mit Cornflakes, nur für den Fall«, flehte Simon.

»Für welchen Fall?«

»Falls es nichts mehr geben würde«, erklärte Simon mit aschfahlem Gesicht, während Maud die Tränen über die Wangen liefen.

»Ich war heute Mittag mit Cathy zum Essen verabredet«, sagte Hannah zu Jock.

»Das war aber nett von dir, Schatz.«

»Es war sogar netter, als ich erwartet hatte.«

»Wie schön für dich.«

»Sie kannte wirklich absolut jeden bei Quentin's. Ist das nicht erstaunlich, wenn man an die arme Lizzie denkt?«

»Aber das war doch eine völlig andere Zeit, Schatz.«

»Scheint tatsächlich so«, erwiderte sie.

»Und was hat sie zu Neils Plänen gesagt?«

»Pläne? Welche Pläne?«

»Oh, nichts, nichts, das war etwas anderes. Du weißt doch, wie weit weg ich oft mit meinen Gedanken bin.«

»Ja, da hast du recht«, sagte Hannah traurig.

»Entweder ja oder nein: Wollt ihr Tanzunterricht? Wollt ihr bei Marians Hochzeit dabei sein? Ihr müsst euch jetzt entscheiden«, forderte Cathy.

»Das ist ein bisschen kompliziert«, meinte Simon.

»Nein, ist es nicht, es ist sehr einfach... Es kostet eine bestimmte Anzahl von Pfund, um euch drei Tänze beizubringen. Wenn richtige Tänzer auftreten, kostet es doppelt so viel. Aber wir dachten, dass ihr euch selber entscheiden solltet.«

»Wieso?«

»Weil ihr zur Familie gehört«, sagte Cathy.

»Aber doch nicht richtig.«

»Wie oft muss ich euch eigentlich noch sagen, dass ihr zwei in dem Haus wohnt, in dem Marian geboren wurde, und dass ihr der Neffe und die Nichte meines Mannes seid? Sagt jetzt ja oder nein, und wir werden echte Tänzer engagieren.«

»Aber wir kommen doch auch so zur Hochzeit, als Gäste«, wandte Maud ein.

»Das möchte ich bezweifeln«, erwiderte Cathy.

»Aber du hast doch gesagt, wir gehören zur Familie«, jammerte Simon.

»So richtig nun auch wieder nicht, wenn ich es mir recht überlege.«

»Wieso bist du so schrecklich zu uns, Cathy?«, fragte Simon.

»Weil ihr so schrecklich seid. Ihr habt meinem Dad erzählt, ich hätte dieses Beef Wellington mitgehen lassen, was ich nicht getan habe. Ich habe es extra für ihn gemacht, als Dank dafür, dass er auf euch aufpasst. Und weil ihr Neils Leben zur Hölle macht, sodass er nicht mehr arbeiten kann, und weil ihr keine Manieren habt und ich wünschte, eure Mutter und euer Vater kämen und würden euch schnurstracks wieder nach The Beeches zurückverfrachten. War das jetzt eine klare Antwort?«

In dem Augenblick kam Cathys Mutter herein. »Es wäre uns allen bestimmt lieber, wenn Mr. und Mrs. Mitchell wieder auf The Beeches wohnen und ihr eigenes Leben führen könnten, aber bis dahin sind Simon und Maud in diesem Haus jederzeit willkommen«, sagte sie und sah ihrer Tochter herausfordernd ins Gesicht. »Und ich hoffe, dass das hier auch jeder weiß.«

»Tut mir leid, Mam«, entschuldigte Cathy sich später.

»Das sollte es dir auch. Deine Laune an unschuldigen Kindern auszulassen.«

»Lizzie?« Simon klopfte an der Küchentür. Eine eindeutige Verbesserung, denn bis jetzt waren sie einfach überall hineingestürmt. »Lizzie, wir würden wirklich gerne tanzen, bitte«, bat er.

»Das ist alles nicht so einfach, Kind. Sie hat vielleicht etwas dagegen.«

»Sie kennt uns doch noch gar nicht«, klagte Simon. »Sie kann uns doch nicht auch schon hassen.«

»Sie kann doch nichts gegen uns haben, ohne uns zu kennen«, protestierte Maud.

»Nein, die Rede ist nicht von Marian. Mam spricht von eurer Tante Hannah, nicht wahr, Mam?«

»Schon, Cathy, ja. Aber doch nicht hier, nicht vor ihnen, kannst du nicht warten, bis ...?«

»Ist schon in Ordnung« versicherte Simon ihr. »Wir wissen alles über Tante Hannah, wir wissen, dass Cathy sie hasst.«

»Ich hasse sie ja gar nicht mehr«, widersprach Cathy. »Ich mag sie sogar irgendwie. Ich war heute übrigens mit ihr beim Mittagessen.«

»Das warst du nicht.«

»Doch, tatsächlich. Wir waren bei Quentin's.«

»Aber warum?«

»Was weiß ich? Aber es hatte irgendetwas damit zu tun, dass ich mir die Haare schneiden lassen soll.«

»Ich wünschte, du wärst einen Moment ernst.« Cathys Mutter winkte sie in die Küche hinaus, um außer Hörweite der Zwillinge zu sein.

»Hat sie irgendetwas wegen den Kindern gesagt?«, flüsterte sie.

»Sie hat sie nicht einmal erwähnt«, sagte Cathy deutlich, die genau wusste, dass Simon und Maud auf Zehenspitzen zur Tür geschlichen waren, um zu lauschen.

»Aber weil wir gerade bei Marian sind«, fuhr Cathy fort. »Ich bin froh, dass sie sich die Kinder als Tänzer wünscht. Sie will ihre Hochzeit ja wirklich mit allem Drum und Dran feiern. Mit Feuerwerk, Jongleuren, Löwen und Tigern.«

Die Gesichter der Kinder leuchteten auf. »Tiger bei einer Hochzeit! Ist das nicht der reine Wahnsinn«, strahlte Simon. In dem Moment fiel Cathy wieder ihr Entschluss ein, in Gegenwart der Kinder nie ironisch zu sein – zu spät.

»Ich habe heute mit deiner Mutter zu Mittag gegessen«, erzählte Cathy an diesem Abend, als sie nach Waterview zurückkam.

»Oh, wie schön.« Neil blickte kaum von seinen Unterlagen auf.

»Bist du nicht überrascht?«

Er las gerade einen langen Abschnitt, aber ihr Tonfall ließ ihn nun doch aufschauen. Sicherheitshalber schob er seinen

Finger zwischen die Seiten, um die Stelle später wiederzufinden. »Was meinst du damit?«, fragte er.

»So etwas kommt schließlich nicht alle Tage vor. Ich dachte, dass du vielleicht wissen möchtest, warum.«

»Gut, warum?«

»Keine Ahnung«, erwiderte Cathy achselzuckend.

»Jetzt hör mal zu, Cathy. Du hast mir gesagt, du müsstest dir heute Abend die Speisenfolge für eine Silberhochzeit überlegen und ein spanisches Büfett zusammenstellen, also habe ich mir diese Arbeit mit nach Hause genommen ...«

»Was für eine Arbeit? Etwa über Afrika?«

»Nein, natürlich nicht. Ich sagte dir doch, dass die Entscheidung über diesen Job auf Eis gelegt ist, bis wir Zeit haben, uns ernsthaft darüber zu unterhalten.«

»Und?«

»Du hast gesagt, du würdest arbeiten, und ich habe hier noch zwei Sachen zu erledigen. Ich habe zugesagt, dieses Papier über einen Autor zusammenzustellen.«

»Tut mir leid.«

»Nein, jetzt sei doch nicht so.«

»Es tut mir wirklich leid, ich hatte gesagt, ich würde ...«

Sie meinte es ernst, sie war ihm nicht böse. Sie besprachen normalerweise immer im Voraus ihre Pläne für den Abend. Er hatte jedes Recht, genervt zu sein. Trotzdem, was sie ihm eben erzählt hatte, fiel völlig aus dem Rahmen des Üblichen, aber er zeigte nicht das geringste Interesse. Seine eigene Mutter, die sie jahrelang abgelehnt hatte, hatte sie zu Quentin's eingeladen. Neil hatte das überhaupt nicht registriert.

»Nein, mir tut es leid, dass ich ein bisschen kurz angebunden zu dir war ... Es ist nicht nur der unglückliche nigerianische Autor. Es kommt noch eine weitere, verflixt komplizierte Sache hinzu, wegen der wir morgen vor Gericht stehen. Ich vertrete einen Mieter, der sich den Rücken auf einer kaputten Treppe gebrochen hat. Unser Gegner ist der Hausbesitzer mit einem hochkarätigen Team, das bestätigen wird, dass alles ordnungsgemäß repariert war. Das Problem ist nur, dass der Typ, den ich vertrete, aussieht wie ein Gangster und auch so redet, während der Hausbesitzer zurückhaltend, mit wohlgesetzten Worten und überlegt spricht, folglich sieht es schlecht aus für meinen Mandanten. Ich muss jetzt nachschlagen und mir alle diesbezüglichen Urteile heraussuchen…«

Cathy hielt bremsend die Hände in die Höhe. Ihre Zerknirschung war echt. »Ich muss ohnehin gleich wieder weg. Ich bin nur kurz gekommen, um die Einkäufe abzustellen. Ich komme in ein paar Stunden wieder, und dann essen wir zu Abend.«

»Aber du musst nicht weg, Schatz«, protestierte er.

»Ich gehe trotzdem«, erwiderte sie und war schon fort.

Cathy hatte eigentlich nicht die Absicht gehabt, auszugehen; sie hatte ein ausgedehntes Bad nehmen und sich dann hinsetzen wollen, um in aller Ruhe ihre Unterlagen und Kochbücher durchzusehen und sich ein paar Menüs auszudenken. Sie hatte sogar überlegt, als Übung für das spanische Büfett mal wieder eine Paella auszuprobieren, aber sie wusste, dass dafür heute nicht die richtige Zeit war. Neil würde denken, dass sie die Zeit totschlug, bis er fertig war. Da war es besser, so zu tun, als wäre sie beschäftigt, und auszugehen. Aber wohin?

Zu Tom konnte sie nicht. Er und Marcella wollten heute Abend ins Theater, eine Möglichkeit für Marcella, fotografiert zu werden, da es eine Premiere war. Cathy fuhr zu den Glenstar Apartments und rief noch vom Lieferwagen aus Geraldines Nummer an. Es meldete sich nur der Anrufbeantworter. Dumm von ihr, den ganzen Weg zurückzulegen, ohne vorher angerufen zu haben, dachte Cathy. Aber dann blickte sie zufällig hoch zur Wohnung ihrer Tante und sah, dass die Vorhänge sich bewegten. Es waren zwei Gestalten zu erkennen. Geraldine hatte also einen Gast. Einen Mann. Sie wollte gerade aus der Parkbucht herausfahren, als sie jemanden winkend auf sich zukommen sah. Es war Shona Burke.

»Mir ist dein Lieferwagen aufgefallen … Na ja, der ist ja auch nicht zu übersehen, oder?« Shona lachte. »Möchtest du auf einen Kaffee mit reinkommen?«

Cathy sah sich in der Wohnung um, während Shona die Kaffeemaschine herausholte. Sie ähnelte vom Schnitt her ein wenig der ihrer Tante, nur dass sie nicht annähernd so groß und völlig anders eingerichtet war. Überall waren bunte Teppiche und bestickte Kissen zu sehen. An den Wänden hing kein einziges Familienfoto, und die beiden Regale waren voller Bücher über Managementthemen, in einer Ecke stand eine kompakte kleine Stereoanlage, aber kein Fernseher. Cathy fragte sich, welche Leute Shona hierher einlud und wie sie sich die Miete oder die Hypothek leisten konnte. Diese Wohnungen waren nicht billig. Natürlich hatte Shona einen guten Job bei Hayward's. Trotzdem. Vielleicht kam sie ja aus einer reichen Familie. Shona Burke würde ihr das wohl nie erzählen; sie schaffte es immer sehr geschickt, im Gespräch von sich abzulenken.

»Mir scheint, du bist mit deinen Gedanken ganz woanders«, sagte Shona, als sie zu ihr zurückkam.

»Ich dachte gerade an Maud und Simon«, log Cathy.

»Wer sind die beiden?«

»Neils Neffe und seine Nichte. Wie es aussieht, haben meine Mutter und ich die beiden adoptiert.« Sie stieß ein grimmiges Lachen aus und erklärte die Situation. Zu ihrer Überraschung fand Shona nichts daran spaßig oder gar rührend. Auch ging sie nicht mit einem Achselzucken über die Hoffnungslosigkeit der Situation hinweg und redete die Kinder schön, wie andere das taten. Stattdessen hörte sie einfach mit unbewegter Miene zu.

»So, das wär's«, meinte Cathy, als sie zum Ende kam. »Neil und sein Vater haben finanziell etwas in die Wege geleitet, ich weiß nicht genau, was, aber damit können sie in einem Fonds angelegte Gelder abheben, wovon ein Teil an meine Mam und an meinen Dad geht und wahrscheinlich auch an uns, falls wir es brauchen.«

»Und was ist mit der zuständigen Sozialarbeiterin?«

»Die ist mehr als glücklich über das Arrangement. Sie weiß, dass die Kinder gut aufgehoben sind. Bei der Mutter ist keine Besserung in Sicht, und der Vater macht auch keine Anstalten, wieder zurückzukommen. Wir halten also die Stellung.«

»Das ist den Kindern gegenüber schrecklich unfair«, sagte Shona.

»Das Leben ist unfair, Shona. Natürlich wäre es mir lieber, sie hätten eine liebende Mutter und einen netten Vater, die sie genau kennen, ihnen Gute-Nacht-Geschichten vorlesen und für sie sorgen, aber sie haben sie nun mal nicht, und deswegen müssen wir einspringen.«

»Und dann, wenn sie zu ihrer hoffnungslosen Mummy und dem ebenso hoffnungslosen Daddy zurücksollen, was dann?«

»Ich wünschte, ich wüsste es. Aber wenn ich Tom Feather wäre, würde ich sagen: Wunder geschehen. Er glaubt nämlich tatsächlich daran«, erwiderte Cathy wehmütig.

Cathy fuhr nach Hause mit einem Gefühl der Niedergeschlagenheit, das sie nicht abschütteln konnte. Sie hatte keine Ahnung, woher es kam. Sie war nicht sauer auf Neil, weil er so kurz angebunden gewesen war; er hatte völlig recht gehabt, sie hatte gesagt, dass sie arbeiten würde. Und die beißende Kritik ihrer Schwiegermutter hatte schon lange nicht mehr die Macht, ihr unter die Haut zu gehen, das war es auch nicht. Die gottergebene Demut ihrer eigenen Mutter war etwas, das Cathy ihr Leben lang kannte, also auch nichts Neues für sie. Und dass Simon und Maud irgendwann einmal in die Obhut der staatlichen Fürsorge kämen, das war auch keine Überraschung, das hatten sie von vornherein gewusst. Die Geschäfte von Scarlet Feather liefen gut im

Augenblick, sie hatten viele Aufträge. Am Ende des Monats würden die Zahlen in den Büchern gut genug aussehen, um auch James Byrne zu beruhigen. Was immer dieses Gefühl auch war, es wollte einfach nicht verschwinden.

Als Cathy auf ihrem Rückweg nach Waterview darauf wartete, dass die rote Ampel umschaltete, fielen ihr zwei mehr als abgerissen aussehende Gestalten auf, die eindringlich an ihre Fensterscheibe klopften. Ein Mann und eine Frau um die dreißig, mit leeren Augen. Ihre erste, instinktive Reaktion war, sich zu vergewissern, dass ihre Tür verschlossen war. Die beiden sahen grob und aggressiv aus. Neil Mitchell wäre wahrscheinlich an die Seite gefahren und hätte sich mitleidig erkundigt, was passiert sei. Tom Feather hätte ihnen eine warme Mahlzeit spendiert und sie davon überzeugt, dass bessere Zeiten nicht mehr lange auf sich warten ließen. Cathy schämte sich, dass sie sich nichts anderes wünschte, als dass es endlich Grün würde und sie sich nicht mehr länger mit ihren gequälten, verwirrten Gesichtern auseinandersetzen musste. Sie konnte sie rufen hören: »Sie führen ein gutes Leben, Sie haben alles, was Sie wollen. Bitte, bitte.« Die Ampel schien für immer auf Rot stehen bleiben zu wollen. Cathy redete sich ein, dass die sozialen Einrichtungen heutzutage bestens für solche Leute sorgten, dass sie nicht auf den Straßen betteln müssten. Es gab Obdachlosenzentren und Rettungsteams auf den Straßen. Das waren bestimmt Alkoholiker oder Drogensüchtige. Sie musste einfach nur weiterhin geradeaus schauen, als ob sie sie nicht sähe; wenn sie ein Fenster öffnete, könnte das gefährlich werden. »Bitte«, hörte sie die Frau schluchzen, »Sie haben doch alles. Einen tollen Wagen mit einem Bild drauf, ein Heim, wo Sie hingehen können. Geben Sie uns doch was.« Es war der tolle Wagen mit dem Bild drauf, der ihr Herz erweichte. Cathy deutete nach links und fuhr an den Straßenrand. Aus ihrer Tasche nahm sie eine Zehn-Pfund-Note, öffnete das Fenster einen Spalt und reichte sie hinaus. Ungläubig starrten die beiden sie an. Es war fünfmal so viel, wie sie erhofft hatten. Aus der Nähe sah die Frau jünger aus, vielleicht war sie sogar jünger als Cathy. Ihr Haar war verfilzt und ihr Gesicht dreckverschmiert.

»Sie verdienen es wirklich, glücklich zu sein, Missis«, sagte sie dankbar.

»Bestimmt nicht«, erwiderte Cathy und dachte grimmig: Kein Mensch verdient es, Glück zu haben, es ist einfach da oder nicht. Und das ist sehr ungerecht. Die Ampel schaltete um, und sie fuhr weiter. Alles war Zufall, alles, wenn man aufhörte, darüber nachzudenken. Wieso stand diese Frau im Regen und bettelte an der Kreuzung? Wieso fuhr sie, Cathy, in einem teuren Lieferwagen mit einem Bild drauf nach Hause in ein teures Viertel wie Waterview? Wieso würden Simon und Maud bei Fremden aufwachsen müssen? Nichts von alledem ergab einen Sinn. Als sie ins Haus kam, stolperte Cathy fast über einen gefalteten Zettel. Ihr Herz wurde schwer. Er konnte doch nicht schon wieder zu einem Mandanten gerufen worden sein. Hier ging es schließlich um die Durchsetzung eines Schadensersatzes für einen Arbeiter, nicht um einen politischen Gefangenen. Sie faltete den Zettel auseinander und las: »'tschuldige, Cathy – bin gegen elf zurück, warte nicht auf mich.« Sie wartete nicht.

Tom war der Ansicht, dass es bei dem Empfang der Immobilienmakler hauptsächlich auf die entsprechende spanische Atmosphäre ankäme. Das sei ja alles schön und gut, meinte Cathy, aber sie müssten auch unbedingt mit einer großen Auswahl an Tapas brillieren, gefolgt von einer überwältigenden Paella mit allen Zutaten, die hineingehörten. Tom war ständig unterwegs und auf der Suche nach Sombreros, Kastagnetten, einem Gitarristen und einem Flamencotänzer, sodass er nie Zeit zu haben schien, das Essen mit ihr zu besprechen. Cathy überlegte sich also allein, dass sie zwei Paellas machen sollten – eine mit Schellfisch und eine weniger authentische ohne Fisch. Sie wusste, wie gut es bei den Immobilienmaklern angekommen wäre, wenn Marcella Malone bedient hätte, aber sie verbat sich jeden Gedanken daran, Tom daraufhin anzusprechen. Stattdessen gab sie June die Anweisung, sich ein spanisches Kostüm auszuleihen und immer wieder mal bei passender Gelegenheit ein feuriges »Arriba« einzuwerfen. Cathy wollte außerdem jeden Teller mit Tapas mit einem kleinen Fähnchen versehen, auf dem die spanische Bezeichnung des Gerichts stand. Tom versuchte mit Engelszungen, sie davon zu überzeugen, dass die Leute wirklich nichts anderes wollten, als sich wie in Spanien zu fühlen – mit Sangria, Rioja und rasselnden Kastagnetten. Schließlich war die ganze Veranstaltung dafür gedacht, vor potenziellen Käufern und der Presse gut dazustehen. Aber Cathy bestand darauf, dass alles authentisch war, schließlich kämen bestimmt ein paar Leute, die etwas davon verstanden.

»Würde es uns bildungsmäßig etwas bringen, dort hinzugehen?«, wollte Simon am Abend zuvor wissen.

»Nein«, erwiderte Cathy energisch und blickte in zwei enttäuschte Gesichter. »Vielen Dank für eure Anregung, aber es wäre nur langweilig und deprimierend für euch. Habe ich euch je angelogen?«

Sie ließen sich Zeit für ihre Antwort. »Nein«, sagten sie schließlich beide im Chor. »Meinst du, dass was übrig bleibt?«

»Für St. Jarlath's wird es morgen nichts geben, Maud. Deine Tante Hannah kommt morgen nach Waterview, um mit Neil und mir zu Abend zu essen.«

»Wirst du sie vergiften?«, erkundigte Simon sich.

»Selbstverständlich nicht. Ich werde ihr und eurem Onkel Jock spanische Köstlichkeiten vorsetzen und außerdem versuchen, mein Haar nach etwas aussehen zu lassen.«

»Wieso soll sie sich für deine Haare interessieren?«, fragte Maud.

»Glaub mir, Maud, ich weiß es nicht, aber sie interessiert

sich eben dafür. Und manchmal ist es besser, den Leuten einen Gefallen zu tun, wenn sie etwas wollen und es nicht schwierig ist, ihnen diesen Wunsch zu erfüllen. Man spart sich damit langfristig viel Ärger.«

»Wo hast du das gelernt… In der Schule?« Maud wollte alles genau wissen.

»Nein, meine Tante Geraldine hat mich das vor vielen Jahren gelehrt. Das war ein sehr nützlicher Rat.«

Die Immobilienmakler waren hellauf begeistert von dem Empfang. Keiner erwähnte das Essen, alle redeten nur von der tollen Atmosphäre.

»Und wieder hattest du recht, Tom«, musste Cathy bewundernd zugeben. Er verstand wirklich, worauf es ankam. Er hatte von Anfang an begriffen, dass sie die Atmosphäre des Landes und nicht die Köstlichkeiten der spanischen Küche verkauften. Viele dieser Leute würden nie so weit gehen und tatsächlich mal original spanisches Essen probieren, wenn sie dort unten ihre Villen kauften.

»Aber dass das Essen gut war, war wichtig, sonst hätten wir sicher ganz schön was zu hören bekommen«, versicherte er ihr, als sie die Reste zusammenpackten. Einiges davon ging nach Fatima, wo sich Toms Vater, der mittlerweile das Krankenhaus verlassen hatte, auf dem Wege der Besserung befand. Joe, der sich immer noch in Fernost aufhielt, hatte einen riesigen Korb mit Obst und Früchten schicken lassen. Tom sagte zwar nicht viel, aber Cathy wusste, wie sehr ihn das freute. Cathy packte zwei verschiedene Kartons, einen kleineren für die Zwillinge, die sich bestimmt trotz ihrer Absage Hoffnungen machten, und einen größeren für den Besuch der Mitchells in Waterview. So hatte sie schon fast alles für den Abend vorbereitet. Hoffentlich kam Neil nicht wieder zu spät. Und hoffentlich kannte Jock keinen der Immobilienmakler, der ihm vielleicht von dem spanischen Empfang erzählt hatte. Und hoffentlich würde Hannah Mitchell sich nicht aufregen, weil sie ihren Gutschein nicht eingelöst hatte.

Die Mitchells waren pünktlich, was man von Neil nicht behaupten konnte. Cathy hatte als Appetitanreger kleine Schalen mit schwarzen Oliven bereitgestellt.

»Dachte mir schon, dass wir so was zu essen bekommen.« Jock Mitchell brach in sein gutmütig-derbes Lachen aus.

»Mir sind ein paar Freunde vom Golfclub über den Weg gelaufen, und wir haben zusammen was getrunken. Dabei haben sie mir von deinem feinen spanischen Büfett vorgeschwärmt. Auf dem Weg hierher habe ich noch zu Hannah gesagt, ich möchte wetten, dass du uns heute sicher spanisch kommen wirst.«

Cathy machte ein ernstes Gesicht. »Na, dann hoffe ich, dass Sie nicht wirklich um Geld gewettet haben, Mr. Mitchell, sonst hätten Sie nämlich verloren«, sagte sie triumphierend. »Es gibt nur noch diese dicken schwarzen Oliven. Die habe ich extra für Sie aufgehoben.«

Er schien enttäuscht. Hannah hängte ihren Mantel auf und sah sich missbilligend im Haus um – wie immer. Sie hatte Cathy noch gar nicht richtig wahrgenommen, seit sie gekommen war.

»Oh, Cathy, meine Liebe. Du hattest offensichtlich noch keine Zeit für dein Haar«, meinte sie, eher besorgt als verärgert.

Cathy hätte sich am liebsten einen Regenmantel übergeworfen und wäre davongelaufen, ganz egal, wohin, nur weg von diesen Leuten.

»Tja, Mrs. Mitchell, nein, aber ich habe oft daran gedacht«, erwiderte sie.

In dem Moment kam Neil nach Hause. »He, das riecht ja köstlich«, rief er. Cathy legte einen Finger an die Lippen und sagte mit unnatürlich hoher Stimme: »Neil, wie schön, dass du schon da bist. Ich muss nur noch fünf Minuten was erledigen und mit dem Taxi etwas wegschicken. Deine Eltern sind schon da, könntest du dich einen Augenblick um sie kümmern?«

»Natürlich«, antwortete er gutmütig.

Aber bevor er ins Wohnzimmer gehen konnte, flüsterte sie ihm noch rasch ins Ohr: »Wir essen heute nicht spanisch, ich wiederhole, nicht spanisch.«

»Natürlich nicht«, entgegnete er achselzuckend.

Cathy rief ihren Taxistand an und schrieb einen kleinen Brief an Brenda Brennan im Quentin's:

»Hier ist der Notstand ausgebrochen. Kannst du diesem Taxifahrer bitte vier Portionen von irgendetwas Essbarem mitgeben, das ich meiner geliebten Schwiegermutter vorsetzen kann. Einzige Bedingung, nichts Spanisches. Ich zahle dir jeden Preis oder arbeite es in deiner Küche ab. Alles Liebe von deiner verzweifelten Cathy.«

Dann kehrte sie ins Zimmer zurück und plauderte über alle möglichen Belanglosigkeiten, bis eine Dreiviertelstunde später das Taxi mit einer köstlichen Fleisch-und-Nieren-Pastete, einer Schüssel Salat, Kartoffelbrei und Knoblauchbrot wieder zurückkam. Sie schaffte es, alles ins Haus zu bringen, ohne dass irgendjemand etwas bemerkte, und rief ihre Gäste fröhlich zu Tisch.

»Das schmeckt ja wunderbar«, lobte Hannah, und Cathy lächelte versonnen.

»Ich wusste doch, dass es kein aufgewärmtes spanisches Essen geben würde«, fuhr Hannah fort. »Jock kommt manchmal wirklich auf abwegige Gedanken.«

»Tut mir leid«, entschuldigte sich Jock. »Mir hätte klar sein müssen, dass ich es mit einem Profi zu tun habe.«

Cathy wusste, dass sie sich eigentlich nicht so freuen sollte, aber sie konnte es sich nicht verkneifen. Als sie später beim Abwaschen waren, gestand sie Neil ihr kleines Manöver.

»Es stand auf des Messers Schneide, aber es hat dann doch noch geklappt«, verkündete sie voller Freude über ihren kleinen Sieg.

»Kann ich mir denken«, brummte er.

Sie wusste, dass er ihre Leistung herunterspielte. »Aber im Ernst, Neil, war das kein brillanter Einfall?«

»Es wäre nicht nötig gewesen, Schatz.«

»Es war lebensnotwendig«, erwiderte Cathy im Brustton der Überzeugung.

»Was willst du damit beweisen?«

»Dass sie nicht gewonnen hat.«

»Aber das hast du doch schon bewiesen, vor langer Zeit.«

»Nein, habe ich nicht.«

»Ich habe dich geheiratet, oder etwa nicht? Auf welchem anderen Schlachtfeld soll sie sich sonst schon mit dir messen?«

Tom erwies sich als dankbares Publikum, als Cathy ihm am nächsten Morgen die Geschichte von der Taxibelieferung aus dem Quentin's erzählte. Sie saßen gemütlich beisammen, tranken Kaffee und ließen sich Toms neues Dattel-Walnuss-Brot schmecken.

»Und wie hast du es angestellt, dass sie nicht gesehen haben, wie es ins Haus kam?« Wie ein großes Kind kauerte er auf seinem Hocker, eingewickelt in einen scharlachroten Schurz.

»Ich habe eine spanische Wand vor die Tür gestellt.« Sie strahlte vor Schadenfreude.

»Und die Behälter und die Alufolie sind ihnen nicht aufgefallen?«

»Nein, Quentin's hat richtiges Geschirr geschickt. Ich musste es nur noch auf den Tisch stellen.«

»Und was hast du mit dem spanischen Essen gemacht?«

»Ich habe den Taxifahrer gebeten, es postwendend nach St. Jarlath's zu bringen. Mir ist es egal, was das alles gekostet hat, das war es mir wert, Tom. Das war es mir wert.«

An der Küchenwand klingelte eine Eieruhr. Cathy streckte die Hand aus, um neues Brot zu holen, und schrie vor

Schmerz auf. Tom sprang auf die Beine und riss ihr das Blech aus der Hand.

»Ich habe dir doch schon hundertmal gesagt, dass du diese langen Handschuhe anziehen sollst«, schimpfte er.

»Ich weiß, ich wollte nur einfach schneller sein.«

»Das sagst du immer, und bist du deswegen schneller? Komm, lass mich mal sehen.«

Er hielt ihren Arm unter den Kaltwasserhahn und ließ das kühle Nass über die roten Flecken strömen.

»Ist schon in Ordnung, Tom. Hör auf, mich wie eine Glucke zu bemuttern.«

»Irgendjemand muss es ja tun, sonst bist du bald genauso nützlich wie die Venus von Milo.«

»Wie bitte?«

»Die hat auch keine Arme. Es war ein Scherz.«

»Ich weiß, du Idiot. Wir haben uns nur gestern mit Hannah und Jock genau über dieses Thema unterhalten.«

»Was für kultivierte Gespräche du mit deinen Schwiegereltern führst.« Er hatte ihre Arme trocken getupft und verteilte nun vorsichtig die Salbe darauf.

»Schön wär's. Aber Neil und sein Vater waren sich deswegen uneins. Jock hat sich für sein Büro eine Statue gekauft, und Neil war der Ansicht, das sei protzig und rausgeworfenes Geld. Jock meinte daraufhin, wenn Neil morgen die Venus von Milo geschenkt bekäme, würde er ihr bestimmt ein Paar Arme ankleben und sie verkaufen, um Geld für Tinker und irgendwelche Ausländer aufzutreiben. Diese Art von kultiviertem Gespräch war das.«

Tom lachte, als er locker die Gaze um den Arm wickelte, damit Luft an die Verbrennungen kam. Dann räumte er das Verbandszeug wieder in den Erste-Hilfe-Kasten. »Und worüber habt du und Hannah euch unterhalten?«

»Über meine Haare«, antwortete Cathy.

Verärgert stellte sie fest, dass ihr die Tränen in die Augen traten. Cathy wollte um nichts in der Welt so fixiert auf ihren

Körper sein, wie Marcella es war, aber sie wollte auch gut aussehen.

»Ach, Cathy«, tröstete er sie.

»Sag du's mir, Tom, ist das jetzt dumm, oder was? Ich weiß es nicht.«

»Meinst du das im Ernst?«, fragte er verwundert.

»Natürlich. Wenn diese grässliche Frau mir ein Vermögen schenkt, um diesen Zustand zu ändern, dann müssen sich doch sogar die Hunde auf der Straße vor mir fürchten.«

»Aber wenn Neil dir sagt, dass du hübsch aussiehst ...?«

»Der würde alles sagen, um seine Ruhe zu haben.«

»Nein, würde er nicht, und dein Haar sieht toll aus.«

»Wie sieht meine Frisur aus? Los, mach die Augen zu und beschreib mir, wie mein Haar aussieht.«

Tom schloss die Augen. »Da muss ich mal nachdenken, also, dein Haar ist blond, honigblond, sehr dick, im Nacken zusammengebunden. Über deinen Ohren kringeln sich ein paar Strähnen, und es riecht nach Shampoo und ist völlig in Ordnung.«

Peter Murphy rief Geraldine in ihrem Büro an.

»Es ist eine heikle Sache, die ich mit dir besprechen muss«, begann er.

»Ich bin doch Spezialistin für heikle Sachen«, erklärte sie.

Es war leicht für sie, gelassen und cool zu klingen. Sie wusste ja bereits, welche heikle Sache er mit ihr besprechen wollte. Peter Murphys von ihm getrennt lebende Frau war an diesem Morgen gestorben. Geraldine hatte bereits davon erfahren. Entweder würde er sie bitten, an dem Begräbnis teilzunehmen oder aber davon fernzubleiben. Für sie war das völlig egal, sie würde tun, was Peter wollte. Als Paar waren sie beide schon lange Geschichte; seit sie eine Rolle in seinem Leben gespielt hatte, waren viele Frauen gekommen und gegangen. Jetzt waren sie wirklich nur noch gute Freunde. Sie hörte zu und gab hin und wieder die entsprechend unverbindlichen Laute des Bedauerns von sich, wie es einer Exgeliebten zustand. Wie es sich herausstellte, würde Quentin's nicht für die Ausrichtung des nach der Beerdigung stattfindenden Empfangs zur Verfügung stehen, denn sie gaben solche Aufträge mittlerweile an Scarlet Feather weiter. Ob das ein Problem für Geraldine wäre?

»Absolut nicht, ich freue mich sogar, dass sie dir helfen können, und ich bin sicher, sie werden ihre Sache gut machen«, bestätigte sie ihm mit ihrer immer noch ruhigen, mitfühlenden Stimme.

»Das wird am Samstagvormittag stattfinden... äh... in ihrem... na ja, in dem Haus, in dem sie gelebt hat... Die Kinder... Ihre Freunde werden wohl erwarten...« Geraldine hatte noch nie zuvor erlebt, dass Peter Murphy um Worte verlegen gewesen wäre. Jahrelang hatte er genau das Leben führen können, das er sich wünschte. Erst jetzt, durch ihren Tod, bereitete ihm seine traurige, reiche, reizlose Frau, die zu ignorieren ihm immer bestens gelungen war, gewisse Unannehmlichkeiten.

»Ja, Peter, und was meinst du, was wäre am besten...?« Sie wartete. Er wollte sich nicht entscheiden, also würde sie ihm auf die Sprünge helfen müssen. »Vielleicht sollte ich nicht in dieses Haus kommen. Ich kannte sie ja schließlich nicht persönlich.« Sein Seufzer der Erleichterung war nicht zu überhören. Auch sie war erleichtert. Geraldine hatte keine Lust, als Heuchlerin dazustehen. Trotzdem hätte sie für ihr Leben gerne gewusst, wer alles kam. Aber wie es aussah, würde sie ja hinter den Kulissen mitmischen und alles überblicken können, ohne selbst gesehen zu werden.

»Ich habe eine Frage an dich, Simon«, sagte Lizzie.

Simons Gesicht leuchtete auf. »Hat es was mit Mutties Wette zu tun? Hat es geklappt?« Er war richtig aufgeregt.

»Welche Wette?«, wiederholte Lizzie.

»Das ist ein bisschen kompliziert, es geht irgendwie darum, den Einsatz zu erhöhen«, erklärte Simon hilfsbereit.

»Ich weiß nur zu gut, worum es geht, Simon. Es ist nur so, dass wir beide ein Abkommen getroffen haben, und das heißt, dass niemals wegen einer Wette in die Haushaltskasse gegriffen werden darf.« Düstere Wolken umschatteten Lizzies Gesicht.

»Ich bin mir sicher, dass es kein Haushaltsgeld war«, beeilte Simon sich zu sagen.

»Nein, ganz bestimmt nicht. Es stammte mit Sicherheit aus seinem persönlichen Einkommen, aus seinen Aktien und Wertpapieren«, feixte sie.

»Oh, gut, dann ist ja alles in Ordnung«, antwortete Simon erleichtert.

Lizzie sah ihn voller Verzweiflung an. »Das war nicht die Frage«, sagte sie. »Du und Maud, ihr müsst mir heute eine Antwort geben, ob ihr bei Marians Hochzeit dabei sein wollt oder nicht. Wenn ihr ja sagt, dann bekommt ihr eure Tanzstunden und die passenden Klamotten. Sagt ihr nein, ist es auch in Ordnung. Aber das müsst ihr entscheiden, ihr beide allein.«

»Dann sage ich nein«, entschied Simon.

»Gut.« Lizzie beließ es dabei.

»Was meinst du mit ›gut‹?« Simon konnte sehr fordernd sein.

»Du hast eine Wahl getroffen und hast nein gesagt. Maud wird enttäuscht sein. Sie hat gesagt, ja, sie würde sich gerne schick anziehen.«

»Ich aber nicht«, erklärte er.

»Schön. Cathy wird erleichtert sein.« Das gehörte zu ihrem Plan.

»Wieso?« Er mochte es ganz und gar nicht, Cathy in die Hände zu spielen.

»Sie meint, dass ihr ohnehin nichts getaugt hättet. Muttie und ich waren nicht dieser Meinung, und es wäre bestimmt ein schöner Tag geworden, aber es ist deine Entscheidung.«

»Na ja, wenn es sein muss, könnte ich mich schon breitschlagen lassen. Ich meine, wenn Maud es unbedingt will.«

»Du musst ja oder nein sagen, und zwar heute.«

»Na gut, dann ja.«

»Und dir ist klar, dass du die Tänze lernen und einen Kilt tragen musst, ja?« Lizzie sorgte dafür, dass keine Fragen offenblieben.

»Tja, schon. Schließlich wird keiner aus der Schule dabei sein.« Er versuchte, sich selbst zu überzeugen.

Aber dann spielte er seinen Trumpf aus. »Und dann sind ja auch noch die Tiger da, oder? Es werden doch Tiger da sein?«

Er hatte sich Cathys beiläufige Bemerkung gut gemerkt, ebenso wie er sich an Lizzies Bemerkung über Mutties Aktien und Wertpapiere erinnern würde.

»Das bezweifle ich. Ich glaube, es dürfte schwierig werden, Tiger nach Dublin zu bringen.«

»Aber warum, Lizzie? Warum?«

Lizzie war mit ihrer Geduld am Ende. »Simon, ich flehe dich an, hör auf, mir weiter solche Fragen zu stellen. Ich habe keine Antworten darauf. Wieso zerrinnt Muttie alles zwischen den Fingern? Wieso lebt Geraldine wie eine Millionärin? Wieso ist Cathy nicht dankbar für alles, was Mrs. Mitchell ihr gibt? Wieso will Marian, dass ein Teil der Messe bei ihrer Hochzeit in irischer Sprache gelesen wird? Wieso haben die Frauen, für die ich putze, so schreckliches verfaultes Zeug in ihrem Kühlschrank? Ich sage dir, ich weiß es beim besten Willen nicht.«

»Weißt du, wann die Hochzeit ist, Lizzie?«, fragte Simon ungerührt.

»Ja, irgendwann im Sommer«, erwiderte sie niedergeschlagen.

»Ich nehme doch an, dass wir in vier Monaten tanzen lernen können«, meinte Simon, der gerade entdeckt hatte, dass das Leben immer wieder etwas Neues zu bieten hatte.

»Hör mal, kann ich euch am Samstag bei dem Leichenschmaus bei Murphy helfen? Ich würde mich gerne in der Küche aufhalten, wo mich niemand sieht. Ich kann ja Brote schmieren und Geschirr spülen?«

»Warum?«

»Weil du eine Geschäftsfrau bist. Woher willst du ein besseres Angebot bekommen? Ein Paar Hände umsonst für vier Stunden!«

»Nein, der Grund dafür ist doch bestimmt ein anderer. Da steckt doch irgendetwas ganz Schlimmes dahinter.«

»Nur reine Neugierde. Wie du ja bestens weißt, hatte ich mal eine Affäre mit dem trauernden Witwer. Und würde gern mit eigenen Augen sehen, wie viele Trauergäste kommen und wer sie sind.«

»Ich bin nicht einverstanden damit«, sagte Cathy.

»Dann muss ich mich eben an Ihren Partner Mr. Feather wenden.«

»Wie sollen wir dich ins Haus schmuggeln?«

»Ich werde mit euch kommen, wenn alle in der Kirche sind.«

»Vielleicht ist die Küche nicht groß genug, dass du dich darin verstecken kannst.«

»Sie ist es«, versicherte Geraldine ihr. Schließlich kannte sie sie noch aus den Zeiten, als die ganze Familie dort gelebt hatte.

Das war ihre erste Trauerfeier, und sie durften sich keinen Fehler leisten. Brenda Brennan, die ihnen den Auftrag besorgt hatte, meinte, dass es viel Arbeit auf diesem Sektor gebe. Man musste zu der betroffenen Familie ganz besonders nett und anteilnehmend sein und die Gäste mit Essen und Trinken versorgen. Das Problem war nur, dass einem niemand sagen konnte, wie viele Gäste zu erwarten waren. Und ganz bestimmt nicht Mr. Murphy, der völlig überfordert zu sein schien.

Tom beschloss, dass sie zwei Schinken in Brotteig vorbereiten würden; einen würden sie im Esszimmer aufschneiden und den anderen als Reserve in der Küche behalten. So würde es nicht weiter auffallen, wenn nur eine kleine Schar an Trauergästen käme, viel weniger als erwartet. Außerdem wollten sie Salate vorbereiten, dazu eine Auswahl von Toms Broten, die man nur noch im Ofen aufzuwärmen brauchte, und schließlich Cathys selbst gemachten Chutney und Senfgurken, die sie in großen weißen Töpfen mit dem Scarlet-Feather-Logo anbieten würden. Als Abschluss sollte es dann noch warme Spargel-Quiche und Platten mit irischem Käse samt Äpfeln und Weintrauben geben. Süße Nachspeisen hätten dem Ganzen einen zu festlichen und partyartigen Anstrich gegeben. Unangemessen war das Wort, das sie dafür benutzten. Aber seltsam und unangemessen war es schon, diese Gelegenheit – den Tod einer reichen, ungeliebten Frau und den Versuch ihrer reuigen Familie, ihr wenigstens noch einen guten Abschied zu bereiten – zu nützen, um sich als Heimservice zu profilieren und nach neuen Aufträgen Ausschau zu halten.

»Das Haus ist wirklich sehr groß«, stellte Cathy fest, als sie mit der ersten Ladung Kartons die Treppe hinaufstieg.

Geraldine schnupfte, als könnte sie – wenn sie wollte – eine ganze Reihe von Geschichten über dieses Haus erzählen. June malte sich aus, dass sie hier heute vielleicht einen reichen Mann kennenlernen würde. Walter, der wieder einmal als Barmann im Einsatz war, ereiferte sich darüber, wie absurd es war, dass eine Frau ganz allein in diesem riesigen Haus gelebt hatte. Tom fand es einfach gut, dass es so viel Platz gab, weil er bei seiner Größe in manchen Häusern bereits die Küche allein ausfüllte. Cathy sagte nichts, sondern beeilte sich, wieder hinaus zum Lieferwagen zu kommen und die nächste Ladung Tabletts zu holen. Ihr gingen jede Menge Fragen durch den Kopf. Wieso hatte Geraldine unbedingt mitkommen wollen? Dieses Haus konnte doch bestimmt nur schlechte Erinnerungen für sie bergen. Wieso redete June davon, einen Mann kennenzulernen? Sie hatte doch schon vor Jahren ihren Mann kennengelernt und hatte zwei Kinder mit ihm. Und wieso war Walter so bitter? Für ihn lief doch alles bestens. Sicher, seine Eltern vernachlässigten ihn und waren im Augenblick nicht präsent. Aber er hatte noch nie viel mit ihnen zu tun gehabt, selbst als sie noch da waren. Wie konnte er einem anderen etwas neiden? Noch dazu einer Toten, die er nie gekannt hatte? Und schließlich Tom Feather. Wie konnte jemand nur so unerschütterlich optimistisch sein wie er? Ihr heutiges Engagement konnte so oder so ausgehen: Sie wussten nicht, ob heute dreißig oder hundert Gäste auftauchen würden. Und trotzdem gelang es ihm, selbst unter diesen Umständen noch das Positive an der Situation zu sehen – wie zum Beispiel die große Küche. Unwillkürlich musste sie lächeln, als sie die Treppe hinaufhastete.

»Du bist doch hoffentlich nicht guter Laune, Cathy Scarlet… Das sind immer die Momente, wo du dich entweder schneidest oder verbrennst«, warnte er sie.

»Du hast recht«, entgegnete sie vergnügt. »Ich setze gleich wieder mein grimmiges Gesicht auf.«

Die Familie der verstorbenen Mrs. Murphy kam als Erste in das große Haus zurück. Cathy nahm ihnen die Mäntel ab und hängte sie auf den mobilen Ständer, der im hinteren Teil der großen Halle aufgestellt war. Dann bot Walter ihnen etwas zu trinken an, und die Gesellschaft zog sich in das große und nur selten benutzte Wohnzimmer zurück.

»Sollen wir Ihnen mit dem Essen helfen?«, erbot sich eine der Töchter schweren Herzens.

»Nein, nein, wir haben alles unter Kontrolle, und außerdem werden Sie gleich sehen, dass wir im hinteren Zimmer ein Büfett aufgebaut haben.«

Die beiden Töchter sahen sich um. In all den Jahren, in denen ihre Mutter hier gelebt hatte, hatte sie nie Gäste empfangen. Die großen Räume sahen wirklich gut aus; hier und da hatte der Catering-Service Hand angelegt und dafür gesorgt, dass sich das Haus von seiner besten Seite präsentierte. Wie traurig, dass das Haus ihrer Mutter, ihr eigenes Heim, erst bei ihrer Beerdigung in seinem vollen Glanz erstrahlte.

»Das alles muss sehr hart für Sie sein«, sagte Cathy mitfühlend. »Es birgt so viele Erinnerungen.« Sie sahen einander überrascht an. »Ich bin sicher, Ihre Mutter hätte sich sehr gefreut, dass Sie ihr wunderschönes Haus ihren Gästen öffnen… Das ist eine freundliche Geste, ihre Freunde zu grüßen«, fuhr Cathy fort. Sie sah, wie die beiden Töchter sich langsam entspannten, und dankte Brenda Brennan im Stillen für den Rat, man könne nie zu viel Mitgefühl zeigen. Tom hielt währenddessen am Fenster Ausschau und kommentierte das Geschehen.

»Die tröpfeln ja wirklich nur sehr langsam herein, aber ich glaube, es wird reichen, damit das Haus nicht gar so leer wirkt…

… nein, warte, da fahren gerade noch drei Wagen vor, vielleicht wird es doch noch ein anständiger Leichenschmaus… ach, Mist, die Ersten schauen schon auf die Uhr, die bleiben bestimmt nicht mehr lange. June, geh doch mal rein und stell dich hinters Büfett. Ist Walter eigentlich irgendwo in der Nähe, oder hat er sich wieder mal für ein kleines Lesepäuschen auf die Toilette geschlichen?«

»Er ist noch in der Halle. Ich habe ein Auge auf ihn«, versicherte Cathy ihm.

»Geraldine, verdient Mr. Murphy unser Mitgefühl oder nicht?«

Geraldine hielt in ihrer Arbeit kurz inne. Sie strich gerade Pâté auf kleine runde Kräcker und garnierte sie mit einem Schnitzer Tomate, etwas Petersilie und einem Tupfer Crème fraîche. »Ich denke, ein mitfühlender Kommentar wie: ›Ausgerechnet jetzt, wirklich ärgerlich‹ dürfte genügen«, sagte sie munter und spähte durch die kleine Durchreiche in der

Küche. »Das ist interessant, kaum jemand von Peters Hotel. Sie scheinen nicht zu wissen, was sich gehört.«

Der Empfang dauerte nicht lange, und bald verabschiedeten sich die Trauergäste von den Töchtern des Hauses. Peter Murphy hatte sich mit einem Küsschen auf die Wange von seinen beiden Töchtern verabschiedet. Er musste nicht in die Küche kommen und würde deshalb auch nie erfahren, dass Geraldine da war. Die Rechnung würde an sein Hotel gehen und der Scheck sofort ausgestellt werden. Cathy fragte sich, ob Geraldine sich freute oder enttäuscht war, dass sich bei der Beerdigung der Frau, die sie bestimmt einmal gehasst hatte, nur wenige Leute hatten blicken lassen. Geraldine war schließlich mehrere Jahre mit Peter Murphy liiert gewesen. Aber das war schwer zu sagen: Geraldine zeigte kaum ihre Gefühle, sondern stellte nur fest, dass zwar einige Freunde der Töchter gekommen wären, dass aber kaum Freundinnen der verstorbenen Mrs. Murphy zu sehen waren...

»Ist ja möglich, dass sie nicht viele Freunde hatte«, meinte Cathy, während sie die Teller zählte. Sie konnten nur zweiundvierzig Portionen in Rechnung stellen.

»Jeder hat Freunde, vor allem, wenn man in einem so großen Haus wie diesem wohnt«, meinte June, die das Besteck in die Drahtkörbe packte.

»Nicht unbedingt«, warf Tom ein. Er wickelte gerade sorgfältig den nicht gegessenen Schinken ein. »Ich glaube, dass die Leute in solchen Kästen ziemlich bald sehr isoliert sind. Aber das ist nicht mein Problem und wird es wahrscheinlich auch nie sein«, fügte er grinsend hinzu.

»Das hat nichts mit dem Haus zu tun«, gab Geraldine zu bedenken. »Die Frau war einfach in einer unmöglichen Lage. Kein Mann, keine Begleitung. Die Leute haben Angst vor Frauen, die ihre Männer verlieren, sie glauben, das ist ansteckend. Und dann hatte sie auch keine Arbeit, also nichts zu erzählen. Sie muss so langweilig wie Spülwasser gewesen sein.«

»Das klingt aber sehr hart, Geraldine«, erwiderte Tom und wackelte in gespieltem Tadel mit dem Kopf.

»Das Leben ist sehr hart, Tom, das solltest du mir allmählich glauben.« Und es war, als erstarrte Geraldines Gesicht für ein paar Sekunden zu einer eisernen Maske.

»Sollen wir den Schinken einfrieren oder ihn bei Mrs. Hayes wieder verwenden, was meinst du?«

Tom und Cathy hatten Walter oben an der Grafton Street aussteigen lassen, wo er seinen Hungerlohn – wie er sich ausdrückte – für die drei Stunden auf den Kopf hauen würde. Mit June fuhren sie dann ins Geschäft zurück. Sie würden sie für fünf Stunden mit einem – um in Walters Jargon zu bleiben – Hungerlohn abspeisen, da sie noch die Geschirrspüler beladen und hinterher beim Aufräumen helfen sollte.

»Mrs. Wer?«

»Die Dame mit dem schokoladenverschmierten Gesicht. Sie hat uns, wie du dich vielleicht erinnern kannst, einen wunderbaren Auftrag gegeben, weil ich sie gerettet habe. Wir sollen ihre Silberhochzeit ausrichten.«

»O ja, natürlich, da zahlt sich dein Charme wieder mal aus. Frieren wir ihn ein, würde ich sagen. Ich möchte gerne was Üppiges machen, mit dicken Sahnesaucen. Ein magerer Schinken wäre viel zu gesund für sie.«

Cathy sah ihn fragend an, und er nickte. Wie so oft waren sie sich auf Anhieb einig; Tom versah das Päckchen mit Datum und Inhalt und schob den Schinken auf das rechte obere Fach im Gefrierschrank. Dann hörten sie den Anrufbeantworter ab: drei Anfragen für einen Prospekt und eine sehr junge weibliche Stimme, die wissen wollte, ob sie jemanden brauchen könnten, da sie gerne eine Laufbahn auf dem Gebiet der mobilen Gastronomie einschlagen würde.

»Eine Laufbahn einschlagen!« Cathy lachte. »Wieso müssen diese Kinder so geschwollen daherreden?«

»Weil sie denken, dass sie sich dann nicht mehr wie Kinder anhören«, schlug Tom als Erklärung vor.

Außerdem hatten sie einen neuen Auftrag, ein Damenkränzchen für acht Personen; sie sollten das Essen den Riordans nur liefern.

»Keine Adresse, keine Telefonnummer. Toll. Wirklich, die Leute sind manchmal so dumm«, ärgerte sich Tom.

»Lass mal, Tom, die kennen wir doch. Wir waren schon mal dort.«

»Tatsächlich?« Er sah Cathy verständnislos an. Bei so vielen Leuten waren sie bisher noch nicht gewesen, jedenfalls nicht so viele, dass er es sich leisten konnte, ihre Namen zu vergessen.

»Du weißt doch, die Taufe. Von ihm hast du hinterher immer nur als Mr. Saubermann gesprochen.«

»Oh, den meinst du. Diesen Namen habe ich mit Absicht aus meinem Gedächtnis gestrichen«, sagte Tom.

»Na, zum Glück haben wir ihn nicht aus dem Computer gelöscht«, antwortete Cathy. »Was sollen wir den Damen servieren?«

»Eine Lektion über das Thema, dass die Männer nichts taugen«, erwiderte Tom grimmig.

»Nein, im Ernst. Zum Essen. Und außerdem stimmt das nicht. Es gibt jede Menge Männer, die etwas taugen. Mein Vater, zum Beispiel, kauft den Zwillingen einen jungen Hund, obwohl er bestimmt die ganze Arbeit haben wird, ihn stubenrein zu bekommen und hinter ihm her zu putzen. Mein Ehemann hat uns für heute Abend zwei Karten für die Oper besorgt, obwohl er überhaupt nicht gerne dorthin geht. James Byrne opfert seinen Sonntagmorgen für uns, um unsere Bücher zu führen, nur weil wir heute keine Zeit für ihn hatten. Und mein Geschäftspartner, auch ein Mann, wird heute etwas länger bleiben und für mich den Laden zusperren. Ich kann im Moment also wirklich nichts gegen Männer sagen«, sagte sie und lachte ihn an.

»Wieso werde ich etwas länger bleiben und für dich zusperren?«, wollte Tom wissen.

»Weil die Liebe deines Lebens den ganzen Abend im Fitnesscenter verbringen wird, während die Liebe meines Lebens gerade eifrig damit beschäftigt ist, sich Ausreden auszudenken, weshalb wir vielleicht doch nicht zu Lucia di Lammermoor gehen können, sodass ich jetzt besser nach Hause eile, um ihn rechtzeitig abzufangen.«

Auf dem Tisch lag ein Zettel. »Ich weiß, du wirst jetzt bestimmt glauben, dass ich mich vor der Kultur drücken will, aber wenn du erfährst, was passiert ist, wirst du mir sicher zustimmen…« Einer völlig legalen Rechtsberatungsstelle wurde mit der Schließung gedroht, und die dortigen Berater waren der Ansicht, dass die Gegenwart eines bei höheren Gerichten zugelassenen Anwalts die Behörden vielleicht zum Einlenken bewegen könnte. Es würde vielleicht sogar zu einer Pressekonferenz kommen… Es täte ihm leid… sehr leid. Er würde es wiedergutmachen. Die Opernkarten lagen ebenfalls auf dem Tisch. Ob sie vielleicht einen Ersatz für ihn suchen könnte? Cathy war wütend. Ob sie jemanden finden könnte, der sich um fünf Uhr abends noch rasch für die Oper in Schale werfen würde? In welcher Welt lebte er eigentlich? Sie spürte, wie ihr Tränen der Wut und der Enttäuschung in die Augen stiegen, aber sie drängte sie zurück. Das war keine große Sache, nichts im Vergleich zu den wahren Schlachten, die sie bisher schon ausgetragen hatte… nichts im Vergleich zu den Zeiten, als Hannah sich über sie lustig gemacht und gedroht hatte, sie würde Neil nur über ihre Leiche, über die ihres Mannes, nie im Leben heiraten können, nichts im Vergleich zu Hannahs deutlich vernehmbaren Bemerkungen hinter ihrem Rücken, als sie von ihr als der Tochter ihrer armen Zugehfrau sprach. Und es war nicht zu vergleichen mit seiner Absicht, ins Ausland zu gehen und dort eine Stelle anzunehmen. Hier ging es nur um einen Abend außer Haus.

Aber wen könnte sie tatsächlich um diese Zeit noch fragen? June? In der Oper? Nie im Leben. Geraldine? Geraldine mit ihrem regen Gesellschaftsleben hatte an einem Samstagabend sicher schon etwas vor. Cathy zog das Telefon zu sich heran. Sie würde sie trotzdem anrufen.

»Geraldine?«

»Hast du schon wieder einen Job für mich?«

»Würdest du gerne an Neils Stelle mit mir heute Abend in die Oper gehen? Ich habe noch eine Karte übrig.«

»Liebend gern. Ist es was Trauriges?«

»Ja, eine ziemlich hoffnungslose Geschichte. Die Heldin heiratet einen Typen, den sie nicht liebt, und bringt ihn um. Der Kerl, den sie liebt, bringt sich selbst um. So was in der Art, wenig Worte, aber viele große Gesten, typisch Oper eben.«

»Typisch Leben eben, würde ich sagen«, erwiderte Geraldine trocken.

»Hinterher lade ich dich zu Quentin's ein.«

»Abgemacht.«

Sie mussten herzlich lachen, als sie sich mit Brenda Brennan über die abenteuerliche Taxifahrt der Fleischpastete unterhielten. An einem Tisch in der Nähe entdeckten sie Shona Burke, die dort mit zwei älteren Herrschaften aus der Führungsriege von Hayward's speiste.

»Ich wünschte mir, dieses Mädchen würde öfter lächeln«, sagte Geraldine.

»Sie hätte ja durchaus was zu lachen im Leben. Eine Wohnung wie die ihre in den Glenstar Apartments ist nicht gerade billig; außerdem hat sie einen guten Job und sieht gut aus.«

»Tom hat erzählt, dass sie ihm an dem Abend im Krankenhaus über den Weg gelaufen ist, als sein Vater diesen Herzanfall hatte. Ich habe sie gefragt, wen sie dort besucht hat, aber sie ist nicht mit der Sprache herausgerückt.«

»Sie ist gut in ihrem Job, aber ihr fehlt die Wärme«, meinte Geraldine. »Du hast heute übrigens eine fantastische Arbeit abgeliefert. Ich war sehr stolz auf dich.«

»Nein, versuch nicht, mir auszuweichen. Hat es dich gefreut, dass keine Menschenmassen dort waren?«

»Nein, es war mir völlig egal, im Ernst. Es war nur Interesse, sonst nichts.«

»Aber wenn du ihn einmal geliebt hast, dann kann es dich doch nicht ganz so kaltgelassen haben. Du musst doch noch irgendetwas ... empfunden haben.«

»Ich habe Peter Murphy nie geliebt«, erwiderte Geraldine.

»Aber warst du nicht ...« Cathys Stimme verlor sich.

»Sicher war ich das ... über fünf Jahre lang, aber das heißt nicht, dass ich ihn geliebt habe.«

»Zu der Zeit hat es sich bestimmt so angefühlt«, meinte Cathy.

»Nein, für mich nicht.«

»Aber was dann ... Wieso? ...« Wieder brach Cathy ab. »Es tut mir leid, Geraldine, es geht mich nichts an.«

»Nein, es macht mir nicht das Geringste aus, Fragen über mich zu beantworten ... Ich hatte eine schöne Zeit mit einem angenehmen Gefährten, der mich mit vielen Leuten bekannt gemacht und mir geholfen hat, mein eigenes Geschäft aufzubauen. Und warum? Ich würde sagen, warum nicht? Und er hat mir die Wohnung in Glenstar gekauft.«

Cathy sah sie erstaunt an. »Er hat sie für dich gekauft?«

»Cathy, du bist doch mittlerweile ein großes Mädchen. Hör auf, mir mit großen Augen die Unschuld vom Land vorzuspielen.«

Cathy wurde ärgerlich. »Ich spiele nicht die Unschuld. Ich bin nur überrascht, dass du von einem Mann so ein Geschenk annehmen konntest. Das ist alles.«

»Wenn mir jemand was schenken will, soll ich es dann ausschlagen?«

»Natürlich nicht, Geraldine, aber eine Wohnung.«

»Es war damals derselbe Bauunternehmer, der die Glenstar Apartments und die Erweiterung von Peters Hotel hochgezogen hat. Deshalb hat ihn die Wohnung bei Weitem nicht so viel gekostet, wie ein anderer dafür bezahlt hätte. Es war aber wirklich großzügig von ihm, und wie du weißt, sind wir ja immer gute Freunde geblieben.«

»Aber er meint nicht, dass er kommen kann und dir …«

»Nein, natürlich meint er das nicht wirklich, Cathy. Ich bitte dich.«

»Aber war es nicht merkwürdig von ihm, so etwas zu tun? Ich meine, die meisten Männer tun so etwas doch nicht, oder?«

»Ich denke, dass die meisten Männer genau das tun«, antwortete Geraldine, nachdem sie kurz überlegt hatte. »Ich bekomme immer wieder alle möglichen Dinge geschenkt. Der Wagen war ein Geschenk, und auch der CD-Spieler, den du so bewunderst.«

»Du hast das also alles von verschiedenen Männern zu verschiedenen Gelegenheiten geschenkt bekommen? Das kann ich einfach nicht glauben! Du nimmst mich auf den Arm.«

»Nein, ganz und gar nicht. Wieso sollte ich darüber Witze machen? Das ist eine Tatsache. Bin ich jetzt in deiner Achtung gesunken?«, fragte Geraldine.

»Nein, nein, natürlich nicht«, erwiderte Cathy lebhaft. Aber irgendwie war es doch so. Sehr sogar. Schließlich stellte sich gerade heraus, dass die Tante, die sie so bewundert hatte, die kämpferische Frau, die es ganz allein geschafft hatte, sich aus der Arbeiterklasse hoch in eine leitende Position zu arbeiten, dass diese Frau nicht besser war als das, was man in der Vergangenheit eine Kurtisane genannt hatte. Sie bekam Geschenke gegen Sex. Da war es nur noch ein kleiner Schritt, dafür bezahlt zu werden.

»Gut, ich kann es nämlich nicht ertragen, wenn du so heilig tust.«

»Ich? Heilig? Nie im Leben«, protestierte Cathy mit einem schwachen Grinsen.

Geraldine hatte ihr eine höhere Schulbildung bezahlt, von der Muttie und Lizzie bis zum heutigen Tag glaubten, dass es ein Stipendium gewesen sei. Geraldine hatte ihr die Schuluniform gekauft und interessiert zugehört, wenn Cathy ihre erzählte, dass sie das Kochgewerbe von der Pike auf erlernen wolle. Als die Zeit dann gekommen war, hatte sie die Gebühren für die Fachschule aufgebracht. Geraldine war ihre Verbündete gewesen, als sie mit den erstaunlichen Neuigkeiten aus Griechenland nach Hause gekommen war, dass sie sich in Neil Mitchell, den Sohn der verhassten Hannah, verliebt hatte. Geraldine hatte ihr geholfen, Lizzie zu beruhigen … Und sie war es gewesen, die ohne zu zögern für den Kredit von Scarlet Feather gebürgt hatte. Es kam überhaupt nicht infrage, dass Cathy ihre Tante abwertete. Sie suchte krampfhaft nach einem anderen Gesprächsstoff und schaute dabei auf Geraldines Handgelenk.

»He, ist die Uhr neu? Die ist ja wahnsinnig schön.«

»Das ist sie, ja.« Geraldine drehte die Uhr, sodass sich das Licht darin fing. »Ein hübsches kleines Arrangement, winzige Staubperlen und ein feines Goldarmband. Freddie Flynn, dieser nette Immobilienmakler, hat sie mir letzte Woche geschenkt.«

»Und, wie war das Gekreische … gut?«, erkundigte sich Tom als Erstes am Montagmorgen.

»Was? Oh, großartig, einfach großartig.«

»Und, ist Neil dabei wenigstens ein bisschen zum Schlafen gekommen?«

»Nein, das hätte er nie gewagt«, sagte Cathy. Aber wieso log sie und tat so, als wäre Neil dabei gewesen? Im Grunde war es gar keine Lüge. Es war eher ein Zeichen von Loyalität. Es wäre zu kompliziert gewesen, Tom zu erklären, wie hart Neil arbeitete und wie sehr er es bedauert hatte, auf die

Oper verzichten zu müssen. Da war es einfacher, die Sache so stehen zu lassen. Nur eine unwichtige Notlüge, die niemals herauskäme.

Sie hatten alle Gerichte vorbereitet, die sie für die Silberhochzeit einfrieren konnten.

»Vielleicht lade ich dich sogar auf ein Bier ein, um uns hier...«, begann Tom gerade, als es an der Tür klopfte. Er ging, um zu öffnen. Es war Neil.

»Ich war gerade in der Gegend und dachte mir, ich lade meine Frau zum Mittagessen ein, damit sie mir vergibt, dass ich sie allein in die Oper habe gehen lassen«, rief er laut. Cathy kam zur Eingangstür.

»Und, wirst du mir vergeben?«

»Es gibt nichts zu vergeben, das habe ich dir doch gesagt. Wir haben uns ja nicht einmal gestritten, Neil, es ist also nicht nötig.« Sie brachte vor Verlegenheit kaum ein Wort heraus.

»Es ist nötig. Ich habe dir ein Versprechen gegeben, das ich bisher nicht eingelöst habe. Kann ich es mit einem Mittagessen wiedergutmachen?«

»Jetzt geh schon, Cathy. Geh in ein schickes Restaurant und klau uns ein paar Ideen«, drängte Tom sie. »Pass auf, ob sie neue, aufregende Brotsorten haben, lass dir den Brotkorb bringen und bring von allem eine Probe mit. Okay?«

Sie zog ihre Scarlet-Feather-Schürze aus, schlüpfte in ihre Jacke und stieg in den Lieferwagen.

»Sollen wir nicht vielleicht meinen Wagen nehmen?«, schlug Neil vor.

»Damit können wir doch bestens Reklame machen, Neil. Wir stellen ihn irgendwo in der Nähe der Kais ab, wo er jedem auffällt. Bis später, Tom.«

Es war wirklich ein sehr elegantes Restaurant, in dem sie sich kurze Zeit später gegenübersaßen. Sie hatten auch nur deshalb einen Platz bekommen, weil Montag war. Langsam verflog Cathys Ärger. Es war nicht Neils Schuld. Er fühlte sich wirklich schlecht, weil er sie versetzt hatte. Sie betonte mehrmals, wie sehr sie das Abendessen mit Geraldine genossen habe.

»Und jetzt komme ich auch noch in den Genuss eines Mittagessens mit dir, also habe ich doppelt profitiert«, meinte sie fröhlich.

»Was hat Geraldine denn so erzählt?«, wollte Neil wissen.

»Oh, nichts Besonderes, wir haben über Gott und die Welt gesprochen.«

Cathy fragte sich, wieso sie ihm nichts über Geraldines außergewöhnlichen Lebensstil erzählte. Normalerweise sagte sie Neil alles. Wieder kam sie zu dem Schluss, dass es etwas mit Loyalität zu tun haben musste. Sie fragte sich, ob das bedeutete, dass sie von jetzt an permanent lügen würde.

»Es gibt Neuigkeiten von unserem vermissten Onkel Kenneth.«

»Kaum zu glauben. Wo steckt er denn?«

»Auf hoher See und auf dem Heimweg, wie es aussieht.«

»Und was ist mit Tante Kay in der Klapsmühle?«

»Die wird von Minute zu Minute fitter, soweit ich weiß.«

Cathy spürte plötzlich einen Kloß im Hals. »Das heißt aber doch nicht, dass die beiden schon so weit sind, Maud und Simon wieder zurückzunehmen?«, fragte sie angstvoll.

»Na ja, nicht sofort, würde ich sagen, aber irgendwann werden sie sicher wieder zurückmüssen, Cathy.«

Cathy war sich ihrer gemischten Gefühle deutlich bewusst. Wie schön wäre es, sich keine Gedanken mehr wegen Simon und Maud machen zu müssen, aber diese beiden Menschen waren kaum in der Lage, sich anständig um ihre Kinder zu kümmern. Sie hatte den Kindern in den vergangenen Monaten ein paar Manieren und Respekt vor anderen beigebracht, während ihre Mam und ihr Dad ihnen gezeigt hatten, was Liebe und Freundschaft sind. Es erschien ihr eine schreckliche Verschwendung, das alles wieder verschüttet zu sehen, sobald Kenneth und Kay wieder auf der Bildfläche auftauchten. Eigentlich hatte sie sich die Rückkehr der verlorenen Eltern sehnlichst erhofft, doch jetzt, da es Realität zu werden schien, war sich Cathy ihrer Gefühle nicht mehr so sicher.

»Die Eltern sind doch so weit in Ordnung, oder was denkst du?«, fragte sie Neil.

»So gut wie andere Eltern auch«, sagte er. »Trotzdem ...« Er schien das Thema wechseln zu wollen. Sie sah ihn fragend an. »Trotzdem ist das für uns beide nicht wichtig. Du und ich, wir müssen uns dringend über diesen Job unterhalten«, fuhr Neil fort.

»Tom, ich bin's, Walter. Kann ich reinkommen und kurz mit dir sprechen?«

Tom schluckte das Sandwich hinunter, das er gerade aß, und drückte auf den Türöffner, um Walter hereinzulassen. Eigentlich war der Junge ja harmlos, dachte Tom. Die Arbeit hatte er zwar wirklich nicht erfunden, und er hatte es immer sehr eilig, am Ende einer Veranstaltung seine Jacke zu suchen, statt zu helfen, die Teller und Gläser in den Lieferwagen hinauszutragen. Außerdem behandelte er June ein bisschen von oben herab, wenn sie wieder mal ein Wort nicht richtig ausgesprochen hatte. Trotzdem kam es ihnen im Moment gelegen, ihn als Kellner zu beschäftigen. Er war einigermaßen sympathisch und charmant, vor allem zu den jüngeren Frauen, und wenn er sich mehr konzentrieren und sich merken könnte, wer was getrunken hatte, hätte er gar keine so schlechte Figur abgegeben. Sie hatten aber beschlossen, ihn bei der Silberhochzeit der Hayes nicht mitarbeiten zu lassen. Stattdessen wollten sie einen neuen Barmann ausprobieren, den sie erst kürzlich kennengelernt hatten, einen Rotschopf namens Con mit einem freundlichen Lächeln, der den Eindruck vermittelt hatte, als würde ihm seine Arbeit Spaß machen.

»Ist Cathy nicht da?« Walter sah sich suchend um, die

Hände lässig in den Hosentaschen. Irgendwie wirkte er enttäuscht, als hätte er fest mit ihr gerechnet. Tom fiel wieder ein, dass er und Cathy sich einmal hinter vorgehaltener Hand über Walters Körpersprache ausgelassen hatten und sich einig gewesen waren, dass er immer eine leicht gereizte Ausstrahlung hatte, so, als erwiese er einem mit seiner Anwesenheit einen großen Gefallen und wünsche sich eigentlich nichts sehnlicher, als die ganze Angelegenheit so schnell wie möglich hinter sich zu bringen.

»Nein, aber sie dürfte bald wieder zurück sein.«

»Ist das Neils Wagen draußen im Hof?«

»Ja, er wird auch bald wieder da sein. Kann ich in der Zwischenzeit etwas für dich tun?«

»Diese Geschichte da... du weißt schon... Um wie viel Uhr geht das los?«

»Ich kann dir nicht ganz folgen«, sagte Tom.

»Diese große Veranstaltung am Mittwoch. Ich möchte wissen, ob ich ein Dinnerjackett tragen und wann ich kommen soll.«

»Soweit ich weiß, haben wir nichts vereinbart...«, begann Tom.

»Ich habe gehofft, du könntest mir jetzt einen kleinen Vorschuss geben... Sozusagen, um mich in Stimmung zu bringen.«

Cathy hätte den Cousin ihres Mannes nie verpflichtet, ohne ihm Bescheid zu geben. Im Gegenteil, sie hatte sich sogar noch heftiger gegen Walter ausgesprochen als er und sich sehr darüber aufgeregt, dass er seinen Lohn als Almosen bezeichnet hatte. Da musste ein Missverständnis vorliegen. Tom war schon versucht zu sagen, dass sie auf Cathys Rückkehr warten sollten, um die Sache zu klären, aber er wusste, dass das nicht ginge.

»Wir haben dich für Mittwoch nicht engagiert«, sagte er lockerer, als er sich fühlte.

»Was?«

»Du hast schon richtig gehört. Wir haben dich nicht engagiert, Walter, folglich gibt es auch keinen Vorschuss, fürchte ich. Es tut mir leid, falls du da etwas missverstanden hast.«

»Komm mir jetzt nicht mit irgendwelchen Missverständnissen daher. Du hast mir alles über den Auftrag erzählt, du hast in meiner Gegenwart mehrmals darüber gesprochen – was sollte ich davon halten?«

»Was sollen wir davon halten, Walter? Du bezeichnest den Lohn, den wir dir zahlen, als Almosen, du hast keinen Spaß an der Arbeit. Wie sollen wir da auf die Idee kommen, du könntest bei der Silberhochzeit der Hayes mitarbeiten wollen?«

»So, das ist es also. Es war nur so dahergeredet, ein Spaß, nicht ernst gemeint. Keiner erwartet offensichtlich, dass die Leute eine Bemerkung tatsächlich ernst nehmen. Aber ich verstehe schon. Es käme wohl besser bei euch an, wenn ich mich vor euch auf den Boden werfe und euch aus tiefster Seele für das Privileg danke, für euch arbeiten zu dürfen.«

Toms Gefühl nach war Cathy jetzt schon Stunden weg. Wie lange konnte denn so ein Mittagessen dauern? Ob er wohl jemals wieder mit ihr rechnen konnte?

Im Restaurant warf Cathy Neil über den Tisch hinweg einen fragenden Blick zu.

»Der Job? Der, den man dir im Ausland angeboten hat?«

»Ja, und sie bieten mir den Posten immer noch an. Wir beide haben die Sache irgendwie falsch angepackt. Ich wollte dir eigentlich in Ruhe erzählen, worum es dabei geht.«

»Na, dann leg mal los«, forderte sie ihn auf.

»Nur wenn du diesen schnippischen Tonfall ablegst.«

»Neil, ich sagte nur, erzähl mir mehr darüber.«

»Bitte, fangen wir nicht wieder mit diesen Feindseligkeiten an.«

»Ich habe keine Ahnung, wie ich dich bitten soll, mir von diesem Job zu erzählen, ohne dich dabei angeblich zu beleidigen oder dir auf den Schlips zu treten. Also, fang doch einfach zu erzählen an, ja?«

Natürlich mussten sie ausgerechnet in dem Moment ihre Bestellung aufgeben. Neil war es egal, was er aß, aber Cathy wollte verschiedene Dinge probieren und brauchte etwas Zeit, bis sie ausgewählt hatte.

»Für mich nichts«, sagte Neil, als ihn die Kellnerin fragte, ob er einen Cocktail wünsche.

»Ich hätte gerne eines von diesen silbernen Gläsern mit dem Zuckerrand«, bestellte Cathy.

»Wieso trinkst du so was?« Neil wunderte sich sehr.

»Wir richten doch diese Silberhochzeit aus, du weißt, ich habe dir davon erzählt. Und dieser Cocktail könnte vielleicht genau das Richtige sein«, erklärte sie.

Und dann hörte sie sich geduldig an, was er ihr über seine große Chance zu erzählen hatte, die Einwanderungsgesetze von Grund auf zu verändern. Es war neu und aufregend, und es wäre großartig, direkt vor Ort zu sein, wenn das alles geschah, und es wäre sehr wichtig. Denn wenn es darauf ankam, konnte der einzelne Bewohner seines Landes in dieser Hinsicht nur wenig ausrichten. Deshalb war es nötig, eine anständige Politik auf diesem Gebiet zu betreiben und durch internationale Einrichtungen absichern zu lassen, die nicht von irgendwelchen Politikern kontrolliert würden, deren Interessenlagen sich ändern konnten, sondern von Anwälten und Sozialarbeitern, denen die Probleme wirklich am Herzen lagen. Cathy hörte zu, ohne ihn zu unterbrechen. Zu oft sah es in Ländern, in denen die bürgerlichen Freiheiten einen hohen Stellenwert besaßen, plötzlich ganz anders aus, wenn es um Öl ging, wenn Waffen in das fragliche Gebiet verkauft wurden oder wenn der Ausgang einer Wahl davon abhing, wie viele Ausländer ins Land gelassen wurden. Die fragliche Einrichtung sollte unabhängig über allem stehen, sie wäre international und könnte das Denken verändern.

»Von wo aus würde sie operieren?«, fragte Cathy.

»Anfangs von Den Haag aus«, antwortete er.

»Du möchtest also, dass wir in Holland leben?«

»Selbstverständlich würden wir viel reisen, und du kannst überallhin mitkommen, das ist schon abgemacht. Du wirst Länder sehen, Cathy, von denen du dir nie im Traum hättest vorstellen können, jemals dorthin zu kommen.«

»Was werde ich den ganzen Tag machen, Neil? Versuch mir mal zu beschreiben, wie so ein Tagesablauf aussehen könnte.« Sie hatte das Gefühl, als wäre ihre Stimme von ihrem Körper getrennt; sie musste unbedingt Zeit gewinnen, um besser nachdenken zu können. Es war offensichtlich wirklich sein Herzenswunsch, diese Arbeit anzunehmen, und er erwartete von ihr, dass sie alles liegen und stehen ließ und mit ihm ging. Sie hörte nicht zu, als er sich abmühte, ein Bild zu entwerfen, wie ihre Tage sich gestalten könnten. Stattdessen stellte sie sich die Frage, ob man einen anderen Menschen jemals wirklich kennen kann. Dieser Mann, der ihr hier am Tisch gegenübersaß und der die Argumente seiner Eltern gegen eine Ehe mit ihr mit eisiger Gleichgültigkeit an sich hatte abprallen lassen, wollte sie jetzt aus ihrem Geschäft herausreißen, für das sie sich abgeschuftet hatte, und sie irgendwohin verschleppen, wo sie das Leben einer Diplomatengattin führen sollte. Sie hörte zusammenhanglos die Worte, während sie das Brot und die Tomatenbutter kostete; das Brot war nichts Besonderes, die Tomatenbutter ein Gedicht. Der silberne Cocktail war eine Katastrophe – der käme für die Silberhochzeit der Hayes absolut nicht infrage.

»Du bist ja so still«, sagte Neil schließlich.

»Ich muss darüber nachdenken, muss das alles erst mal verdauen.«

»Ich wusste, dass du es dir überlegen würdest, wenn wir nur Zeit hätten. Zu Hause in Waterview warst du ja völlig auf Konfrontation aus. Dein Job gegen meinen Job – doch darum geht es doch gar nicht. Es geht um unser gemeinsames Leben.«

»Ja, ja.« Sie sprach wie in Trance.

»Was meinst du, Cathy?«

»Ja, du hast recht, es geht um unser Leben. Einmal angenommen, ich könnte nicht mitkommen, würdest du allein gehen, ohne mich, um dein Leben dort zu leben?«

»Aber davon kann doch gar keine Rede sein. Du kannst doch jederzeit mitkommen«, erwiderte er erstaunt.

»Ich versuche nur, dahinterzukommen, wie du dein Leben siehst. Würdest du allein gehen?«

»Nein, würde ich nicht. Und das weißt du auch ganz genau, oder?«

»Ich frage ja nur. Du würdest also hierbleiben und weitermachen wie bisher?« Sie ließ nicht locker.

»Ja, aber, tja ... Doch, wahrscheinlich schon.«

»Ich verstehe.«

»Aber so ist es ja nicht, Cathy. Du kannst mitkommen, und glaube mir, ich weiß, dass es dir gefallen wird. Sie wollen, dass du mich eine Woche lang begleitest. Schon recht bald, damit du selbst siehst, wo wir leben würden und um welche Art von Arbeit es sich handelt. Cathy, du liebst doch Herausforderungen, ich kenne dich doch ...«

»Wir werden noch öfter darüber reden müssen, noch viel öfter«, antwortete sie. Ihre Stimme hörte sich in ihren eigenen Ohren immer noch fremd an.

»Natürlich werden wir das.« Er tätschelte ihre Hand.

Neil schien der Ansicht zu sein, dass das Gespräch positiv verlaufen war. Er ließ sich die Rechnung bringen, und sie gingen. Cathy hatte ihren Lieferwagen gefährlich nahe an einer Kreuzung geparkt. Sie sah, wie ein Verkehrspolizist in seine Richtung blickte, und eilte im Laufschritt zu ihrem Auto.

»Gewonnen«, sagte sie lachend und kletterte auf den Fahrersitz.

»Was ist Scarlet Feather ... Ist das eine Matratze?«, fragte der Polizist.

»Das ist der beste Partyservice von ganz Irland«, entgegnete Cathy, legte den Gang ein und brauste davon.

Zu ihrer Überraschung hatte es sich Walter in der Zentrale gemütlich gemacht. Cathy fiel auf, dass Tom etwas mitgenommen aussah.

»Hallo, geht es dir wieder besser?«, erkundigte Neil sich bei Walter.

»Ja, ich bin okay«, erwiderte Walter achselzuckend.

»Was war los?«, fragte Cathy.

»Er war gestürzt und hatte sich am Rücken verletzt«, erklärte Neil. »Dad hat mir das heute Morgen erzählt. Er war seit einer Woche nicht mehr im Büro.«

Tom und Cathy warfen sich einen vielsagenden Blick zu. Sie wussten, dass es keinen Sturz gegeben hatte, sagten aber nichts. In dem Moment klingelte das Telefon. Es war Mrs. Hayes. Sie hatten beschlossen, dass sie am Mittwoch gerne zwei Kellner hätten, einen, der hinter der Bar blieb, während der andere herumging und die Gläser nachfüllte. Ob das ein Problem wäre?

»Nein, ganz und gar nicht, Mrs. Hayes, das wird umgehend erledigt.« Tom legte auf und wandte sich an Walter. »Mittwochabend, üblicher Hungerlohn. Du kommst um halb sieben hierher und hilfst, den Lieferwagen mit zu beladen, Walter. Kein Vorschuss, du brauchst auch kein Dinnerjackett auszuleihen, du hast ja eines. Okay?«

»Okay«, erwiderte Walter grinsend. »Ich wusste doch, dass ihr auf meine Arbeit Wert legt.«

»Nein, tun wir nicht, aber die Lage hat sich verändert. Wir haben Con, der am Mittwoch als Barmann für uns arbeitet, du bist nur Verstärkung. Das heißt, falls dein Rücken bis dahin wieder stark genug ist, ja?«

»Fährst du zu den Four Courts zurück?«, wollte Walter von seinem Cousin Neil wissen. »Wenn ja, könntest du mich mitnehmen.«

»Heißt das, dass du wieder zur Arbeit gehst?«, fragte Neil verdutzt.

»Nein, aber ich muss dort an der Ecke jemanden treffen.«

Tom war erleichtert, dass Walter gehen wollte. »Habt ihr beide gut zu Mittag gegessen?«, erkundigte er sich.

»Nein. Wir haben jede einzelne Brotsorte probiert, bis nichts mehr ging ... Die waren nichts im Vergleich zu deinen, Tom«, antwortete Cathy munter, und Neil murmelte zustimmend.

»Freut mich, zu hören.« Tom strahlte. »Dann kann das also noch eine Weile so bleiben.«

Als die beiden Männer weg waren, setzte Cathy sich hin und sah Tom entschuldigend an. »Tut mir leid, Tom.«

»Was tut dir leid? Wir wissen, dass Walter nichts taugt, aber sie wollten unbedingt zwei ...«

»Nein, nicht das. Weil ich dich angelogen habe, weil ich gesagt habe, Neil sei mit in der Oper gewesen, obwohl er gar nicht dabei war.«

»Oh, das ...« Tom schien es schon vergessen zu haben.

Aber sie fuhr trotzdem fort: »Es war dumm von mir, aber du wusstest, wie sehr ich mich darauf freute, und so habe ich wahrscheinlich ... Ich wollte nicht, dass du dachtest, er hätte mich versetzt.«

Nach Toms Meinung schien sie aus einer Mücke einen Elefanten zu machen. »Der arme Neil war dem Geplärre also doch nicht gewachsen, als es so weit war, ja? Da kann ich ihm keinen Vorwurf machen.«

Muttie hatte die Überraschung seit Wochen geplant, und er wünschte sich so viele Zeugen wie möglich. Deshalb fragte er Cathy und Neil, ob sie nicht am Dienstag gegen sechs Uhr vorbeikommen könnten. Und Geraldine. Eigentlich passte es keinem, aber sie richteten es alle irgendwie ein. Der kleine schwarze Labradorwelpe sollte bereits im Haus sein und oben im Schlafzimmer auf einem Stapel Zeitungspapier hockend warten. Langsam würde Muttie dann das Gespräch auf das Thema Hunde bringen. Maud und Simon würden zum x-ten Male wiederholen, wie gerne sie einen jungen

Hund hätten, und Muttie würde daraufhin antworten, wie seltsam, aber wenn er sich nicht sehr irre, dann hätte er einen für sie. Lizzie würde erwidern, dass das Unsinn sei, ohne ihr Wissen könne bestimmt kein Hund im Haus sein, und dann würde Muttie den kleinen Kerl aus dem Hut zaubern …

Cathy passte der Termin deshalb nicht, weil sie und Tom ihr Geschirr von dem Damenkränzchen bei den Riordans abholen mussten, um es bei der Silberhochzeit der Hayes wieder verwenden zu können. Irgendwann hätten sie bestimmt genügend Porzellan und hitzebeständige Schüsseln, um nicht immer sofort alles einsammeln zu müssen, aber im Moment war das noch nicht der Fall. Geraldine passte es nicht, weil Freddie Flynn gemeint hatte, er könne vielleicht nach der Arbeit noch für ein, zwei Stunden in ihrer Wohnung in Glenstar vorbeischauen. Aber Muttie und sein reinrassiger Hund, der ihn über hundert Pfund gekostet hatte, übten eine magische Anziehung auf alle aus. Und so versuchten alle, diesen Termin irgendwie einzuschieben. Lizzie beeilte sich, ihre letzte Putzstelle des Tages so schnell wie möglich zu verlassen. Geraldine erklärte Freddie, dass sie sich ein bisschen verspäten würde, aber gegen Viertel vor sieben bestimmt in ihrer Wohnung sei. Neil versprach, es wenigstens zu versuchen. Wenn, müsse er allerdings um halb sieben schon wieder weg aus St. Jarlath's Crescent – nur damit alle Bescheid wüssten. Cathy sagte zu, mit Tom auf einen Sprung vorbeizuschauen, ehe sie weiterfuhren, um das Geschirr bei Mrs. Riordan abzuholen.

»Passiert jetzt hier eigentlich was?«, fragte Simon, als sie sich alle am Küchentisch niedergelassen hatten.

»Wieso sagst du das?«, wollte Lizzie wissen.

»Na ja, weil jeder hier auf etwas zu warten scheint«, erklärte Simon.

»Nein, Simon, wir sitzen hier alle gemütlich am Tisch und trinken Tee«, erwiderte Cathy, in dem weiteren Versuch, den Zwillingen so etwas wie Manieren beizubringen. »Und dabei unterhalten wir uns gepflegt miteinander, statt uns ständig einzeln in den Vordergrund zu spielen. Das macht man so unter zivilisierten Menschen, weißt du.«

»Hat jeder Zucker und Milch?«, wollte Maud gehorsam wissen.

Muttie räusperte sich. »Es gibt doch nichts Schöneres als eine Familie, die um einen Tisch versammelt ist«, begann er. »In ganz Dublin sitzen die Menschen jetzt bei einer Tasse Tee, beobachtet von ihren Katzen, Wellensittichen und Hunden.« Er warf einen stolzen Blick in die Runde, als hätte er eben eine völlig normale Bemerkung gemacht… Er wartete, aber die Kinder sagten nichts, sondern sahen ihn nur feierlich an.

Tom fühlte sich verpflichtet, in die Bresche zu springen. »Da hast du was Wahres gesagt, Muttie. Es gibt alle möglichen Lebewesen, die eine Familie beobachten können: ein Hamster, ein Kaninchen, das heißt, falls es von seinem Käfig aus was sieht, und natürlich ein Hund.«

Immer noch kein Pieps von Maud und Simon.

Muttie war der Verzweiflung nahe. »Aber hier in diesem Haus hat es natürlich nie einen Hund gegeben, da unsere Familie noch nie eine Familie von Hundeliebhabern war.«

»Nein, nie, das stimmt«, meldete Lizzie sich zu Wort, als würde sie irgendwo ihren Text ablesen. In dem Moment schossen die Zwillinge hoch.

»Es stimmt«, kreischte Simon.

»Ich wusste es«, rief Maud, und wie der Blitz waren sie aus dem Zimmer und rannten die Treppe hoch ins Elternschlafzimmer. Man hörte leises Bellen und Rufen und Schnüffeln, und dann kamen die beiden mit dem Welpen wieder zurück. Er sah aus wie ein Spielzeug, ein schwarzes Etwas aus Fell mit wedelndem Schwanz und heraushängender Zunge.

»Ist das schön«, strahlte Maud.

»Das ist ein Er, ich habe nachgeschaut.« Simon hielt den

jungen Hund in die Höhe und sah noch einmal nach, für den Fall, dass er sich getäuscht hatte.

»Ist der für uns?«, fragte Simon und wagte kaum, dies zu hoffen.

»Der ist für euch beide«, antwortete Muttie mit belegter Stimme.

»Und dürfen wir ihn behalten?«, fragte Maud ungläubig.

»Sicher, natürlich.«

»Wir hatten noch nie ein Tier, ein richtiges, meine ich«, erklärte Simon.

»Es gab mal eine Schildkröte auf The Beeches, aber die ist irgendwann auf und davon«, erzählte Maud. »Und weißt du, wir haben gehofft, dass du dir einen Hund anschaffen könntest. Und erst heute …«

»Da haben wir hinter der Tür was wimmern gehört«, nahm Simon den Faden auf.

»Und ich habe noch gesagt, vielleicht ist das ein kleiner Hund.« Maud musste unbedingt kundtun, mit welch detektivischem Verstand sie den Hund identifiziert hatte.

»Und ich sagte, ja, Muttie könnte sich durchaus einen jungen Hund zugelegt haben. Es könnte aber auch irgendein alter Mann sein, der sich ächzend und stöhnend auf dem Fußboden in Mutties Schlafzimmer hin und her wirft. Und deshalb ist es besser, wenn wir nicht hineingehen.« Auch Simon wollte unbedingt gelobt werden für die Umsicht, die er bewiesen hatte.

»Aber wir hätten nie gedacht, dass der für uns ist«, sagte Maud.

»Niemals«, bestätigte Simon.

Cathy bemerkte, dass in diesem Augenblick eine tief greifende Veränderung mit den Zwillingen vor sich ging. Auch den anderen schien das aufzufallen. Wie sie den Hund streichelten und laut über seine tollpatschigen Bewegungen lachten, hätte das härteste Herz zum Schmelzen gebracht. Sie hatten das kleine Tier auf den Tisch gestellt, wo es auf seinen vier dicken Pfoten herumtapste. Tom schob ihm gerade noch rechtzeitig eine Zeitung unter, und jeder brachte rasch seine Teetasse und die Kekse in Sicherheit.

»Er ist so schön«, wiederholte Maud.

»Und er ist auch sehr intelligent. Hast du ihn auf der Straße gefunden?«, fragte Simon unschuldig.

»Äh, tja, ich bin hin und habe ihn mir ausgesucht, wisst ihr. Aber jetzt gehört er euch, euch beiden«, stotterte Muttie und strahlte übers ganze Gesicht. »Dad ist zu einem Züchter und hat ihn für euch gekauft«, erläuterte Cathy stolz.

»Und Lizzie hat zusätzlich gearbeitet, damit sie den Tierarzt für die Impfungen und alles bezahlen konnte«, fügte Geraldine hinzu.

»Und wir werden euch jetzt zeigen, wie ihr ihn stubenrein bekommt«, unterbrach Lizzie sie. »Ihr müsst nur das Zeitungspapier jeden Tag ein Stück näher an die Tür legen. Na, jedenfalls haben wir das in Oaklands so gemacht.«

»Und wie werdet ihr ihn nennen?«, wollte Tom wissen.

Der Welpe sah aus, als würde ihn das ebenfalls brennend interessieren. »Hooves«, schlug Simon vor, und Maud nickte heftig. Hufe, aha. Einen Moment herrschte verdutztes Schweigen. »Hooves Mitchell«, fügte Maud hinzu, für den Fall, dass die anderen nicht richtig verstanden hatten.

»Schön, Maud, aber normalerweise ruft man Hunde nicht mit ihrem Nachnamen. Also, Hooves dürfte die meiste Zeit über genügen, okay?«, meinte Cathy.

»Okay«, antwortete Maud.

»Und … äh … wie seid ihr ausgerechnet auf diesen … äh … interessanten Namen gekommen?« Tom kleidete die Gedanken aller Anwesenden in Worte.

Die Kinder waren erstaunt, dass die Erwachsenen etwas so Offensichtliches nicht sofort verstanden. »Das sagt Muttie doch immer: Es gibt nichts Schöneres auf der Welt als den donnernden Klang der Hufe, der das Herz rascher schlagen lässt«, erklärte Simon.

Muttie schnäuzte sich laut.

»Und wenn sie vorbei sind…«, fügte Maud hinzu, »…dann berührt der Klang dieser Hufe deine Seele.«

Neil rief Cathy auf dem Handy an, als sie gerade am Gehen waren.

»Tut mir leid.«

»Macht nichts, Neil, keiner hat erwartet, dass du kommst. Es war super, die sind ganz vernarrt in den kleinen Hund…«

»Das ist der Grund, weshalb ich anrufe. Die paradiesischen Zustände werden leider bald vorüber sein. Onkel Kenneth ist zurück und richtet The Beeches wieder her. Tante Kay kommt am Wochenende aus dem Krankenhaus… Der schöne Schein wird nicht länger mehr aufrechtzuerhalten sein.«

»Das ist kein schöner Schein, das ist ihr Zuhause. Was für eine Art Zuhause kann dein Onkel Kindern schon bieten?«

»Laut Dad und Walter, die er angeheuert hat, um ihm zu helfen, kein allzu übles. Walter kam sogar auf die Idee, ihm vorzuschlagen, sich von dir Tiefkühlkost liefern zu lassen.«

»Ich werde ihnen schon sagen, was sie mit ihrer Tiefkühlkost machen können«, drohte Cathy.

»Cathy, bitte, wir reden später noch mal darüber.«

»Worauf du dich verlassen kannst.«

Geraldine wollte ebenfalls gehen.

»Tut mir leid, dass ich nicht länger bleiben kann, Cathy, Freddie kommt auf einen Drink vorbei. Ich wollte ihm eigentlich morgen Abend ein schickes Abendessen kochen – normalerweise kommt er immer mittwochs, aber er hat irgendeine Verpflichtung, der arme Schatz.«

»Macht nichts, ich muss ja auch gehen. Hör mal, möchtest du vielleicht ein paar leckere Kanapees? Ich habe eine Schachtel im Wagen.«

»Du bist ein Engel, das ist genau das Richtige.«

Minuten später war Geraldine verschwunden und brauste mit

ihrem flotten Auto um die Kurve von St. Jarlath's Crescent. Dann kam Tom aus dem Haus, und sie stiegen in ihren Lieferwagen. »Mann, haben die ein Gesicht gemacht«, schwärmte er.

»Ja.«

»Was ist los?«

Sie erzählte es ihm.

»Und das Gericht? Die Sozialarbeiter?«, fragte Tom.

»Offensichtlich haben die biologischen Eltern immer Vorrang.«

»Auch wenn das solche Früchtchen sind?«

»Offensichtlich auch dann.«

»Sie werden dir fehlen«, sagte er nur.

»Bestimmt werden sie mir fehlen. Aber kannst du dir vorstellen, dass Muttie diesen tapsigen Hund namens Hooves sein Leben lang jetzt allein spazieren führt? Er wird am Boden zerstört sein.«

»Werden sie ihn denn nicht mitnehmen? Den Hund, meine ich.«

»Nein – die beiden flippen doch bestimmt aus, wenn sie außer für die zwei Kinder auch noch für einen Hund sorgen müssen.«

»Aber sie werden doch sicher oft nach St. Jarlath's zu Besuch kommen?«

»Der Sohn von Kenneth Mitchell soll in ein Arbeiterviertel kommen? Nie im Leben! Die hätten doch Angst, er könnte sich dort seine feine Aussprache versauen und sich noch ein paar Flöhe einfangen!«

»Das stinkt doch zum Himmel!«, meinte Tom erbost.

Sie bogen zu dem Haus der Riordans ein, wo noch lebhafter Trubel herrschte.

»Da scheint mir noch was zum Himmel zu stinken«, bemerkte Cathy. »Mrs. Riordan hat mir versprochen, um fünf Uhr fertig zu sein. Was werden wir jetzt tun?«

»Überlass das mal mir«, sagte Tom.

»Oh, das überlasse ich dir mit Freuden, aber du wirst jetzt nicht da hineingehen und Mr. Riordan am Kragen herausschleppen und ihn anbrüllen, was für ein Mr. Saubermann er doch ist, oder?«

»Nein, das hier muss man ganz anders angehen. Bleib du im Wagen und mach ein Nickerchen. Es dauert vielleicht eine halbe Stunde.«

Sie hörte, wie Tom hinten im Lieferwagen herumkramte, und sah ihn dann mit einem Päckchen in der Hand die Treppe hochsprinten. Cathy schloss die Augen. Es war ein langer, aufregender Tag gewesen, und sie war nervös wegen der morgigen Silberhochzeit. Aber sie hatte dieses Leben ja gewollt, das durfte sie nie vergessen.

Mrs. Riordan kam selbst zur Tür. Schuldbewusst sah sie Tom an. »O Gott, ist es schon so spät?«, fragte sie.

»Das muss ja eine klasse Party gewesen sein.« Tom setzte sein glücklichstes und überzeugendstes Lächeln auf.

»Was? Ja, die Damen sind alle gut in Form.«

»Kann ich kurz mal reinkommen und den Damen guten Tag sagen? Ich habe ihnen auch ein Geschenk mitgebracht.« Er strahlte sie an.

»Was? Ja, natürlich, kommen Sie herein.«

»Guten Abend, meine Damen«, sagte er freundlich zu einer Gruppe von elf Frauen, die ganz offensichtlich zu viel Wein getrunken hatten. Aber sie hatten brav fast alles aufgegessen, wie er zufrieden feststellte. »Ich dachte, Sie würden vielleicht gerne ...«, begann er.

»Ein Stripper!«, kreischte eine der Frauen überglücklich.

»Leider nein«, widersprach er hastig. »Ich habe einen krummen Rücken und könnte Ihnen keine anständige Vorstellung bieten, aber ich habe Ihnen trotzdem etwas mitgebracht: ein paar Petits Fours und Pralinen als Dank für Mrs. Riordan, dass sie von uns das Essen bezogen hat ... Wenn Sie diese Schachtel vielleicht herumgeben möchten.«

Alle waren begeistert. Und obwohl sie es schrecklich fanden, dass er ihnen Leckereien mitbrachte, die mindestens vierhundert Kalorien pro Bissen hatten, aßen sie auch diese.

»Und da ich schon mal hier bin, kann ich mich gleich noch nützlich machen.« Geschickt fing er an, den Tisch abzuräumen. Die Frauen eilten ihm zu Hilfe und leerten die Teller. Sie sahen, wie er in der Küche Anstalten machte, sie in die Kisten zu stapeln.

»Aber wir müssen sie doch erst spülen«, protestierte Mrs. Riordan.

»Nein, nein, das machen wir in der Zentrale. Gehört alles zum Service«, sagte er.

Aber sie bestanden darauf. Ein Spülbecken wurde mit heißer Seifenlauge, ein anderes mit klarem Wasser gefüllt, zwei Damen stellten sich zur Verfügung und trockneten ab. Die Party hatte sich in die Küche verlagert.

»So schlimm scheint Ihr Rücken aber nicht zu sein«, meinte die Frau, die Tom für einen Stripteasetänzer gehalten hatte.

»Na, Sie sollten mich mal sehen, wenn ich richtig in Form bin«, erwiderte er schelmisch, und sie errötete.

Die Frauen halfen ihm schließlich noch, die Kisten hinaus zum Lieferwagen zu tragen, aus dem Cathy ungläubig heraussprang und mithalf, sie hinten zu verstauen. In dem Moment kam Mr. Riordans Auto in die Auffahrt gebogen.

»Gott sei Dank sieht es bei uns jetzt nicht mehr so aus, als hätte eine Bombe eingeschlagen. Ihr seid wirklich zwei Engel«, meinte Mrs. Riordan erleichtert und drückte jedem eine Zwanzig-Pfund-Note in die Hand. »Geht und feiert und trinkt einen auf mich.«

Mr. Riordan grüßte Cathy und Tom mit einem kühlen Nicken. »Sieht aus, als sei es ein gelungener Lunch gewesen«, bemerkte er.

»Oh, ich denke, das Essen war schon in Ordnung. Aber ich habe den Eindruck, noch viel besser hat den Damen mein Auftritt als Stripper am Nachmittag gefallen.«

»Das erfinden Sie doch nur«, stammelte der Mann.

»Tja, das werden Sie jetzt wohl nie erfahren, Mr. Riordan, oder? Schließlich werden alle leugnen, dass so etwas überhaupt stattgefunden hat.« Cathy und Tom lachten den ganzen Weg bis in die Stadt.

»Sollen wir auf den Stehempfang nach Neils Vorlesung gehen? Es gibt lauwarmen Weißwein und kalte Würstchen, die eine der Fakultätsehefrauen mitbringt«, sagte Cathy.

»Klar doch. Aber soll ich Marcella anrufen? Sie sollte mittlerweile zu Hause sein. Wir könnten sie mitnehmen, vielleicht hat sie ja auch Lust auf einen Abend außer Haus.«

»Gute Idee.«

Sie investierten die vierzig Pfund in chinesisches Essen. Cathy fiel auf, dass Marcella gerade mal drei Garnelen aß, keinen Reis, kein gebratenes Fleisch, kein süßsaures Schweinefleisch. Tom wiederum bemerkte Neils Sorge, dass die chinesischen Kellner wahrscheinlich nicht in der Gewerkschaft waren. Sie erzählten von dem Drama mit Hooves.

»The Beeches ist doch ein großes Haus mit Garten, oder?«, fragte Marcella. »Vielleicht können sie ihn dort ja doch behalten.«

»Erst, wenn er zu folgen gelernt hat. Sonst läuft er auf die Straße hinaus und wird überfahren«, erklärte Cathy.

»Aber vielleicht dauert es ja noch ewig, bis sie wieder dorthin zurückkehren.«

Neil wandte ein, dass es viel schneller gehen könne, als sie alle glaubten. Wenn es darum ging, Kinder wieder zu ihren Eltern zurückzubringen, verlor die Justiz keine Zeit.

»Es ist schade. So wie es aussieht, sind die beiden doch glücklich, wo sie jetzt sind«, meinte Tom, dem die Szene in St. Jarlath's sehr zu Herzen gegangen war.

»Darum geht es nicht.« Neil ließ in dem Punkt nicht locker. »Noch vor Jahren war man schnell bei der Hand, Kinder ihren Eltern wegzunehmen und sie zu fremden Leuten zu geben, wo sie es angeblich besser hätten … Heutzutage wird den leiblichen Eltern wieder eine wesentlich größere Bedeutung beigemessen.«

In diesem Fall wurde ihnen eine zu große Bedeutung beigemessen, dachte Cathy, aber sie sagte nichts. Es gab so viele andere Dinge, die sie mit Neil zu besprechen hatte. Und wenn sich schon mal die seltene Gelegenheit ergab, dass sie zu viert zum Essen ausgingen, dann wollte sie die Zeit nicht damit verschwenden, wegen Simon und Maud mit ihm zu streiten.

Die Familie Hayes war in hellem Aufruhr, als sie um halb sechs dort eintrafen. Zwei unzufriedene, halbwüchsige Söhne, die noch zu Hause wohnten, drückten sich von einer Ecke in die andere und wussten nicht, wohin mit sich. Eine gleichfalls unzufriedene Tochter, allem Anschein nach mit einem jungen Mann befreundet, den die Eltern ablehnten, hielt es für absolut untragbar und unverständlich, dass sie an diesem Tag das Bügelbrett in der Küche nicht benutzen konnte wie sonst auch. Mrs. Hayes forderte Tom und Cathy auf, sie Molly zu nennen, und stellte ihren Mann als Shay vor. Er war ein dicklicher, angespannt wirkender Mensch, der aber ganz offensichtlich in seinem Geschäft ein strenger Zuchtmeister war und meinte, auch bei dieser Gelegenheit im Befehlston herumkommandieren zu können.

»Shay, was halten Sie davon, wenn ich uns jetzt allen einen Kaffee mache und kurz mit Ihnen unseren Ablaufplan durchgehe?«, schlug Tom vor.

In der Zwischenzeit hatte Cathy das Wasser aufgesetzt, June gebeten, das Bügelbrett und das Bügeleisen hinauf in ein leeres Zimmer zu schaffen, und hatte die beiden Söhne dazu bewegt, die zwei Perserkatzen in ein Zimmer mit einem sauberen Katzenklo und einer Schüssel voller Futter zu bringen, von wo aus sie nicht entkommen und das Biskuitdessert oder die Kartoffelschuppen vom Lachs fressen konnten. Als das Wasser kochte, hatte Cathy Molly überzeugt, dass es jetzt nichts Wichtigeres für sie gebe, als nach oben zu gehen und sich eine Weile mit hochgelegten Beinen auszuruhen. Cathy hatte ihr sogar eine Maske für die Augen mitgebracht, die wahre Wunder bewirke, wie sie ihr versicherte.

»Aber wer soll unten alles herrichten ...?«, jammerte Molly.

»Aber dafür bezahlen Sie doch uns. Glauben Sie mir, wir werden das alles für Sie erledigen«, sagte Cathy mit Nachdruck.

Tom erklärte Shay gerade, dass sie für jeden Auftrag einen genau festgelegten Ablaufplan hätten und dass es am klügsten sei, sie allein arbeiten zu lassen. Er fände es am besten, wenn die Familie um halb acht, eine halbe Stunde vor Eintreffen der Gäste, herunterkäme, damit sie ein letztes Mal gemeinsam überprüfen könnten, ob alles in Ordnung sei. Shay nickte, das schien ihm einzuleuchten. Und bald war die ganze Familie Hayes mit Kaffee in ihren Zimmern verschwunden. Nun traten Tom und Cathy in Aktion und packten das Essen aus; die Kanapees waren mit June und deren Freundin Helen unterwegs. Sie stellten die Tische für das Büfett auf und verbannten die Aschenbecher hinaus in den Wintergarten, wo Rauchen erlaubt war. Sie packten den Kuchen aus und richteten ihn auf einer silbernen Etagere an, und sie vervollständigten jedes Schüsselchen mit Dessertkrem mit der Zahl fünfundzwanzig aus gerösteten Mandeln. Dann füllten sie die Salate in große Glasschüsseln um, die sie am Abend zuvor den Riordans zum Glück hatten wieder entreißen können. Alles lief genau nach Plan. Um Punkt sieben Uhr trafen die beiden Barmänner ein, Con, der fröhliche Rotschopf, den sie in einem Pub entdeckt hatten, und Walter, verdrossener und launischer denn je.

»Zu Anfang wird es Champagnercocktails geben«, erklärte Cathy.

»Wie abgefahren«, höhnte Walter.

Cathys Gesicht wurde hart. »Ich weiß eigentlich nie so recht, was das Wort bedeuten soll. Aber du weißt, wie die

Cocktails gemacht werden, und du füllst sie kurz vor Eintreffen der Gäste mit Champagner auf.«

»Oder mit dem, was hier als Champagner durchgeht«, erwiderte Walter, zog demonstrativ eine Flasche aus dem Karton und ließ sie wieder hineingleiten.

Cathy wandte sich jetzt nur noch an Con und überließ Walter sich selbst. »Ich möchte, dass ihr vierzig Gläser vorbereitet. Kannst du dich darum kümmern, dass Walter zwölf Flaschen Weißen und zwölf Flaschen Roten aufmacht? Der Weißwein kommt in die Kühlbox draußen vor der Küchentür, und wenn nur noch vier Flaschen davon da sind, öffnet ihr jeweils vier von jeder Sorte, und ...«

»Entschuldige, Cathy, ist es dir nicht möglich, direkt mit mir zu sprechen? Vielleicht willst du mich lieber nicht hier haben. Soll ich gehen?« Walter wirkte dabei so herablassend, dass sie ihm am liebsten ins Gesicht geschlagen hätte. Er wusste, dass sie ihn nicht gehen lassen konnte. Nicht kurz vor Ankunft der Gäste. Er konnte sich also so unverschämt aufführen, wie er wollte. Oder doch nicht? Neil war heute Abend zu Hause – in einem wirklichen Notfall würde er bestimmt kommen und einspringen. Sie trat ein wenig zur Seite, damit Con, der Neue, nicht jedes Wort von ihrem Familienstreit mitbekam.

»Entweder du benimmst dich, oder du kannst deinen Mantel holen«, sagte sie streng.

»Ich denke nicht, dass du in der Position bist ...«

»Und ob ich in der Position bin, ich bezahle dich nämlich.«

»Und wo willst du um diese Zeit einen Ersatz herbekommen?«

»Ich hole deinen Cousin«, erklärte sie und griff nach dem Handy.

»Neil? Das würdest du nicht tun.«

Sie fing an zu wählen.

»Okay, tut mir leid, ich hab's etwas übertrieben.«

»Nein, mir tut es leid, Walter, denn offensichtlich kann ich mich nicht auf dich verlassen. Das ist ein großer Auftrag für uns heute.«

Langsam begriff er, dass sie es ernst meinte. Sie wollte tatsächlich Neil Mitchell, den Anwalt, bitten, in ein Dinnerjackett zu schlüpfen und diesen Leuten hier die Getränke zu servieren. Sein Onkel, der gleichzeitig auch sein Boss war, würde ihn umbringen, und sein zurückgekehrter Vater, seine einzig weitere »Einkommensquelle«, würde ihn auch umbringen.

»Ich flehe dich an, Cathy, du hast mein Wort«, versuchte er, sie umzustimmen.

»Und du hältst dich besser an dein Wort, kann ich dir nur raten«, sagte sie und ließ ihn stehen.

»Walter scheint doch tatsächlich mal für uns zu arbeiten«, meinte Tom bewundernd, als er sah, wie gut der Nachschub an Weinflaschen klappte.

»Ich habe ihm auch eine Höllenangst eingejagt«, erklärte Cathy mit einer gewissen Genugtuung. »Aber der andere ist gut, den nehmen wir wieder. Und das ist heute Walters letzter Einsatz.«

»Wird das keinen Familienkrach heraufbeschwören?«, fragte Tom.

»Nein, wahrscheinlich wird es ihn sogar vermeiden. Sonst würde ich nämlich eines Tages doch noch Walter mit bloßen Händen erwürgen und die Küche kurz und klein schlagen«, entgegnete Cathy.

»Kochen soll sehr viel mit Geduld und Ruhe zu tun haben«, sinnierte Tom. »Aber für dich sind Ruhe und Geduld ja Fremdwörter.«

»Kochen soll auch viel mit Temperament und Feuer zu tun haben, habe ich mir sagen lassen, und davon habe ich jede Menge«, erwiderte Cathy schlagfertig.

In dem Moment tauchte die Familie Hayes geschlossen im

Erdgeschoss auf. Jetzt würde wieder unnötige Hektik ausbrechen.

»Wir haben eine Tradition in unserer Firma. Wir machen ein Foto von unseren Auftraggebern, bevor die Gäste kommen und solange das Haus noch friedlich ist und das Essen noch was fürs Auge bietet«, erklärte Tom, ließ die Familie neben der Torte vor dem Büfett posieren und drückte ihnen den ersten Champagnercocktail des Abends in die Hand.

Allmählich fingen die Gastgeber an, sich zu entspannen. Als der erste Gast eintraf, waren sie sich einig, dass das Haus wunderschön und das Essen köstlich aussah und dass es ein ebenso wunderschöner Abend werden würde. Und nur eine Stunde später war bereits abzusehen, dass der Abend ein rauschender Erfolg werden würde. Sogar Walter bewegte sich behände von Gruppe zu Gruppe, schenkte nach und plauderte freundlich mit den Leuten. »Einfach fantastisch, das alles hier«, sagte Shay zu jedem, der seinen Weg zu den Tabletts mit Roastbeef und dem Yorkshirepudding fand, eigentlich kleine Brandteigtaschen, gefüllt mit Sahnemeerrettichsauce und einer Scheibe kalten Rindfleischs. Die Leute konnten gar nicht genug davon bekommen.

»Stammt das Rezept von Ihnen, Cathy?«, wollte ein Gast von ihr wissen.

Es war Freddie Flynn, der Freund ihrer Tante. Mrs. Flynn war auch da, klein und mit Juwelen geschmückt. Cathys Blick fiel auf das Handgelenk der Frau; ihre Uhr war geradezu mickrig im Vergleich zu der von Geraldine. Sie schenkte ihnen ein freundliches Lächeln.

»Mr. Flynn, Mrs. Flynn, vielen Dank. Nein, das stammt nicht von mir. Ich habe diese Täschchen mal irgendwo gegessen und mich wieder daran erinnert. Schmecken sie denn so gut?«

»Und wie«, versicherte er ihr. Er hatte ein nettes Lächeln. »Schatz, das ist Cathy von Scarlet Feather, sie ist eine Cousine von Geraldine, du weißt schon, die die PR für uns macht. Sei nett zu Cathy, vielleicht ist sie so freundlich und kocht auch mal für uns. Cathy, das ist meine Frau Pauline.«

»Sie könnten vielleicht unsere Silberhochzeit ausrichten, wenn es so weit ist«, sagte die Frau.

»Oh, das wäre eine Ehre für uns. Schön, Sie kennengelernt zu haben, aber jetzt müssen Sie mich entschuldigen, ich muss zusehen, dass jeder ...«

Sie kochte vor Wut. Es war nicht auszuhalten, wie er um seine Frau herumscharwenzelte. Sie planten eine Feier ihrer Silberhochzeit. Und laut Geraldine sollte diese Ehe schon seit Jahren tot sein. Weshalb der arme Freddie auch jedes Recht hatte, sich anderweitig zu amüsieren, da es zu Hause nichts mehr für ihn zu lachen gab. Gott, das konnte einen krank machen.

Die Party lief besser als gedacht oder erhofft. Molly hatte betrübt gemeint, dass sich bestimmt alle Gäste zu alt zum Tanzen fühlten, aber Tom hatte auf jeden Fall mal Best of Abba mitgebracht. Zuerst legte er Leo Sayer mit »When I need you« auf, dann »Don't cry for me Argentina« und »Mull of Kintyre«. Die Musik lief leise im Hintergrund, war aber nicht zu überhören. Zu vorgerückter Stunde, als das Dessert abgeräumt war und die Gäste schließlich zaghaft zu summen begannen und in die Refrains mit einstimmten, legte er »Mamma Mia« auf, und alle waren auf den Beinen.

Tom und Cathy machten eine kurze Pause und tranken Kaffee in der Küche. Um sie herum stapelte sich das eingesammelte Geschirr. Die beiden Barmänner hatten vorsichtig alle Gläser von Scarlet Feather eingesammelt und durch solche ersetzt, die zum Haus gehörten. Bald wäre es Mitternacht und Zeit, den beiden ihre fünf Stunden auszuzahlen. Shay Hayes hatte ihnen einen Umschlag für das Personal dagelassen, der Abend würde sich also bestimmt lohnen. Cathy hatte ein Silberpoliertuch mitgebracht, um die vier silbernen Schöpfkellen zu putzen, die Molly Hayes unbedingt hatte verwenden wollen. Sie seien ein Hochzeitsgeschenk gewesen, sagte sie, man müsse sie also unbedingt herzeigen.

Irgendwann waren dann auch der Lieferwagen vollgeladen und die Aschenbecher ausgeleert, nur auf den Tischen standen noch offene Flaschen herum, aber die Küche war mittlerweile makellos sauber. Ein harter Kern von zehn Personen feierte noch. Tom würde die CDs am nächsten Tag mitnehmen, wenn er die Rechnung präsentierte. Da fragte Con, ob er kurz etwas mit Tom besprechen könne, und zog ihn zur Seite.

»Es ist mir fürchterlich peinlich«, fing er an.

»Was ist denn los?« Tom hoffte, dass Con ihn nicht um mehr Geld bitten würde. Er war den ganzen Abend ein hervorragender Kellner gewesen, und sie würden sich nie mehr mit diesem arroganten Walter abgeben müssen.

»Es ist nur ... Es ist nicht einfach, so etwas zu sagen ... aber ich denke mir, Sie sollten mal einen Blick in die Sporttasche dort drüben werfen, wenn Sie verstehen, was ich meine. Gott, ich sage das nur ungern ... aber ich muss.« Man sah dem Jungen an, wie unwohl er sich in seiner Haut fühlte. Ohne weitere Fragen zu stellen, öffnete Tom den Reißverschluss. Oben auf Walters Pullover und Jeans lagen die vier silbernen Schöpfkellen, zwei silberne Essig- und Ölfläschchen und ein verzierter Silberrahmen. Tom schnürte es die Kehle zu.

»Vielen Dank«, sagte er. »Und jetzt gehst du besser, so schnell du kannst. Ich habe das selbst in der Tasche gefunden, verstanden? Ich danke dir nochmals, wir bleiben in Verbindung.«

»Es tut mir leid, Mr. Feather.«

»Mir auch«, erwiderte Tom.

In dem Moment kam Cathy in die Küche zurück und legte ihren Schurz mit der großen roten, geschwungenen Feder ab. »Tom, du bist ein Genie. Woher hast du gewusst, welche Musik sie hören wollen? Es läuft alles traumhaft, schau doch nur, wie sie alle zu ›Dancing Queen‹ herumhüpfen. Ich hoffe nur, wir können das auch noch, wenn wir in ihrem Alter sind.«

»Cathy, Walter hat das Familiensilber gestohlen. Da drüben in seiner Sporttasche, die ist voll mit dem Zeug. Schau selber nach.«

Jede Farbe wich aus ihrem Gesicht. Er hasste es, ihr das antun zu müssen, aber es gab keine andere Möglichkeit. Er konnte erst dann handeln, wenn er wusste, was sie tun würde. Walter gehörte schließlich zu ihrer Verwandtschaft, nicht zu seiner.

»Wo ist er?«

»Immer noch drüben im Wohnzimmer. Er schwatzt Mollys und Shays Tochter die Ohren voll, argwöhnisch beäugt vom Freund des Mädchens.«

Cathy griff nach ihrem Handy.

»Was tust du da?«, fragte er.

»Ich rufe June und Helen ein Taxi. Ein paar Ecken weiter ist ein Taxistand. Ich habe mir seine Nummer notiert.«

»Und dann?«

»Wir werden diese Angelegenheit hier aufklären und notfalls die Polizei holen, falls er leugnet.«

»Was würde Neil dazu sagen?«

»Ich weiß es nicht, aber Walter soll ihn anrufen, er wird einen Anwalt brauchen.«

»Du wirst es doch nicht zum Äußersten kommen lassen?« Tom wunderte sich über ihren Mut.

»Wenn es mir möglich ist, schon.«

Tom ging ins Wohnzimmer hinüber. »Walter, kann ich dich einen Moment stören? Ich brauche dich in der Küche«, forderte er ihn leise auf.

»He, mein Sklavendienst ist vorbei. Ich bin jetzt nur noch zu meinem Vergnügen hier.«

»Sofort, bitte.«

Als Walter die offene Sporttasche sah, regte er sich fürchterlich auf. »Wie könnt ihr es nur wagen, in meinen Privatsachen zu schnüffeln…«, fing er an.

»Erklär uns das bitte, Walter.«

»Von mir stammt das nicht. Ihr zwei habt das da reingetan. Ihr hasst mich.«

»Wir haben die Sachen nicht angerührt. Die Polizei wird in Kürze hier sein und uns sagen, wessen Fingerabdrücke darauf sind.«

»Ihr werdet doch nicht die Polizei rufen?« Sein Gesicht war schneeweiß, aber er glaubte immer noch, sie würden bluffen.

»Das ist die übliche Vorgehensweise, wenn etwas gestohlen wurde.« Cathy griff nach ihrem Handy.

»Willst du sie jetzt anrufen?«

»Nein, ich warte so lange, bis du mit deinem Cousin gesprochen hast, weil du jemanden brauchen wirst, der dich verteidigt, Walter. Das kann ebenso gut Neil machen, das heißt, falls er dich nimmt.«

Ungläubig starrte er sie an.

»Los, ruf an.«

»Ich weiß die Nummer nicht.«

»Sie ist eingespeichert. Du brauchst nur die eins zu wählen.«

Sie setzten sich und beobachteten ihn, während er darauf wartete, dass Neil sich meldete. Die Tür zur Küche war geschlossen; sie konnte beide Gesprächsteilnehmer hören.

»Neil, tut mir leid… tut mir leid, dass ich anrufe. Ich bin's, Walter.«

»Was ist passiert? Geht es Cathy gut, ist alles in Ordnung? Hat es einen Unfall gegeben?«

»Nein, ich habe ein bisschen Ärger.«

»Wo ist Cathy?«

»Sie ist hier neben mir… Möchtest du mit ihr sprechen?«

Cathy schüttelte den Kopf. »Nein, tut mir leid, Neil, ich muss es dir offensichtlich selbst sagen.«

»Na, dann sag es mir«, ließ sich die Stimme schneidend vernehmen.

»Tja, es hat da ein Missverständnis gegeben… Wir sind immer noch in diesem Haus, und Tom hat in meiner privaten Tasche gewühlt und dort ein paar silberne Gegenstände gefunden, die hierher ins Haus gehören… jedenfalls sagt er das…« Walter hielt inne, aber er erhielt keine Antwort, und so fuhr er fort: »Und jetzt reden Tom und Cathy davon, die Polizei zu holen, Neil. Onkel Jock wird mich umbringen, du musst mir helfen…« Immer noch Schweigen am anderen Ende. »Was soll ich tun?«

»Zieh deine Jacke aus.«

»Was?«

»Zieh deine Jacke aus und gib sie Tom.«

»Ich glaube nicht, dass uns das weiterhilft. Wozu soll das…«

»Tu es, Walter.«

Er tat es. Es klapperte, als er sich aus seinem Dinnerjackett mühte und es Tom reichte. Tom schüttelte die Jacke. In der Tasche kamen silberne Teelöffel, eine Uhr und ein Papiermesser zum Vorschein.

»Ist die Sache erledigt?«, wollte Neil wissen.

»Ja, da scheint noch mehr…«

»Ich war sicher, dass da noch mehr zum Vorschein kommen könnte«, erwiderte Neil.

»Was passiert jetzt?«

»Das hängt nicht mehr von mir ab, fürchte ich.«

»Von wem dann?«, fragte Walter ängstlich.

»Von Cathy und Tom und den Leuten, deren Silber du gestohlen hast. Wissen sie es eigentlich schon?«

»Nein, und ich habe es auch gar nicht richtig gestohlen, weißt du.«

»Selbstverständlich nicht. Ich wünsche dir viel Glück.«

»Was soll das heißen, willst du mir nicht helfen?«

»Nein, ganz bestimmt nicht.«

»Neil, aber du musst. Ich gehöre zu deiner Familie.« – »Nein, jetzt hör mir mal gut zu... Cathy ist deine Arbeitgeberin, du hast sie bestohlen. Sie hätte deinetwegen angezeigt werden können, du dummes Arschloch.«

»Cathy ist hier, Neil, ich möchte sie dir geben... Bitte, Neil, fleh sie an, bitte sie...« Tränen strömten über sein Gesicht.

»Cathy und Tom haben zusammen ein Geschäft, Walter. Sie hatten das Pech, einen Dieb einzustellen. Ich akzeptiere jede ihrer Entscheidungen.« Und damit legte er auf.

Tom und Cathy sahen einander an. »Deine Hosentaschen«, forderte Tom ihn auf.

Ein Feuerzeug und noch mehr Löffel. Walter weinte und bettelte, aber Cathy und Tom diskutierten die Lage miteinander, als sei er gar nicht da.

»Ruf du sie an, Tom.« Sie war völlig ruhig.

»Nein, werde ich nicht. Den emotionalen Teil übernehme ich nicht. Ganz bestimmt nicht. Du würdest es auch nicht machen wollen, wenn er Marcellas Cousin wäre.«

»Das ist richtig.« Es herrschte Schweigen. »Ich möchte, dass er büßt für das hier. Jede Faser in mir sehnt sich danach. Es sprechen nur zwei Dinge dagegen.«

»Ich gehöre doch zur Familie«, flehte Walter unter Tränen.

»Deine Familie kannst du dir an den Hut stecken«, fuhr Cathy ihn an. »Ich möchte Molly und Shay den Abend nicht verderben, und ich will auch diesen Kindern nicht in die Augen sehen und ihnen sagen müssen, dass ich diejenige war, die ihren Bruder ins Gefängnis gebracht und ihnen noch mehr Probleme bereitet hat, als sie ohnehin schon haben.«

»Dann wirst du die Polizei also nicht rufen?« Er klammerte sich verzweifelt an diesen möglichen Strohhalm.

»Tom?«

»Ich wäre einverstanden«, sagte Tom.

»Gib mir deinen Lohn«, forderte sie ihn auf.

Walter beeilte sich, das Geld hervorzukramen.

»Und jetzt hau ab«, sagte Tom. »Aber behalte das Geld. Du hast fünf Stunden gearbeitet, also wirst du auch dafür bezahlt.«

»Danke dir, Tom.« Er starrte zu Boden.

»Geh jetzt«, wiederholte er.

»Es tut mir leid, Cathy.«

»Dir tut es doch nur leid, dass du erwischt worden bist, Walter.«

»Nein, komischerweise hat es mir heute Abend zum ersten Mal Spaß gemacht, als ich sah, wie das alles so gut lief.«

Es schien ihm merkwürdigerweise ernst damit zu sein.

»Warum hast du das getan, Walter? Jock bezahlt dir doch einen Haufen Geld.«

»Ich habe Schulden«, antwortete er.

»Na ja, betrachte es von der positiven Seite... Wenigstens bist du nicht bei der Polizei in Garda gelandet«, sagte Cathy.

»Ich werde dir das nie vergessen, Cathy.«

»Sicher.«

Er ging. Cathy blieb reglos auf ihrem Platz sitzen.

»Du warst großartig«, sagte Tom. »Und Neil hat sich auch großartig verhalten.«

»Ich wusste, dass er Walter nicht verteidigen würde«, antwortete Cathy.

»Ich nicht«, meinte Tom nachdenklich. »Ich dachte, er würde ihn als das Opfer sehen.«

»Nein, wir waren die Opfer, und Neil hat das sofort begriffen. Wegen seinem kleinen Cousin hätten wir unser Geschäft vergessen können.«

»Er hat einen außergewöhnlichen Sinn für Gerechtigkeit«, sagte Tom bewundernd.

»Du aber auch«, erwiderte Cathy. »Ich hätte ihm nie im Leben den Lohn für heute Abend gegeben. Nicht in einer Million Jahren. Und trotzdem hattest du recht, er hat ihn sich verdient, bevor er das Silber stahl.«

»Komm, fahren wir nach Hause«, schlug er vor. Er steuerte

den Lieferwagen zurück zu dem kleinen Reihenhaus in Waterview, wo Neil bestimmt schon darauf wartete, die Ereignisse dieses Abends mit Cathy zu besprechen. Und dann würde er zurück in seine Wohnung in Stoneyfield fahren, wo Marcella ebenfalls darauf wartete, zu erfahren, wie ihr größter bisheriger Auftrag gelaufen war.

»Hast du nicht das Gefühl, als hätte dieser Abend ewig gedauert?«, fragte Cathy müde.

»Ja, als wollte das Fest überhaupt nicht mehr zu Ende gehen.«

Schweigend fuhren sie durch die Stadt, bis Tom sagte: »Aber im Vergleich zu den vielen Verlierern, die heute unseren Weg gekreuzt haben, haben du und ich noch ziemliches Glück, würde ich sagen. Oder bin ich wieder einmal ein unbelehrbarer Optimist?«, fügte er hinzu.

April

Beim Mittagessen am nächsten Tag sagte Molly Hayes, dass sie noch nie etwas derart genossen habe. Alle ihre Freunde hätten angerufen, um ihr zu gratulieren. Schließlich hätte der Abend auch ganz anders enden können.

Cathy und Tom hatten den ganzen Vormittag über hart gearbeitet und beschlossen, eine kleine Verschnaufpause einzulegen. Sie wollten sich bei Hayward's im Sommerschlussverkauf nach Sonderangeboten umschauen und fanden dort auch ein paar weiße Rollos mit einer dezenten roten Bordüre und einen Bausatz für Halogenlampen. Alle Vorbereitungen für die beiden nächsten Aufträge waren bereits erledigt: Da war die Einladung zum Bridge für zwölf Personen, wo sie eine Auswahl winziger belegter Happen und kleiner Kuchen in einen Privathaushalt liefern sollten. Cathy und Tom hatte lange gebraucht, um herauszufinden, wie man deutlich erkennbare Herzen, Karos, Kreuze und Pik-Motive auf den winzigen Sandwiches applizieren könnte. Letztendlich hatten sie sich für eine knifflige Lösung aus Rettich und schwarzen Oliven entschieden. Anschließend mussten sich Cathy und Tom in die Wohnung einer Auftraggeberin schleichen, die ihren Schwiegereltern gegenüber so tun wollte, als habe sie das Essen selbst zubereitet. Die Frau hatte Cathy und Tom ihr eigenes Geschirr zur Verfügung gestellt und alles im Voraus bezahlt. Jetzt brauchte sie nur noch eine nachvollziehbare Anleitung, und außerdem hatten Cathy und Tom ihr versprechen müssen, niemals auch nur einer Menschenseele gegenüber ihre Mithilfe zu erwähnen. Sie hatten ihr eine Spinatsuppe, einen Schmortopf, der stundenlang vor sich hinköcheln musste, und als Dessert Zitronentorte vorbereitet.

Die Geschichte kam ihnen etwas merkwürdig vor, aber es hatte keinen Sinn, ihre Auftraggeberin zu kritisieren. Schließlich verdienten sie ihr Geld mit solchen Leuten. Sie fühlten sich wie zwei Kinder beim Schuleschwänzen, als sie sich nach ihrem Einkaufsbummel einen Kaffee gönnten. Auf einmal entdeckte Cathy Shona Burke, die allein an einem Tisch saß und in einem Buch las; sie hatte einen Salat und einen Saft vor sich stehen.

»Shona ist wirklich eine sonderbare Frau, findest du nicht auch?… In der einen Minute ist sie ausgesprochen freundlich, und in der nächsten zieht sie sich in ihr Schneckenhaus zurück.«

»Vielleicht hat sie ja einen alten Gönner in der Hinterhand«, überlegte Tom.

»Wie kommst du denn auf die Idee?«

»Wie soll sie sich sonst eine Wohnung in Glenstar leisten können?«

»Das ist doch nur ein winziges Studio, Tom, eine bessere Abstellkammer. Aber recht könntest du trotzdem haben.« Cathy war sich sicher, dass sie auf keinen Fall in Glenstar wohnen und mit alten Gönnern oder vermögenden Gentlemen befreundet sein wollte, die ihr Geschenke machten.

Shona wirkte einsam, aber auch ziemlich abweisend. Sie beendete ihr Mittagessen, schloss das Buch, sah auf ihre Uhr und wollte gerade wieder in ihr Büro zurückkehren, als sie Tom und Cathy entdeckte. Shona lächelte, und mit einem Mal wirkte sie wie verwandelt.

»Schau einer an, Scarlet Feather incognito in unserem Café«, sagte sie.

»Aber euer Brot kann mit meinem wirklich nicht mithalten«, zog Tom sie auf, und zu seinem Erstaunen nickte Shona. »Stimmt. Und bei der Besprechung am letzten Freitag habe ich das fast wortwörtlich auch so gesagt. Wir haben die besten Suppen und Salate, aber unser Brot schmeckt fade und langweilig. Dabei fällt mir ein – das wäre doch eine Gelegenheit, euch ins Geschäft zu bringen. Wir könnten auf jeden Tisch ein Hinweisschild stellen, dass das Brot von Scarlet Feather geliefert wird. Morgen um halb elf haben wir wieder eine Besprechung. Was haltet ihr davon, wenn ihr mir eine Auswahl eurer besten Brote vorbeibringt und ich versuche, die Verantwortlichen zu überzeugen?«

Als Tom und Cathy sofort begeistert anfingen, mit Shona über Preise, die Art der Präsentation, über Mengen und Lieferungsmodalitäten zu diskutieren, wurde dieser ganz bang ums Herz.

»Aber ihr dürft nicht allzu enttäuscht sein, wenn es nicht klappt. Ich werde jedenfalls mein Bestes für euch tun. Und bestimmt würde das Restaurant auch davon profitieren.«

»Du bist super, Shona«, strahlte Tom und griff nach seiner Einkaufstüte mit den Halogenlampen.

»Und jetzt geht es gleich ab an den Backofen, wie?«, fragte sie lachend.

»Nein, ich schaue noch kurz bei meinem Vater vorbei. Ich werde mich morgen ganz früh an die Arbeit machen. Du wirst von mir mit Sicherheit kein Brot vom Vortag für deine Demonstration bekommen... Ich werde dir fünf verschiedene Brotsorten vorbeibringen, und alle ganz frisch...«

»Wie geht es denn deinem Vater?«, fragte Shona.

»Danke, eigentlich wieder gut. Du hast dich übrigens neulich abend im Krankenhaus ganz toll verhalten, Shona. Er lässt die Sache jetzt ein bisschen lockerer angehen, was kein Fehler ist. Meine Mutter ist natürlich überzeugt, dass das nur an ihren Gebeten liegt... Ein bisschen anstrengend auf die Dauer, aber wenn es ihr was bringt... warum nicht?« Tom zuckte die Schultern.

Cathy nickte. »Jedenfalls richtet sie damit keinen Schaden an. Und für uns hat sie auch ohne Unterlass gebetet, damit aus unserem Geschäft etwas wird. Du wirst ihr doch hoffentlich ausrichten, dass es uns gut geht, ja?«

»Keine Sorge, das mache ich schon. Aber bevor wir gehen,

würde ich gerne noch auf einen Sprung bei Marcella im Salon vorbeischauen.«

»Erzähl ihr aber noch nichts von unserem Vorhaben mit dem Brot«, warnte Shona.

»Nein, natürlich nicht. Cathy, könntest du bitte unseren Kaffee aus der Bürokasse bezahlen? In zehn Minuten bin ich am Auto, einverstanden?« Und weg war er. Die beiden Frauen sahen ihm hinterher. Ihnen entgingen nicht die bewundernden Blicke, die ihm zugeworfen wurden, als er sich geschmeidig zwischen den Tischen hindurchschlängelte und sich mit einem Lächeln entschuldigte, wenn er sich an den Leuten vorbeidrängen musste.

»Er hat keine Ahnung, was für eine Ausstrahlung er hat«, sagte Cathy. »Alle sind ganz verrückt nach ihm, wo immer wir auch hinkommen. Die Jungen sind jedes Mal erleichtert, wenn sie hören, dass wir zwei nicht zusammengehören, und die älteren Damen haben sowieso einen totalen Narren an ihm gefressen. Aber der gute Tom merkt von alledem nichts.«

»Wenn er und Marcella zusammen irgendwo hingehen, dann sieht das immer nach einem Auftritt von Filmstars aus«, sagte Shona und stand auf. »Euren Kaffee, den übernehme ich, einverstanden?«

»Kommt gar nicht infrage«, wehrte Cathy ab.

»Bitte, Cathy. Morgen um diese Zeit seid ihr beide vielleicht schon offizielle Lieferanten dieses Restaurants – da kannst du dich schon mal einladen lassen.«

Cathy nahm das Angebot gerne an. Als sie ihre Einkäufe zusammensuchte, sagte sie: »Tom hat erzählt, dass jemand aus deiner Familie im Krankenhaus lag, als er seinen Vater besuchte. Stimmt das?«

»Ja, das stimmt.«

»Und ist er oder sie auch auf dem Weg… der Genesung?«

Shona blickte Cathy offen ins Gesicht. »Nein, das kann man leider nicht sagen. Sie ist gestorben.«

»Das tut mir aber leid.«

»Danke, Cathy.« Shonas Stimme klang distanziert und unsentimental.

»Ist sie eine nahe Angehörige von dir gewesen?«

Shona ließ sich Zeit mit ihrer Antwort. »Nein, sie stand mir nicht sehr nahe, überhaupt nicht.«

Marcella saß an ihrem kleinen Tisch und verlängerte einer sehr eleganten Dame, die ihr die Hände entgegenhielt und bewundernd betrachtete, gerade die Nägel. Marcella freute sich über Toms Besuch und sprang auf, um ihn zu begrüßen. Sie sah umwerfend aus in ihrem kurzen weißen Kittel mit dem blauen Abzeichen von Hayward's und den langen, schlanken Beinen in den dunkelblauen Strümpfen. Ihr dunkler Haarschopf umrahmte ihr Gesicht wie ein Glorienschein. Manchmal konnte Tom kaum glauben, wie schön Marcella war und dass sie nur ihn liebte. Jeder im Salon bewunderte sie.

»Soll ich uns ein Video besorgen, oder willst du heute Abend lieber ausgehen?«, flüsterte er.

»Heute Abend gibt es eine Buchpräsentation«, antwortete Marcella.

»Na gut, dann eben nicht«, meinte Tom achselzuckend. Er wusste genau, dass es keinen Sinn hatte, Marcella zu fragen, um wessen Buch es ging und wovon es handelte. Eine Buchpräsentation war vor allem eine Gelegenheit, fotografiert zu werden. Vielleicht machte ja ausgerechnet heute jemand ein besonders gutes Foto von Marcella, das dann unter der Spalte »Unter den Gästen waren« erscheinen würde. Marcella würde es ausschneiden und in ihren Ordner kleben, der ständig dicker wurde. Tom fragte nach dem Namen der Buchhandlung und dem Beginn der Veranstaltung und verabredete sich dort mit ihr. Hinterher noch ein Abendessen zu zweit vorzuschlagen hatte wenig Sinn. Marcella aß fast nie zu Abend, und außerdem wollte sie danach bestimmt noch ins Fitnesscenter.

»Was meinst du? Könnte ich dich in Fatima vorbeifahren und heute Abend den Lieferwagen haben?«, fragte Cathy, nachdem sie die beiden Rollos angebracht und herausgefunden hatten, dass sie für die Installation der Halogenlampe doch einen Fachmann benötigten. Tom war einverstanden. Er wollte Marcella später in der Innenstadt treffen, von seinen Eltern aus käme er ebenso gut mit dem Bus dorthin.

»Bist du sicher? Ich könnte auch nach Hause fahren und mir den Volvo holen«, bot Cathy an.

»Wo musst du denn hin?«

»Ich werde mir zuerst die neuesten Abenteuer von Hooves, dem Wunderhund, berichten lassen. Und anschließend werde ich versuchen, diese beiden Kinder davon zu überzeugen, dass ihr Leben nicht völlig zu Ende ist, wenn sie zu ihren durchgeknallten Eltern zurückmüssen.«

»Aber bist du insgeheim nicht wenigstens ein bisschen erleichtert? Komm schon, mir gegenüber kannst du doch ehrlich sein, ich gehöre nicht zur Familie.« Er grinste sie an.

»Ich war noch nie im Leben ehrlicher … Aber meiner Meinung nach ist es völlig falsch, wenn die beiden wieder in ihr altes Elend zurückmüssen. Jetzt haben wir ihnen gerade ein paar Manieren beigebracht; sie haben einen Anflug von Normalität erlebt, sie haben einen Hund und ein Zuhause, wo es ihnen gut geht. Was bilden sich diese egoistischen Clowns nur ein? Sie meinen wohl, sie brauchen bloß aus ihrem Suff und ihrem Chaos aufzuwachen und ihre Kinder wieder zurückzuholen.«

»Soll das heißen, dass du nicht erleichtert bist?«

»Nein, es wird mir das Herz brechen.«

»Wie geht's dir, Dad?«

Toms Vater saß am Tisch und war in eine Publikation der Irischen Herz-Stiftung vertieft, in einen Artikel über die Vermeidung von Stress.

»Kannst du mir sagen, wie man Stress überhaupt vermeiden kann? Wenn man ein Geschäft hat, ist das unmöglich, schließlich geht es in der Arbeit im Grunde um nichts anderes. Wie vermeidest du Stress, Tom?«

»Na ja, Dad, viele Leute behaupten, ich hätte noch nie im Leben so etwas wie Stress erlebt, also habe ich auch keinen vermeiden müssen.«

»Stimmt schon, verglichen mit den Leuten in der Baubranche schiebst du eine ruhige Kugel. Aber bestimmt machst du dir doch auch Gedanken, ob … ob die Arbeit gut läuft oder ob du diesen Auftrag bekommst oder nicht?«

»Na klar, Dad, jeden Tag. Heute mache ich mir zum Beispiel Gedanken, ob das Brot, das ich morgen backe, auch gut genug sein wird, um es den Leuten von Hayward's zu verkaufen … Aber ich versuche, solche Gedanken einfach beiseite zu schieben, wenn ich nicht unmittelbar damit beschäftigt bin.«

Sein Vater räusperte sich. »Ja, genau, das schreiben sie hier auch. Aber deine Sorgen haben natürlich nichts mit beruflichem Stress im eigentlichen Sinn zu tun.«

»Nein, Dad, natürlich nicht«, erwiderte Tom. Er fragte sich, ob sein Vater überhaupt eine Vorstellung davon hatte, wie er jahrelang Nacht für Nacht in Bars gearbeitet hatte, um die Kosten für die Fachschule aufzubringen, dass er einen unvorstellbar hohen Kredit aufgenommen hatte, um Scarlet Feather überhaupt gründen zu können, und dass er andere hatte bitten müssen, für ihn zu bürgen. Ganz zu schweigen von der Angst, die ihn beim Anblick von Marcella ergriff. Sicher würde sie irgendwann irgendjemanden mit Stil und Bildung kennenlernen und für immer gehen. Und da behauptete sein Vater, er habe keine Ahnung, was Stress bedeute.

»Marcella lässt dich übrigens herzlich grüßen«, log er seinen Vater an. »Ich weiß, sie ist ein gutes Mädchen, ganz egal, was deine Mutter sagt.«

»Was sagt sie denn momentan so?«

»Ach, du weißt schon, dass ihr als Mann und Frau zusammenlebt… das Übliche eben… nichts Neues.«

»Sollte man nicht meinen, dass sie sich im Laufe der Zeit daran gewöhnt, Dad?«

Tom sah ihn hilflos an.

»Menschen mit dem Gemüt deiner Mutter gewöhnen sich nie an so etwas, mein Sohn. Denk doch nur an Joe, der ist noch der beste Beweis.«

»Joe? Wie meinst du das?«

In dem Moment kam seine Mutter ins Zimmer. »Er befindet sich wirklich auf dem Weg der Besserung, findest du nicht auch, Tom? Was habt ihr gerade über Joe geredet?«

»Ich habe gerade gesagt, dass es ein netter Zug von ihm war, Vater einen Fresskorb mit Früchten zu schicken, mehr nicht«, stieß Tom eilig hervor.

»Aha«, sagte seine Mutter.

»Marcella hat gemeint, dass es eine tolle Idee ist, Obst zu verschenken, besser als eine Flasche Wein oder Schokolade oder sonst was. Viel gesünder. Ach ja, und ich soll dich auch ganz herzlich von ihr grüßen.«

»Aha«, wiederholte seine Mutter im selben Tonfall.

»Du bist doch sicher überglücklich, dass es Dad wieder so gut geht.«

»Natürlich, aber das haben wir einzig und allein unserer Heiligen Jungfrau Maria zu verdanken.«

»Selbstverständlich, Ma, und dem Krankenhaus und allen anderen, die geholfen haben.«

»Die Leute im Krankenhaus hätten sich die Beine ausreißen können, wenn die Heilige Jungfrau Maria nicht ihre schützende Hand über deinen Vater gehalten hätte.« Wie zur Bestätigung nickte sie mehrere Male. Ihr Mann und ihr Sohn wussten nicht, was sie erwidern sollten. Verlegene Stille machte sich breit.

»Meinst du, es war das Dreißig-Tage-Gebet?«, fragte Tom schließlich.

»Du hast ja keine Ahnung vom Beten. Ich hatte gar keine Zeit für das Dreißig-Tage-Gebet, du Dummkopf. Ich musste eines nehmen, das schneller geht.«

»Und das hat sie im Evening Herald gefunden«, zog Toms Vater sie auf.

»Ach, ihr zwei, macht euch ruhig lustig über mich.« Sie war verstimmt.

»Maura! Lache ich etwa?«

»Nein, aber du würdest lachen, wenn du dich trautest. Ich habe ein Gebet gesprochen, das für alle Gelegenheiten gilt. Dazu muss man nur seinen Wunsch in die Zeitung setzen, am besten öfter, damit jemand ihn liest und erfährt, wie mächtig unsere Heilige Jungfrau Maria ist, wenn wir in einer Krise stecken und ...«

»Das ist wirklich schlau von den Zeitungen. So bekommen sie immer eine Rubrik mit Gebeten voll«, nickte Tom voller Bewunderung.

Maura überging Toms Bemerkung. »Und dann fordert die Heilige Jungfrau uns noch auf, uns fünf Minuten mit einem Ungläubigen zusammenzusetzen und ihm zu erklären, dass ihr Sohn die Welt so sehr geliebt hat ...«

»Ja, das ist sehr schön, Mam, aber ich bin nur kurz vorbeigekommen, um nach Dad zu schauen ...«

»Wir hätten jetzt Zeit, Tom.«

»Aber Ma ...«

»Tu mir den Gefallen, Sohn«, bat ihn sein Vater.

Also blieb Tom gehorsam sitzen und hörte sich an, wie seine Mutter ihm all die Kümmernisse der Heiligen Jungfrau Maria aufzählte. »Wieso kannst du nicht daran glauben, Tom? Sag es mir«, forderte seine Mutter ihn auf. Sie hörte sich an, als würde sie umgehend eine Lösung für dieses Problem finden, wenn sie nur genau wüsste, in welchem Punkt ihr Sohn nicht mit ihr übereinstimmt.

»Es geht nicht darum, dass ich nicht glaube«, fing er an.

»Was ist dann das Problem?«

»Mam, ich habe dir doch gesagt, dass es nicht darum geht. Es ist nicht so, dass ich an nichts glauben würde«, fuhr er fort. Hätte sie ihn doch nur verstanden.

»Aber was ist es, woran du glaubst? Was genau?«

»Na ja, ich glaube schon, dass es da etwas gibt ... irgendetwas da draußen, das allem einen Sinn gibt.«

»Aber du weißt doch, was da draußen ist, Tom.«

Sein Vater sah ihn erwartungsvoll an. »Ja, natürlich, ich denke schon, Mam.« In Gedanken war Tom jedoch bei der Frage, in welchen Körben er morgen sein Brot präsentieren und ob er es in die guten Scarlet-Feather-Servietten einwickeln sollte oder nicht. Alles, was seine Mutter sagte, kommentierte er mit einem ernsthaften Nicken, und bald waren die fünf Minuten, die sie gefordert hatte, überschritten. Maura war sehr zufrieden, dass die Abmachung mit der Heiligen Jungfrau Maria eingehalten worden war. Mit hoch erhobenem Kopf ging sie hinaus in die Küche.

»Danke, Tom«, sagte sein Vater.

»Aber Dad, du musst das doch nicht ewig mitmachen ...«

»Doch, Tom, es ist ein gegenseitiges Geben und Nehmen ... Deine Mutter gibt mir so viel, also höre ich ihr zu, mehr nicht.«

»Das stimmt doch nicht. Du musst doch ständig so tun, als würdest du an etwas glauben, an das du gar nicht glaubst.«

»Für Marcella würdest du doch dasselbe machen, nicht wahr, mein Sohn?«

»Na ja, klar habe ich mich längst damit abgefunden, dass sie fast jeden Abend im Fitness-Studio verbringt, obwohl sie es bei ihrer perfekten Figur gar nicht nötig hat. Aber ich würde nie so tun, als glaube ich an etwas, an das ich nicht glaube. Das würde ich nie tun.«

»Sei dir da nicht so sicher«, entgegnete sein Vater. »Die Zeit kommt vielleicht noch, wo du um des lieben Friedens willen auch mitspielst.«

Die Zwillinge machten in der Küche gerade ihre Hausaufgaben, als Cathy nach St. Jarlath's kam. Ihre Mutter saß an der surrenden Nähmaschine und nähte die Kleider, die sie bei der Hochzeit tragen sollten. Ihr Vater war draußen im Hof und strich die Hundehütte, die einer seiner Buchmacherkumpel für Hooves gezimmert hatte. Ein anderer Freund hatte ein altes Hufeisen spendiert, das er als Glücksbringer über den Eingang nageln wollte. Der Welpe saß auf einem Bogen Zeitungspapier und genoss die warme Küche.

»Du bist uns immer willkommen, Cathy, aber im Moment geht es hier ziemlich zu. Bis um halb sieben sind wir alle noch schwer beschäftigt. Du weißt schon, was ich meine.«

Cathy wusste genau, was sie meinte. Es war schon schwierig genug, Muttie zum Malen und die Kinder zum Erledigen ihrer Hausaufgaben zu bewegen, ohne dass ein Besucher diese Aufgabe noch zusätzlich erschwerte.

»Ich mache hier am Tisch nur schnell meine Abrechnung«, sagte Cathy und nahm Maud und Simon gegenüber Platz. »Hallo«, flüsterte sie, als wäre sie auch eine von denen, die Hausaufgaben hassen.

»Sollen wir Tee machen?«, zischte Maud hoffnungsfroh hinter vorgehaltener Hand. Simon hob erwartungsvoll den Kopf.

»Nein, erst um halb sieben«, flüsterte Cathy zurück, ehe sich alle wieder auf ihre Arbeit konzentrierten. Doch Cathy war mit ihren Gedanken weit weg und nahm die Zahlen vor sich nur als verschwommene Flecken wahr. Bevor sie gekommen war, hatte sie mit Neil telefoniert. Simons und Mauds Mutter und Vater seien diesen Leuten sehr dankbar, die so viel für sie getan hatten, als sie ohne böse Absicht sich leider nicht selbst kümmern konnten, aber jetzt käme ja alles wieder in Ordnung. Sie freuten sich schon darauf, ihre Kinder wiederzusehen, und rechneten damit, dass sie am Wochenende nach Hause kommen könnten. Außerdem würde Neil heute Abend jemanden treffen, der ihnen nähere

Informationen darüber geben könnte, wie es zeitlich aussehe.

»Wie was zeitlich aussieht?«, hatte Cathy wissen wollen.

Die neue Stelle war damit gemeint; offensichtlich wusste dieser Mensch darüber Bescheid, wie lange der Posten für Neil freigehalten werden konnte.

Um halb sieben war es dann so weit, und alle gingen hinaus in den Hof, um die schneeweiße Hundehütte zu begutachten.

»Ist die schön«, staunte Simon.

»Ein richtiger Palast für Hooves«, strahlte Maud.

»Aber er kann natürlich erst dann rein, wenn die Farbe trocken ist«, erklärte Muttie.

»Sonst bekommt er lauter weiße Flecken wie ein Dalmatiner«, bestätigte Cathy.

»Eigentlich sind Dalmatiner ja weiß und haben schwarze Flecken«, korrigierte Simon sie. Aber dann fiel ihm ein, dass es sich nicht gehörte, andere zu verbessern. »Jedenfalls, was ich sagen wollte… Manche von ihnen sind weiß und haben schwarze Flecken. Natürlich könnte es auch andersherum sein.«

»Bist ein guter Junge, Simon«, lobte Cathy ihn, und plötzlich schossen ihr Tränen in die Augen. Sie hatten diesen beiden Kindern so viel beigebracht, und wozu das Ganze? Nur damit sie jetzt wieder zu ihren unfähigen Eltern zurückgeschickt würden?

»Weinst du?«, fragte Maud interessiert.

»So etwas Ähnliches. Weißt du, Leute in meinem Alter weinen manchmal völlig unerwartet. Eine ziemlich lästige Angelegenheit«, antwortete sie sachlich und putzte sich die Nase.

»Unsere Mutter hat im Krankenhaus auch immer so geweint, und sie wusste auch nicht, warum«, versuchte Maud sie zu beruhigen.

»Aber bei unserer Mutter waren ihre schlechten Nerven schuld.« Simon war immer bedacht darauf, fair zu sein.

Cathy hatte bisher gar nicht realisiert, wie sehr sie die beiden Kinder vermissen würde. Wie konnte nur jemand sagen, sie würden diesem lächerlichen Paar, Jocks Bruder Kenneth und seiner Frau, gehören.

»Los, kommt, Kinder, wir gehen ein Stück mit Hooves spazieren. Ich weiß zwar, dass er nicht mir gehört, aber ich habe ihn einfach ins Herz geschlossen, auch wenn ich nicht hier wohne.«

»Richtig laufen kann er aber noch nicht. Er watschelt mehr«, rief Maud und holte die Leine. Sie gingen den St. Jarlath's Crescent einmal hinauf und wieder hinunter und stellten allen Leuten, die ihnen begegneten, ihren kleinen Hund vor. Sie achteten peinlich genau darauf, dass ihn ja keiner zu lange an der Leine führte.

»Ich hätte nie geglaubt, dass wir mal einen eigenen Hund haben würden. Ich dachte mir zwar, dass wir vielleicht mal mit einem fremden Hund spielen könnten, aber nie, dass es unser eigener sein würde, der bei uns im Haus lebt«, sagte Simon, als Maud an der Reihe war, den Hund an der Leine zu führen.

»Und es wird immer euer Hund sein. Wo Hooves momentan schläft, ist gar nicht so wichtig. Viel wichtiger ist, dass er euch gehört.«

Simon warf Cathy einen besorgten Blick zu. »Warum sagst du so was?«

»Na ja, man weiß nie«, erwiderte sie achselzuckend.

»Ich habe verstanden«, sagte er. Der ernste Gesichtsausdruck von früher war schlagartig wieder da.

»Was hast du verstanden?«, fragte Cathy ängstlich.

Maud hatte sie eingeholt und blickte fragend von einem zum anderen.

Simon antwortete sehr langsam und bedächtig. »Das heißt, Vater ist von seinen Reisen zurück, Mutter kann das Nervenkrankenhaus verlassen, und wir müssen weg von Muttie und seiner Frau und wieder zu unseren Eltern zurück. Und Hooves können wir nicht mitnehmen.«

Maud blickte bestürzt und in der Hoffnung auf, dass das alles nicht wahr sei. »Wir sollen doch Lizzie zu Mutties Frau sagen«, korrigierte sie ihn. »Schon vergessen?«

»Ja«, murmelte Simon tonlos. »Tut mir leid, dass ich das vergessen habe. Stimmt natürlich, sie heißt Lizzie.«

Eine Weile sagte keiner ein Wort. »Jetzt bist du wieder dran, Hooves zu nehmen«, sagte Maud zu Simon.

»Ich will ihn nicht, Maud. Vielen Dank«, erwiderte Simon und lief mit hochgezogenen Schultern und hängendem Kopf nach Hause zurück. Cathy ließ ihn laufen. Sie wusste, dass es ihn große Anstrengung kostete, nicht zu zeigen, wie traurig er war.

»Müssen wir wirklich St. Jarlath's Crescent und dich und Neil verlassen, Cathy?« Maud war blass.

»Verlassen ist nicht das richtige Wort, weißt du, Freunde verlassen einander nicht. Ihr kommt uns ja immer wieder besuchen, auch Dad und Mam, und wer weiß, vielleicht wird jetzt ja alles besser und ihr könnt Hooves doch mitnehmen.«

»Du kennst Mutter nicht, oder?«

»Nein, kennen tue ich sie eigentlich nicht richtig.«

»Ihre Nerven würden das nie aushalten, wenn Hooves bei uns wohnen würde«, antwortete Maud traurig.

Marcella war gerade in ein ernstes Gespräch mit Ricky vertieft, aber als Tom die Buchhandlung betrat, strahlte sie übers ganze Gesicht.

»Du errätst nie, was Ricky vorhat«, sagte sie aufgeregt.

»Nein, erzähl doch mal.« Tom war müde. Seine Mutter hatte ihm den letzten Nerv geraubt, die Passivität seines Vaters hatte ihn deprimiert, und er befürchtete, dass sie die Kosten für das Brot falsch kalkuliert hatten. Cathy hatte ihn übers Handy angerufen und von der düsteren Stimmung im St. Jarlath's Crescent erzählt. Das einzige Wesen, das ihr noch ein Lächeln habe entlocken können, sei der kleine schwarze Hund, der ihr vor Freude gleich mehrmals in den Schuh gepinkelt habe.

»Und jetzt überlege ich mir, ob du vielleicht Lust auf einen Drink zur Aufmunterung haben könntest«, hatte Cathy gefragt.

»Ich bin gerade auf dem Weg zu Marcella, um mir einen zu genehmigen. Wenn du willst, komm doch mit. Wir könnten es ja auch mal in Buchhandlungen versuchen«, schlug er vor.

»Und wie komme ich da rein? Ich habe doch gar keine Einladung«, erwiderte Cathy zögernd.

»Ich glaube, dass die dort froh über jeden sind, der kommt«, sagte Tom.

»Schau jetzt bitte nicht hin, Tom«, bat Marcella in dem Moment. »Aber die Frau da drüben mit dem Hut... Sie ist die Chefredakteurin dieser neuen Illustrierten, von der ich dir erzählt habe. Ricky glaubt, er könnte ihr vielleicht eine Fotostory verkaufen. Superfotos von dir... Du müsstest natürlich viel gediegener angezogen sein als jetzt... Das wäre auch eine Riesenreklame für Scarlet Feather... Du kennst das doch: zu Hause, bei der Arbeit und so weiter.«

»Tja, ich habe das mal angesprochen. Sie scheint interessiert zu sein. Aber du weißt ja, diese Leute sagen nie eindeutig ja oder nein. Trotzdem habe ich den Eindruck, dass sie angebissen hat.«

»Ist das dein Ernst, Ricky?« Toms Augen leuchteten auf. Das wäre ja wunderbar. Alle, die möglicherweise einmal die Dienste eines Catering-Service in Anspruch nehmen würden, lasen dieses Blatt. Er sah sich und Cathy schon vor sich, wie sie das Tablett mit dem Brot zu Hayward's hineintrugen, sah ihren Lieferwagen mit dem flotten kleinen Firmenlogo. Vielleicht könnte diese Illustrierte auch eines ihrer Rezepte abdrucken und dazu eine Aufnahme von dem fertigen Gericht. Zum Beispiel von den Kamm-Muscheln mit Ingwer, Cathys Spezialität. Die würden sich auf einem Foto besonders gut machen. Nicht in einer Million Jahren könnten sie sonst so viele potenzielle Kunden erreichen. Marcella war wirklich ein Schatz, Ricky auf so etwas anzusprechen. Ricky würde die Frau mit dem albernen Hut schon überreden.

»Er will sie bitten, für einen Augenblick herüberzukommen, damit sie dich kennenlernt. Also, setz dein schönstes Lächeln auf«, bat Marcella. Sie sah umwerfend aus in ihrem raffinierten kurzen Kleid in Dunkelgrau und Weiß. Heute Abend schien sie ihm besonders lebhaft und glücklich zu sein. Tom hatte das Kleid noch nie an ihr gesehen.

»Ist das neu?«, fragte er voller Bewunderung.

»Tom, Liebling, du bist wirklich ein Schatz, aber was das Thema Kleidung angeht, hast du keine Ahnung. Dieses Kleid hier würde stolze siebenhundert Pfund kosten, wenn ich es kaufen müsste.«

»Und wie hast du das …«

»Das ist der Vorteil, wenn man bei Hayward's arbeitet. Jemand hat es zurückgebracht, weil angeblich irgendwelche Nähte nicht sitzen. Ich muss morgen nur die Reinigung zahlen.«

Sie wirkte wie ein kleines Kind auf einem Geburtstagsfest, alles begeisterte sie. In dem Augenblick entdeckte Tom Cathy, die in einem zerknautschten Regenmantel in der Ecke stand. Statt eines bunten Haarreifens hielt ein elastisches Band ihre Haare zurück, sie trug kein Make-up und hatte Ringe unter den Augen. Tom wäre sie nicht aufgefallen in diesem Raum voller aufgestylter Frauen, hätte er sich nicht in dem Moment von der makellosen Marcella in ihrem Designerkleid abgewandt.

Cathy lächelte. »Ich brauche jetzt ein großes Glas billigen Rotwein, um mich darin zu ertränken«, meinte sie.

»Aber nicht, wenn du dich anschließend ans Steuer unseres Firmenautos setzt. Kommt nicht infrage«, erwiderte Tom.

»Nein, ich habe unseren Lieferwagen vor dem Geschäft

geparkt. Vollgetankt und bereit für den Bäcker morgen früh.« Cathy war genauso müde wie er. Wo nahmen diese Leute nur die Energie her, um so ausdauernd aufeinander einzureden?

»Meine Güte, schau dir doch bloß Marcella an, sie sieht ja umwerfend aus in diesem Kleid. Das hat garantiert ein Vermögen gekostet.«

»Frag lieber nicht«, meinte Tom.

»Ach, sag bloß, euer Haussegen hängt deswegen schief?«

»Nein, ich meinte nur, du sollst nicht fragen, weil das gute Stück heute Abend mal kurz die heiligen Hallen von Hayward's verlassen hat und morgen hoffentlich wieder dorthin zurückkehrt. Jedenfalls, soviel ich verstanden habe.«

»Also, alles halb so wild«, erwiderte Cathy munter. »O Gott, der Wein hier ist wirklich schrecklich.«

In dem Augenblick trat die Frau mit dem albernen Hut auf sie zu, und Ricky stellte sie vor. »Das ist der berühmte Tom Feather, von dem ich Ihnen schon so viel erzählt habe.«

»Soso«, antwortete die Frau und musterte Tom von oben bis unten.

»Wie ich höre, ist Ihre Zeitschrift ein großer Erfolg«, sagte Tom.

»Ihr Geschäft ja wohl auch.« Erneut ließ sie ihren Blick langsam und genießerisch über Toms Körper wandern.

»Darf ich Sie mit der anderen Hälfte von Scarlet Feather bekannt machen: Cathy Scarlet.«

»Schön, Sie kennenzulernen«, sagte Cathy freundlich.

Die Dame wirkte verwirrt. »Wie nett.«

»Es würde uns wirklich freuen, wenn es zu einer Zusammenarbeit käme ... Egal, auf welcher Ebene.« Tom hatte sein charmantestes Lächeln aufgesetzt.

»Das ist unbestritten das beste Angebot des ganzen Abends«, erwiderte die Frau mit dem Hut. Sie hatte eine wirklich merkwürdige Art, voller versteckter Andeutungen, als habe ihr jemand ganz offensichtlich Avancen gemacht, die sie jetzt scheu und kokett zugleich parierte. Cathy fand sie absurd. Aber sie war schon wieder weg.

»Marcella… du siehst einfach toll aus.« Cathys Bewunderung war echt.

»Danke, Cathy, aber ich schmücke mich hier sozusagen mit fremden Federn. Das Kleid ist nur ausgeliehen, um ehrlich zu sein.«

»Jetzt hör dir aber mal an, was Ricky da eingefädelt hat.« Tom konnte nicht länger an sich halten.

»Was ist los?« Cathy hatte ihn selten so aufgeregt erlebt.

»Die Lady da mit dem absurden Gebilde auf dem Kopf ist Chefredakteurin dieser neuen Zeitschrift, deren Anzeigenpreis wir uns nicht leisten konnten. Und ob du es glaubst oder nicht, aber sie wollen eine Fotostory über Scarlet Feather bringen.«

»Mal langsam, Tom…«, begann Ricky.

»Unsinn! Du machst dich über mich lustig.« Cathy war vorsichtig und vergaß trotz ihrer Freude nicht, was in diesem Fall alles auf sie zukommen würde. Sie würde sich Garderobe ausleihen und sich schminken lassen müssen… Aber das war die Sache wert.

»Wann soll es denn losgehen?«, fragte Cathy, die jetzt plötzlich genauso aufgeregt wie Tom war.

»Na ja, weißt du, eigentlich…« Ricky wurde unruhig.

Marcella versuchte zu vermitteln. »Weißt du, Ricky hat mir erzählt, dass sie eine sehr schwierige Frau ist. Einmal hü und einmal hott, man weiß nie so recht, woran man bei ihr ist.« Dabei blickte sie Ricky auffordernd an.

»Stimmt genau«, sagte er schließlich. »Marcella bringt die Sache auf den Punkt. Aber, Leute, bleibt bitte noch ein bisschen hier in der Ecke stehen. Ich will versuchen, einen der Typen von den Sonntagszeitungen dazu zu bewegen, einen Schnappschuss von euch zu machen.«

»Wenn Fotografen von Schnappschüssen reden, dann machen sie sich immer irgendwie lustig, wie die Leute, die nicht Radio, sondern Rundfunkempfänger sagen«, erklärte Marcella.

»Warum hat Ricky denn so abrupt den Kurs gewechselt? Vor ein paar Minuten meinte er noch, die Sache sei sicher. Ich verstehe das nicht.« Tom war ärgerlich und verwirrt.

Die Frau mit dem Hut war am Gehen und winkte Tom zum Abschied zu. »Gute Nacht, Tom, bleiben Sie ein braver Junge. Wir hören voneinander. Ricky weiß Bescheid«, sagte sie und verschwand in der Menge.

»Wer sagt's denn«, meinte Tom triumphierend. »Dann werde ich mir jetzt mal Ricky schnappen.«

»Bitte, Tom, lass das lieber.« Marcella schien es ernst zu sein. Ihr Tonfall ließ Cathy aufhorchen. »Du hast da was falsch verstanden.« Marcella blickte betreten von Tom zu Cathy, als wüsste sie nicht, womit sie anfangen oder wem von beiden sie es zuerst erzählen sollte.

»Jetzt schieß schon los, Marcella«, ermutigte Cathy sie.

»Ricky hat dieser Frau eine Story über Glamourpaare verkauft... Du weißt schon, er, der große, fantastische Drei-Sterne-Koch, und ich, das Model. Unser gepflegtes Zuhause, ein paar Bilder von uns, wie wir gemeinsam aus Stoneyfield kommen. Mein Mann, der mir etwas zu essen serviert, ich im Fitness-Studio, und du, wie du gerade einen Nachtisch mit Sahne verzierst... Dann wieder ich, wie ich bei dieser Wohltätigkeitsveranstaltung zugunsten des Kinderheims Kleider vorführe... So was in der Art eben... Jetzt wisst ihr es...«

»Es geht also überhaupt nicht um Scarlet Feather.« Tom war tief enttäuscht.

»Na ja, natürlich ist euer Geschäft mit dabei... Schließlich wollen sie zeigen, womit du deinen Lebensunterhalt verdienst. Die Leute werden deinen Namen lesen.«

»Aber das stimmt doch alles hinten und vorn nicht. Ich koche dir nie etwas zu essen, Marcella... Du isst doch fast nie was.« Toms Gesicht war vor Entrüstung ganz rot.

»Ach, komm schon, Tom, ich dachte, du freust dich. Die

Frau meint, du siehst toll aus. Das hat sie gesagt, als Ricky ihr ein Bild von uns beiden gezeigt hat. Das ist die Chance, auf die ich immer gewartet habe. Warum willst du jetzt Schwierigkeiten machen? Sie können keine Geschichte nur über euer Geschäft bringen, das wäre Werbung, und dann wären die anderen Catering-Firmen stinksauer.«

»Und was ist mit all den anderen Models oder zukünftigen Models? Die wären wohl nicht stinksauer, wenn es nur um dich ginge?«

»Es geht um uns, Tom, nicht nur um mich, auch um dich. Wer von uns soll denn Scarlet Feather repräsentieren? Und ich dachte wirklich, du würdest dich freuen.«

Cathy wusste, dass dieser Streit nirgendwo hinführen würde. »Aber das ist doch eine tolle Sache, Tom. Das ist die beste Möglichkeit, für uns Reklame zu machen. Das ist genau das, was wir brauchen.«

Marcella warf Cathy einen kurzen, dankbaren Blick zu.

Aber Tom war noch keineswegs überzeugt. »Meiner Meinung nach ist das ein ausgemachter Blödsinn. Ich bin kein männliches Model. Ich posiere nicht für Strickmuster oder stolziere in einem teuren Pullover herum oder serviere dir was in Sahnesauce, das du nie und nimmer essen würdest...«

»Tom, hör auf mit diesem theatralischen Getue. Wie sollen wir Scarlet Feather sonst diese Öffentlichkeit verschaffen? Kannst du mir das bitte sagen?«

»Von dir erwartet schließlich niemand, dass du dich wie ein Arschloch benimmst.«

»Von dir doch auch nicht... Ich würde es für unser Geschäft tun, wenn ich das entsprechende Aussehen hätte und wenn Neils blödsinniger Job ihm erlauben würde, mitzumachen. Aber du weißt ja, wie diese Rechtsanwälte sind...« Cathy hatte die Krise gekonnt entschärft.

»Du glaubst also wirklich...?«

»Natürlich glaube ich das... Aber weißt du, letzten Endes werdet ihr beide das untereinander ausdiskutieren müssen,

Marcella und du. Ich werde euch jetzt verlassen, damit ihr das klären könnt. Du solltest nur wissen, dass meiner Meinung nach diese Sache gut für unser Geschäft wäre.« Cathy drehte sich um und wollte gerade gehen, als sie in einer Glastür ihr Spiegelbild entdeckte. Was für eine lächerliche Idee, ein Hochglanzmagazin könnte ausgerechnet sie haben wollen. Sie war sogar noch dümmer als Tom.

»Jetzt bleib doch noch ein bisschen, Cathy. Du wolltest doch etwas trinken, damit du auf andere Gedanken kommst.«

»Aber meine Laune hat sich bereits gebessert, ganz enorm sogar.« Cathys Augen glänzten verdächtig. »Wir bekommen bald jede Menge Reklame, und das Einzige, was du dafür tun musst, ist lächeln.«

»Wie bitte? Ich dachte, wir machen das zu zweit.«

»Ich bin nicht... Ich bin total erleichtert.« Und mit diesen Worten verließ Cathy die Buchhandlung.

»Glaubst du, Mutter erlaubt uns, nach St. Jarlath's zurückzukommen?«, fragte Maud bang.

»Ich kann mir das nicht vorstellen, du etwa?« Simon hatte nicht die geringste Ahnung.

»Eigentlich nicht. Vielleicht würden ihre Nerven das auch gar nicht aushalten«, mutmaßte Maud.

Einen Moment lang sagte keiner von beiden ein Wort. Schließlich meinte Simon: »Wahrscheinlich ist es schon in Ordnung, wenn wir wieder nach Hause kommen. Irgendwas Gutes wird es wohl haben.«

»Ja.« Maud klang bedrückt.

»Jedenfalls müssen wir nicht wieder in eine neue Schule. Neil hat das für uns geklärt«, versuchte Simon seine Schwester zu trösten.

»Wahrscheinlich werden wir allein nach Hause gehen müssen... Ich meine, Muttie und Hooves werden kaum kommen können, um uns abzuholen.«

»Bestimmt nicht.« Simon wirkte sehr überzeugt.

»Wirklich schade, dass Mutters Nerven so schnell wieder gesund geworden sind, findest du nicht?«, fragte Maud.

»Und dass sie Vater gefunden haben«, fügte Simon hinzu.

Die Kinder sahen sich schuldbewusst an. Aber jetzt war es ausgesprochen und konnte nicht mehr zurückgenommen werden.

Am nächsten Morgen war Cathy schon bei Tagesanbruch im Geschäft.

»Ich will dich nicht weiter stören... ich koche nur schnell einen Kaffee, und dann räume ich hinter dir auf... Schließlich ist das heute dein großer Auftritt«, erklärte sie.

Tom war überglücklich, sie zu sehen. »Himmel, bin ich froh, dass du gekommen bist. Ich habe mir noch mal stundenlang das Hirn zermartert wegen unseres Früchtebrots mit den Nüssen.«

»Aber das ist doch enorm beliebt«, protestierte Cathy.

»Ja, schon, sie sind begeistert, wenn sie es im Voraus bezahlt haben und nicht mehr zurückgeben können«, beklagte sich Tom. »Aber was passiert, wenn man für jede Scheibe teures Geld hinlegen muss? Wer etwas Süßes will, der kauft sich doch gleich ein Stück pappigen Kuchen. Also, ich befürchte, das war keine gute Idee.«

»Das Brot ist doch schon im Ofen, oder?«, wollte Cathy wissen.

»Ja, aber...«

»Also meiner Meinung nach ist das eine hervorragende Idee... Jetzt komm schon – eine starke Tasse Kaffee und viel, viel Selbstbewusstsein... Das war Geraldines Rat an mich, als ich noch ein Teenager war. Wie geht es übrigens Marcella?« Toms Sorgen wegen seines Brotes traten in den Hintergrund.

»Gestern Abend habe ich ihr wieder mal einen Heiratsantrag gemacht. Ich habe zu ihr gesagt, wenn wir schon diese idiotische Fotogeschichte machen müssen, dann könnten wir das Ganze doch auch als Verlobungsfeier aufziehen. Aber auf dem Ohr ist sie einfach taub.«

»Da hat sie recht. So ein unromantisches Angebot würde ich auch ablehnen«, sagte Cathy kopfschüttelnd.

»Aber das ist doch gar nicht das Problem. Sie will mich erst dann heiraten, wenn sie Erfolg hat, wenn sie sicher ist, dass wir beide gleich gut im Geschäft sind.«

»Marcella ist manchmal wirklich erstaunlich direkt und geradeheraus, findest du nicht?«, sagte Cathy voller Bewunderung.

»Sie ist der einzige Mensch auf der ganzen Welt, der noch nie gelogen hat«, erwiderte Tom.

»Und was ist mit mir?«

»Du lügst von früh bis spät, genauso wie ich. Wir müssen das sogar tun. Wir erzählen den Leuten, wie sehr wir ihr Haus bewundern, das wir aber schrecklich finden. Wir behaupten, der eine Chardonnay würde besser schmecken als der andere, nur weil wir mehr daran verdienen. Wir bedanken uns beim Metzger dafür, dass er uns das Fleisch zurechtschneidet, auch wenn er miserable Arbeit leistet, aber letztlich sind wir froh, dass er überhaupt sein Beil für uns schwingt. Wir lügen den ganzen Tag.«

In dem Moment klingelte die Uhr am Backofen. Das Brot war fertig. Es sah zum Anbeißen gut aus, als Cathy und Tom die Laibe in den Drahtkorb schichteten. Cathy schüttelte Tom förmlich die Hand. »Das Brot ist super geworden, Tom. Die müssen uns einfach nehmen. Ich bin mir sicher, dass wir heute mit Hayward's ins Geschäft kommen. Ich spüre es.«

Kurz vor der wichtigen Besprechung brachten sie die Körbe zu Shona. In ihrem dunklen Kostüm und der hellrosa Bluse wirkte sie enorm elegant, ein bisschen streng vielleicht, aber auf jeden Fall sehr beherrscht. Nur einfach hübsch auszusehen reichte nicht aus, um bei Hayward's eine gehobene Position zu bekleiden.

»Das duftet ja fantastisch, aber ihr wisst, dass die Entscheidung nicht von mir abhängt. Ich drücke euch jedenfalls ganz fest die Daumen«, sagte sie und ging.

Sie hatten vereinbart, sich mittags im Café zu treffen, um dort von Shona zu hören, wie es gelaufen war. Bis dahin hatten Tom und Cathy jede Minute verplant: Zuerst wollten sie auf dem Markt die Zutaten für den an diesem Abend bei James Byrne stattfindenden Kochunterricht besorgen. Dann hatten sie vor, sich auf dem Markt nach den Preisen für Brotkörbchen zu erkundigen – nur für den Fall, dass es mit Hayward's klappte… Außerdem wollten sie bei einer neuen Wäscherei nachfragen, was die Reinigung ihrer Tischdecken kosten sollte; und sie hatten einen Besuch in einem neuen Delikatessengeschäft, dem Eastern Delights, geplant, um sich dort mit gezücktem Notizblock nach neuen Ideen umzusehen. Damit hätten sie mehr als genug zu tun, bis Shona ihnen das Ergebnis mitteilen könnte.

Als es so weit war, kam Shona im Eilschritt ins Café gelaufen und reckte beide Daumen in die Luft. Die Manager von Hayward's hatten nicht nur Toms und Cathys Ideen begeistert aufgenommen, sondern auch noch das ganze Brot in der Kaffeepause verspeist. Auf dem Tablett hatten sich auch kleine Schälchen mit Butter befunden, damit der Geschmack besser zur Geltung kam. Nächste Woche sollte es losgehen. Vereinbart war erst einmal eine sechswöchige Probezeit.

»Können wir unseren Namen benützen?«, wollte Tom wissen.

»Ja, aber sie wollen den Schriftzug ein bisschen kleiner haben, als ihr vorgeschlagen habt… Sie hätten gern, wenn da stünde: ›Täglich frisch gebacken für Hayward's‹ und anschließend euer Name… Aber wir können natürlich euer Firmenlogo so groß darauf setzen, wie wir wollen.« Shona war mit ebensolcher Begeisterung bei der Sache wie Cathy und Tom.

Cathy umarmte Shona. »Wie sollen wir dir das je danken«, sagte sie mit belegter Stimme.

Dann war Tom an der Reihe, Shona in seine Arme zu schließen. »Ich schwöre dir, das wird ein Erfolg. Dir zuliebe und auch unseretwegen.«

»Ihr zwei seid dran schuld, wenn die Iren jetzt alle zunehmen«, feixte Shona. »Ihr hättet sehen müssen, wie sie sich über euer Brot hergemacht haben, und von dem Früchte-Nuss-Brot wollen sie gleich die doppelte Menge bestellen.«

»Und der Preis ist ihnen nicht zu hoch?« Tom strahlte über das ganze Gesicht.

»Sie finden ihn angemessen, aber seid bitte nicht entsetzt, wenn ihr seht, was sie dafür verlangen. Der Laden wäre längst nicht so erfolgreich, wenn sie ihre Preise nicht entsprechend hoch ansetzen würden«, rechtfertigte Shona ihren Arbeitgeber.

»Wir würden dich heute Abend eigentlich gern zum Essen einladen, um uns in aller Form bei dir zu bedanken, aber wir müssen leider arbeiten«, sagte Cathy.

»Das ist nicht nötig, glaubt mir, ich bin gründlich satt nach der Völlerei da oben.«

Tom und Cathy sahen sich ungläubig an.

»Also dann, zurück zum Markt«, forderte Cathy ihn auf.

»Um die Brotkörbchen zu kaufen«, ergänzte Tom und stieß einen kurzen Freudenschrei aus, der alle Cafébesucher zu ihm hinschauen ließ.

James Byrne hatte ihnen erklärt, dass er drei Stunden Kochunterricht bei ihnen nehmen wolle. Er wollte in jeder Stunde eine Vorspeise, ein Hauptgericht und einen Nachtisch zubereiten lernen. Wenn es dann so weit war, wollte er alles variieren können und die Zusammenstellung auswählen, die er entweder am liebsten mochte oder die am leichtesten zuzubereiten war. Tom und Cathy fragten ihn nicht, um welchen Anlass es sich handelte. Etwas derart Persönliches fragte man James Byrne nicht.

Er wohnte in einem großen Haus, das etwas von der

Straße zurückversetzt lag und über einen gepflegten, kiesbedeckten Vorplatz für die Autos verfügte. Wahrscheinlich befanden sich vier große Wohnungen in dem Gebäude. James Byrne hatte gesagt, sie sollten an der Gartenwohnung klingeln, die im Souterrain lag und deren Fenster mit Eisenstangen vergittert waren. Typisch für seine vorsichtige Art. Er ging ständig vom Schlimmsten aus und rechnete offensichtlich immer und überall mit Einbrechern, mit Klienten, die ihr illegales Geld waschen wollten, mit überraschend auftauchenden Steuerfahndern, mit Leuten, die einem den Wagen aus dem Verkehr zogen oder die Kreditkarten stahlen. James Byrne war nicht einer, der von vornherein an das Gute im Menschen glaubte.

Er öffnete Tom und Cathy mit seinem gewohnt ernsthaften Lächeln die Tür. Wie immer war er korrekt gekleidet – ein Pullover und eine saloppe Kordsamthose kamen für James Byrne nicht einmal zu Hause in Betracht. Sie trugen ihre Taschen mit den Zutaten durch eine dunkle, enge Diele in die Wohnung. Rechts lag ein Wohnzimmer, links die Küche, und geradeaus ging es vermutlich ins Schlafzimmer und ins Bad. Der vorherrschende Farbton war Dunkelbraun, und obwohl die April-Abendsonne durch die dunklen Vorhänge blitzte, war es nirgendwo in der Wohnung richtig hell. In der Küche gab es mehrere Vorratsschränke in unterschiedlicher Größe, einen sperrigen Tisch, einen uralten Herd, ein Spülbecken, an das man kaum herankam, und einen Kühlschrank, der extrem viel Platz beanspruchte. Sein Inhalt beschränkte sich auf eine Flasche Wasser, eine Packung Orangensaft, einen halben Liter Milch und ein Stück Butter. Cathy hätte am liebsten alle Möbel in hohem Bogen hinausgeworfen. Ein Anruf hätte genügt, und binnen einer halbe Stunde wären zwei von J. T. Feathers Männern hier gewesen, und anschließend hätten sie die neue Küche bestellen können. Tom und sie kannten Geschäfte, die innerhalb eines Tages lieferten und sogar montierten. Aber so weit würde es nicht kommen.

Dieser Mann würde sich nie von seiner hoffnungslos alten Küche trennen. Wie alt war James Byrne eigentlich? Irgendwas um die sechzig. Er hatte ihnen gegenüber nichts darüber verlauten lassen, ob er alleinstehend war, verheiratet, geschieden oder verwitwet. In seiner Wohnung war auch nicht die kleinste Andeutung auf seinen Lebensstil zu erkennen. Nichts wies darauf hin, in welchem Sessel er abends Fernsehen schaute oder ob er dies überhaupt jemals tat. Auf einem niedrigen Tisch türmten sich ordentliche Stapel von Zeitungen und Zeitschriften. Es war nicht klar, ob sie noch gelesen werden sollten oder ob sie nur aufbewahrt wurden, weil James Byrne noch etwas ausschneiden wollte oder sie für den Transport zum Altpapiercontainer lagerte. An den Wänden hingen Bilder mit Bergen und Seen. Langweilige, leblose Drucke in alten, billigen Rahmen. Dazu kamen zwei Regale mit alten Büchern, die ungelesen wirkten. Auf einem Schreibtisch lagen ein paar Papiere und ein altmodischer Tintenlöscher, obwohl schon seit Jahren keiner mehr mit Tinte schrieb. In einem Plastikbecher steckten James Byrnes gesammelte Kugelschreiber. Cathy bemerkte, dass Tom sich ebenfalls umschaute und vermutlich denselben Eindruck hatte wie sie. Sie riss sich zusammen.

»Gut. Beginnen wir mit dem Unterricht. Bitte, James, binden Sie sich Ihre Schürze um.«

»Ich glaube nicht, dass ich so etwas besitze ...«, begann er.

»Sehen Sie, das haben wir geahnt, und deswegen habe ich Ihnen eine von uns mitgebracht!«

Stolz zog Cathy eine Scarlet-Feather-Schürze mit dem großen roten Logo am Saum hervor. James Byrne wirkte verlegen, als er sie um seine Hüften band.

»Das war aber nett von ihr, nicht wahr, Tom?«, meinte er. »Frauen haben eben doch einen Sinn für so etwas.«

»Ich finde, man darf einer Frau nie den Eindruck vermitteln, sie hätten das alleinige Recht auf Feingefühl. Sehen Sie nur, was ich Ihnen mitgebracht habe: einen Topflappen, in den Sie wie in einen Handschuh hineinschlüpfen können, damit Sie sich nicht verbrennen, wie ich das von bestimmten Leuten kenne.«

James Byrne freute sich riesig. Er probierte den Topflappen gleich aus und bewegte seinen Finger darin. »Das sieht ja aus, als sollte das in richtige Arbeit ausarten, um nicht zu sagen, richtig gefährlich werden«, bemerkte er.

Die Unterhaltung wirkte völlig normal. Warum hatten Tom und Cathy dennoch den Eindruck, dass es unpassend wäre, ihn zu fragen, weshalb er so viel Geld ausgab, um kochen zu lernen? Wen wollte er bekochen und warum? Aber sie wussten, dass sie diese Frage weder stellen konnten noch je eine Antwort darauf bekämen.

Als erste Vorspeise sollte es geräucherte Makrele in kleinen Auflaufformen geben. Cathy zerlegte gekonnt den Fisch und gab fein gehobelte, rohe Pilze und Sahne darüber.

»Es ist zwar besser, wenn Sie den Käse zum Überbacken jedes Mal frisch reiben«, sagte Cathy, »aber Sie können auch den Parmesan aus der Tüte hernehmen.«

James Byrne sah sie zweifelnd an.

»Für solche Kleinigkeiten benutze ich immer Käse aus der Tüte«, log Tom.

»So, tatsächlich?«, meinte Cathy lächelnd.

»Natürlich. Auf diese Weise spart man genau die paar Minuten, die man später dringend für etwas anderes braucht, sage ich immer.«

»Das sieht ja alles recht einfach aus.« James Byrne war misstrauisch.

»Es schmeckt aber so, als wäre es irrsinnig kompliziert, das können Sie mir glauben«, versicherte Cathy ihm.

»Wissen Sie, ich habe diese Vorspeise schon mal im Restaurant gegessen, und da kam sie mir unglaublich aufwendig vor. Und jetzt erfahre ich, dass man dazu nur einen kalten, geräucherten Fisch zerlegen und mit Sahne übergießen muss.« James Byrne schüttelte verwundert den Kopf.

»Warten Sie ab, bis wir Ihnen das Hähnchen mit Estragon zeigen, James«, erwiderte Tom lachend. »Danach werden Sie keinem Koch mehr über den Weg trauen.«

Dann setzten sie sich an den Tisch und aßen die Makrele. Cathy hatte die Zubereitung der Vorspeise Schritt für Schritt aufgeschrieben. James fand, dass es köstlich schmeckte, und was noch viel wichtiger war, dass er sich die Zubereitung auch allein zutraue. Die Unterhaltung wandte sich dem Theater zu. Cathy und Tom hatten sich früher immer sämtliche Stücke an allen Dubliner Bühnen angesehen, hatten dafür aber jetzt leider keine Zeit mehr.

»Gehen Sie denn oft ins Theater?«, erkundigte Cathy sich.

Es stellte sich heraus, dass dies tatsächlich der Fall war; James ging fast jede Woche. Aber wieder trauten sie sich nicht zu fragen, ob er mit Freunden ging, allein oder in weiblicher Begleitung. Dann drehte sich die Unterhaltung um Politik, um Gefängnisse, um Drogen. Irgendwann landeten sie auch bei der Oper. James erzählte, dass er als Student sehr oft in die Opfer gegangen war, aber irgendwie seither... Seine Stimme verlor sich. Weder Tom noch Cathy wagte zu fragen, warum er seitdem nicht mehr in die Oper gegangen war.

»Hören Sie sich wenigstens zu Hause noch Opern an?« Cathy deutete auf die ziemlich veraltete Musikanlage.

»Nein, schon lange nicht mehr. Man muss in der richtigen Stimmung sein, um sich die Mühe zu machen.«

»Aber James, man muss doch nur den Apparat einschalten... die Musik zaubert dann ihre eigene Stimmung. Wenn ich allein bin und einen Berg Abwasch zu erledigen habe, stelle ich mir immer Musik dazu an. Was halten Sie davon, wenn wir das später zum Abwaschen ebenso machen?«

»Nein, bitte, ich habe überhaupt nichts Passendes da«, wehrte James Byrne unruhig ab.

Cathy beharrte nicht auf ihrem Vorschlag. »Wie Sie wollen«, sagte sie leichthin.

Sie hatte gesehen, dass sich im Wohnzimmer Kassetten mit

Opernmusik stapelten, aber offensichtlich wollte James Byrne sie nicht hören.

»Wir erledigen den Abwasch auch ohne Arie.«

»Nein, nein. Sie sollen nicht das Gefühl haben …«, wandte er ein.

»Regel Nummer eins: Lehnen Sie es nie ab, wenn Ihnen jemand anbietet, den Abwasch zu erledigen. Stimmt's, Tom?«

»Stimmt genau, und selbst wenn Ihr weiblicher Besuch Ihnen beim Abwasch helfen will, dann schlagen Sie ihr das nicht ab«, ergänzte Tom.

»Wie kommen Sie auf die Idee, dass es sich um eine Frau handelt?«, fragte James.

»Weil ein normaler Mann sich keine Gedanken um so etwas macht, wenn er zum Essen eingeladen wird, und vielleicht würde es ihm nicht einmal auffallen. Glauben Sie mir, ich habe schon für so viele Leute gekocht, ich weiß, wovon ich spreche«, sagte Tom und verfluchte im Stillen seine Taktlosigkeit.

Cathy warf ihm einen bewundernden Blick zu. »Wohl wahr«, nickte sie. »Nein, James, am wichtigsten ist eine Schüssel voll mit heißem Wasser und Spülmittel, um darin nach jedem Gang das Besteck zu säubern, dazu ein kleiner Eimer, um die Essensreste auf den Tellern zu entsorgen. Der Rest ist dann in zwei Minuten erledigt.«

»Wissen Sie, ich habe leider keine Spülmaschine«, entschuldigte sich James Byrne ängstlich, für den Fall, dass die beiden ihn möglicherweise falsch verstanden haben sollten.

Cathy schaute sich in der Küche um, in der es weder ein elektrisches Rührgerät noch einen Mixer, geschweige denn ein ordentliches Brett zum Schneiden gab. Wie sollte er da eine Spülmaschine besitzen? »Das ist auch gar nicht nötig, wir machen das schnell mit der Hand. Wir brauchen höchstens fünf Minuten, nicht wahr, Tom?«

»Na ja, sechs, wenn wir gründlich sind«, erwiderte Tom und griff nach der Pfanne.

Joe klingelte in Fatima an der Haustür. Er hatte eine Flasche süßen Sherry und eine Schachtel mit feinen Keksen mitgebracht. Er hörte seine Mutter schimpfen, als sie an die Tür kam. »Ich gehe schon, J. T. Ich kann mir nicht vorstellen, wer um diese nachtschlafende Zeit bei uns klingelt.« Es war sieben Uhr abends im April, also alles andere als mitten in der Nacht. Joe musste an sich halten, um nicht gleich wütend zu werden.

»Hallo, Ma, wie geht es dir?«, fragte er mit bemühter Fröhlichkeit.

Seine Mutter musterte ihn von oben bis unten. Sie wirkte alt und müde, ganz anders als im Januar, als Joe sie bei der Einweihungsparty von Toms und Cathys Geschäft kurz gesehen hatte. Damals trug sie ein grünes Tweedkleid mit einer weißen Bluse und einer grünen Kameebrosche am Hals. Heute Abend hatte sie eine verwaschene Schürze um und schäbige Pantoffeln an den Füßen. Ihre Haare waren stumpf und grau und hingen ihr strähnig ins Gesicht. Wenn Joe daran dachte, was andere Frauen ihres Alters aus sich machten, wurde ihm das Herz schwer. Maura Feather war höchstens achtundfünfzig, sah aber aus, als ob sie weit über siebzig wäre.

»Und was führt dich hierher?«, fragte seine Mutter.

»Ich wollte euch mal besuchen und hören, wie es Dad geht.« Joe lächelte angestrengt.

»Du weißt doch, wie es Dad geht. Wir haben uns doch schriftlich für deinen Obstkorb bedankt.« Das Gesicht seiner Mutter blieb hart.

»Ja, ja, natürlich. Vielen Dank für die freundlichen Zeilen.« Joe wusste genau, dass Tom den Brief geschrieben und abgeschickt hatte. Alles nur, um den Kontakt zwischen ihnen aufrechtzuerhalten. »Na ja, aber wo ich schon mal hier bin, Ma …« Joe machte einen Schritt nach vorn.

»Wer hat dich aufgefordert, hereinzukommen, Joe?«

»Du willst mich doch nicht wieder wegschicken, oder?« Er

neigte leicht den Kopf – seine Art, um etwas zu bitten, die selten ihre Wirkung verfehlte. Aber jetzt war er in Fatima.

»Wie kommst du auf die Idee, dass wir uns über deinen Besuch freuen könnten? Du bist so oft in Dublin und schaust nie bei uns vorbei. Ich habe dich sogar einmal aus dem Bus heraus gesehen. Du hast an einer Straßenecke gestanden und gelacht. Warum sollten wir dich jetzt mit offenen Armen empfangen?«

»Ich könnte mir vorstellen, dass jeder, der seinen Vater nach einem Herzinfarkt besuchen und sich erkundigen will, wie es ihm geht, in seinem alten Zuhause willkommen ist«, sagte Joe.

Aber der legendäre Charme von Joe Feather prallte an seiner Mutter ab.

»Ich muss mich seit Jahren mit deinem Egoismus abfinden – dein Vater hat niemanden, der ihm bei der Arbeit zur Hand geht.«

»Ma, du weißt doch, dass ich nie vorhatte, in Vaters Geschäft einzusteigen.«

»Das weiß ich nicht, und deinem Bruder bist du auch ein schönes Beispiel gewesen …«

»Tom wollte ebenfalls nie in Vaters Fußstapfen treten, Ma …«

»Das war euch beiden alles nicht gut genug. Aber eure Ausbildung, die Kleidung, die Fußballschuhe, das Fahrrad, das durften wir bezahlen …«

»Könnte ich Dad jetzt bitte sehen?«, fiel Joe ihr ins Wort.

»Wie kommst du auf die Idee, du könntest hier nach so langer Zeit einfach hereinschneien, und dein Vater freut sich darüber auch noch?«

»Eigentlich hatte ich gedacht, dass ihr beide euch freut«, sagte Joe. An seiner Schläfe pochte eine Ader. Warum tat er sich das an? Wenn sie ihn noch einmal zurückwies, würde er gehen, aber zuvor musste er den alten Mann sehen. Sanft, aber entschlossen schob er sich an seiner Mutter vorbei und ging in das Zimmer, in dem sein Vater im Stuhl saß und angespannt lauschte. Er wirkte blass und durchsichtig, aber sein Gesicht leuchtete vor Freude auf, als er Joe sah. Bei seiner Mutter war davon nichts zu bemerken gewesen.

»Joe, wie schön, dass du da bist.«

»Ich freue mich auch, Dad. Ich weiß, dass es schon eine Weile her ist, seit ich das letzte Mal hier war, aber ich wollte mich selbst davon überzeugen, dass es dir so gut geht, wie alle sagen.«

»Wer sagt das?« Seine Mutter stand mit einem missbilligenden Blick an der Tür.

»Na ja, Tom und Cathy Scarlet und Ned aus dem Hof. Leute, denen dein Wohl am Herzen liegt.«

»Pah«, meinte Maura Feather.

»Weißt du, ich bin froh, dass es dir gut geht, und auch du siehst gut aus, Ma. Ich bin nur kurz in Dublin, und seit du ins Krankenhaus kamst, war ich auch nicht mehr hier. Deswegen dachte ich mir, es würde uns guttun, uns wenigstens ein paar Minuten zu sehen.«

»Da hast du recht, Joe.« Sein Vater griff nach Joes Hand.

Joe tat so, als bemerkte er nichts, denn er spürte, wie feindselig seine Mutter bei dieser Geste reagierte.

»Ich habe uns einen feinen Tropfen und ein paar Kekse mitgebracht, aber vielleicht macht Ma uns bei meinem nächsten Besuch ja eine Tasse Tee und etwas richtiges Teegebäck …«

Joe sah seine Mutter nicht an; stattdessen öffnete er den Sherry und holte Gläser aus dem Büfett.

»Ich hoffe wirklich, dass es bis zum nächsten Mal nicht wieder so lange dauert. Wenn ihr wüsstet, wie hart das Leben drüben in London ist …«

»Ich kann mich nicht erinnern, dass dich jemand gezwungen hätte, dort hinzugehen.« Maura Feather ließ sich nicht so leicht erweichen.

»Damals, als ich jung und dumm war, hat es mir dort gefallen, Ma. Jeder in dem Alter findet große, aufregende Städte gut... Aber kein Mensch ist dort wirklich glücklich, in keiner Großstadt auf der Welt.«

»Was soll das heißen?«

»Das solltest du doch mittlerweile selbst wissen. In Dublin geht das jetzt auch schon los, auch wenn London natürlich viel größer ist. Die Leute kommen nicht mehr zur Ruhe. Sie sind auf der Suche nach einem Sinn...«

Seine Eltern starren Joe verständnislos an.

»Wisst ihr, als ich das erste Mal nach London kam, waren die Kirchen leer... Heute gibt es Leute, die gehen mittags hin und abends – alle sind sie auf der Suche nach Antworten.«

»Woher willst du das denn wissen?«, fragte ihn seine Mutter.

»Ich weiß das deshalb, weil ich auch manchmal in eine Kirche oder eine Moschee oder eine Synagoge gehe... Es gibt nicht nur einen Gott, Mam, nicht so wie in meiner Jugend.«

»Es gibt nur einen wirklichen Gott«, brauste sie auf.

»Ich weiß, ich weiß. Aber ehrlich gesagt finde ich es heute viel besser als früher, dass die Menschen den Glauben der anderen respektieren können.«

»Als wir dich das letzte Mal sahen, Joe Feather, hast du dem Glauben gegenüber aber herzlich wenig Respekt gezeigt.«

Zumindest hatte sie ihn schon mal bei seinem Namen genannt, das war immerhin ein Fortschritt. Joe goss den Sherry ein und lächelte seine Eltern an. Es war ein aufgesetztes Lächeln. Eigentlich bedeuteten ihm die beiden nur wenig, sie waren Fremde für ihn, ein schwächlicher Mann und eine verbitterte Frau. Sicher hatte er Mitleid empfunden, als er hörte, dass sein Vater im Krankenhaus um sein Leben rang. Aber am liebsten würde er auch weiterhin nur gelegentlich irgendwelche Geschenke schicken. Doch er hatte Tom versprochen, es wenigstens mal zu versuchen. Das war er seinem Bruder schuldig.

Tom hatte recht gehabt, er war kein guter Sohn von Fatima gewesen. Er war ihm keine große Hilfe gewesen, die Last gerecht zu verteilen, die es bedeutete, sich um seine alten, schwierigen Eltern zu kümmern. Joe würde deshalb jetzt einfach nur lächeln, von seiner Suche nach mehr Bedeutung im Leben erzählen und den beiden Sherry eingießen. Er sah, dass seine Mutter sich langsam entspannte und dass sein Vater von den Bemühungen seines Sohnes offenbar ganz angetan war. Joe dachte, dass ihn jede Verhandlung mit einem knallharten Geschäftsmann aus dem Norden, dem er eine Kollektion aus Oberteilen und Shorts verkaufen wollte, weitaus mehr Mühe kostete als das hier. Er würde deshalb noch eine halbe Stunde bleiben.

Der Fototermin zog sich endlos in die Länge. Tom konnte es einfach nicht glauben, dass erwachsene Menschen sich so lange mit etwas derart Banalem abgaben. Marcella hatte extra zwei Tage Urlaub genommen und eine Auswahl von Kleidungsstücken von Hayward's für sie beide mitgebracht. Der Pullover und das Jackett, das sie für ihn ausgesucht hatte, waren astronomisch teuer.

»Und das alles mit Shonas Segen… Für die ist das praktisch kostenlose Reklame. Und du siehst so klasse aus, dass es mir garantiert schwerfallen wird, die Make-up-Künstler, die Friseure und Beleuchter von dir fernzuhalten… Und das sind nur die Männer«, meinte sie und kicherte aufgekratzt.

Ihr Traum von einem Leben als Model schien tatsächlich Wirklichkeit zu werden, so, wie es bei ihm Anfang des Jahres der Fall gewesen war. Tom würde tun, was in seiner Macht stand; er würde lächeln oder den wilden Mann spielen – alles, wenn er damit Marcellas Karriere dienlich sein könnte.

Der Mann, der angeblich wusste, wann es hätte losgehen sollen, wusste – laut Neil – nun doch von nichts. Die Stelle war neu ausgeschrieben, alles hing in der Luft, nichts war auf ein bestimmtes Datum festgelegt. Sie hatten also noch viel Zeit zum Reden.

»Gut«, lautete Cathys Kommentar.

Muttie und Lizzie unterhielten sich flüsternd in ihrem dunklen Schlafzimmer.

»Ende der Woche sind die beiden vielleicht schon weg«, seufzte sie.

»Ich weiß, und das jetzt, wo ich sie gerade lieb gewonnen hatte«, erwiderte Muttie.

Neil erzählte am nächsten Tag, dass Kenneth und Kay Mitchell jetzt wieder zu Hause und bereit wären, ihre Kinder bei sich aufzunehmen.

»Ich habe zu der Sozialarbeiterin gesagt, dass es doch ziemlich hart für die Kinder sei, wenn sie jetzt wieder direkt zurückmüssten, und sie hat mir zugestimmt. Sie ist übrigens sehr nett, du wirst sie mögen; sie heißt Sara. Jedenfalls meint Sara, dass wir die Kinder erst ein- oder zweimal zu Besuch zu ihren Eltern bringen sollten, bevor wir sie dort lassen. Sie wird übrigens mitkommen.«

Cathy spürte Eifersucht in sich hochsteigen. Ein völlig irrationales Gefühl, aber schließlich waren sie es gewesen – sie und ihre gutmütigen Eltern –, die sich für die beiden Kinder eingesetzt hatten, als niemand sie aufnehmen wollte. Und jetzt schien alle Welt sie haben zu wollen – ein verrückter Vater, der auf und davon war, eine verrückte Mutter, die die meiste Zeit besoffen war, eine rechthaberische Sozialarbeiterin namens Sara.

»Na gut, dann mache ich einen Termin aus, wann wir sie in dieses Schreckenskabinett zurückbringen werden«, sagte Cathy.

»Sei so gut und verkneife dir diese Bezeichnung in ihrer Gegenwart. Du weißt doch, dass sie immer alles sofort aufschnappen«, warnte Neil.

»Du hast ja recht. Ich schau mal, wann ich mir eine Stunde abzwacken kann, um die beiden hinzubringen.«

»Mal langsam, wir werden unsere Termine aufeinander abstimmen müssen, du, Sara und ich.«

»Aber Neil, da können wir ja bis nächstes Jahr warten. Es geht hier nicht um eine Konferenzschaltung. Es geht darum, dass ich diese Kinder dorthin bringe, wo sie in Zukunft leben werden, ohne ihnen gleich einen Heidenschrecken einzujagen. Und das sollte möglichst unter normalen Umständen über die Bühne gehen, ohne dass wir alle gleich unsere Terminkalender zücken müssen.«

»Schatz, mir ist durchaus klar, was du meinst, aber in diesem Fall ist es wirklich besser, sich streng an die Vorschriften zu halten und die Sozialarbeiterin mitzunehmen. Falls dann irgendwas schiefläuft, sind wir wenigstens aus dem Schneider.«

»Aber wir wissen doch, was schieflaufen wird... Kenneth wird irgendwann mal wieder von Fernweh gepackt, Kate wird einer Flasche Wodka nicht mehr widerstehen können, und dann geht alles wieder von vorn los.«

Tom hatte Ricky noch nie zuvor bei der Arbeit gesehen. Er hatte ihn bisher nur als einen völlig entspannten Menschen erlebt, der immer alles genau überblickte und jeden kannte. Tom machte sich überhaupt keine Vorstellung, welche Vorbereitungen es erforderte, die fünf oder sechs Aufnahmen für eine Illustrierte zu fotografieren. Toms Gesicht sprach Bände. Er war sich sicher, dass ein Fehler vorliegen musste und er unversehens in einen millionenteuren Film geraten war, der ausgerechnet in seiner kleinen Wohnung in Stoneyfield gedreht wurde. Aber am allerwenigsten verstand er, wie Marcella in diesem ganzen Durcheinander so unerschütterliche Ruhe bewahren konnte. Sie sorgte ständig für Nachschub an frischem Kaffee und eisgekühltem Mineralwasser. Bat man sie zu lächeln, tat sie es mit einem Strahlen, das er kaum verstehen konnte. Es spielte keine Rolle, wie oft sie dazu aufgefordert wurde – Marcella lächelte jedes Mal so überzeugend, als käme es aus tiefstem Herzen. Reglos ließ sie es über sich ergehen, als sie immer wieder nachgeschminkt wurde, als man ihr Lipgloss auffrischte und ihre ohnehin perfekte Frisur mit Haarfestiger besprühte. Tom hingegen spielte den Clown und alberte herum. Er fühlte sich nicht wohl in seiner Haut, stieß dauernd irgendwelche Sachen um und entschuldigte sich pausenlos. Er hatte das Gefühl, der Tag würde niemals enden. Nächtelang in lauten Kneipen zu arbeiten, Lebensmittel die Treppen hinaufzuschleppen, bis man Rückenschmerzen bekam, und Tabletts voller Teller durch schmale, enge Flure zu balancieren war nur halb so erschöpfend wie das hier. Doch irgendwann waren Marcella und er endlich wieder allein. Sie hatten die elegante Garderobe, die sich bereits auf dem Weg zur Reinigung befand, gegen bequeme Jeans und ein T-Shirt eingetauscht und die Sachen für den nächsten Tag bereitgelegt. Tom warf sich aufs Sofa und bettete seinen Kopf in Marcellas Schoß, die ihm tröstend über die Stirn strich. Sie war immer noch taufrisch, und ihre Augen leuchteten vor Begeisterung.

»Tom, ich weiß gar nicht, wie ich dir danken soll. Ich weiß doch, wie verhasst dir dieser Trubel war«, sagte sie leise.

»Na ja, verhasst ist vielleicht ein bisschen übertrieben, aber ich fand es wirklich sehr anstrengend. Ich fürchte, ich bin ein hoffnungsloser Fall.«

»Im Gegenteil, du warst wunderbar. Das fanden alle.«

»Marcella, woher nimmst du nur diese Geduld?«

»Ich frage mich ständig, woher du die Geduld für deine knifflige Arbeit nimmst. Wenn ich nur an diese exakt geschnittenen Verzierungen denke, oder an diese winzig kleinen Sushis… Ich würde verrückt werden, wenn ich das machen müsste.«

Sie strich ihm erneut über die Stirn, und er wäre am liebsten auf der Stelle eingeschlafen. »Das kommt nur daher, weil du nichts isst«, antwortete er und grinste sie an. »Du hast doch noch nie gerne gegessen wie andere, die etwas mehr Fett auf den Rippen haben.«

»O doch, hin und wieder habe ich schon Appetit«, protestierte Marcella.

Aber Tom wusste, dass das nicht stimmte. Auf den wenigen Fotos aus ihrer Kindheit, die er kannte, hatte sie immer wie ein kleines, verhungertes Waisenkind ausgesehen. Marcella war noch nie eine gute Esserin gewesen.

»Mist, aber ich muss jetzt gehen«, sagte er und rappelte sich auf.

»Das ist doch nicht dein Ernst? Nachdem du den ganzen Tag heute schon schwer gearbeitet hast?«

»Wir haben einen Auftrag. Cathy hat den ganzen Tag vorbereitet, während ich hier herumgehampelt bin. Ich muss los und ihr helfen.«

»Entschuldige, natürlich musst du gehen. Kann aber leicht sein, dass dein Gehampel, wie du es nennst, euch geschäftlich viel mehr einbringt.«

»Marcella, bleib auf dem Teppich!«

»Immer. Wen bewirtet ihr denn heute Abend?«

»Die Jungfrauen unserer Jungfrau.«

»Wen?«

»Ich weiß nicht genau, was das sein soll – irgendeine Art Klassentreffen, glaube ich. Vor zwanzig Jahren haben die Damen ihren Schulabschluss gemacht und sich damals offenbar geschworen, heute eine große Party zu feiern, falls sie dann noch am Leben sind.«

»Aber die heißen doch nicht wirklich so, oder?«

»Doch, irgendwas in der Art. Aber ich muss jetzt trotzdem los. Findest du, dass ich zu lässig gekleidet bin?«

»Ich würde sagen, die Jungfrauen unserer Jungfrau werden nicht an sich halten können und dich in Stücke reißen«, meinte Marcella mit einem bewundernden Augenzwinkern.

»Ach Gott, Cathy, das war vielleicht ein Tag. Es tut mir leid, dass ich dir das hier alles allein überlassen habe.«

»Kein Problem, Sunnyboy … ich war im Gegenteil froh über die Ablenkung. Ich muss nämlich morgen die Kinder zu einer Schreckschraube namens Sara bringen und sie dann zurück in ihr Tollhaus schaffen … Da würde ich ja noch lieber Lachs en croûte machen.«

Im Nachhinein war es ihnen ein Rätsel, wie sie diesen Abend überstanden hatten. Tom, der bereits völlig erschlagen war von dem siebenstündigen Dauergrinsen vor der Kamera und von der Aussicht, dasselbe am nächsten Tag noch einmal über sich ergehen lassen zu müssen, mobilisierte seine letzten Reserven, lächelte, ließ seinen Charme spielen und schmeichelte den Damen, dass sie unmöglich schon vor zwanzig Jahren die Schule verlassen haben könnten. Und Cathy, die eigentlich ganz krank vor Sorge war, wie sie am besten mit dieser entsetzlichen Sozialarbeiterin namens Sara umgehen sollte, ohne irgendjemanden zu brüskieren, war überall gleichzeitig, während sich die weiblichen Gäste unter spitzen Schreien an komische Begebenheiten von damals erinnerten. Es seien fast alle gekommen, erzählten sie Cathy, nur drei hatten abgesagt. Janet aus Neuseeland, Orla, die bei einer merkwürdigen Sekte im Westen Irlands gelandet war, und Amanda, die in Kanada mit ihrem Partner zusammen eine Buchhandlung führte. Ob das wohl Amanda Mitchell war, hatte Cathy überlegt, aber das wäre bestimmt ein zu großer Zufall gewesen. Aber sie war es tatsächlich! Ihre Freundinnen waren verärgert über Amanda, die eigentlich genügend Geld hatte und deren Familie dieses große Haus in Oaklands gehörte; sie hätte wirklich kommen können. Und ein bisschen neugierig auf Amandas Begleitung seien sie natürlich auch gewesen.

»Und wer ist ihr Partner?«, hatte Cathy höflich gefragt.

»Es ist kein Partner, es ist eine Partnerin. Stellen Sie sich das mal vor! Amanda Mitchell ist die Einzige aus einer achtundzwanzigköpfigen Mädchenklasse, die Frauen bevorzugt. Wie das wohl statistisch aussieht?«, fragte die Frau, die die Party organisiert hatte.

Cathy ließ sich in der Küche auf einen Stuhl sinken. Ihre Schwägerin war eine Lesbe. Was würde wohl als Nächstes auf sie zukommen?

»Eigentlich war das ein richtig netter Haufen«, sagte June, als sie dabei half, den Wagen zu beladen.

»Und offensichtlich hat es ihnen allen gut gefallen«, meinte Tom und gähnte.

»Sie haben jedenfalls reichlich Trinkgeld gegeben. Und vier wollten unbedingt wissen, wo ich mir meine Strähnchen habe machen lassen.«

»Haben sie ihnen gefallen?« Cathy wusste immer noch nicht, wie sie die feuerroten Strähnen in Junes Haaren finden sollte.

»Sie fanden sie super und waren zutiefst beeindruckt, dass ich mir Hayward's leisten konnte. Vielen Dank noch mal, Cathy, das war wirklich ein tolles Geschenk.«

»Ich bitte dich. Es sind meine Haare, die Hannah Sorgen machen.«

Sie ließen June an einem Taxistand aussteigen. »Leute, ich muss schon sagen, mit euch beiden macht das Leben wirklich Spaß«, sagte sie und ging zum nächsten Taxi.

Tom und Cathy fuhren schweigend in die Zentrale zurück.

»Ich hatte ja keine Ahnung, wie anstrengend das alles werden würde«, seufzte Cathy.

»Ich auch nicht. Aber nicht das Essen ist das Problem, es sind die Leute, die einem ganz schön auf die Nerven gehen können«, stimmte Tom zu.

Es dauerte mehr als anderthalb Stunden, bis sie das Auto ausgeladen, das Geschirr in die Spülmaschinen geräumt, die Essensreste eingewickelt und eingefroren und die Küche und die Herde für den nächsten Morgen zum Backen vorbereitet hatten. Tom und Cathy arbeiteten Hand in Hand und ohne wertvolle Energie mit irgendwelchen Diskussionen zu vergeuden. Als sie fertig waren, fuhr Tom den Lieferwagen auf die Straße hinaus.

»Ich fühle mich wie ein Zombie«, sagte er. »Kannst du bitte aufpassen, dass ich nicht einschlafe?«

»Allein der Gedanke daran macht mich schon hellwach«, entgegnete Cathy.

»Bald haben wir Mai«, meinte Tom.

»Stimmt.«

Eine Weile sagte keiner was.

»Wie hast du das gemeint?«, wollte Cathy schließlich wissen.

»Keine Ahnung«, musste Tom bekennen.

»Was meinst du, werden wir langsam alt? Wir haben uns gar nichts mehr zu sagen.« Cathy klang besorgt.

»Nein, es gibt einfach nicht viel zu erzählen, außer dass mein Bruder sich zu einem richtigen Arschloch entwickelt hat«, erwiderte Tom.

»Und wie es aussieht, dürfte meine Schwägerin sich für ein paar Menschen in Oaklands als ziemliches Überraschungsei entpuppen«, erwiderte Cathy.

Sie drehte sich zu Tom um. »Das musst du jetzt nicht unbedingt verstehen. Jedenfalls haben wir bald Mai, wie du vorhin so treffend bemerkt hast, und ich werde das Gefühl nicht los, dass das etwas zu bedeuten hat.«

»Etwas Gutes oder etwas Schlechtes?«, wollte Tom wissen.

»Himmel, Tom, wenn ich das wüsste… dann könnte mir keiner mehr was vormachen«, murmelte Cathy und schlief ein. Sie wachte erst wieder auf, als Tom in den Hof von Waterview einbog.

Mai

Die Kinder erklärten Hooves, dass sie nur einen kurzen Besuch machen und später wieder zurückkommen würden.

»Ich weiß, es hört sich verrückt an, aber ich glaube, dass er mich tatsächlich versteht«, sagte Maud.

»Warum sollte er dich nicht verstehen? Der Hund hat schließlich einen Stammbaum, nicht wahr?« antwortete Muttie.

»Haben Menschen auch einen Stammbaum?«, wollte Simon wissen.

»Nein«, antwortete Cathy mit Nachdruck. »Alle Menschen sind gleich geboren, sie machen sich ihren Stammbaum selbst.«

Cathy spürte die Blicke ihrer Eltern auf sich. Was redete sie nur für einen Unsinn. Sie schien nicht akzeptieren zu können, dass Neil recht hatte, wenn er darauf bestand, dass die Kinder zu ihren leiblichen Eltern zurückkehren sollten. Aber nichts auf der Welt würde Cathy davon überzeugen, dass das gerecht war. Doch sie würde sich wohl oder übel damit abfinden müssen.

»Los, Kinder, auf ins Auto mit euch. Zeigt mir euer Zuhause. Ich will sehen, wo ihr als kleine Babys gelebt habt.«

»Können Muttie und seine Frau auch mitkommen?« Maud wollte nicht gehen.

»Die kommen ein anderes Mal mit, heute sind wir nur zu dritt«, erklärte Cathy und vermied es, ihre Eltern zu beobachten, wie sie den Kindern hinterherschauten.

The Beeches lag in einer Straße, in der viele andere Grundstücke mit Wohnblocks bebaut worden waren. Nur dieses Haus, ein großes, heruntergekommenes Gebäude, ungefähr hundertfünfzig Jahre alt, ein ehemaliges Herrenhaus, das schon mal bessere Zeiten gesehen hatte, stand auf seinem eigenen Grundstück. Es war zwar nicht so beeindruckend wie Oaklands – hier gab es keine große, geschwungene Auffahrt –, aber doch sehr ansprechend, mit guten Proportionen. Zwischen den Fenstern war die Fassade mit Kletterpflanzen bewachsen. Ein unbenutzter Tennisplatz und ein eingestürztes Gartenhäuschen waren Zeugen einer besseren Zeit, bevor die Eltern von Walter, Simon und Maud jegliches Interesse an einem normalen Zuhause verloren hatten. Die Kinder beobachteten Cathy mit bangem Blick, als sie vorfuhren, und warteten auf ihre Reaktion.

»Das ist aber ein hübsches Haus«, sagte sie mit einem Kloß im Hals. »Es war sicher sehr schön, hier aufzuwachsen.«

Die Kinder betrachteten zweifelnd ihr Zuhause. »Wir sind sicher, dass es auch schön war, in St. Jarlath's aufzuwachsen.«

Noch vor ein paar Monaten waren diese Kinder eine einzige Plage gewesen. Sie hatten Essen gestohlen, Cathy wie ein Dienstmädchen behandelt und ihre Kleidungsstücke auf den Fußboden geworfen. Unglaublich, wie sie sich seitdem entwickelt hatten! Cathy bemühte sich, ihrer Stimme nichts anmerken zu lassen.

»Das stimmt, Simon. Danke, dass du das sagst. Ja, ich bin gern dort aufgewachsen. Aber jetzt wollen wir euren Vater und eure Mutter suchen.«

Kenneth Mitchell begrüßte sie, als wären sie Gäste des Hauses und nicht seine beiden Kinder, die er im Stich gelassen hatte, und die Frau seines Neffen, die er zuvor niemals zur Kenntnis genommen hatte.

»Wie schön, dass ihr gekommen seid«, hieß er Cathy und die Kinder willkommen.

»Hallo, Vater«, sagte Simon.

»Simon, mein Sohn. Bist ein guter Junge«, erwiderte sein

Vater, »und du bist auch da, Maud, sehr gut.« Fragend sah er Cathy an, als wüsste er nicht, wo er sie einordnen sollte. Äußerlich sah er seinem Bruder Jock sehr ähnlich, nur dass er keinen Hang zur Fettleibigkeit hatte. Dass er – wie er es nannte – ständig unterwegs war, hatte offensichtlich zur Folge, dass sein Bauch flach blieb. Von seiner Frau war nichts zu sehen. Cathy beschloss, Kenneth Mitchell mit seinem Vornamen anzusprechen.

»Tja, Kenneth, wie Sie schon sagten, es ist alles in bester Ordnung. Sollen wir auf Kay und Sara warten, bevor wir uns das Haus ansehen?«

»Das Haus? Sara ... äh, Kay?« Er schien nicht recht zu verstehen.

Jetzt war es an Cathy, ihn fragend anzuschauen. »Kay, Ihre Frau Kay?«

»O ja, sie wird gleich da sein, sie macht sich gerade fertig.«

Kein herzliches Willkommen, keine Wärme, und was die Mutter anging, die ließ sich nicht einmal blicken. Maud schien sich nicht sehr wohlzufühlen.

»Wann kommt Sara denn?«, wollte sie wissen.

Kenneth Mitchell verstand jetzt überhaupt nichts mehr. »Sara?«

»Die Sozialarbeiterin?«, erklärte Cathy geduldig.

»Aber ich dachte, Sie seien die Sozialarbeiterin«, sagte er, an Cathy gewandt.

»Nein, Kenneth, ich bin Cathy Scarlet. Meine Eltern haben sich um Ihre Kinder gekümmert, während Sie weg waren. Außerdem bin ich die Frau von Neil, dem Sohn Ihres Bruders Jock. Sara ist die Sozialarbeiterin, die hoffentlich bald kommen wird ...«

In diesem Moment klingelte es an der Tür und erlöste Kenneth aus seiner Verlegenheit – falls er überhaupt so etwas empfunden haben sollte. Sie hörten, wie Kenneth charmant, aber mit wachsender Verwirrung die Sozialarbeiterin begrüßte, die aussah, als sei sie gerade mal siebzehn oder achtzehn Jahre alt. Die junge Frau war sehr groß, attraktiv, hatte feuerrotes Haar, trug hohe Schnürstiefel und strahlte ein enormes Selbstbewusstsein aus.

»Hallo, Maud, hallo, Simon. Alles in Ordnung?«, erkundigte sie sich.

»Ach, Sara, weißt du…«, begann Simon. Cathy spürte, wie Eifersucht in ihr hochstieg.

»Habt ihr euch denn schon eure Zimmer angesehen, ob alle eure Sachen hier sind?« Sie sprach so beiläufig und zeigte absolut keine Angst vor Kenneth Mitchell; ihr ging es nur um die Zwillinge.

»Wir sind noch nicht lange hier«, antwortete Simon.

»Und Mutter haben wir auch noch nicht gesehen«, fügte Maud hinzu.

»Gut, dann lauft mal los, schaut euch eure Zimmer an und kommt dann wieder zu mir zurück.«

Gehorsam rannten die beiden die Treppe hinauf. Sara packte ihren Tabak aus und fing an, sich eine Zigarette zu rollen.

»Wenn Sie wollen, Mr. Mitchell, gehe ich zum Rauchen auch in den Garten«, schlug sie vor, aber angesichts ihres skeptischen Blicks verneinte Kenneth dies.

»Nein, nein, gütiger Gott, nein, bitte nicht. Ich meine, ganz, wie Sie möchten…«

»Und wie steht's mit Ihnen, Cathy? Ich wette, Sie können mit mir auch nicht viel anfangen«, meinte Sara munter.

»In Ihrem Job wissen Sie bestimmt, wie gerne Kinder übertreiben«, erwiderte Cathy grinsend.

»Ihr Mann auch? Er scheint auch der Ansicht zu sein, Sie hätten Probleme damit, dass die Kinder wieder zu ihren Eltern zurückkehren.«

»Nein, Sara, damit habe ich bestimmt kein Problem.« Cathys Stimme wurde wieder ernst. »Ich habe die Kinder hergebracht, damit sie ihre Eltern besuchen können. Ihr Vater, der Bruder meines Schwiegervaters, hielt mich für die Sozialarbeiterin, das fand ich etwas merkwürdig. Und was die Mutter angeht, sie hat sich zur Begrüßung nicht blicken lassen, was ich noch merkwürdiger fand.«

»Neil sagt, dass Sie und Ihre Familie eine außergewöhnlich enge Bindung zu den Kindern aufgebaut haben.« Sara warf Cathy einen prüfenden Blick zu.

»Irgendjemand muss eine Bindung zu ihnen aufbauen«, erwiderte Cathy aufgebracht. »Hören Sie, ich halte mich an die Spielregeln. Die Kinder sind zu einem Besuch hergekommen. Warum gehen Sie nicht mit, schauen sich alles an und lassen mich in Ruhe? Schließlich habe ich ohnehin nichts mehr mit der Sache zu tun, wenn die Kinder wieder hier sind.«

Kenneth Mitchell hatte während ihres Wortwechsels von einer zur anderen geschaut, als beobachtete er eine Partie Tennis. Als sie verstummten, fragte er, ob jemand vielleicht eine Tasse Tee wolle. Er schien sehr überrascht, als Cathy und Sara sein Angebot kategorisch ablehnten.

»Ich habe aber schon alles vorbereitet«, meinte er gekränkt.

»Sehr gastfreundlich von Ihnen, Kenneth«, erwiderte Cathy in einem Tonfall, der Sara aufhorchen ließ.

»Und wo ist Walter?«, fragte Sara nach einem Blick in ihre Notizen.

»Walter?«, wiederholte Kenneth zögernd.

»Ihr Sohn«, erklärte Cathy.

»Meines Wissens sollte die ganze Familie hier sein«, bemerkte Sara.

»Er ist vermutlich noch in der Arbeit.« Kenneth hätte gerne geholfen, war aber völlig überfordert. Wieder wurde er jedoch durch das Eintreffen neuer Beteiligter aus seiner Verlegenheit erlöst. Diesmal waren es die Kinder, die Hand in Hand mit ihrer Mutter ins Zimmer kamen. Kay Mitchell wirkte so zerbrechlich, dass man den Eindruck hatte, als könnte ein bloßer Windhauch sie umwehen. Aber sie hatte ein nettes Lächeln.

»Hallo, wie schön, dass Sie gekommen sind«, begrüßte sie Cathy.

»Sie sehen ja schon wieder viel kräftiger aus«, sagte Cathy.

»Wirklich? Das ist gut. Haben Sie mich im Krankenhaus besucht?«

»Ja, hin und wieder, aber viel wichtiger waren die Besuche Ihrer Kinder.« Cathy warf Sara einen Blick zu, in der Hoffnung, sie würde sich auch dazu Notizen machen.

»Wissen Sie, vieles habe ich nur wie durch einen Nebelschleier mitbekommen. Fast so, als würde es jemand anderem widerfahren«, erklärte Kay und lächelte alle an.

»Habt ihr vielleicht euren Bruder Walter gesehen?«, wollte Cathy von den Kindern wissen.

»Er hat die Betten für uns gemacht«, sagte Maud.

»Aber nicht richtig, er hat nur die Betttücher und die Kissenbezüge ans Fußende gelegt, und eigentlich …«

»Außerdem waren sie noch feucht. Deswegen hat uns Mutter geholfen, sie erst mal in den Schrank über der Heizung zu räumen, damit sie dort trocknen«, erklärte Maud.

»Das ist doch keine Arbeit für Walter. Gibt es nicht eine Mrs. Sowieso, die dafür zuständig ist?« Kenneth stand, wie üblich, vor einem Rätsel.

»Mrs. Sowieso fängt erst nächste Woche an«, erklärte Cathy höflich.

»Sie heißt übrigens Mrs. Barry, wie ich meinen Unterlagen entnehme«, warf Sara ein.

»Wir warten also jetzt nur noch auf Walter, richtig?«

»Eigentlich sollte er hier sein«, sagte Sara missbilligend.

»Ich bin sicher … vielleicht hat er etwas missverstanden. Meinen Sie, wir sollten ihn anrufen?«, fragte Kenneth.

»Das ist vielleicht das Beste.« Sara verlor nicht viele Worte.

»Tja, weiß jemand … ich meine, wo … genau?«, begann Kenneth.

»Im Büro Ihres Bruders. In Jock Mitchells Anwaltskanzlei.«

Cathy versuchte, nicht allzu sarkastisch zu klingen. Aber Sara entging ihr Tonfall nicht; ein Lächeln huschte über ihr Gesicht. Keiner half, als Kenneth umständlich die Nummer aus dem Telefonbuch heraussuchte. Es stellte sich heraus, dass Walter bereits unterwegs war und bald eintreffen würde.

»Und Walter lebt hier? Hier ist sein Zuhause?«

»Na ja, er ist natürlich erwachsen und muss nicht jede Nacht hier aufkreuzen.«

»Verstehe, manchmal übernachtet er bei Freunden.« Sara machte sich Notizen.

»Aber er hat natürlich sein Zimmer hier … immer noch.«

»Es ist abgesperrt«, stellte Simon fest.

»Woher weißt du das denn?«, wollte Sara interessiert wissen.

»Wir hatten früher ein Schaukelpferd und einen alten Schwarzweißfernseher. Ich dachte mir, die könnte sich Walter vielleicht ausgeliehen haben, als wir bei Muttie und Lizzie waren … Was uns nichts ausgemacht hätte.« Simons Stimme klang völlig emotionslos. Er wollte niemanden in Schwierigkeiten bringen.

»Das ist aber merkwürdig, dass man zu Hause sein Zimmer absperrt«, wunderte sich Sara.

»Wann kommen wir denn endgültig wieder hierher?«, fragte Maud.

»Wann immer ihr wollt«, strahlte ihr Vater sie an.

»Am liebsten so bald wie möglich«, fügte lächelnd ihre Mutter hinzu.

»Sobald der Papierkram erledigt ist«, entschied Sara.

»Cathy, könntest du Sara bitte erklären, wie das mit Hooves aussieht und wann er uns besuchen kommt? Und dann das mit der Hochzeit von Lizzies Tochter, die den Mann heiratet, der mit ihr in Chicago im selben Bett schläft?«

»Äh, ich würde sagen …«, begann Kenneth.

Und wieder kam ihm das Schicksal zur Hilfe. In diesem

Moment traf ein zerzauster und atemloser Walter ein, der mit dem Fahrrad gekommen war.

»Hallo Kinder, Mutter, Vater, Cathy.« Er nickte allen zu, ehe er das typische Mitchell-Lächeln aufsetzte.

»Und Sie müssen Sara sein, nicht wahr? Sind Sie nicht ein bisschen jung und viel zu gut aussehend für Ihren Job?«

Cathy sah ihn verzweifelt an. Sie hoffte inständig, Sara möge nicht auf ihn hereinfallen – auf dieses jungenhafte Getue, auf die Strähne, die ihm ins Gesicht fiel, und auf seine unverhohlene Bewunderung.

»Wir haben Sie eigentlich bereits vor einer Dreiviertelstunde hier erwartet«, erwiderte Sara kühl.

Walter versuchte mit einem Lächeln darüber hinwegzugehen. »Aber zum Glück bin ich ja jetzt da«, antwortete er.

Sara rief die Runde mit einem Räuspern zur Räson. »Wenn Maud und Simon wieder in dieses Haus zurückkehren sollen, um hier zu leben, dann müssten wir jetzt bitte zusammen alle getroffenen Vereinbarungen durchsprechen, ja?«

»Um welche Vereinbarungen handelte es sich denn?« Kenneth hatte die üblichen Verständnisprobleme. »Ich meine, ich bin hier, und ihre Mutter ist hier … Tja, und diese freundlichen Menschen, die sich um die Kinder gekümmert haben, als ich zu meinem größten Leidwesen wegmusste und Kay krank war, sie haben die Zwillinge jetzt wieder hergebracht. Damit wäre doch alles klar, oder nicht?«

»Nein, Mr. Mitchell, ist es nicht. Und das wissen Sie auch. Wir haben das alles doch schon mal durchgesprochen. Wir sind verantwortlich für die Kinder, und das ändert sich erst, wenn wir wissen, was am besten für Maud und Simon ist und wie ihre Zukunft aussieht. So, können wir jetzt mit der Schule anfangen?« Sara hatte ihre Hausaufgaben gemacht.

»Letzten September hatten die Zwillinge ein Problem mit der Schule. Sie mussten hingefahren werden, und das klappte öfter nicht, und deswegen haben sie ziemlich viel versäumt.

Aber seit sie im St. Jarlath's Crescent leben, haben sie sich gut in ihrer neuen Schule eingelebt. Sie sind doch einverstanden, dass die Kinder weiter dort hingehen, ja? Sie haben inzwischen Freunde gefunden, und wenn sie niemand hinfahren kann, können sie den Schulbus nehmen.«

»Es kann nie schaden, wenn man sich mit Bussen auskennt«, meinte Kenneth.

»Ganz recht. Der nächste Punkt betrifft das Essen. Werden Sie für sie kochen, Mrs. Mitchell?«

»Ja, aber natürlich werde ich das, und dann gibt es ja auch noch diese Mrs.... Mrs.... Sowieso, die mir die schweren Arbeiten abnehmen wird, nicht wahr?«

»Ja, sie heißt Mrs. Barrington, meine Liebe«, warf Kenneth ein.

»Mrs. Barry«, verbesserten Cathy und Sara im Chor.

»Wie dumm von mir, was für ein blöder Fehler.«

»Ganz recht. Und jetzt zum Thema Schlafen. Die Kinder sagten, die Bettwäsche sei feucht.«

»Die werden wir natürlich noch gründlich lüften, ehe sie wieder hierher kommen«, sagte Kay rasch.

»Ja, natürlich. Und dann geht es da noch um ein Schaukelpferd und einen Schwarzweißfernseher, die vermisst werden.«

»Ich habe nicht gesagt, dass die Sachen fehlen. Vielleicht sind sie ja bei Walter im Zimmer.« Simon war daran gelegen, die Dinge richtig zu stellen.

»Und das ist abgesperrt«, ergänzte Cathy.

»Ich habe doch wohl das Recht, mein Zimmer abzusperren wie jeder andere auch.«

»Sicher, aber können wir kurz nachsehen, ob die Sachen der Kinder darin sind?« Cathys Augen verengten sich. Sie konnte seine Angst spüren. In dem Zimmer war etwas, von dem Walter nicht wollte, dass es die anderen sahen.

»Entschuldige bitte«, sagte er, »aber hast du jetzt hier das Sagen, Cathy? Ich dachte, das sei Saras Job.«

»Wissen Sie etwas über ein Schaukelpferd und ein Fernsehgerät?«, fragte Sara gelassen.

»Ach, das. Das waren doch ganz alte Sachen, die man nicht einmal mehr verkaufen konnte. Ich habe beides schon vor ewigen Zeiten einem Freund gegeben. Tut mir leid, aber ihr beide seid doch viel zu alt für ein Schaukelpferd. Ich wusste nicht, dass es noch gebraucht wird.«

Cathy wusste genau, dass Walter die Sachen verkauft hatte.

»Aber für den Fernseher sind wir nicht zu alt«, wandte Simon ein.

»Und das Schaukelpferd habe ich sehr gemocht«, beschwerte sich Maud.

»Na ja, vielleicht hat Walter stattdessen ja ein paar Geschenke für euch in seinem Zimmer?«, versuchte Cathy zu vermitteln.

»Ich bitte Sie, Sara, was soll das hier werden? Eine Hexenjagd oder was? Sie sind hergekommen, um sich davon zu überzeugen, dass Simon und Maud wieder in eine intakte Familie zurückkehren werden… und plötzlich soll ich hier den Beweis antreten, ob ich das Bett in meinem Zimmer gemacht habe oder nicht. Das kann doch nicht Ihr Ernst sein…«

Er wirkte so glaubhaft und spielte seine Betroffenheit so perfekt, dass Sara drauf und dran war, auf ihn hereinzufallen, wie Cathy sah.

»Natürlich wollen wir nicht Ihr Zimmer durchsuchen. Wir wollen doch nur wissen, welchen Beitrag Sie zur Rückkehr Ihres Bruders und Ihrer Schwester leisten können.«

Walter warf ein triumphierendes Lächeln in Cathys Richtung. Man würde sein Zimmer nicht inspizieren.

Schließlich wandte er sich an Sara. »Wissen Sie, ich hoffe, dass wir uns jetzt, da unsere Familie wieder vereint ist, auch gegenseitig besser kennenlernen werden. Ich will wissen, wo ihre Interessen und Vorlieben liegen… Schließlich will ich nie wieder voreilig irgendwelche Schaukelpferde verschenken, nicht wahr, Maud?«

»Oder Fernsehgeräte«, fügte Maud hinzu.

In diesem Augenblick hätte Cathy das Mädchen küssen können. Es folgte noch eine Reihe weiterer Punkte, die von den Eltern der Kinder nur ungenau, dafür aber voller Wärme und Begeisterung von ihrem älteren Bruder beantwortet wurden. Allmählich wurde es Zeit, Simon und Maud wieder nach St. Jarlath's Crescent zu bringen. Es gab keine Umarmungen zum Abschied; Kay küsste die Zwillinge zerstreut auf die Wangen. Sara und Walter waren bereits hinausgegangen und verglichen ihre Fahrräder. Sara war mit einem Klapprad gekommen.

»Das ist sehr praktisch und lässt sich in jedem Taxi unterbringen, wenn man müde ist oder zu viel getrunken hat«, erklärte sie.

»Soll ich Sie mit dem Wagen in Ihr Büro zurückfahren? Ich bin mit dem Lieferwagen hier, und hinten drin wäre bestimmt Platz genug für Ihr Fahrrad«, bot Cathy überraschend an.

»Aber das ist doch nicht nötig«, entgegnete Sara.

»Sie hat doch nicht zu viel getrunken«, meinte Simon.

»Nein, das nicht, aber vielleicht ist sie müde. Außerdem könnten wir kurz im St. Jarlath's Crescent vorbeifahren und Sara mit Hooves bekannt machen.«

»Ich war bereits in St. Jarlath's Crescent und weiß, wie wunderbar Ihre Eltern für die beiden gesorgt haben und in die Bresche gesprungen sind«, erwiderte Sara.

»Aber Sie kennen Hooves noch nicht, Sara. Kommen Sie, Simon und Maud würden Ihnen auch noch gerne die Kostüme zeigen, die sie bei der Hochzeit tragen werden.«

»Das ist eine tolle Idee, Cathy«, strahlte Simon, als sie ins Auto stiegen. »Dann sieht sie wenigstens mal, was wichtig ist auf dieser Welt.«

Cathy und Sara sahen einander an und mussten beide lachen.

Die zweite Kochstunde von James Byrne fand an einem Donnerstag statt.

»Hat er sich denn dazu geäußert, was er gerne kochen würde?«, rief Tom zu Cathy hinüber, die gerade in der Küche arbeitete.

»Nein, das überlässt er uns. Oh, Mist.«

»Hast du dich schon wieder verbrannt?« Er kam in die Küche gelaufen.

Aber dieses Mal hatte Cathy sich an der scharfen Kante einer Dose geschnitten.

»Das geschieht dir recht, warum nimmst du überhaupt was aus der Dose. Schließlich sind wir kein Laden für Fertiggerichte.«

»Kannst du mir vielleicht sagen, wo man pürierte Tomaten herbekommen soll, ohne eine Dose zu öffnen?« Cathy hob ihren Finger in die Höhe, um sich ihre Verletzung näher anzusehen.

»Das muss nicht genäht werden. Los, halt den Finger unters Wasser. Man könnte zum Beispiel auch eine Tube nehmen und sie ausdrücken. Wenn es aber schon unbedingt eine Dose sein muss, dann könnte man sie auch mit diesem elektrischen Dosenöffner da an der Wand aufmachen, statt sich mit diesem Dosenöffner aus der Steinzeit herumzuplagen.«

»Ich hatte es eilig.«

»Natürlich, und jetzt musst du eben ein Pflaster tragen. Wirklich, tolle Reklame für unseren Laden«, murmelte Tom vor sich hin, während er Cathys Finger verband. »Los, komm mit nach vorn und setz dich einen Moment hin, bis du den Schock überwunden hast«, forderte er sie auf.

»Ich habe keinen Schock«, widersprach Cathy.

»Du nicht, aber ich. Na los.«

»Jetzt fängst du schon wieder an, mich wie eine alte Henne zu bemuttern«, protestierte Cathy.

»Dann kannst du das nächste Mal deine blutenden Wunden gerne selbst versorgen«, erwiderte Tom trocken.

Tom und Cathy waren froh über jede Gelegenheit, sich im vorderen Zimmer einen Moment auf den bequemen Sofas auszuruhen, die Lizzie für sie mit Chintz überzogen hatte. Cathy legte ihre Beine auf das Beistelltischchen, auf dem sich eine Reihe Hochglanzmagazine zum Thema Kochen stapelte.

»Irgendwann werden wir vielleicht die Zeit haben, ein paar der Hefte auch noch zu lesen«, meinte sie.

»Ja, aber dann sind die Rezepte längst nicht mehr aktuell«, entgegnete Tom.

Es war äußerst angenehm, hier zu sitzen; man hatte einen schönen Blick auf die Teller in den Regalen und auf den eleganten Schreibtisch, dem man nicht ansah, dass sich darin ihr Aktenschrank verbarg. Joe Feather hatte ihn nach eigenen Angaben bei einer Auktion für sie erstanden, und sie hatten sich dazu so ihre Gedanken gemacht.

»Ich weiß zwar, dass er nicht gerade gerne Steuern zahlt, aber ich glaube nicht, dass er mit gestohlenen Gegenständen handelt«, hatte Tom damals gesagt.

»Sicher nicht.« Cathy strich liebevoll über das Holz. Es hatte bestimmt alles seine Richtigkeit.

Einer von Mutties Geschäftspartnern war im Teppichhandel tätig und hatte ihnen einen wunderschönen Teppich besorgt, der den Kunden ein Gefühl der Seriosität vermittelte.

Wenn nur ein paar Leute mehr den Weg zu ihnen finden würden, würden sie sich weniger Sorgen um ihr Geschäft machen müssen.

»Was sollen wir mit James kochen?«, wollte Tom wissen.

»Beim letzten Mal hatten wir die geräucherte Makrele und das Hähnchen in Estragon … diesmal sollte es vielleicht etwas Kräftigeres sein.« Cathy überlegte.

»Was hältst du von Parmaschinken mit Feigen als Vorspeise, dann Filetsteak in einer Pilz-Sahne-Sauce?«, schlug Tom vor.

»Dann wirft er uns vor, dass die Vorspeise zu einfach ist

und dass er sich mit dem Steak zu sehr herumärgern muss.« Cathy schüttelte den Kopf.

»Nein, das glaube ich nicht, er hat viel von seiner anfänglichen Angst verloren, seit du ihm gesagt hast, dass man die Pfanne schließlich auch vom Herd nehmen kann. Das scheint ihm vorher nicht klar gewesen zu sein, stell dir mal vor.« Tom wunderte sich wirklich sehr.

»Was meinst du, ob James Kinder hat?«, fragte Cathy plötzlich.

»Wie kommst du denn auf die Idee?«

»Keine Ahnung. Es ist komisch, aber ich werde die Vorstellung nicht los, dass er dieses Abendessen nicht für jemanden plant, den er damit umgarnen will … eher schon für einen jungen Menschen, dem er etwas beweisen will …«

»Mir ist nicht ganz klar, wie du auf diese Idee kommst. Vielleicht solltest du zu unserer nächsten Party mal eine Kristallkugel mitnehmen.« Tom hielt Frauen zwar meistens für eher komplizierte Wesen, aber diese Idee von Cathy war wirklich absurd.

»Denk doch einfach mal nach. Du weißt, dass es irgendwas in der Art sein muss. Er will jemandem seine Zuneigung zeigen, aber das fällt ihm sehr schwer, weil er so zugeknöpft ist.«

»Und du bist genau das Gegenteil. Warum fragst du ihn nicht einfach?«, forderte Tom sie auf.

»Du weißt, dass ich das nicht kann, Tom«, erwiderte Cathy. »Ich habe Simon und Maud in der letzten Zeit so oft gepredigt, höflich und diskret zu sein, dass ich Angst habe, es könnte auf mich abgefärbt haben. Ich hoffe nur, meine Persönlichkeit hat nicht darunter gelitten.«

»Bisher noch nicht, das kannst du mir glauben. Aber ich werde darauf achten, nur für den Fall.«

»Idiot«, sagte Cathy. »Was sollen wir James jetzt als Nachtisch vorschlagen?«

»Was hältst du von Eis aus Vollkornbrot?« fragte Tom.

»Wunderbar, das muss ich ihm nur noch schmackhaft machen. Los, zurück an die Arbeit, Tom. Die Pause ist vorbei«, meinte Cathy munter und ging in die Küche, um zu telefonieren.

James Byrne hatte zwar gegen alle Vorschläge etwas einzuwenden, aber Cathy setzte sich schließlich durch.

»Das hört sich aber so einfach an, als hätte ich alles im Laden gekauft«, klagte er.

»Keine Angst, Sie werden lernen müssen, wie man die Feigen schneidet und den Schinken arrangiert.«

»Aber ein Steak. Das ist doch viel zu... zu...«

»Steaks sind etwas Köstliches, Sie können ja auch kleine machen. Warten Sie, bis wir Ihnen die Sauce gezeigt haben.«

»Und beim Nachtisch wird sie glauben, dass ich die Eiscreme im Delikatessengeschäft gekauft habe«, wandte er ein.

Zumindest wussten Cathy und Tom jetzt definitiv, dass es sich um eine Sie handelte. Das war schon ein Fortschritt.

»Aber nicht, wenn Sie ihr erklären können, wie Sie das Eis gemacht haben. Und glauben Sie mir, das macht einen Riesenspaß.«

Das war Cathys letztes Argument. Ihr gingen so viele andere Dinge durch den Kopf, da konnte sie es wirklich nicht brauchen, dass ihr Buchhalter jetzt auch noch anfing, ihr perfektes Menü infrage zu stellen. Ihr Finger pochte, ihr Herz war schwer wegen Simon und Maud, Freddie Flynn und seine Frau hatten angefragt, ob sie nicht ein Abendessen für sie arrangieren könnten, und dann war sie auch noch Hannah Mitchell eine Einladung schuldig. Dazu kam, dass Cathy keine Ahnung hatte, wie sie in zwei Monaten die Hochzeitsfeier ihrer Schwester Marian gestalten sollten. Außerdem tat es ihr in der Seele weh, sich vorzustellen, wie ihr armer Vater Tag für Tag den jungen Hund zum Wettbüro spazieren führte, ihn draußen anband und wieder mit ihm zurückging. Ganz zu schweigen von ihrem Haar, das stumpf und langweilig aussah. Sie würde sich kein weiteres Wort mehr von

James Byrnes Gejammere anhören, ihr Menüvorschlag könnte nicht gut sein.

»James.« Cathys Stimme glich einem Peitschenhieb. Tom blickte alarmiert von seinem Teig auf. »James, jetzt hören Sie mir mal zu. Stellen wir eine Ihrer Bilanzaufstellungen infrage? Nein. Zweifeln wir etwa daran, dass wir unsere Mehrwertsteuer nach Ihrer Methode wieder zurückerstattet bekommen? Nein, tun wir nicht. Wir sind der Ansicht, dass Sie, James, ein Fachmann auf diesem Gebiet sind, den wir für seinen Rat bezahlen. Und in diesem Fall sind wir die Fachleute, die Sie für ihren Rat bezahlt haben. Ja, dann bis Donnerstag, James.«

Cathy knallte den Hörer auf die Gabel. Ohne hochzublicken, wusste sie, dass Tom sie mit offenem Mund anstarrte. »Ist was?«, fragte sie kampflustig.

»Ja«, antwortete Tom.

»Und, was willst du damit sagen?«

»Damit will ich sagen, dass sich deine Persönlichkeit ganz und gar nicht verändert hat«, erklärte Tom.

Cathy lachte. Er kam zu ihr und nahm sie in den Arm. Sie fühlte sich wohl in seiner Gesellschaft, was viele Situationen für sie beide entschärfte.

»Tom, ich brauche deinen Rat.«

»Und ob du den brauchst. Du hörst dich zwar an, als bräuchtest du eine ganze Packung Beruhigungsmittel, aber für den Augenblick wirst du mit meinem Rat vorlieb nehmen müssen.«

»Wozu soll ich Hannah nur einladen? Ich zerbreche mir schon die ganze Zeit den Kopf, aber mir fällt einfach nichts ein für mein Friedensangebot.«

»Was schlägt Neil denn vor?«

»Ich soll mir nicht den Kopf zerbrechen, sagt er. Typisch Mann.«

»Nicht unbedingt ein Vorteil, wie wir beide wissen. Also, ihr zwei seid allein?«

»Ja. Anderthalb Stunden herablassend behandelt zu werden ertrage ich, aber ich würde es nicht ertragen, wenn sie so zu jemand anderem ist.«

»Möchtest du, dass sie sich wohlfühlt, oder willst du angeben?«

»Gute Frage. Aber eigentlich möchte ich eher, dass es ihr gefällt.«

»Gut, warum lädst du sie dann nicht ganz einfach hierher ein?«

»Hierher, in unsere Zentrale?«

»Ja, sicher. Lade sie doch für nächsten Montag zum Mittagessen ein. An dem Tag haben wir nichts weiter zu tun, und es wird bestimmt nett und gemütlich werden. Ich bediene euch, dann stelle ich den Anrufbeantworter an und schleiche mich davon.«

»Sie wird das sicher für zweitklassig halten.«

»Nein, im Gegenteil: Es ist todschick geworden, und wir halten uns immerhin schon seit sechs Monaten. Soweit ich mich erinnere, hat sie uns sechs Tage gegeben, als sie das letzte Mal hier war.«

»Ach du meine Güte, die Eröffnung. Den Streit von damals habe ich schon fast vergessen.«

»Aber du kannst sicher sein, dass sie sich an jedes Wort erinnert. Im Ernst, Cathy, das ist genau die richtige Umgebung für dein Friedensangebot. Los, ruf sie gleich an und lade sie ein.«

»Ich weiß nicht recht, Tom.«

»Was hast du gerade eben über Leute gesagt, die Rat von Experten einholen? Ich bin vom Fach. Also, mach schon und ruf sie an, Cathy.«

»Auf dem Gebiet bist du nicht vom Fach.«

»Ach, nein? Ich höre mir deine Geschichten über Hannah Mitchell an, seit wir zusammen an der Fachschule waren. Los, jetzt ruf sie an.«

»Ist ja schon gut. Gib mir bitte das Telefon.«

Hannah Mitchell nahm die Einladung an und fand die Idee sogar originell. Mittlerweile hatten eine Menge ihrer Freunde und Freundinnen schon von Scarlet Feather gehört und waren bestimmt interessiert daran, zu erfahren, wie es in der Zentrale aussah.

»Es sieht so aus, als würden Maud und Simon nächste Woche wieder zu ihrer Familie zurückkehren«, erzählte Cathy.

»Ja, Gott sei Dank, das war wirklich eine schreckliche Geschichte für uns alle. War es nicht wunderbar von der armen Lizzie, so beherzt in die Bresche zu springen?«

Cathy erwiderte eine Weile nichts, lange genug, dass Hannah sich erinnerte.

»Tja, ich wollte eigentlich damit nur sagen, wie wunderbar es von, äh, Lizzie und, äh, Muttie war, uns so unter die Arme zu greifen, als Kenneth und Kay diese Probleme hatten ... Das wollte ich damit sagen.«

»Na, wie lief's?«, fragte Tom.

»Gut, besser, als ich zu hoffen wagte.«

»Wie wäre es denn mit einem ›Danke, Tom‹?«, fragte er grinsend.

»Danke, Tom«, antwortete Cathy gehorsam.

Es war eine besondere Situation, nach so vielen Jahren keine Angst mehr vor dieser Frau zu haben.

Tom holte Marcella von der Arbeit ab.

»Heute hat mich dein Bruder besucht«, erzählte sie.

»Der kommt doch sonst nicht alle paar Wochen nach Irland. Was hat er denn vor?«

»Er bereitet doch diese Show vor ... Feather Fashions ... Er will dazu Leute aus der Branche einladen, aber auch ganz normale Besucher. Ich sage dir, er sprüht nur so vor Ideen. Shona will er besuchen, und mit Cathys Geraldine möchte er über eine besondere PR-Aktion sprechen.« Marcella war richtig aufgeregt.

»Meinst du, da bleibt ihm noch Zeit, auch uns mal zu besuchen?« Tom spürte, wie unerwartet Eifersucht in ihm hochstieg, weil sein einziger Bruder in der Stadt war und sich bei jedem gemeldet hatte, nur bei ihm nicht.

»Aber natürlich. Er hat mich nur deshalb besucht, weil er… Tom, du wirst es nicht glauben, er will sich tatsächlich dafür einsetzen, dass ich bei der Modenschau als Model mitmache.« Marcellas Augen funkelten vor Begeisterung.

Nichts, was Tom in den letzten Monaten gesagt hatte, hatte solch eine Reaktion bei ihr ausgelöst.

»Ich hoffe und bete inständig, dass er dir diesen Job verschaffen kann«, versicherte ihr Tom.

»Es tut mir leid, dass ich es nicht geschafft habe, mit euch zusammen nach The Beeches zu fahren, aber der Fall hat sich wieder ewig in die Länge gezogen«, entschuldigte sich Neil.

»Ist schon in Ordnung, ich habe auch gar nicht mit dir gerechnet.« Cathy stand in der Küche und bereitete das Abendessen vor. »So etwas kann ja mal passieren.« Cathy war keineswegs verärgert, schließlich passierte das in Neils Leben oft genug. »Außerdem hättest du so und so nichts ausrichten können… Sie haben sich als wahre Rabeneltern erwiesen, aber sie bekommen ihre Kinder zurück. Wenn Sozialarbeit so funktioniert…«

»Hast du Sara kennengelernt? Sie ist großartig, nicht wahr?« Neil klang begeistert.

»Ja, das ist sie. Anfangs dachte ich allerdings, sie würde sich von ihnen über den Tisch ziehen lassen, aber ihr entgeht nichts. Obwohl sie auf Walters Charme zuerst hereingefallen ist.«

»Mich hat sie sehr beeindruckt, muss ich sagen. Sie arbeitet übrigens auch bei diesem Obdachlosenprojekt mit. Es ist gut, eine Sozialarbeiterin im Team zu haben, denn sie kann immer auf ihre Statistiken zurückgreifen…«

Neils Begeisterung ließ Cathy verstummen. Eigentlich hatte sie ihm die Sache mit Walters abgeschlossenem Zimmer erzählen wollen. Sie hatte über ihre Pläne berichten wollen, seine Mutter in die Räume der Firma einzuladen, und sie hatte ihm von den verschiedenen Menüs vorschwärmen wollen, die sie sich für die Hochzeit ihrer Schwester im Juli ausgedacht hatte. Aber mit einem Mal kam ihr das alles völlig banal vor, dummes Geschwätz im Vergleich zu seinem Obdachlosenprojekt, diesem Projekt, in dessen Ausschuss Sara mit den klobigen Stiefeln und den selbst gedrehten Zigaretten gewählt worden war. Vor langer Zeit wäre Cathy auch zu diesem Treffen gegangen, hätte sich Notizen gemacht und Briefe getippt; aber damals hatte sie noch nicht ihre eigene Karriere verfolgt.

Am Samstag war Cathy wieder besserer Stimmung und hatte das Gefühl, es wieder mit allem aufnehmen zu können, was das Schicksal für sie bereithielt. Dazu gehörte auch ein weiterer Besuch der Zwillinge bei ihren richtigen Eltern. Sie fuhr nach St. Jarlath's Crescent, um sie dort abzuholen.

»Mam, wie alt wird Geraldine eigentlich im Herbst?«, fragte Cathy, als die Kinder mit Hooves draußen waren und nicht zuhören konnten.

»Da muss ich überlegen. Ich bin die Älteste, und dann … Also, ich glaube, sie müsste jetzt vierzig werden. Stell dir das mal vor, das Baby der Familie wird vierzig!« Bei der Vorstellung musste Lizzie lächeln.

»Ob sie sich über eine Party freuen würde?«, überlegte Cathy.

»Du kennst sie doch besser als jeder andere. Was meinst du denn?«

»So gut kenne ich sie auch wieder nicht, Mam. Bei vielen Dingen bin ich mir überhaupt nicht sicher, was sie mag und was nicht. Glaubst du, sie will ihren vierzigsten Geburtstag überhaupt feiern?«

»Das verstehe ich nicht. Ich dachte immer, ihr steckt dauernd zusammen?« Lizzie war überrascht.

»Aber Mam, das ist doch ewig her. Hat sie eigentlich gut ausgesehen, als sie noch jünger war?«

»Und wie! Und eine ganz Wilde war sie! Eigentlich kaum zu glauben ... In der ersten Zeit unserer Ehe mussten Muttie und ich uns immer stundenlange Beschwerden über Geraldine anhören, wenn wir bei meiner Mutter zu Besuch waren – Geraldine kam zu spät nach Hause, Geraldine machte nie ihre Hausaufgaben, Geraldine lief herum wie eine Schlampe ... Schade, dass meine arme Mutter nicht mehr erleben durfte, was aus ihr geworden ist: Eine richtige Lady, die nur in den besten Kreisen verkehrt.« Aus Lizzies Stimme sprachen Bewunderung und Erstaunen, aber keine Spur von Eifersucht.

»Und wann hat sie sich verändert?«

»Ach, Geraldine hatte mal einen Kerl, an dessen Namen ich mich nicht mehr erinnern kann. Jedenfalls war er was Besseres und einige Jahre älter als sie. Um mit ihm ausgehen zu können, fing sie an, an sich zu arbeiten. Als er dann nicht mehr aktuell war, ging sie wieder an die Schule zurück. Meine arme alte Ma dachte immer, Geraldine würde versuchen, sich Manieren beizubringen, um Teddy – ja genau, Teddy hieß er – zu beeindrucken, damit er glaubte, sie käme auch aus besseren Kreisen. Aber meiner Meinung nach war sie damals ein bisschen zu spät damit dran. Jedenfalls hat es mit ihm nicht geklappt, und irgendwann war auch nicht mehr die Rede von ihm. Teddy! Meine Güte, an den habe ich schon jahrelang nicht mehr gedacht!«

Cathy fragte sich, ob das für Geraldine wohl auch zutraf. Sie wollte später ohnehin bei ihr vorbeischauen, wenn sie und Sara ihren zweiten Besuch bei den Eltern der Zwillinge absolviert hatten. Was sie vorhin zu ihrer Mutter gesagt hatte, entsprach voll und ganz der Wahrheit. Cathy hatte in vielerlei Hinsicht nicht die geringste Ahnung, was in der eleganten, gepflegten, selbstbewussten Frau wirklich vor sich ging, einer Frau, die sich von verheirateten Männern Autos, juwelenbesetzte Uhren und sogar eine Wohnung schenken ließ. Und Cathy wusste beim besten Willen nicht, ob Geraldine ihren vierzigsten Geburtstag groß feiern oder am liebsten vergessen würde.

Dieses Mal stand das Tablett mit dem Tee bereits auf dem Tisch, als sie kamen. Mit unsicherer Hand goss Kay aus der schweren Teekanne ein. Kenneth schien heute mehr von seiner Umgebung und der Tatsache mitzubekommen, dass seine Kinder, die er monatelang allein gelassen hatte, nicht automatisch wieder zu ihm zurückkehren würden. Er wusste, dass er dafür etwas bieten musste.

»Zwei charmante Damen und meine geliebten Zwillinge ... Das ist ja fast zu viel des Glücks«, begrüßte er sie übertrieben freudig.

Die Kinder schauten ihn überrascht an. Er war ja noch überschwänglicher als beim letzten Besuch.

Sara fand als Erste die Sprache wieder. »Ich würde trotzdem gerne noch ein paar Fragen klären, Mr. Mitchell«, meinte sie energisch.

»Aber meine Liebe ... Ich richte mich ganz nach Ihnen.«

In diesem Augenblick kam Kay wieder zurück. »Ich habe uns Scones gebacken«, rief sie triumphierend.

»Aber, Mutter, du ...«, begann Simon.

Cathy warf ihm einen strengen Blick zu, woraufhin er mitten im Satz abbrach. Cathy erkannte sofort, dass Kay in dem Versuch, der Situation einen normalen Anstrich zu geben, das Buttergebäck gekauft und noch einmal kurz ins Backrohr geschoben hatte. Cathy spürte einen Kloß im Hals. Vor neun Jahren hatte Kay Simon und Maud zur Welt gebracht. Sie mussten ihr etwas bedeuten, selbst in ihrem verwirrten Zustand. Bei ihren Besuchen im Krankenhaus hatte sie so jämmerlich ausgesehen, dass Cathy es sich kaum vorstellen konnte, wie sie sich jemals wieder um einen eigenen Haushalt kümmern sollte.

»Ihr Neffe Neil hat mich gestern Abend über Ihre finanziellen Abmachungen in Kenntnis gesetzt«, begann Sara. »Offensichtlich hat der Vater Ihres Neffen verfügt, dass eine Hypothek auf das Haus hier aufgenommen wurde.«

»Das war sehr anständig von Jock, die Sache in die Hand zu nehmen«, meinte Kenneth und nickte hocherfreut.

»Er hat mir diese Zahlen hier genannt. Der Betrag soll für die Kleidung der Kinder, für ihre Schulsachen, für Bücher, Busfahrten und so weiter verwendet werden. Und dann war noch eine bestimmte Summe für das Haus vorgesehen, einschließlich des Lohns für Mrs. Barry dreimal die Woche und für einen Gärtner, der einen halben Tag pro Woche das Anwesen pflegen soll.«

»Das hört sich gut an«, sagte Kenneth.

»Und wie viel kann Walter Ihrer Ansicht nach beisteuern?« Sara verzog keine Miene, als sie die Frage stellte, von der sie mit Sicherheit wusste, dass sie sinnlos war.

»Ach, der arme Walter hat leider kein Geld«, antwortete seine Mutter mit einem kleinen Lachen.

»Aber er schläft und isst doch hier? Schließlich arbeitet er und bekommt ein Gehalt«, hakte Sara nach.

»Er muss ziemlich wenig bekommen, weil er manchmal in Cathys und Toms Kellnerservice, ich meine natürlich Catering-Service, aushilft«, erklärte Maud beflissen.

»Jetzt nicht mehr. Er wird sich damit kein zusätzliches Geld verdienen können«, erwiderte Cathy in einem Tonfall, der keine Zweifel aufkommen ließ.

Sara wandte sich ihr mit einem Lächeln zu. Sie war ziemlich hübsch, wenn sie lächelte. Nur ihr komisches, nach allen Richtungen abstehendes Haar und die klobigen Stiefel passten nicht dazu.

»Sie könnten sein Zimmer eigentlich vermieten, wenn er nicht da wäre, nicht wahr?« Saras Augen blitzten schadenfroh.

»Aber nein, das ist doch sein Zuhause«, protestierte Kenneth. »Da fällt mir ein, er hat Ihnen ein paar Zeilen wegen seines Zimmers dagelassen«, – Kenneth reichte Sara einen Brief ohne Umschlag –, »das letztes Mal alle hatten sehen wollen.«

Sara las den Brief laut vor. »Liebe Sara, es tut mir leid, dass ich heute nicht da sein kann, wenn Sie kommen. Bei Ihrem letzten Besuch kam es mir so vor, als würde mir die Frau meines Cousins unterstellen, ich wollte Ihnen mein Zimmer nicht zeigen. Ich fände es schrecklich, wenn die Rückkehr meiner kleinen Geschwister sich wegen eines so unbedeutenden Missverständnisses verzögern würde. Deswegen habe ich aufgeräumt, damit Sie das Zimmer inspizieren können. Bitte, sehen Sie sich alles in Ruhe an.«

Alle hörten Sara aufmerksam zu. »Eigentlich ist das nicht mehr nötig, aber es ist trotzdem sehr freundlich von ihm«, sagte sie.

»Heute ist es nicht mehr nötig«, murmelte Cathy. Denn was immer Walter in seinem Zimmer auch gehortet haben mochte und welches Diebesgut er ihnen nicht hatte zeigen wollen – inzwischen war das alles längst weggeräumt.

Anschließend machten sie gemeinsam einen Rundgang durchs Haus, warfen einen Blick in die Schlafzimmer und ins Bad und stellten dabei fest, dass die Bettwäsche gelüftet und das Badezimmer sauber geputzt worden war. Sara war sehr gründlich. Sie testete, ob die Waschmaschine funktionierte, sah sich die Lebensmittel im Vorratsschrank an und überprüfte das Verfallsdatum der Fertigprodukte in der Tiefkühltruhe. Sie stellte praktische Fragen zur Tätigkeit von Mrs. Barry, vergewisserte sich, ob genügend Putzmittel vorrätig waren, und schaute sogar in den Schuppen.

»Es ist nichts da, um den Rasen zu mähen«, stellte sie fest.

»Wir hatten doch immer einen großen elektrischen Rasenmäher«, antwortete Kenneth überrascht. »Der ist doch noch ganz neu gewesen. Weißt du, was aus dem geworden ist, Schatz?«

Kay überlegte angestrengt. »Keine Ahnung, seit letztem Sommer habe ich ihn nicht mehr… Kinder, erinnert ihr euch an einen elektrischen Rasenmäher?«

»Den hat Walter doch zur Reparatur gebracht«, rief Simon.

»Wann war das, Simon?«, fragte Cathy.

»Ist lange her, als wir noch hier gewohnt haben«, antwortete er. »Ich glaube, es war ein Geheimnis.«

»Wie kommst du auf die Idee?«, fragte Cathy freundlich.

»Ich weiß nicht. Ich glaube, er hat ihn beim Rasenmähen kaputt gemacht und wollte ihn deswegen reparieren lassen, bevor Vater und Mutter davon erfahren.« Simons Gesicht war so unschuldig, dass Cathy zum Heulen zumute war.

»Wann war das? Kannst du dich noch erinnern?«, fragte Sara.

»Ach, im letzten Sommer, ist ewig her«, erwiderte Simon, der sich nie Gedanken darüber gemacht hatte, warum der Rasenmäher nicht mehr im Schuppen stand, und den das auch jetzt nicht sonderlich bekümmerte.

»Sollen wir warten, bis Neil kommt, ehe wir unser Einverständnis geben, dass die Kinder wieder hierher zurückkehren können?«, wollte Sara von Cathy wissen, als sie durch den verwilderten Garten spazierten.

»Neil?«

»Ja, er hat doch gesagt, dass er kommt.«

»Aber natürlich.« Cathy war eigentlich überzeugt, dass ihr Mann nicht kommen würde. Als sie Waterview verlassen hatte, hatte er gerade telefoniert und eine andere Krise aus der Welt geräumt.

»Walter hat den Rasenmäher verkauft, auch die anderen Sachen der Kinder«, erklärte Cathy.

»Aber wir haben keinen Beweis dafür.«

»Würden Sie es glauben, wenn Neil es Ihnen sagt?«

»Aber der denkt doch bestimmt nicht, dass…?« Sara schien entsetzt.

»Ich würde vorschlagen, wir fragen ihn einfach, wenn er kommt«, sagte Cathy.

Insgeheim dachte sie: falls er kommt. Aber als die beiden Frauen wieder zum Haus kamen, war Neil bereits da und machte einen ebenso geschäftsmäßigen Eindruck wie Sara.

»Onkel Kenneth, hast du dich im Haus umgesehen und kontrolliert, ob in deiner Abwesenheit auch nichts verschwunden ist?«, fragte er direkt.

»Aber wie hätte das passieren sollen? Ich meine, schließlich war Walter hier.«

»Du weißt doch, wie sorglos junge Menschen oft sind. Irgendetwas, eine Uhr oder Silber?«

»Weißt du, ich habe mich schon gewundert, ob wir unsere kleine Kaminuhr so gut aufgeräumt haben, dass wir sie jetzt nicht mehr wiederfinden«, platzte Kay heraus.

»Stimmt, und ich kann meine silbernen Bürsten nirgends finden«, sagte Kenneth verdutzt.

»Vielleicht sollten wir eine Aufstellung machen«, schlug Neil vor.

»Meinst du wirklich?«

»Ja, das meine ich.« Neil ließ sich nicht beirren.

»Weißt du, als wir den Wert des Anwesens schätzen ließen, haben wir alle deine Besitztümer mitgerechnet. Wenn jetzt etwas fehlt, müssen wir den Wert wieder heruntersetzen. Außerdem brauchen wir eine Liste für die Polizei, falls du deine Versicherung in Anspruch nehmen willst.«

»Und man könnte die Liste auch Walter zeigen«, schlug Cathy vor, »vielleicht hat er ja das eine oder andere davon auch zur Reparatur gebracht.«

»Wieso zur Reparatur?«, wollte Neil wissen.

»Simon hat erzählt, dass Walter so umsichtig war, den neuen Rasenmäher Ende letzten Sommers zur Reparatur zu bringen… Aber offensichtlich ist er bis jetzt noch nicht repariert worden«, erklärte Cathy.

Neil nickte. »Haben Sie das alles verstanden, Sara?«, fragte er.

»Voll und ganz«, sagte sie.

»Gut, dann gehen wir jetzt durchs Haus und schauen nach, was fehlt… Könntet ihr zwei uns dabei helfen, Maud und Simon? Euren scharfen jungen Augen entgeht bestimmt nichts. Betrachtet die Sache doch als Spiel.«

»Ich glaube, das Schachspiel aus Marmor ist nicht mehr an seinem Platz… jedenfalls sehe ich es nirgends«, meinte Simon.

»Kann ich auch so ein Brett zum Schreiben haben wie Sara?«, bat Maud. »Ich meine, falls das möglich ist«, fügte sie hinzu.

Sara riss ein paar Blätter von ihrem Block ab und reichte sie der Kleinen zusammen mit ihrem Klemmbrett. Neil lächelte sie dankbar an. Cathy entging der Blick nicht, den Sara ihm daraufhin zuwarf. Blanke Bewunderung lag darin.

»Cathy, ich bin's, Geraldine.«

»Ich weiß, das sagt man oft, aber ich wollte dich tatsächlich vor fünf Minuten anrufen.«

»Wolltest du vielleicht wegen Sonntag anrufen? Wir könnten zusammen was essen«, erwiderte Geraldine.

»Nein, eigentlich nicht, aber du kannst gerne zu uns kommen. Dann wären wir wenigstens gezwungen, etwas Anständiges zu kochen und uns an einen gedeckten Tisch zu setzen. Außerdem würden wir uns sehr über deinen Besuch freuen. Das wäre schön.«

»Ich dachte eigentlich eher an ein Arbeitsessen hier bei mir… Schließlich wird es langsam Zeit, dass wir uns ein paar Gedanken über Marians Hochzeit machen. Das Hotel ist gebucht, aber sonst hängt alles noch in der Luft… Wir müssen dringend Kriegsrat halten.«

»Na ja, immerhin haben wir den Raum. Soll Tom auch dabei sein, was meinst du?«, wollte Cathy wissen.

Eigentlich war es ihr unangenehm, Tom am Wochenende zu belästigen, und was sie und Neil betraf, passte ihr der Vorschlag auch nicht, denn momentan hatten sie alle so wenig freie Zeit. So war sie froh, als Geraldine es für besser hielt, wenigstens Tom am Wochenende nicht zu stören.

»Das ist nicht nötig, jetzt noch nicht... Wir müssen uns ja erst einmal überlegen, was wir wollen. Shona wird auch kommen, sie ist in solchen Fällen immer eine große Hilfe. Und Joe Feather wird auch da sein, aber aus einem anderen Grund. Er will eine Modenschau veranstalten, aber vielleicht fällt ihm ja auch noch was zu unserer Chicago-Hochzeit ein.«

Cathy merkte, wie müde sie war. Es gab einfach zu viele Dinge, an die sie denken musste.

»Schön, Geraldine. Soll ich irgendetwas mitbringen?«

»Nein, nein.« Aber sehr überzeugend klang das nicht.

»Ich kann doch ins Geschäft gehen und was aus der Gefriertruhe holen«, schlug Cathy vor.

»Na ja, wenn du vielleicht einen Nachtisch hättest... da würde ich nicht nein sagen.«

»Wie wäre es mit einer Schokoladenroulade?«, fragte Cathy, denn davon hatte sie jede Menge auf Vorrat.

»Wunderbar, dann sehen wir uns morgen, und vergiss nicht Papier und Bleistift.«

Cathy fragte sich, ob Tom wusste, dass sein Bruder eine Modenschau plante. Und was viel wichtiger war, ob Marcella davon erfahren hatte. Aber jetzt war Samstagabend. Schluss damit. Es gab schon genügend Probleme in ihrer eigenen Familie. Warum sollte sie sich da auch noch in fremde Angelegenheiten einmischen?

»Im letzten Monat war Joe zweimal bei uns zu Besuch, Maura. Der Junge muss doch das Herz auf dem rechten Fleck haben«, meinte J.T. beim sonntäglichen Mittagessen.

»Ich habe ihn heute zum Essen eingeladen, aber er musste ja unbedingt irgendwohin, irgendwas mit Mode.« Mauras Vorbehalte waren noch nicht ganz ausgeräumt.

»Er plant eine Modenschau, Maura. Da muss er doch mit den Leuten zu Mittag essen, die ihm dabei helfen.«

»Am Tag des Herrn sollte man nicht arbeiten«, meinte Maura tadelnd.

»Ich glaube nicht, dass sie wirklich schon was arbeiten, ich glaube, die reden erst mal darüber.«

»Was verstehst du denn schon von Modenschauen, J.T.? Woher willst du wissen, ob sie jetzt arbeiten oder nur reden?«, brummte seine Frau.

»Ja, was verstehe ich schon davon? Aber immerhin führe ich ein anständiges Leben, habe eine wunderbare Frau, ein schönes Zuhause, ein gut gehendes Geschäft und genieße im Moment einen köstlichen Sonntagsbraten. Das ist doch besser als alles, was Joe hat, oder?«

Und er wurde für seine Worte belohnt. Maura ging in die Küche und schnitt ihm noch eine zusätzliche Scheibe von dem trockenen Rinderbraten ab, der zuvor stundenlang im Ofen geschmort hatte. Allmählich war sie ihrem Sohn gegenüber, der ihr in den vergangenen Jahren so wehgetan, seine Familie vernachlässigt und sich von seinem Glauben entfernt hatte, wieder versöhnlicher gestimmt.

»Nein, Schatz, ich kann nicht mitkommen«, sagte Neil.

»Ist gut.«

»Nein, Cathy, jetzt sei doch nicht so …«

»Neil … ich habe doch gesagt, dass es in Ordnung ist. Ich finde es natürlich schade, wenn du nicht mitkommst, weil wir hinterher vielleicht noch ins Kino hätten gehen können … Aber wenn du zu viel um die Ohren hast, dann kann ich dich schon verstehen.«

Cathy wollte Geraldine anrufen, um ihr zu sagen, dass sie eine Person weniger sein würden, aber der Anschluss war besetzt. Aber so wichtig war das nicht, sie würde es morgen schon merken.

Als Cathy am Sonntag in der Wohnung in den Glenstar Apartments ankam, war der Tisch nur für vier Personen gedeckt.

»Heißt das, Joe hat abgesagt?«, fragte Cathy, während sie die Schokoladenroulade auf einen von Geraldines Teller schob.

»Nein, der ist schon unterwegs. Es ist für vier gedeckt, oder nicht?«

»Ja, sicher.« Jetzt kannte Cathy sich gar nicht mehr aus.

»Für dich, mich, Shona und Joe?« Geraldine kam aus der Küche und zählte nach; sie wunderte sich, dass Cathy etwas anderes erwartet hatte.

»Heißt das, Neil hat dich angerufen?«, fragte Cathy überrascht.

»Neil? Nein, warum?«

»Um abzusagen. Es tut ihm sehr leid...«

»Mit Neil hatte ich überhaupt nicht gerechnet...«, erwiderte Geraldine.

»Ach so, dann hat sich ja alles geklärt. Es war mein Fehler, ich dachte...«

»Natürlich war Neil eingeladen, aber er kommt doch nie. Habe ich nicht recht?«, fragte Geraldine und ging wieder in die Küche zurück.

»Nein, denn manchmal kommt er schon, Geraldine. Gestern hat er sich großartig benommen, als es um die Zwillinge ging, du hättest dich gewundert. Wenn es wirklich um etwas Wichtiges geht, dann kann er sich in der Sache verbeißen wie ein Hund in seinen Knochen, und dann kann ihn nichts mehr bremsen. Außerdem geht er sehr wohl zu Einladungen.«

»Schon gut, wenn ich irgendwann einmal einen Rechtsanwalt bräuchte, käme nur er für mich infrage, das ist doch klar.«

»Aber gestern ging es nicht um seine Arbeit, sondern um die Familie.«

»Um seine Familie, Cathy. Für andere Dinge hat er doch schon lange keine Zeit mehr.«

Es klingelte an der Tür. Es war Shona, und ein paar Minuten später traf Joe ein. Sie setzten sich und begannen Pläne zu schmieden. Cathy musste sich zwingen, sich auf die Unterhaltung zu konzentrieren. Warum hatte sie Neil nicht nachdrücklich gebeten, heute doch mitzukommen? Er wäre mitgekommen, wenn sie ihm zu verstehen gegeben hätte, dass sie ihn brauche. Cathy fragte sich, ob sie womöglich eine Grippe bekäme. Sie fühlte sich jetzt schon tagelang schlapp und war ständig den Tränen nahe. Plötzlich kam ihr ein schrecklicher Gedanke. Sie konnte doch unmöglich schwanger sein, oder? Cathy blätterte in ihrem Kalender, um nachzuschauen, wann sie ihre nächste Periode haben müsste. Sie war seit drei Tagen überfällig. Aber das kam öfter vor, sagte Cathy sich. Sie zwang sich, ihre Aufmerksamkeit auf die Diskussion zu lenken, wie man eine Modenschau publik machen könnte. Danach würden sie sich Gedanken machen, wie man die Hochzeit ihrer Schwester am besten organisieren könnte. Und was diese andere Sache betraf, darüber würde sie später nachdenken. Sie brauchte sich also keine Sorgen zu machen.

Hannah stand im Flur ihres Hauses und beobachtete verärgert, wie Jock Mitchell seine Golfschläger im Kofferraum verstaute. »Ich wusste nicht, dass du vorhattest, auch am Sonntag zu spielen«, beschwerte sie sich.

»Das hat dir doch sonst nichts ausgemacht, oder?«, fragte er. Jock war ein gastfreundlicher Mensch; die Vorstellung, dass Gäste nach Oaklands kommen und ihn nicht antreffen könnten, gefiel ihm gar nicht.

»Das nicht, aber …« Hannah biss sich auf die Zunge.

»Also passt es doch. Bis später.«

»Wann bist du wieder zurück?«

»Ich habe keine Ahnung«, erwiderte er unbestimmt und zuckte mit den Schultern.

»Und was ist mit dem Essen, Jock? Bist du zum Abendessen wieder da?«

»Gott, natürlich nicht. Heute findet ein Turnier statt. Es wird sicher spät werden. Also, bis dann, Schatz.« Und weg war er.

Hannah ging ins Haus zurück. Sie würde sich die Sonntagszeitung holen, sich in den Garten setzen und lesen. Aber in der letzten Zeit machte es ihr immer weniger Spaß, sich auf ihrem gepflegten Rasen unter einen Baum zu setzen. Sie gestand es sich nur ungern ein, aber sie war sehr einsam. Was war nur aus diesem Haus geworden, in dem Lizzie einst geputzt und gewerkelt hatte, in dem Neil und seine Freunde ein und aus gegangen waren, in das Amanda ihre Freundinnen aus der Schule mitgebracht hatte und in dem Jocks Kollegen und Freunde oft auf ein Glas vorbeigekommen waren? Hätte sie heute jemanden zum Lunch eingeladen, wäre Jock nicht in den Club gefahren. Aber allein Hannahs wegen blieb er nicht mehr zu Hause. Vielleicht sollte sie Cathy einmal fragen, welche einfachen Gerichte sie ihr empfehlen konnte, die sie in der Tiefkühltruhe aufbewahren könnte. Ja, das würde sie morgen machen. Dann fielen ihr Jocks Bruder Kenneth und seine labile Frau ein. Hannah war froh, dass sie sich aus deren komplizierten Angelegenheiten herausgehalten hatte, denn diese Kinder hätten leicht an ihr hängen bleiben können. Hannah blickte sich in ihrem großen, leeren Garten um.

»Neil? Ich bin es, Simon. Weißt du, ob wir Geld haben, das nur uns gehört? Du weißt schon, Taschengeld oder so?«

»Bekommst du denn nicht jede Woche Geld?«

»Doch, aber nur ein Pfund. Und das ist zu wenig.«

»Zu wenig wofür, Simon?«

»Wir möchten Muttie und seiner Frau Lizzie ein Geschenk kaufen, um uns bei ihnen zu bedanken, wenn wir fortmüssen.«

»Oh, das erwarten sie aber bestimmt nicht«, versicherte ihm Neil.

»Darum geht es auch gar nicht. Wir würden ihnen gerne etwas schenken, weil sie so nett zu uns waren und weil sie Hooves gekauft haben. Und der war nicht billig, da sind Mutties Gewinne von einer ganzen Woche draufgegangen.«

»Ja, ich weiß, aber den beiden ist doch klar, dass ihr kein eigenes Geld habt...«

»Wir haben viel mehr Geld als Muttie und Lizzie, schließlich gehört uns ein riesiges Haus, oder nicht, Neil? Und wir haben Geld auf der Bank und so. Das Haus im St. Jarlath's Crescent ist doch ziemlich klein.«

»Aber Simon, du hast doch hoffentlich nicht vor, ihnen ein neues Haus zu kaufen, oder?«, fragte Neil lachend.

»Nein, sie mögen ihr Haus ja. Aber wir möchten für Muttie einen schönen Kugelschreiber für seine Arbeit im Wettbüro kaufen, der kostet ungefähr zwei Pfund. Und Mutties Frau Lizzie soll neue Leggings bekommen.«

»Leggings?«

»Ja, sie hatte immer Schmerzen in den Knien, und sie meint, dass die Kälte und die Feuchtigkeit daran schuld sind. Also, wenn sie jetzt rote Leggings aus Wolle hätte, dann würden die sie warm halten, und die Schmerzen wären weg.«

Neil schluckte. »Die Leggings kosten vier Pfund, und eigentlich wollten wir Cathy auch noch was schenken, weil sie uns andauernd durch die Gegend gefahren hat. Maud hat erzählt, dass Cathy ein Haarspray braucht. Das ist so eine Art Klebstoff, der die Haare zusammenhält. Die Preise dafür sind verschieden. Wir würden was in der Mitte nehmen, so für zwei Pfund.«

»Das wären also insgesamt acht Pfund. So viel bräuchtet ihr also, ja?«, fragte Neil.

»Ungefähr, ja«, erwiderte Simon zögernd.

»Du hörst dich so an, als ob es mehr wäre. Was fehlt denn noch?«

»Wir würden Hooves gerne eine Dose Hundefutter dalassen und dir auch noch was geben. Ich weiß, so viel hast du auch wieder nicht gemacht, aber wir dachten, dass du auch ein kleines Geschenk bekommen solltest.«

»Das ist aber wirklich nett von euch«, sagte Neil und versuchte, sich nicht zu ärgern.

»Also, was meinst du?« Simon blieb hartnäckig.

»Ich glaube, zwölf Pfund sollten genügen. Da müsste sogar noch was übrig bleiben«, antwortete Neil.

»Das klingt gut, danke, Neil.« Simon, der auch mit zehn Pfund mehr als zufrieden gewesen wäre, war hocherfreut. »Jetzt geht es also nur noch darum, wie wir das Geld transferieren.« Neil war todernst.

»Was heißt das?«

»Na ja, ihr habt beide kein Bankkonto, deswegen kann ich euch keinen Scheck schicken. Wir werden das Geld also bar übergeben müssen.«

»Du meinst, in einem Umschlag, Neil? Das wäre toll.«

»Keine Sorge, das Geld steht euch zu. Ich werde es euch heute noch vorbeischicken.«

»Wird Cathy es herüberbringen? Weißt du, wir möchten eigentlich nicht, dass sie es erfährt ...«

»Sie ist gar nicht hier, und von mir erfährt sie nichts. Ich bringe es euch selbst«, versprach Neil.

Er legte den Hörer auf und machte sich Gedanken über die Zwillinge. Sie waren sicher ganz witzig, und Cathy hatte wahre Wunder an ihnen vollbracht, aber man musste rund um die Uhr für sie da sein. Sie hatten ihm und Cathy klargemacht, wie klug sie ihre Zukunft geplant hatten. Zu den Kindern anderer Leute konnte man ja nett sein, aber es war besser, keine eigenen in die Welt zu setzen.

Joe Feather war während des Essens nicht einen Moment unkonzentriert und vergaß keine Sekunde, weshalb sie hier zusammengekommen waren. Er verfügte über eine rasche Auffassungsgabe, die ihm bei seinen Geschäften bestimmt sehr nützlich war, aber er behauptete, es fehle ihm an der nötigen Kreativität. Außerdem hatte er überhaupt keinen Kontakt zur Dubliner Modeszene. Als Erstes musste er deshalb in Erfahrung bringen, wer seine Konkurrenten waren und wo deren Stärken und Schwächen lagen. Er musste herausfinden, was die aktuellen Trends der Mode waren und was in den kleinen Städten und was in Dublin ankam. Dann ging es ihm noch darum, zu verstehen, weshalb Hayward's es für eine gute Idee hielt, ins untere Preissegment einzusteigen, wo sie doch in einer eigenen Abteilung Designermode verkauften und damit eine sehr einkommensstarke Käuferschicht ansprachen. Er hörte gebannt zu und stellte intelligente Zwischenfragen, als Shona berichtete, dass Hayward's mit diesem Schritt die jüngere Käuferschicht ansprechen wollte – Frauen um die zwanzig, die sich eher drei oder vier Sommersachen oder eine ganze Garderobe für den Urlaub leisteten, als solche, die ein kleines Vermögen für zwei Stücke ausgaben. Anschließend ging Geraldine mit Joe noch verschiedene PR-Maßnahmen durch. Eine extrem kostspielige Variante wäre es gewesen, Modejournalisten und Einkäufer zum Essen einzuladen und Wirtschaftsjournalisten Interviews über die Wege zu geben, auf denen die Kleider nach Irland gelangten.

»Zu teuer und zu viele peinliche Fragen«, wandte Joe ein.

»Damit könntest du recht haben«, nickte Geraldine. »Aber ich wollte dir auch nur zeigen, was alles möglich ist. Ich persönlich würde dir Folgendes vorschlagen.« Und dann zählte sie auf: eine Party für die Presse vor der Modenschau; Fotos, die Ricky im Vorfeld bereits machen und an alle wichtigen Zeitungen und Zeitschriften schicken könnte, sodass jedes Blatt eine andere Aufnahme hätte; die Auswahl der Models, ihr Make-up, die Frisuren. Joe Feather machte sich Notizen, stimmte hier zu, äußerte dort einen Einwand. Nach einer halben Stunde und einem Glas Wein war das Thema erledigt.

»Mein Einverständnis kann ich dir schon mal geben, aber ich repräsentiere nur ein Drittel der Firma. Wärest du vielleicht so freundlich und würdest dasselbe noch mal meinen beiden Partnern erklären, wenn sie dich anrufen?«, fragte Joe.

»Selbstverständlich spreche ich gerne mit ihnen«, erwiderte Geraldine. »Aber ich würde den beiden lieber vorab einen ausgearbeiteten Vorschlag per E-Mail schicken. Auf diese Weise haben wir alle denselben Wissensstand und sparen Zeit. Morgen Vormittag gegen elf Uhr haben sie das Exposé vorliegen. Ist das in deinem Sinn, Joe?«

»Effizient und tüchtig wie immer.« Er hob sein Glas und prostete ihr zu.

»Ach, und Joe, den Kontakt zur Presse solltest du am besten selbst übernehmen. Manche Journalisten können ziemlich schwierig sein, richtige Primadonnen. Ein Mann mit einem so sympathischen Äußeren wie du, der noch dazu einen irischen Akzent hat und mit ihnen umgehen kann, wird sie im Handumdrehen für sich gewinnen.«

»Sprichst du von mir?« Joe war ernsthaft überrascht.

Cathy lächelte. Die Feather-Brüder hatten keine Ahnung, wie gut sie aussahen, doch das erhöhte nur ihren Charme.

»Sie hat recht, Joe. Ich persönlich mache mir nichts aus deinem guten Aussehen, aber du hast nun mal diesen gewissen oberflächlichen Charme, mit dem du sie garantiert alle um den kleinen Finger wickeln kannst«, erwiderte Cathy grinsend.

»Ach, Cathy, jetzt hast du mich aber schwer getroffen... oberflächlich bin ich... aus meinem Aussehen machst du dir nichts... Was willst du mir denn noch alles an den Kopf werfen?« Joe tat so, als sei er schwer beleidigt.

Als es anschließend um die Hochzeitsvorbereitungen ging, waren alle wieder ungemein produktiv. Cathy wünschte sich, Tom wäre da und könnte seine Ideen in die Diskussion einbringen. So wie es vorher bei Joe und seiner Modenschau der Fall gewesen war, kam sie kaum nach, sich Notizen zu machen. Joe wollte zunächst alles über den Raum wissen, den sie bereits gemietet hatten. Dabei handelte es sich um den alten Gemeindesaal einer Pfarrei, deren Seelsorger James Byrne persönlich kannte und der überglücklich war, als er hörte, dass mit der Vermietung Geld in die Gemeindekasse fließen würde, sodass sich der Mietpreis in Grenzen hielt. Cathy und Tom hatten sich den Raum angesehen und ihn für gut befunden. Im vorderen Teil konnte man zunächst die Gäste mit einem Begrüßungsdrink empfangen, und anschließend konnten alle im hinteren Teil essen. Und später könnte man im vorderen Teil tanzen. Der Saal bot Platz für gut und gern hundert Menschen, die Küche war geräumig, und ausreichend Platz für die Garderobe gab es auch. Außerdem konnten sie alles nach Herzenslust dekorieren. Marian hatte ein irisch-amerikanisches Motto vorgeschlagen, möglicherweise mit Flaggen. Joe fand es kitschig, den Saal mit der amerikanischen und irischen Flagge vollzuhängen, aber Shona meinte, dass es nicht kitschig sei, sondern genau das, was den Leuten gefallen würde. Schließlich reisten die amerikanischen Gäste wegen dieser Hochzeit Tausende von Meilen. Deshalb müssten sie auch was fürs Auge geboten bekommen. Geraldine wollte natürlich wissen, ob es ein Budget gebe, und Cathy sagte, ja, selbstverständlich, aber zu Marians großem Festtag könne das natürlich auch ein wenig überschritten werden. Joe schlug vor, ein Büfett aufzubauen ... Seiner Meinung nach sei das viel besser als ein festes Menü, weil man nicht die ganze Zeit neben ein und derselben Person sitzen müsse. Aber genau darum ginge es doch, dass sich die Leute kennenlernten, protestierte Geraldine, und sie würde eine sorgfältig durchdachte Sitzordnung vorschlagen. Shona wandte ein, dass der Trend bei Hochzeiten heutzutage dahin ginge, die beiden Familien nicht zu mischen, sondern jeweils getrennt zu platzieren. Dabei fiel Geraldine wieder ein, dass sie erst vor Kurzem bei einer interessanten Hochzeitsfeier gewesen war, bei der die Gäste nach jedem Gang die Plätze getauscht hatten – alle Männer hatten an einen anderen Tisch gehen müssen. Auf diese Weise hatte jeder mehrere Personen kennengelernt. Joe erzählte von einer Hochzeit, wo die Gastgeber auf einer kleinen, mit Blumen geschmückten Bühne gesessen hatten. Cathy vermutete, dass sich Marian eine möglichst traditionelle irische Hochzeit vorstellte, so wie viele andere auch, die aus ihrer Heimat ausgewandert waren. Das Problem war nur, zu definieren, was man unter traditionell verstand.

»Du bist die Einzige von uns, die verheiratet ist, Cathy«, sagte Joe. »Was würde dir denn gefallen? Wie ist deine Hochzeit gewesen?«

»Du wirst bestimmt nicht wissen wollen, wie meine Hochzeit war, glaube mir. Das wirst du nicht hören wollen«, erwiderte Cathy mit dumpfer Stimme.

»So schrecklich war sie doch auch wieder nicht«, wandte Geraldine ein.

»Das lag aber nur an dir«, erwiderte Cathy, die ihrer Tante ewig dankbar war, denn ohne Geraldine hätte sie den Tag nicht überstanden. »Der Hochzeitsempfang fand in Peter Murphys Hotel statt. Der Lachs war köstlich, das weiß ich noch. Meine Mutter musste ein Beruhigungsmittel nehmen, mein Vater bestochen werden, und Neils Eltern sind nach exakt fünfunddreißig Minuten wieder gegangen. Aber wenigstens der Pfarrer, den wir hatten, war in Ordnung. Er fand für jeden Gast die richtigen Worte, nur dass ihm leider niemand zuhörte. Hannah trug ihre Nase gleich noch ein paar Zentimeter höher, und meine Mutter machte sich noch kleiner als sonst.«

Alle lachten über Cathys Beschreibung, nur sie selbst blieb ernst. »Nein, ich erzähle keine Märchen. Neil und ich hatten eigentlich in aller Stille heiraten wollen, vielleicht in London, um anschließend gleich wieder nach Griechenland zu fahren. Aber dann dachten wir, dass wir es unseren Familien schuldig wären, eine Feier abzuhalten. Schließlich ist Neil der einzige Sohn und ich war die Einzige der Geschwister, die noch zu Hause lebte. Wir wollten sie nicht um diese Hochzeit bringen. Und das war ein Fehler gewesen!« Cathys Gesicht wurde hart.

Geraldine heiterte sie wieder auf. »Also, soweit wir wissen, tut Marian das, was sie für richtig hält, und nicht das, was ihren Altvorderen gefallen würde.«

»Aber weiß sie wirklich, was sie will? Sie denkt vielleicht, dass ganz Irland ständig am Steppen und Springen ist und dass zwei von diesen Tänzern Maud und Simon heißen. Wahrscheinlich hat sie allen Amerikanern erzählt, dass es hier aussieht wie bei Maureen O'Hara in *The Quiet Man.*«

»Nun, dann bekommt sie eben, was sie will«, meinte Joe, als sei dies das Normalste von der Welt.

»Der Kunde hat immer recht«, meinte Shona.

»Das ganze Drum und Dran ist meist viel wichtiger als das Essen, der Meinung war ich schon immer«, sagte Geraldine.

»Vielen Dank für euer Vertrauen in den Catering-Service«, sagte Cathy lachend.

»Ach, Quatsch, du weißt doch ganz genau, wie ich das meine«, antwortete Geraldine. Dann fasste sie noch einmal mit knappen Worten zusammen, was für und was gegen die bisherigen Vorschläge sprach. Kein Wunder, dass sie es in ihrem Beruf so weit gebracht hatte, sie hatte einen ausgesprochen klaren Verstand. Schließlich hatte Cathy einen brauchbaren Plan vor sich liegen.

Hinterher räumten sie noch den Tisch ab, was in wenigen Minuten erledigt war, und kurz danach verabschiedeten sich Shona und Joe. Cathy schaute ihnen vom Fenster aus nach. Geraldine hatte mittlerweile auf einem der Sofas Platz genommen und zwei Gläser Wein für sie eingegossen.

»Ich bin nicht sicher …«, fing Cathy an.

»Bitte, setz dich doch, Cathy.« Geraldines Tonfall klang sehr bestimmt; das war keine freundliche Aufforderung, eher ein Befehl.

»Natürlich.«

»Was ist los mit dir, Cathy? Raus mit der Sprache.« – »Wie meinst du das?«, brauste Cathy auf.

»Beleidige mich nicht. Ich kenne dich seit deiner Geburt. Ich habe die Schule geschwänzt, um Lizzie im Krankenhaus besuchen zu können. Auch damals hast du ihr schon mit deinem Gebrüll und Geschrei einen Heidenschrecken eingejagt… Also tu nicht so, als sei alles in Ordnung, schließlich haben wir schon ganz andere Dinge zusammen durchgestanden und haben es nicht nötig, uns jetzt anzulügen. Es gibt doch nur zwei Möglichkeiten: Entweder habe ich dich mit irgendwas, das ich gesagt oder getan hab, beleidigt oder verärgert, oder es hat nichts mit mir zu tun, und du steckst in Schwierigkeiten.« Geraldine saß mit untergeschlagenen Beinen auf dem Sofa und sah zehn Jahre jünger aus. Sie war wie immer makellos gepflegt und trug an diesem Tag eine Kombination in Dunkelblau und Beige, die eher ins Quentin's als zu einem Arbeitsessen gepasst hätte.

»Was wäre dir denn lieber, Geraldine?«, fragte Cathy schließlich.

»Na ja, mir wäre es lieber, wenn es etwas mit mir zu tun hätte, weil ich mich dann entschuldigen und, falls nötig, alles erklären könnte. Das wäre mir natürlich sehr viel lieber, als wenn du krank wärest oder wenn es Probleme in deiner Ehe geben würde.«

Cathy erwiderte nichts.

»Dann frage ich dich jetzt noch mal: Was ist los, Cathy?«

»Es ist weder noch und beides zugleich.« Geraldine wartete ab. »Na gut«, sagte Cathy schließlich, »wahrscheinlich wirst du es für lächerlich halten, aber es hat mir nicht gefallen, als du mir erzählt hast, du würdest Geschenke von Männern annehmen.«

Geraldine sah sie überrascht an. »Das ist doch nicht dein Ernst?«

»Doch, es ist mir sehr ernst. Damit unterscheidest du dich im Grunde nur unwesentlich von den Frauen, die Geld dafür nehmen … Es ist so schäbig, Geraldine. Das hast du doch nicht nötig. Herrgott noch mal, du bist die Frau, zu der wir alle aufschauen, unser aller Vorbild.«

»Und seit ich dir erzählt habe, dass Freddie mir diese Uhr gekauft hat, hast du deine Meinung über mich geändert …«

»Ja, irgendwie schon. Und dass Peter dir die Wohnung geschenkt hat, ein anderer die Stereoanlage, ein dritter den Teppich und wer weiß, was sonst noch von den ganzen Sachen hier.«

Geraldine betrachtete sie kühl. »Ich bin also tatsächlich in deinem Ansehen gesunken, ich, deine Freundin, nur weil ich Geschenke angenommen habe.«

»Ja, richtig. Ich finde dein Verhalten schäbig und unnötig. Du liebst diese Männer doch gar nicht, die dich hofieren, Geraldine, du hast keinen von ihnen je geliebt. Du lässt dich von ihnen doch nur … doch nur aushalten … Aber das hast du doch gar nicht nötig, du hast dein eigenes Geld.«

»Sprich ruhig weiter.«

»Ich hätte nicht davon anfangen sollen. Irgendwie komme ich mir jetzt spießig vor, dir das alles an den Kopf zu werfen und dir im Grunde auch noch deine Großzügigkeit mir und meiner Familie gegenüber vorzuwerfen …«

Geraldine blieb weiterhin ruhig und reglos sitzen.

»Aber du hast mich ja gezwungen, es zu sagen. Jetzt verstehe ich auch, warum es dir nichts ausgemacht hat, in Peter Murphys Haus zu sein … Sie alle haben dir nie etwas bedeutet, nicht so viel, es ging dir immer nur darum …« Cathy deutete mit einer Armbewegung in den Raum und auf die Einrichtung. Ihr Gesicht war rot und hektisch. Geraldine hingegen schien die Ruhe selbst. »Was hast du mir jetzt zu sagen? Du hast gesagt, du willst es wissen, und ich habe es dir gesagt. Bricht jetzt das große Schweigen aus?«

»Nein, Cathy, aber ich werde auch nicht in eine Entschuldigungsarie ausbrechen.«

»Bist du vielleicht auch noch stolz drauf?«

»Ich bin weder stolz, noch schäme ich mich. Es ist einfach eine Art zu leben.«

»Und du hast keinen dieser Männer je geliebt, richtig?«

»Ich habe Teddy geliebt«, sagte Geraldine.

»Teddy?«

»Ja, Teddy habe ich geliebt, und er hat mich geliebt, aber nicht genug, um meinetwegen seine Frau zu verlassen.«

»Das ist doch schon ewig her. Damals hat man so etwas einfach nicht getan.«

»Es ist exakt zweiundzwanzig Jahre her und hat sich nicht im finsteren Mittelalter abgespielt. Und die Leute haben damals ihre Partner verlassen, um mit einem anderen ein neues Leben anzufangen, so, wie Teddy es mir versprochen und wie ich ihm geglaubt hatte, vor allem, als ich schwanger war.« Cathy sah Geraldine fassungslos an. »Aber wie es sich herausstellte, hatte ich mich getäuscht.« Ihre Stimme klang ausdruckslos. Cathy wagte kaum, sich zu bewegen. »Und wir waren uns noch einig darüber gewesen, dass der Zeitpunkt denkbar schlecht war. Ich weiß zwar nicht, warum, aber eines seiner Kinder kam gerade in die Schule oder sollte sie verlassen, kam gut oder überhaupt nicht damit zurecht. Irgendein Drama eben. Aber ist das jetzt noch wichtig?«

Cathy holte tief Luft. Das war ja schrecklich. »Es bedeutete jedenfalls, dass es kein Baby geben würde.« Geraldine schwieg lange. »Ich hätte es behalten können, aber dann hätte ich Teddy verloren. Deswegen beschloss ich, lieber auf das Baby zu verzichten. Teddy kannte einen Arzt, nicht unbedingt eine Koryphäe auf seinem Gebiet, und ich hatte zu lange gewartet, sodass es Komplikationen gab. Ich glaube auch nicht, dass der Arzt bei dem Eingriff nüchtern war. Danach war es vorbei mit Babys.«

»Geraldine!« Cathy war entsetzt.

»Du kannst sicher verstehen, dass ich danach ein bisschen niedergeschlagen war. Aber ich hatte ja immer noch Teddy, der mich trösten würde, dachte ich, aber auch da hatte ich mich getäuscht. Er verlor die Nerven. Ich war zu einer Bedrohung für ihn geworden, und er nahm seine Familie und ging ins Ausland. So, Cathy, das klingt jetzt alles ziemlich dramatisch, aber anschließend habe ich mir nie wieder den Luxus gestattet, mich allzu sehr auf die Liebe zu verlassen. Die Männer, mit denen ich seither zusammen war, waren mir alle freundschaftlich verbunden. Sie wissen meine Gesellschaft und das Gespräch mit mir ebenso zu schätzen wie mein Bett und meine Spitzenunterwäsche. Ich bin nicht abhängig und war es noch nie, von keinem von ihnen. Diese Männer können mir weder eine feste Beziehung noch ein Heim bieten, und deswegen schenken sie mir Uhren oder diesen Seidenteppich, der vor dir auf dem Boden liegt. Es tut mir wirklich leid, wenn dich das bedrückt und wenn ich deswegen in deiner Achtung sinke, weil du es für schäbig hältst, wie du dich ausgedrückt hast.« Geraldine wiederholte mit Nachdruck Cathys Anschuldigungen. »Mehr kann ich dazu nicht sagen. Es tut mir leid, falls es dich verletzt, aber mich kränkt es nicht. Es ist mein Leben.«

»Ich schäme mich so, dass ich am liebsten im Boden versinken würde«, sagte Cathy.

Geraldine seufzte. »Lass es gut sein, Cathy. Es hat viel Mut von dir erfordert, mir das zu sagen, und das weiß ich zu schätzen. Aber was ist das andere, das dir momentan zu schaffen macht, das aber nichts mit mir zu tun hat?«

Cathy sprach langsam. »Es ist so unpassend wie noch etwas, dir das ausgerechnet jetzt zu sagen, aber ich glaube, dass ich schwanger bin, und das ist wirklich das Letzte, was ich im Moment gebrauchen kann.«

Juni

Wann soll sie denn kommen?«, fragte Tom.

»Wer?«

»Entschuldige mal, aber wenn du derart in Putzwahn gerätst und die beste Wäsche aus dem Schrank holst, dann heißt das vermutlich, dass du deine Schwiegermutter beeindrucken willst«, antwortete er.

»Tut mir leid, Tom, aber ich war mit meinen Gedanken gerade ganz woanders. Hannah kommt gegen halb eins.«

»Na, dann aber ran an den Suppentopf«, schlug er vor.

Cathy sprang schuldbewusst auf. Tom war bereits seit fünf Uhr morgens unterwegs, und sie hatte es mit Mühe und Not geschafft, um neun Uhr hier aufzutauchen. Er hatte schon längst das Brot an Hayward's geliefert, war auf dem Rückweg beim Fischhändler vorbeigefahren, hatte das ganze Gemüse und einen riesengroßen Lammknochen für die Suppe besorgt, die bei ihnen in Auftrag gegeben worden war, und hatte zwei Tassen Kaffee für sie gekocht, während sie noch keinen Finger gerührt hatte. Natürlich hatte sie letzte Nacht nicht mit Neil gesprochen – keine Zeit. Nachdem sie stundenlang in Geraldines Wohnung geweint hatte, war sie völlig erschöpft, und Neil war wie immer abwesend und in seine Bücher versunken gewesen. Und wie Geraldine sie ganz richtig beruhigt und getröstet hatte – es könnte ja schließlich auch falscher Alarm sein. Cathy musste sich aus der Apotheke zuerst einmal einen Schwangerschaftstest besorgen und anschließend zum Arzt gehen. Dann erst wäre es angebracht, mit Neil darüber zu sprechen.

»Tom, tut mir wirklich leid. Gib mir bitte das Messer herüber, damit ich schon mal Basilikum und Tomaten klein schneiden kann.«

»Dann könnte Hannah aber auf die Idee kommen, du hättest die Sachen aus der Dose«, gab er zu bedenken.

»Nein, das glaube ich nicht. Und was wäre, wenn?«

»Da schau an, du bist auf einmal aber richtig mutig«, erwiderte er.

»Nein, bin ich gar nicht. Ich habe immer noch schreckliche Angst vor ihr. Aber zumindest weiß ich inzwischen, dass man es ihr so und so nicht recht machen kann. Das hilft ein bisschen.« Cathys Augen glänzten jedoch verdächtig.

»Ich finde, du solltest heute Vormittag lieber kein Messer in die Hand nehmen«, schlug Tom vor. »Sonst bist du noch schwer verletzt, wenn sie kommt. Überlass die gefährlichen Arbeiten einfach mir.«

»Mit dem größten Vergnügen. Aber was soll ich dann machen?«

»Du deckst den Tisch und suchst die Blumen aus.«

Draußen im Hof stand eine Schubkarre voller Blumentöpfe. Immer wenn sie eine Tischdekoration brauchten, holten sie einen Topf mit Primeln, Stiefmütterchen oder Begonien heraus, wischten oben die Erde weg und setzten ihn in einen Übertopf aus Messing. Und wenn später das Essen vorbei war oder der Anlass, bei dem man imponieren musste, wurde die Pflanze wieder ins Freie gestellt.

»Das ist aber nicht viel«, wandte Cathy ein.

»Und du fängst an und übst schon mal ein bisschen dein Lächeln. Weißt du noch, als Hannah Mitchell das letzte Mal hier war? Du hast dich aufgeführt wie ein Waschweib und fürchterlich herumgeschrien wegen ihres Mantels, wegen deiner Mutter und wegen diverser anderer Themen.«

»Kann sein, aber seitdem sind wir alle ein bisschen reifer geworden«, sagte Cathy spitz.

»Wir hatten schließlich auch keine andere Wahl«, bemerkte Tom trocken, der bereits die Gemüsebrühe angesetzt und mit der Arbeit begonnen hatte.

»Stell dir vor, heute fahren wir mit dem Bus nach Hause«, sagte Simon zu Maud.

»Ganz allein und ohne Muttie«, nickte Maud.

»Er hat gesagt, dass er vielleicht manchmal an der Schule vorbeikommen und uns ein Stück bis zur Bushaltestelle begleiten wird«, meinte Simon.

»Aber wahrscheinlich wird er eher zum Schuster oder zum Buchmacher gehen. Das liegt nämlich gar nicht auf seinem Weg«, wandte Maud ein.

»Aber wie sollen wir sonst Hooves jemals wiedersehen«, überlegte Simon, und die beiden sahen einander besorgt an. Es hatte zwar niemand gesagt, aber sie wussten, dass die Besuche in St. Jarlath's Crescent in Zukunft nicht häufig und nur in großen Abständen stattfinden würden.

»Du bist wirklich ein richtiger Schatz, Geraldine«, sagte Freddie, als sie in ihrem Büro zusammen Kaffee tranken. Freddie war vorbeigekommen, um mit ihr zu besprechen, wie man die demnächst anstehende Präsentation einer italienischen Villa am besten gestalten könnte. Außerdem besprachen sie seine eigene Party, bei der Geraldines Nichte und ihr Geschäftspartner für das leibliche Wohl sorgen sollten.

»Ich weiß«, erwiderte Geraldine lächelnd, »ich bin nicht mit Gold aufzuwiegen. Aber hattest du im Moment gerade an etwas Spezielles gedacht?«

»Ich wundere mich nur, dass dir der Erfolg von Paulines und meiner Party ebenso am Herzen liegt wie mir«, antwortete er.

»Aber wieso denn nicht, Freddie? Ich will doch nichts von dir außer dem, was ich ohnehin schon habe, das heißt, deine Gesellschaft, dein Interesse, deine Anteilnahme und deine wunderbare Liebe … Warum sollte ich nicht am Erfolg dieser Party interessiert sein und wünschen, dass alles klappt?«

»Du bist erstaunlich, du meinst es wirklich ernst.« Eine Frau wie sie hatte Freddie Flynn bisher noch nie erlebt.

»Du weißt doch, was die Franzosen über die ideale Geliebte sagten. Sie muss diskret sein und darf nie etwas tun, was der Familie des Mannes, seinen Kindern oder gar seinem Besitz schaden würde …« Sie schenkte ihm ein charmantes Lächeln.

»Und du stellst kaum Forderungen, Geraldine«, fügte er mit heiserer Stimme hinzu.

»Aber das stimmt doch gar nicht, und außerdem habe ich wirklich viel von dir.« Mit einer Armbewegung deutete sie auf ihr Büro, das ganz allein ihr gehörte. An ihrem Handgelenk prangte eine juwelenbesetzte Uhr.

»Cathy wird also zu uns ins Haus kommen und zusammen mit Pauline alles vorbereiten, ja?«

»Ja, Cathy oder Tom, sie wechseln sich immer ab. Aber er ist genauso gut wie sie«, versicherte ihm Geraldine.

Insgeheim hoffte sie, dass dieses Mal Tom an der Reihe wäre. So wie die arme Cathy zurzeit beieinander war, wusste man nicht, ob sie der Sache gewachsen wäre.

»Schön, dass Sie wieder einmal bei uns sind, Mrs. Mitchell. Sie sehen ja blendend aus.«

»Danke, Shona.« Hannah fuhr sich über die Haare. »Ich habe gerade eine entspannende Stunde in Ihrem Salon verbracht und werde anschließend zu Cathy zum Mittagessen gehen und dachte mir, ich bringe ihr eine Kleinigkeit mit. Haben Sie vielleicht eine Idee?«

»Wenn es jemand anderes wäre, würde ich dieses wunderbare Brot von Scarlet Feather empfehlen, aber das werden Sie mit Sicherheit bei ihr bekommen …«

»Das Brot scheint sich ja gut zu verkaufen.«

»Es ist immer sofort weg, sowohl hier im Laden als auch im Restaurant. Ich habe zu Tom schon gesagt, dass wir ihm wahrscheinlich bald ein Angebot von der Art machen werden, das er nicht ablehnen kann. Wir könnten ihn wirklich die ganze Zeit über gebrauchen.«

»Na so was.« Hannah war sichtlich überrascht.

»Tja, dann wünsche ich Ihnen guten Appetit, Mrs. Mitchell. Sie wissen ja, viele Leute würden Sie beneiden.«

»Ja, langsam wird mir das auch klar«, antwortete Hannah mit leicht vorwurfsvoller Stimme.

Es fiel ihr immer noch schwer, zu akzeptieren, dass es ein Glück sein sollte, wenn sie von der Tochter ihrer ehemaligen Zugehfrau bekocht wurde.

Aber Gedanken dieser Art musste sie unbedingt aus ihrem Kopf verbannen, sonst würde ihr, wie so oft, grundlos eine Bemerkung herausrutschen. Und dann wären alle wieder entsetzlich beleidigt. Neil würde seufzen, und Jock würde seufzen, und Cathy würde ausrasten vor Zorn.

Sag bloß nicht: die arme Lizzie. Es war zwar nur so eine Redewendung, aber wie sollte man das Cathy Scarlet erklären.

James Byrne hatte beschlossen, an diesem Abend ein Essen zuzubereiten. Nicht das richtige Menü, auf das er hinarbeitete, sondern nur eine kleine Fingerübung, um zu sehen, ob er es überhaupt konnte. Und wie es sich so ergab, war zufälligerweise Martin Maguire in Dublin. An ihm würde er seine Kochkünste ausprobieren. Er holte sich die akribisch genauen Aufzeichnungen von Cathy und Tom – sie hatten sogar vermerkt, wo man die Lebensmittel am besten kaufen konnte. Es war Montagmorgen, und da er nichts weiter vorhatte, wollte er mit ihrer Einkaufsliste in der Hand zu dem Markt fahren, den sie vorgeschlagen hatten. Martin Maguire wird sicher sehr überrascht sein, ein Gourmetessen vorgesetzt zu bekommen, und für James war es eine gute Übung. Ihm hatten die beiden Abende mit Cathy und Tom sehr viel Spaß gemacht, und er hatte schon hin und her überlegt, mit welcher Begründung er sich eine Fortsetzung des Kochkurses wünschen könnte. Doch er durfte nicht vergessen, dass so etwas schon einmal sein Verderben gewesen war. Damals, als er jemanden zu sehr in sein Herz geschlossen und sich in zu große Abhängigkeit begeben hatte. So etwas durfte ihm nicht noch einmal passieren.

»Dieses Haus wird nie wieder so sein wie früher«, klagte Muttie, als sich die Kinder auf den Weg in die Schule gemacht hatten. »Diese Leute werden den Zwillingen garantiert nicht so bei ihren Hausaufgaben helfen können, wie wir das gemacht haben.« Er schüttelte traurig den Kopf.

»Sie wissen doch viel mehr als wir«, wandte Lizzie ein.

Für sie war es immer ein Problem gewesen, diese Kinder aus besseren Verhältnissen in ihrem eigenen Haus zu haben.

Im Gegensatz zu ihr hatte Muttie das nie bekümmert. »Es ist alles eine Frage der Disziplin«, sagte er bestimmt. »In diesem Haus gibt es feste Regeln und Vorschriften.« Und mit diesen Worten schlug er die Zeitung auf und vertiefte sich in die Rennergebnisse. Hooves legte seinen schwarzen Kopf auf Mutties Knie, und Lizzie, die von den Kindern immer noch Mutties Frau genannt wurde, machte sich fertig, das Haus mit den festen Regeln und Vorschriften zu verlassen, um die Wohnungen und Häuser der vornehmen Leute zu putzen.

Joe Feather rief seinen Bruder an.

»Was hältst du davon, wenn ich dich auf ein Bier und ein paar Würstchen zum Mittagessen einlade?«

»Liebend gerne, Joe, aber nur, wenn es auch etwas später geht. Ich koche nämlich gerade ein Mittagessen für Cathys Schwiegermutter!«

»Ist das eine große Sache?«

»Nein, es sind nur die beiden.«

»Himmel, da sind ja harte Zeiten bei euch angebrochen – ein Mittagessen für zwei Leute. Habe ich vielleicht in eine Witzfirma investiert?«

»Nein, du Idiot, es handelt sich um eine private Einladung.«

Sie vereinbarten einen Treffpunkt.

»Richte Cathy liebe Grüße von mir aus und sag ihr danke für gestern.« Damit beendete Joe das Telefonat.

»Du hast mir gar nicht erzählt, dass du gestern meinen Bruder getroffen hast«, beschwerte sich Tom.

»Tom, ich habe heute früh überhaupt nichts erzählt, weil ich mich wie ein Zombie fühle. Ich habe ihn bei Geraldine getroffen, und er war mir eine große Hilfe bei den Vorbereitungen für die Chicago-Hochzeit. Ich hätte dir das schon noch erzählt, denn ich habe mir jede Menge Notizen gemacht.«

»Bei Geraldine?«

»Ja, aber nicht deswegen, weil sie sich überlegt hatten, ihr Geld aus unserem Catering-Service wieder zurückzuziehen. Es ging um die Modenschau, die Joe demnächst plant.«

»Ich weiß, Marcella soll als Model mitmachen, ist das nicht toll?«

»Ja, ganz wunderbar«, nickte Cathy und fragte sich, ob Tom wohl wusste, dass seine Freundin hauptsächlich Dessous vorführen sollte.

»Kommen Sie doch bitte herein, Mrs. Mitchell.« Toms Lächeln verfehlte nie seine Wirkung.

»Hallo, äh … Tom, nicht wahr?«

»Stimmt genau, Mrs. Mitchell. Sie sehen bezaubernd aus, wenn ich das sagen darf.«

Sie strich sich übers Haar. Es lohnte sich eben doch, regelmäßig zu einem guten Friseur zu gehen. Cathy war in dieser Hinsicht wirklich dumm, wie in so vielen anderen Dingen auch.

»Ich wusste gar nicht, dass wir zusammen … ich meine …«

»Nein, nein, ich serviere Ihnen nur das Essen, und dann bin ich auch schon weg.«

»Wie ich hörte, stammt das wunderbare Brot bei Hayward's von Ihnen.«

»Oh, vielen Dank. Stimmt, das Brot kommt gut an. Ich

habe Ihnen übrigens eine kleine Auswahl hingestellt, damit Sie es probieren können, und dann noch ein Päckchen für zu Hause.«

Endlich ließ sich Hannah Mitchell von dem berühmten Tom-Feather-Lächeln erweichen und lächelte zurück.

»Sie sind wirklich ein netter junger Mann«, sagte sie, so, wie schon so viele andere ältere Damen der Mittelschicht vor ihr in den vergangenen paar Monaten zu ihm gesagt hatten.

Neben ihm wartete Cathy in einem rosa und lila gemusterten Sommerkleid, das ihr mit ihrem leichenblassen Gesicht überhaupt nicht stand; die Haare hatte sie mit einem Gummi streng zusammengebunden.

»Herzlich willkommen, Hannah«, begrüßte sie ihre Schwiegermutter mit ausdrucksloser Stimme.

»Vielen Dank für die Einladung. Du meine Güte, ihr habt es hier ja wunderschön!«

Sie blickte sich um, und Tom hoffte, dass Cathy freundlich und warm auf sie reagieren würde, sonst wäre alles umsonst. Erleichtert bemerkte er, dass Cathy doch zu einem Lächeln ansetzte.

»Das hier ist unser Empfangsraum. Hier versuchen wir, unsere Auftraggeber davon zu überzeugen, dass sie ihre Feiern viel größer ausrichten, als sie eigentlich vorgehabt hatten«, erklärte Cathy.

»Wirklich schön gemacht.« Hannah konnte nicht umhin, der Einrichtung grollende Bewunderung zu zollen. »Und so angenehme Farben.«

»Die Vorhänge und die Bezüge hat meine Mutter selbst genäht«, erwähnte Cathy stolz.

Hannah betrachtete sie ungläubig. »O ja, Lizzie war schon immer sehr… sehr geschickt mit ihren Händen«, sagte sie schließlich.

Tom seufzte erleichtert, goss ihnen allen ein Glas Sherry ein und verschwand in der Küche.

»Tom, würdest du das Sandwich bitte entweder essen oder wegwerfen, aber um Gottes willen hör auf damit, es so penibel zu untersuchen«, sagte Joe, lachte aber darüber, wie sein jüngerer Bruder das belegte Brot in seine Bestandteile zerlegte.

»Schau mal, was die hier dafür verlangen, Joe, nein ernsthaft, sieh dir das an. Eine müde Tomate, eine Scheibe Plastikkäse, ein welkes Salatblatt, ein halbes, hartes, grünlich verfärbtes Ei ... ein bisschen billige Salatsauce ... Und dann wagen diese Menschen auch noch, das als Gourmet-Sandwich zu verkaufen. Was sollen nur die Touristen denken, die in dieses Land zu Besuch kommen? Kannst du mir sagen, was in denen vorgeht ...?«

»Ach, lass es gut sein und iss was anderes«, erwiderte Joe gutmütig.

»So was wie deine verbrannten Würstchen, meinst du wohl? Die Leute haben einfach keine Werte mehr.« Tom war immer noch gewaltig in Fahrt.

»Was soll ich nur mit Ma machen?«, wechselte Joe das Thema.

»Was ist los mit ihr?«

»Na ja, ich bin in der letzten Zeit ein paar Mal dort gewesen«, begann Joe.

»Ich weiß, Joe, und glaub mir, das bedeutet unseren Eltern unglaublich viel ...«

»Aber sie haben mir erzählt, dass du alle zwei Tage vorbeischaust ...«, wandte Joe ein.

»Ja, wenn ich gerade in der Gegend bin, das macht doch keine Umstände ...«

»Blödsinn, wer kommt schon zufälligerweise in Fatima vorbei?«

»Ich mache es einfach, Joe, das ist kein großer Aufwand.«

»Tut mir leid, dass ich dich damit allein gelassen habe.«

»Tja, bisher warst du in London, aber jetzt trägst du ja auch deinen Teil dazu bei, das erleichtert mir die Sache.«

»Ist schon gut. Also, wie soll ich mich Ma gegenüber verhalten? Sie will unbedingt zu der Modenschau mitkommen.«

»Warum denn nicht? Was spricht dagegen?«

»Das kommt überhaupt nicht infrage.«

»Ich kann mich ja um sie kümmern.«

»Nein, darum geht es mir nicht. Es sind die Kleider, Ma darf sie auf keinen Fall sehen.«

»Aber wieso nicht? Bei unserer Einweihungsparty ist sie doch auch gewesen. Ich hatte zwar nicht den Eindruck, dass es ihr besonders gut gefallen hat. Aber sie hat sich gefreut, dass sie dabei war…«

»Aber Tom, die Kleidungsstücke…«

»Was ist damit?«

»Es sind Badeanzüge, Dessous, überall laufen halb nackte Mädchen herum… Mam würde tot umfallen.«

»Aber es sind doch nicht nur solche Sachen?«, fragte Tom, der plötzlich ein ganz flaues Gefühl im Magen hatte.

»Größtenteils schon.« Joe sah seinem Bruder offen ins Gesicht. »Marcella hat es dir doch erzählt, oder?«, fragte er.

Neil betrat Quentin's Restaurant und wandte sich sofort an die elegante Brenda Brennan.

»Brenda, ich erwarte gleich einen üblen Gangster zum Essen. Er wird bestimmt versuchen, mich betrunken zu machen. Wären Sie so nett und würden nur einen Schuss Tonicwasser in mein Wodka-Glas geben… Damit er meint, ich würde wirklich etwas trinken?«

»Dann kann ich ihm aber auch keinen Wodka in Rechnung stellen, Mr. Mitchell.«

»Das kriegen Sie schon hin. Sie können ja für etwas anderes weniger verlangen… Sie kennen sich mit solchen Tricks doch aus.«

»Richtig, lange genug bin ich inzwischen im Geschäft. Aber wenn Sie jetzt vielleicht so freundlich wären und mir folgen würden, ohne nach rechts oder links zu schauen, dann könnte ich Sie an Ihren Tisch führen, ohne dass Sie dabei Ihrem Vater begegnen müssen, der jeden Moment von seinem Tisch aufstehen wird.«

Neil folgte ihr gehorsam und mit gesenktem Kopf durchs Restaurant.

»Brenda, Sie sind wirklich ein Genie!«, sagte er und erhaschte gerade noch einen kurzen Blick auf seinen Vater, der in Begleitung einer Blondinen, die halb so alt war wie er selbst, das Lokal verließ.

»Manchmal kommt mir das auch so vor«, erwiderte Brenda Brennan seufzend.

»Das war ja köstlich! Diese Tomatensuppe, so intensiv im Geschmack, und dann dieses Brot ... Aber Cathy, du hast ja kaum etwas davon probiert«, bemerkte Hannah.

»Hannah, ich bekomme das tagtäglich zu essen ... Tom ist so stolz darauf, und weil ihm einfaches Olivenbrot inzwischen nicht mehr genügt, muss es Brot mit grünen Oliven sein, oder mit schwarzen ... Er ist eben ein Perfektionist ...«

»Und was kommt als nächster Gang?«

Hatte es tatsächlich einmal eine Zeit gegeben, in der Cathy diese Frau gefürchtet hatte? Wie lange das alles her zu sein schien. »Als Nächstes gibt es Seeteufel, der wird dir bestimmt schmecken. Nur eine kleine Portion, damit du noch Platz für den Nachtisch hast ...«

»Ich habe dir etwas mitgebracht«, sagte Hannah schroff und unvermittelt. Sie schob das in Papier von Hayward's eingewickelte Geschenk über den Tisch.

Cathy wusste, dass sie das Päckchen öffnen musste, auch wenn der Zeitpunkt dafür denkbar schlecht gewählt war. Schließlich zog der Duft nach Seeteufel in Safransauce, nach grünen Bohnen mit winzigen Speckstreifen, gerösteten Mandeln und Ingwer bereits aus der Küche herüber. Es war Zeit, das Essen zu genießen, und nicht, Geschenke auszupacken. Aber Cathy öffnete brav das elegant verpackte Geschenk.

Von dem Papier schlug ihr ein überwältigender, intensiver Geruch nach Weihrauch entgegen. Cathy spürte, wie ihr übel wurde.

»Das ist ja wunderbar, Hannah, was genau ist das …?«

»Das ist eines von diesen neuen aromatischen Badeölen. Junge Leute scheinen so etwas zu mögen …«, begann Hannah.

Plötzlich war alles zu viel – der berauschende Duft des Geschenks und die Essensgerüche. Cathys Magen krampfte sich zusammen, sie stand auf, lief auf die Toilette und kniete sich vor die Schüssel, um sich zu übergeben. Draußen vor der Tür hörte sie ihre Schwiegermutter rufen.

»Cathy, Cathy, lass mich hinein, ist alles in Ordnung mit dir?«

Marcella arrangierte gerade kleine Fläschchen mit Nagellack, als Joe Feather den Schönheitssalon betrat.

»Du bist wirklich eine sehr schöne Frau«, sagte er mit gepresster Stimme.

»Ja, Joe?« Marcella horchte beunruhigt auf.

»Es tut mir leid, es ist leider so … aber mir ist Tom gegenüber herausgerutscht, dass die Wäsche, die du vorführen wirst, ziemlich sexy ist … Und um ehrlich zu sein, ich hatte nicht den Eindruck, dass er das wusste.«

Marcella sah Joe mit großen Augen an. Er wünschte sich, er hätte nie davon angefangen.

»Und jetzt steige ich aus dieser Sache aus und überlasse alles Weitere dir, Marcella, okay?«

»Natürlich.« Sie war die Ruhe selbst.

»Tom betet dich an … das weißt du doch.«

»Sicher.«

Joe zuckte die Schultern. »Ich glaube nämlich, ehrlich gesagt, nicht, dass Tom Bescheid wusste.«

»Trotzdem, vielen Dank, Joe«, sagte Marcella in einem Tonfall, der Joe das Gefühl vermittelte, ein kleiner, dummer Junge zu sein.

»Es tut mir so leid, Hannah, du musst mir bitte verzeihen. Deswegen habe ich auch nur wenig Brot gegessen. Ich habe nämlich einen verkorksten Magen.«

»Aber warum hast du denn nichts gesagt, dann hätten wir das Mittagessen verschoben …«

»Nein, bitte, Hannah. Außerdem geht es mir jetzt schon wieder besser.« Cathy stocherte ein bisschen in dem Seeteufel herum und zwang sich, den Fisch hinunterzuschlucken, obwohl er für sie nach Seife schmeckte. Cathy hatte das schwer duftende Badeöl in die hinterste Küchenecke verbannt. Schließlich beruhigte sich ihr Magen wieder. Doch die Unterhaltung entspannte sich nicht. Jedes Gesprächsthema hatte einen Hintergrund, jede zufällige Bemerkung eine Geschichte. Die beiden Frauen sprachen über die Zwillinge, die nach The Beeches zurückgekehrt waren, und man ließ nicht unerwähnt, wie gut Lizzie zu den beiden gewesen war. Gut und großzügig, die Worte waren sorgfältig gewählt. Hannah bemerkte, dass Cathy wohl bisher noch keine Zeit für einen Friseurbesuch bei Hayward's gehabt habe. Cathy sah Hannah offen ins Gesicht und versprach, dass sie das bald nachholen würde. Sie redeten über Neil – dass er so viel arbeitete, dass Cathy sich aber glücklich schätzen durfte, dass Neil nicht Golf spielte wie sein Vater, sonst wäre sie nur noch allein. Und wie aus heiterem Himmel fiel plötzlich Amandas Name.

»Cathy, kann ich dich etwas fragen … Glaubst du, Amanda hat einen bestimmten Grund dafür, dass sie überhaupt nicht mehr nach Hause kommt?«

Jetzt musste Cathy sehr vorsichtig sein und sich jedes Wort gut überlegen. Sie konnte sich kaum mehr an Amanda Mitchell erinnern, Neils zwei Jahre ältere Schwester, eine rechthaberische, kühle Person. Sie war zwar nicht zu ihrer Hochzeit gekommen, hatte aber ein wirklich brauchbares Geschenk geschickt … einen wunderschönen Atlas und einen wertvollen Weltempfänger für sämtliche Frequenzen. Dabei war eine Karte gewesen, auf der gestanden hatte: »Auf dass Ihr die Welt kennen- und lieben lernt.« Cathy war sehr beeindruckt gewesen. Falls Neil immer noch vorhaben sollte, dass sie gemeinsam aufbrechen und die Welt kennen- und lieben lernen sollten, wären diese Zeilen mehr als prophetisch gewesen. Cathy hatte sich oft nach Amanda erkundigt. Doch bisher war ihre Schwiegermutter ihr in diesem Punkt immer ausgewichen und hatte sich bedeckt gehalten. Amanda sei zu sehr beschäftigt, zu erfolgreich in Kanada, um den Kontakt zu ihrer neuen Schwägerin, die sie ja kaum kannte, aufrechtzuerhalten, hieß es. Auch Neil war keine große Hilfe für sie gewesen. Manda sei ein tolles Mädchen, hatte er nur gesagt, sehr eigenwillig, etwas ganz Besonderes. Nein, natürlich telefoniere er nicht mit ihr, was sollten sie sich denn erzählen? Cathy kam es sehr merkwürdig vor, mit der eigenen, einzigen Schwester nicht mal ein Gesprächsthema zu finden... Sie hatte sich mit ihren Schwestern in Chicago jedenfalls immer etwas zu erzählen. Aber jetzt wusste Cathy mit ziemlicher Sicherheit, dass Amanda in Toronto mit einer Frau zusammenlebte. Sollte sie nun etwas sagen oder nicht?

»Vielleicht hat Amanda ja dort drüben jemanden kennengelernt?«, überlegte Cathy laut.

»Das kann ich mir nicht vorstellen. Amanda hat sich nie besonders für Männer interessiert, auch als sie noch zu Hause war, hat sie kein einziges Mal einen Freund mitgebracht... Wir haben eigentlich immer gedacht, dass sie einmal Karriere machen wird«, sagte Hannah nachdenklich.

»Vielleicht ist das ja der Grund. Vielleicht hat Amanda alle Hände voll zu tun mit ihrer Karriere und mit den Menschen, die sie dort kennt, mit den anderen Frauen, die die Buchhandlung führen. Vielleicht ist das ja jetzt ihr Leben.«

Damit war das Thema beendet. Kurz darauf machte Hannah Anstalten, sich zu verabschieden.

»Möchtest du nicht noch einen Kaffee?«

»Nein, vielen Dank, alles war wunderbar. Mir hat das

Essen sehr gut geschmeckt, und du siehst jetzt auch wieder viel besser aus, meine Liebe.«

»Ja, es tut mir leid… Und vielen Dank nochmals für das exquisite Badeöl.«

Allein die Erinnerung an den Geruch erweckte in Cathy erneute Übelkeit, aber sie nahm sich zusammen. Sie sah Hannah hinterher, wie sie mit kleinen Schritten den mit Kopfsteinen gepflasterten Hof überquerte. In all den Jahren, in denen sie diese Frau mit dem schmalen, verkniffenen Gesicht bekämpft hatte, hätte Cathy sich niemals einen Tag wie den heutigen vorstellen können. Einen Tag, an dem sie am Eingang ihres eigenen Geschäfts stand und möglicherweise das Enkelkind dieser Frau unter dem Herzen trug.

Simon und Maud konnten es nicht glauben. Vor der Schule warteten wie immer Muttie und Hooves auf sie.

»Ich dachte, ich schaue mal nach, ob ihr auch in den richtigen Bus einsteigt«, begrüßte Muttie sie. Die Zwillinge strahlten ihn voller Freude an. »Wenigstens am ersten Tag, bis ihr wisst, wo es langgeht«, fügte er hinzu. Und dann steuerte die kleine Gruppe glücklich die Bushaltestelle an.

Sara saß im Garten und drehte sich eine Zigarette, als Neil kam. Er setzte sich neben sie auf die alte Holzbank.

»Wie sieht es denn drinnen aus?«, fragte er mit einer Kopfbewegung Richtung Haus.

»Gut… jedenfalls momentan… aber man wird das Gefühl nicht los, dass Ihr Onkel jederzeit wieder abhauen könnte; er schmiedet ständig neue Pläne.«

»Das war schon immer so«, nickte Neil düster.

»Ich werde ein Auge darauf haben«, versprach Sara. »Nur weil die Kinder in einem wunderschönen, großen Haus wie diesem hier leben, heißt das noch lange nicht, dass sie keinen brauchen, der sich um sie kümmert.«

»Ich finde ja, mein Onkel sollte das Haus verkaufen und

in ein kleineres ziehen, eines, das leichter in Ordnung zu halten ist; aber er und seine Frau wollen davon nichts wissen. Nur Angabe und Protzerei und nichts dahinter«, meinte Neil kopfschüttelnd.

»Sie scheinen nicht viel von ihm zu halten«, stellte Sara fest.

»Er hat sein ganzes Leben lang noch nie etwas Ordentliches gearbeitet. Mein Vater lässt es mittlerweile zwar auch leichter angehen, aber er weiß, was Arbeit heißt. Ist egal, aber ich halte es für lächerlich, wenn eine Familie heutzutage so viel Platz hat«, sagte Neil mit erneutem Blick auf das Haus.

»Sie und Cathy haben wohl kein so großes Haus?«, wollte Sara wissen.

»Gott, nein. Nur ein kleines Häuschen in Waterview.«

»Ach, die kenne ich, sie sind ziemlich hübsch. Aber für eine Familie ist das nichts, nicht so wie hier.«

»Wir haben keine Kinder«, erwiderte Neil Mitchell und holte die Unterlagen aus seiner Aktentasche, um Sara in ihrer Funktion als Sozialarbeiterin mitzuteilen, wo ihre Hilfe bei einem Bericht über die Obdachlosen gebraucht würde, der demnächst von einer Dachorganisation vorgestellt werden sollte. Sie zogen den alten Gartentisch zu sich heran und vertieften sich in ihre Arbeit. Aus dem Haus sah ihnen Kenneth Mitchell gedankenverloren von einem Fenster aus zu. Im Grunde interessierten ihn diese Leute in seinem Garten kaum. Aus einem anderen Fenster schaute Kay Mitchell angespannt zu den Besuchern hinüber. Gleich sollten die Kinder aus der Schule heimkommen, sie hatte Mrs. … Mrs. Barry gebeten, für die beiden Sandwiches zu machen. Mrs. Barry hatte gefragt, ob sie die Brotrinde abschneiden solle oder nicht; Kay hatte beschlossen, dass es am besten war, wenn sie zwei Teller vorbereitete, einen mit Sandwiches mit Rinde und einen ohne.

»Bitte, komm doch mit herein, Muttie«, bettelte Maud.

»Nein, mein Kind, wirklich nicht. Hooves und ich nehmen

den nächsten Bus zurück.« Muttie ließ sich nicht umstimmen.

»Aber wir wollen dir unser Haus zeigen.«

»Ein andermal, mein Sohn, nicht am ersten Tag.«

»Und Hooves könnte im Garten spielen, in unserem Garten… ach, bitte, Muttie.«

Doch Muttie blieb hart. Es war nicht vernünftig, nicht am ersten Tag. Die Leute würden sich das merken, und er wollte keinesfalls den Eindruck erwecken, dass er und Lizzie sich aufzudrängen versuchten, um öfter als vereinbart mit den Zwillingen zusammen zu sein.

»Du meinst… jeder will uns haben.« Simon zeigte sich erstaunt angesichts dieser Möglichkeit.

»Natürlich. Aber das Beste ist doch, dass eure Mam und euer Dad wieder da sind und für euch sorgen, jetzt, wo sie dazu wieder in der Lage sind«, sagte Muttie schweren Herzens. Doch nichts, was er bisher von Cathy gehört hatte, hätte ihn überzeugen können, dass dieses Paar dafür geeignet war, sich entsprechend um die Kinder zu kümmern.

»Aber irgendwann kommst du mit herein, Muttie, ja?«, flehte Simon.

»Natürlich, mein Sohn, wenn ihr euch wieder ein bisschen eingelebt habt und wenn Hooves besser erzogen ist.«

»Und wir dürfen am Wochenende wirklich zu Besuch in den St. Jarlath's Crescent kommen, das ist mit Sara so abgemacht«, erkundigte sich Maud mit banger Miene.

»Aber sicher, mein Kind. Lizzie und ich freuen uns schon darauf, das kannst du mir glauben.«

»Ich wünschte mir…«, begann Maud.

»So, jetzt aber rein ins Haus, wie es sich für ein braves Mädchen gehört«, fiel Muttie ihr ins Wort, bevor irgendwer noch irgendwelche Wünsche äußern konnte.

»Sandwiches, toll!«, freute sich Simon.

»Vielen Dank, Mutter«, sagte Maud.

Sie setzten sich an den Tisch, und ihre Eltern betrachteten sie voller Bewunderung. Neil und Sara waren aus dem Garten hereingekommen.

»Wie viele Brote dürfen wir essen?«, fragte Simon.

»Die sind alle für euch.« Kay Mitchell war stolz darauf, sich als treu sorgende Mutter zu präsentieren.

»Ja, aber dann haben wir ja zum Tee gar keinen Hunger mehr«, stellte Maud fest.

»Mutties Frau Lizzie sagt immer, nach der Schule bekommt jeder nur einen Keks, sonst haben wir keinen Appetit mehr, wenn es Tee gibt.«

»Aber wir trinken doch jetzt Tee«, stotterte die arme Kay.

»Nein, ich meine, so richtig Tee. Du weißt schon, mit Speck und Eiern«, erklärte Simon.

»Oder mit Bohnen oder sonst was«, fügte Maud leise hinzu. Ihr schien plötzlich klar zu werden, dass die Welt doch nicht so in Ordnung war.

Kay blickte verstört zwischen ihrem Mann und Sara hin und her. »Niemand hat etwas von Speck und Eiern gesagt. Es sollte Tee geben, und das ist der Fall.« Sie sah aus, als würde sie gleich in Tränen ausbrechen.

»Ist schon in Ordnung, Mutter, wir essen jetzt einfach alle Brote auf«, sagte Simon.

»Dann brauche ich anschließend auch nichts mehr, wirklich«, versicherte Maud.

Sara und Neil tauschten einen Blick. Kenneth Mitchell schaute in den Garten hinaus, als ob die Wildnis da draußen irgendeine Lösung oder eine Inspiration für ihn parat hätte.

»Ich habe heute mit Hannah zu Mittag gegessen«, erzählte Cathy Neil, als sie am Abend zusammen in Waterview waren.

»Sehr gut.« Er öffnete den Kühlschrank, um zwei Gläser Chardonnay einzugießen.

»Ihr ging es recht gut. Sie hat ziemlich viel über Amanda gesprochen.«

»Tut mir leid, dass sie immer wieder von ihr anfängt. He, was soll das, wirst du jetzt zur Abstinenzlerin? Das ist schon das zweite Mal, dass du keinen Wein möchtest. Bist du krank?«

»Nein, ich möchte nur momentan nicht. Neil, wusstest du, dass Amanda lesbisch ist?«

»Nein, wusste ich nicht. Hat dir das meine Mutter erzählt? Das kann ich ja gar nicht glauben.« Die Vorstellung ließ ihn den Kopf schütteln.

»Nein, natürlich nicht.«

»Und wie lange schon?«

»Keine Ahnung. Aber neulich habe ich für eine Gruppe von ehemaligen Schulkameradinnen eine Wiedersehensfeier organisiert, und die haben das erwähnt. Und eine andere Frau, die Amanda noch aus ihrer Zeit in einem Dubliner Reisebüro kannte, hat mir das bestätigt. Diese Frau ist selbst lesbisch, und sie erzählte mir, dass Amanda eine wirklich tolle Freundin hat und mit ihr zusammen in einer Buchhandlung arbeitet ...«

»Das ist ja ein Ding! Manda, wer hätte das gedacht? Da kann man ihr nur viel Glück wünschen.«

»Dem kann ich mich nur anschließen, Neil, und vermutlich denken all unsere Freunde so ... Aber wahrscheinlich werden es deine Eltern nicht so lustig finden.«

»Nein ... da hast du vermutlich recht«, sagte er und grinste.

»Na ja, ich dachte mir, du wolltest es vielleicht wissen«, sagte Cathy.

»Cathy, wie hast du nur versucht, meiner Mutter diese Neuigkeit beizubringen? Ich hatte in meinem Beruf ja schon einige unmögliche Fälle vorzubringen, aber das will ich jetzt doch wissen.«

Cathy lachte. »Nein, so weit bin ich erst gar nicht gekommen. Aber sag mal, willst du dich mit deinem Wein hinsetzen, oder hast du vor, ihn mit an deinen Schreibtisch zu nehmen?«

»Ich nehme ihn mit nach nebenan. Ich muss noch einen

Berg von Unterlagen in Zusammenhang mit dieser Obdachlosensache durchsehen ... Ich habe heute übrigens Sara und die Zwillinge getroffen. Sie ist uns eine große Hilfe ...«

»Oh, und wie ist es gelaufen? Das muss ich unbedingt wissen. Setz dich doch wenigstens eine Minute zu mir.«

Neil setzte sich. »Es war erstaunlich. Sara hat behauptet, es gebe zwar finanzielle Mittel, aber keiner käme ran an sie. Man muss wie immer im richtigen Augenblick die richtigen Fragen stellen ... Sie hat mir jede Menge Aufzeichnungen mitgegeben.«

»Finanzielle Mittel?«, fragte Cathy verblüfft.

Neil erzählte lang und breit von einer möglichen finanziellen Zuwendung der Europäischen Gemeinschaft für Obdachlose. Und dass der Ad-hoc-Ausschuss diese Information nicht sofort verwenden, sondern diese Karte erst später ausspielen dürfe, wenn sie etwas fester im Sattel säßen. Nachdem sie sich endlos lange die einzelnen Details seiner Strategie hatte erläutern lassen, sah Cathy endlich die Möglichkeit, sich nach Simon und Maud zu erkundigen.

»Ach, den beiden ging es gut«, antwortete Neil und wollte aufstehen.

»Bitte, einen Moment noch, Neil. Wie wurden sie denn zu Hause empfangen, gab es was zu essen?«

»Ja, Sandwiches.«

»Mehr nicht?«

»Die Zwillinge waren wirklich komisch, ständig wollten sie wissen, wann es denn richtigen Tee gäbe. Aber Sara hat eingegriffen und die Situation entschärft.«

Mehr war im Moment nicht aus ihm herauszubekommen. Und Cathy hatte das unbestimmte Gefühl, dass jetzt auch nicht der richtige Zeitpunkt war, ihm etwas anderes mitzuteilen.

Tom überlegte, wie er am besten mit Marcella über die Modenschau sprechen konnte, ohne ihr zu zeigen, dass sich ihm allein schon bei dem Gedanken, sie könne halb nackt vor fremden Menschen auf und ab spazieren, der Magen umdrehte. Tom wusste, dass seine Eifersucht für ihre Beziehung schon einmal fast das Aus bedeutet hatte; er musste dieses Gefühl unbedingt in den Griff bekommen. Sie liebte nur ihn, das wusste er doch, Himmel noch mal. Warum konnte sie dann nicht einfach ihre Kleider anbehalten und bei ihm ins Geschäft einsteigen? Tom wusste nur zu gut, wie destruktiv dieses Gefühl war. Trotzdem war ihm unbegreiflich, wie eine Frau, die immer behauptete, sie fühle sich geliebt und glücklich in ihrer Beziehung, unbedingt im Badeanzug und in knappen Dessous herumstolzieren musste. Aber er durfte nicht unbedacht vorgehen. Sein Argwohn und sein Besitzanspruch hatten Marcella schon einmal verjagt. Es würde wieder einmal ein Eiertanz werden. Zu seiner Überraschung schnitt sie das Thema von sich aus an.

»Wenn du wüsstest, was für irrsinnige Farben Feather Fashions in der Modenschau präsentiert – Limonengrün und Fuchsiarot... Kein Mensch kommt doch auf die Idee, so eine Unterwäsche anzuziehen.«

Tom atmete langsam aus. Wenigstens gab Marcella von sich aus zu, dass sie Dessous vorführen sollte.

»Nein, da stehe ich schon eher auf schlichte schwarze Spitzenunterwäsche«, sagte Tom lächelnd.

»Du siehst also, dass man die ganze Angelegenheit nicht allzu ernst nehmen sollte, ja?«, fragte Marcella.

»Aber natürlich.« Toms Herz war schwer. Sie versuchte, ihn darauf vorzubereiten. »Und welche Farbe haben die Badeanzüge?«

Marcella schien erleichtert, dass er zumindest darüber Bescheid wusste. »Genauso verrückte, wilde Farben, fast schon neonartig... Entweder weiß dein Bruder nicht, was er tut, oder er landet einen Riesenerfolg... Aber so etwas kann leicht in die Hose gehen.«

Tom betrachtete Marcella nachdenklich. Sie war wirklich

besessen von diesem Modegeschäft. Es ging überhaupt nicht darum, sich in der Öffentlichkeit auszuziehen, und er wäre verrückt, wenn er sich an diesem Gedanken festbeißen würde.

»Liebling, du wirst es nicht glauben, wer gerade angerufen hat!«, sagte Kenneth Mitchell zu seiner Frau, als er vom Telefon im Flur zurückkam.

»Wer denn, Schatz?«

»Old Barty hat mal wieder ein Lebenszeichen von sich gegeben.«

»Barty … unser Trauzeuge!«, rief Kay erfreut.

»Genau der, und ich habe ihm natürlich angeboten, erst einmal hierzubleiben. Er hat einen Oldtimer oder so was in der Art … Den will er auf irgendeiner Ausstellung zeigen.«

»Was für ein Zeichen hat der Mann denn gegeben?«, fragte Simon.

»Wie bitte?« Sein Vater sah den Jungen verständnislos an.

»Waren es Morsezeichen?«, wollte Maud wissen.

Die Eltern schauten ihre Kinder verwirrt an.

»Jedenfalls hat uns Old Barty für den Samstag zu einer Spritztour in seinem Auto eingeladen. Euch Kinder natürlich auch.« Voller Stolz über die Einladung blickte Kenneth Mitchell seine beiden Kinder an.

»Aber am Samstag sind wir in St. Jarlath's Crescent«, wandte Maud ein.

»Wir sind doch mit Hooves, Muttie und seiner Frau Lizzie verabredet.«

»Aber Liebling, dort könnt ihr doch auch an einem anderen Tag hin. Diese Leute haben sicher nichts dagegen«, erwiderte ihre Mutter.

»Wir können aber an keinem anderen Tag hinfahren, sie haben bestimmt schon alles vorbereitet. Es gibt etwas Richtiges zu essen, und wir haben uns Würstchen gewünscht.« Maud fing fast zu weinen an.

»Dann ruf doch an und sag ab, wie es sich für ein braves Mädchen gehört«, forderte ihr Vater sie auf.

»Warum ausgerechnet ich?«, meuterte Maud.

»Weil ich die Leute nicht kenne, liebes Kind, aber du sehr wohl.«

»Warum kann Simon das nicht machen?«, hakte sie nach.

»Weil Mädchen so etwas besser können, Schätzchen«, erklärte ihr Vater.

»Muttie und Lizzie werden bestimmt schrecklich traurig sein«, sagte Maud zu Simon.

»Ich bin auch traurig«, sagte Simon.

»Ich wollte unbedingt Hooves sehen. Ich habe einen neuen Trick für ihn.«

»Das ist ungerecht«, beschwerte sich Maud.

»Ganz und gar ungerecht«, stimmte Simon ihr zu.

Sie sahen sich an.

»Am besten rufen wir Cathy an«, sagten beide gleichzeitig.

Cathy beruhigte die Zwillinge und sagte, dass sie die Sache ihr überlassen sollten. Sie sollten einfach sagen, sie hätten angerufen, und zufälligerweise sei Cathy ans Telefon gegangen, weil ihre Eltern gerade nicht zu Hause waren.

»Aber das stimmt doch gar nicht«, wandte Simon ein.

»Wir haben dich doch in Waterview angerufen.«

»Schon, aber ich hätte gut und gerne auch in St. Jarlath's Crescent sein können. Ich glaube nicht, dass wir uns deswegen den Kopf zerbrechen sollten, oder?«, entgegnete Cathy.

»Eine Notlüge, würde ich sagen«, sagte Simon.

»Eigentlich gar keine Lüge«, versicherte ihm Cathy.

»Neil, das kommt auf keinen Fall infrage«, schäumte Cathy wütend.

»He, immer mit der Ruhe ... Ich bin ganz deiner Meinung. Natürlich kommt das nicht infrage.«

»Also, wer ruft jetzt deinen Onkel an und sagt es ihm? Du oder ich?«

»Ich rufe Sara an«, beschloss Neil. »Das ist schließlich ihr Job, und sie wird es den beiden beibringen.«

»Aber Sara arbeitet um diese Zeit doch bestimmt nicht mehr.«

»Ich habe ihre Handynummer«, sagte Neil zu Cathys Erstaunen.

Als Old Barty schließlich auftauchte, hatte er kein Auto dabei, und damit war der Ausflug ohnehin gestorben.

»Dann hätten die Kinder ja doch zu diesen Leuten gehen können«, meinte Kenneth Mitchell.

»Zu welchen Leuten?«, fragte Barty und setzte sich an den Tisch, während Kay unentschlossen im Zimmer hin und her lief. Zuerst brachte sie einen Teller mit Brot, dann Butter und schließlich nahm sie das Brot wieder mit, um es zu toasten.

»Ach, das sind Leute, die in einem furchtbaren Haus leben, die sich aber rührend um die Zwillinge gekümmert haben …«

»Verwandte von euch?«

»Nein, oder irgendwie doch, angeheiratet. Ziemlich kompliziert …« Kenneth beendete das Thema hauptsächlich aus dem Grund, um die Tatsache zu verbergen, dass er keine Begründung dafür hatte, warum sich zwei Menschen mit so merkwürdigen Namen wie Muttie und Mutties Frau monatelang um seine beiden Kinder gekümmert hatten.

»Was ist eigentlich aus deinem Wagen geworden, Barty?«, wollte Kay wissen.

»Na ja, hm… das ist schwer zu erklären… Wie der gute Ken in so einem Fall sagen würde, es ist ziemlich kompliziert«, antwortete Barty.

Kay kehrte in die Küche zurück, um sich zu überlegen, was sie als Nächstes tun sollte. In der Zwischenzeit erklärte Barty Ken mit leiser, eindringlicher Stimme, dass er das Auto beim

Kartenspielen verloren habe. Jetzt überlege er, ob sein Freund Ken ihm vielleicht dabei behilflich sein könne, es wieder zurückzugewinnen. Kenneth Mitchell gab ihm mit ebenso leiser und eindringlicher Stimme zur Antwort, dass seine Verhältnisse auch nicht mehr so wie früher seien. Heutzutage zu überleben hieße, sich an ein Budget zu halten, und zwar an ein reichlich knappes Budget, das von seinem schmallippigen Neffen Neil aufgestellt und von Leuten wie der Frau dieses Knaben und einer Sozialarbeiterin überwacht würde. Er müsse über jede Kleinigkeit Rechenschaft ablegen. Seine geringen Einnahmen, bestehend aus ein paar Verwaltungsratsposten und der Miete für ein Anwesen, flössen ohne Umwege sofort in irgendeinen Fonds oder auf ein Treuhandkonto, und monatlich werde ihm nur eine bestimmte Summe für den Lebensunterhalt ausgezahlt. Erniedrigend sei das, um noch einen harmlosen Ausdruck zu benutzen. Old Barty gab die Hoffnung jedoch nicht auf. Vielleicht könnten sie den Unterhalt für den nächsten Monat beleihen? Doch Kenneth war in dieser Hinsicht ein anderer Mensch, wie es sich herausstellte … Die Umstände seien zu prekär, meinte er. Tut mir leid, Barty, altes Haus, aber da kann man nichts machen.

»Heute Abend kommt der Tanzlehrer«, erzählte Lizzie den Zwillingen.

»Ah, toll, können wir unsere Kostüme anziehen?«, wollte Simon wissen.

»Nein, ich möchte nicht, dass sie schmutzig werden. Ich habe euch ein paar billige Kilts und Umhänge genäht, damit könnt ihr euch genauso gut drehen …« Lizzies Gesicht leuchtete vor Stolz. »Der Lehrer hat gesagt, ihr müsst ein bisschen üben. Überlegt euch doch mal, ob ihr nicht eine Kassette mit nach Hause nehmen wollt, um bei euch in der Küche ein bisschen zu tanzen.«

»Ja … ja, das wäre vielleicht eine Möglichkeit.« Simon schien jedoch nicht so recht überzeugt.

»Oder meinst du, dass es Probleme geben könnte?«, fragte Muttie.

Simon warf ihm einen dankbaren Blick zu. »Weißt du, es ist Vater... Er kann nicht verstehen, dass Männer tanzen, sagt er, und er versteht auch nicht, dass diese Hochzeit irgendetwas mit unserer Familie zu tun haben soll. Ich habe ihm zwar erklärt, dass wir für unsere Verwandtschaft aus Chicago tanzen, aber das hat er auch nicht verstanden.«

Simon war deutlich seine Verlegenheit anzumerken, sodass Muttie sich beeilte, ihn zu beruhigen: »Weißt du, ein Mann wie dein Vater, der immer viel Zeit außer Landes verbracht hat, der weiß möglicherweise gar nicht, wie sich heutzutage hier alles verändert hat. Dass es zum Beispiel völlig normal ist, wenn auch die Männer tanzen und steppen«, meinte er munter.

»Aber wir sind doch richtig miteinander verwandt?« Maud musste einfach immer alles genau wissen.

»In gewisser Weise... aber natürlich...«, druckste Lizzie herum. Bescheiden, wie sie war, wollte sie immer noch nicht den Anspruch stellen, mit den großen Mitchells verwandt zu sein.

»Natürlich hat diese Hochzeit etwas mit unseren beiden Familien zu tun. Cathy ist schließlich die Schwester der Braut und verheiratet mit Neil, eurem Cousin ersten Grades. Wie nahe kann man denn noch verwandt sein!«, fragte Muttie. Mit dieser Antwort waren die Zwillinge vollauf zufrieden, und sie rannten hinaus zu Hooves, um ihm das neue Kunststück beizubringen, bevor der Tanzlehrer kam.

Muttie und Lizzie sahen einander an.

»Wir hätten die beiden nie bei uns aufnehmen sollen«, sagte Lizzie.

»Wir hätten sie nie gehen lassen sollen«, erwiderte Muttie.

Neil betrat das Büro seines Vaters. Die Anwaltskanzlei war seit vielen Jahren gut eingeführt und hatte Klienten, die ihre moderate Art zu schätzen wusste. Viele Aufträge fielen nicht ab für Neil Mitchell, den leidenschaftlich engagierten Verfechter aussichtsloser Fälle, aber er benötigte sie auch nicht. Schließlich bekam er genügend Aufträge von anderer Seite. Neil war auch nicht aus beruflichen Gründen in die Kanzlei gekommen; dieses Mal ging es um familiäre Angelegenheiten. Durch eine offene Tür entdeckte er Walter und hielt einen Augenblick inne. Eigentlich sollte der Junge in das Gespräch mit einbezogen werden, aber vermutlich war er eher ein Hindernis als eine Hilfe. Walter hob den Kopf.

»Neil?«, sagte er ohne große Begeisterung.

»Na, freust du dich, dass die Kinder wieder zu Hause sind?«, fragte Neil.

»Was? Ach ja, sind schon toll, die beiden«, antwortete Walter wenig überzeugend.

»Gibt es irgendwelche Probleme mit deinen Eltern?«

»Nein, nein, die lassen mich völlig in Ruhe, zum Glück, muss ich sagen ... und dann bin ich natürlich auch nicht ständig dort.«

»Ich meinte eigentlich, mit ihnen und den Zwillingen«, erklärte Neil kühl. »Ach so. Natürlich. Nein, das glaube ich nicht. Sollte es da welche geben?«

Neil biss die Zähne zusammen. Was für ein selbstsüchtiges kleines Ungeheuer aus Walter geworden war. Er hatte nur sein eigenes Vergnügen im Kopf, seinen eigenen Vorteil. In diesem Moment fiel Neil wieder ein, dass er Walter, der zu einem Pferderennen hatte gehen wollen, kürzlich seinen wertvollen Feldstecher geliehen hatte. Inzwischen hatte er ihn schon zweimal gebeten, ihm das Fernglas wieder zurückzugeben, als er bei ihm zu Hause gewesen war.

»Ach, übrigens, Walter, hast du eigentlich noch den Feldstecher, den ich dir kürzlich geliehen habe? Neulich hast du gesagt, er sei im Büro.«

»Sag bloß, du bist extra deswegen hergekommen?« Walter grinste höhnisch.

»Bitte, Walter, hast du ihn noch?«

»Nur keine Panik.« Walter erhob sich, ging zu einem Aktenschrank und zog an einer Schublade, die sich jedoch nicht öffnen ließ. »Siehst du, ich hab's versucht.« Dabei wirkte er so herablassend und unverschämt, dass es Neil in den Fingern juckte.

»Ach, ich verstehe, du schließt deine Schubladen im Büro also genauso ab wie zu Hause.«

»Vorsicht ist die Mutter der Porzellankiste, sage ich immer«, erwiderte Walter grinsend, griff zum Telefon und gab ihm zu verstehen, dass er das Gespräch damit für beendet hielt.

»Dad, wir sollten uns ein paar Gedanken wegen Kenneth und der ganzen Angelegenheit machen«, begann Neil.

»Müssen wir?« Jock Mitchell war enttäuscht. Draußen schien die Sonne, und eigentlich hatte er vorgehabt, so schnell wie möglich die Kanzlei zu verlassen. Seine Golfsachen waren bereits im Kofferraum verstaut, und jetzt wartete er nur noch auf eine passende Gelegenheit, um das Büro zu verlassen.

»Was hältst du davon, wenn du mich zum Wagen begleitest, Neil, wir können uns dabei unterhalten.«

»Nein, Dad. Ich möchte, dass du ihm ein paar Zeilen auf einem Briefbogen aus der Kanzlei schreibst.«

»Wozu das denn?« Jock reagierte unwirsch. Er hatte sein Leben, seine Mandanten und seine Partner mittlerweile so sorgfältig organisiert, dass alles bestens unter einen Hut passte; er konnte es jetzt gar nicht gebrauchen, dass sein Bruder diese Ordnung auch nur im Mindesten gefährdete.

Geduldig erklärte Neil, dass Kenneth Mitchell in Gefahr sei, seine Kinder für immer zu verlieren. Wenn er sich weiterhin nicht an die Vereinbarungen halte, müssten sie sich nach einer Pflegestelle oder vielleicht sogar nach einem Heim umsehen.

»Kenneth hält sich nicht an die Vereinbarungen, ist das dein Ernst?«

»Ja, er bricht permanent sein Wort. Er schaut sich die

Hausaufgaben der Kinder nicht an, er vergisst ihr Taschengeld, und er hat versucht, sie von ihrem Besuch am Samstag bei den Scarlets abzuhalten. Cathy sagt, es gibt im ganzen Haus nichts Anständiges zu essen, sie ernähren sich ausschließlich von Kartoffelchips, Cornflakes und belegten Broten.«

»Könnte es sein, dass Cathy sich da etwas zu sehr hineinsteigert?«, wollte Jock wissen.

»Nein, das glaube ich ganz und gar nicht. Außerdem haben Kenneth und seine Frau vor, ausgerechnet zum Zeitpunkt der Hochzeit in Urlaub zu fahren, wenn die Kinder ihren Tanz vorführen wollen. Seit Monaten studieren sie jetzt schon diesen Reel ein.«

»Für die Hochzeit von Lizzies Tochter?«, fragte Jock.

»Ja, die zufälligerweise auch meine Schwägerin ist, und die Kinder werden dabei sein, dafür werde ich sorgen, das kannst du mir glauben.«

»Jetzt beruhige dich aber, Neil.«

»Und dann gibt es noch etwas. Dieser verdammte Walter hat seine Schubladen hier im Büro immer abgeschlossen. Kannst du mir erklären, warum? Vor sechs Wochen hat er sich mein Fernglas fürs Pferderennen ausgeliehen. Jetzt behauptet er, er könnte das Fernglas nicht mehr aus seinem Aktenschrank herausholen.«

»Das ist doch Quatsch, Neil, heutzutage läuft doch alles über Computer, das weißt du doch. Hier gibt es keine abgeschlossenen Schubladen.«

Neil sah, wie sein Vater auf die Uhr schaute. »Wenn du den Brief jetzt gleich diktierst und unterschreibst, Dad, könnten wir beide uns wieder unseren eigenen Angelegenheiten zuwenden.«

Äußerst widerwillig machte sich Jock ein paar Notizen und rief seine Sekretärin. »Tut mir leid, Linda, aber mein Sohn besteht darauf«, entschuldigte er sich.

Muttie brachte die Zwillinge zum Bus zurück.

»Es macht mir nichts aus, ehrlich. Ich fahre gerne mit dem Bus, wisst ihr. Außerdem sind wir dadurch unabhängig und müssen weder Sara noch Cathy oder Neil um Hilfe bitten«, erklärte er den Kindern.

»Wenn du reich wärst, hättest du dann ein Auto, was meinst du?«, wollte Simon wissen.

»Vermutlich, ja. Dann hätte ich einen großen roten Beamer.« Muttie lächelte bei der Vorstellung.

»Was ist denn das für ein Auto?«, fragte Maud.

»Das ist ein BMW. Aber nein, um ehrlich zu sein, ich hätte wahrscheinlich einen Kombi, irgend so ein großes Schiff«, antwortete Muttie.

»Aber ihr seid doch nur zu zweit«, wandte Simon auf der Stelle ein.

»Ja, aber denk doch nur an die vielen Nachbarn in St. Jarlath's Crescent, die irgendwohin gefahren werden wollen«, erklärte Muttie.

»Du bist wirklich ein sehr netter Mensch, Muttie«, stellte Maud fest.

»Du müsstest wirklich mal was gewinnen«, sagte Simon.

Als Walter am Samstagabend nach Hause kam, war Old Barty immer noch da. Ihm war nicht ganz klar, wer dieser Mann war, da die Vorstellung etwas dürftig ausfiel. Auf dem Tisch stand eine Flasche mit teurem Whisky, was seiner Mutter offensichtlich Probleme bereitete.

»Vater, glaubst du nicht… Ich meine, sollten wir nicht…«

»Unsinn, Kay weiß sehr wohl, dass sie nicht trinken darf, und ich habe nicht die Absicht, auszuwandern. Wir sind hier, um dir und deinen Geschwistern ein Zuhause zu bieten.«

Sein Vater hörte sich schon ziemlich alkoholisiert an.

»Die Kinder können jeden Augenblick nach Hause kommen. Womöglich bringen sie ihre Privatarmee mit«, warnte ihn Walter.

»Das ist ein Argument. Vielleicht sollten wir die Flasche

besser für eine Weile wegstellen.« Kenneth räumte sie außer Sichtweite. »Ach, Walter, was ich dich fragen wollte ... Wenn du ohnehin dauernd unterwegs bist, dann könnte Old Barty doch dein Zimmer haben, oder nicht? Er schläft momentan in dem kleinen Kabuff über der Treppe, aber das ist eher eine Abstellkammer«, fragte Kenneth.

»O nein, nicht nötig, ich bin dort bestens untergebracht«, wehrte Barty ab.

»Tut mir leid, Dad, ich werde noch ein paar Tage hierbleiben, aber dann wollte ich zum Pferderennen hinüber nach England fahren. In der Zeit kannst du gern über mein Zimmer verfügen.« Er setzte sein freundliches Walter-Lächeln auf. Unsinn, murmelte Barty, das sei wirklich nicht nötig, bis dahin sei er ohnehin längst schon wieder fort. Unsinn, widersprach Kenneth, denn wo wolle Barty schon hin, schließlich habe er sogar sein geliebtes Auto beim Kartenspielen verloren. Barty meinte, das werde sich bald alles aufklären, er habe nämlich jede Menge Chancen, sein Auto wieder zurückzugewinnen. Da zog sich Walter einen Stuhl an den Tisch heran, um gemeinsam mit den beiden zu besprechen, wie und wann ... Das Thema schien ihm sehr am Herzen zu liegen.

Dieses Mal konnten die Zwillinge Muttie überreden, kurz mit ins Haus zu kommen und »Hallo« zu sagen, obwohl er überhaupt keine Lust dazu hatte. Doch er hätte sich keine Gedanken zu machen brauchen, dass sein Besuch nicht willkommen war. Kay Mitchell war bereits zu Bett gegangen, und die drei Männer am Tisch sahen ihn freundlich und höflich interessiert an.

»Ihr habt bestimmt schon zu Abend gegessen im ... äh«, sagte Kenneth.

Aber als Maud und Simon aufzählten, was es außer den Würstchen noch alles gegeben hatte – Pilze und gebackene Kartoffeln in Folie –, ließ Kenneth' Interesse merklich nach.

»Es ist sehr freundlich von Ihnen, dass Sie sich so um die Kinder kümmern«, sagte er zu Muttie und schüttelte ihm fest die Hand. Als Muttie die Hand öffnete, lag eine Pfund-Münze darin. Damit konnte er nicht einmal die Busfahrt nach Hause bezahlen. Mutties Gesicht und sein Hals liefen knallrot an.

»Ich danke Ihnen vielmals, Sir«, brachte er mühevoll heraus.

Simon und Maud sahen einander betreten an. »Bis Samstag dann, Muttie«, sagte Maud schüchtern. »Vielen Dank für den schönen Tag.«

»Und danke, dass du unsere Tanzstunden bezahlt hast, Muttie, die waren sicher nicht gerade billig«, fügte Simon hinzu.

Muttie machte Anstalten zu gehen.

»Möchtest du nicht noch unsere Zimmer sehen?«, fragte Maud.

»Danke, vielleicht ein andermal, Maud, danke.«

»Oder schau dir doch wenigstens den Garten an. Wir könnten dort eine Hundehütte für Hooves bauen«, bettelte Simon.

»Ehrlich, beim nächsten Mal, Simon, vielen Dank. Alles Gute für euch beide.« Und damit war er verschwunden.

Die Zwillinge hatten gedacht, dass sie an diesem Abend vielleicht noch ein bisschen ihren Tanz üben könnten, schließlich hatten sie ja jetzt eine Kassette mit der Musik. Außerdem hätten sie ein neues Publikum. Aber dann registrierten sie, dass plötzlich eine Flasche Whisky auf dem Tisch stand und dass ihr Vater, ihr Bruder und Old Barty nicht sehr erpicht darauf waren, ihnen zuzusehen, sondern lieber irgendetwas besprechen wollten. Alle warteten darauf, dass die Kinder endlich ins Bett gingen – und das an diesem wunderschönen, lauen Sommerabend, an dem sie gehofft hatten, so lange wie möglich aufbleiben zu dürfen. Mit einem kurzen Gute-Nacht-Gruß marschierten die Zwillinge mit grimmiger Miene die

Treppe hinauf. Die Tür zum Zimmer ihrer Mutter war geschlossen.

Es fehlte ihnen, ihm selben Zimmer zu schlafen wie in St. Jarlath's Crescent. Hier war alles anders.

Cathy erklärte, sie könnten unmöglich auch noch ein Mittagessen für dreißig Personen anlässlich einer Vertreterkonferenz organisieren, wenn am selben Tag die Party von Freddie Flynn stattfinden sollte.

»Aber das ist doch ein Kinderspiel für uns«, wandte Tom ein. »Diese Leute sind doch Sklaventreiber. Die haben kein Interesse daran, dass ihre Angestellten mal entspannen oder sich amüsieren. Da wird nicht lange getrunken oder gegessen wie bei einem richtigen Mittagessen. Um Viertel nach zwei müssen die alle wieder an ihrem Schreibtisch sitzen, und eine halbe Stunde später sind wir wieder draußen.«

»Hör auf, mich so anzugrinsen, Tom Feather, das wirkt heute nicht«, sagte Cathy streng. »Wir wollen die Sache mit Flynn ordentlich über die Bühne bringen, da wäre es doch idiotisch, am selben Tag einen zweiten Auftrag anzunehmen, der alles gefährden könnte.«

»Wollen wir nun mit unserem Catering-Service Erfolg haben oder nicht?«, fragte Tom.

»Wir wollen. Aber nicht um jeden Preis.«

»Ach komm, Cathy. Ich übernehme zusammen mit June das Mittagessen, und du und Con, ihr haltet hier die Stellung. Wir sind ganz sicher vor drei Uhr wieder zurück. Einverstanden?«

»Wir setzen uns damit nur unnötig unter Druck«, sagte Cathy.

»Wir loten unsere Grenzen aus«, korrigierte Tom sie.

Sie sahen einander herausfordernd an.

»Es ist leicht verdientes Geld und ein guter Kontakt«, sagte Tom und dachte, wenn bei diesem Auftrag ein paar Pfund extra heraussprangen, wollte er Marcella auf ein

Wochenende in ein schickes Hotel einladen, eines mit Swimmingpool und Wellnessbereich, wo man sich zum Abendessen umzog.

»Wir waren uns doch immer einig, dass man auf dem Bauch landet, wenn man zu viele Aufträge gleichzeitig annimmt, weil dann garantiert die Qualität darunter leidet.« Cathy ließ nicht locker. Sie schaffte die Arbeit jetzt schon nur noch mit Müh und Not. Ihr war morgens immer noch übel, sie konnte nicht richtig schlafen, und der Zeitpunkt für ein Gespräch mit Neil hatte sich immer noch nicht ergeben.

Der Schwangerschaftstest war eindeutig positiv gewesen, aber man wusste ja, wie hoch die Fehlerquote war. In der nächsten Woche hatte sie einen Termin beim Frauenarzt. Vielleicht stellte sich dann alles als blinder Alarm heraus, und falls nicht, dann war es doch ganz bestimmt noch zu früh für morgendliche Übelkeitsanfälle.

»Komm, wir müssen eine Entscheidung treffen«, sagte Tom.

Sie holten die Münze, die sie in solchen Fällen immer benutzten, aus der Schublade im Küchentisch. Mit ernster Miene sahen die beiden zu, wie sich das Geldstück in der Luft drehte und dann zu Boden fiel. Tom hob die Münze auf.

»Ich habe gewonnen, aber ich verspreche dir, dass du noch froh darüber sein wirst.«

»Aber sicher.« Cathy zwang sich zu einem Lächeln.

»Können wir in den Ferien nicht mit dir nach England fahren?« Simon stand unter der Tür von Walters Zimmer.

»Nein, natürlich nicht«, erwiderte er unwirsch.

»Aber dann haben wir ja gar keine richtigen Ferien«, beklagte sich Maud.

»Ihr seid schließlich wieder zu Hause ... und ihr müsst nicht in die Schule gehen. Das reicht doch, oder?«

»Muttie wollte mit uns aufs Land fahren, hat er gesagt, als wir noch in St. Jarlath's Crescent gewohnt haben«, sagte Simon verstockt.

»Ihr habt dort nicht gewohnt, ihr seid dort nur für eine Weile untergebracht gewesen«, korrigierte Walter ihn.

»Es hat sich aber wie wohnen angefühlt«, widersprach Maud.

Walter packte weiter seinen Koffer. Die Zwillinge rührten sich nicht von der Stelle.

»Muttie ist ein paar Mal auf dem Land gewesen, aber er hat gemeint, dass man es dort nicht lange aushält«, erklärte Maud.

»Es war ihm viel zu still dort. Es kam einem vor, als würden einem die Vögel von den Bäumen herunter richtig anbrüllen, hat er gesagt«, ergänzte Simon sehnsüchtig.

»Tut mir leid, Kinder, aber ich muss hier weitermachen.«

»Fährst du heute schon?«, fragte Maud enttäuscht. Trotz allem war es mit Walter im Haus zumindest eine Spur lebhafter als ohne ihn.

»Heute Abend oder morgen. Ich muss zuvor noch etwas mit Vater und Barty erledigen.«

»Aber Vater hat doch überhaupt nichts zu tun.« Simon war unerbittlich.

»Selbstverständlich hat er eine Arbeit, Simon«, sagte Walter verärgert. »Er hat Termine und trägt große Verantwortung.«

»Mit Barty?«, wollte Maud wissen.

»Nicht immer, aber heute schon, ja.«

»Wenn Vater aber nicht zu Hause ist und Mutter den ganzen Tag im Bett bleibt… was sollen wir dann machen?« Simon und Maud sahen sich fragend an. In St. Jarlath's Crescent hatte es immer so viel zu tun gegeben. Und so viele Leute, einschließlich Hooves, mit denen man etwas unternehmen hatte können.

»Ihr könntet euch eine Arbeit suchen«, schlug Walter vor.

»Ich glaube nicht, dass wir dafür schon alt genug sind«, zweifelte Maud.

»Nein, irgendeinen Job für Kinder: Regale im Supermarkt

einräumen oder Einkaufswagen zusammensuchen, bei anderen Leuten den Garten sauber machen... so was in der Art...«, zählte Walter, der sein ganzes Leben lang nichts davon ausprobiert hatte, unsicher auf.

»Wir könnten vielleicht für Cathy und Tom das Geschirr spülen.« Simons Laune besserte sich merklich.

»Die beiden sind aber strenge Chefs«, sagte Walter.

»Na ja, einen Versuch ist es wert«, beschloss Maud.

»Stellt euch vor, dass bis September keine Schule mehr ist«, sagte Cathy, als die Zwillinge plötzlich bei ihr im Geschäft standen.

»Mir macht es eigentlich nichts aus, in die Schule zu gehen«, meinte Maud. »Aber das darf man natürlich nicht laut sagen, wenn man dort ist.«

»Bei mir war das genauso«, erzählte Cathy. »Ich meinte, es Geraldine schuldig zu sein, gute Noten zu bekommen, aber die Schule hat mir immer großen Spaß gemacht.«

»Wieso Geraldine?«, wollten die Zwillinge wissen, und Cathy fiel wieder ein, dass die Kinder eine Begabung dafür hatten, immer zum falschen Zeitpunkt mit irgendwelchen unerwünschten Fragen aufzuwarten. Bisher hatte Cathy nämlich behauptet, Stipendien bekommen zu haben. Von Geraldines Großzügigkeit war nie die Rede gewesen, und selbst Muttie und Lizzie wussten nichts davon.

»Ich wollte damit nur sagen, dass sie mich immer ermutigt hat, auf diese Stipendien hin zu lernen.«

»Warst du so gut, dass du sie gewonnen hast?«

»Na ja, ich war nicht schlecht«, antwortete Cathy bescheiden und etwas beschämt. Sie zerbrach sich den Kopf, was die Zwillinge machen könnten, um ihnen zu helfen, ohne ihnen im Weg zu stehen oder Unheil anzurichten.

»Und wenn sie die Gläser polieren?«, überlegte Con.

»Nein, die verschmieren sie nur«, flüsterte Cathy.

»Vielleicht irgendetwas klein schneiden...?«

»Die sind ja noch schlimmer als ich. Wir hätten hier ein richtiges Blutbad. Aber ich habe eine Idee, sie können das Silber putzen und die Gabeln zählen.«

Sie setzten Maud und Simon in die sogenannte zweite Küche, die ihnen noch momentan als Vorratsraum diente. Froh und munter plapperten sie drauflos; hin und wieder stellte sich Cathy an die Tür und hörte ihnen zu. Es ging um die Geschäfte zwischen ihrem Vater und Barty und dass es Sara gelungen war, Mrs. Barry beizubringen, nur das einzukaufen, was auf dem Zettel stand. Sara wusste außerdem, wo sie hätten Tennisspielen lernen können, aber ihr Vater meinte, das sei zu teuer. Und sie stellten sich die Frage, ob Muttie wohl noch mal zu Besuch käme, nachdem ihr Vater ihn so merkwürdig behandelt hatte. Cathy seufzte. Noch vor wenigen Monaten war sie den beiden gegenüber so negativ eingestellt gewesen, vor allem, da Hannah und Jock sie auf sie abgewälzt hatten. Aber jetzt war alles anders. Wer hätte das gedacht? Cathy zermarterte sich den Kopf, wann die Veränderung wohl passiert sein könnte. Neil würde außer sich sein. Warum fühlte es sich jetzt anders an? Früher wäre es undenkbar gewesen, dass sie etwas so Wichtiges vor Neil geheim gehalten hätte. Und im Grunde war es auch jetzt noch undenkbar.

Heute Abend würde sie es ihm sagen.

Tom und June kehrten in bester Stimmung von ihrem Mittagstermin mit den Vertretern zurück. Fünfzig Leute, alle brav wie die Mäuschen: Sie hatten sich an den Tisch gesetzt, in Windeseile alles aufgegessen und waren wieder verschwunden. Wenn es doch nur immer so reibungslos liefe.

»Aber das wäre nicht mein Fall«, sagte Cathy kopfschüttelnd.

»Ah, aber es war so einfach, Cathy, das kannst du dir gar nicht vorstellen. Diese Leute hätten sogar mit Marmelade beschmierte Pappteller gegessen, glaub mir.«

»Die müssen ja schrecklich hungrig gewesen sein«, stellte Maud beeindruckt fest.

»Na so was, wir haben ja Hilfe bekommen«, freute sich Tom.

»Und was für eine große Hilfe sie uns sind. Sag ihnen aber, dass du das mit den Papptellern und der Marmelade nicht ernst gemeint hast, Tom. Sonst erzählen sie allen Leuten, dass das unser Standardmenü ist.«

»Du traust den beiden ja gar nichts zu. Ihr wisst doch, dass das nur ein Scherz war, oder, Maud?«, sagte Tom.

»Na ja, so ganz sicher war ich mir nicht«, räumte sie ein.

»Gut, aber es war einer. Die Leute hätten niemals Pappteller gegessen, und außerdem hätten wir ihnen auch gar keine Gelegenheit dazu gegeben. Warum? Weil wir unser Essen nie auf Papptellern servieren, damit das klar ist.« Tom machte ein grimmiges Gesicht. Die Kinder nickten heftig. Alles klar, sagten sie.

»Wir haben euer gutes Silber geputzt«, sagte Simon.

»Man kann sich in der Bowlenschüssel jetzt richtig spiegeln«, fügte Maud stolz hinzu.

»Das ist ja großartig! Unsere ganzen Besitztümer und all unsere Ersparnisse stecken nämlich in diesen vier Wänden.«

»Was, das hier ist alles, was ihr besitzt?«

»Ehrlich gesagt, ja. Das hier ist unser Schatz«, nickte Tom.

»Ist das hier denn so wertvoll?«, wollten die Kinder wissen.

June, die gerade die Spülmaschine einräumte, verdrehte die Augen.

»Na ja, ein paar Sachen hier sind schon unersetzlich. Die Schüssel hier, zum Beispiel, die ihr gerade so toll geputzt habt«, antwortete Cathy. »Ich habe sie bei einem Wettbewerb am College gewonnen, sie war der erste Preis für eine Sommerbowle. Und jetzt benutzen wir die Schüssel ständig.«

»Die Flynns brauchen sie heute Abend aber offensichtlich nicht«, sagte Tom gedankenlos, nachdem Maud sich solche

Mühe damit gegeben hatte. »Aber das heißt, dass sie jetzt frisch poliert für den nächsten Auftrag einsatzbereit ist, was mich ebenso sehr freut«, fügte er hastig hinzu.

Maud strahlte vor Stolz.

»Und was ist danach am wertvollsten?«, wollte Simon wissen.

Tom, Cathy und June diskutierten scherzhaft, ob es wohl die Festplatte des Computers mit den Rezepten und Verträgen sei, der überdimensionale Herd oder die mannshohe Tiefkühltruhe... Lachend zählten sie alles auf, was sie besaßen.

»Wir hätten nie gedacht, dass wir so eine Menge Zeug haben«, wunderte sich Cathy.

»Genauso wie Muttie, der sich auch nicht vorstellen kann, wirklich mal groß zu gewinnen«, sagte Simon, um zu beweisen, dass er sehr wohl auf ihrer Wellenlänge mithalten konnte.

»Was höchstwahrscheinlich nie eintreten wird, Simon«, sagte Cathy.

»Wahrscheinlich haben die Leute zu dir und Tom auch immer gesagt, dass ihr nie irgendwelche Reichtümer besitzen werdet.« Simon war wild entschlossen, Mutties Träume zu verteidigen.

»Wir haben aber auch Tag und Nacht dafür gearbeitet«, erklärte Cathy.

»Und Muttie arbeitet dafür im Wettbüro. Er studiert die Rennergebnisse, er informiert sich, in welcher Form die Pferde sind, und er lauscht dem Geräusch der dröhnenden Hufe.«

»Das tut er, keine Frage«, nickte Tom freundlich.

»Seid ihr denn wenigstens versichert, falls jemand hierher kommt und euch all eure Schätze wegnimmt?«, sorgte sich Maud.

Cathy beschloss einmal mehr, dass sie mit den Kindern nie wieder über derartige Themen sprechen wollte. »Wir sind sehr gut versichert. James Byrne ist in dem Punkt wie eine Mutter zu uns«, erklärte ihr Cathy.

»Kinder, ihr dürft das aber nicht wörtlich verstehen. Cathy wollte damit nur sagen, dass James ein wunderbarer Berater ist, der uns zu einer sehr hohen Versicherungspolice überredet hat.«

Damit gaben sich die Zwillinge einigermaßen zufrieden, aber etwas ließ Simon immer noch keine Ruhe. »Schließt ihr denn auch immer gut ab, wenn ihr geht?«, wollte er wissen.

»Ja, Simon. Es gibt zwei Schlösser und außerdem eine Alarmanlage mit Zahlencode und sämtlichen Schikanen.«

»Und ihr vergesst den Code auch nicht?«

»Wir haben ihn Tom zuliebe ganz einfach gemacht«, sagte Cathy.

»Männer haben immer Probleme, schwierige Zusammenhänge zu behalten«, bestätigte June.

»Habt ihr deinen Geburtstag genommen?«, fragte Simon. »Oder deine Glückszahl?«

»Nein, davon hat man uns abgeraten«, antwortete Tom.

»Wir haben stattdessen die beiden Initialen von Scarlet Feather genommen.«

»Kann man denn überhaupt Buchstaben benutzen?«

»Nein, aber wir nehmen die entsprechenden Zahlen her. S ist neunzehn, und F sechs. Sollten wir die Zahlen vergessen, müssen wir nur das Alphabet durchzählen. Das können sogar Männer, Simon.«

»Eigentlich glaube ich nicht, dass Männer dümmer sind als der Rest der Menschheit«, sagte Simon nachdenklich.

»Natürlich nicht, Simon«, erwiderte Tom.

Man einigte sich, die Kinder auf dem Weg zu Freddie Flynn mitzunehmen und nach The Beeches zu bringen, da dies auf dem Weg lag. Aufmerksam beobachteten Simon und Maud, wie die Alarmanlage eingeschaltet wurde.

»Glänzende Idee«, staunte Simon.

»Darauf kommt garantiert kein Mensch«, bestätigte Maud.

»Und jetzt fahren wir mit dem ganzen Essen zu einer piekfeinen Party.« Simon war schwer beeindruckt.

»Ja, und zusammen mit den glänzenden Gabeln, die ihr so wunderbar geputzt habt.«

»Warum habt ihr eigentlich keine Messer?«

»Wenn ich das wüsste. Unsere Auftraggeber behaupten zwar immer, sie hätten ausreichend Besteck, aber trotzdem fehlen immer die Gabeln. Ich bin extra hingefahren und habe es überprüft; die Gabeln reichen hinten und vorn nicht.«

»Für eure Arbeit muss man ganz schön intelligent sein«, bemerkte Simon.

»Ja, schon«, nickte Tom, während er die Checkliste durchging. »Wir sind fertig, Cathy, es kann losgehen.«

»Okay, Tom, okay, June: Schlüsselzeremonie.«

Simon und Maud sahen fasziniert zu, wie sie die Schlüssel für die Geschäftsräume von Scarlet Feather im hinteren Teil des Lieferwagens an einen versteckten Haken hängten. »Wieso ausgerechnet dort?«, fragten die Zwillinge.

»Derjenige von uns, der den Lieferwagen zurückfährt, muss Zugang zum Geschäft haben, deswegen haben wir uns entschlossen, die Schlüssel hier zu verstecken«, erklärte Cathy.

Mittlerweile waren sie vor The Beeches angekommen. Die beiden Kinder liefen in das große Haus mit dem riesigen, wild wuchernden Garten.

»Das sieht ja wirklich sehr feudal aus«, meinte June.

»Ja«, erwiderte Cathy, »feudal und ziemlich leblos.«

»Bist du nicht der Meinung, dass sie bei ihren leiblichen Eltern leben sollten?«, fragte Tom.

»Ehrlich gesagt, habe ich nie so recht verstanden, warum das so sein muss«, antwortete Cathy, legte energisch den Gang ein und fuhr los.

Freddie Flynn begrüßte sie herzlich, als sie eintrafen. »Ich bin genauestens instruiert, wie ich mich zu verhalten habe. Ich bin darüber informiert, dass Sie es nicht leiden können, wenn die Leute Ihnen erklären: ›Hier ist die Küche, dort der Warmwasserhahn, da der Kaltwasserhahn …‹«

»So etwas würden Sie garantiert nie machen, Mr. Flynn.« Cathy lächelte ihn kokett an.

Als er draußen war, stieß Tom einen leisen Pfiff aus. »Und du behauptest immer, dass ich die Frauen mit meinem Charme einwickle … Dein Auftritt kann sich aber auch sehen lassen«, zog er sie auf.

»Ich habe Tante Geraldine versprochen, ihm jeden Wunsch von den Augen abzulesen«, flüsterte sie.

»Ach so, na gut.«

In dem Moment betrat Freddies kleine, dralle Frau Pauline die Küche. »Freddie hat mich gebeten, keine Hektik zu verbreiten, und ich verspreche, dass ich es auch nicht machen werde – aber irgendwie habe ich ein ungutes Gefühl dabei, wenn ich Sie alles allein machen lasse«, sagte sie.

Cathy spürte einen Kloß im Hals. Das war also die Frau, die von dem einflussreichen Dubliner Geschäftsmann Frederick Flynn wegen ihrer Tante, der er diamantenbesetzte Uhren kaufte, betrogen wurde. »Aber das ist doch nicht nötig, Mrs. Flynn. Mit Ihnen und mit anderen Auftraggebern verdienen wir uns einen guten Lebensunterhalt, und deswegen liegt es uns am Herzen, dass auch dieser Abend heute ein großer Erfolg wird. Ach ja, Ihr Mann hat gemeint, Sie wollen nicht, dass jemand den Gästen die Mäntel abnimmt. Habe ich das richtig verstanden?«

»Ja, schließlich haben wir Sommer, und da dürfte es nicht allzu viele Mäntel geben … Außerdem haben wir oben erst kürzlich alles schön herrichten lassen, und da habe ich mir gedacht, dass die Gäste vielleicht hinaufgehen und alles bewundern werden.«

»Sie haben natürlich völlig recht. Zeigen Sie mir doch, wo ich die Gäste hinschicken soll, ja?« Cathy lief leichtfüßig vor Pauline Flynn die Treppe hinauf und sah mit eigenen Augen das prächtige Schlafzimmer, von dem eben die Rede gewesen war. Es war in fein abgestuften Schattierungen von Grün und Blau gehalten, und am Fenster stand ein eleganter weißer Toilettentisch. Das Bett war kein richtiges Himmelbett, aber von einem Ring an der Decke fielen wallende Stoffbahnen auf die weiße, gehäkelte Tagesdecke und die spitzenbesetzten Kissen. Vom Schlafzimmer aus führte eine Tür in ein riesiges, luxuriöses Badezimmer mit flauschigen weißen und hellblauen Handtüchern. Das Ganze wirkte wie ein Tempel, um darin dem Gott des Genusses zu dienen. Cathy fasste sich unwillkürlich an den Hals. Geraldine wusste bestimmt nicht, dass Freddies angeblich so tote Ehe in einer derart ansprechenden Umgebung zu Grabe getragen war.

»Ein wunderschönes Zimmer«, sagte Cathy mit gepresster Stimme zu Pauline Flynn.

»Freut mich, dass es Ihnen gefällt. Vielleicht ist es albern von mir in meinem Alter, aber so etwas habe ich mir schon immer gewünscht, und dass es Freddie auch zu gefallen scheint, macht mich sehr froh.«

Cathy lief schnell die Treppe hinunter.

»Hallo, Walter«, grüßten die Zwillinge verblüfft. Sie hatten ihn längst in England vermutet.

»Hallo«, knurrte Walter.

»Wie ist das Geschäft gelaufen?«

»Welches Geschäft?«

»Na, du hast doch gesagt, dass du einen geschäftlichen Termin mit Vater und Barty hast.«

»Ja, stimmt.«

»Es ist also nichts daraus geworden?« Lakonisch fügte Simon hinzu: »Muttie sagt immer: Manchmal gewinnt man, und manchmal verliert man.«

»Was versteht Muttie denn schon davon?«, fragte Walter.

»Eine ganze Menge«, erwiderte Maud. »Glaube ich jedenfalls«, fügte sie nachdenklich hinzu.

Eine Weile sagte keiner ein Wort. »Wir sind übrigens deinem Rat gefolgt und haben uns einen Job gesucht«, sagte Simon schließlich.

»Na wunderbar. Wo denn?«

»Bei Cathy und Tom... Sie haben ein Vermögen in ihrem Geschäft, jede Menge wertvoller Sachen.« Simon wollte seinen älteren Bruder unbedingt beeindrucken.

»Das kann ich mir denken«, feixte Walter.

»Nein, es stimmt wirklich. Alles, was sie haben, steckt in ihrem Geschäft. Es gibt zwei Schlüssel und einen Zahlencode für das Schloss – falls jemand einbrechen will.«

»Tatsächlich? Wahrscheinlich will die ganze Welt hinein, um billiges Geschirr und Papierservietten zu klauen«, erwiderte Walter lachend.

»Du, die haben eine Bowlenschüssel aus Silber, die ist unbezahlbar. Sie haben haufenweise Sachen«, prahlte Maud.

»Ich glaube euch ja, dass das alles sehr beeindruckend ist, aber jetzt wäre es mir ganz lieb, wenn ihr mich allein lassen würdet. Ich muss nachdenken.«

»Geht klar«, antworteten Simon und Maud gutmütig.

»Und ihr jammert mir auch nicht die Ohren voll, weil ihr was zu essen wollt.«

»Nein, Cathy hat uns was mitgegeben für die Mikrowelle.«

»Was denn?«, fragte Walter interessiert.

»Nudeln. Es dauert nur vier Minuten, wenn man das Gerät auf höchste Stufe stellt«, erklärte Maud.

»Möchtest du was davon? Es reicht locker für uns drei.«

»Danke«, sagte Walter barsch.

Sie saßen zu dritt am Tisch, Walter war in Gedanken versunken, und die Zwillinge erzählten aufgekratzt von der Party, die Tom und Cathy an diesem Abend ausrichteten.

»Die Flynns sind so reich, dass sie das Geld mit beiden Händen zum Fenster rauswerfen können«, erzählte Maud.

»Ich glaube aber nicht, dass sie es wirklich zum Fenster rauswerfen. Das ist nur so eine Redensart«, erklärte Simon.

»Ist ja auch egal.« Sie versuchte, Walter in das Gespräch mit einzubeziehen. »Meinst du, wir sollten hier im Haus auch eine Alarmanlage installieren lassen, Walter?

»Hier gibt es nichts, was für einen Dieb interessant sein könnte«, antwortete er düster.

»Aber wir könnten die Anlage anstellen, wenn wir das Haus verlassen, und wieder ausstellen, wenn wir zurückkommen.« So leicht ließ Maud sich nicht abwimmeln.

»Ach ja? Kannst du dir vorstellen, dass Mutter und Vater das jedes Mal machen? Kannst du dir vorstellen, dass Barty fähig ist, eine Alarmanlage auszuschalten? Es ginge zu wie in einem billigen Krimi. Die Polizei würde ständig ein und aus gehen.«

»Aber es ist doch so einfach«, behauptete Simon.

»Wir haben nur einmal zugeschaut und wissen genau, wie man in Cathys und Toms Geschäft hineinkommt.«

»Na klar, aber habt ihr auch die Schlüssel?« Walter griff nach seinem Teller und stellte ihn ins Spülbecken.

»Nein, aber wir wissen, wo sie sind«, sagte Maud.

Walter kehrte interessiert an den Tisch zurück und setzte sich wieder zu ihnen.

Die Party bei den Flynns lief bestens. Freddie steckte zweimal seinen Kopf in die Küche, um Tom und Cathy zu gratulieren.

»Die Gäste sind rundum zufrieden«, sagte er. »Sie haben das prima hingekriegt.«

»Warum passiert mir das eigentlich nie, dass mir ein netter Mann wie der hier tief in die Augen schaut und mich bittet, eine wichtige Rolle in seinem Leben zu spielen?«, überlegte June laut.

»Schwer zu sagen«, murmelte Cathy, während sie Crème fraîche auf die kleinen Buchweizenpfannkuchen verteilte, die mit beunruhigender Geschwindigkeit von den Tellern verschwanden.

»Man kann sich gar nicht vorstellen, dass er sich mit einer Frau wie Mrs. Flynn zufriedengibt«, sagte June und rauschte mit einem neuen Tablett davon.

Tom und Cathy tauschten einen Blick. »Dieses Leben ist eines der merkwürdigsten, Tom, das sage ich immer«, meinte sie grinsend.

»Frauen sind eben mit reichlich Intuition gesegnet, Cathy, das sage ich immer«, antwortete Tom.

Walter schlug im Telefonbuch die Adresse der Flynns nach. Es war nicht weit weg. Von einer Kneipenbekanntschaft hatte er sich für ein paar Stunden ein Auto ausleihen können, das er jetzt neben dem Lieferwagen von Scarlet Feather parkte. Er fand die Schlüssel genau dort, wo die Zwillinge gesagt hatten. Durchs Fenster konnte er sie alle im Haus hin und her laufen sehen – Tom, Cathy, June und den widerlichen Con.

Geraldine wanderte nervös in ihrem Apartment in Glenstar auf und ab. Normalerweise kannte sie diese Gefühle nicht. Es war die Wahrheit gewesen, als sie gesagt hatte, Freddies Privatleben sei eben… privat und ginge sie nichts an. Nur: Heute Abend hatte sie sich nichts vorgenommen. Sie hatte sich zwar Arbeit mit nach Hause genommen, aber sie hatte überhaupt keine Lust dazu, und auch im Fernsehen lief nichts, was sie interessierte. Sie hätte es zwar nie zugegeben, nicht einmal sich selbst gegenüber, aber tief in ihrem Herzen fühlte sie sich einsam. In dem Moment klingelte das Telefon.

»Du fehlst mir«, sagte er.

Geraldine zwang sich, fröhlich zu klingen. »Du mir auch. Wie läuft die Party?«

»Fantastisch. Die beiden sind wirklich zwei Könner, alles läuft wie am Schnürchen.«

»Das freut mich für dich, Freddie, wirklich.«

Dann legte er auf. Er hatte sich für ein paar Minuten von seinen Gästen und seiner Frau davongestohlen. So war es immer gewesen, und so würde es auch in Zukunft sein. Warum beschwerte sie sich? Schließlich hatte sie von Anfang an gewusst, worauf sie sich einließ.

Mit schwarzen Baumwollhandschuhen an den Fingern verschaffte sich Walter Zugang zu den Räumen von Scarlet Feather und setzte als Erstes die Alarmanlage außer Betrieb. Wo waren bloß all die Schätze, von denen die Kinder gesprochen hatten? Er hatte nicht viel Zeit, er musste die Sachen in dem Schuppen im Garten verstecken, die Schlüssel wieder in den Lieferwagen hängen und seinem Freund das Auto zurückbringen, der noch am selben Abend gegen zehn damit losziehen wollte.

Drinnen sah es aus wie immer – eine große, hässliche Großraumküche, jede Menge Stahltöpfe, bunte Geschirrtücher, die über den Stuhllehnen trockneten. Auf den Regalen türmte sich wertloses Geschirr, und die Schubladen quollen über vor unnützem Besteck. Walter überlegte, ob sich eventuell der Toaster rentieren könnte, vielleicht auch der elektrische Grill oder die Mikrowelle. Aber das waren alles Kleinigkeiten. Die würden nicht einmal den Bruchteil der Summe erbringen, die er brauchte. Das Geld, das er mit Old Barty, diesem idiotischen Freund seines Vaters, verloren hatte, der gemeint hatte, er kenne ein tolles Spiel und würde ihn mitnehmen. Auf dem Tisch im vorderen Zimmer stand die große silberne Bowlenschüssel, die die Kinder erwähnt hatten.

Sie war gar nicht aus Silber, und Walter schob sie verärgert beiseite. Im Lager standen Kisten voller Vorräte, dazu noch unausgepackte Dampfkochtöpfe und Kasserollen, die vielleicht etwas wert waren, wenn er sie an den richtigen Mann brächte. Und irgendetwas brauchte er; selbst wenn es nur ein paar Hunderter waren, wäre das schon ein Anfang. Walter machte sich daran, seine Beute in den vorderen Teil der Geschäftsräume zu schleppen, und dabei warf er ein Tablett mit Gläsern um. Alles war voller Glassplitter. Das würde den beiden sicher gar nicht gefallen, wenn sie zurückkamen. Etwas brandete in Walter hoch, und er kippte ein ganzes Regal voller Teller auf den Boden. Das war kein schlechtes Gefühl, später würde er es noch mal versuchen.

Walter schuftete fast eine Dreiviertelstunde. Er schraubte und stemmte und schleppte alles davon, was er vielleicht irgendwelchen zwielichtigen Interessenten andrehen konnte. Zu guter Letzt stieß er mit dem Ellenbogen an ein Regalbrett, sodass das ganze Geschirr mit einem fürchterlichen Getöse auf den Boden rauschte. Er zog den Stecker aus dem Gefrierschrank und riss wahllos Lebensmittel heraus. Verärgert stellte er fest, dass es kaum Alkohol gab. Aber dann fiel ihm wieder ein, dass Tom und Cathy sich von einem Händler immer direkt mit Wein beliefern ließen. Immerhin entdeckte er eine Flasche Brandy und irgendwelche grässlich aussehenden Liköre; das würde den Kerl bei Laune halten, dem das Auto gehörte. Beim Anblick des Anrufbeantworters erinnerte Walter sich wieder daran, wie Cathy und Tom stundenlang beratschlagt hatten, welchen Text sie darauf sprechen sollten. Wütend riss er das Kabel aus der Wand und trampelte auf dem Apparat herum. Anschließend griff er sich einen Besenstiel und zertrümmerte sämtliche Glühbirnen. Behände sprang er zur Seite, als die Glasscherben auf ihn herabregneten. Dann lud er den Wagen voll und griff sich im letzten Augenblick doch noch die Bowlenschüssel. Wenigstens zwanzig Pfund würde er für sie bekommen, was in diesen Zeiten nicht zu verachten war. Wie dumm von den beiden, den Kindern gegenüber mit ihren Schätzen anzugeben! Die zwei waren so selbstgefällig. Aber das würde ihnen eine Lehre sein.

Juli

Auch wenn Tom und Cathy die Geschichte nicht zwei Dutzend Mal hätten erzählen müssen – die Rückkehr in ihre Zentrale an diesem Abend hätten sie nicht so ohne Weiteres vergessen. Gut gelaunt über den Erfolg der Party bei den Flynns waren sie nach Hause gefahren. »Ich sage euch, wir werden immer besser«, sagte Tom und suchte nach den Schlüsseln.

»Das hoffe ich. Ich denke aber, wir haben schon viel mehr Selbstvertrauen bekommen, wir können besser improvisieren«, erwiderte Cathy.

»Nein, wir sind wirklich besser geworden«, widersprach June. »Heute Abend habe ich die Riordans getroffen, erinnert ihr euch, das waren die Leute mit der Taufe … Ihrer Meinung nach hat unser Essen mittlerweile einen völlig anderen Standard erreicht.«

Tom und Cathy freuten sich sehr, dass June sich als Teil der Firma begriff; selbst der junge Con begann das so zu empfinden. Dann sperrte Tom die Tür auf. Sie hatten oft gehört, dass Menschen das merkwürdige Gefühl hatten, man hätte ihnen Gewalt angetan, wenn sie ausgeraubt worden waren. Genauso erging es auch ihnen. Als sie das vordere Zimmer betraten, sah Cathy die Uhr, die Joe ihnen geschenkt hatte, zerstört am Boden liegen. Und Tom entdeckte die riesige Vase, die Marcella mit so viel Sorgfalt ausgesucht hatte, als Scherbenhaufen neben dem umgestürzten Tisch. Alle Teller waren aus den Regalen auf den Boden geworfen worden. June stellte fest, dass der Inhalt sämtlicher Schubladen herausgerissen war und dass die Kabel für Telefon und Anrufbeantworter ebenfalls brutal aus der Wand gerissen worden waren. Cathy sah, dass die Bowlenschüssel, der einzige Preis, den sie in ihrem ganzen Leben jemals gewonnen hatte, nicht mehr an ihrem Platz stand. Sie wussten gar nicht, wo sie zuerst hinschauen sollten. Tom fand als Erster die Sprache wieder.

»Diese Bastarde«, stöhnte er, »diese verdammten Schweine. Hier gibt es nichts zu stehlen, und deswegen machen sie alles kaputt, was wir besitzen...« Seine Stimme stockte, und Tränen liefen ihm übers Gesicht. Er musste sich an Cathy und June festhalten. Die Polizei stand vor einem Rätsel. Nirgendwo gab es Anzeichen eines gewaltsamen Einbruchs, und außer ihnen hatte niemand Zugang zu den Schlüsseln. Sie konnten sich außerdem nicht vorstellen, wer ihnen derart übel gesinnt sein sollte, um so etwas zu tun. Ob sie Feinde hatten? Nein, da konnten sie sich beim besten Willen niemanden vorstellen. Rivalisierende Wettbewerber vielleicht? Nein, sie seien doch überhaupt nicht so groß im Geschäft, erklärten sie. Einer der jungen Polizisten, der bereits zweimal vergebens wegen ihrer Versicherung nachgefragt hatte, wandte sich mit seiner Frage erneut an Tom.

»Ja, ich habe es Ihnen doch bereits gesagt«, antwortet Tom ungeduldig. »Unser Buchhalter hat darauf bestanden, dass wir für unsere Verhältnisse eine immens hohe Prämie zahlen, aber das ist nicht der Punkt... Das macht den Schaden nie und nimmer wett.«

»Ich weiß, Sir. Dann wird die Versicherung sich schon mit Ihnen in Verbindung setzen«, sagte der Polizist.

Neil schlief bereits, als Cathy zu Hause anrief. »Neil Mitchell hier«, murmelte er.

»Neil, bei uns ist eingebrochen worden.«

»Cathy?« Er kannte sich im Moment überhaupt nicht aus, da er gedacht hatte, sie liege neben ihm im Bett.

»Oh, Neil, Einbrecher... sie haben alles kurz und klein geschlagen.« Ihre Stimme stockte.

»Ist jemand verletzt?«

»Nein, aber es sieht verheerend aus«, antwortete sie mit bebender Stimme.

Vor ihrem geistigen Auge sah sie ihn die Beine aus dem Bett schwingen, wie so oft, wenn er nachts wegen einer seiner Fälle angerufen wurde.

»Soll ich kommen?«, fragte Neil. Er klang resigniert.

»Die Polizei ist hier, es ist alles ziemlich beängstigend, Neil.«

»Ich bin gleich bei euch.«

»Macht es dir wirklich nichts aus?«

»Nein, natürlich nicht.«

»Kommt Neil?«, wollte Tom wissen.

»Ja, möchtest du nicht auch Marcella anrufen?«

»Nein, ich will sie nicht aus dem Schlaf reißen. Sie erfährt es schon noch früh genug.«

Warum hatte Cathy das nicht auch getan?

Neil tauchte in Pulli und verblichenen Baumwollhosen auf, strahlte aber ebenso viel Autorität aus, als trüge er seine Anwaltsrobe und unter dem Arm eine Aktentasche. Die Fragen nahmen überhaupt kein Ende, und es schien keinerlei Anhaltspunkte zu geben. Die Polizei wusste nichts von einer Einbrecherbande in dieser Gegend oder von irgendwelchen Leuten, die sich auf derartige Verbrechen spezialisiert hatten. Immer und immer wieder kreisten ihre Fragen um die Schlüssel und darum, wie die Einbrecher hereingekommen waren.

Schließlich meinte einer der Polizisten: »Das Einzige, was ich Ihnen raten kann, ist, die Sache nicht allzu schwer zu nehmen.«

»Was soll das heißen?« Tom hörte kaum mehr zu. »Wir versuchen doch bereits, alles nicht besonders schwer zu nehmen, oder etwa nicht?«

»Ich meine, das mit der Versicherung«, antwortete der Polizist.

»Aber was hat denn das mit der Suche nach den Einbrechern zu tun?«, fragte Tom und deutete in einer hoffnungslosen Geste auf das ganze Durcheinander.

Da ließ Neil sich plötzlich mit entschlossener Anwaltsstimme vernehmen: »Die Polizei will damit sagen, dass es keine Anzeichen eines gewaltsamen Eindringens gibt. Deswegen muss die Versicherung davon ausgehen, dass der Einbruch nur fingiert ist.«

Das verschlug allen im Raum die Sprache. Niemand hätte gedacht, dass es noch schlimmer kommen könnte, aber es schien tatsächlich der Fall zu sein.

Es kam ihnen so vor, als hätten sie die ganze Nacht über Toms Brote für Hayward's gebacken – einen Teil davon in dem kleinen Ofen in der Küche in Stoneyfield, wobei Marcella tatkräftig zur Hand ging, die Backzeiten überwachte und die Brotbleche aus dem Ofen holte, und den anderen Teil unter etwas besseren Bedingungen in Waterview, wo Neil und June mit anpackten.

»Was wird dein Jimmy denken, wenn du so spät noch unterwegs bist?«, fragte Neil.

»Er hatte bisher genügend Zeit, sich daran zu gewöhnen. Wahrscheinlich denkt er, dass wir noch auf einer anderen Party zu tun haben«, antwortete June kurz angebunden.

Als der Morgen graute, lieferten sie das Brot aus und kehrten dann in ihre Zentrale zurück.

Nach und nach arbeiteten sie sich durch das Chaos. Hin und wieder machten sie eine Pause, um einen tiefen Seufzer auszustoßen oder gar ein paar Tränen zu vergießen, wenn sie wieder einen ihrer Schätze zerstört unter den Trümmern entdeckten. Tom bestand darauf, dass Cathy die großen, dicken Handschuhe anzog, die sie normalerweise benutzten, wenn sie etwas aus der Gefriertruhe holten.

»Mit diesen Dingern habe ich aber überhaupt kein Gefühl«, beschwerte sie sich.

»Aber ohne die Handschuhe schneidest du dich in die Finger.«

»Unsinn.«

»Cathy, das Einzige, was uns geblieben ist, sind unsere gesunden Hände – falls wir überhaupt jemals aus diesem Schlamassel herauskommen sollten«, erklärte Tom.

Blitzartig wurde Cathy bewusst, dass sie nach diesem Schlag geschäftlich vielleicht nie mehr auf die Beine kommen würden. Wer immer ihnen das auch angetan hatte, hatte die Arbeit ihres Lebens vernichtet, ihren Traum, ihre einzige Chance, ein eigenes Geschäft zu führen. Cathy hob ein großes, dreieckiges Stück Glas vom Boden auf und trug es zum Abfallhaufen im Hof. Das Glas hatte ursprünglich einmal zu einem Eckschrank im Vorraum gehört. Alle großen, farbigen Teller, die darin gestanden hatten, waren kaputt, genauso wie die aus der alten Anrichte.

Cathy spürte, wie sie von einer Welle der Traurigkeit erfasst wurde.

Gesunde Hände oder nicht – sie würden vielleicht niemals mehr in der Lage sein, ihr Geschäft wiederaufzubauen; nichts würde mehr so sein wie zuvor. Am liebsten hätte sie sich hingesetzt und wie ein kleines Kind losgeweint.

Das Telefon hatten sie schon wieder angeschlossen, und hin und wieder klingelte es fröhlich. Die Leute, die anriefen, hatten ja keine Ahnung, in welchem Chaos ihre Wünsche und Bestellungen entgegengenommen wurde. Molly Hayes orderte anlässlich von Shays Geburtstag ein Abendessen für zwölf Personen.

»Können wir Sie im Laufe des Tages zurückrufen, Mrs. Hayes?«, fragte June mit freundlicher, geschäftsmäßiger Stimme.

»Sie haben momentan wohl viel zu tun?«, fragte Molly.

»Tja, es ist kaum zu glauben, Mrs. Hayes«, antwortete June.

Cathy sah June stolz an. Innerhalb von nur sechs Monaten hatte ihre alte Freundin sowohl Selbstvertrauen als auch eine gewisse Stilsicherheit entwickelt, ganz zu schweigen von vielen anderen kleinen Interessen, die ihr wortkarger, ungelenker Mann niemals gebilligt hätte. Sie entschuldigte sich nicht länger ständig und hatte auch keine Bedenken mehr, den Kunden den Unterschied zwischen Blätterteig und Brandteig zu erklären. Inzwischen war June jedem Gespräch über Wachteleier oder Langusten gewachsen. Cathy musste schlucken, als sie daran dachte, dass Junes Karriere und Zukunft ebenso in Trümmern auf dem Fußboden lag wie die ihre. Sie beobachtete Neil, der ihnen bei den Aufräumungsarbeiten zur Hand ging. Sein Gesicht drückte Zorn aus über die Gewalt, die ihnen angetan worden war, und er war unermüdlich bei der Sache, auch wenn er an diesem Vormittag bei Gericht hätte sein müssen. Das war der Mann, dem sie von ihrer Schwangerschaft hatte erzählen wollen, aber das musste jetzt eben noch mal ein wenig warten. Cathy hielt inne und betrachtete ihn, wie er mit Tom vor dem Herd kauerte. Sie versuchten festzustellen, wie viel von den elektrischen Anschlüssen und dem Inventar zerstört worden war. Cathy konnte nicht verstehen, was die beiden Männer sagten, aber sie sah, wie Neil auf das eine deutete, Tom auf etwas anderes, und sie begriff, dass Neil mit konzentrierter Entschlossenheit versuchte, ihm unbekannte Zusammenhänge zu verstehen.

Ein paar der tiefgefrorenen Lebensmittel waren noch nicht ganz aufgetaut, aber sie konnten das Risiko nicht eingehen, sie erneut einzufrieren. Schließlich wusste ja niemand mit Sicherheit zu sagen, wann die Vandalen in die Räume eingedrungen waren. Sie selbst hatten ihre Zentrale gegen sechs Uhr abends verlassen und waren erst neun Stunden später zurückgekommen. Das bedeutete, dass die Sachen möglicherweise schon zwölf Stunden auftauten. Keiner wusste, was man tun sollte.

Als Dublin langsam erwachte und alle sich auf den Weg

zur Arbeit machten, schickten sie June im Taxi nach Hause. Marcella duschte, ging zu Hayward's, schlüpfte dort in ihren sauberen weißen Kittel und manikürte die Nägel derjenigen, die die Zeit und das Geld dafür hatten. Trotz der traumatischen Ereignisse der letzten Nacht war ihr leichter ums Herz als sonst. Sie würde nicht für immer Nägel lackieren und feilen. Ende des Monats würde sie ihr erstes richtiges Engagement als Model antreten und einer Agentur vorgestellt werden. Sie konnte es sich also leisten, ihre Kunden anzulächeln und charmant zu ihnen zu sein. Dieses Leben würde nicht ewig so weitergehen. Neil duschte ebenfalls, zog sich um, schlüpfte in seinen Anzug und machte sich auf den Weg nach Four Courts, um zwei Männer zu verteidigen, die ungerechterweise entlassen werden sollten. Alle Welt behauptete, er habe keine Chance, weil die beiden immer schon nichts als Ärger gemacht hätten und ihr Fall voller Tücken wäre. Neil wusste aber, dass die Firma, die beide entlassen hatte, sich auf sehr dünnem Eis bewegte; sie war berüchtigt für ihre antigewerkschaftliche Haltung. Neil würde den Prozess gewinnen und ihnen eine Lehre erteilen. Der Fall würde zwar nicht gerade in die Justizgeschichte eingehen, und ehrlich gesagt waren seine Klienten auch im höchsten Grad unzuverlässig, aber schließlich ging es ums Prinzip.

Wieder zurück im Geschäft, sahen sich Tom und Cathy mit rot geränderten Augen an.

»Die denken doch nicht im Ernst, dass dieser Einbruch getürkt war?«, fragte sie.

Die ganze Zeit über hatten sie sich diese Frage gestellt.

»Offensichtlich liegt für sie die Vermutung nahe, wir hätten das getan, um die Versicherung zu kassieren.«

»Die könnten auf die Idee kommen, wir hätten das selbst getan?« Cathy deutete auf die Überreste der Zerstörung.

»Wenn eine Firma den Bach runtergeht, dann passiert so was schon mal.«

»Aber wir gehen nicht den Bach runter... James kann das auf jeden Fall bestätigen«, erwiderte Cathy.

James! Den hatten sie völlig vergessen. War es noch zu früh, ihn anzurufen? Sie gingen das Risiko ein, in der Hoffnung, dass er an diesem Sommermorgen schon kurz vor acht aus dem Bett war.

»James Byrne.« Als er hörte, was passiert war, reagierte er entschlossen und beherzt und stellte ihnen eine Frage nach der anderen. Der Safe? Der sei geöffnet worden und die Papiere lägen verstreut auf dem Boden. Ja. Ja. Die Polizei? Irgendwelche Hinweise? Nein, nein. Die übrige Einrichtung, die Herde und Gefriertruhen? Ob Scarlet Feather weiter arbeiten könne? Das sei schwer zu sagen. Vielleicht. Die Versicherung? Ja, bestätigte er ihnen, damit sei alles in Ordnung, die Summe würde die Verluste sicher ausgleichen. Zu guter Letzt berichteten ihm Tom und Cathy, dass eigentlich gar nicht eingebrochen worden war, dass sich niemand gewaltsam Zutritt zu den Räumen verschafft habe.

»Ich verstehe«, murmelte James Byrne.

»Aber Sie glauben uns doch, dass wir nichts mit der Sache zu tun haben, James«, rief Tom.

»Ja, natürlich glaube ich Ihnen«, antwortete er.

»Aber Sie vermuten ebenfalls, die Versicherung könnte da anderer Ansicht sein?« Tom brachte kaum den Satz über die Lippen.

»Sagen wir mal so: Wahrscheinlich wird es sich eine Weile hinziehen, bis sie zahlen«, erwiderte James Byrne. Er wirkte nachdenklich und ruhig. Am Abend zuvor hatte er zufälligerweise mit Martin Maguire gespeist. Martin hatte noch mal gesagt, dass er den beiden jungen Menschen von ganzem Herzen viel Erfolg mit ihrem Catering-Service wünsche, aber er spüre, dass auf diesem Haus ein Fluch laste. Etwas, mit dem die beiden niemals fertig werden würden und das ihnen das Genick brechen würde. James sah keine Notwendigkeit, Tom und Cathy von diesem Gespräch zu berichten. Sie hatten momentan genügend am Hals, mit dem sie fertig werden mussten.

Shona Burke verschaffte ihnen die Genehmigung, von jetzt an das Brot gleich in der Küche von Hayward's zu backen; das ließ sich sogar so gut an, dass Tom angeboten wurde, es auch in Zukunft so zu halten. Tom arbeitete, bis das Kaufhaus seine Pforten öffnete, und versicherte der Geschäftsleitung, die Öfen nicht für die Arbeit von Scarlet Feather zu verwenden.

»Läuft es langsam wieder normal?«, erkundigte man sich dort hin und wieder bei ihm.

»Aber klar doch«, log Tom.

Niemand durfte wissen, welch ein heilloses Durcheinander noch immer in den Räumen von Scarlet Feather herrschte.

Cathy bereitete alle Speisen für die Geburtstagsparty, einschließlich eines Schokoladenkuchens für Shay und Molly Hayes, in ihrer eigenen Küche zu, was auf die Dauer aber auch keine Lösung war. Vor allem Neil war nicht sehr angetan, der praktisch aus seinem eigenen Haus vertrieben wurde und überall über Schachteln und Kisten steigen musste, als sei er soeben umgezogen. Das ging so weit, dass er sich irgendwann einen Tisch und einen Stuhl ins Schlafzimmer stellte, um dort zu arbeiten.

»Ich wusste ja, dass ein Reihenhaus nicht groß ist, aber langsam kommt es mir vor wie ein möbliertes Zimmer«, murrte er. Er ging fast jeden Abend außer Haus, damit Tom und Cathy arbeiten konnten, ohne sich sorgen zu müssen, ihn zu stören.

Sie hatten schon längst vergessen, wie unmöglich es war, unter derart beengten räumlichen Verhältnissen einigermaßen professionell zu kochen. Es gab keine Abstellflächen, jeder Stuhl, jeder Hocker und sogar jeder Koffer wurden hergenommen, um die fertigen Teller abzustellen. Doch immer wieder fiel etwas um. Im Kühlschrank und in der Gefriertruhe war längst nicht genügend Platz; das Eis schmolz, das Besteck fiel auf den Boden. Der Albtraum wuchs von Tag zu Tag.

June und Cathy schufteten wie nie zuvor in ihrem Leben. Sie organisierten ein Picknick für Freddie und Pauline Flynn; sie richteten zwei Kommunionfeiern am selben Tag aus und pendelten dabei mit Cons Hilfe von einer Veranstaltung zur anderen. Tom überließen sie die Arbeit, in ihrer Zentrale weiter aufzuräumen. Alle wussten, dass das die reine Hölle war. Die Männer von J. T. Feathers Baufirma kamen, um die Räume zu renovieren. Aber zuvor war auf James Byrnes Drängen alles fotografiert worden, und außerdem hatte sich ein Vertreter der Versicherung das genaue Ausmaß der Zerstörung angesehen. Um wieder eine funktionierende Küche zu bekommen, würden sie über zweitausend Pfund hinlegen müssen – und dabei war noch kein einziges Stück Geschirr oder Glas ersetzt worden, was sie alles neu anschaffen mussten. Die tiefgefrorenen Lebensmittel hatten sie noch am selben Morgen weggegeben oder weggeworfen; lange Wochen harter Arbeit waren mit einem Schlag zunichte gemacht.

Geraldine und Joe waren die Ersten, die eigentlich hätten erfahren sollen, was passiert war. Schließlich waren sie ihre Geldgeber und hatten in ihren Betrieb investiert. Aber weder Tom noch Cathy wollte die beiden informieren, bevor sie nicht wieder alles unter Kontrolle hatten, erst dann, wenn sie wussten, dass sie die schreckliche Geschichte heil überstehen würden. Tom und Cathy wurden das furchtbare Gefühl nicht los, dass sie dieser Einbruch Kopf und Kragen kosten könnte. Aber das durften sie keinen wissen lassen. Cathy wollte Geraldine auf keinen Fall etwas erzählen, sie wollte ihre Tante nicht bitten, noch mal tief in die Tasche zu greifen und ihr von dem Geld abzugeben, das von den reichen Männern stammte, über die sie sich so abfällig geäußert hatte. Für eine Frau mit Cathys Stolz war es Ehrensache, Geraldines Investitionen mit Zinsen wieder zurückzuzahlen. Die Investitionen ihrer Tante, die ihr so viel gegeben hatte und nichts dafür wollte, als dass es ihr gut ging, die sie wegen ihrer Lebensweise aber kritisiert und beleidigt hatte. Das war die eine Seite. Die andere Seite war, dass Cathy Angst hatte, Geraldine könnte sie auffordern, den Laden dichtzumachen, jetzt, wo sie schwanger war, schließlich könne der Zeitpunkt gar nicht besser gewählt sein. Aber dieses Minenfeld wollte Cathy momentan lieber noch nicht betreten.

»Wärest du einverstanden, wenn wir Geraldine vorerst noch nichts erzählen?«, fragte sie Tom.

»Schon komisch, ich wollte dich wegen Joe genau dasselbe bitten«, antwortet er.

Er erklärte seinen Wunsch nicht weiter, da sie sich nicht alles zu sagen brauchten. Joe war wirklich der Letzte, mit dem Tom jetzt sprechen wollte. Schließlich hatte er Marcella diese Chance gegeben, vor den Augen von halb Dublin quasi nackt über eine Bühne zu stolzieren. Joe hatte Marcella den Floh ins Ohr gesetzt, den Besitzer einer Modelagentur kennenzulernen, der sie in seinen Katalog aufnehmen und ihr einen Job »auf der Insel« verschaffen könnte, wie er sich ausdrückte. Tom hasste diesen Ausdruck – wenn er damit London oder Manchester meinte, warum sagte er es also nicht einfach? Tom konnte es kaum ertragen, sich anzuhören, wie seine wunderbare Marcella ständig diese Worte nachplapperte und über die Gelegenheit sprach, »auf der Insel« als Model zu arbeiten. Sein Bruder Joe, der ihn so großzügig unterstützt hatte; Joe, der inzwischen brav und regelmäßig bei den Eltern in Fatima zu Besuch kam und damit Toms Anwesenheitspflicht auf die Hälfte reduzierte. Joe fühlte sich irgendwie schuldig wegen seiner Modenschau, er würde Toms wegen garantiert in seinen Sparstrumpf greifen, um sich damit von allen Unannehmlichkeiten loszukaufen. Tom wollte auf keinen Fall, dass Joe erfuhr, wie knapp sie vor dem Abgrund standen.

Wenn Tom und Cathy also wollten, dass weder Geraldine noch Joe von dem Einbruch erfuhren, durften sie einer ganzen Reihe anderer Leute auch nichts davon erzählen. Shona war zum Stillschweigen verpflichtet worden, und auch June hatten sie gebeten, die Sache für sich zu behalten – von der Seite hatten sie keine Probleme zu erwarten. Muttie und Lizzie Scarlet konnten sie es nicht sagen, ebenso wenig Maura Feather. Cathy hätte viel darum gegeben, sich in der Küche ihrer Mutter ausweinen zu können und sich von ihr tröstend übers Haar streichen zu lassen. Aber wenn sie es einem aus der Familie erzählte, würde sie es allen erzählen müssen. Glücklicherweise war in der Abendzeitung kein Artikel über den Einbruch erschienen, und Tom und Cathy wandten sich auch nicht an die Redaktion der Fernsehsendung, die sich zur Aufklärung von Kriminalfällen an die Öffentlichkeit um Hilfe wandte. James Byrne hatte zu Vorsicht geraten, wie es seine Art war, und Neil Mitchell hatte gemeint, dass es sich große, multinationale Versicherungskonzerne gar nicht leisten könnten, sich hinter ein paar frommen Sprüchen zu verstecken.

Was diesen Punkt betraf, war er sehr engagiert. Falls nötig, würde er für Cathy und Tom gegen diese namenlosen Bürokraten kämpfen, die immer die kleinen Leute auf ihr Geld warten ließen. Er hatte sich bereits auf die Suche nach Präzedenzfällen gemacht und war fest entschlossen, diese Herrschaften nicht einfach so davonkommen lassen. Neil unterstützte sie wirklich sehr, aber Cathy wünschte sich von ganzem Herzen, er wäre ihr auf andere Weise behilflich. Sie hätte so gern ihren Kopf an seine Schulter gelehnt und sich von ihm in den Arm nehmen lassen. Und sie hätte sich so gern von ihm sagen lassen, dass er sie liebte und dass sie die Sache gemeinsam durchstehen würden. Dann hätte sie ihm auch von dem Baby erzählen können.

»Werden wir Tennisunterricht bekommen?«, wollte Simon beim Frühstück wissen.

»Tennis?« Seine Mutter sah ihn unsicher an, als habe sie den Begriff zwar schon einmal gehört, bräuchte aber etwas Zeit, um sich darüber klar zu werden, was er bedeutete. Sie goss kalte Milch über die Cornflakes, viel zu viel, sodass die Cornflakes ganz durchweicht waren und keine Milch mehr für den Tee übrig war. »Das ist nett«, sagte sie dann.

»Ja, Mutter«, nickte Maud pflichtschuldig.

»Sara hat gesagt, wir würden Tennisstunden bekommen«, hakte Simon nach.

»Ach ja, Sara, das arme Kind«, sagte sein Vater.

»Ist das die Frau mit den Schnürstiefeln, die ihre Mütze verkehrt herum trägt? Meine Güte«, murmelte Barty.

»Ich habe ihre Telefonnummer. Ich könnte sie ja anrufen«, sagte Simon. »Sie weiß bestimmt, wo und wann die Tennisstunden stattfinden.«

Kenneth Mitchell seufzte. »Ich habe die Adresse hier irgendwo, du brauchst Sara deswegen nicht extra anzurufen. Ich würde sagen, ihr ruft dort an und vereinbart eure Stunden, wann immer ihr wollt.«

»Aber Vater, wenn ich die Tennisstunden vereinbare, was soll ich dann sagen, wenn sie mich fragen, wer das bezahlt?«, wollte Simon besorgt wissen.

»Mach dir deswegen mal keine Sorgen.«

»Ich rufe doch besser Sara an«, beschloss Simon.

»Verdammt, Junge, ich bezahle eure dämlichen Stunden schon. Jetzt hör endlich auf, alle Leute verrückt zu machen, wir müssen hier noch ein paar wichtige Dinge klären.«

Kay Mitchell fing an zu zittern. Sie hasste es, wenn Kenneth sich so aufregte.

»Tut mir leid, Vater.«

»Nein, nein, ist schon in Ordnung. Jetzt holt eure Schläger aus dem Schuppen und übt schon mal ein bisschen draußen auf dem Rasen.«

Die Zwillinge schlugen die Augen nieder. Jetzt war nicht der richtige Zeitpunkt, ihrem Vater zu sagen, dass der Schuppen abgesperrt war und dass sie nicht hineinkonnten.

»Cathy, könnten wir heute bei euch vorbeikommen und wieder mal eure wertvollen Sachen polieren?«, wollte Maud wissen.

»Nein, Maud, tut mir leid, aber heute passt es ganz und gar nicht.«

»Wir wollen auch gar kein Geld oder Spaghetti oder sonst was dafür«, bettelte Maud.

»Schätzchen, ich würde sofort ja sagen, wenn ich könnte. Wir verschieben das auf ein andermal, okay?« Damit legte Cathy auf.

»Sie hat einfach aufgelegt«, sagte Maud erschrocken.

»Hat sie sich verärgert angehört?«, fragte Simon.

»Ein bisschen schon. Was haben wir ihr denn angetan?«

»Vielleicht hätten wir uns schriftlich für die Nudeln bedanken sollen«, sagte Simon. »Das kann man nie wissen bei ihr.«

»Sara, ich bin's, Simon. Ich rufe dich aus einer Telefonzelle an. Muss Vater für unsere Tennisstunden bezahlen?«

»Ja, muss er, und das weiß er auch.«

»Ich glaube, er hat momentan ein wenig Geldsorgen.«

»Aber für die Tennisstunden reicht es bestimmt, die sind im monatlichen Unterhalt mit drin ... Fangt doch einfach an, wann ihr wollt, ich kümmere mich schon darum.«

»Es ist nur ... weißt du ... er regt sich ein bisschen ...«

»Ich werde sehr taktvoll vorgehen«, versprach Sara.

»Und noch was, Sara. Unsere Tennisschläger sind im Gartenschuppen eingesperrt.«

»Steckt Walter dahinter?«, fragte Sara.

»Ich glaube schon. Aber alle Leute sind momentan so schlechter Laune, wenn wir sie um etwas bitten.«

»Ihr braucht um nichts zu bitten. Ich erledige das«, sagte Sara.

»War sie denn auch so verärgert wie alle anderen?«, wollte Maud wissen.

»Ja, sie hat sich auch ungehalten angehört, aber nicht unseretwegen, glaube ich«, antwortete Simon, nachdem er kurz überlegt hatte.

»Walter Mitchell? Ich bin es, Sara, die Sozialarbeiterin, die sich um Simon und Maud kümmert.«

»Ich weiß.« Er lächelte sie herzlich an. »Wir bekommen zu Hause oder im Büro nicht oft Besuch von Menschen wie Ihnen.«

Aber diesmal nützte ihm sein Charme nicht viel.

»Warum ist der Schuppen im Garten verschlossen?«, wollte sie wissen.

»Was geht denn Sie das an?«, blaffte er, und sein Lächeln erstarb.

»Wissen Sie, es ist mir egal, ob Sie dort zweitausend Pornohefte gelagert haben. Aber die Kinder brauchen ihre Tennisschläger.«

»Deswegen sind Sie extra in mein Büro gekommen, um mir das zu sagen? Warum haben die beiden denn nicht einfach mich gefragt?«

»Offensichtlich herrscht in dem Zuhause, für das ich mich ihretwegen so stark gemacht habe, zurzeit ziemlich dicke Luft. Die beiden wollten es ganz einfach nicht noch schlimmer machen.«

»Und da haben sie Sie angerufen«, feixte Walter.

»Na ja, jedenfalls nehme ich die Sache jetzt in die Hand«, antwortete Sara. »Entweder Sie geben mir jetzt den Schlüssel, und ich hole die beiden Tennisschläger, oder …«

»Ich komme mit und mache das selbst«, unterbrach Walter sie.

»Und was ist mit Ihrer Arbeit?«, wollte Sara wissen.

»Ich bin mein eigener Boss. Ich kann kommen und gehen, wann ich will.« Er stand auf, um zu gehen. »Vielen Dank, Walter.« – »Keine Ursache, Sara.«

Sara fiel auf, dass Walter erst einen Blick den Korridor hinauf und hinunter warf, bevor er das Zimmer verließ; er benutzte auch nicht den Aufzug, sondern verließ das Gebäude über die Hintertreppe. Mr. Walter Mitchell, der im Büro seines Onkels arbeitete, war überhaupt nicht so selbstsicher, wie er andere Menschen gern glauben machen wollte.

Das Haus in St. Jarlath's Crescent hatte noch nie so schön ausgesehen. Elegante, neue Vorhänge und Blumenkästen schmückten die Fenster, und das Schlafzimmer der Braut und des Bräutigams war liebevoll dekoriert.

»Seit die Kinder weg sind, ist es hier im Haus schrecklich leer. Ich vermisse sie wirklich sehr«, sagte Lizzie zu ihrer Schwester. »Und der arme Muttie ist auch ganz durcheinander.«

»Wie oft kommen die beiden denn zu Besuch?«, fragte Geraldine.

»Jeden Samstag. Eigentlich wollten sie viel öfter kommen, aber das geht offensichtlich nicht.«

»Könnte Cathy sie nicht ab und zu mal vorbeibringen? Sie weiß ihren Kopf doch immer durchzusetzen und hat keine Angst vor den Mitchells«, schlug Geraldine vor.

»Cathy hat sich in letzter Zeit ziemlich rar gemacht«, erwiderte Lizzie.

»Wahrscheinlich hat sie eine Menge um die Ohren«, meinte Geraldine, die sich auch schon wunderte, weshalb Cathy sie nicht längst angerufen und ihr von Neils Reaktion auf die große Neuigkeit erzählt hatte.

Eine letzte Probe für die Feather-Fashion-Modenschau sollte stattfinden, und Joe hatte sich vorgenommen, dabei mit Marcella zu sprechen.

»Ist mit Tom alles klar in dieser Sache? Du weißt schon ...« Er deutete auf die halb nackten Mädchen um sich herum.

»Es ist alles bestens«, antwortete Marcella.

»Es ist nur, dass ...«

»Es ist was?«

»Ich habe ihn seit einer Weile nicht mehr gesehen und hoffe, dass er nicht sauer ist auf mich, weil ich mit der Sache angekommen bin.« Dabei deutete er auf das Geschehen ringsherum.

»Nein, nein. Wieso sollte Tom auf dich sauer sein? So ein Unsinn, er hat nur furchtbar viel zu tun, mehr nicht. Ich sehe ihn selbst kaum noch.«

»Hallo, Cathy, Geraldine am Apparat.«

»Oh, Geraldine. Ja«, antwortete Cathy abwesend.

»Störe ich gerade?«

Der Anruf hätte unpassender nicht sein können. In den Geschäftsräumen von Scarlet Feather wimmelte es von Menschen, und die Stimmung war reichlich angespannt. James Byrne, Neil und der Mann von der Versicherung wanderten hin und her. Zusammen mit Tom und June hatte Cathy zum x-ten Mal den Einbruch durchgekaut.

»Ja, ein wenig. Kann ich dich zurückrufen?«

»Ich hoffe«, antwortete Geraldine kurz angebunden.

»Wie bitte?«

»Ich habe gesagt, ich hoffe, dass du mich zurückrufen kannst, da ich seit Freddies Fest nichts mehr von dir gehört habe ...«

»Nein, stimmt.«

»Hast du Neil inzwischen die Neuigkeiten beigebracht?«

»Noch nicht.«

»Aber es ist doch schon ewig ...«, begann Geraldine.

»Kann ich dich zurückrufen, bitte?« Fast hätte Cathys Stimme versagt.

»Natürlich«, antwortete Geraldine erstaunt, legte auf und

blieb dann noch eine Weile sinnierend vor ihrem Telefon sitzen.

»Es kann Monate dauern, bis die bezahlen«, sagte Neil, nachdem der Mann von der Versicherung wieder gegangen war. »Wir können froh sein, wenn das Geld vor Jahresende da ist.«

»Wie viel brauchen wir denn, James?«, fragte Tom mit versteinerter Miene.

»Um den vorherigen Zustand wiederherzustellen, brauchen Sie knappe zwanzigtausend Pfund«, antwortete James. »Vielleicht sogar mehr. Meine Zahlen basieren darauf, dass Sie, wie schon beim ersten Mal, Ihre Einrichtung günstiger bekommen können.«

»Wie viel wäre das pro Woche, was meinen Sie?«, fragte Cathy.

James Byrne nannte die derzeitigen Darlehenszinsen bei der Bank, vorausgesetzt, man gewährte ihnen dort überhaupt einen Kredit.

»Ich sehe da eigentlich kein Problem, weil die Bank ja weiß, dass die Versicherung irgendwann zahlt und sie ihr Geld bekommen werden. Aber das ist viel zu viel«, sagte Neil kopfschüttelnd.

»Neil, wir würden nicht einmal die Hälfte davon in einer Woche erwirtschaften, und außerdem müssen wir ja auch noch die alten Kredite abbezahlen.« Tom wirkte traurig und verzweifelt.

James Byrne mischte sich in die Diskussion ein. »Bevor wir eine so umfassende Entscheidung fällen, möchte ich Sie bitten, mir vierundzwanzig Stunden Zeit zu geben. Dann kann ich Ihnen ein paar Zahlen vorbereiten, und Sie können klarer erkennen, welche Alternativen Sie haben.« Er schien zu wissen, dass jeder Mensch Zeit brauchte, sich erst mal zu beruhigen; die Wunde war noch zu frisch, und weder Tom noch Cathy konnten jetzt vernünftig denken.

»Tut mir so leid, Schatz«, sagte Neil, als sie zusammen im Auto nach Hause fuhren.

»Neil, bist du heute Abend zu Hause?«, fragte ihn Cathy unvermittelt.

»Du weißt doch, dass ich zu tun habe, Schatz. Ich bin bei der Obdachlosengruppe. Heute ist die letzte und einzige Gelegenheit, ihnen ein paar Argumente an die Hand zu geben, bevor ich zu der Tagung fahre.«

Die Tagung! Wie hatte sie nur vergessen können, dass Neil zusammen mit vier anderen Rechtsanwälten Irland bei diesem internationalen Forum über Flüchtlinge in Afrika vertrat? Morgen Abend würde er fahren. »Du kannst heute Abend nicht zu deiner Gruppe gehen. Ich muss mit dir reden.«

»Dann rede jetzt mit mir, Schatz. Ich kann die Leute nicht im Stich lassen.«

»Sara kann ihnen doch ebenso gut alles erklären und deine Argumente vertreten.«

»Cathy, sei doch vernünftig. Sara ist eine junge Sozialarbeiterin und keine Rechtsanwältin.«

»Und wann werdet ihr fertig sein?«

»Woher soll ich das denn wissen, Schatz ... Wenn wir eben fertig sind.«

»Bitte, geh hinterher nicht noch mit ihnen in irgend so ein verräuchertes Café, um die halbe Nacht zu quasseln. Bitte, komm anschließend gleich nach Hause.«

Jetzt war Neil verärgert. »Cathy, ich habe den ganzen Tag in eurem Büro verbracht und geholfen, das Durcheinander zu beseitigen, anstatt mich auf die Konferenz vorzubereiten. Du weißt, dass ich immer für dich da bin, aber bei dieser Sache heute Abend lasse ich nicht mit mir handeln. Und tu meine Arbeit nicht ab, als würden wir nur in verräucherten Cafés herumsitzen und quasseln. Ich kann mich nicht erinnern, jemals über deine Arbeit in so einem Tonfall gesprochen zu haben.«

»Neil!« Cathy war empört.

»Nein, wir haben eine Abmachung getroffen und sind Partner im besten Sinne des Wortes. Wir versuchen beide, gute Arbeit zu leisten, und wir helfen uns gegenseitig. In ein paar Jahren hat sich alles eingependelt, und dann wird alles wieder leichter.«

»Und wann ist es so weit?«, rief Cathy.

»Na ja, ganz bestimmt noch nicht heute Abend, Cathy... Und nicht, bevor euer Laden wieder läuft... Nicht, bevor ich etwas von dem erledigt habe, was mir am Herzen liegt.«

»Das kann sich aber noch fünf oder sechs Jahre hinziehen«, bemerkte Cathy.

»Nun, damit haben wir ja auch gerechnet, oder?«, erwiderte Neil Mitchell.

Eine Weile sagte keiner ein Wort.

»Ich will nicht mit dir streiten, Cathy. Besonders dann nicht, wenn ich wegfahren muss.«

»Ich will auch nicht mit dir streiten.« Cathys Stimme klang ganz leise.

»Wir sind eben ein bisschen durcheinander, das ist alles.«

»Das ist alles«, nickte Cathy.

»Ich versuche, so schnell wie möglich wieder zurück zu sein. Versprochen.« Neil lächelte sie an.

»Sicher.« Cathy rang sich ebenfalls ein Lächeln ab.

»Und was hältst du davon, wenn wir zusammen ins Holly's fahren, wenn ich aus Afrika zurückkomme? Du weißt schon, das nette kleine Hotel in Wicklow, in dem wir einmal zu Mittag waren. Wir essen dort zu Abend und bleiben über Nacht.«

»Gute Idee«, erwiderte sie.

Als Neil an diesem Abend nach Hause kam, lag sie noch wach im Bett. Falls er irgendwelche Anzeichen zeigte, noch aufnahmefähig zu sein, würde sie aufstehen und es ihm sagen. Er konnte doch unmöglich für neun Tage wegfahren, ohne zu wissen, was geschehen war. Durch halb geschlossene Augen sah Cathy, wie er mit einer müden Bewegung sein

Hemd auszog. Er ging ins Bad, und durch die offene Tür konnte sie sehen, dass er sich nur kurz die Zähne putzte und sich mit einem Waschlappen über den Hals und unter die Arme fuhr. Sein Gesicht war müde und abgespannt. Als er neben sie ins Bett schlüpfte, sagte er: »Tut mir wirklich leid, Schatz, es gab natürlich wieder jede Menge unnötiges Palaver am Schluss, wie du es vorhergesagt hattest.«

»Möchtest du vielleicht noch ein Tasse Tee?«, fragte Cathy.

»Glaube mir, ich kann die Augen überhaupt nicht mehr so lange offen halten, um die Tasse zum Mund zu führen«, antwortete er und war schon eingeschlafen. Cathy stand auf und ging in die Küche. Als es dämmerte, saß sie immer noch da, ohne einer Lösung einen Schritt näher gekommen zu sein. Ihre Ehe war gut und stabil, eine Partnerschaft in jeglicher Hinsicht. Hatte sie Angst, es ihm zu sagen? Angst davor, ihm das Beste mitzuteilen, was es überhaupt gab? Cathy hörte ihn aufstehen. Er hatte fünfeinhalb Stunden geschlafen, und diese ganze Zeit über hatte sie in der Küche gesessen. Selbst wenn er jetzt eine Stunde Zeit gehabt hätte, ihr zuzuhören – was ziemlich unwahrscheinlich war –, wäre sie viel zu durcheinander und zu müde gewesen, um es ihm in einem einigermaßen normalen Tonfall zu sagen. Wenn er in Afrika war, würde sie zum Arzt gehen und sich von ihm bestätigen lassen, was ihr der Schwangerschaftstest schon längst bestätigt hatte. Schlechter hätte der Zeitpunkt wirklich nicht gewählt sein können.

»Ihr zwei könnt einem ganz schön auf die Nerven gehen, wisst ihr das?«, sagte Walter, als er nach Hause zu den Zwillingen kam.

»Wir hatten gedacht, es sei einfacher so. Sara hat doch gesagt, wir sollen sie anrufen, wenn es irgendwelche Schwierigkeiten gibt«, erwiderten Simon und Maud kleinlaut.

»Aber ihr hattet keine Schwierigkeiten. Ihr hättet einfach warten sollen, bis ich von der Arbeit zurückkomme.«

»Wir dachten, du bist in England. Du sagst uns ja nie, was du machst«, verteidigte sich Maud.

»Wozu du natürlich auch nicht verpflichtet bist«, fügte Simon hastig hinzu.

»Ah, haltet bloß den Mund. Ich hole eure doofen Schläger, und dann könnt ihr Sara anrufen und ihr sagen, dass ihr in Wimbledon antreten wollt.«

»Können wir nicht mitkommen und nachsehen, ob wir sonst noch etwas aus dem Schuppen brauchen können?«

»Nein«, sagte Walter. »Hockt euch gefälligst hin und haltet den Mund.«

»Aber woher willst du dann wissen, welche …«, begann Maud.

»Er wird uns alle Schläger bringen, und wir können uns dann aussuchen, welche wir nehmen«, erklärte Simon. Der Ausdruck auf Walters Gesicht hatte ihm ganz und gar nicht gefallen.

»Du lernst dazu, Simon«, antwortete Walter. »Langsam, aber immerhin.«

Martin Maguire war nach England zurückgekehrt, ohne von dem Schicksalsschlag erfahren zu haben, der seine ehemalige Druckerei getroffen hatte. Dieses Mal hatte James Byrne nicht darauf bestanden, dass er das Paar besuchen sollte, das die Räume inzwischen nutzte. Martin Maguire hatte so viel Trauriges dort erleben müssen, dass James nicht sicher war, ob er genügend Kraft hätte, diese beiden jungen Menschen in einem so verzweifelten Zustand zu sehen.

Geraldine musste Joe Feather wegen seiner Pressekonferenz am Ende dieser Woche anrufen. Sie brauchte dringend Kopien seiner Rede.

»Ich mache so etwas lieber aus dem Stegreif«, wandte er ein.

»Das geht allen so. Aber die Journalisten brauchen ein

paar Informationen für die Zeitungen, irgendwelche Aussagen darüber, was du weiter vorhast, etwas zu Politik, eine patriotische Äußerung ...«

»Ach komm«, lachte Joe.

»Doch, doch. Ein paar Worte darüber, warum du nach Irland zurückgekommen bist, dass du irische Frauen toll findest, die sich heutzutage viel mehr trauen und sich viel besser anziehen ... Du musst unsere Regierung loben, die so viele verschiedene Vorhaben unterstützt ...«

»Ist das dein Ernst?«

»Mein voller Ernst.«

»Was hältst du davon, wenn du das für mich schreibst?«

»Heute nicht. Ich habe noch einen Termin. Du solltest es wenigstens einmal versuchen. Fax es mir zu, schick es mir per E-Mail, wie immer du willst. Ich melde mich dann morgen früh wieder bei dir.«

»In Ordnung. Aber sag mal, hast du in letzter Zeit zufälligerweise Cathy oder Tom gesehen?«

»Nein, warum fragst du?«

»Sie scheinen wie vom Erdboden verschluckt zu sein. Ich habe versucht, Tom zu erreichen. Marcella behauptet, es gehe ihm gut, aber ich frage mich wirklich, warum er nicht zurückruft.«

»Ich werde der Sache nachgehen und dir Bericht erstatten«, erwiderte Geraldine, verließ umgehend ihr Büro und hielt ein Taxi an. Sie würde nicht länger untätig abwarten. Es konnte doch kein Zufall sein, dass weder Tom noch Cathy zu erreichen waren.

Irgendetwas stimmte da nicht.

Sie wollte gleich in die Zentrale von Scarlet Feather fahren, um herauszufinden, was passiert war.

Das zerbrochene Glas, die Porzellanscherben und das zersplitterte Holz waren mittlerweile weggeräumt. Jedenfalls mehr oder weniger.

Aber immer wieder wurden sie durch einen unerwarteten Fund an das schreckliche Ereignis erinnert, wie beispielsweise durch die Glasscherben in der Besteckschublade. Oder sie mussten feststellen, dass die große Servierplatte, von der sie gedacht hatten, dass sie heil geblieben war, einen riesigen Sprung hatte und in der Mitte auseinanderbrach, als sie einen fertigen Lachs darauf legten. Alles ging zu Boden, nichts war mehr zu gebrauchen; Essen und Porzellan wanderten in den Abfall.

»Die ganze Arbeit umsonst«, jammerte June.

»Wir schaffen das schon«, murmelte Cathy verzweifelt.

Aber sie hatten viele Stunden umsonst gearbeitet und standen jetzt ohne Hauptgang für das bestellte Mittagessen da. Erschöpft rief Cathy beim Fischhändler an. Ob er wohl innerhalb von zwei Stunden einen neuen Lachs für sie herrichten könne?

»Das wird aber nicht gerade billig, Cathy«, erklärte der Mann entschuldigend.

»Wenn wir nicht liefern können, wird es noch viel teurer«, wandte sie ein. Sie merkte, dass Tom sie beobachtete. Sie hatten so sehr damit zu tun, die anderen aufzumuntern und den Laden am Laufen zu halten, dass ihnen kaum Zeit für ein offenes Gespräch miteinander blieb.

»Werden wir das überleben, Tom? Was meinst du?«, fragte sie traurig.

»Ich weiß, wie dir zumute ist. Manchmal glaube ich auch nicht mehr daran, dass wir es schaffen werden«, erwiderte er. Sie sahen sich erschrocken an. Wenn sie jetzt in Panik gerieten, würde das angeschlagene Schiff untergehen. Es war einzig und allein ihr Optimismus, der es noch über Wasser hielt.

»Aber eigentlich sieht es heute schon viel besser aus als am Montag«, versetzte Cathy.

»Und als gestern«, bestätigte Tom.

Die Männer von der Baufirma J.T. Feather hatten alle Räume frisch gestrichen. Tom hatte seinem Vater eingeschärft, dass niemand von ihrem Missgeschick erfahren dürfte; in ihrer Branche sei man sofort weg vom Fenster, wenn einem so eine Katastrophe passierte. Sein Vater hatte verständnisvoll genickt und gemeint, er würde es für sich behalten. Doch keinen Moment hatte J. T. Feather daran gedacht, dass er auch Joe gegenüber Stillschweigen bewahren sollte. Und als sein älterer Sohn am Nachmittag in Fatima anrief, erzählte sein Vater ihm in allen Einzelheiten von dem Einbruch.

»Warum, um alles in der Welt, hat Tom mir nichts davon erzählt?«, fragte Joe schockiert.

»Er hat gemeint, er wolle nicht, dass es jemand aus der Branche erfährt, das würde schlecht aussehen«, erzählte J. T. kopfschüttelnd.

»Das verstehe ich.«

»Aber es ist schon eigenartig, dass er dir nichts gesagt hat. Du bist doch nicht in dem Geschäft.«

»Vielleicht meint er, dass ich irgendwie doch dazugehöre«, erwiderte Joe nachdenklich.

»Wie meinst du das, Junge?«

»Ach nichts, Vater, ich rede nur so vor mich hin. Erwähne ihm gegenüber bitte nicht, dass ich davon weiß. Er wird es mir schon erzählen, wenn er den Zeitpunkt für gekommen hält.«

Geraldine stieg am Ende der Straße aus und ging zu Fuß langsam weiter. Sie durchquerte den Hof von Toms und Cathys Geschäftsräumen und öffnete das Tor, das sie selbst im vergangenen Januar geölt hatte, als sie gemeinsam alles hergerichtet hatten. Damals hatte es nichts gegeben, das Cathy nicht mit ihr besprochen oder diskutiert hätte. Wie sich die Zeiten doch geändert hatten. Geraldine spähte durch das Fenster. Normalerweise blickte man von dort auf den kleinen, eckigen Tisch mit der silbernen Bowlenschüssel und den Blumen. Darüber, an der Wand, hingen die alten, farbenfrohen Teller. Der Raum hatte etwas Beruhigendes und Anheimelndes an sich, bevor man durch die Tür in die hellen, modernen Küchenräume trat, in denen rege Betriebsamkeit herrschte. Geraldine hatte Tom und Cathy immer dafür bewundert, wie sie mithilfe der bequemen Sessel und des tiefen, chintzbezogenen Sofas diese einmalige Atmosphäre geschaffen hatten. Die beiden hatten wirklich Talent und verließen sich in vielem auf ihren Instinkt. Aber heute war alles anders. Auf dem Tisch lag nichts als eine Reihe völlig verbogener Schneebesen. Geraldine verrenkte den Hals und warf einen Blick durch die Küchentür. Sie stellte fest, dass hier offensichtlich gerade von Grund auf renoviert wurde. Man konnte zwar nichts Genaues erkennen, aber die Herde und Gefrierschränke waren von der Wand weggerückt. Was war vorgefallen, seit sie das letzte Mal hier gewesen war? Zögernd drückte Geraldine auf die Klingel, und kurz darauf erschien eine völlig erschöpft wirkende Cathy an der Tür.

»Oh, Geraldine«, sagte sie wenig begeistert und machte keine Anstalten, sie hereinzubitten.

»Ja, ich bin's«, erwiderte Geraldine und wollte ins Haus.

»Im Moment passt es wirklich schlecht«, begann Cathy.

»Das scheint momentan immer der Fall zu sein. Das ist wahrscheinlich auch der Grund, warum du ständig ankündigst, mich anzurufen, es aber nie tust.«

»Bitte, Geraldine, bitte. Ich komme heute Abend zu dir und erzähle dir alles. Es ist eine Menge passiert.«

Geraldine warf einen Blick über ihre Schulter. Alle Gegenstände schienen irgendwie verrückt worden zu sein. Und dass Cathy ihr nicht die Tür vor der Nase zuschlug, war auch schon alles. Freundlich, aber bestimmt bahnte Geraldine sich einen Weg ins Haus.

»Bitte entschuldige, Geraldine, aber hast du nicht immer gefordert, man solle die Privatsphäre anderer respektieren ... Das hast du gesagt. Ich habe dich noch nie in Glenstar besucht, ohne vorher anzurufen ... Hast du jetzt deine Meinung geändert?«

Aber es war schon zu spät, Geraldine stand bereits mitten

im Zimmer und wurde sich des ganzen Ausmaßes der Zerstörung bewusst. »Ach du meine Güte«, rief sie. »Du meine Güte, du armes Kind, du armes, armes Kind, wer hat euch das bloß angetan?« Cathy blickte ihre Tante niedergeschlagen an. »Wann ist das passiert? Wie lange ist das her…?«

»An dem Abend, als wir bei Freddie waren.«

»Er hat mir nie etwas davon gesagt.«

»Er weiß es nicht, Geraldine, niemand weiß davon.«

»Wieso nicht?«

»Wir müssen erst einmal wissen, wie wir weiter vorgehen wollen. Ich hätte es dir schon noch gesagt.«

»Aber Cathy, ich bin doch deine beste Freundin.«

»Ich weiß.«

»Warum hast du mir dann nichts von dieser schrecklichen Sache gesagt?«

»Du weißt schon, warum…« Cathy ließ den Kopf hängen.

»Ich weiß es nicht… Wenn bei mir jemand zu Hause oder im Büro eingebrochen wäre, hätte ich dich sofort angerufen… Ich hätte kein idiotisches Geheimnis daraus gemacht.«

»Ich habe nicht für dein Büro bezahlt, aber du für mein Geschäft«, antwortete Cathy, den Blick immer noch auf den Boden geheftet.

»Aber das eine hat doch mit dem anderen überhaupt nichts zu tun. Wer hat das getan, Cathy, wer nur? Habt ihr irgendeinen Verdacht?«

»Sie glauben, wir hätten das getan, Geraldine, das glauben die doch tatsächlich. Sie meinen, wir hätten alles kurz und klein geschlagen, um das Geld von der Versicherung zu kassieren.«

Marcella gab ein paar Tropfen Öl in Toms Badewasser. Das Öl würde die Schmerzen aus seinen müden Muskeln und Knochen vertreiben, sagte sie; viele ihrer Kunden schworen darauf.

»Die meisten von ihnen stehen aber nicht um fünf Uhr

morgens auf, um bei Hayward's Brot zu backen, und verbringen anschließend den Tag damit, säckeweise Schutt und zerbrochenes Geschirr von ihrem Arbeitsplatz zu schleppen«, murmelte Tom übel gelaunt. Aber noch während er das sagte, fiel ihm auf, wie weinerlich und voller Selbstmitleid er sich anhörte, wie die Art von Mensch, die er normalerweise verabscheute. Er spürte, wie sogar Marcella ein bisschen vor ihm zurückwich.

»Ich weiß«, tröstete sie ihn. »Du hast es momentan nicht leicht, aber ich dachte mir, dass dir das Öl vielleicht hilft, dich ein bisschen besser zu fühlen.« Sie hatte ihr schwer verdientes Geld ausgegeben, um ihm dieses Geschenk zu machen, und er tat nichts, als sich beschweren.

»Besteht vielleicht die Chance, dass du diesem jungen Mann hier die Schultern massierst?«, fragte er kleinlaut.

»Selbstverständlich, aber zuvor sollte der junge Mann erst einmal zehn Minuten im Wasser entspannen.« Sie strahlte wieder übers ganze Gesicht.

»Das dürfte mir nicht allzu schwerfallen.« Er erwiderte ihr Lächeln und legte sich in die Wanne.

Als Marcella ins Bad kam, setzte sie sich auf den Rand der Wanne, um ihm die Schultern zu massieren. »Jetzt hast du eine Viertelstunde hier gelegen, und das müsste dir eigentlich recht gut getan haben«, sagte sie. Er nickte, hoffte aber, sie möge nie erfahren, dass er verkrampft fünfzehn endlos lange Minuten darüber nachgedacht hatte, wie er alles das ertragen sollte, was in seinem Privatleben und in seiner Arbeit auf ihn einstürzte, ohne völlig den Kopf zu verlieren.

»Ich glaube, Tennis würde dir gefallen, Muttie«, verkündete Simon am darauffolgenden Samstag.

»Tennis ist nichts für Leute wie mich«, wandte Muttie ein.

»Aber kann denn nicht jeder alles machen, was er will?«, wollte Maud wissen.

»Da bin ich mir nicht ganz sicher. Im Prinzip schon, aber immer klappt es eben nicht.«

»Cathy hat das aber immer gesagt«, erklärte Maud.

»Unsere Cathy gehört eben zu denen, die denken, sie könnten alles machen, sogar von der Spitze der Liberty Hall fliegen.« Lizzie rümpfte missbilligend die Nase.

»Ich bin überzeugt, dass Cathy Berge versetzen kann«, verteidigte Muttie sie.

»Wir glauben, dass Cathy sauer auf uns ist«, gestand Maud.

»Warum, um alles in der Welt, sollte sie sauer auf euch sein?«, fragte Lizzie. »Cathy ist ganz verrückt nach euch. Meint ihr, sie hätte euch sonst hierher gebracht?«

»In der letzten Zeit hat sie uns aber nie mehr abgeholt«, klagte Simon.

»Vielleicht deswegen, weil ihr ja eigentlich in dem großen Haus bei euren Eltern sein solltet«, erklärte Muttie. »Es sind schließlich jede Menge Vereinbarungen getroffen worden, wo ihr euch wann aufhalten sollt und wann nicht. Cathy will sich da vielleicht nicht einmischen.«

»Wir sehen sie überhaupt nicht mehr. Bestimmt haben wir sie verärgert«, erklärte Maud.

»Wir bekommen Cathy momentan auch kaum zu Gesicht, mein Kind«, sagte Lizzie. »Ihre Arbeit ist so anstrengend, wisst ihr. Wenn Tom und sie noch lange so weitermachen, dann sind sie beide am Jahresende nur noch ein Strich in der Landschaft.«

»Joe, hast du gehört, was bei Tom und Cathy passiert ist?«

Geraldine und er arbeiteten an seiner Presseerklärung.

»Ja, wissen tue ich es schon, aber ich habe es nicht von den beiden erfahren, wenn du das meinst.«

»Ich auch nicht ... Ich denke, das hat damit zu tun, dass sie uns nicht noch mehr belasten wollen. Finanziell, meine ich.«

»Ja, den Eindruck hatte ich auch. Aber ich wäre bereit,

ihnen ohne Weiteres noch ein bisschen unter die Arme zu greifen. Und du?«

»Ich auch, aber momentan ist mit den beiden nicht gut zu reden. Ich glaube, wir sollten warten, bis sie auf uns zukommen.«

»Cathy ist doch immer so ausgeglichen; ich finde nicht, dass sie irgendwie abweisend ist.«

»Sie hat im Moment ihre eigene Sorgen, Joe, glaube mir.«

»Das hört sich aber gar nicht gut an, denn mein kleiner Bruder ist im Augenblick ziemlich gereizt wegen Marcellas Auftritt in dieser Modenschau. Ehrlich gesagt, wünschte ich mir manchmal, ich hätte mich bei diesen Typen nicht für sie eingesetzt.«

»Das solltest du nicht sagen, schließlich könnte das ihr Durchbruch sein, oder?«

»Von wegen Durchbruch, Geraldine. Marcella ist immerhin schon fünfundzwanzig. Für ein Model ist das viel zu alt. Wenn noch etwas aus ihr werden sollte, hätte sie mit sechzehn schon anfangen sollen.«

»Weiß sie das?«

»Wenn sie auch nur einen Funken Verstand hat, dann schon.«

»Hättest du nicht Lust, morgen bei der Probe dabei zu sein, Tom?«, fragte Marcella.

»Nein, ich möchte nicht im Weg stehen«, erwiderte er.

»Das würdest du auch nicht. Viele der Mädchen haben ihre Freunde eingeladen. Eddie und Harry sind der Meinung, dass es gut für uns wäre, vor Publikum zu proben.«

Tom wollte auf keinen Fall hingehen. Es würde schon schlimm genug werden, am Abend der Aufführung selbst dabei zu sein; einmal Peepshow reichte. »Liebling, ich komme, wenn es sich einrichten lässt, nur der morgige Tag wird ziemlich anstrengend für uns werden.«

»Aber Tom, du bist doch wegen des Brots ohnehin bei

Hayward's, du bräuchtest doch nur noch in den vierten Stock zu kommen. Ich hätte dich so gerne dabei.«

Marcella war sehr bedacht darauf, dass Tom sich nicht ausgeschlossen fühlte. Er musste sich die Show auf jeden Fall am Freitag anschauen, warum sollte er ihr also den Gefallen nicht tun? »Du hast recht, ich komme gern zu eurer Generalprobe«, lenkte er ein, und Marcellas Augen leuchteten vor Aufregung.

Am nächsten Morgen kam Shona zu Tom in die Küche. »Weißt du eigentlich, wie beliebt du hier bei allen bist, Tom?«

»Was habe ich denn jetzt schon wieder angestellt?«, fragte er alarmiert und in der Annahme, sie habe es bestimmt ironisch gemeint. Aber offensichtlich nicht. Das Küchenpersonal von Hayward's hatte anscheinend immer wieder betont, wie angenehm es sei, morgens eine Küche zu betreten, in der bereits reges Treiben herrschte. Tom hatte dann schon Kaffee für alle gekocht und einen Korb mit seinem selbst gebackenen Brot vorbereitet. Anfangs hatten die Mitarbeiter des Restaurants ein bisschen zurückhaltend darauf reagiert, einen Außenstehenden in ihr Reich zu lassen, aber die Zusammenarbeit hatte sich besser entwickelt, als sie zu träumen gewagt hatten.

»Das hört man gern, Shona.« Tom war in Gedanken jedoch ganz woanders; er wusste, er musste jetzt gleich in den vierten Stock hinauf und Marcella bei dem zusehen, was sie als ihre neue Arbeit betrachtete. Shona hatte noch etwas auf dem Herzen.

»Da ist noch etwas... Tja, ich weiß nicht, wie ich es dir sagen soll, aber falls du und Cathy nach dem Einbruch nicht mehr auf die Beine kommen solltet... Ich dachte mir, du solltest auf jeden Fall wissen, dass du hier für immer arbeiten könntest.«

Tom musste schlucken, ehe er antworten konnte. Shona

wusste ja nicht, was sie da sagte. Sie verlieh der großen Angst Ausdruck, dass Scarlet Feather nicht überleben könnte, etwas, das er und Cathy nicht einmal zu denken wagten. Und mehr noch, sie warf ihm damit einen Rettungsanker zu, aber nicht ihnen beiden, nur ihm. Er wusste nicht, was er darauf sagen sollte.

»Shona, du bist so nett zu mir, und es wäre auch eine große Ehre für mich. Aber du weißt ja, dass Cathy und ich wirklich alles tun, um unser Geschäft wieder auf die Beine zu bringen.«

»Und das wird euch auch ganz bestimmt gelingen«, entgegnete sie diplomatisch.

»Weißt du, es geht im Leben doch darum, einen Traum zu haben. Und ohne Traum kann man nicht überleben.«

»Na ja, ich weiß nicht«, erwiderte Shona.

»Du hast doch sicher auch einen Traum?«

»Ich hatte mal einen, ja.«

»Und, hast du ihn dir erfüllt?«

»Ja, habe ich, ich habe mir die Wohnung in Glenstar geleistet«, antwortete Shona mit leiser Stimme.

Es kam ihm merkwürdig trostlos vor, sich so etwas zu wünschen. Aber anderen mochte sein Traum von einem Catering-Service auch nicht sonderlich aufregend erscheinen.

»Und was ist mit der Liebe?«, fragte Tom leichthin.

»Ach, den Traum habe ich schon vor langer Zeit aufgegeben«, antwortete Shona ebenso leichthin, aber Tom wurde das Gefühl nicht los, dass sie es ziemlich ernst meinte.

Ein Teil des vierten Stocks war für die Generalprobe mit einem Vorhang abgetrennt worden. Tom wanderte davor nervös auf und ab, unentschlossen, ob er hineingehen sollte oder nicht. Eine Menge anderer Leute liefen – auf den ersten Blick – ebenso ziellos herum, aber einige von ihnen schienen für die Beleuchtung zuständig zu sein. Dann setzte Musik ein und brach wieder ab, und Ricky erklärte den Fotografen, wo sie sich hinzustellen hatten. Von den Mädchen oder den vorzuführenden Kleidungsstücken war noch nichts zu sehen. Vermutlich hielten sie sich irgendwo am anderen Ende auf und würden bei der Vorführung jedes Mal durch den Bogengang treten. Toms Magen krampfte sich zusammen, wenn er daran dachte, dass Marcella hier mitmachte. Dann entdeckte er Joe in einer Ecke, aber er sprach ihn nicht an. Schließlich wurde um Ruhe für den ersten Durchgang mit Musik gebeten.

»Wir bitten um absolute Ruhe«, sagte Joe. »Wir müssen einen genauen Zeitplan einhalten. Wenn also jemand stolpert oder ein Scheinwerfer ausfällt, lasst euch nicht aus dem Konzept bringen ... Noch zehn Sekunden von jetzt an.«

Neben Tom setzten sich zwei Männer hin. Er lächelte und machte ihnen Platz. »Danke, Kumpel«, sagte der eine. Die beiden waren wahrscheinlich Joes Teilhaber aus London, und dann war da noch ein anderer, der Besitzer einer Modelagentur, der diese Woche auch hatte vorbeischauen wollen. Marcella hatte nur von ihm gesprochen. »Mr. Newton höchstpersönlich«, hatte sie mit Ehrfurcht in der Stimme ständig wiederholt, was Tom ziemlich auf die Palme gebracht hatte. Vielleicht war ja einer dieser Männer mit dem Londoner Akzent Mr. Newton persönlich. »Mr. Newton?«, fragte Tom. »Das ist der da drüben«, sagte einer der beiden und deutete mit dem Kopf auf einen kleinen Mann, der sich in einem Klappstuhl aus Leinen zurücklehnte, wie er bei Filmregisseuren in den Studios vor mehr als vierzig Jahren üblich gewesen war. Mit einem Anflug von Freude stellte Tom Feather fest, dass dieser Mr. Newton wie ein widerliches kleines Schwein aussah. Tom setzte sich und sah zu, wie eines der Mädchen nach dem anderen herauskam. Viele von ihnen waren noch jung und kaum entwickelt und wirkten fast wie Schulkinder in Badeanzügen. Sie tanzten hin und her und warfen sich zu den Klängen der Musik einen Ball zu. Dann sah er Marcella, die als Letzte herauskam. Sie tanzte nicht mit den anderen, sondern schritt hochmütig zwischen ihnen hindurch, als sei sie solch kindischen Spielen längst entwachsen. Sie trug einen weißen Bikini in der Form dreier Muschelschalen, für jeden Busen eine, dazu ein winziger String-Tanga. Ihr flacher, gebräunter Bauch und ihre langen, braunen Beine sahen gleichzeitig vertraut und fremd aus in dieser Umgebung. Tom hätte am liebsten bittere Tränen vergossen. Marcella hatte ihm gesagt, Joe habe darauf bestanden, dass sie allein auftrete und nicht in einer der Gruppen mittanze. Genauso war es auch. Als die jungen Tänzerinnen rückenfreie Strandkleider in allen Regenbogenfarben vorführten, kam Marcella ganz in Schwarz heraus, mit einem Dekolleté bis zum Bauchnabel. Die Männer neben Tom warfen ihr bewundernde Blicke zu. Tom musste etwas sagen.

»Ich kenne sie. Sie ist gut, nicht wahr?«

»Umwerfend«, bestätigte einer der Männer.

»Manche Männer haben wirklich Glück«, murmelte der andere.

»Ob sie das Zeug hat, groß herauszukommen, was meinen Sie?«, fragte Tom und bemühte sich, so normal wie möglich zu klingen. Er wünschte so sehr, dass sie Erfolg mit ihrem Auftritt hatte; dieser Wunsch war sogar noch stärker als der, es möge ein spektakulärer Misserfolg für sie werden, damit sie endlich ihren Traum aufgab.

»Aber sie macht das hier doch nicht professionell, sie macht es doch höchstens aus Spaß«, sagte einer der Männer.

»Sie ist eine Freundin von Joe Feather, er hat ihr den Auftritt verschafft«, erklärte der andere.

»Ich denke, sie hofft, damit eine Karriere zu starten«, bemerkte Tom.

Die Männer schüttelten den Kopf.

»Unsinn«, sagte der eine.

»Dafür ist sie doch viel zu alt«, sagte der andere.

»Sie ist fünfundzwanzig«, wandte Tom ein.

»Eben«, entgegnete der erste Mann und wandte seine Aufmerksamkeit wieder dem Laufsteg zu, auf dem die Mädchen jetzt in Nachthemden herauskamen. Ohne etwas auf dem Leib hätte Marcella auch nicht nackter aussehen können. Das durchsichtige Kleidungsstück, das sie auf kunstvolle Weise gleichzeitig verhüllte und entblößte, betonte ihre Schönheit, als sei sie über und über mit fluoreszierender Farbe bemalt.

Tom hinterließ Marcella ein paar bewundernde Zeilen für ihren Auftritt. Er sei sicher, dass die Show ein Erfolg werde, und er sei sehr stolz auf sie. Dann fuhr er mit dem Auto zum Kanal, um dort zehn Minuten lang zwei Schwänen dabei zuzuschauen, wie sie hin und her glitten und ihre langen, schönen Hälse reckten. Er realisierte nicht, dass er weinte, erst als er den Wagen anlassen wollte und merkte, dass ihm die Tränen auf die Hand tropften. Er stand offensichtlich kurz davor, völlig durchzudrehen.

Als er ins Geschäft kam, händigte Cathy ihm zwei Briefe aus, die an sie persönlich adressiert waren. Einer stammte von Geraldine und war an Cathy gerichtet. Mit knappen Worten schrieb sie ihr, dass sie eine weitere Investition in den Catering-Service tätigen wolle. Falls Cathy beabsichtige, dies abzulehnen, sei das äußerst kurzsichtig von ihr und verantwortungslos ihren Investoren gegenüber. Aber wenn das ihre feste Absicht wäre, wolle Geraldine es wenigstens nicht versäumen, ein paar Informationen über die Leasingbedingungen von Küchenausrüstung wie Geschirr und Besteck beizufügen. Das käme zwar erst einmal teuer, aber sie hätten wenigstens keine Anschaffungskosten.

Cathy rief bei ihrer Tante an und bedankte sich mit einer Nachricht auf dem Anrufbeantworter. »Tom und ich finden deine Idee sehr gut. Wenn wir uns die Sachen nur für ein paar Monate leihen müssen, rechnet sich das auf jeden Fall. Vielen Dank, Geraldine. Du bist wirklich großartig.«

Der andere Brief stammte von Joe Feather und war an

Tom gerichtet. Er habe auf Umwegen gehört, dass in die Zentrale von Scarlet Feather eingebrochen worden sei, und jetzt wolle er ihnen sein Mitgefühl aussprechen und ihnen ganz formlos mit Bargeld aushelfen. Aber weil jetzt nicht der Zeitpunkt sei, um Formulare auszufüllen und Mehrwertsteuererstattung zu beantragen, sollten sie den Tausender einfach so nehmen. Außerdem würde er die Rechnung für den Presseempfang ebenfalls in handlichen Scheinen begleichen. Tom rief seinen Bruder an und hinterließ einen herzlichen Dank auf dem Anrufbeantworter.

»Cathy und ich möchten dir aus ganzem Herzen danken, wir nehmen die tausend Pfund gerne an und betrachten sie als weitere Investition von deiner Seite, aber alles andere muss korrekt abgewickelt werden und über unsere Bücher gehen. Wenn du unseren Buchhalter kennen würdest, wüsstest du, dass wir vor niemandem auf der ganzen Welt mehr Angst haben als vor ihm. Dennoch vielen Dank, Joe, du bist wirklich toll. Ach, und ich bin heute Vormittag bei der Probe gewesen, deine Show ist rundum gelungen.«

»Ist das dein Ernst?«, erkundigte sich Cathy.

»Warum fragst du?«

»Na ja, alles andere war gelogen, du hast nicht die geringste Angst vor James Byrne. Wir wollen einfach nicht, dass irgendwelches Schwarzgeld hier herumliegt.«

»Na ja, die Modenschau war schon in Ordnung«, sagte Tom zögernd. »Das kann man schon sagen.«

»Marcella gegenüber hast du vermutlich aber auch noch ein paar andere Worte gefunden, wie?«, erwiderte Cathy lachend.

»Ja, ein paar«, grinste Tom. »Aber erklär mir doch mal, wie wir diesen Empfang ohne entsprechende Ausrüstung bewältigen wollen?«

»Wir mieten uns die Sachen«, antwortete Cathy und wählte bereits die Nummer der Leasingfirma. »Das ist unser erster Auftrag für eine Veranstaltung bei Hayward's. Von denen werden wir uns weder Geschirr noch Gläser leihen, wir werden es ihnen auch so zeigen.«

»Fandest du es wirklich gut?«, fragte Marcella, als sie nach Hause kam.

Sie war mit Joe und seinen Geschäftspartnern noch etwas trinken gewesen und hatte einige Einzelheiten mit ihnen besprochen. Auch Mr. Newton hatte sich zu ihnen dazugesellt.

»Du meinst doch nicht, Mr. Newton höchstpersönlich?«, neckte sie Tom und bedauerte noch im selben Augenblick seinen Spott.

Aber Marcella hatte nichts gemerkt. »Ja, er ist fürchterlich nett, und man kann sich gut mit ihm unterhalten. Wenn man überlegt, mit welchen Menschen er in seinem Beruf zu tun hat! Er ist ein absolut durchschnittlicher Typ, man kann mit ihm völlig normal reden.«

»Verstehe«, sagte Tom.

»Und ihm hat die Show sehr gut gefallen. Joe war ganz begeistert.«

»Wunderbar, prima.«

»Ich kann es mir noch gar nicht richtig vorstellen, dass das alles an diesem Freitag passieren soll«, stöhnte Marcella.

Tom betrachtete Marcella. Die Angst, die beiden Geschäftsfreunde von Joe könnten recht behalten mit ihrer Äußerung, dass Marcella viel zu alt für eine Karriere als Model sei, schnürte ihm die Kehle zu. »Und es besteht wirklich die Möglichkeit, dass Mr. Newton einen Vertrag mit dir macht?«, fragte er sie.

»Na ja, ich will mir natürlich nicht allzu viele Hoffnungen machen, aber es sieht ganz danach aus. Er hat heute schließlich nur zwei Proben gesehen, und es hängt alles davon ab, wie wir den Auftritt hinbekommen ... Es ist etwas anderes, wenn man nur vor ein paar Zuschauern auftreten muss, ein größeres Publikum kann schon Angst machen.«

»Du hast heute aber einen sehr ruhigen Eindruck auf mich

gemacht, obwohl doch eine Menge Leute da waren.« Tom hoffte, Marcella möge genügend Selbstvertrauen haben.

»Aber an dem Abend werden es dreihundert sein oder mehr«, erwiderte Marcella und schlang die Arme um sich. »Aber ich glaube, ich schaffe das schon. Die Jüngeren in der Gruppe geben mir ein gutes Gefühl … Es macht Spaß, mit ihnen zusammenzuarbeiten.«

»Sind die wirklich jünger als du?«, fragte Tom unschuldig.

»Ach Tom, jetzt hör aber auf. Manche von ihnen sind acht oder neun Jahre jünger als ich, tu doch nicht so, als ob du das nicht bemerkt hättest.«

»Das ist mir überhaupt nicht aufgefallen, du hast wirklich am besten ausgesehen … Aber könnte Mr. Newton sich nicht für sie interessieren, oder sind sie zu jung für ihn?«, wollte er wissen.

Marcella runzelte die Stirn. »Weißt du, das habe ich mir auch schon überlegt, dass er womöglich eher Interesse an den Jüngeren haben könnte. Aber zu Joe hat er gesagt, ich würde mich für viele Sachen eignen, die er auf Lager hat.« Wieder schlang Marcella ihre Arme um sich. »Es ist alles so wunderbar, Tom, wirklich, ich kann es noch gar nicht richtig fassen.«

Aus Chicago trafen in rascher Folge lange Briefe, Faxe und E-Mails ein. Alle waren schlicht und einfach mit Hochzeit überschrieben.

»Außer Marian Scarlet scheint auf dieser Welt noch niemand geheiratet zu haben«, knurrte Cathy, als sie die letzte Mitteilung durchlas.

»Worüber beklagst du dich denn? Sie wollen unbedingt etwas Ausgefallenes, also bekommen sie es auch.« Tom war fest entschlossen, sich die gute Laune nicht verderben zu lassen.

»Warte doch erst mal ab, bis du hörst, was sie schreiben.«

»Mal im Ernst, Cathy, du machst nur so viel Aufstand,

weil sie deine Schwester ist. Dieser Gemeindesaal, in dem noch nie ein Hochzeitsessen stattgefunden hat und den du eigentlich gar nicht haben wolltest, wird sich ausgesprochen gut machen, glaube mir. Ricky wird ein paar Fotos schießen …«

»Aber du hast doch noch gar nicht gehört …«

»Der Pfarrer ist hocherfreut, und ich denke, wir werden ganz gut daran verdienen, und er auch«, warf Tom rasch ein. Cathy sah ihn hilflos an. »Mein Vater hat bereits einen Trupp hingeschickt, um die Wände zu weißeln, und der Pfarrer hat ein paar Gemeindemitglieder mobilisiert, die Blumenkästen bepflanzt haben. Es wird aussehen, wie …« Tom verstummte, als er Cathys Gesichtsausdruck sah. »Was ist denn los?«, fragte er.

»Sie wollen eine traditionelle irische Hochzeit, Tom. Sie wollen Cornedbeef und Kohl.«

»Wieso das denn, um alles in der Welt?«

»Weil sie das für traditionelles irisches Essen halten.«

»Marian ist doch in St. Jarlath's Crescent aufgewachsen, oder? Das kann unmöglich ihr Ernst sein?« Tom war sprachlos.

»Na ja, sie lebt eben schon lange in Illinois«, erwiderte Cathy achselzuckend.

»Von uns bekommt sie jedenfalls kein Cornedbeef und Kohl«, sagte Tom.

»Natürlich nicht.«

»Und wer bringt deiner Schwester das bei?«, fragte Tom angriffslustig.

»Du kannst so was besser formulieren«, schmeichelte Cathy.

»Dafür ist sie deine Schwester«, wandte Tom ein.

»Ich frage mich nur, was wir den beiden sonst noch als typisch irisch andrehen können.«

»Aber Himmel noch mal, es gibt doch tausend Dinge: Wicklow-Lamm, irischen Lachs, Hummer, Miesmuscheln.

Wir könnten eine große Platte mit Meeresfrüchten servieren. Vielleicht mögen sie ja auch gigantische Steaks von irischen Rindern. Gibt es in Chicago nicht diese großen Schlachthöfe? Wahrscheinlich sind deine Schwester und ihr Mann an bombastische Fleischstücke gewöhnt.«

»Sie wollen Stepptänzer, rothaarige Mädchen und alles, was sonst irgendwie nach Folklore aussieht. Das, was sie jeden Tag haben, wollen sie eben nicht.«

»Nicht?« Tom war entsetzt.

Cathy schwenkte erneut den Brief durch die Luft. »Jedenfalls hört sich das ganz danach an… Die Verwandten von Harry sind schon sehr gespannt auf Irland. Sie können es kaum mehr erwarten, in eine fremde Kultur einzutauchen und die einfache, unverfälschte bäuerliche Küche kennenzulernen.«

Tom fasste sich an den Kopf. »Los, Cathy, überleg mal, was wir ihnen sonst noch anbieten können. Und dabei haben wir gedacht, diese Hochzeit würde ein Spaziergang werden.«

»In diesem verdammten Job gibt es nichts Einfaches«, seufzte Cathy so verzweifelt, dass Tom überrascht aufblickte.

»Ist alles in Ordnung mit dir?«, fragte er, besorgt über ihren Gesichtsausdruck.

»Nein, natürlich nicht. Tom, wir sollten uns nicht länger etwas vormachen. Wir können die Hochzeit auf keinen Fall ausrichten.« Sie hatte die Hände vors Gesicht geschlagen, ließ den Kopf hängen und weinte so sehr, dass ihr ganzer Körper bebte. »Wir können so nicht weitermachen, das ist absurd, wir müssen mehr Leute einstellen«, schluchzte sie.

»Cathy, Cathy…« Tom stand auf und kniete sich neben sie. Cathy war völlig in sich zusammengesunken und hatte jeden Versuch aufgegeben, ihre Tränen zurückzuhalten oder die Tatsache zu verbergen, dass sie total die Fassung verloren hatte.

»Uns fällt schon noch etwas ein«, versuchte Tom sie zu trösten.

»Aber was soll uns denn noch einfallen«, jammerte sie.

»Marian ist verrückt geworden, wir hätten nicht auf sie hören sollen. Wir hätten ihr sagen sollen, dass wir völlig überarbeitet sind und ihr nicht helfen können. Warum müssen wir immer so tun, als ob alles in Ordnung sei, obwohl das gar nicht stimmt?«

»Weil das die einzige Möglichkeit ist, im Geschäft zu bleiben.« Tom strich Cathy besänftigend über die Haare.

»Wir brauchen doch gar nicht mehr so tun, als ob, wir sind doch längst am Ende. Wir werden nie wieder auf die Füße kommen…« Abrupt stand Cathy auf und blickte Tom aus rot geränderten, verzweifelten Augen an. »Siehst du denn nicht, dass wir uns nur etwas vormachen? Und mit jedem Schritt reiten wir uns nur noch tiefer in die Sache hinein, und es wird immer schwieriger, wieder herauszukommen, der Schuldenberg wächst und wächst…«

Tom zog Cathy an sich und schloss sie in seine Arme.

»Es geht auch nicht so weiter, auf keinen Fall, aber ich brauche deine Hilfe. Wenn du solche Dinge sagst, dann glaube ich das allmählich, verstehst du?«

Cathy lag weinend in Toms Armen, und er strich ihr wieder und wieder übers Haar. Es war der reinste Luxus, sich nicht zurückhalten und permanent ein falsches Grinsen auf den Lippen haben zu müssen, wenn June oder Con oder sonst jemand in der Nähe war.

Cathys Schultern hörten nicht auf zu beben, aber Tom hielt sie so lange fest, bis ihre Schluchzer nachließen. Sie murmelte etwas, das er nicht verstand.

»Was hast du gesagt?«

»Es ist vorbei, Tom, wir müssen stark sein und nach vorn schauen.«

»Es ist aber nicht unbedingt ein Zeichen von Stärke, wenn du deine Schwester am wichtigsten Tag ihres Lebens im Stich lässt.«

»Sag ihr einfach, sie soll sich einen anderen Dummen suchen.«

»Es gibt aber keinen. Wir sind die einzigen Idioten in der ganzen Stadt, die sich auf so etwas einlassen.« Tom spähte zu Cathy hinunter. Seine Worte zeigten zumindest ansatzweise Wirkung. Auf ihren Lippen deutete sich so etwas wie ein Lächeln an.

»Aber hast du denn noch nie daran gedacht, einfach alles hinzuschmeißen?«

»Nein, noch nie.«

»Na dann.« Cathy schnäuzte sich lautstark. »Wenn wir also nicht aufgeben, müssen wir uns die Sache neu überlegen.«

»Du meinst, dass wir uns etwas traditionell Irisches suchen, mit dem Scarlet Feather auch leben kann?« Er sah sie fragend an. Ihr ging es wieder besser. Sie waren wieder beim Geschäft.

Ihr Computer hatte aus purem Zufall den Einbruch unbeschadet überstanden, und das nur deswegen, weil er an dem Tag in Reparatur gewesen war. Cathy setzte sich davor.

»Wir schicken ihr eine E-Mail. Du überlegst dir etwas Kreatives, das sie überzeugt, und ich übernehme den Teil mit der schmerzlich vermissten Schwester.«

»Wir müssen sie überzeugen, dass sie genau das bekommt, was sie will«, sagte Tom nachdenklich.

»Wie konnten wir bloß glauben, ein Partyservice habe auch nur im Entferntesten etwas mit der Zubereitung von Speisen zu tun?«, sagte Cathy lachend.

»Es ist nur für den Handel, Mutter«, wiederholte Joe Feather zum zwanzigsten Mal.

»In der Zeitung stand aber, dass jeder kommen kann.«

»Für jeden, der mit Mode zu tun hat, Mam. Glaube mir, ich würde dich einladen, wenn es etwas Interessantes für dich zu sehen gäbe.« Er sprach die Wahrheit. Ganz sicher würde seine Mutter ihrer zukünftigen Schwiegertochter nicht dabei zusehen wollen, wie sie quasi nackt über den Laufsteg schritt. Zumal seine Mutter sowieso schon die größten Vorbehalte Marcella gegenüber hatte. Und sie würde auch nicht das Gesicht ihres Sohnes Tom sehen wollen, während er dabei zusah. Joe hatte seinen Bruder bei der Probe beobachtet und erkannt, wie nah ihm das alles ging und wie sehr er sich bemühte, sich nichts anmerken zu lassen. Eigentlich war das völlig unnötig. Marcella hatte nicht die geringste Chance, sich als Model durchzusetzen. Sicher, sie war eine wunderschöne Frau, aber hölzern auf dem Laufsteg und mit einem Körper, der alle Aufmerksamkeit auf sich zog und von den Kleidungsstücken ablenkte, die sie präsentieren sollte. Sie würde keine fünf Minuten in der großen Welt der Mode überleben. Tom nahm doch garantiert kein Wort von dem Gerede mit der Arbeit in England ernst. Ganz bestimmt nicht.

Cathy kehrte vom Großmarkt zurück, und Tom half ihr beim Ausräumen des Lieferwagens.

»Nur eine Nachricht – Simon und Maud lieben dich nicht mehr.«

»Simon und Maud? Was habe ich denn jetzt schon wieder getan?«

»Eben nichts, das ist es ja. Sie möchten herkommen und wieder einmal deine Schätze polieren.«

»Aber wir haben keine Schätze mehr«, jammerte Cathy.

»Und faktisch hatten wir auch nie welche«, murmelte Tom kleinlaut.

»Sie erzählen es überall herum. Das ist schlimmer, als wenn sie es in den Neun-Uhr-Nachrichten im Fernsehen verkündeten. Die Kinder können nicht herkommen. Muttie und Lizzie drehen sonst völlig durch, die Verwandtschaft aus Chicago bläst die Hochzeit ab, und alle anderen würden ihre Aufträge zurückziehen, wenn sie wüssten, unter welchen Bedingungen wir momentan arbeiten.« Cathy hatte ein schlechtes Gewissen den Zwillingen gegenüber, aber sie wusste, dass sie aus ihrer Sicht gar keine andere Wahl hatte.

Doch Tom wollte sie nicht so einfach davonkommen lassen. »Sie denken, du bist böse auf sie, und wollen wissen, was sie dir getan haben.«

»Mist«, murmelte Cathy. »Das können wir jetzt überhaupt nicht gebrauchen.«

Tom erwiderte nichts, sondern packte weiter schweigend aus.

»Okay, du hast gewonnen. Die zwei haben momentan wirklich schon genug am Hals, das haben sie nicht verdient. Ich gehe mit ihnen irgendwo hin.«

»Ich habe ihre Nummer auf den Schreibtisch gelegt«, sagte Tom. »Die armen kleinen Teufel, das Leben in The Beeches ist nicht unbedingt das reine Zuckerschlecken.«

Cathy ging zum Telefon.

Der Vater der Zwillinge hob ab. Cathy konnte sich nicht mehr erinnern, ob sie ihn Kenneth oder Mr. Mitchell nannte.

»Hallo, Cathy Scarlet am Apparat, ich würde gerne mit Maud oder Simon Mitchell sprechen, bitte.«

»Ja, natürlich... äh... Wir kennen uns doch, wenn ich mich nicht irre«, sagte die Stimme,

Sie konnte hören, wie er etwas von einer »extrem ungehobelten Frau« sagte, als er die Kinder rief. Schuldgefühle stiegen in ihr hoch, als sie die freudige Erregung in ihren Stimmen bemerkte.

»Wirklich für uns?«, fragte Simon. Normalerweise bekamen sie ja keine Anrufe.

»Wer ist es denn?«, fragte Maud, und weil sie keine Antwort bekam, griff sie als Erste nach dem Telefonhörer.

»Sie ist es, sie ist es«, rief sie. »Cathy ist dran.«

Cathy merkte, wie ihr die Tränen in die Augen stiegen, aber sie riss sich zusammen, als sie ihnen einen Ausflug vorschlug.

»Ich dachte mir, wir gehen zusammen ins Kino und hinterher irgendwo einen Hamburger essen. Anschließend fahre ich euch wieder nach Hause«, bot Cathy an.

»Sollen wir zu dir kommen und dich im Geschäft abholen?«, erbot Simon sich.

»Nein, ich meine, vielen Dank, Simon. Ihr steigt einfach in den Bus und fahrt zur O'Connell Street... ich treffe euch dort, und wir gehen in die Vorstellung um vier Uhr.«

»Komm doch mit uns, Tom«, schlug Cathy vor.

»Nein, es sind nur noch zwei Tage bis zur Modenschau, und Marcella ist das reinste Nervenbündel. Sie möchte heute Abend etwas mit mir besprechen.«

»Das verstehe ich. Mir kam nur der Gedanke, dass du auch ein bisschen Entspannung brauchen könntest.«

»Das könnte ich wirklich«, antwortete er, »aber momentan haben wir eben viel um die Ohren. Du denkst daran, dass wir nach der Show gemeinsam zum Essen gehen wollen?«

»Keine Sorge. Wohin denn?«

»Zu dem kleinen Italiener. Geraldine kommt mit und Ricky und Joe, wenn er es schafft, sich loszueisen. Dann noch Shona und eine Handvoll anderer Leute. Wir werden nach der Show rechtzeitig aufbrechen und brauchen mit dem Lieferwagen nicht mehr hierher zurückzukommen. Die Leute von Hayward's haben angeboten, dass wir ihre Küche zum Spülen benutzen können. Wir müssen hinterher nur zusperren. Ich werde die Sachen dann mitnehmen, wenn ich am Samstag zum Brotbacken dort bin.«

»Du arbeitest zu viel«, sagte Cathy mitfühlend.

»Du doch genauso. Hast du denn im Großmarkt lange warten müssen?«

Sie warf ihm einen vielsagenden Blick zu. Es war sehr anstrengend gewesen, ihr tat der Rücken weh, und der Anblick einiger Lebensmittel hatte Übelkeit in ihr hervorgerufen. Sie hatte befürchtet, der Einkauf würde nie zu Ende gehen.

»Es hielt sich in Grenzen«, antwortete sie diplomatisch. Ihr würde noch eine schwierige Unterredung bevorstehen, wenn sie Tom eröffnete, dass sie in Mutterschaftsurlaub gehen wolle. Aber sie würde sich dem stellen, wenn es so weit war.

»Und du bist dir wirklich sicher, dass wir nichts falsch gemacht haben?«, beharrte Maud.

Nach dem Kino saßen sie vor ihren Hamburgern.

»Maud, denk an das, was ich dir über den Mittelpunkt der Welt gesagt habe.«

»Ja, aber wir hatten Angst, dass du vielleicht dachtest…«

»Ich habe die ganze Zeit überhaupt nicht an euch gedacht, weil wir immer so viel zu tun hatten.«

»Aber woher weiß ich denn, ob jemand wirklich böse auf mich ist oder nur viel um die Ohren hat und deshalb nicht an mich denkt?«, fragte Simon.

»Das lernt man mit der Zeit, keine Sorge, Simon.«

»Bist du jünger oder älter als wir gewesen, als du das gelernt hast?«, wollte Simon wissen.

»Ein bisschen älter, ein halbes Jahr vielleicht, glaube ich.« Cathy war sehr müde.

Je länger die Kinder von einem verrückten Kerl namens Old Barty und dem merkwürdigen Essen erzählten, das sie vorgesetzt bekamen – ganz zu schweigen davon, dass ihre Mutter tagsüber wieder häufig im Bett lag und ihr Vater abends viel unterwegs war –, desto überzeugter war Cathy, dass es ein großer Fehler gewesen war, die Kinder einfach kampflos ziehen zu lassen. Neil hatte ihr in dem Fall den falschen Rat gegeben, da war sie sich ganz sicher. Es hatte nichts mit Fleisch und Blut zu tun. Muttie und Lizzie Scarlet, die allein in ihrem Haus in St. Jarlath's Crescent saßen, wären den beiden Kindern viel bessere Eltern gewesen als die beiden, die sie in die Welt gesetzt hatten.

»Was haltet ihr davon, wenn wir zusammen noch mal kurz bei Hooves vorbeischauen, bevor ich euch nach Hause bringe?«, schlug Cathy plötzlich vor.

Die Kinder sahen sich verlegen an. Maud scharrte mit den Füßen, und Simon schaute zum Fenster hinaus.

»Was ist los?« Cathy ließ ihren Blick von einem Kind zum anderen wandern.

»Na ja, du kennst doch die Abmachung. Wir dürfen nur samstags in den St. Jarlath's Crescent«, begann Simon.

»Aber bei der Abmachung ging es doch nur darum, dass ihr brave Kinder seid und nach der Schule schnurstracks nach Hause geht. Und momentan sind Ferien.«

»Sara hat aber gesagt, dass für die Ferien die gleichen Regeln gelten.«

»Es ist nur ein Katzensprung. Mit mir dürft ihr außerdem überallhin. Kann ich mit euch nicht hinfahren, wohin ich will?«

»Lieber nicht, Cathy... Sara hat gesagt, dass Mutter und Vater ein bisschen eifersüchtig sind, weil wir uns bei Muttie und seiner Frau Lizzie immer so wohl gefühlt haben... Und sie wollen nicht, dass wir dorthin zurückkehren... falls es uns dort besser gefallen sollte.«

»Und, ist das so?«, fragte Cathy.

»Du hast uns doch immer erklärt, man sagt nicht, dass man irgendetwas lieber mögen würde. Du hast gesagt, das seien schlechte Manieren.« Maud war verwirrt.

»Tatsächlich? Damals war ich aber noch sehr intelligent.«

»So lange ist das noch gar nicht her«, wies Simon sie zurecht. »In so kurzer Zeit kannst du unmöglich viel von deiner Intelligenz verloren haben.«

»Ich hab dich sehr gern, Simon«, sagte Cathy unvermittelt. »Und dich auch, Maud. Gut, wenn ihr fertig seid, fahre ich euch nach Hause zu euren Eltern.« Cathy konzentrierte sich mit allen Sinnen auf den Aufbruch, damit sie nicht mit ansehen musste, wie geschockt die Zwillinge waren. Noch nie in ihrem Leben hatte jemand zu ihnen gesagt, dass er sie gern hatte. Sie wussten überhaupt nicht, wie sie damit umgehen sollten. Vor ihrem Elternhaus wollte Cathy die beiden aussteigen lassen.

»Bitte, komm doch noch mit herein«, bettelten sie.

»Nein, im Ernst, es ist besser so.«

»Aber du hast doch keine Angst vor ihnen, so wie Muttie«, rief Simon.

»Und wir könnten dir unseren Tanz zeigen«, argumentierte Maud.

»Gut, ich komme mit«, willigte Cathy ein und marschierte entschlossen ins Haus. »Kenneth, Kay, vielen Dank, dass Sie mir Ihre wunderbaren Kinder ein paar Stunden anvertraut haben, der Abend war sehr schön, jedenfalls für mich.« Cathy sah die Kinder an und wartete auf die höfliche Zustimmung, die sie den beiden für diesen Fall beigebracht hatte.

»Ja, ein toller Film«, sagte Maud.

»Und Cathy hat jedem von uns noch zwei Hamburger spendiert«, fügte Simon hinzu.

»Die Kinder brauchen also nichts mehr zu essen.« Cathy sah sich nach Anzeichen um, ob jemand daran gedacht hatte, den Kindern ein Abendessen vorzubereiten.

»Im Kühlschrank ist noch etwas Schinken«, verteidigte sich Kay.

»Ich bin mir sicher, dass Sie für die Kinder ein wunderbares Abendessen zubereitet hätten, Kay, ganz so, wie es die Vereinbarungen vorsehen, aber heute Abend glaube ich nicht, dass die beiden auch nur noch einen Bissen hinunterbringen.«

»Nein, wirklich, vielen Dank«, sagte Simon.

»Können wir bitte unsere Tanzschuhe und den Kassettenrecorder holen?«, fragte Maud.

Verwirrt sahen die Eltern zu, wie Simon und Maud auf Zehenspitzen stehend auf ihren Einsatz warteten, um dann feierlich in der Küche hin und her zu tanzen. Sie hatten viel dazugelernt, seit Cathy die beiden zum letzten Mal hatte tanzen sehen – mit der Hand vor dem Mund, um ihr nervöses

Lachen vor den Kindern zu verbergen und um das Gefühl zu verdrängen, ihre Schwester Marian werde sie umbringen dafür, dass sie den Kindern erlaubte, in der Öffentlichkeit aufzutreten.

»Und das soll für eine Hochzeit sein, ja?«, fragte Kenneth Mitchell, der, Cathys und dem Vorbild seiner Frau folgend, ebenfalls geklatscht hatte.

»Ja, meine Schwester heiratet nächsten Monat. Die beiden werden der absolute Höhepunkt auf ihrer Hochzeit sein.«

»Aber ich bin mir noch gar nicht so sicher...«

Cathy ballte die Hände zu Fäusten. Dieser Idiot würde doch nicht schon wieder versuchen, sein Einverständnis zurückziehen, dass die beiden an der Hochzeit teilnahmen. »Ach, natürlich sind Sie sicher, Kenneth. Ihr Bruder Jock hat Ihnen doch längst alles darüber erzählt. Außerdem ist das Teil der Abmachung.«

»Ja, ja, natürlich.«

»Und weil wir gerade von dieser Vereinbarung sprechen – ich möchte, dass Sie wissen, wie zuverlässig Simon und Maud in allem sind. Ich hatte vergessen, dass die beiden auf Ihren Wunsch hin nur einmal in der Woche meine Eltern besuchen sollten. Und vorhin wollte ich mit den Kindern schnell dort vorbeifahren, damit sie kurz ihren Hund besuchen könnten...«

»Aber, aber, der Hund gehört doch nicht den Kindern, oder?«

»Doch, es ist ihr Hund. Mein Vater hat ihn für die beiden angeschafft und kümmert sich mit Vergnügen um ihn, bis die Kinder zu Besuch kommen. Aber Sie haben mich unterbrochen. Ich wollte sagen, wie stolz Sie auf die beiden sein können; Simon und Maud haben mich nämlich von sich aus an diese Vereinbarung erinnert, die ich längst vergessen hatte. Es ist zwar sehr schade, aber andererseits finde ich es großartig, dass die Kinder so darauf bedacht sind, Ihre Wünsche zu erfüllen.«

»Na ja... hm, ja... natürlich...«

»Ich dachte, ich sollte Ihnen das erzählen, denn wenn die Kinder so buchstabengetreu Ihre Wünsche erfüllen, dann sind Sie vielleicht ja auch so großzügig und erlauben, dass die Kinder nächsten Monat vor der Hochzeit öfter zu Besuch kommen, damit sie alle Gäste kennenlernen.«

»Na ja, wir müssen mal schauen…«, begann Kenneth.

»Natürlich müssen Sie das, ich wusste doch, dass Sie einwilligen.« Cathy strahlte die Kinder an. »Ich habe euch ja gesagt, dass euer Vater mit sich reden lässt. Und es wird keine Schwierigkeiten geben, dass ihr zu den verschiedenen Feiern und Partys kommen dürft… Sobald Neil aus Afrika zurück ist, werden er und sein Vater sich mit Ihnen in Verbindung setzen und alles Weitere besprechen.« Die Kinder sahen Cathy verdutzt an. »Vielen herzlichen Dank, es war ein sehr schöner Besuch.« Und damit verabschiedete sich Cathy. Nach ein paar Schritten hielt sie kurz inne, um sich Kenneth Mitchells Kommentar anzuhören.

»Ungewöhnliche Frau«, meinte er, und auch wenn sie ihn nicht sehen konnte, wusste Cathy, dass er dabei den Kopf schüttelte.

»Liebling, bevor du zu erzählen anfängst, lass mich dir sagen, dass du ganz bestimmt groß rauskommen wirst«, lobte Tom Marcella.

Doch Marcellas Miene heiterte sich nicht auf, als hätte sie ihm gar nicht zugehört. »Marcella, wovor hast du Angst? Komm schon, raus mit der Sprache, du siehst wunderschön aus, du wirst alle anderen in den Schatten stellen, du bist fantastisch – das ist nur das Lampenfieber, bestimmt…«

»Nein, das ist es nicht.«

»Doch, sicher. Du musst dir nur immer wieder sagen, dass in etwas mehr als vierundzwanzig Stunden alles vorbei ist. Morgen Abend um zehn wird das Leben wieder seinen gewohnten Gang gehen.«

»Aber das ist es ja. Ich kann nicht wieder zurück. Jetzt nicht mehr.«

»Wohin zurück?«

»In den Schönheitssalon, als Maniküre.«

»Aber wenn dich die Leute erst einmal gesehen haben, wird es sicher mehr Aufträge geben…«

»Dazu brauche ich aber einen Agenten.«

»Du hast doch gesagt, dass Mr. Newton…«

»Paul Newton hat sicher Interesse daran, mich zu vertreten und für mich ein paar Probeauftritte in England zu arrangieren. Aber definitiv ist das nicht… es hängt von vielen Faktoren ab.«

»Ich weiß, du hast Angst, morgen Abend nicht gut genug zu sein, aber ich versichere dir, du wirst es schaffen. Ich sehe doch, wie viel Selbstvertrauen in dir steckt.« Tom flehte Marcella fast an, ihm zu glauben.

»Aber diese Typen sind hart und selbstsüchtig und gewöhnt, zu bekommen, was sie wollen.«

»Wenn er dich morgen Abend bei der Modenschau sieht, wird er wissen, dass er nur dich will.«

»Die Sache läuft ein bisschen anders.«

»Wie meinst du das?«

»Die Entscheidung liegt ganz bei ihnen. Nur sie entscheiden, wer genommen wird und wer nicht. Wenn man sich an ihre Spielregeln hält, ist man dabei, wenn nicht, kann man sehen, wo man bleibt.« Marcella knetete unsicher ihre Hände.

Tom hatte keine Ahnung, worauf sie hinauswollte. »Wo liegt das Problem? Wenn du deine Sache morgen auf dem Laufsteg gut machst – woran ich keinen Zweifel habe –, dann bist du dabei, oder wie immer du dich ausgedrückt hast.«

»Sie haben gesagt, dass wir morgen Abend mit ihnen auf eine Party gehen müssen«, sagte Marcella mit gesenktem Kopf.

»Auf eine Party?«

»Ja, in dem Hotel, in dem sie wohnen.«

»Aber das geht nicht, du weißt doch, dass ich bei dem kleinen Italiener ein Abendessen bestellt habe. Alle kommen. Du musst ihnen sagen, dass wir verhindert sind.«

»Ich bin allein eingeladen.«

Tom dachte, Marcella mache einen Witz, und lachte. »Und was kommt als Zugabe?«

»Keine Zugabe. Wenn ich hingehe, bin ich dabei, mehr nicht.«

Tom begriff, dass Marcella es bitterernst meinte. Sie hatte ihm gerade zu verstehen gegeben, dass dieser Kerl ihr diesen ungeheuerlichen Vorschlag gemacht hatte: Entweder kommst du ins Hotel zu dieser Party, oder du kannst den Job vergessen. Es war absurd.

»Eben weil du eine so wunderschöne Frau bist, verlieren die Männer den Verstand und sagen derart lächerliches Zeug.«

»Er meint es ernst.«

»Er kann meinen, was er will. Ich werde jedenfalls mit Joe sprechen und ihm sagen, dass der Kerl dir morgen Abend nicht zu nahe kommen und dich aufzuregen braucht.«

Marcella genehmigte sich pro Tag nur sehr wenige Zigaretten; sie wusste, dass Rauchen ihrem Teint schadete und ihre Zähne verfärbte. Doch jetzt zündete sie sich eine an. »Könntest du bitte kurz mal Pause machen? Es kommt überhaupt nicht infrage, dass du irgendetwas zu Joe sagst. Joe ist auf Leute wie Paul Newton angewiesen, damit seine Kleider gezeigt werden. Du wirst nichts sagen, was das gefährden könnte.«

»Worum geht es dann?«, fragte Tom.

»Es geht um Paul Newtons Vorschlag«, erwiderte Marcella.

Tom sah sie ungläubig an. Dann begann er zu lachen, echt, nicht gespielt. Es konnte nur ein Witz sein. Aber warum lachte sie dann nicht? »Das kann doch unmöglich dein Ernst sein, oder?«, fragte er plötzlich.

»Es war mir noch nie so ernst. Und genau darüber wollte ich mit dir reden.«

»Halt, du bist ja völlig aus dem Häuschen. Du bist doch kein Edelflittchen, das man mit der Aussicht auf einen Modelvertrag ködern kann.«

»Es geht nicht um die Aussicht, sondern um einen richtigen Vertrag«, stellte sie klar.

»Und dafür würdest du auch mit ihm ins Bett steigen?«

»So weit wird es nicht kommen, das weißt du ganz genau. Sie wollen nur ein bisschen feiern.«

»Jetzt mach du mal Pause. Um ein Haar wäre ich auf dich hereingefallen.«

»Ich habe dich in meinem ganzen Leben noch nie angelogen oder dich hintergangen. Warum sollte ich das jetzt tun?« Marcellas Stimme hörte sich fremd an, fast wie die eines Roboters. So hatte sie schon einmal geklungen, als er geglaubt hatte, sie habe gelogen und sei anstatt ins Fitnesscenter auf eine Party gegangen.

»Er blufft doch nur, fall bitte nicht darauf rein. Himmel noch mal, dafür bist du doch viel zu intelligent.«

»Nein, es gibt nur ein Entweder-oder.«

»Dann lieber nicht. Sag ihm, dass er sich zum Teufel scheren soll.«

»Das ist meine Entscheidung, es geht um meine Zukunft. Ich bin diejenige, die es entweder machen muss oder nicht, die entweder bei einer professionellen Agentur unter Vertrag kommt oder ein für alle Mal aus dem Rennen ist.«

Tom sah sie lange an und begriff, dass es ihr ernst war. »Das heißt also, wir diskutieren hier nicht, sondern du informierst mich gnädig über dein Vorhaben. Ist es das?«

»Nein, das ist es nicht.«

»Was ist es dann?«

»Es geht darum, dass ich nie etwas hinter deinem Rücken machen werde, obwohl ich das leicht könnte.«

»Ich wünschte, du hättest es getan.«

»Das ist nicht dein Ernst. Wir haben uns geschworen, ehrlich zueinander zu sein. Ich hätte mir nie träumen lassen, dass das einmal so enden würde. Zu denken, Mr. Newton sei etwas Besonderes, ist unsinnig und ausgesprochen dumm.«

»Wieso ziehst du die Sache dann überhaupt in Erwägung?«

»Weil es für ihn nicht bedeutungslos ist. Also, wem schade ich damit?«

»Willst du mir damit andeuten, du hättest nichts dagegen, wenn ich mich ebenso verhalten würde, falls es für meine Arbeit wichtig wäre?«

»Wir müssen im Berufsleben nun mal nett zu den Leuten sein. Du auch, jeden Tag. Denk bloß an diese schreckliche Frau, die Chefredakteurin von der Illustrierten, die unsere Fotos gebracht hat … Sie hat dich doch ganz unverblümt angemacht. Ich hatte schon damit gerechnet, dass du mit ihr zu gemeinsamen Mittagessen und auf irgendwelche Partys gehen müsstest. Wenn es so gewesen wäre, hättest du es tun müssen.«

Der bloße Gedanke daran ließ Tom in schallendes Gelächter ausbrechen.

»Wenn du so etwas sagst, bin ich mir fast hundertprozentig sicher, dass du mich auf den Arm nimmst.«

Aber wieder stimmte Marcella nicht in sein Lachen ein. »Dann gibst du also wenigstens zu, dass du ihm gefällst?«, fragte Tom.

»Er bewundert mich, und ich bin ihm vom Alter her nun mal näher als diese Teenager. Es ist doch nur eine Party, Tom. Ich wiederhole es noch mal, ich hätte nichts dagegen, wenn du damals mit dieser Dame auf eine Party hättest gehen müssen.«

»Nicht einmal, wenn mein Leben davon abhängig gewesen wäre, ganz zu schweigen von meiner Karriere.«

»Das mit dem Italiener tut mir leid.«

Es war sehr wichtig, wie er jetzt reagierte, was er sagte und tat, denn sein ganzes weiteres Leben würde davon abhängen. Er musste äußerst behutsam vorgehen. Er stand in ihrem kleinen Wohnzimmer, während Marcella am Tisch saß. Das Bild prägte sich ihm tief ins Gedächtnis ein. Auf dem Tisch lag die pinkfarbene Decke aus Samt, die ihnen Cathy letztes Jahr zu Weihnachten geschenkt hatte. Darauf stand eine flache weiße Obstschale mit Pfirsichen und dunklen Trauben. Die Abendsonne fiel ins Zimmer und umgab Marcellas Haar mit einem merkwürdigen Glorienschein, als ob sie eine Heilige wäre. Marcella trug einen weiten schwarzen Baumwollpulli und Jeans, sie sah aus wie achtzehn. Ihre großen Augen suchten in Toms Gesicht nach einer Antwort.

»Also, Tom?«, fragte sie.

»Also, Marcella?«, sagte er.

»Wie lautet deine Antwort?«, wollte sie wissen.

»Wie du bereits sagtest, es ist deine Entscheidung, du musst die Wahl treffen, es geht um deine Karriere. Nichts, was ich sagen kann, wird das ändern.« Er bemühte sich um einen freundlichen Tonfall und ergriff ihre Hand.

»Aber?«, fuhr sie für ihn fort.

»Aber es würde mir das Herz brechen, wenn du nach seiner Pfeife tanzt und ihm das Partygirl machst. Du würdest deine Würde und ich den Respekt vor uns beiden verlieren. Und ganz egal, was du auch anführst, du musst da nicht hingehen. Unter normalen Umständen würdest du so etwas überhaupt nicht in Erwägung ziehen, aber es sind eben keine normalen Umstände. Du bist fürchterlich nervös wegen morgen Abend.«

Er sah sie an und wartete darauf, dass sie sich in seine Arme werfen und ihm für sein Verständnis und seine Einsicht danken würde. Stattdessen herrschte Schweigen. »Also, mein Schatz, heißt das jetzt, dass du zu unserer Party kommst, wo alle deine Freunde auf deinen Erfolg anstoßen werden?«

»Danke für alles, danke, dass du deine Geduld nicht verloren hast und auf die unsinnige Idee gekommen bist, ich würde dich anlügen.«

»Aber nicht doch. Ich weiß, dass du mich nie anlügen würdest«, beruhigte er sie. Aber sie hatte immer noch nicht ja oder nein gesagt. Sie wollte jetzt nicht weiter über die Party reden, und er hatte so ehrlich wie möglich reagiert, ohne loszustürmen und mit der Faust ein Loch in die Tür zu schlagen, wonach ihm eigentlich zumute gewesen wäre. Marcella stand auf, kam zu ihm, legte ihm die Arme um den Hals und zog ihn zum Sofa. Dort saßen sie in der sommerlichen Abendsonne, sie hatte ihren Kopf an seine Schulter gelehnt und hielt lange Zeit seine Hand.

Der größte Teil der geleasten Küchenausstattung war inzwischen eingetroffen und auch schon installiert und eingeräumt worden. Männer schleppten schwere Kartons mit verpackten Herden und Gefriertruhen hinein und leere Kisten wieder hinaus. Der Lärmpegel war bedrohlich hoch. Bei dem Gedanken an das viele Geld, das sie erst noch verdienen mussten, um das alles bezahlen zu können, wurden Tom und Cathy die Knie weich. June und Cathy beaufsichtigten nebenbei die Arbeiten, während sie die Häppchen für die Modenschau fertig machten.

»Wahrscheinlich essen die alle überhaupt nichts, diese dürren Möchtegernmodels«, befürchtete June.

»Nein, ich glaube, da täuschst du dich gewaltig. Das Publikum wird zum größten Teil aus Leuten bestehen, die viel zu alt und zu dick sind, um diese Dessous und Bademoden überhaupt tragen zu können. Meine Schwiegermutter wird übrigens auch da sein.«

»Werden Hannah nicht die Augen aus dem Kopf fallen, wenn sie diese Fähnchen sieht? Okay, das ist das vorletzte Tablett – noch eines, und du kannst schon mal anfangen, den Lieferwagen zu beladen, während ich die Sachen für unsere Minnie-Maus vorbereite«, sagte June vergnügt.

»Pst, June, eines Tages kommt sie womöglich vorbei und hört, wie du sie nennst«, warnte Cathy sie.

Minnie war eine Frau, deren Mann sie für eine gute Köchin hielt. Sie kam jeden Freitag höchstpersönlich bei ihnen vorbei, um ein Fertiggericht und fünf tiefgefrorene Mahlzeiten für zwei Personen mitzunehmen. Vor langer Zeit hatte Cathy ihr angeboten, ihr die einfachen Gerichte beizubringen, die sie immer in Auftrag gab – aber nein, Minnie bestand darauf, dass Cathy ihr das Essen in ihrem eigenen Geschirr mitgab. Seitdem vergaßen sie nie, zwei zusätzliche Portionen in Minnies rote oder grüne Gefrierschachteln abzufüllen, wenn sie Rindsrouladen oder Hühnchen auf provenzalische Art zubereiteten.

»Was für ein einsames Leben die beiden führen müssen, nie kommt jemand zu Besuch, und zum Essen gehen sie auch nie aus«, meinte Cathy voller Mitgefühl.

»Ob Minnie wohl glaubt, dass die Woche sechs Tage hat?«, überlegte June.

»Nein, einmal die Woche gibt es Fisch und Chips. Damit revanchiert sich ihr Mann für ihre Kochkünste.«

»Der Mann muss wirklich strohdumm sein«, überlegte June. »Minnie tut gut daran, ihm nichts zu sagen. Je weniger die Männer wissen, desto besser – sage ich immer.«

»Aber was ist denn das für eine Beziehung, wenn sie ihm in einer so wichtigen Sache im wahrsten Sinn des Wortes Lügen auftischt?«, erwiderte Cathy.

»Glaube mir, ich habe mehr Eheerfahrung als ihr beide«, belehrte sie June. »Halt den Mund und tu, was du für richtig hältst – das ist mein Motto.«

Tom trug mit grimmigem Gesicht die Tabletts zum Wagen hinaus. Es steckte durchaus ein Körnchen Wahrheit in Junes Worten, dachte er. Gesetzt den Fall, Marcella hätte behauptet, es würde eine Schulung oder ein geschäftliches Treffen in dem Hotel stattfinden, hätte Tom ihr garantiert geglaubt. Und dann wäre ihm der entsetzliche Schmerz der vergangenen Nacht erspart geblieben. Er hätte nicht ständig gegrübelt, ob sie sich möglicherweise doch noch entschließen würde, auf die Party von Mr. Newton zu gehen statt mit ihm zu dem Essen, das er so liebevoll für sie organisiert hatte. Als er wieder zurückkam, bemerkte er, wie Cathy die Lebensmittel vor sich voller Widerwillen betrachtete.

»Was ist das?«, fragte sie June.

»Gott, das weißt du doch ganz genau. Das sind Stubenküken, kleine Hühnchen, ich bereite sie für Minnie vor. Was ist denn los mit dir?«

»Tu mir den Gefallen, und stell sie dort drüben hin, ja? Ich kann den Anblick nicht ertragen, mir wird ganz anders, sie sehen irgendwie so menschlich aus.«

»Na klar«, erwiderte June und plapperte munter weiter. »Weißt du, ich finde, wir sollten uns ein Weihnachtsmenü ausdenken und es schon mal im Voraus zubereiten. Etwas, das auch noch die Dümmsten auf den Tisch bringen können – so was wie Kanapees und diese kleinen, gefüllten Pasteten...«

»Und anschließend fahren wir die Sachen mit dem Lieferwagen aus, ja?« Cathy fand die Idee gut.

»Das würde mir gefallen, von Haus zu Haus zu ziehen und überall fröhliche Weihnachten zu wünschen wie der Weihnachtsmann persönlich. Aber glaubst du denn, dass du Weihnachten überhaupt noch arbeiten wirst?«, fragte June beiläufig.

»Wie meinst du das?«, Cathy hob erschrocken den Kopf.

»Ich meine damit, wann du endlich deinen Urlaub nehmen willst. Wir müssen das ja schließlich wissen, nicht wahr, Tom?«

»Ja, natürlich müssen wir das«, erwiderte Tom, der kein Wort verstand.

»Und übrigens... hattest du eigentlich die Absicht, uns irgendwann mitzuteilen, dass du ein Baby bekommst? Oder wolltest du uns so lange im Unklaren lassen, bis wir für dich

Wasser heiß machen und kontrollieren sollten, in welchen Abständen die Wehen kommen?«

Bei Hayward's herrschte reges Treiben. Toms Magen reagierte mit zunehmend größer werdender Nervosität, und seine geringste Sorge war, wie die Gäste an diesem Abend die Bewirtung von Scarlet Feather fänden. Tom half Con, June und Cathy dabei, alles für den Presseempfang vorzubereiten, dann stahl er sich davon und stellte eine Vase mit einem kleinen Strauß Rosen in Marcellas Garderobe. Daneben legte er eine Karte mit den Zeilen: »Für meine wunderschöne Marcella. Viel Glück für deinen ersten Abend auf dem Laufsteg und für die Zukunft.« Seine Hand zitterte dabei leicht. Die Mädchen waren gerade zum Fotografieren auf der Bühne und würden später heraufkommen und sich unter die Gäste des Presseempfangs mischen. Tom sah sich in der Garderobe um. Tief in seinem Herzen wusste er, dass nur ihr Lampenfieber an allem schuld gewesen war; Marcella würde das Thema bestimmt nicht noch einmal ansprechen, und wenn, dann war es ihr sicher peinlich. Er wünschte sich nur, er könnte ihren seltsamen, leblosen Tonfall vergessen. Sie hatte wie eine Schlafwandlerin geklungen, wie jemand, der sich nicht mehr ganz in der Hand hatte.

Der Presseempfang verlief reibungslos, drei Journalisten steckten sich eine Visitenkarte von Scarlet Feather zusammen mit der Presseerklärung von Feather Fashions ein. Man fotografierte die beiden Brüder Arm in Arm.

Cathy war von der vormittäglichen Enthüllung noch völlig vor den Kopf gestoßen. Sie hatte den beiden eine harmlose Variante der Geschichte aufgetischt: Bisher sei sie sich selbst der Tragweite der Sache noch nicht bewusst gewesen. Sie sei gerade erst beim Frauenarzt gewesen und habe sich die Schwangerschaft bestätigen lassen. Und Neil habe sie vor seiner Abreise nach Afrika auch nichts mehr erzählen können.

Jetzt könnten ihre Kollegen vielleicht verstehen, weshalb Diskretion gefragt war – oder gar eine totale Nachrichtensperre. Tom und June hatten den Ernst der Lage auch sofort erkannt und sich bewundernswert zurückgehalten.

»Na ja, wir wollten ja schon immer noch jemanden für den Partyservice. Solange das Kleine mit einem halben Jahr zu arbeiten anfängt, verlieren wir kein Wort mehr über die Sache«, hatte Tom gefeixt.

»Genau«, hatte June ihm zugestimmt. »Wir sollten es wirklich für uns behalten und nur Simon und Maud davon erzählen, einverstanden?«

Cathy wusste, dass sie sich auf die beiden verlassen konnte und dass sie den heutigen Tag auch noch durchstehen würde. Es sah so aus, als würde der Presseempfang reibungslos ablaufen; hinterher käme dann diese Modenschau, die dem armen Tom offensichtlich den letzten Nerv raubte. Dann würden die Häppchen gereicht, das Geschirr musste in der Küche von Hayward's gespült werden, und zur Krönung des Ganzen – als ob der Tag nicht schon lang genug gewesen wäre – musste sie noch in dieses italienische Restaurant zu der Party gehen. Neil konnte wirklich von Glück reden, sich unter der Sonne Afrikas mit bürokratischem Papierkram und allen möglichen Resolutionen bei dieser Konferenz herumschlagen zu dürfen. Er brauchte sich um nichts zu sorgen. Er hatte ja überhaupt keine Ahnung, was Probleme waren!

Später konnte sich Tom kaum mehr an die Modenschau erinnern, lediglich ein paar begeisterte Ausrufe und jede Menge Applaus zum Schluss waren ihm im Gedächtnis geblieben. Er sah Joe, der ein paarmal den Daumen in die Höhe reckte, wenn Marcella die Bühne betrat. Tom rang sich ein Lächeln ab. Schon nach wenigen Sekunden hatte er Paul Newton entdeckt, der auf einem der vordersten Plätze saß, ohne seine Zigarre, aber auf einem Bleistift kauend. Tom hasste diesen Mann so abgrundtief, dass ihm fast die

Beine ihren Dienst versagt hätten. Ach, wenn Marcella nur stolpern würde, betete Tom inständig, oder ihren Einsatz verpatzte. Aber sofort fühlte er sich schuldig. Wie erbärmlich, jemandem bei seinem ersten Auftritt Pech an den Hals zu wünschen, vor allem jemandem, den man liebte. Dann brandete Beifall auf, die Einkäufer aus allen Teilen des Landes umringten Joe und seine Freunde Brendan und Harry, um weitere Einzelheiten und Informationen über die vorgeführten Modelle zu erfahren, Mr. Newton beobachtete das Ganze aufmerksam. Tom arbeitete wie ein Roboter, reichte einem Gast Garnele im Teigmantel, einem anderen ein Stück thailändische Fischpastete. »Freut mich, dass es Ihnen schmeckt. Am Eingang haben wir die Rezepte ausgelegt, wenn Sie sich dafür interessieren.« Es war Toms Idee gewesen, für die Gäste eine Liste mit den Rezepten einiger einfacher Vorspeisen zusammenzustellen, die wirklich jeder nachmachen konnte. Außerdem fanden sich auf dem Faltblatt noch zwölf kompliziertere Horsd'œuvres, die ebenfalls zu ihrem Repertoire zählten. Dazu Telefon- und Faxnummer und die E-Mail-Adresse von Scarlet Feather – und fertig war die denkbar beste Reklame. Jeder steckte sich einen dieser Zettel in die Tasche. Tom lief wie ferngesteuert durch den Raum, als eine Frau ihm die Hand auf den Arm legte. Es war die Frau von der Zeitschrift, die diese Fotogeschichte mit ihm und Marcella gemacht hatte, die Journalistin mit dem harten Gesicht, die gute fünfzehn Jahre älter als er war. Die Frau, von der Marcella behauptete, sie sei so angetan von ihm.

»Oh, hallo, ich habe Sie bei dem Presseempfang gar nicht gesehen«, begrüßte Tom die Frau.

»Haben Sie denn überhaupt Ausschau nach mir gehalten?«, fragte sie süffisant.

Tom ergriff die Flucht. Er sah Marcella lächelnd mit ihrem Glas den Leuten zuprosten. Würde dieser Abend denn niemals enden? Nach und nach gingen die Gäste.

»Füll die Gläser nicht mehr nach, Con, sonst gehen die Leute überhaupt nicht nach Hause«, bat Tom.

»Ist ganz in meinem Sinne, Mr. F.«, antwortete Con und begann, Teller und Gläser einzusammeln.

»June, könntest du bitte das, was noch übrig ist, irgendwo auf einer Platte sammeln? Und gib die Parole aus, dass wir Schluss machen.«

»Mit den Resten können wir nichts mehr anfangen, Cathy.«

»Das ist mir egal, und wenn wir die Wände der Damengarderobe damit tapezieren – sie bekommen jetzt nichts mehr«, beschloss Cathy und setzte ein falsches Lächeln auf, als sie ihre Schwiegermutter auf sich zukommen sah.

»Der Brotaufstrich ist köstlich, ihr habt euch ja in Windeseile enorm verbessert.«

»Vielen Dank, sehr freundlich von dir«, sagte Cathy und konnte sich nur mühsam beherrschen, Hannah nicht mitten in den geheiligten Hallen von Hayward's bewusstlos zu schlagen. Es war so sicher wie das Amen in der Kirche, dass sie und Tom dann garantiert nie wieder hier hätten arbeiten dürfen.

»Und viele meiner Freunde sind derselben Ansicht. Der Abend habe sich nur wegen des Essens gelohnt, sagten sie.«

»Dann hat die Modenschau also nicht gefallen?«, fragte Cathy höflich und mit Unschuldsmiene.

»Aber meine Liebe, nein, ich fand es geschmacklos und grell, überhaupt nicht der Stil von Hayward's. Ich werde mich gelegentlich mal mit Shona Burke darüber unterhalten müssen.«

»Neil kommt am Sonntag zurück«, sagte Cathy, um das Thema zu wechseln. »Es scheint sehr interessant zu sein in Afrika.«

»Es ist wirklich schade, dass ihr beide es offensichtlich nie schafft, zur selben Zeit am selben Ort zu sein.« Früher hatte sich Hannah Mitchell anders angehört. Die Zeiten hatten sich geändert.

Inzwischen waren das schmutzige Geschirr und das Besteck in den Geschirrspülmaschinen von Hayward's verstaut und die Gläser gespült, die darauf warteten, dass Tom sie am nächsten Tag wieder mitnahm. Con und June hatten sich darum gekümmert, außerdem die Aschenbecher ausgeleert und auch noch den letzten Abfall aus dem Raum entfernt. Tom versammelte die kleine Gruppe um sich, die mit ins Restaurant gehen sollte. Joe hatte erklärt, Marcella sei fantastisch gewesen, der Star der Show. Er wäre ja liebend gerne mit zu Toms Abendessen gekommen, aber er könne jetzt seine Kollegen einfach nicht im Stich lassen.

Es zog sich noch lange hin, bis endlich alle fertig waren und sie aufbrechen konnten. Das italienische Restaurant lag nur ein paar Gehminuten entfernt. Tom bat Cathy, mit den anderen vorauszugehen, den Hauswein, einen Frascati, zu bestellen und schon mal anzufangen. Bei Hayward's wurde die Beleuchtung bereits aus- und angeschaltet, das endgültige Zeichen dafür, dass jetzt Schluss war. Männer vom Wachdienst und die Hausmeister überprüften die großen Abfalltonnen nach eventuell noch glühenden Zigarettenstummeln. Tom kannte viele von ihnen von seinen frühmorgendlichen Backarbeiten hier im Haus.

»Ich springe nur mal kurz in die Garderobe hinauf, Sean«, sagte er zu einem von ihnen, »um Marcella abzuholen.«

»Aber da ist keiner mehr oben, Tom, das Licht ist längst aus, sie sind alle weg«, antwortete der Mann.

»Wie ist das möglich, Marcella wollte sich doch nur kurz umziehen. Sie muss noch da sein.«

»Ganz im Ernst, da oben ist keine Menschenseele mehr«, sagte der Mann.

Tom wusste, dass er recht hatte, schließlich hing sein Job davon ab. Verwirrt stieg er die Treppe hinunter. Marcella war offensichtlich direkt ins Restaurant gegangen, aber warum hatte sie ihm das nicht gesagt? Da lief ihm Shona über den Weg.

»Komm, begleite mich zum Italiener, die anderen sind sicher längst dort.«

»Ich habe Marcella gesucht«, murmelte Tom.

»Oh, die ist schon vor einer halben Stunde weggegangen. Mit Joe, dessen Freunden Brendan und Harry und diesem Mr. Newton. Offensichtlich haben sie noch etwas im Hotel zu besprechen.«

Tom hatte das Gefühl, als würde er gleich ohnmächtig werden. »Entschuldige bitte, wo sind sie hingegangen?«, fragte er Shona nach einer Weile.

Shona warf ihm einen besorgten Blick zu. »Ich sagte noch zu ihr, dass ich eigentlich davon ausgegangen war, wir würden alle gemeinsam beim Italiener ihren Auftritt feiern. Aber sie meinte nur, du wüsstest, dass sie zu diesem Treffen müsste. Das stimmt doch, oder?«

»Ja, tief in meinem Inneren habe ich es gewusst«, erwiderte Tom Feather.

August

Toms Herz war schwer, als er in seine Wohnung zurückkehrte. Wie hatte er es geschafft, den ganzen Abend gute Miene zum bösen Spiel zu machen und über alles Mögliche zu reden, nur nicht darüber, dass Marcella ihrer eigenen Party ferngeblieben war? Die anderen hatten ihn unterstützt, wo sie konnten, vielleicht sogar etwas zu übereifrig. Sie hatten die Situation sofort erkannt. Es war wie bei Hamlet, nur ohne den Prinzen. Das wunderschöne Model hatte sie nicht für würdig befunden, sie mit ihrer Gegenwart zu beehren und mit ihnen gemeinsam zu essen. Sie war lieber zu den wichtigen Menschen gegangen. Alle hatten sich bemüht, sich so zu verhalten, als sei das unter diesen Umständen völlig normal. Selbstverständlich musste Marcella da hingehen, schwierig, dem auszukommen, es gehörte schließlich zu ihrem Job. Tom hätte am liebsten laut losgeheult und wunderte sich, dass er nicht irgendwann die Fassung verlor. Doch alle plapperten munter drauflos und machten mächtigen Wirbel darum, für welches Nudelgericht sie sich heute entscheiden sollten. Und er drängte sie, doch noch länger zu bleiben und ein letztes Glas Wein mit ihm zu trinken. Er wollte auf keinen Fall in seine leere Wohnung zurückkehren und dort darüber nachgrübeln, wann Marcella wohl nach Hause kommen würde. Er konnte sich nicht daran erinnern, was er gegessen oder wie viel er bezahlt hatte. Der Abend hatte in seinem Herzen und in seinem Mund einen bitteren Nachgeschmack hinterlassen.

Als Cathy nach Hause fuhr, tröstete sie ihn. »Vielleicht ist Marcella ja schon längst zu Hause und ärgert sich, weil sie nicht bei uns sein konnte.«

»Tja, da hast du wahrscheinlich recht«, antwortete er und rang sich ein Grinsen ab, von dem er hoffte, dass es nicht wie eine weinerliche Grimasse aussehen würde.

Natürlich war Marcella nicht zu Hause. Um ein Uhr war Mr. Newtons Party sicher noch in vollem Gange. Tom setzte sich in die Küche und trank literweise kaltes Wasser, um den üblen Geschmack in seinem Mund loszuwerden. Irgendwann schlief er am Küchentisch ein. Das Klingeln des Telefons weckte ihn abrupt. Es war zwanzig Minuten nach drei Uhr.

»Tom?«

»Ja, Marcella?«

»Tom, die Sache ist die…«

»Ja?«

»Weißt du, die Party kommt jetzt erst so richtig in Schwung. Ich wollte dir nur sagen, dass ich später komme. Es tut mir leid, aber du weißt ja, wie so etwas läuft.«

»Nein, ich weiß ganz und gar nicht, wie so etwas läuft. Es ist fast vier Uhr morgens. Willst du mir damit sagen, dass du heute Nacht nicht nach Hause kommst?«

»Jedenfalls nicht sofort. Und noch etwas, eines der Mädchen hat vorgeschlagen, wir sollten uns vielleicht alle zusammen hier ein Zimmer nehmen und bleiben…«

»Dann bleib bitte, Marcella«, sagte Tom.

»Es ist vielleicht vernünftiger, sonst müsste ich ein Taxi nehmen und…«

»Dann gute Nacht«, sagte er.

»Bist du wütend auf mich?«

»Nein, so würde ich das nicht nennen«, erwiderte er.

»Tom, bitte, du musst doch verstehen, dass ich das nur wegen des Jobs mache.«

»Bleib bitte dort, Marcella. Bitte, bleib.«

»Nicht mit dieser kalten Stimme, du gibst mir das Gefühl…«

»Bleib dort«, wiederholte Tom, legte auf und zog die Telefonschnur aus der Buchse, für den Fall, dass sie noch mal anrufen sollte.

Es war ein sehr ungewöhnlicher Samstagmorgen. Tom arbeitete fleißig vor sich hin und verlor kein Wort darüber, dass Marcella nicht nach Hause gekommen war. Er erwähnte auch nicht Cathys Schwangerschaft oder die Folgen, die das für ihren Catering-Service haben würde. Er konnte kaum glauben, dass Neil tatsächlich immer noch in Afrika war und keine Ahnung von alldem hatte. Cathys angespannte Miene, als sie es ihnen erzählt hatte, hatte ihm überhaupt nicht gefallen. Cathy wiederum vermied jeden Kommentar zu dem Thema Neil oder zu der Tatsache, dass Marcella am Abend zuvor nicht zu dem Essen erschienen war und was das für Auswirkungen auf Toms Leben haben könnte. Cathy konnte sich überhaupt nicht vorstellen, dass Tom erst in letzter Minute von Marcellas Termin erfahren haben sollte, und auch ihr hatte Toms blasses, wächsernes Gesicht an dem Abend ganz und gar nicht gefallen. Und so sprachen sie stattdessen über die Hochzeit der Verwandtschaft aus Chicago, deren Ablauf immer unklarer wurde, obwohl sie nur noch drei Wochen Zeit hatten. Wie hatte der neunzehnte August nur so rasch näher rücken können?

»Ist Marian dir eigentlich ähnlich?«, wollte Tom wissen.

»Keine Ahnung. Ich habe sie kaum gesehen, seit ich ein Kind war. Sie ist mit siebzehn von zu Hause weg, einmal habe ich sie drüben besucht, und sie ist in der ganzen Zeit nur zweimal in Irland gewesen. Ich habe auch nicht die geringste Ahnung, was für ein Typ Harry ist, also können wir auch keine Schlüsse auf ihren Charakter ziehen.«

»Wissen wir denn irgendetwas über die Gäste, die sie aus Chicago mitbringen?«, fragte Tom.

»Nein, nichts.«

»Und über die irische Verwandtschaft?«

»Es kommen ein paar von Mams und Dads Brüdern und

Schwestern, deren Kinder und ein paar Cousins, die es bestimmt kaum mehr erwarten können, ihren Schlips abzulegen, den obersten Kragenknopf zu öffnen und sich dem Suff hinzugeben.«

»Was würden die denn gerne essen?«

»Krabbencocktail, Brathähnchen und Eis mit Schokoladensoße.«

Tom stöhnte.

»Und die letzte Nachricht aus Chicago hörte sich auch so an, als würde ihnen die Vorstellung von einer typisch irischen Feier nicht mehr so recht behagen.«

»Ja, aber das haben sie mir natürlich nicht direkt gesagt, sondern hinter meinem Rücken bei Mam und Geraldine nachgebohrt… So nach dem Motto: ›Eigentlich könnte man meinen, dass Cathy weiß, was wir wollen.‹ Es kann einen krank machen.«

»Meinst du, wir sollten ihnen um des lieben Friedens willen einfach den Gefallen tun?« Tom sah sehr müde aus.

Cathy fragte sich, ob er vergangene Nacht überhaupt ein Auge zugetan hatte, vielleicht hatten er und Marcella sich heftig gestritten, als sie nach Hause gekommen war. »Ich bin mir nicht sicher, Tom. Ich weiß, was du meinst, und eigentlich sollten wir es uns nicht schwerer machen, als es ohnehin schon ist. Niemand zwingt uns, ihnen etwas Vernünftiges vorzusetzen, wenn sie auch mit irgendwelchem Mist zufrieden sind.«

»Der Kunde hat schließlich immer recht, oder? Und außerdem ist unter den Hochzeitsgästen keiner, der uns bereits kennt und vor dem wir uns schämen würden, wenn wir…«

Cathy runzelte die Stirn. »Es ist bestimmt etwas Wahres an dem, was du sagst, aber ich möchte eigentlich schon, dass es den Leuten aus Chicago schmeckt. Schließlich werden sie die übrige Zeit in verschiedenen Restaurants in Dublin zum Essen gehen. Sie werden eine Kennenlernparty in einem Hotel und eine Nachfeier in einem anderen Hotel erleben und dabei mit Sicherheit feststellen, dass außer auf den Grußkarten zum St. Patrick's Day aus New York kein Ire mehr Speck mit Kohl isst. Sie werden in verdammt teuren Hotels logieren, was sie eine schöne Stange Geld kosten wird.«

»Tja dann«, meinte Tom. »Haben sie denn schon gebucht?«

»Nun, ich hoffe es für sie. Seit einem halben Jahr reden sie jedenfalls schon davon.«

»Wir schicken ihnen besser noch eine E-Mail«, sagte Tom. »Wenn wir ihnen schon die Qual der Wahl zwischen unserem wunderbaren irischen Lamm und unserem irischen Lachs zumuten, könnten wir ihnen doch noch gleich ein paar Fotos von dem Lachs in Blätterteig mitschicken, den wir vor ein paar Wochen gemacht haben. Der war ein Traum.«

»Der war aber nicht mit grünen Kleeblättern und irischer Flagge verziert«, knurrte Cathy.

Tom und Cathy standen nebeneinander und putzten einträchtig Gemüse. Beide machten dieselben Handbewegungen und arbeiteten im selben Rhythmus. Es war, als würden sie zusammen ein Boot rudern. Die Szene strahlte Harmonie und Ruhe aus. Sogar ihre Unterhaltung war gedämpft, aber sie tat ihre Wirkung und lenkte sie eine Weile von ihren Sorgen ab. Sie konnten nicht über Neil und Marcella nachdenken, wenn Arbeit anstand, wenn Essen weggebracht, Rechnungen bezahlt und die Hochzeit des Jahrhunderts organisiert werden musste.

James Byrne kam, um die Buchführung zu erledigen.

»Wie ist denn die Modenschau gestern Abend gewesen?«, fragte er höflich und staunte über die knappe Antwort.

»Nett«, meinte Tom nur.

»Wunderbar«, lautete Cathys ganzer Kommentar.

James Byrne fragte nicht weiter nach. Er warf einen Blick auf die horrenden Leasingkosten und bemängelte die schleppenden Verhandlungen mit der Versicherung, die sich ziemlich viel Zeit ließ.

»Wann kommt Neil denn aus Afrika zurück?«, fragte James Byrne unschuldig.

»Morgen«, antwortete Tom.

»Am Montag«, verbesserte ihn Cathy.

Beide Antworten klangen ebenso abweisend wie die auf seine erste Frage. James Byrne blickte von Cathy zu Tom und hoffte, sein Freund Martin Maguire möge mit seiner Behauptung nicht recht gehabt haben, dass auf diesem Haus ein Fluch läge. Tom und Cathy waren bisher immer freundschaftlich miteinander umgegangen, und mit ihnen zusammenzuarbeiten war die reinste Freude gewesen. Heute wirkten sie wie zwei gereizte wilde Tiere, die bereit waren, jederzeit zum Sprung anzusetzen.

»Montag deswegen, weil wir morgen Abend erst in ein Hotel fahren werden«, erklärte Cathy. »Ich meine, falls Sie mit Neil über die Versicherung sprechen wollen.«

»Tut mir leid«, warf Tom ein. »Es geht mich natürlich nichts an, wann dein Mann zurückkommt.«

James Byrnes Verwunderung wuchs, und er schnitt ein anderes Thema an, von dem er hoffte, dass es weniger Sprengstoff enthielt. »Ich würde mich gerne vergewissern, dass Sie Aufträge in Aussicht haben, die auch pünktlich bezahlt werden. Wir können es uns momentan nicht leisten, dass jemand den vollen Kreditrahmen von neunzig Tagen ausschöpft.«

»Es sieht so aus. Mein Bruder hat bereits zur Hälfte im Voraus bezahlt, und sobald er am Montag weiß, wie viel Wein getrunken wurde, bekomme ich den Rest«, erwiderte Tom.

James notierte sich alles.

»Und dann steht schließlich die Hochzeit meiner Schwester bevor. Die begleichen noch an Ort und Stelle ihre Rechnung«, ergänzte Cathy.

»Sie haben wirklich bewundernswerte Familien«, murmelte James.

»Hayward's zahlt monatlich für unser Brot«, merkte Tom an.

»Von unserer Minnie-Maus werden wir auch wöchentlich bezahlt, aber das ist nur ein winziger Betrag.«

»Und dann haben wir noch zwei Aufträge in der Galerie von Ricky, die bringen ungefähr dreihundert Pfund. Wenn wir ihn darum bitten, zahlt er sicher noch am selben Abend.«

»Und nächsten Mittwoch haben wir eine Trauerfeier. Die Leute vom Quentin's werden das Geld für uns bestimmt ziemlich schnell eintreiben.«

»Gut, gut.« James Byrne nickte feierlich.

»Machen Sie sich etwa Sorgen, James?«, fragte Cathy plötzlich.

»Ich mache mir immer Sorgen«, antwortete er mit einem schwachen Lächeln.

»Nein, geben Sie uns eine ehrliche Antwort. Wie ernst ist unsere Situation?«

»Ernst«, antwortete James Byrne. »In der Tat, sehr ernst.«

Als Cathy mittags in ihre Wohnung kam, war eine Nachricht auf dem Anrufbeantworter. Neil teilte ihr mit, dass sein Flugzeug Verspätung haben werde, er sich aber sehr auf den Ausflug in das Hotel in Wicklow freuen würde. Er würde gleich nach der Landung vom Flughafen aus anrufen – und, ja, er liebe sie.

Als Tom mittags in seine Wohnung kam, lag ein Umschlag auf der Fußmatte. Es war ein Brief von Marcella, die ihm mitteilte, dass sie gegen Mittag zurück sein werde. Vielleicht habe Tom ja Lust, irgendwo zusammen nett essen zu gehen, sie wolle aber auf jeden Fall zuvor noch mal anrufen – und, ja, sie liebe ihn.

Samstagmittag erhielt Geraldine einen Anruf, der sie zunächst vor ein Rätsel stellte.

»Hallo, Frederick Flynn hier, ist dort die Reinigung? Ich sollte heute Nachmittag bei Ihnen ein Jackett abholen, aber jetzt ist mir etwas dazwischengekommen, und ich muss sofort weg.«

»Bist du es, Freddie?«, fragte Geraldine erstaunt.

»Ja, vielen Dank, dass Sie so entgegenkommend sind. Kann ich am Montag noch mal anrufen? Danke, sehr freundlich von Ihnen.«

»Was willst du mir damit sagen, Freddie?«

Eigentlich sollte er in einer Stunde bei ihr sein, und dann wollten sie zwei Nächte und einen ganzen Tag zusammen verbringen, da Freddies Frau geplant hatte, nach Limerick zu fahren. »Ja, vielen Dank, dass Sie sich meinetwegen solche Umstände gemacht haben, aber ich muss unbedingt nach Limerick fahren.«

»Nein, Freddie, das musst du nicht. Du hast gesagt, sie würde dort hinfahren.«

»Nochmals vielen Dank für Ihr Verständnis.« Und damit legte er auf.

»Hallo, ist dort Mr. … äh, Muttance Scarlet?«

»Hier ist Muttie. Wer spricht dort?«

»Ich bin es, Mr. Mitchell.«

»Dann sind Sie Cathys Schwiegervater?«, fragte Muttie.

»Nein, also … tja … hier spricht … äh … der Vater von Simon und Maud.«

»Das ist aber nett, dass Sie anrufen, Mr. Mitchell. Lizzie und ich warten bereits auf die Kinder. Eigentlich sollten sie ja jeden Augenblick kommen, aber sie sind noch nicht da.« Muttie dachte, Mr. Mitchell wollte die Zwillinge sprechen.

»Nein, und sie kommen auch nicht, ich meine, sie konnten nicht weg.«

»Sie kommen nicht?«

»Nein, es tut mir leid, Mr. Muttance, sehr leid.«

»Sind sie krank, oder was ist los, Mr. Mitchell?«

»Ja und nein, könnte man sagen. Ihrer Mutter geht es nicht sehr gut, der Kinder wegen. Jetzt müssen sie eben zu Hause bleiben und sich um sie kümmern.«

»Könnte ich die beiden vielleicht kurz sprechen, Mr. Mitchell?«

»Das halte ich für unangemessen.«

Als Walter nach Hause kam, hoffte er, vielleicht noch etwas von dem samstäglichen Mittagessen abzubekommen. Er sah, dass sein Vater allein am Tisch saß.

»Ist etwas nicht in Ordnung, Vater?«

»Es geht alles drunter und drüber, Walter.«

»Erzähl mir, was los ist.«

»Deine Mutter hat wieder zu trinken angefangen, diese beiden Zwillinge sind den ganzen Tag mit ihren Steppschuhen durchs Haus gehüpft und haben alles nur noch schlimmer gemacht, und Old Barty hat wieder gespielt und derart hoch verloren, dass er sich jetzt irgendwo verstecken muss.«

»Aber was hat er denn noch zu verlieren? Old Barty hat doch überhaupt nichts mehr, das er verlieren könnte«, wandte Walter ein.

»Was meinst du, warum ich mir solche Sorgen mache? Ich warte auf jemanden, der sich das Haus ansehen will«, erklärte Kenneth Mitchell.

»Gibt es denn gar nichts zum Mittagessen?«, wollte Walter wissen.

»Nur, wenn du etwas kochst«, antwortete Kenneth.

»Sind die Kinder bei diesen Verrückten in St. Jarlath's Crescent?«

»Nein, ich habe es ihnen verboten. Mit ihrem verdammten Gehüpfe haben sie deine Mutter völlig verrückt gemacht.«

»Wo sind sie jetzt?«, fragte Walter.

»Ich vermute, sie sind in ihrem Zimmer und schmollen …«

»Sei bloß vorsichtig, Vater, diese weibliche Einsatztruppe

der Polizei wird dir heftig auf die Zehen steigen, wenn du eine der Vereinbarungen brichst.«

»Es sind meine Kinder, Walter. Ich habe jedes Recht der Welt, zu entscheiden, wo sie sich samstags zum Mittagessen aufzuhalten haben.«

»Natürlich, Vater.«

Walter betrachtete stirnrunzelnd den Küchentisch, auf dem keinerlei Hinweis auf ein samstägliches Mittagessen zu entdecken war.

Shona saß in ihrer Wohnung und las den Brief zum dreizehnten Mal. Sie war am neunzehnten August von jemandem zum Abendessen eingeladen worden, von dem sie gedacht hatte, sie würde ihn ihr ganzes Leben nie mehr wiedersehen.

Lizzie bat Muttie, Cathy auf keinen Fall zu belästigen, das Mädchen sei in der letzten Zeit blass wie ein Leinentuch. Muttie meinte, man müsse entweder kämpfen oder ein für alle Mal klein beigeben. Der Mann, der ihm die Pfund-Münze in die Hand gedrückt hatte, würde sie völlig unterbuttern, wenn sie sich jetzt nicht wehrten. Lizzie werde es schon sehen, dieser Mensch würde den Zwillingen verbieten, bei der Hochzeit zu tanzen, wenn sie dieses eine Mal nicht aufbegehrten. Außerdem sitze der Tanzlehrer in der Küche und warte auf die Kinder. Er jedenfalls würde jetzt auf der Stelle bei Cathy anrufen. Doch weil sie weder in Waterview war und auch nicht an ihr Handy ging, probierte er die Nummer vom Catering-Service.

Tom Feather hatte es nicht länger in Stoneyfield ausgehalten. Er hätte es nicht ertragen, dort zu sein, falls Marcella vorbeigekommen wäre, um nachzuschauen, wie es ihm ging. Er hatte so schnell wie möglich die Wohnung verlassen müssen. Als er im Geschäft ankam, klingelte das Telefon. »Cathy ist nicht hier, Muttie, sie hat sich heute Nachmittag freigenommen. Auf meine Anordnung hin. Ich habe ihr erklärt, dass sie schon viel zu lange nicht mehr am Meer war, und weil sie außerdem noch nie im Turm von James Joyce war, habe ich sie nach Sandycove geschickt, damit sie sich das mal ansieht und wieder einen klaren Kopf bekommt.«

»Das war sehr gut von dir. Lizzie ist auch schon aufgefallen, dass Cathy in letzter Zeit immer so müde aussieht. Ich habe nur leider ein Problem.«

»Erzähl mir, worum geht es«, forderte Tom ihn auf. Alles war besser, als seinen eigenen Gedanken nachhängen zu müssen. Er hörte sich Mutties Geschichte an.

»Ich fahre hin und hole die beiden für dich«, beschloss Tom. »Gib mir einfach die Adresse.«

»Wir wollen aber keinen Ärger«, wandte Muttie ein.

»Nein, selbstverständlich nicht«, erwiderte Tom.

»Guten Tag, Mr. Mitchell. Ich bin Tom Feather und möchte die Kinder in den St. Jarlath's Crescent bringen.«

»Tut mir leid, aber ich habe keine Ahnung, wer Sie sind«, antwortete Kenneth Mitchell arrogant, und auf Toms Stirn begann eine Ader zu pochen.

»Wenn Ihr Sohn Walter hier ist, der kennt mich. Ich bin der Kompagnon von Cathy, der Frau Ihres Neffen. Sicher haben Sie meinen Namen schon mal gehört, aber jetzt würde ich gern die Kinder mitnehmen, außerdem ihre Tanzschuhe und den Kassettenrecorder, wie es in Ihrer Vereinbarung festgelegt ist.«

»Vereinbarung? Es gibt keine Vereinbarung mit Ihnen, Mr. ähm...«

»Aber mit dem Gericht, mit dem Sozialamt und mit der Familie Mitchell.«

»Ich glaube nicht, dass es jetzt an der Zeit ist...«

»Sie haben völlig recht, die Zeit wird allmählich knapp. Mr. Scarlet bezahlt den Tanzlehrer für die Kinder stundenweise, und wir sind jetzt schon zu spät dran.«

»SIMON! MAUD!«, rief Tom aus voller Kehle.

Die Zwillinge hatten ängstlich gelauscht und kamen jetzt in die Halle. »Ihr werdet schon seit Stunden erwartet«, sagte Tom mit gespielter Strenge.

»Wir konnten nicht kommen, wir haben Mutter krank gemacht«, versuchte Simon zu erklären.

»Weil wir getanzt haben, weißt du«, fügte Maud hinzu.

»Unsinn, das ist nicht eure Schuld. Jetzt aber mal los, holt eure Schuhe, und dann nichts wie ab ins Auto, damit wir fahren können.«

»Sie haben kein Recht, einfach so in mein Haus hereinzuplatzen...«, fing Kenneth Mitchell an.

»Setzen Sie sich mit der Sozialarbeiterin in Verbindung und mit Cathy und Neil, wenn der morgen nach Hause kommt. Ich bin nur der Fahrer«, entgegnete Tom lächelnd, verließ das Haus und kehrte zu dem Lieferwagen von Scarlet Feather zurück, dessen Motor er lautstark aufheulen ließ. Er sah, dass Walter ihn, hinter einem Vorhang stehend, von einem Fenster im oberen Stockwerk aus beobachtete. »Hallo, Walter«, rief er. »Immer an vorderster Front, wenn du gebraucht wirst, wie immer.«

Walter verschwand. Die Zwillinge kamen aus dem Haus gelaufen, aufgeregt und verängstigt zugleich. Es war grausam und unfair, Kinder so zu behandeln. Wenn er und Marcella einmal Kinder hätten, würden sie nur geliebt und ermutigt werden. Da fiel ihm ein, dass Marcella vergangene Nacht nicht nach Hause gekommen war. Und mit einem Mal hatte er einen bitteren Geschmack im Mund.

»Kann ich dir etwas anbieten, Tom? Tee, Kaffee, einen Schluck Alkohol? Es war wirklich nett von dir, die Kinder herzubringen.«

»Danke, nein, ich möchte nichts, Lizzie, es war eine schöne Abwechslung für mich.«

»Diese Arbeit macht euch beide noch völlig fertig, Cathy ist schon so blass wie ein Gespenst.«

»Nein, das hat damit überhaupt nichts zu tun, wir lieben unsere Arbeit... es ist nur...«

Tom verstummte. Es gab so vieles, was er nicht sagen konnte. Warum Cathy so blass war, zum Beispiel. Oder dass sie so viel arbeiten mussten, weil ihr Geschäft verwüstet worden war. Oder dass sein eigenes Leben momentan völlig aus den Fugen geraten war.

»Eine Frage nur, Lizzie, wann müssen die Kinder wieder bei ihren Eltern sein?«

»Muttie wird sie hinbringen, das sind nur ein paar Stationen mit dem Bus. Spätestens um acht müssen sie wieder zurück sein.«

»Ich komme und hole sie um Viertel vor acht bei euch ab.«

»Aber wir wollen nicht, dass du durch die ganze Stadt kurvst mit...«

»Nein, bitte, es ist mir ganz recht so.« Und schon war er weg.

Lizzie stand am Fenster und sah Tom hinterher.

»Er hat sich mit ihr gestritten, du weißt schon, mit dieser Kosmetikerin«, meinte sie dann.

»Woher willst du das denn wissen?«, fragte Muttie.

»Phyllis von weiter unten in der Straße ist bei der Modenschau bei Hayward's gewesen. Sie meinte, so etwas bekäme man nicht mal in einem Pornostreifen zu sehen, und Toms Freundin hatte fast keinen Faden am Leib.«

»Dann tut es mir direkt leid, dass wir nicht hingegangen sind, wenn ich es mir recht überlege«, murmelte Muttie nachdenklich.

»Ich hatte Geraldine deswegen gefragt, und sie hat mir geraten, dich besser unter Verschluss zu halten und dich nicht in die Nähe zu lassen«, erklärte Lizzie nicht ohne Stolz.

Cathy plante, mit Neil sofort nach dessen Ankunft ohne Umwege – und ohne in Waterview Station zu machen – direkt nach Wicklow zu Holly's Hotel zu fahren. Sie notierte sich alle seine Nachrichten vom Anrufbeantworter und packte ein paar Sachen für eine Nacht zusammen. Jetzt hätte er keine Entschuldigung, erst noch mal zu Hause vorbeizuschauen und eventuell nur wieder gestört zu werden. Cathy fuhr mit dem Volvo zum Flughafen und wartete, während die Passagiere nach und nach durch die Glastür traten. Dann kam auch Neil: Er war leicht gebräunt, also musste er wenigstens etwas Freizeit gehabt haben, und er war ins Gespräch mit einem seiner Kollegen vertieft und hielt kaum inne, als er Cathy entdeckte.

Einen von Neils Begleitern kannte Cathy, einen äußerst ernsthaften Mann ohne Humor, aber mit der enormen Fähigkeit, seine Gegner zu zermürben. In einem anderen aus der Gruppe erkannte sie einen Politiker, der immer gern an sich selbst zuerst dachte, aber den vierten, einen großen, grauhaarigen Mann, hatte sie noch nie zuvor gesehen.

»Na so was, Sie sind doch Scarlet Feather!«, rief der. »Vor Kurzem waren wir Gast bei Freddie Flynn, das Essen war hervorragend, und da haben wir uns Ihre Karte eingesteckt. Das kommt ja wie aufs Stichwort … Neil, warum haben Sie uns vorenthalten, dass Sie mit diesem Genie verheiratet sind?«

»Weil Sie dann nur abgelenkt gewesen wären und mir die ganze Zeit über von Cathys guter Küche vorgeschwärmt hätten«, antwortete Neil. Gleichzeitig legte er Cathy den Arm um die Schultern. Er war stolz auf sie, das war nicht zu übersehen. Alles würde gut werden. Sie brauchte überhaupt nicht so aufgeregt zu sein wegen des Gesprächs, das ihnen bevorstand. Hand in Hand gingen sie zum Parkplatz.

»Du kannst dir gar nicht vorstellen, wie sehr ich mich auf eine Dusche freue«, sagte Neil. »Aber wir bleiben nicht lange zu Hause, sondern fahren dann gleich nach Wicklow weiter, versprochen ist versprochen.«

Tom kam aus einem der schuhschachtelgroßen Kinos in dem großen Kinocenter, ging an die Kasse und kaufte sich eine

Eintrittskarte für den nächsten Film. Das blonde Mädchen hinter der Glasscheibe lächelte ihn an.

»Sie können wohl gar nicht genug bekommen, wie?«, sagte sie.

»Was?«, fragte Tom verwirrt.

»Das ist jetzt der dritte Film, den Sie sich anschauen. Haben Sie so großen Nachholbedarf?«

Er sah wirklich gut aus, breite Schultern, blondes Haar und ein umwerfendes Lächeln – ein Typ Mann, dem man heutzutage kaum mehr begegnete.

»Ja, genau, ich habe Nachholbedarf.«

Das Mädchen hatte das Gefühl, als würde Tom sie gar nicht richtig wahrnehmen, als redete er gar nicht mit ihr. Sie zuckte die Schultern. Vielleicht war er zugedröhnt oder so was. Als das Kino Sonntagabend schloss, war der Himmel noch ein wenig hell. Wahrscheinlich waren es die Lichter der Stadt, die diesen Widerschein erzeugten. Tom fuhr ins Geschäft zurück. Als er aufsperrte, fragte er sich, ob der Spion von der Versicherung wohl irgendwo in der Nähe ausharrte und nur darauf wartete, dass Tom ein zweites Mal den Laden kurz und klein schlug. Dann überlegte er, ob er noch etwas essen sollte. Er kam sich vor wie ein Kind im Süßwarenladen. Die geleasten Tiefkühlschränke quollen über vor Köstlichkeiten, er konnte sich aber auch nur rasch ein simples Omelett machen. Aber es würde doch alles nur nach Sägemehl schmecken. Er setzte sich hin und stützte den Kopf auf die Hände. Schließlich legte er sich auf das Sofa im vorderen Raum. Er hatte hier schon einmal geschlafen, vor der Einweihungsparty im vergangenen Januar. Damals war es kalt gewesen, und er hatte sich mit allen Kleidungsstücken zugedeckt, die er hatte finden können. Heute war es warm, und er brauchte nichts zum Zudecken. Er lag in der Dunkelheit und starrte an die Decke. Bald würde er einschlafen, und dann würde er diesen Schmerz und das entsetzliche Gefühl der Eifersucht nicht mehr spüren. Aber im Kino hatte es nicht funktioniert. Die Filme hatten ihn überhaupt nicht berührt, und er hatte die ganze Zeit nur an Marcella denken müssen. Rede mit ihr, rede mit ihr, sagte er sich ständig vor. Vielleicht saß sie im Augenblick ja in Stoneyfield, voller Angst, und wartete auf seine Rückkehr. Aber was nützte es, wenn sie nicht mehr miteinander reden konnten. Was hätten er oder sie sagen können, um noch etwas an der Situation zu ändern? Mit Grauen gestand Tom sich ein, dass es nichts mehr zu besprechen gab. Das hatten sie schon lange hinter sich gelassen.

»Habt ihr von Tom in der letzten Zeit mal was gesehen?«, erkundigte Joe sich bei seinen Eltern.

»Ist er denn am Freitagabend nicht bei dieser Modenschau gewesen?«, erwiderte Maura Feather misstrauisch. Sie vermutete immer noch, dass man ihr absichtlich die wahre Natur dieses Abends verschwiegen und dass keiner ihrer Söhne ihre Anwesenheit dort gewünscht hatte.

»Ja, natürlich war er da.«

»Das war doch erst vorgestern, oder?«, fuhr Joes Mutter fort.

»Bist du dir sicher? Es kommt mir viel länger vor.«

Joe hatte das Gefühl, es sei Jahre her, seit Marcella, die große Liebe seines Bruders, völlig unerwartet mit Paul Newton zu der Party ins Hotel gekommen war, anstatt zu Toms kleiner Feier beim Italiener zu gehen. Joe wagte gar nicht, sich auszumalen, wie Tom die Sache interpretiert hatte.

Marcella rief am Samstag viermal an und wunderte sich sehr, dass sich immer nur der Anrufbeantworter meldete. Tom hatte doch gewusst, dass sie Freitagnacht nicht nach Hause kommen würde. Sie hatte es ihm doch gesagt. Warum stellte er sich dann plötzlich so an? Vielleicht hockte er ja in Stoneyfield, brütete vor sich hin und war beleidigt – ein kleiner Junge, dem man gut zureden musste.

»Tom«, rief sie, als sie die Wohnung betrat, aber niemand antwortete. Es war still, vielleicht ein bisschen zu still, und sauber, vielleicht etwas zu sauber. Marcella sah sofort, dass Tom nicht zu Hause war. Sie sah sich nach einem Zettel um, aber da war keiner. Sie setzte sich und nahm eine Zigarette aus der Schachtel. Für eine Frau, die steif und fest von sich behauptete, Nichtraucherin zu sein, rauchte sie momentan ziemlich viel.

»Es tut mir leid, dass es dir wegen unserer Tanzproben so schlecht ging, Mutter«, entschuldigte sich Maud am Sonntag.

»Welche Tanzproben?«, fragte Kay Mitchell verwirrt.

»Vater hat gesagt, dass du von dem Lärm ganz schlimme Kopfschmerzen bekommen hast und krank geworden bist.«

»Ich kann mich nicht erinnern«, sagte sie.

»Sollen wir dir eine Tasse Tee bringen, oder vielleicht etwas anderes?«, erbot sich Maud.

»Das ist sehr nett von dir, Schätzchen, aber wozu?«

»Na ja, du bist weder zum Frühstück noch zum Mittagessen heruntergekommen, und da dachten wir, dass du vielleicht hungrig sein könntest«, erklärte Simon.

»Nein, ihr seid wirklich lieb, aber ich habe keinen Hunger«, antwortete sie.

Simon und Maud gingen wieder hinunter. Ihr Vater saß schlecht gelaunt am Küchentisch. Seine größte Wut richtete sich gegen Old Barty, der offensichtlich spurlos verschwunden war. Aus Erfahrung wussten die Zwillinge, dass es unklug war, nach etwas Essbarem zu fragen, wenn alle schlechter Laune waren. Deshalb nahmen sie sich eine Dose mit Pfirsichen und ein Stück Brot mit hinaus in den Garten.

»Glaubst du, dass sie womöglich… du weißt schon?«, wollte Simon von Maud wissen.

»Du meinst, dass Mutters Nerven wieder schlechter werden und Vater plant, bald wieder abzuhauen?« Maud kleidete die Vermutung ihres Bruders in Worte.

»Ja, so in der Art«, nickte Simon betrübt.

»Er darf auf keinen Fall sehen, dass du weinst. Komm, wir verziehen uns besser in den Schuppen.«

»Aber der ist doch sicher abgesperrt, oder?«

»Nein, Walter ist vorhin drin gewesen und hat ihn offen gelassen. Ich habe schon nach unserem Springseil gesucht.«

Simon griff nach der Pfirsichdose und lief zum Schuppen. Die Vorhaltungen seines Vaters, dass er sich endlich wie ein Mann verhalten und mit diesem verweichlichten Stepptanz aufhören solle, waren für Simon zunehmend schwerer zu ertragen.

Tom lief eine längere Runde. Der Abend war warm, und wenn er seine Umgebung hätte wahrnehmen können, hätte er den Lauf vielleicht sogar genossen. Aber er bekam nicht sehr viel mit. Keuchend sperrte er die Zentrale auf.

Im ersten Moment meinte er, jemand im Hof stehen und ihn beobachten zu sehen, aber dann beschloss er, dass er es sich wahrscheinlich nur eingebildet hatte. Er ging hinein und legte sich auf das große, chintzbezogene Sofa. Er schlief schlecht, aber wäre er in Stoneyfield geblieben, hätte er überhaupt nicht geschlafen.

Geraldine stand direkt neben dem Telefon, als es läutete. Das musste Freddie sein. Sie würde völlig cool reagieren. Aber es war nicht Freddie Flynn, sondern ihre Nichte Marian aus Chicago, die in Tränen aufgelöst war. Durch all die Schluchzer hindurch konnte sie nur ein Wort verstehen, das Marian pausenlos wiederholte und das sich wie »Männer« anhörte: Nutzlos, unzuverlässig und hoffnungslose Fälle seien sie. Geraldine seufzte tief. Ganz offensichtlich war Harry keinen Deut besser als andere Männer, sie schienen überall gleich zu sein, auch in Chicago. Doch nach und nach wurde deutlich, dass Harry nicht mit einer anderen durchgebrannt war und die Hochzeit nicht abgesagt hatte. Sie sollte weiterhin stattfinden, aber Harry und seine Familie hatten versäumt, Räumlichkeiten für die Kennenlernparty und die Nachfeier zu buchen, und jetzt seien sie mit ihrem Latein völlig am Ende und wüssten nicht, was sie tun sollten. Geraldine gab tröstende Geräusche von sich.

»Vielleicht fällt Cathy ja etwas ein, schließlich ist sie vor Ort… Außerdem hat sie doch sonst nicht viel zu tun, oder?« Marian schnäuzte sich und fing erneut zu weinen an.

»Jetzt hör schon zu weinen auf, Marian, wir finden eine Lösung.«

»Geraldine, du kannst das so gut – andere Leute beruhigen, meine ich. Bist du sicher, dass du überhaupt zu unserer Familie gehörst?«

Geraldine sah sich nachdenklich in ihrer teuren Wohnung um und stellte sich ebenfalls diese Frage.

Tom schaltete den Anrufbeantworter wieder ein und verließ die Wohnung. Heute Abend würde er nicht mehr zurückkehren, er hatte genug gepackt, um damit übers Wochenende zu kommen. Er wäre nicht hier, um sich ihre Erklärungen anzuhören. Er wollte sich nicht wieder anhören müssen, wie unwichtig das alles sei, dass die Party bedeutungslos und sie eigentlich nur offen und ehrlich zu ihm gewesen sei, indem sie es ihm im Voraus gesagt hatte, und dass sie eigentlich ein Lob dafür verdiene.

Shona Burke benötigte vierundzwanzig Stunden, um sich zu entscheiden, ob sie die Einladung annehmen wollte oder nicht. Eigentlich wollte sie nicht hingehen, aber der Wortlaut des Briefs ließ ihr kaum die Möglichkeit, abzulehnen. Sie überlegte, wie lange er wohl dafür gebraucht hatte. Tagelang womöglich. Niemand konnte von ihr erwarten, dass sie auf der Stelle antwortete. Sie würde ihren Brief ebenfalls sehr sorgfältig formulieren. Während andere Menschen draußen unterwegs waren und diesen Sommersonntag genossen, würde Shona Burke an ihrer Antwort feilen.

Geraldine war ebenfalls zu Hause in ihrer Wohnung in Glenstar. Sie konnte einfach nicht fassen, dass Freddie ihr das angetan hatte. Sie im Beisein seiner Frau anzurufen und ihr zu sagen, dass seine Pläne sich geändert hatten, und so zu tun, als würde er mit der Reinigung telefonieren. Sie würde sich das nicht gefallen lassen, von keinem Menschen. Ganz gleich, wie schwierig seine häusliche Situation oder wie groß der Druck vonseiten seiner Frau und ihr Misstrauen auch sein mochten – ihr gebührte mehr als nur ein banales Telefongespräch. Wenn Freddie sich entschuldigte – was er garantiert täte –, wenn er zu erklären versuchte, dass er keine andere Möglichkeit gehabt habe, würde sie ihm ungerührt zuhören.

Wie Geraldine ihm bereits zu verstehen gegeben hatte, hielt sie sich immer an die Spielregeln und war die ideale Geliebte. Sie wünschte nur, er wäre seinerseits auch so rücksichtsvoll. Sie drehte ihr Handgelenk, bis sich das Licht in den Juwelen ihrer Uhr brach. Natürlich war es sehr aufmerksam von ihm gewesen, ihr diese Uhr und andere Dinge zu schenken, aber darum ging es nicht. Sie wollte auch respektiert werden.

»Natürlich, aber eine Entführung ist eine Entführung. In Wicklow gibt es auch Duschen. Wenn ich dich für mich allein haben will, bleibt mir doch nichts anderes übrig, als auf direktem Weg dorthin zu fahren …«

»Aber Liebling, meine Nachrichten …«, jammerte Neil.

»Die sind alle im Handschuhfach, und außerdem kannst du am Sonntag sowieso niemanden erreichen«, erklärte Cathy.

Und so fuhren sie im nachmittäglichen Sonnenschein nach Wicklow. Neil erzählte von der Konferenz und von den Leuten, denen sie dort begegnet waren, er sprach von den Fortschritten, die sie erzielt hatten, und von den Anliegen, die wie üblich auf Widerstand gestoßen waren.

Tom räumte in der Wohnung in Stoneyfield sorgfältig auf. Er packte alles zum Übernachten in eine Tasche und stellte sie hinten in den Lieferwagen. Als er gerade absperren wollte, läutete das Telefon. Er blieb stehen, um zu hören, wer auf den Anrufbeantworter sprach. Vielleicht war es ja Marcella, vielleicht aber auch nicht. Er würde jedenfalls nicht abheben. Doch nach dem Piepston hörte er nur, wie jemand unentschlossen Luft holte und dann auflegte. Tom ließ den Anrufbeantworter einige Male vor- und zurücklaufen, vielleicht konnte er etwas heraushören. Es war eindeutig Marcella gewesen.

Marcella war empört, dass er ständig den Anrufbeantworter eingeschaltet hatte. Sie hatte erwartet, dass er auf Abruf zu Hause auf sie warten würde, nach allem, was sie getan hatte.

Tom überlegte, von wo aus sie wohl gerade angerufen hatte. Er fragte sich, warum er sich nie diesen kleinen Apparat zur Erkennung der Telefonnummern angeschafft hatte, den Cathy besaß... Aber was würde ihm das nützen? Er würde vielleicht wissen, welches Hotel sein Bruder für diesen Verbrecher gebucht hatte, der Marcella gekauft hatte. Aber hätte sich dadurch irgendetwas für ihn geändert, wenn er, bis auf eines, alle Hotels in Dublin von dieser Schuld hätte freisprechen können?

Wie immer wurde am Sonntag in Holly's Hotel ein großes Mittagessen angeboten, schließlich lag es nicht sehr weit entfernt von Dublin, und die Gäste kamen gern mit Oma und Schwiegermutter. Das Hotel erinnerte die Leute an die Zeit, als sie noch jung waren, und stellte so etwas wie ein letztes Bollwerk gegen eine sich permanent verändernde Welt dar. Das Hotel strahlte den Charme vergangener Zeiten aus: Chintz als Überzüge und Chintz vor den Fenstern, und jahrein, jahraus dieselben Bedienungen. Cathy und Neil meldeten sich an dem großen, altmodischen Empfangstresen an, hinter dem die Zimmerschlüssel mit ihren farbigen Troddeln hingen. In der Halle herrschte ein reges Kommen und Gehen. Unter den Gästen waren auch Molly und Shay Hayes. Man begrüßte sich lautstark und gab seiner Verwunderung Ausdruck, wie klein die Welt doch sei.

»Sie feiern wohl ein kleines Jubiläum, oder?«, wollte Molly wissen.

»Nein, Neil ist gerade aus Afrika zurückgekommen, er hat an einer Konferenz über die Situation von Flüchtlingen teilgenommen«, erklärte Cathy.

»Hoffentlich haben Sie eine Lösung für dieses Problem gefunden«, erwiderte Shay bitter.

»Nun, wir haben getan, was wir konnten, Mr. Hayes, aber Sie wissen ja, es gibt derartig viel Bürokratismus, und bei diesem Thema geht alles sehr langsam.«

»Tja, das Boot ist langsam voll, und wir haben genügend Bedürftige im eigenen Land, ohne zusätzlich noch alle diese Leute hereinzulassen, die keine Ahnung von unserer Kultur haben...«

Neil blickte ihn erstaunt an.

»Ich habe unseren Zimmerschlüssel, Neil. Meinst du nicht, wir sollten erst mal nach oben gehen?«, warf Cathy hastig ein.

»Ich fürchte, ich verstehe nicht ganz...«

»Ich auch nicht, die Leute sprechen Sprachen, die kein Mensch versteht, sie bekommen Wohnungen für eine Spottmiete und blockieren alles...«

»Mr. Hayes... Molly... würden Sie uns bitte entschuldigen? Ich habe meinen Mann seit neun Tagen nicht mehr zu Gesicht bekommen. Sie haben doch hoffentlich nichts dagegen, wenn wir uns jetzt zurückziehen?«

»Natürlich nicht. Für so etwas bin ich immer zu haben, das gibt es heutzutage viel zu wenig«, meinte Shay Hayes anerkennend.

Cathy und Neil hasteten die Treppe hinauf, stürmten in ihr

großes, sonniges Zimmer und mussten erst einmal lauthals lachen.

»Dieser Mann ist ein Monster … ich weiß überhaupt nicht, warum wir über ihn lachen«, sagte Neil beschämt.

»Du hast schon Tausende von der Sorte getroffen, ich ebenfalls, aber das Foyer von Holly's Hotel ist einfach nicht der richtige Ort, um sich mit so jemandem anzulegen«, argumentierte Cathy. »Vergiss den Kerl. Erzähl lieber von Afrika, ich möchte haargenau wissen, was du dort unten alles gemacht hast.«

Neil setzte sich auf einen der kleinen chintzbezogenen Sessel und legte los: Er erzählte von Delegierten, die vergebens erwartet wurden, von Prominenten, die überraschend ihre Unterstützung angeboten hatten, von Treffen, die abgesagt werden mussten, während andere kurzfristig eingeschoben wurden und sich als viel wichtiger erwiesen. Cathy ließ eine Flasche Wein und einen Teller mit Sandwiches aufs Zimmer kommen, während Neil berichtete, was sie inzwischen alles erreicht hatten und was für ein Berg an Arbeit noch auf sie wartete. Dann wollte er endlich unter die versprochene Dusche.

»Hat es Sinn, dass ich mir etwas Frisches anziehe? Oder reißt du es mir doch gleich wieder vom Leib?«, rief er aus dem Badezimmer.

»Zieh dir ruhig erst mal was über«, rief sie zurück. »Und dann komm her und setz dich zu mir. Es ist so herrlich hier.«

Neil kam aus dem Bad, frisch geduscht und sauber. Das dunkelblaue Hemd, das sie für ihn eingepackt hatte, stand ihm hervorragend. Er sah so gut aus. Kein Wunder, dass sie ihn im Fernsehen immer als Wortführer haben wollten. Neil Mitchell wirkte in allem sehr überzeugend. Cathy betrachtete ihn bewundernd, als er an den Tisch kam und jedem ein Glas Wein eingoss.

Das war der Zeitpunkt, es ihm zu sagen.

»Es gibt etwas, das ich dir sagen möchte, und ich habe mich sehr darauf gefreut, es dir zu erzählen.«

Neil nahm ihr gegenüber Platz und ergriff ihre Hand. Er lächelte sie an. Vielleicht war er ja bereits von selbst darauf gekommen.

»Was willst du mir sagen?«, fragte er.

»Neil, ich bin schwanger«, verkündete Cathy.

Neil sah sie mit großen Augen an.

»Sag das noch mal.«

»Du hast doch gehört, was ich gesagt habe.«

»Du bist doch nicht schwanger«, erwiderte Neil.

»O doch.« Cathy lächelte, suchte sein Gesicht aber vergeblich nach einer freudigen Reaktion ab.

»Wie konnte das passieren?«, fragte er.

»Ich denke, du weißt, wie das passiert ist. Wie es immer passiert.« So hatte Cathy sich das Gespräch nicht vorgestellt.

»Mach keine Witze, du weißt doch genau, worüber wir uns einig waren.«

»Ja, ich weiß.«

»Also noch mal, wie konnte das passieren?«

»Ich habe einmal mein Diaphragma nicht benutzt, als wir beide dachten, es seien sichere Tage. Wir haben sogar noch darüber gesprochen.«

»O ja. Das kann ich mir vorstellen, so richtig lang und ausführlich.«

»Neil!«

»Es tut mir leid, aber ich fürchte, das ist mir im Augenblick zu viel.«

Cathy wurde bang ums Herz. »Ich dachte, du würdest dich freuen.«

»Nein, das kannst du unmöglich gedacht haben, wir haben etwas anderes vereinbart.«

Jetzt bekam Cathy es wirklich mit der Angst zu tun. Er hatte ihre Hand losgelassen und seinen Sessel zurückgeschoben. Er wirkte, als stünde er unter Schock, unter einem heftigen Schock. Sie wusste, dass sie jetzt Ruhe bewahren und im gleichen ruhigen Tonfall wie er weitersprechen musste.

»Manche Dinge kann man eben nicht mit Vereinbarungen regeln«, erwiderte Cathy schlicht.

»Nein, so etwas gibt es nicht.«

»So ist es aber.«

»Aber doch nicht in einer Zeit, in der man verhüten kann. Und was ist aus den beiden Menschen geworden, die sich in Griechenland darüber einig waren, dass sie für immer zusammenbleiben wollten, um gegen alle Widerstände ihre Träume wahr werden zu lassen, aber ohne Kinder?«

»Wir haben aber nie gesagt, dass wir für immer ohne Kinder leben wollen«, wandte sie ein.

»Nein, da hast du recht. Aber wir hatten vereinbart, dass wir darüber reden wollten, falls wir unsere Meinung ändern sollten, und das ist nicht der Fall gewesen.«

»Aber wir tun es jetzt«, sagte Cathy, und ein Gefühl von Unwirklichkeit machte sich in ihr breit.

Langsam musste er doch begreifen, was mit ihnen passierte und wie wunderbar das war. Er musste einfach.

»Wie weit ist ...«

»Etwa in der dreizehnten oder vierzehnten Woche.«

»Dann ist ja noch genügend Zeit ...«, begann Neil.

»... um uns an den Zustand zu gewöhnen«, beendete sie den Satz rasch.

»Warum hast du mir das nicht früher gesagt? Du weißt es doch bestimmt schon eine ganze Weile. Warum hast du nie etwas gesagt?«

»Ich war mir erst nicht sicher ...«, begann Cathy.

»Aber selbst wenn du es nur vermutet hast ...«

»Wir hatten einfach nie Zeit, um miteinander zu reden. Immer musstest du irgendwohin, immer hatte ich irgendwelche Termine ...« Cathy lag am Herzen, die Verantwortung für die wenige gemeinsame Zeit in ihrer Ehe gleichermaßen auf beide Partner zu verteilen.

»Aber das ist doch keine Kleinigkeit. Das hättest du mir doch sicher irgendwann sagen können ... oder?«

»Ich habe es ein paar Mal probiert, aber dann kam die Hektik mit Simon und Maud, dann stand deine Stelle im Ausland zur Diskussion, dann wurde bei uns eingebrochen und wir hatten den ganzen Ärger am Hals, und schließlich hattest du am Abend vor deiner Abreise noch einen Termin … nein, du musstest gehen, ich wusste, dass du keine andere Wahl hattest. So verging ein Tag nach dem anderen. Sollte ich dir vielleicht eine E-Mail schicken?«

»Bitte, werde nicht schnippisch. Lass das bitte.«

»Nein, ich bin alles andere als schnippisch. Was glaubst du wohl, warum ich dich hierher gelotst habe? Um dir das zu erzählen! Ich wollte, dass wir in Ruhe darüber sprechen. Ich hatte panische Angst davor, dir das zu Hause bei dem ständigen Hin und Her zu erzählen. Ich wollte, dass wir dabei nicht gestört werden.«

»Es weiß also noch keiner etwas davon? Weder deine Mutter, dein Vater noch meine Eltern?«, wollte Neil wissen.

»Selbstverständlich wissen sie nichts davon«, antwortete Cathy wahrheitsgemäß.

Er nickte, als sei es ihm peinlich, überhaupt gefragt zu haben. »Ich weiß, entschuldige bitte, ich hätte dich das gar nicht fragen sollen.«

Cathy fühlte Schuldgefühle in sich aufsteigen, weil sie ihm vorenthielt, dass sie bereits mit Geraldine darüber gesprochen hatte und dass Tom und June es von sich aus erraten hatten … Aber das war nicht so wichtig, jedenfalls nicht annähernd so wichtig wie sein Gesichtsausdruck. Sie tastete nach seiner Hand, aber er entzog sie ihr, langsam, aber unmissverständlich.

»Wir müssen uns erst langsam an den Gedanken gewöhnen«, entgegnete sie.

»Aber wir haben nicht viel Zeit, Schatz.«

»Wie meinst du das?«, fragte Cathy. Ihre Stimme schien von weit her zu kommen, aber eigentlich wusste sie längst, was er damit ausdrücken wollte.

»Nun, wir müssen eine Entscheidung treffen, nicht wahr?« Neil hatte noch nie so ausgesehen wie in diesem Augenblick; nicht damals, als er die mächtigen Mitchells davon in Kenntnis setzte, dass er die Tochter ihrer Zugehfrau heiraten wolle, nicht vor dem High Court.

»Eine Entscheidung?«, wiederholte Cathy, um Zeit zu gewinnen.

Es herrschte lange Zeit Schweigen.

»Wir waren uns doch einig, dass wir keine Kinder wollten.« Neil bemühte sich, ruhig zu klingen.

»Und wir hatten es auch nicht vor, aber …«, sagte Cathy.

»Aber zum Glück ist noch Zeit genug, um die Sache wieder rückgängig zu machen.« Er sah sie mit versteinertem Gesicht und kalten Augen an.

»Du willst, dass ich abtreiben lasse?«, fragte Cathy.

»Ich möchte das mit dir zusammen diskutieren, ja.«

»Wir sind zusammen auf der Demonstration für das freie Entscheidungsrecht von Frauen für oder gegen eine Schwangerschaft gewesen«, sagte sie. »Kannst du dich noch an den Tag erinnern?«

»Natürlich erinnere ich mich noch, und genau das meine ich auch. Es gibt ein Recht auf freie Entscheidung.« Neil war ein leidenschaftlicher Verfechter dieses Gedankens.

»Ja, aber es ist das Recht der Frau«, wandte Cathy tonlos ein.

Die anschließende Stille schien nicht enden zu wollen. Neil sah seine Frau schockiert an. »Willst du damit sagen, dass wir in diesem Punkt nicht mehr einer Meinung sind, dass plötzlich nur noch das zählt, was du willst, nicht mehr, was wir wollen? Was ist mit meinem Recht, zu entscheiden, ob ich Vater werden will oder nicht?« Seine Stimme zitterte.

»Darum geht es doch gar nicht, Neil.«

»Aber natürlich«, rief er erbost. »In der Nacht am Syntagma-Platz haben wir beschlossen, für immer zusammenzubleiben und keine Kinder zu bekommen … Wir waren uns einig, keiner hat dem anderen eine Pistole an den Kopf gehalten …«

»Wir haben damit aber nie gemeint, dass das für immer gilt«, wandte Cathy ein. »Es hat sich einfach so ergeben, mehr nicht.«

»Wir haben Zeit, sehr viel Zeit, uns jetzt zu entscheiden, in aller Ruhe und Gelassenheit.«

»Ich kann nicht glauben, was du da sagst.« Cathy war völlig entsetzt.

»Ich bin kein Monster. Vor vielen Jahren waren wir uns einig, dass wir, wenn es einen Unfall gibt – und natürlich mache ich dir keinen Vorwurf –, dass wir beide dafür die Verantwortung tragen … Aber wir haben ja die Chance, das zu ändern, andere Eckpfeiler zu setzen, und wenn wir zu einem späteren Zeitpunkt ein Kind wollen, dann sollten wir es zusammen planen und einverstanden sein.«

»Bist du denn überhaupt kein bisschen glücklich? Bist du denn nicht froh, dass …« Sie wagte nicht, ein Wort mehr zu sagen, aus Angst, ihr könnte die Stimme versagen.

Sie strich sich über ihren Bauch, und er sprang auf und ging zum Fenster. »Das ist nicht fair, Cathy, das ist nicht fair, das ist noch nicht unser Kind. Sprich nicht so darüber. Momentan ist es erst etwas, das einmal ein Kind werden könnte, das weißt du ganz genau.«

Cathy brachte keinen Ton heraus. Der Bissen Sandwich, den sie vor Urzeiten – wie ihr schien – gegessen hatte, steckte ihr im Hals und drohte fast, sie zu ersticken. Ihr wurde beinahe schwindlig bei dem Gedanken daran, was sich hier ereignete. Neil war nicht einmal bereit, mit ihr zu besprechen, wie sie das mit dem Baby bewältigen könnten. Er wollte das Baby auf keinen Fall. Er wollte nicht mit sich reden lassen. Bereits die Tatsache, dass sie nicht sofort mit einem Abbruch einverstanden war, schien ihm Grund genug, ihr vorzuwerfen, ihr Versprechen gebrochen zu haben.

»Bitte, sag etwas, sitz nicht einfach so da, sag etwas«, bat er Cathy. Er hatte ihr den Rücken zugewandt und beobachtete aus dem Fenster, wie die Leute draußen in der späten Nachmittagssonne spazieren gingen. Aber es gab so viel zu sagen, dass sie nicht ein einziges Wort herausbrachte.

»Du weißt, dass die Stelle, die man mir angeboten hat, zur Bedingung hat, dass wir keine Kinder haben?«, fragte Neil nach einer Weile.

»Das kann ich nicht glauben. Es gibt weder eine moralische noch eine juristische Basis, eine Stelle mit dieser Auflage anzubieten oder anzunehmen. Du wärst bestimmt der Erste, der dagegen vorgehen würde«, erwiderte Cathy lebhaft.

»Lass es mich so formulieren, ich hatte ihnen bereits zugesichert, dass Kinder für uns kein Thema sind, und das hat den Ausschlag zu meinen Gunsten gegeben.«

Dieses Mal dauerte das Schweigen noch länger.

»Ich brauche unbedingt frische Luft, Cathy. Ich gehe eine Weile hinaus in den Garten.«

»Bitte geh nicht«, flehte Cathy.

»Ich sage dir, mir zerspringt gleich der Schädel. Ich muss eine Zeit lang allein sein und laufen, frische Luft in die Lungen pumpen. Ich habe das Gefühl, sonst zu ersticken.«

»Bitte, verlass mich jetzt nicht, nicht in einem solchen Augenblick.«

»Aber ich verlasse dich doch nicht«, entgegnete Neil irritiert. »Ich brauche nur etwas frische Luft, das ist alles.«

Er kam zu ihr und streichelte ihre Wange. »Ich würde dich auch nicht allein lassen, wenn das nicht so ein Schock für mich gewesen wäre. Ich brauche Zeit zum Nachdenken. Ich laufe dir nicht weg. Ich komme zurück.«

Und damit war er fort. Cathy sah ihn die Wege vor dem Hotel entlanggehen, vorbei an den Schuppentannen. Er hielt den Kopf sehr aufrecht und kaute auf seiner Lippe. Er sah umwerfend gut aus, auch wenn er immer lachend einwandte, er sei viel zu klein, um ein attraktiver Mann zu sein. Er ging bis zu den Küchengärten, und Cathy sah ihn sich in der Entfernung über ein Gewächs beugen, um ein Schild zu lesen. Sie saß allein in dem Hotelzimmer, das ihr bei ihrem Eintreffen vor weniger als einer Stunde noch so wunderschön erschienen war. Mit leisem Klirren schmolz das Eis im Kühlbehälter der Weinflasche, und Tränen liefen Cathy über das Gesicht. Sie hatte nicht geglaubt, dass so etwas jemals möglich sein könnte. Aber ganz gleich, wie viele Stunden sie heute Abend noch miteinander diskutieren würden, wenn er ruhiger und vernünftiger wieder aus dem Garten zurückkäme, sie wusste, sie würde dieses Kind, das sie unter dem Herzen trug, nicht aufgeben. Es hätte zu keinem ungünstigeren Zeitpunkt kommen können, aber das war nicht wichtig. Es war nicht nur eine theoretische Überlegung, ein Fall oder ein Zusatz zur Verfassung – es war ihr Baby.

Es schien draußen schon viel dunkler zu sein, als sie hörte, dass sich die Tür zum Hotelzimmer langsam öffnete. Sie wusste nicht, wie lange Neil weg gewesen war. Er wirkte verändert, nicht länger mehr verwirrt und geschockt. Er wirkte eher so, als hätte er sich darauf besonnen, auch mit diesem Problem wie mit allen Krisen und Dramen umzugehen, die ihm in seiner alltäglichen Praxis als Anwalt unterkamen und mit denen fertig zu werden er gelernt hatte. Neil setzte sich an den kleinen Tisch zu Cathy. Er lächelte sie beruhigend an, aber sie kam sich trotzdem vor, als säße sie als Mandantin ihrem Anwalt gegenüber.

»Cathy, wenn du das Baby bekommst, wer wird sich dann darum kümmern?«, fragte Neil freundlich, aber wohl überlegt.

»Na ja, ich natürlich.«

»Und was wird aus dem Catering-Service?«

»Selbstverständlich werde ich Zugeständnisse machen müssen.« Sie wusste, wie nervös sie klang.

»Du kannst ein Baby aber nicht mit ins Geschäft nehmen

und es dort den ganzen Tag zwischen deinen Kochtöpfen liegen lassen.«

»Nein, aber es wird Lösungen geben ... Wir werden sie finden.«

»Was für Lösungen? Eine Kinderfrau?«

»Vielleicht, wenn wir uns das leisten können.«

»Und wo soll sie schlafen?«

»Ich weiß nicht, es gibt auch Kräfte, die nur tagsüber kommen.«

»Aber wie ich es sehe, haben wir beide meistens abends zu tun. Wie willst du das Problem lösen?«

»Ich dachte, du könntest auch mal ...«

»Wie soll ich diese Verpflichtung auf mich nehmen? Ich muss nun mal auch abends arbeiten.«

»Wir werden das Problem lösen, wenn es so weit ist.«

»Das geht nicht. Wir müssen jetzt eine Lösung finden. Ich werde oft von zu Hause weg sein, noch öfter als bisher. Und abgesehen davon werde ich viel Zeit im Ausland verbringen.«

»Wir werden das schon schaffen.«

»So, wie du es bisher geschafft hast?«

»Ich verstehe nicht, was du damit sagen willst.« Cathy horchte alarmiert auf.

»Dass dein Geschäft in Gefahr und hoch verschuldet ist, dass du dich jetzt schon genug abstrampelst, um überhaupt überleben zu können, und dass es jeden Tag eine neue Krise zu bewältigen gibt. Was sollen wir machen, wenn wir auch noch auf ein Kind Rücksicht nehmen müssen?«

»Heißt das, du bittest mich, kein Kind in die Welt zu setzen, auf das wir Rücksicht nehmen müssen?« Sie wählte ihre Worte sehr sorgfältig.

Er antwortete ebenso vorsichtig. »Das ist ganz eindeutig nicht das, worum ich dich bitten möchte, Cathy. Ich habe definitiv nicht das Recht, dir ein Kind zu verweigern, und ich werde mich hüten, auch nur im Traum daran zu denken.«

Neil wirkte sehr ruhig, schon fast unterkühlt. Das war das

Ergebnis seines Spaziergangs zwischen den Rosenbüschen und den Lupinen im Garten von Holly's Hotel. Diesem hatte er die Ehrlichkeit und Klarsicht zu verdanken, die ihm bei allen seinen Prozessen immer so gute Dienste geleistet hatte.

»Es wird also keine Diskussion geben, ob wir das Kind bekommen oder nicht?«

»Offensichtlich willst du das Kind, und ich werde mich dir nicht in den Weg stellen. Das wäre falsch und moralisch nicht zu vertreten.«

Für Cathys Geschmack war er viel zu bedächtig, viel zu ruhig. Das machte ihr Angst, und sie antwortete nicht sofort. »Wird das dann immer so weitergehen? Wird es immer so sein, dass du dich mit der Situation abfindest und unser Baby, wenn es dann da ist, stillschweigend erduldest?«

»Ich denke nicht, dass es so sein sollte. Aber wenn wir noch jemanden bei uns im Haus haben werden, müssen wir das vorbereiten und für alle Eventualitäten gerüstet sein.«

»Du hörst dich sehr distanziert an, sehr unnahbar.«

»Das ist nicht meine Absicht, glaube mir. Aber wir müssen diese Sache nüchtern angehen … Ja, natürlich wünschte ich mir, es wäre zu einem Zeitpunkt passiert, an dem wir in jeder Hinsicht bereit gewesen wären, dem Kind einen besseren Empfang zu bereiten … ihm einen besseren Lebensstil zu bieten. Aber das ist nun mal nicht der Fall, und deswegen müssen wir jetzt entscheiden, was wir tun wollen. Wie lange willst du, zum Beispiel, in Mutterschaftsurlaub gehen?«

»Drei Monate, wie alle anderen auch.«

»Und wird Tom einverstanden sein?«

»Das ist gesetzlich geregelt, aber das wäre er auch so, ich bin sicher.«

»Wir werden umziehen müssen. Waterview ist ungeeignet für ein Kind«, wandte er ein.

»Aber noch nicht gleich, nicht, solange es noch ein Baby ist … Dem ist es egal, wo es lebt … Später können wir uns darüber Gedanken machen …«

»Aber ich habe mich mit meiner Arbeit festgelegt. Ich werde keine großen Versicherungsfälle oder Eigentumsübertragungen annehmen, nur um viel Geld zu verdienen.«

»Wir brauchen auch gar nicht so viel Geld. Wir brauchen weder ein großes Haus wie Oaklands noch einen dieser überdimensionalen Kinderwagen, in dem du gelegen hast. Das Kind muss auch nicht auf eine teure Eliteschule gehen, die enormes Schulgeld verschlingt. Kinder brauchen keinen Luxus oder eine Sonderbehandlung, sie brauchen einzig und allein Liebe.«

»Wir beide hatten einen ausgesprochen schönen Start ins Leben. Wenn wir schon ein Kind haben, dann soll es ihm genauso ergehen.«

»Mam und Dad haben uns sechs in St. Jarlath's Crescent großgezogen, und das ohne viel Geld und ohne größere Probleme.«

»Na ja, so ganz ohne Probleme nun auch wieder nicht«, wandte Neil ein.

»Was willst du damit sagen?«

»Du beschwerst dich doch immer, dass deine Mutter auf allen vieren die Fußböden meiner Mutter schrubben und dabei auch noch liebestolle Hunde abwehren musste.«

»Aber das werden weder du noch ich machen müssen, so viel ist klar.«

»Ich schätze, ich bin einfach noch nicht bereit für ein Kind«, murmelte Neil.

»Ich auch nicht. Aber auch vor uns hat es jede Menge Leute gegeben, die noch nicht bereit für ein Kind waren, und schau dir an, welchen Erfolg sie damit hatten.«

»Ich bin wirklich kein Monster, aber wieso komme ich mir dann so vor, je länger wir hier reden?«

»An mir liegt das bestimmt nicht«, antwortete Cathy freundlich.

»Es ist nur ... es ist nur ...« Neil fehlten die Worte.

Sie schwieg und wartete.

»Cathy, bei alldem habe ich völlig vergessen, dich zu fragen, wie es dir eigentlich geht? Ist dir manchmal schlecht …?«

»Hin und wieder …«

»Und was möchtest du, das wir jetzt machen?«

»Genau das, was wir momentan tun. Ruhig und vernünftig darüber reden, ohne gleich in die Luft zu gehen.«

»Aber was gibt es da noch zu reden?… Ich meine es ernst.«

»Wie meinst du das?«

»Betrachten wir es doch von der logischen Seite: Wir wollten keine Kinder, jetzt bist du schwanger.« Es klang sehr nüchtern, sehr analytisch, wie Neil das sagte.

»Wir hatten in letzter Zeit nicht viel voneinander«, fuhr er fort. »Ich hatte nicht begriffen, wie wichtig dir der Catering-Service ist, und dachte, du ziehst möglicherweise doch in Erwägung, mich ins Ausland zu begleiten, weil das ein wichtiger Posten ist … Aber auch du hast etwas missverstanden. Du hast gedacht, weil du jetzt schwanger bist und ich Vater werde, müsste ich automatisch der glücklichste Mensch auf der Welt sein. Wir beide haben einiges missverstanden.«

Plötzlich konnte Cathy diese gnadenlose Logik, diese Konzentration auf Machbarkeit statt emotionaler Zuwendung oder Ablehnung nicht mehr ertragen. Sie spürte, wie ihr die Tränen kamen, und konnte nichts dagegen tun. Neil sah bestürzt zu, wie ihre Schultern bebten, während sie weinte. Ihr Schluchzen erstickte alles.

»Bitte, Cathy …« Neil streckte den Arm nach ihr aus. Damit hatte er nicht gerechnet, er hatte doch nur versucht, die Lage so genau wie möglich zu erfassen. Er hatte schwer kämpfen müssen, ihr keinen Vorwurf zu machen und ihr nicht zu sagen, dass er das Gefühl hatte, betrogen worden zu sein. Er empfand es als ungerecht, dass Cathy ihn und ihre gemeinsame Vereinbarung quasi umgangen hatte, aber weil die Rechte einer werdenden Mutter ganz offensichtlich Vorrang hatten, hatte er versucht, sich auf die praktischen Dinge zu konzentrieren. Doch ihrem Weinen nach zu urteilen, war das auch nicht richtig gewesen. Neil wünschte, er würde wenigstens verstehen, was Cathy sagte. Aber sie konnte überhaupt nicht mehr aufhören zu weinen und wiederholte ständig dieselben Worte. Er wolle das Kind nicht. Der Gedanke, Vater zu werden, habe keinerlei liebevolle Reaktion in ihm ausgelöst. Sie würde auf keinen Fall diese Schwangerschaft vorzeitig beenden, denn selbst wenn sie es täte und diese Erfahrung irgendwann seelisch verkraften würde, könnte sie diesen Tag nie vergessen und würde sich immer daran erinnern, dass er nicht der liebevolle, treu sorgende, gute Mensch war, für den sie ihn immer gehalten hatte, sondern ein selbstsüchtiger Egoist, dem einzig und allein an seiner Karriere gelegen war. Cathys Tränen flossen noch stärker, weil sie das von Neil, dem Mann, den sie so sehr liebte, einfach nicht glauben konnte und wollte. Neil sah ihr hilflos zu, aus seinen Augen sprach Ratlosigkeit. Er tat sein Bestes und war entgegenkommend und korrekt, wie es ihm unter diesen Umständen überhaupt nur möglich war. Seine Zukunft würde einen völlig anderen Verlauf nehmen, weil sie nicht Wort gehalten und ihr Versprechen gebrochen hatte. Er hatte sich bereit erklärt, die Sache mit ihr durchzustehen, aber nur, weil er ein paar Details zu klären versucht hatte, verlor sie gleich derartig die Fassung.

»Ich habe dich noch nie so weinen sehen. Bitte, bitte hör auf«, bat Neil. Cathy riss sich zusammen, und er reichte ihr eine Packung Papiertaschentücher. Sie trocknete sich die Augen und putzte sich die Nase.

»Ich sage das nicht aus Bosheit, aber ich habe kein Wort von dem verstanden, was du gesagt hast«, erklärte Neil und bot ihr zögernd ein Glas Wein an. Sie trank es aus. Er strich ihr die Haare aus der Stirn und legte ihr den Arm um die Schultern.

»Cathy, Schatz?«

»Ist schon gut. Es geht wieder.«

Auf einmal verspürte Cathy eine Entschlossenheit, wie sie

sie damals vor langer Zeit in Griechenland empfunden hatte. Neil und sie hatten schon so viel zusammen durchgestanden, so viele Probleme gemeinsam gelöst, jetzt würden sie nicht klein beigeben. Nicht jetzt, wo ein Kind unterwegs war, das Beste, was ihnen passieren konnte.

»Als ich zu dir gesagt habe, ich müsste mit dir sprechen … woran hast du als Erstes gedacht?«, fragte Cathy schniefend.

»Keine Ahnung«, wich Neil aus.

»Bitte, überleg doch mal.«

»Tja, ich dachte, du wolltest mir vielleicht mitteilen, dass …« Er zögerte.

»Los, sag schon.«

»Dass du dich entschlossen hast, Scarlet Feather zu verlassen und mit mir zusammen wegzugehen, egal, wohin«, gestand Neil.

Im Garten vor dem Haus war es mittlerweile dunkel geworden, und von unten drangen Essensgerüche zu ihnen herauf.

Der Mann, der die Geschäftsräume von Scarlet Feather beobachtete, glaubte, endlich Glück zu haben. Der lange Kerl, dem der Laden gehörte, sperrte gerade auf. Und das um diese Zeit mitten in der Nacht und am Wochenende. Sie hatten recht gehabt, natürlich steckte er selbst dahinter und wollte jetzt sein Zerstörungswerk fortsetzen. Der Mann schlich sich ans Fenster, um sich davon zu vergewissern, ehe er Verstärkung holte. Diese Versicherungsfälle waren doch alle gleich, man brauchte einfach hieb- und stichfeste Beweise. Der Mann drückte sich in den Schatten; er wollte alles mit eigenen Augen mitbekommen, aber auf keinen Fall selbst gesehen werden. Womöglich war der Kerl ja nicht allein.

Marcella lag auf dem Bett in Stoneyfield. Irgendwann würde Tom nach Hause kommen müssen. Er hatte nicht mit ihr essen gehen wollen, gut, vielleicht hätte sie es nicht vorschlagen sollen. Aber er würde bestimmt nicht die ganze Nacht wegbleiben, doch nicht jede. Da war sie sich völlig sicher. Wo sollte er schon hin? Um in Rickys Studio vorbeizuschauen, war er zu stolz. Nach Fatima, zu seinen Eltern, würde er auch nicht gehen. Und bei Joe würde er momentan bestimmt nicht Zuflucht suchen, nicht um alles in der Welt. Tom musste irgendwann nach Hause kommen. Als Marcella ein paar Stunden später wieder aufwachte und er immer noch nicht da war, begann sie, sich Sorgen zu machen. Er war ein eigensinniger Mensch, aber so etwas Verrücktes hatte er noch nie angestellt. Marcella konnte nicht mehr einschlafen. Sie ging auf die Straße und lief, bis sie ein Taxi anhalten konnte. In der Nähe der Zentrale ließ sie sich absetzen, ging leise die kleine Gasse hinunter und öffnete das Tor zu dem kopfsteingepflasterten Hof. Davor stand ein Auto, und ein Mann saß darin, aber er schien sie nicht zu bemerken. Sie spähte durch das Fenster ins Haus und sah in der frühen Morgendämmerung eine Gestalt auf dem Sofa liegen. Gott sei Dank. Wie dumm von ihm. Irgendwann würden sie miteinander reden müssen, warum es ständig aufschieben? Marcella klingelte, aber Tom rührte sich nicht. Sie sah, dass seine Augen offen waren, aber er machte keine Anstalten, aufzustehen. Er wusste bestimmt, dass sie es war.

»Tom«, rief Marcella. »Bitte Tom, lass mich nicht hier draußen stehen. Tom, lass mich rein.« Er bewegte sich immer noch nicht. »Ich hatte doch gar keine Wahl«, rief sie. Und dann: »Ich habe dich nicht betrogen. Ich habe dir alles gesagt, ich war dir gegenüber völlig aufrichtig. Ich verstehe nicht, warum du nicht mit mir sprechen willst.« Nach einer halben Stunde ging sie, frierend und ängstlich, und fuhr mit einem anderen Taxi wieder zurück nach Stoneyfield.

Der Mann, der das Haus beobachtete, war verwirrt. Der lange Kerl hatte keine Anstalten gemacht, in das Gebäude einzubrechen, sondern hatte sich hingelegt und war, Gott sei

Dank, auf dem Sofa eingeschlafen. Aber was noch merkwürdiger war – die schönste Frau Dublins hatte an der Tür geklopft und um Einlass gebeten. Jeder normale Mann hätte nicht lange gezögert, sie hineinzulassen. Dieser Mensch war ihm wirklich unheimlich.

Eine Stunde später stand Tom bereits wieder auf, fuhr zu Hayward's und buk sein Brot. Waren wirklich erst zwei Tage vergangen, seit er zum letzten Mal hier gewesen war? Er hatte die Lieferung für Samstag gebacken und, noch halb betrunken und unter Schock stehend, die Reste der Modenschau aufgeräumt. Die Zeit kam ihm endlos lange vor, und gleichzeitig wusste er, dass gerade mal achtundvierzig Stunden vergangen waren. Einen Augenblick lang fürchtete Tom, Marcella könnte ihn hier in der Küche zur Rede stellen, aber das würde sie nicht riskieren. Sie konnte sich eine öffentliche Szene so kurz nach ihrem triumphalen Erfolg nicht leisten. Es war schon seltsam, was letzte Nacht passiert war.

Als er wieder im Geschäft war, stellte Tom überrascht fest, dass Cathy bereits da war.

»Und, hat Neil sich gefreut?«, wollte er wissen.

»Ja, ich glaube schon«, antwortete Cathy.

»Natürlich. Jeder würde sich darüber freuen, mit dir zusammen ein Kind zu haben«, versetzte Tom.

»Na ja, auf jeden Fall war er sehr überrascht.« Cathy wich Toms Blick aus.

Offensichtlich war ihre Eröffnung nicht ganz so gut angekommen. Tom, der eine völlig andere Reaktion erwartet hatte, meinte, etwas dazu sagen zu müssen. »Vermutlich war es erst mal ein Schock für Neil«, versuchte Tom sie zu trösten.

Nachdenklich sah sie ihn an. »Ja, der Schock war größer, als mir klar war.«

»Aber wenn der Schock nachlässt, freut er sich bestimmt«, versicherte ihr Tom.

»Natürlich wird es das«, erwiderte Cathy lächelnd.

Vielleicht hatte Tom ja recht, und irgendwann würde Neil sich über das Baby sogar freuen. Er war so freundlich zu ihr gewesen, so liebevoll, gestern Abend nach ihrem Weinkrampf in Holly's Hotel. Und er hatte überhaupt keine herablassenden Fragen mehr gestellt. Sie hatten sich danach noch lange und ruhig miteinander unterhalten, waren früh aufgestanden und durch das sonnige County Wicklow nach Dublin zurückgefahren, um dem vormittäglichen Verkehrschaos dort zu entgehen. Neil hatte am Steuer gesessen und immer mal wieder ihren Arm gestreichelt. Ja, wenn der Schock sich gelegt hätte, würde alles gut werden. So, wie Tom gesagt hatte.

»Wir haben beschlossen, es aber noch niemandem zu sagen«, erklärte sie Tom. »Weißt du …«

Tom begriff sofort. »Du meinst also, dass die beiden Hellseher, mit denen du zusammenarbeitest, ihren Mund halten sollen, ja?«

»Noch ein kleine Weile. Ich wäre den beiden sehr dankbar. Und noch etwas, Tom. Ich möchte dir vielmals dafür danken, dass du Simon und Maud am Samstag da herausgeholt hast. Dad hat es auf unserem Anrufbeantworter erzählt. Du bist ja ein richtiger Held.«

»Dieser Mitchell ist ein elender Mistkerl.«

»Hör mir bloß auf mit dem. Es gibt niemanden auf der ganzen Welt, dem ich so gerne eine Tracht Prügel verpassen würde.«

»Es ist unmöglich, dass diesen Leuten die Kinder zugesprochen werden sollen, ich darf gar nicht darüber nachdenken.« Er hielt inne, und Cathy spürte, dass er etwas Wichtiges sagen wollte. »Und obwohl du mich nicht fragst, was ich dir hoch anrechne, solltest du wissen, dass ich Marcella seit Freitag nicht mehr gesehen habe. Ich werde die nächsten Nächte erst einmal hier schlafen, wenn die Firma nichts dagegen hat.« Er versuchte, betont unbekümmert zu klingen, aber Cathy sah ihm an, wie sehr er litt. Schweigend umarmte sie ihn.

Schließlich sagte sie: »Die Firma hat nichts dagegen. Los, lass uns nachschauen, was an neuen E-Mails gekommen ist.«

Während Cathy den Computer einschaltete, wandte er sich zum Gehen. Er war ihr dankbar für ihr Verständnis und ihre Diskretion in solch schwierigen Zeiten, dankbarer, als er je ausdrücken konnte. Plötzlich hörte er sie laut rufen.

»Allmächtiger, das ist ja nicht zu glauben!«

»Was ist los?«

Tom kam sofort wieder angerannt. Gemeinsam lasen sie, dass sie für Marian nicht nur die eigentliche Hochzeit ausrichten, sondern auch noch geeignete Räumlichkeiten für eine Kennenlernparty und eine Nachfeier organisieren sollten, weil Harry und seine dumme Verwandtschaft der Ansicht gewesen waren, dafür müsse man in Dublin nicht im Voraus buchen – in diesem verschlafenen, kleinen, rückständigen Dublin, in dem man kein Quartier vorzubestellen brauchte. Und jetzt blieb es an Cathy und Tom hängen, ein erstklassiges Hotel für ein Dinner und einen Lunch zu finden – und das mitten in der Hochsaison und alles in drei Wochen.

»Das ist ein Ding der Unmöglichkeit«, stöhnte Cathy. »Mehr kann ich dazu nicht sagen. Solche Idioten.«

»Dann übernehmen wir das eben auch noch«, schlug Tom vor. »Ist doch ganz einfach.«

»Jetzt drehst du aber allmählich durch! Das schaffen wir doch nie.«

»Warum denn nicht? Auf die Weise kommt Geld in die Kasse, das wir dringend brauchen können, und wir haben eine Aufgabe und müssen uns nicht den ganzen Tag wegen anderer Angelegenheiten den Kopf zerbrechen«, antwortete er.

Walter war wütend, dass sie im Schuppen gespielt hatten.

»Wir haben nicht gespielt, sondern getanzt«, verteidigten sich die Zwillinge.

»Das ist mein Schuppen, ihr habt da überhaupt nichts zu suchen«, befahl Walter.

»Ich wusste gar nicht, dass er dir gehört, Walter, ehrlich, ich dachte, er ist für die ganze Familie da«, sagte Simon.

»Nun, dann wisst ihr es eben jetzt. Und hört endlich mit dieser blöden Hopserei auf, Dad ist schon völlig genervt. Wer weiß, sonst geht er wieder weg.«

»Aber doch nicht, weil wir tanzen?«, fragte Maud erstaunt.

»Nein, aber er spricht die ganze Zeit davon, dass Old Barty nach England gegangen ist und er ihm vielleicht folgen will.«

»Und du meinst, das macht er?«

»Möglich ist alles.«

»Aber was ist mit Mutter?«

»Mutter ist doch schon seit ein paar Tage wieder mit den Wodka-Feen unterwegs, das wisst ihr doch«, erwiderte Walter verächtlich.

»Und glaubst du, dass ihre Nerven wieder schlechter werden und sie noch mal ins Krankenhaus muss, wenn Vater wegfährt?«, überlegte Maud.

»Darauf kannst du wetten. Also versucht einfach, eure Tanzübungen einzuschränken, wenn man euch dabei hören kann, ist das klar?«

»Sicher, Walter.«

»Und Sara wird auch nichts mehr vorgejammert. Es war schon schlimm genug, dass ihr Tom Feather gebeten habt, am Samstag hier vorbeizukommen.«

»Wir haben ihn doch überhaupt nicht gebeten, ehrlich nicht«, widersprach Maud.

»Muttie hat bei Cathy angerufen, und so hat er davon erfahren, das war alles«, erklärte Simon.

Die Kinder sagten offensichtlich die Wahrheit, sodass Walter es dabei beließ. »Unsere einzige Hoffnung, das alles hier zu behalten, besteht darin, dass ihr Sara keine langen Geschichten erzählt, ist das klar?«

»Ja«, erwiderten die Zwillinge zweifelnd.

Hannah Mitchell versuchte, ihre Tochter in Kanada anzurufen.

»Tut mir leid, Ms. Mitchell hat sich für ein verlängertes Wochenende frei genommen, zusammen mit ihrer Partnerin.«

»Oh, sie hat eine Partnerin im Geschäft. Das ist ja großartig«, versetzte Hannah.

»Nein, ich meine, die beiden sind in ihr Chalet am See gefahren.«

»Wann ist sie denn wieder zurück?«, wollte Hannah wissen. Sie hatte noch nie etwas von einem Haus am See gehört.

»Heute Abend, vermute ich, morgen sind sie bestimmt wieder im Geschäft.«

Hannah legte auf, erleichtert über diese Nachrichten. Sie konnte es kaum erwarten, die Neuigkeiten herumzuerzählen. In letzter Zeit hatte es so wenig von Amanda zu berichten gegeben, mit dem sie ein bisschen hätte angeben können. Sie hatte ja nie etwas von sich hören lassen.

Neil schaute am Montag gegen sechs Uhr abends auf einen Sprung in Oaklands vorbei, um seinen Eltern von der Konferenz in Afrika zu berichten. Hannah lauschte ungeduldig, bis sie endlich zum Zug kam, ihre eigenen guten Nachrichten aus Kanada loszuwerden.

»Wusstest du, dass Amanda mittlerweile als Partnerin in diese Buchhandlung eingestiegen ist?«, fragte Hannah.

»Das ist ja enorm. Seit wann denn? Hat sie es dir selbst erzählt?«, freute sich Jock.

»Nun, persönlich habe ich leider nicht mit ihr sprechen können. Aber als ich dort anrief, sagte man mir, dass Amanda sich mit ihrer Partnerin für ein verlängertes Wochenende freigenommen habe, und offensichtlich besitzen sie irgendwo an einem See ein firmeneigenes Chalet.«

Neil trank hastig aus. Er musste seine Mutter bremsen, bevor sie noch etwas sagte, das ihr später peinlich wäre. »Man weiß doch, wie ungenau die Auskünfte sind, die man auf diese Weise bekommt. Wir sollten erst einmal warten, bis wir selbst mit Amanda gesprochen haben, ehe wir die Neuigkeit herumerzählen«, schlug Neil vor.

»Aber dann hätte das Mädchen doch nicht gesagt ...«

»Wer weiß, vielleicht hast du dich auch verhört, und sie hat damit Amandas Freund gemeint, oder eine Freundin, du weißt doch, wie die Leute so daherreden.«

»Aber sie meinte, dass in der Buchhandlung ... ich bin mir ganz sicher, dass sie das gesagt hat.«

»Vielleicht ist ja auch eine andere Form von Partnerschaft gemeint.«

»Wenn Amanda einen Freund hätte, dann hätte sie uns das doch gesagt.«

»Nicht unbedingt, Mutter«, erwiderte Neil. »Man muss sich erst einmal im Klaren sein, dass man es erzählen will, und sicher sein, dass die anderen es auch hören wollen.«

»Ich höre immer gern Neuigkeiten von Freunden oder Partnern oder wie immer man das heutzutage auch nennt. Wozu diese Geheimniskrämerei?«, fragte Hannah verärgert.

»Lass uns noch etwas warten, Mutter. Ich bin sicher, das ist besser so.«

Neil sah, dass sein Vater ihm einen seltsamen Blick zuwarf, aber Jock stellte keine Fragen.

Es kostete sie einen ganzen Tag, die geeigneten Räumlichkeiten für die Feiern rund um die Hochzeit zu finden. Die Kennenlernparty würden sie im Keller von Rickys Studio veranstalten, und für die Nachfeier würde Geraldines Wohnung herhalten müssen. Tom und Cathy schauten nach, wie spät es inzwischen war – sechs Uhr. Eine gute Zeit, um ein Fax nach Chicago zu schicken. Die Menüvorschläge würden sie später mailen, in ein oder zwei Tagen; vorerst sollten Marian und Harry nur Bescheid bekommen, dass dieses Problem gelöst war. Sie hatten das Fax ringsum mit Hochzeitsglocken, Hufeisen und Glückwünsche verkündenden Engelchen verziert, um das Paar etwas aufzumuntern. Fünf Minuten später rief Marian an, sie weinte fast vor Dankbarkeit. Cathy sei ein Engel, ihre Retterin in der Not, sie würde bestimmt heilig gesprochen werden und war zweifellos ihre Lieblingsschwester. Harrys Familie konnte es kaum mehr erwarten, ihre Menüvorschläge zu erfahren, um endlich eine Entscheidung zu treffen. Geld spiele keine Rolle, sie sollten sich also nicht zurückhalten…

»Du weißt, was das zu bedeuten hat, ja?«, fragte Tom, als sie ihm das Telefonat wiedergegeben hatte.

»Ich fürchte, ja«, gab Cathy zu.

Beide sahen sich an und mussten lachen, als sie gleichzeitig sagten: »Die wollen unsere Menüvorschläge haben, und zwar sofort.«

Montags um sechs Uhr gestand Geraldine sich ein, dass ihre Affäre mit Freddie Flynn zu Ende war. Er hatte sich das ganze Wochenende nicht bei ihr gemeldet, nachdem er ihr auf so abfällige Art und Weise mitgeteilt hatte, dass er nicht kommen könne. Geraldine hatte den ganzen Tag lang mit eisernem Willen dagegen angekämpft, ihn anzurufen. Sie hatte versucht, sich einzureden, dass die beste Reaktion darauf sei, freundlich und gelassen zu bleiben und auf alle Vorwürfe zu verzichten. Sie wollte ihm zeigen, dass sie wusste, was für ein Verhalten von ihr erwartet wurde.

Als Freddie an dem Tag nach Glenstar kam, klingelte er sofort an ihrer Tür. Geraldine hatte noch keinem Mann einen Schlüssel zu ihrer Wohnung ausgehändigt.

»Freddie?« Sie klang freundlich, aber überrascht.

»Ich dachte…?«

»Du hast nicht angerufen.« Das war ein ehernes Gesetz.

»Nein, dieses Mal dachte ich, wir könnten… Ich meine, wenn es dir nicht passt, könnte ich…«

»Aber nicht doch, komm ruhig herauf, Freddie.«

Er setzte sich und verschränkte nervös die Arme. Pauline war zugetragen worden, man habe ihn Hand in Hand mit einer anderen Frau gesehen, und sie sei untröstlich gewesen. Es sei ihm überhaupt nichts anderes übrig geblieben, als sie nach Limerick zu begleiten. Zum einen habe er doch beweisen müssen, dass die Klatschmäuler nicht recht hatten, und dann habe er sie natürlich beruhigen müssen. Geraldine nickte höflich und distanziert, als würde Freddie von einem anderen sprechen. Und als sie dann in Limerick gewesen waren, habe sie ihm eröffnet, wie einsam sie sich fühle und welche Angst sie habe, er könnte sie verlassen. Deswegen hätte sie es gerne, wenn er immer gleich nach der Arbeit nach Hause käme. Geraldine nickte freundlich, als sie die unausgesprochene Bitte vernahm.

»Du siehst also ...«, stotterte er.

»Ich verstehe, Freddie, bitte glaub mir, ich verstehe.«

Verlegen saß er da und schwieg. Geraldine kam nicht auf die Uhr zu sprechen. Er hatte sie ihr geschenkt, als er sie noch für die wunderbarste Frau ganz Irlands gehalten hatte und es ihm egal gewesen war, wenn seine Frau dahintergekommen wäre. Es war ein Geschenk aus einer Zeit, als ihre Partnerschaft noch einen anderen Charakter gehabt hatte. Es wäre unfein und materialistisch gewesen, auch nur den Vorschlag zu machen, dieses Geschenk zurückzugeben.

»Ich kann dir gar nicht sagen, wie sehr du mir fehlen wirst«, sagte er.

»Und du mir, Freddie.«

»Du hast natürlich einen Besseren als mich verdient«, fuhr er augenzwinkernd fort und versuchte, sich mit Ironie und Sarkasmus aus der verzwickten Situation zu befreien. Doch eigentlich wollte er ihr damit nur zu verstehen geben, dass ihre Affäre zu Ende war. Geraldine blieb völlig kühl.

»Sag so etwas nicht und mach dich nicht schlechter, als du bist. Ich hoffe doch, dass du mir immer ein wunderbarer Freund bleiben wirst.« Geraldine stellte ihre Beine auf den Boden und erhob sich vom Sofa … für Freddie das Zeichen zum Aufbruch. Er ging zur Tür, unendlich erleichtert, dass es keine Szene gegeben hatte. Sie küsste ihn zärtlich auf die Wange.

»Viel Glück, mein lieber Freddie«, wünschte sie ihm.

»Eine Frau wie dich gibt es kein zweites Mal, Geraldine. Ich wollte, ich …«

»Auf Wiedersehen, Freddie«, sagte sie leise, kehrte in ihre Wohnung zurück und schloss rasch die Tür hinter sich. Kochend vor Wut und Verärgerung stand sie in ihrer leeren Wohnung. Von allen ihren Männern hatte sie Freddie am liebsten gemocht. Er war zwar nicht so clever wie Peter Murphy oder so kultiviert wie manch anderer, aber dafür war es immer lustig mit ihm gewesen. Geraldine hatte geglaubt, er würde für immer bei ihr bleiben. Woher hatte Pauline nur auf einmal das Selbstbewusstsein genommen, ihm ihre Bedingungen zu diktieren und ihn zurückzufordern? Pauline hatte eine große Familie, viele Brüder und Schwestern, und natürlich hatte sie Freddies Kinder. Pauline genoss das Ansehen als Ehefrau, ihr gehörten die Zukunft und die Vergangenheit. Das war letztendlich besser, als ein Paar hübsche Beine zu haben, eine große Wohnung in Glenstar zu besitzen und Designerkleidung zu tragen. Traurig, aber wahr.

Als Tom und Cathy später anriefen und anfragten, ob sie diese lächerliche Nachfeier der großen Hochzeit in Glenstar abhalten könnten, willigte Geraldine sofort ein. Sie würde damit mehrere Fliegen mit einer Klappe schlagen. Sie könnte damit ihrer Nichte Marian, die in Chicago offensichtlich mittlerweile einem Nervenzusammenbruch nahe war, einen großen Gefallen tun, und es würde sie von dem treulosen Freddie Flynn ablenken.

Marcella wusste nicht, was sie am Montag nach der Arbeit mit sich anstellen sollte. Sie trödelte so lange wie möglich im Schönheitssalon herum, doch irgendwann musste sie eine Entscheidung treffen. Schließlich fuhr sie nach Stoneyfield zurück, doch nicht, ohne das inzwischen vertraute Ritual zum x-ten Mal zu wiederholen: Zuerst rief sie in der Wohnung an, es meldete sich nur der Anrufbeantworter; dann klingelte sie unten an der Tür, keiner öffnete ihr; schließlich ging sie in die Wohnung, keine Spur von Tom. Inzwischen war Montagabend, und Tom Feather war immer noch nicht in seine eigene Wohnung zurückgekehrt. Er hatte offensichtlich die Absicht, von jetzt an in der Zentrale von Scarlet Feather zu wohnen. So ein Unfug. Es war schließlich seine Wohnung und sein Zuhause, das er einfach so aufgegeben hatte. Ihre Nachricht lag unberührt auf dem Tisch, im Kühlschrank stand immer noch derselbe Karton mit Magermilch. Die Wohnung wirkte kalt und tot. Marcella fröstelte, packte ihre nötigsten Sachen in eine Reisetasche und hinterließ eine zweite Nachricht. »Tom, das hier ist deine Wohnung. Du hast es nicht nötig, auf dem Sofa im Geschäft zu schlafen. Komm nach Hause. Ich werde weggehen, wenn du das willst, du musst mir nur erklären, warum – aber von Angesicht zu Angesicht. Ich liebe dich, Marcella.« Dann wählte sie die Nummer von Scarlet Feather.

Als Cathy an diesem Abend nach Waterview nach Hause fuhr, schwirrte ihr der Kopf vor Plänen und Vereinbarungen für die Hochzeit.Tom und ihr waren noch ein paar originelle Ideen eingefallen, von denen Marian bestimmt begeistert sein würde. Neil war schon zu Hause.

»Du kannst nicht so weitermachen und so lange arbeiten, das schaffst du nicht mehr«, begrüßte er sie. Er sorgte sich offensichtlich sehr um sie.

»Nein, mir geht es gut, jedenfalls nicht so schlecht, dass mich eine große Tasse Tee nicht wieder auf die Beine bringt.«

»Gut, ich mache dir eine. Hast du Rückenschmerzen?«

»Hin und wieder, aber es hält sich in Grenzen. Warum fragst du?«

»Ich habe das in einem Buch gelesen.«

Cathys Herz machte vor Freude einen Sprung. Der Schock schien nachzulassen und Platz zu machen für die ersten zaghaften väterlichen Gefühle. »Ich bin heute in Oaklands gewesen.«

»Du hast ihnen aber doch nichts gesagt, oder?« Hannah einzuweihen musste gut überlegt werden.

»Nein, natürlich nicht, aber ich habe mir die Bilder von Manda und mir als Kinder angeschaut, die Mutter auf dem Klavier stehen hat. Sie hatte damals so viele Hilfen im Haushalt und keine Arbeit. Und was hast du alles um die Ohren? Das ist nicht gerecht.«

»Es ist nicht wichtig, was deine Mutter damals hatte.« Die Vergangenheit bekümmerte Cathy am allerwenigsten.

Aber Neil ließ nicht locker.

»Und damals war es auch für die Männer leichter, zumindest in privilegierteren Kreisen. Wenn mein Vater von der Arbeit nach Hause kam, konnte er sich ins Arbeitszimmer zurückziehen. Wir waren im Kinderzimmer untergebracht, damit er sich nicht gestört fühlte. Ich will damit eigentlich nur sagen, dass manche Leute in Umständen leben, wo das alles relativ einfach ist, und andere eben nicht.«

»Hör bitte auf, dir die Vergangenheit schönzureden. Dein Vater war nie zu Hause in seinem Arbeitszimmer, und im Kinderzimmer hat er sich auch nie blicken lassen. Er war doch schon auf dem Golfplatz, kaum dass er sein Büro verlassen hatte, habe ich recht?«

»Ja, aber mir geht es ums Prinzip«, wandte Neil ein.

»Und mein Vater hatte sechs Kinder, die ihm in der Küche ständig zwischen den Beinen herumliefen. Aber das hat ihn, soviel ich weiß, nie auch nur eine Minute von dem abgelenkt, was sich am nächsten Tag auf der Rennbahn tat«, erwiderte Cathy ironisch.

Neil kochte Tee, aber das Thema ließ ihn nicht los. Er erzählte von seiner Mutter und seinem Vater, die auf ihren Lebensstil nicht mehr verzichten wollten und ihn als völlig rechtmäßig empfanden. Er schilderte das Missverständnis seiner Mutter, die glaubte, Amanda verbringe das Wochenende mit ihrer Geschäftspartnerin in einem Chalet am See. Und er berichtete, was Sara ihm erzählt hatte: Ein reicher alter Mann war gestorben und hatte sein Haus im georgianischen Stil einer Organisation für Obdachlose vermacht, woraufhin die Nachbarn empört auf die Barrikaden gegangen waren. Der ungeheuerliche Egoismus dieser Stadt mache ihm immer mehr zu schaffen, seufzte er. Dort unten in Afrika hätten die Menschen andere Prioritäten. Er hatte Menschen mit wirklich großzügigen und liberalen Ansichten kennengelernt, die in sozial orientierten Regierungen etwas zu sagen hatten. Zum Beispiel diese junge Frau aus Schweden, die er dort getroffen hatte. Sie konnte einem richtig Angst machen, mit welchem Engagement sie von den dortigen Steuergesetzen berichtete, die so angelegt waren, dass die Reichen möglichst viel zahlten, damit auch alle die beste medizinische Versorgung bekamen…

Cathy sah Neil lange an, während er sprach.

»Scarlet Feather«, meldete sich Tom.

»Tom, bitte leg nicht auf.«

»Marcella.« Er klang wenig begeistert.

»Kann ich vorbeikommen, um mit dir zu sprechen?«

»Nein, ich bin gerade am Weggehen.«

»Kommst du nach Hause?«

»Nein.«

»Ich habe dir eine Nachricht hinterlassen, sie liegt auf dem Tisch neben der von gestern.«

»Das mag schon sein, Marcella.«

»Aber wir können es doch nicht einfach so belassen…«, sagte sie ungläubig.

»Warum nicht?«, fragte Tom und legte auf. Er saß lange da und starrte auf das Telefon. Was, um alles in der Welt, erwartete sie, von ihm zu hören?

In Stoneyfield saß Marcella ebenfalls neben dem Telefon und starrte es an. Irgendwann würde er mit ihr reden müssen, und sei es nur, um Lebewohl zu sagen. Wieso konnte er jetzt nicht mit ihr sprechen?

»Geraldine, das hier stammt aber wirklich nicht aus einem Secondhandladen, habe ich recht?« Lizzie Scarlet hob erneut das nagelneue Jackenkleid von Hayward's in die Höhe, um es ausführlich zu betrachten.

»Doch, Lizzie«, log ihre Schwester sie schamlos an. »Du weißt nur nicht, wo du suchen musst. Diese Damen tragen ein Kleid oft nur einmal, dann gefällt es ihnen nicht mehr, weil sie glauben, einen dicken Hintern darin zu haben. Oder ihre Freundin hat sich abfällig darüber geäußert, und schon geben sie es weg.«

»Ich finde es umwerfend«, strahlte Lizzie und strich über das Kleid und die Jacke aus dunkelgrauem, seidigem Material. »Damit könnte ich ja fast selbst die Braut sein, nicht nur die Mutter.«

»Wer weiß, vielleicht lernst du einen reichen Amerikaner kennen, Lizzie, und dann sehen wir dich nie wieder«, zog Geraldine sie auf.

Muttie blickte hoch von seiner Zeitung. »Lizzie will keinen reichen Amerikaner«, sagte er mit Nachdruck. »Sie will Hooves und mich mit allen unseren guten und schlechten Seiten, stimmt's, Hooves?« Der Hund bellte zustimmend.

»Hooves gibt dir recht«, erwiderte Lizzie lächelnd. »Er sagt, was soll eine Frau sich sonst schon wünschen außer dem, was ich bereits habe?« Und zum ersten Mal in ihrem ganzen Leben spürte Geraldine einen Anflug von Neid gegenüber ihrer Schwester, die mit einem Taugenichts verheiratet war und ihr ganzes Leben lang Fußböden geschrubbt hatte.

Tom und Cathy hatten viel Arbeit in die Hochzeitsvorbereitungen gesteckt. Jetzt waren es schon drei Feiern, die sie ausrichten sollten, und deswegen hatten sie noch zusätzliches Personal eingestellt. Der Freitagabend sollte unter einem besonderen Motto stehen. Sie planten, Rickys Kellerräume in eine amerikanische Flüsterkneipe zu Zeiten der Prohibition zu verwandeln. An die Fenster wollten Tom und Cathy Gitter malen und außerdem ein kleines Guckloch in der Tür installieren, damit man sehen konnte, wer davorstand. Jeder Gast sollte ein Kennwort bekommen, mit dem er eingelassen wurde. Ricky hatte in seiner Dunkelkammer jede Menge Zubehör zum Entwickeln von Fotos herumstehen, das wollten sie so herrichten, dass es aussah wie eine Schwarzbrennerei für Alkohol. An die Wände sollten Bilder von Al Capone kommen, dazu Zeitungssausschnitte mit Berichten über das Massaker am Valentinstag, und über die Lautsprecher sollte die Musik der Chicagoer Jazzgrößen ertönen. Tom und Cathy hofften, den Gästen würde das so gefallen, und dass sie sich wie zu Hause fühlten. Zum Essen wollten sie saftige Rindersteaks und ein Schokoladen-Pfefferminz-Eis servieren, laut Kochbuch eine besondere Spezialität dieser Stadt. Es war ziemlich schwierig, an Informationen über die Gepflogenheiten in Chicago heranzukommen, da jedes Kochbuch und jede Website im Internet immer nur darauf hinwies, dass die dortige Küche einen starken polnischen Einschlag habe.

»Die polnische Küche ist auch nicht zu verachten«, meinte Tom. »Viel Rotkohl und Sauerrahm. Sollten wir uns davon etwas heraussuchen, was denkst du?«

»Vielleicht möchte sie aber mal etwas anderes ausprobieren«, überlegte Cathy. »Wir können ja mal fragen, wenn sie uns später anrufen.«

»Komisch, die lassen nichts hören, was unsere Menüvorschläge angeht«, wunderte sich Tom zwei Tage später, als aus Amerika immer noch keine Antwort eingetroffen war.

Cathy nickte. »Ja, ja, neulich war ich noch die Heilige, der

Engel, das Genie, und jetzt haben sie es nicht mal nötig, unsere harte Arbeit anzuerkennen.«

»Sollen wir mal anrufen?«, fragte Tom. »Schließlich müssen wir so bald wie möglich mit den Vorbereitungen anfangen.«

»Ich weiß, es ist dumm und feige von mir, aber am liebsten würde ich mich momentan bedeckt halten. In normalen Zeiten bin ich natürlich immer dafür, die schwierigen Aufgaben zuerst in Angriff zu nehmen und zu erledigen«, gestand Cathy.

»Hör zu, Cathy, du hast momentan alles Recht der Welt auf unsinnige Gefühle – jedenfalls solange du uns nicht alle sauren Gurken wegisst«, erwiderte Tom grinsend.

»Kommt nicht infrage, ich brauche keine Sonderbehandlung, Tom. Eine Schwangerschaft ist etwas völlig Natürliches – Frauen bekommen seit jeher Kinder, ohne großes Aufheben, und so wird es immer sein.«

»Schon möglich«, gab Tom zu. »Aber ohne die Solidarität der Männer, lieber ins Pub zu verschwinden und sich zu betrinken, um nicht im Weg zu stehen ...«

»Oho, du kannst jetzt leicht daherreden, weil du bei der Geburt nicht dabei sein musst. Aber warte nur, bis du selbst Vater wirst, dann können wir unsere Erfahrungen austauschen.«

Tom warf einen Löffel voll Teig nach Cathy, und sie revanchierte sich mit einer Hand voll Rosinen.

»Jetzt sieh dir an, was du angestellt hast, jetzt muss ich die Dinger alle wieder aus dem Tomatenbrotteig heraussuchen«, beschwerte er sich.

»Wer weiß, vielleicht haben wir gerade ein neues Rezept der Extraklasse erfunden«, entgegnete Cathy lachend.

»Wird Neil denn bei der Geburt dabei sein?«, wollte Tom wissen.

»Ja«, antwortete Cathy bestimmt. »Er weiß es zwar noch nicht, aber er wird dabei sein. Also, wer von uns beiden ruft jetzt Marian an?«

»Da du keinen Wert auf eine Sonderbehandlung legst, bin

ich der Meinung, dass du das tun solltest«, sagte Tom, pickte die letzten Rosinen aus der Teigschüssel und steckte sie sich in den Mund.

Das Gespräch mit Marian stellte Cathy vor ein Rätsel. Es war, als telefonierte sie mit einer völlig anderen Person als noch vor zwei Tagen. Sie sprach entweder stockend, war konfus und flüsterte Unverständliches oder bedankte sich in falschem Überschwang für alles, was sie bisher für sie getan hatten und noch taten.

»Ich kann daraus nicht schlau werden«, sagte Cathy letztendlich. »Tom, sprich bitte du mit ihr.«

Tom erging es nicht sehr viel besser, was er Cathy durch heftiges Schulterzucken mitzuteilen versuchte. »Ist sie betrunken oder high oder was?«, kritzelte er auf einen Block neben dem Telefon. Cathy musste aufstehen und ein paar Schritte zur Seite gehen, damit ihre Schwester nicht hörte, wie sie bei der Vorstellung losprusten musste. Irgendwann kam Tom die rettende Idee. »Könnte ich vielleicht mal mit Harry sprechen, Marian? Vielleicht kommen wir beide besser miteinander zurecht, so von Mann zu Mann.«

»Ja, Harry ist hier«, antwortete Marian, endlich wieder mit normaler Stimme. »Er ist extra zu mir ins Büro gekommen, um alles zu besprechen. Ich gebe ihn dir mal.«

»Harry, hier ist Tom Feather, weder verwandt noch verschwägert, mit keiner Seite. Falls Sie unsere Menüvorschläge nicht gut finden, sagen Sie mir das bitte, und wir schicken Ihnen neue zu. Was halten Sie, zum Beispiel, von polnischer Küche – Suppe und Knödel? Was meinen Sie, Harry?«

»Tom, wenn Sie mich schon so direkt fragen, will ich auch kein Blatt vor den Mund nehmen. Die Vorstellung von einer Flüsterkneipen-Party samt Valentinstagmassaker und schwarz gebranntem Gin entlockt den Leuten hier nur ein müdes Lächeln.«

»Aha, und wir dachten, es würde Ihnen gefallen.«

»Nein, das wäre ein Albtraum für uns… ungefähr so, als würden wir für euch eine Party organisieren, die unter dem Motto IRA steht, das heißt, mit Bomben und Gesichtsmasken und dergleichen.«

»Oder mit Cornedbeef und Kohl«, ergänzte Tom rasch.

»Ich sehe schon, worauf Sie hinauswollen, Tom.«

»Gut, dann sind wir uns also einig, ja? Keine Flüsterkneipe, kein Cornedbeef.«

»Abgemacht«, erwiderte Harry.

Sara meldete sich überraschend zu einem Kontrollbesuch auf The Beeches an. Aller Augen hingen an ihr, als sie den Kühlschrank öffnete, in die Waschmaschine spähte, sich die Lebensmittelvorräte ansah und sogar die Wäsche im Trockenschrank inspizierte.

»Maud und Simon, würdet ihr bitte in den Garten gehen und ein bisschen Tennis üben? Ich habe gesehen, dass ihr draußen ein Netz aufgespannt habt; ihr könntet schon mal für eure nächste Stunde trainieren.«

»Wir haben momentan aber keinen Unterricht«, antwortete Simon.

»Er war zu teuer«, erklärte Maud.

»Und außerdem ist die Tennislehrerin gerade weggefahren, oder?«, fügte Kenneth hinzu.

»Aber doch nur übers Wochenende«, sagte Maud.

Saras Mund bildete eine strenge Linie. »Nun, dann habt ihr umso mehr Grund, zu trainieren«, erwiderte sie in einem gespielt freundlichen Tonfall. Die Zwillinge erkannten sofort die darin versteckte, an alle gerichtete Drohung und eilten hinaus in den Garten. Sara rief ihnen noch hinterher: »Wenn ich hier fertig bin, komme ich raus und spiele mit jedem von euch eine Runde. Wir spielen sieben Punkte. Es wird mir gut tun, ein wenig zu üben. Einverstanden?«

Die Zwillinge hielten das für eine ausgezeichnete Idee. In der Stille des Hauses saßen Kay und Kenneth Mitchell da und lauschten der Freude ihrer Kinder über gelungene Bälle, ihrem Ärger über misslungene Aufschläge und dem Plopp-Plopp des Tennisballs auf dem trockenen, ungepflegten Rasen.

»Bitte, korrigieren Sie mich, falls ich mich irre, aber ich glaube nicht, dass Sie jemand eingeladen hat, mit meinen Kindern in meinem Garten Tennis zu spielen«, sagte Kenneth angriffslustig.

»Bitte, korrigieren Sie mich, falls ich mich irre, aber Sie scheinen tatsächlich nicht die leiseste Ahnung zu haben, wie ernst Ihre Lage ist und wie kurz Sie beide davorstehen, Ihre Kinder zu verlieren. Wenn ich in meinem Bericht meinen Befürchtungen über das Wohlergehen der beiden deutlich Ausdruck verleihe und damit durchkomme, könnten sie Ihnen schon Ende des Monats weggenommen werden.«

»Können wir auf allen drei Veranstaltungen tanzen, was meinst du?«, fragte Simon Muttie beim nächsten Besuch in St. Jarlath's Crescent.

»Ich habe mit der Organisation nichts zu tun, mein Sohn. Wenn du älter wirst, wirst du lernen, dass man sich aus solchen Dingen besser heraushält. Das ist so bei Männern.«

»Wir würden dann nämlich jedes Mal etwas anderes tanzen müssen – das wird vielleicht ziemlich anstrengend werden. Aber ich würde diese Amerikaner nicht enttäuschen wollen.«

»Ich schätze mal, dass Cathy darüber Bescheid weiß«, erwiderte Muttie nachdenklich.

»Bestimmt. Sag mal, Muttie, weißt du, warum wir jetzt auf einmal so oft, wie es uns gefällt, in den St. Jarlath's Crescent kommen dürfen?«

»Keine Ahnung, aber es gibt noch etwas, das ich mir immer verkneife: Ich frage nie nach, wenn sich etwas unerwartet zum Besseren entwickelt hat. Erinnerst du dich, letzte Woche, als ich im Büro nicht aufgepasst und statt auf Sieg auf Platz und Sieg gesetzt habe? Ich war so enttäuscht und hätte um ein Haar meinen Wettschein weggeworfen, als das Pferd nicht gewonnen hatte. Da hat mich doch zum Glück einer meiner Partner im Büro daran erinnert, dass ich ja auch auf Platz abgeschlossen hatte. Ich konnte es zwar nicht glauben, aber ich habe nicht nachgefragt. Ich denke, so fährt man meistens am besten.«

Simon dachte darüber nach. »Wahrscheinlich hast du recht, Muttie, aber ich finde, wenn man weiß, warum Menschen Dinge tun, kann man sie leichter dazu bringen, sie auch ein zweites Mal zu tun. Weißt du, Vater hat seine Meinung plötzlich völlig geändert. Ich wüsste zu gerne, was Sara gesagt hat, dass jetzt alles anders ist.«

»Wir werden nie auch nur die Hälfte von dem erfahren, was sich auf der Welt zuträgt.« Muttie wiegte weise den Kopf.

»Aber im Ernst, Muttie. Vater hat eigenhändig ein Tablett mit Limonade für Sara und uns zum Tennisplatz herausgebracht, und Mrs. Barry ist wieder da, also muss sie auch bezahlt werden, und wir bekommen wieder Tennisunterricht. Wir müssen unsere schmutzige Kleidung zwar selbst in der Maschine waschen, aber Mrs. Barry bügelt sie, und Mutter steht jeden Tag auf und zieht sich an. Und wir können mit dem Bus hierherkommen, so oft wir wollen, ich meine, wann immer du Zeit hast, natürlich. Maud und ich glauben, dass wir irgendwas richtig gemacht haben, aber wir kommen einfach nicht darauf, was es gewesen sein könnte.«

Shona kam in die Küche von Hayward's, lange bevor das Kaufhaus offiziell seine Pforten öffnete.

»Spionierst du mir etwa hinterher und versuchst, an meine Betriebsgeheimnisse zu kommen?«

»Guter Gott, nein, mir reicht es, eine Kleinigkeit in die Mikrowelle zu schieben.«

»Das möchte ich bezweifeln.« Tom konzentrierte sich weiter auf seine Arbeit, während er sich mit ihr unterhielt. »Sei doch so nett und gieß uns zwei Tassen Kaffee ein, Shona, ja?«, rief er.

Sie plauderten freundschaftlich über dies und jenes. Aber keiner von beiden stellte die Fragen, die sie eigentlich stellen wollten. Tom erkundigte sich nicht, ob Marcella noch in dem Nagelsalon arbeitete oder ob sie bereits nach England gegangen war, um dort gemäß ihrem Vertrag, den sie sich redlich verdient hatte, als Model zu arbeiten. Sie hatte ihm noch eine weitere Nachricht hinterlassen, ehe sie ihre restlichen Sachen aus seiner Wohnung in Stoneyfield abgeholt hatte. Eine Uhr, ein Armband und ein in Leder gebundenes Buch mit Liebesgedichten hatte sie zurückgelassen. Sie hatte nicht viel geschrieben.

»Ich liebe dich noch immer, und ich kann nicht glauben, dass du vier Jahre unseres Lebens einfach so beenden möchtest, ohne klärende Aussprache. Aber ich kann dir nicht jeden Tag dieselbe Frage stellen. Falls du mich doch wissen lassen möchtest, warum wir nicht miteinander sprechen können… wir arbeiten beide zurzeit noch im selben Haus. Vielleicht kannst du es mir dort sagen, wenn es dir hier nicht möglich ist. Dieses eine Gespräch bist du mir schuldig.«

Aber von einem Gespräch könnte wahrscheinlich nicht die Rede sein. Es würden sich zwei Menschen gegenübersitzen, von denen der eine darauf beharrte, dass ein bestimmter Vorfall von Bedeutung sei, während der andere das Gegenteil behauptete. Die Tage vergingen, und Tom hatte sich mittlerweile so weit im Griff, dass er kein Bedürfnis mehr verspürte, im Salon anzurufen und zu fragen, ob Marcella noch dort sei oder nicht. Sein Stolz ließ es nicht mehr zu, sich zu erkundigen. Shona wiederum wünschte sich nichts sehnlicher, als Tom zu bitten, ihr möglichst alles über Mr. James Byrne – konzessionierter Wirtschaftsprüfer im Ruhestand und momentaner Halbtagsbuchhalter von Scarlet Feather – zu erzählen. Sie hätte so gerne gefragt, ob er ein fröhlicher Mensch war oder eher nachdenklich, ob er Musik mochte oder in Konzerte ging. Sie wollte wissen, ob er viele Freunde hatte oder eher ein Einzelgänger war. Ob Tom und Cathy wohl jemals bei ihm zu Hause waren? Ob er allein lebte oder mit jemandem zusammen? Aber Shona hatte sich nun schon so lange in ihr Schneckenhaus zurückgezogen, dass es ihr schwerfiel, aus sich herauszugehen und jemandem private Fragen zu stellen. Nicht einmal einem Menschen wie Tom Feather, der so offen und zugänglich war und dem seine dumme Freundin Marcella offensichtlich das Herz gebrochen hatte.

»Was ziehst du eigentlich zur Hochzeit an?«, fragte Geraldine.

»Ein weites Umstandskleid mit weißem Kragen und flache Schuhe«, antwortete Cathy.

»Nein, im Ernst. Aber weil wir gerade beim Thema sind – wann teilst du es endlich deiner Mutter mit, dass sie wieder einmal Großmutter wird?«

»Bald, bald, zuerst einmal muss sie die Hochzeit gut überstehen«, bat Cathy. »Und ich auch, um ehrlich zu sein. Wir haben im Augenblick so viel zu tun, du würdest es nicht glauben. Ich habe schon Angst, Tom auch nur eine Minute aus den Augen zu lassen, sonst nimmt er womöglich wieder einen neuen Auftrag für uns an.«

»Er will wohl unbedingt das Geld hereinarbeiten, richtig?«, fragte Geraldine voller Mitgefühl.

»Ja, und bis zur Bewusstlosigkeit schuften, damit er nicht an Marcella denken muss«, fügte Cathy hinzu.

»Er hat sich also nicht erweichen lassen?«

»Er sagt kein Wort. Aber wenigstens schläft er nicht mehr im Geschäft, also vermute ich, dass sie ausgezogen ist.«

»So ein dummes, dummes Ding«, meinte Geraldine kopfschüttelnd. »Ja, aber er hat sie angebetet; er tut es immer noch, glaube ich. Wer kennt sich schon mit Männern und ihren Gefühlen aus?«

»Tja, wer?«, seufzte Geraldine.

Cathy öffnete den Mund und schloss ihn wieder. Tom und sie hatten mit Freddie Flynn wegen einer weiteren Veranstaltung zum Verkauf von Villen im Ausland verhandelt. Die spanisch und italienisch gehaltenen Verkaufsempfänge waren äußerst erfolgreich gewesen, und er wünschte sich wieder etwas Ähnliches, nur zu einem anderen Thema natürlich. Cathy hatte ihn gefragt, ob sie – wie bisher auch – über ihre Tante miteinander Kontakt halten sollten. Es war eine Pause entstanden, und dann hatte er geantwortet, es sei wohl einfacher, sich direkt an ihn zu wenden. Geraldine hatte zu dem Thema kein Wort verloren, trug aber immer noch seine Uhr am Handgelenk. Cathy würde auch nichts sagen, erst wenn man sie daraufhin ansprach.

Wie sie Simon und Maud so oft erklärt hatte – für Erwachsene gehörte sich das so.

»Sind Mutter und Vater auch zur Hochzeit eingeladen?«, wollte Simon von Maud wissen.

»Nein, aber frag lieber nicht, warum«, warnte ihn Maud.

»Warum?«, fragte Simon.

»Siehst du, jetzt hast du ja doch gefragt«, rief Maud.

»Ich wollte doch nur wissen, warum ich nicht fragen soll.«

»Oh, das hat irgendetwas mit Mutties Frau Lizzie zu tun. Sie hat Angst vor Tante Hannah, und sie konnten nicht die eine einladen und die andere nicht.«

»Das ist ja furchtbar kompliziert«, erwiderte Simon missbilligend. »Kommt Walter eigentlich?«

»Nein, wir und Neil sind die einzigen Mitchells.« Maud war gut informiert. »Und wir werden bei allen drei Festen dabei sein, aber tanzen müssen wir nur bei der Hochzeit, damit sie den Tag nie vergessen.«

»Ich würde aber vorschlagen, dass wir unsere Schuhe auch zu der Nachfeier in der großen Wohnung mitnehmen, in der Lizzies Schwester lebt. Falls sie uns noch mal um einen Auftritt bitten.«

Maud überlegte. »Ich glaube, da hast du recht«, stimmte sie ihrem Bruder zu.

James Byrne betrat zum x-ten Mal seine Souterrainwohnung und versuchte, sie mit den Augen eines Betrachters zu sehen, der zum ersten Mal hierherkam. Schwer zu sagen, wie sie auf seine Besucherin wirken würde. Aber es war enorm wichtig, denn das würde auch ihre Meinung über ihn beeinflussen. Sollte sie die Wohnung streng und kühl finden, würde sie das nur in ihren bisherigen Ansichten bestätigen. Fand sie sie aber überladen und unaufgeräumt, könnte sie womöglich denken, er sei auch von seinem inneren Wesen her so. Und das fand James Byrne fast genauso schlimm. Zum ersten Mal in seinem Leben wurde ihm klar, warum es so viele Zeitschriften und Fernsehsendungen darüber gab, wie man sich einrichten sollte. Wenn man es sich recht überlegte, war das auch wichtiger, als viele Menschen je für möglich gehalten hätten.

»Werden außer uns denn gar keine Mitchells da sein?«, fragte Simon.

»Also, Neil wird natürlich da sein«, erwiderte Cathy.

»Was ist mit seiner Schwester? Hat er nicht eine Schwester in Amerika? Warum kommt sie nicht herüber, wenn in der Familie jemand heiratet?«

»Sie lebt in Kanada, nicht in den USA, und für die Mitchells ist es nicht unbedingt eine Hochzeit im engsten Familienkreis, weißt du ...«

»Ist sie nett?«

»Ja, ich glaube schon. Sie hat Neil und mir damals ein wunderschönes Hochzeitsgeschenk geschickt«, antwortete Cathy. Einen Augenblick lang verspürte sie das unbezähmbare Bedürfnis, den Zwillingen von ihrer Cousine Amanda zu erzählen, die in Toronto glücklich und zufrieden mit einer Frau namens Susan in einer lesbischen Beziehung lebte. Cathy hätte nur zu gerne gewusst, welchen Schaden die beiden mit einer solchen Auskunft hätten anrichten können. Sie musste lächeln.

»Wenn Cathy so still vor sich hin lächelt, ist immer Gefahr im Verzug«, bemerkte Muttie.

»Was passiert dann?«, fragte Simon ängstlich.

»Alles könnte dann passieren«, erwiderte Muttie.

»Sie könnte ein neues Haus kaufen, einen neuen Lieferwagen, oder zusätzliches Personal einstellen ...«

Cathys Handy klingelte. Es war Tom. Er sei irgendeinem Idioten, der plötzlich ohne jede Vorwarnung gebremst hatte, hinten aufgefahren.

»Bist du verletzt?«

»Nein, ich nicht, aber der dumme Geburtstagskuchen, den ich ausliefern wollte. Ich habe einfach kein Glück mit Kuchen. Cathy, er ist schrecklich verstümmelt, und ich muss hier am Unfallort bleiben.«

»Ich komme sofort mit dem Taxi. Was soll ich mitbringen?«

»Alles, was du tragen kannst: Tabletts, Geschirrtücher, Puderzucker, Sahne, alles.«

»Was! Ich soll in einem Taxi mit der Arbeit noch einmal ganz von vorn anfangen? Bist du verrückt geworden?«

»Was soll ich denn tun, Cathy? Die Torte hat sich über den Lieferwagen verteilt.«

»O Gott«, stöhnte Cathy. »Wo bist du genau?«

Die Zwillinge und Muttie sahen Cathy gebannt zu, wie sie in der Küche ihrer Mutter hin und her rannte und sich alle möglichen Sachen griff.

»Dad, welcher deiner Taxi fahrenden Partner ist zuverlässig genug und könnte Interesse an einem aufregenden Job heute Nachmittag haben?«

»Können wir nicht mitkommen? Bitte«, bettelten die Zwillinge, als sie hörten, worum es ging.

»Warum nicht?« Viel schlimmer konnten die Kinder das Durcheinander jetzt auch nicht mehr machen, dachte Cathy.

Sie fuhren mit Kentucky Jim, einem von Mutties zuverlässigsten Freunden. Er wollte es einfach nicht glauben, dass Menschen wirklich Geld damit verdienten, anderen Leuten Geburtstagskuchen ins Haus zu liefern. Das bewiese ihm nur, dass tatsächlich jede Minute ein neuer auf die Welt käme.

»Ein neuer was?«, wollte Simon wissen.

»Ein Dummkopf. Es heißt doch, jede Minute kommt ein Dummkopf zur Welt.«

»Stimmt das denn?«, fragte Maud.

Cathy beschloss, den Kindern nie zu erzählen, dass Kentucky Jim, der Philosoph, früher einmal ein gut gehendes Geschäft besessen hatte. Aber sein ausgeprägtes Interesse an den Vorgängen in Sandy Keanes Wettbüro hatte zu einer drastischen Veränderung seiner Lebensumstände geführt, so dass er sich jetzt mit drei anderen ein Mini-Taxi teilte. Es war deshalb zweifelhaft, ob seine Ansicht, jede Minute würde ein Dummkopf geboren, tatsächlich aus berufenem Munde stammte.

Tom stand hilflos vor dem Chaos, als sie eintrafen.

»Gott, du bist wirklich ein entsetzlich schlechter Autofahrer, aber das habe ich dir immer schon gesagt«, schimpfte Cathy, zog ein Geschirrtuch heraus, schob das Kuchenwrack samt Spitzenunterlage aus Papier von der silbernen Platte und säuberte sie, damit sie darauf den Kuchen wieder zusammenbauen konnte.

»Schaffst du es?«

»Ich muss, du Dummkopf. Ich habe sogar die Spritztüte mitgebracht, um den Namen neu auf die Torte zu schreiben. Mal sehen, was noch übrig ist. Heißt das ›Jackie‹?«

»Ja, Jackie, stimmt genau.«

»Mit ›ie‹ oder mit ›y‹?«

»Himmel noch mal, woher soll ich das denn wissen?«

»Es muss auf dem Bestellformular stehen, schau doch nach!«, rief Cathy, während sie die auseinandergebrochenen Stücke zusammenklebte und den Kuchen ringsum mit Schokoladencreme bestrich.

»Du kannst den Namen ja in zwei Versionen schreiben und den falschen aufessen, wenn du weißt, wie er richtig heißt«, schlug Simon hilfsbereit vor.

»Simon, halt den Mund«, riefen Tom und Cathy gleichzeitig.

»Heißt das, ihr baut meinen Keller jetzt doch nicht zu einer Flüsterkneipe um?«, fragte Ricky am nächsten Tag enttäuscht. Er hatte sich schon richtig darauf gefreut.

»Nein, Rick, aber sei ein Freund und sprich uns bitte nie wieder darauf an, ja? Das war keine besonders gute Idee, wie es sich herausgestellt hat.«

»Soso«, meinte Ricky.

»Macht nichts, jetzt hat sich alles wieder beruhigt.«

»Was man von dir nicht gerade behaupten kann«, erwiderte Ricky und grinste ihn an.

»Ich weiß nicht, was du damit andeuten willst.« Tom gab sich nach außen hin unbekümmert, wusste aber genau, was Ricky damit meinte.

»Na ja, alle Spatzen pfeifen es von den Dächern, dass Marcella und du seit ihrer Modenschau nicht mehr zusammen gesehen worden seid. Ich finde es einfach schade, das ist alles.«

Tom murmelte: »Tja, nun.«

»Soll ich ihr denn etwas ausrichten, falls ich sie sehe, Tom?«

»Nein, danke, Ricky, es ist alles gesagt worden.«

Ricky beließ es dabei und schüttelte nur den Kopf.

Schließlich hatte er sich in tränenreichen Versionen von Marcella anhören müssen, dass nichts gesagt worden war, nicht ein Wort.

Cathy entdeckte in Rathgar vom Auto aus einen mit Einkaufstüten schwer beladenen James Byrne und hupte.

»Kann ich Sie vielleicht mitnehmen? Müssen Sie nach Hause, James?«

»Ah, wie schön, Sie zu treffen, Cathy. Ja, ich würde gerne mitfahren.«

Als sie vor dem eleganten Wohnhaus anhielten, drehte er sich zu Cathy um. »Darf ich Ihnen eine sehr persönliche Frage stellen?«, fing er an.

O lieber Gott, flehte sie, hoffentlich hat er nicht auch schon erraten, dass ich schwanger bin. »Nur zu«, antwortete Cathy kleinlaut.

»Würden Sie vielleicht kurz mit in meine Wohnung kommen, nur kurz reingehen, und mir sagen, was Sie sehen?«, fragte er.

Cathy wurde auf einmal angst und bange. Dass ihr bisher so vernünftiger und besonnener Buchhalter plötzlich verrückt spielte, konnten sie jetzt wirklich nicht gebrauchen. »Und was meinen Sie, was ich da zu sehen bekomme, James?«, fragte Cathy besorgt.

»Ich weiß es nicht, Cathy, aber Sie müssen mir versprechen, ehrlich zu sein.«

»Gut, James, ich werde sehen, was ich für Sie tun kann«, willigte die arme Cathy ein und stieg müde aus dem Lieferwagen.

Tom war im Geschäft und erwartete jeden Moment Cathys Rückkehr. So drückte er einfach auf den Türöffner, als es klingelte, ohne aufzublicken.

Jemand stand vor der Tür.

Das war sonderbar, denn Cathy eilte normalerweise sofort durch den vorderen Raum in die Küche. Tom hoffte, dass nichts passiert war, und trat vor das Haus, um nachzuschauen.

Marcella stand mit dem Rücken zum Licht. Ihre dunklen, lockigen Haare umrahmten ihren Kopf wie ein Glorienschein. Ihr Gesicht drückte Angst und Trauer aus, und sie begann sofort zu sprechen.

»Es ist nicht fair, dass du Ricky gegenüber behauptest, wir

hätten uns ausgesprochen. Davon kann überhaupt nicht die Rede sein.«

»Das hat sich ja schnell zu dir durchgesprochen«, entgegnete Tom.

»Hasst du mich, Tom?«

»Nein, natürlich nicht, natürlich hasse ich dich nicht.«

Seine Stimme klang freundlich.

»Aber was du zu Ricky gesagt hast...«

Tom fühlte sich plötzlich schrecklich müde. »Nein, Marcella, ich habe Ricky gegenüber nicht behauptet, dass wir uns ausgesprochen hätten. Ich habe gesagt, es sei alles gesagt worden, das ist ein Unterschied... es bedeutet, dass es nichts mehr zu besprechen gibt.«

»Aber ich hätte dich nie verlassen, ohne dir zu sagen, warum.«

»Du kennst die Gründe ganz genau.«

»Es war doch nur eine dumme Party.«

»Ja.«

»Du willst gar nicht wissen, was passiert ist, aber wir haben dort nur gegessen. Ich habe dir doch gesagt, dass es so kommen würde. Aber du willst ja nichts davon wissen.«

»Du hast recht. Ich will nichts davon hören und auch nicht wissen, warum du in der Nacht nicht nach Hause gekommen bist.«

»Ich habe dir doch zuvor schon gesagt, Tom, dass es alles bedeutungslos war, unwichtig.«

»Für dich, Marcella. Und ich habe dir zuvor gesagt, dass es für mich extrem wichtig ist.«

»Aber du hast doch gewusst, dass diese Party stattfindet und dass ich hingehen muss.« Marcella fing zu weinen an. Tom stand mit hängenden Armen neben ihr. »Ich bin offen und ehrlich zu dir gewesen. Du wirst nie wieder in deinem Leben eine Frau treffen, die so aufrichtig ist wie ich.«

»Nein, Marcella, du bist nicht ehrlich gewesen. Menschen, die ehrlich sind, tun einander so etwas nicht an.«

»Ich habe dir die Wahrheit gesagt«, schluchzte sie. »Das ist etwas anderes«, erwiderte Tom.

»Ich gehe rasch vor, bringe die Sachen in die Wohnung, und wenn Sie klingeln, öffne ich Ihnen die Tür«, erklärte James Byrne. Cathy seufzte, als sie auf die Klingel drückte. Sie nahm sich vor, in den nächsten vier Jahren nie mehr jemanden im Auto mitzunehmen, den sie kannte. James kam an die Tür, und Cathy betrat die Wohnung, in der sie James bereits Kochunterricht gegeben hatte. »Schauen Sie sich bitte überall um. Was sehen Sie?«, fragte er.

»Um Himmels willen, James, worauf soll ich denn Ihrer Meinung nach achten? Ist das ein Spiel?« Ihre Stimme klang schroff. »Welchen Eindruck macht die Wohnung auf Sie? Was für ein Mensch wohnt hier?« Forschend blickte er in ihr Gesicht, während er auf eine Antwort wartete.

»James, bitte verzeihen Sie, aber ich habe einen langen Tag hinter mir. Ich weiß, wer hier lebt. Sie wohnen hier.«

»Nein, ich meine, was wäre, wenn Sie zum ersten Mal durch diese Tür kämen …?«

»Sie meinen, wie ein Dieb?«

»Nein, wie jemand, der zum Essen eingeladen ist.« Inzwischen machte er einen deprimierten und verletzlichen Eindruck. Der nach außen hin immer so kühl erscheinende James Byrne schämte sich schrecklich dafür, dass seine Nerven bloß lagen.

»Ach, jetzt verstehe ich, was Sie meinen.« Langsam erholte sich Cathy von der Überraschung. »Sie versuchen, sich vorzustellen, welchen ersten Eindruck Ihre Wohnung vermittelt, ist es das?«

»Genau.«

»Es tut mir leid, dass ich das nicht gleich verstanden habe.« Cathy versuchte, Zeit zu gewinnen, während sie ihren Blick durch die dunkle, leblose Wohnung wandern ließ, der es an Farbe und Ausstrahlung mangelte.

»Nein, es ist meine Schuld, ich habe es Ihnen nicht richtig erklärt«, entschuldigte er sich.

»Hören Sie, ich möchte ja nicht zu neugierig erscheinen, aber wenn ich Ihre Frage richtig beantworten soll, muss ich wissen, um welche Art von Gast es sich handelt.«

»Wie bitte?«

»Nun, geht es um einen Geschäftsmann, haben Sie eine Dame eingeladen oder handelt es sich um einen Freund, den Sie lange nicht mehr gesehen haben?«

»Wie kommen Sie auf einen Freund, den ich lange nicht mehr gesehen habe?«, fragte er besorgt.

»Wenn es ein Freund wäre, mit dem Sie sich oft treffen, dann wüsste er oder sie doch, wie Ihre Wohnung aussieht.« Cathy verfiel in denselben Tonfall wie Simon und Maud gegenüber. Sie sprach laut und deutlich, als redete sie mit einem Menschen, der nicht gerade klar im Kopf ist.

James dachte einen Moment über Cathys Worte nach. »Das mit dem Freund kommt dem Ganzen wohl am nächsten.«

»Alter?«

»Ungefähr so alt wie Sie, deswegen …«

»Mann oder Frau?«

»Nun, eine Frau.«

»Sie bräuchten ein paar Blumen. Wenn Sie wollen, kommen Sie bei uns vorbei und leihen sich ein paar Topfpflanzen aus. Und dann noch ein paar Kissen in kräftigen Farben … Außerdem würde ich das ganze Papier dort hinten vom Schreibtisch räumen und Ihre Musikanlage unter all diesen Illustrierten oder Zeitungsausschnitten, oder was immer das ist, hervorholen.«

»Ich brauche also …«

»Sie brauchen ein bisschen Farbe, Licht, Hoffnung und sollten den Eindruck vermitteln, dass hier tatsächlich jemand lebt.« Während sie das sagte, ging Cathy im Zimmer auf und ab. Plötzlich wurde ihr bewusst, was sie gesagt und wie abfällig sie sich im Grunde über seine Art des Wohnens geäußert hatte. Cathy stiegen die Tränen in die Augen.

»James, entschuldigen Sie bitte«, sagte sie, ging auf ihn zu und berührte seinen Arm.

»Nein, bitte.« Er wich ihr aus. »Ich habe Sie um Ihre Meinung gebeten, und Sie haben meine Bitte erfüllt. Da gibt es doch nichts zu entschuldigen«, erwiderte er steif.

»Doch, ich muss mich für diese unnötig herablassende Beurteilung Ihrer Wohnung entschuldigen, die im Übrigen völlig in Ordnung ist, nur ein bisschen mehr Farbe vertragen könnte.«

»Ja, natürlich.«

»James, ich bin im Augenblick so nervös und unruhig, dass ich fast jeden vor den Kopf stoße. Aber Sie müssen mir glauben, dass ich Sie nicht mit Absicht auf der Straße aufgegabelt habe, um Sie dann anschließend triumphierend in meine Liste aufzunehmen.« Ihre Bemerkung ließ ihn merklich lockerer werden. »Würden Sie mir denn zutrauen, uns beiden einen Tee zu kochen?«, bot er an.

»Das wäre wunderbar.«

»Schlagen Sie sich denn mit einem großen Problem herum oder sind es mehrere kleine?«

»Es sind leider sehr viele große, James. Aber vielleicht wissen Sie ja auch, dass man Probleme durch Nichtbeachten und Nichtanerkennen bis zu einem gewissen Grad verdrängen kann … Damit sind sie natürlich nicht aus der Welt, aber wissen Sie …«

»Ich weiß. Natürlich lösen sie sich nicht in Wohlgefallen auf, aber für den Moment sind sie weg«, erwiderte James Byrne mitfühlend.

»Sie sind sehr freundlich, James, und Sie haben eine so beruhigende Ausstrahlung. Bestimmt wird Ihre Einladung zum Essen ein großer Erfolg.«

»Das hoffe ich auch, wirklich. Wissen Sie, es hängt sehr viel für mich davon ab.«

Friedlich tranken beide ihren Tee, ohne dem anderen noch weitere Fragen zu stellen.

Im Geschäft traf Cathy einen ungewöhnlich schweigsamen Tom an.

»Gibt es etwas Neues, das ich über die Hochzeit wissen sollte? Raus mit der Sprache, falls das stimmt.«

»Nein.« Er war in Gedanken weit weg.

»Gut«, erwiderte Cathy.

Tom schwieg. Normalerweise war es nicht seine Art, so wortkarg zu sein. Auf seiner Arbeitsplatte lag ein Stapel Schreibpapier.

»Woran arbeitest du gerade?«, fragte Cathy.

»Ach, an nichts Besonderem«, antwortete er ausweichend.

Bestimmt war Marcella hier gewesen. Cathy beschloss, so zu tun, als ob nichts passiert sei.

»Ich habe mit dem Pfarrer gesprochen, der die beiden trauen wird. Er hat mir gesagt, dass wir nie den Glauben an das Gebet verlieren dürfen, selbst in der schwärzesten Stunde nicht.«

»Tja, etwas anderes kann er ja nicht sagen. Als Priester wäre er gänzlich fehl am Platz, wenn nicht wenigstens er noch ein Licht am Ende des Tunnels erkennen würde.«

»Nein, du verstehst nicht ganz. Er ist überzeugt, dass wir die Antwort auf sein Gebet sind«, erwiderte Cathy lachend.

»Weil wir seinen muffigen alten Saal entdeckt haben?«

»Genau. Jetzt hat er nämlich einen richtigen Schatz an der Hand. Die Gemeinde wird wieder zum Leben erweckt, und es kommt Geld herein, das er für gute Zwecke ausgeben kann.«

»Für Heiligenfiguren, vermute ich«, spöttelte Tom.

»Ich glaube nicht… Er hat eher an Ausflüge mit älteren Mitgliedern der Gemeinde und an Kurse über Literatur gedacht.«

»Tut mir leid«, murmelte Tom.

»Halb so schlimm, ich versuche nur, mir selbst etwas Mut zuzusprechen, indem ich uns vor Augen führe, dass wir wenigstens für ein paar Menschen wichtig sind.«

Er verstand, worauf sie hinauswollte. »Ja, wir sollten eine Liste anlegen: der beschränkte Pfarrer, der nicht wusste, dass er einen Gemeindesaal hat, bis wir ihn mit der Nase darauf gestoßen haben. Das ist schon mal einer.«

»Und mit James Byrne sind es zwei. Ich habe heute mit ihm Tee getrunken. Sein Gast ist übrigens eine Frau in meinem Alter, die er lange nicht gesehen hat.«

»Wen haben wir denn da noch?«, überlegte Tom. »Unsere Minnie-Maus, weil wir ihr immer großzügig die Reste aus unseren Töpfen überlassen.«

»Unsinn, wir liefern ihr bestes Essen und erhalten damit ihre Ehe am Leben. Aber du hast recht, damit hätten wir schon drei Leute auf unserer Liste.«

»June. Wir halten sie davon ab, Jimmy umzubringen. Nummer vier«, sagte Tom.

»Con, oder ist das anmaßend?«

»Nein«, widersprach Tom. »Für Con sind wir wichtig. Nummer fünf.«

»Wir würden sicher ein ganzes Dutzend zusammenbekommen, wenn wir unsere zufriedenen Kunden mit aufnehmen. Wir könnten sogar ein Blatt Papier holen und die Namen aufschreiben«, schlug Cathy vor.

»Oder wir könnten tun, was du von mir erwartest, und wieder an die Arbeit gehen«, antwortete Tom lachend und räumte den Stapel Schreibpapier beiseite.

Cathy sah die Worte »Liebe Marcella« auf einem Blatt stehen. Für den armen Tom sah es momentan sehr schlecht aus, viel schlechter als für sie. Ohne nachzudenken, umarmte sie ihn. Sie trat hinter ihn und schlang ihre Arme um ihn.

»Siehst du, wir sind für viele Menschen wichtig«, sagte sie.

Zu ihrer Überraschung griff er nach ihren Händen und drückte sie an seine Brust.

»Ich hoffe es, Cathy, ich hoffe es wirklich«, wiederholte er und wandte ihr sein Gesicht zu, sodass sich ihre Wangen berührten.

Lizzie erhielt jetzt jeden Tag Nachrichten aus Chicago, die den bevorstehenden Besuch und die Hochzeit betrafen. »Das scheinen nette Leute zu sein, Harrys Familie, meine ich. Ich hoffe nur, sie sind nicht enttäuscht von uns«, vertraute sie ihrer Schwester Geraldine an. Offensichtlich hatte sich Marian ein Video gewünscht, um die Zwillinge tanzen zu sehen. Eigentlich habe sie nämlich professionelle Tänzer im Sinn gehabt und nicht irgendwelche Kinder aus Cathys angeheirateter Verwandtschaft. Jetzt wolle sie sichergehen, dass die beiden auch ihren Anforderungen entsprachen. Geraldine und Lizzie sahen einander ungläubig an.

»Sag ihr, dass die beiden umwerfend sind und dass das Video bereits unterwegs ist«, antwortete Geraldine.

»Aber dann müssen wir ja eines besorgen?«

»Natürlich nicht. Heute macht Marian sich aus dem Grund Sorgen, morgen ist es wieder ein anderer.«

»Aber wenn die Kinder wirklich nicht gut genug sind?«

»Lizzie, ich bitte dich. Selbst wenn sie sich so tollpatschig wie zwei blinde Elefanten anstellen – die beiden tanzen, das weißt du genau. Und außerdem wird Marian an ihrem Hochzeitstag so aufgeregt sein, dass sie die beiden garantiert wunderbar findet, glaube mir.«

»Cathy, ist euch eigentlich klar, dass ihr drei Hochzeiten übernommen habt, und nicht eine?«

»Es ist alles unter Kontrolle, Neil.«

»Ist es nicht. Wenn ihr alles im Griff hättet, würdest du nicht nachts um elf die Tiefkühltruhe auffüllen.«

»Es sind nur noch vier Bleche. Wenn die Hochzeit vorbei ist, trete ich bestimmt etwas kürzer, versprochen.«

»Und der Arzt, was meint der?«

»Er sieht das recht locker«, behauptete Cathy, was nicht ganz der Wahrheit entsprach. Aber sie musste ihren Teil beitragen, die anderen arbeiteten schließlich auch auf Hochtouren.

Neil schüttelte den Kopf. »Sogar Sara hat gesagt, dass du in deinem Zustand zu viel arbeitest.«

»Du hast es Sara erzählt?«

Cathy war schockiert.

»Liebling, ich musste es ihr sagen. Sie hat mich gefragt, ob ich sie zu einer großen Konferenz nach England begleite, die in den kommenden Monaten stattfinden soll, da musste ich ihr doch erklären, warum sie nicht mit mir rechnen kann.«

»Ja, natürlich.«

»Und sie war besorgt, weil du so viel arbeitest.«

»Wie hat sie denn auf die Neuigkeiten reagiert?«

»Sie war sehr überrascht.«

»Warum war sie so überrascht? So ungewöhnlich ist es schließlich nicht, dass ein Paar ein Kind erwartet.«

»Ich weiß, Cathy, fahr mich nicht so an.«

»Entschuldige bitte, aber ich muss ständig um dich herumlaufen.«

»Dann sag doch was«, brummte er und trat einen Schritt zur Seite.

»Sara war deswegen überrascht, weil ich ihr vor ein paar Wochen noch erzählt hatte, dass wir eigentlich keine Kinder wollten.«

»Du besprichst eine Menge intimer Dinge mit Sara, findest du nicht?«

»Eigentlich nicht, nur wenn es sich nicht vermeiden lässt. Aber weil wir gerade dabei sind, findest du nicht, wir sollten es Mutter und Vater sagen?«

»Nein, erst nach der Hochzeit, es sind ja nur noch ein paar Tage. Erst dann, und … Neil, könntest du dich bitte irgendwohin stellen, wo du mir nicht ständig im Weg bist. Und wenn du mir vielleicht helfen möchtest, dann könntest du das hier für mich einfüllen.« Sie schenkte ihm ein strahlendes Lächeln. »Tausend Dank, das beschleunigt die Prozedur ganz enorm«, sagte sie.

»Diese Milch trinkst du auf eigene Gefahr, Walter«, warnte Kenneth Mitchell ihn. »Sergeant Sara könnte womöglich jeden Augenblick hier auftauchen, um nachzuschauen, ob die Kinder auch genügend Kalzium bekommen.«

»Wo sind sie überhaupt?«, wollte Walter wissen.

»Was meinst du wohl? Bei diesen Leuten in der Wohnsiedlung, wo sie sich zum Narren machen und diesen Schwachköpfen etwas vortanzen.«

»Neil wird bei der Hochzeit eine Rede halten«, erwähnte Walter beiläufig.

»Unsinn«, erwiderte sein Vater.

»Ich erzähle dir ja nur, was sie mir gesagt haben.«

»Aber warum, um alles in der Welt, macht er das? Wieso hat er Umgang mit Menschen wie diesem Muttie und seinesgleichen und hält auch noch eine Rede?«

»Weil es seine angeheirateten Verwandten sind, vermute ich«, erwiderte Walter und zuckte die Schultern.

»Sie ist gewöhnlich und aufdringlich, diese Cathy, nicht wert, dass man sich ihretwegen groß Gedanken macht.«

»Du solltest sie nicht unterschätzen, Vater. Es ist ein großer Fehler, sie wegen ihres Arbeiterakzents nicht ernst zu nehmen. Glaube mir, ich weiß, wovon ich spreche.«

Walter hatte es am eigenen Leib erfahren. Er hätte es nie für möglich gehalten, dass Cathy wegen dieses Vorfalls bei der Party so weit gehen würde. Und er konnte es sich auch nicht erklären, dass sich ihr Geschäft nach seinem Besuch dort noch über Wasser hielt.

»Shona!«

»Du meine Güte, du hast aber fleißig eingekauft, Cathy. Was hast du nur alles in diesen Einkaufstüten?«

»Alles, aber hauptsächlich Stoff für Schürzen. Wir müssen nämlich Schürzen mit Kleeblättern darauf tragen, versteht sich. Ich wache schon schweißgebadet nachts auf und sehe einen großen Kalender vor mir, auf dem der neunzehnte August rot aufleuchtet. Ob das wohl jemals aufhört, Shona, was meinst du?«

»Willst du damit sagen, dass du am neunzehnten August auch dabei bist?« Shona war leichenblass.

»Aber natürlich werde ich dabei sein. Schließlich koche ich das Essen.«

»Er hat aber geschrieben, wir wären allein und er würde selbst kochen.«

»Shona, wovon sprichst du eigentlich?«, wollte Cathy wissen.

»Und du?«

»Von der Hochzeit meiner Schwester, die sich über drei endlos lange Tage hinziehen wird. Und was hast du gemeint?«

»Entschuldige bitte, aber einen Augenblick lang dachte ich... Nein, es ist nichts... Ich bin am neunzehnten August eingeladen, und ich dachte, du würdest dort kochen.«

»Ach ja, wo denn?«

»Nicht so wichtig, nur eine private Einladung... Es hätte ja sein können, dass du zufälligerweise für das Dinner zuständig bist.«

»Nein, aber ich wünschte, es wäre so. Es hört sich nett und friedlich an.«

»Darauf würde ich nicht wetten«, entgegnete Shona.

Als Cathy das Kaufhaus verließ, kam ihr in den Sinn, ob Shona vielleicht zum Essen bei James Byrne eingeladen sein könnte. Schließlich hatte er erwähnt, dass er an dem Tag Besuch bekäme. Außerdem hatte er gesagt, dass die Frau in etwa so alt sei wie sie. Aber wie sollte Shona eine Freundin von James sein, die er lange nicht mehr gesehen hatte? Aber Dublin war schließlich kein Dorf, sondern eine Millionenstadt. Es war dumm von Cathy, zu denken, sie würde hier jeden kennen. Und sie hatte genug eigene Sorgen und musste sich nicht auch noch mit fremden Angelegenheiten belasten. Heute, am Mittwochabend, würden Marian und Harry in Chicago losfliegen und morgen früh eintreffen. Ihr Zimmer in St. Jarlath's Crescent war bereits auf Hochglanz poliert. Cathy überlegte, dass die beiden die neuen Schürzen auf keinen Fall vorher sehen sollten, auch Simon und Maud durfte sie nicht in ihre Nähe lassen. Morgen Abend, am Donnerstag, flog die restliche Chicagoer Verwandtschaft los, einige Dutzend Personen, die in verschiedenen Hotels in der Stadtmitte untergebracht waren. Am Freitag früh würden sie eintreffen. Cathy wurde schwindlig, wenn sie nur daran dachte.

Harry entpuppte sich als kleiner, rundlicher Mann mit üppigen, dunklen Locken und einem herzlichen Lachen.

»Muttie, du sollst wissen, dass ich gut auf dein kleines Mädchen aufpassen werde«, sagte er, als er ihm fest die Hand drückte.

»Nach allem, was man so hört, hast du ja schon eine ganze Weile gut auf sie aufgepasst«, bemerkte Muttie.

Die beiden Männer verstanden sich auf Anhieb. Wie es sich herausstellte, hatte Harry eine Schwäche für Hunde und Pferde, und Muttie, der sich im Sportteil der Zeitung besser auskannte, als manche Leute glaubten, wusste alles über die Chicago Bears. Marian war so aufgeregt, dass man sie fast auf den Stuhl binden musste. Immer wieder sprang sie auf, lief im Haus herum und erzählte allen, dass sie St. Jarlath's Crescent nicht so klein, so farbig, ja, so elegant in Erinnerung habe. Sie konnte gar nicht glauben, welcher Verkehr in der Stadt herrschte, und dass so viele teure Autos in der Straße parkten, in der sie aufgewachsen war. Und dass zwei dieser Luxuskarossen, nämlich Geraldines BMW und Cathys Volvo, zu ihrem Elternhaus gehörten, freute sie besonders … Auf die Dubliner wirkte sie überhaupt nicht mehr wie die neurotische, hysterische Schwester, die ihnen allen wochen- und monatelang per Telefon, E-Mail und Fax auf die Nerven gegangen war. Ihr Hochzeitskleid wurde ausgepackt und von allen bewundert, ihr Ehering von allen Frauen anprobiert, die Wahl ihres Ehemanns von allen gelobt.

»Wo ist er denn überhaupt?«, wollte Cathy wissen.

»Er ist weggegangen. Dad wollte ihm sein Büro zeigen und mit ihm zusammen ein Bier trinken.«

»Du weißt, was dein Vater meint, wenn er von seinem Büro spricht.« Lizzie befürchtete noch immer, dass irgendetwas schiefgehen könnte.

»Mam, ich bin lange weg gewesen, das ist richtig. Aber so lange nun auch wieder nicht, dass ich nicht wüsste, wo Dad sein Büro hat. Harry ist auch nicht viel anders, er wettet auch gern. Er ist garantiert lieber dort, als sich hier mit uns über Kleider zu unterhalten.« Marian wirkte glücklich und entspannt. Sie sah viel jünger aus als dreißig, mit ihren kurzen Haaren, ihrem durchtrainierten, sportlichen Körper und ihren vor Glück leuchtenden Augen.

»Soll ich dir zeigen, wo wir in den nächsten Tagen überall feiern werden? Natürlich ist jetzt noch nicht alles fertig, aber du bekommst zumindest eine Vorstellung«, bot Cathy ihr an.

»Danke, nein, Cathy. Wie ich sehe, hast du alles bestens im Griff«, erwiderte Marian, und Cathy atmete seit Wochen zum ersten Mal wieder normal.

»Tom Feather, alter Freund, wie geht es dir?« Harry drückte Tom bei der Kennenlernparty fest die Hand. Man war rasch zum Du übergegangen.

»Wie du siehst, keine Flüsterkneipe«, sagte Tom leise zu ihm, als er den Bräutigam auf einen Rundgang durch Rickys Souterrainräume begleitete.

»Und ich habe meinen Leuten vom Cornedbeef abgeraten«, erwiderte Harry ebenso leise.

»Gibt es sonst noch irgendwelche Stolpersteine, von denen

wir wissen sollten?«, fragte Tom. Er spürte, dass er diesem Mann von Grund auf vertrauen konnte.

»Meine Tante da drüben, die hagere Frau mit dem scharfkantigen Gesicht, die ganz in Purpurrot gekleidet ist – ihr konnte man noch nie etwas recht machen... und wird es auch nie... Ach, und Cathys ältester Bruder Mike ist seit Kurzem trocken. Es fällt ihm ziemlich schwer, abstinent zu bleiben.«

»Vielen Dank. Ich überlege gerade, was ich dir noch sagen sollte. Also, Lizzie verträgt nicht sehr viel Sherry, Muttie trinkt lieber Bier, und die Frau mit der Strickjacke ist eine Nonne in Zivil. Und sorge bitte dafür, dass die Kinder heute Abend noch nicht tanzen, sonst platzt die Feier. Morgen ist es noch früh genug.«

»Gut. Ich bin im Bild. Ach, noch etwas, Tom, gibt es eine andere Hälfte, die ich kennenlernen sollte?«

»Nein, ich habe mich gerade von meiner anderen Hälfte getrennt«, erwiderte Tom traurig.

»Das tut mir aber leid. Ist sie schuld oder du?«

»Wenn du drei Stunden Zeit hast, erzähle ich dir alles«, meinte Tom grinsend. »Nein, im Ernst, vermutlich sind wir beide daran beteiligt gewesen.«

»Gut, dann wirst du darüber hinwegkommen«, versprach Harry ihm.

Und zum ersten Mal seit dem Abend mit der Modenschau hatte Tom das Gefühl, dass dies tatsächlich der Fall sein könnte.

Als sie wieder in der Zentrale von Scarlet Feather waren, entschuldigte sich Neil, dass er leider gleich wieder fortmüsse und nicht weiter helfen könne. Morgen stünde ein wichtiger Termin an, und er müsse deswegen dringend noch ein paar Unterlagen durcharbeiten.

»Wo ist eigentlich Marcella? Bei dieser Sache sollte sie doch dabei sein.«

»Marcella ist schon länger nicht mehr dabei«, antwortete Tom.

»Oh, das tut mir leid.« Neil warf Cathy einen raschen Blick zu, voller Vorwurf, dass sie ihm diese Information vorenthalten hatte.

»Ja, entschuldige, das hätte ich dir längst sagen sollen, Neil. Aber ich wusste nicht, ob es sich um eine langfristige oder eher um eine kurzfristige Trennung handelt…«

»Das wusste keiner von uns«, mischte June sich munter ein. »Aber inzwischen geht es schon ein paar Wochen so, und keine Spur von Marcella, sodass die Vermutung naheliegt, dass Tom wieder zu haben ist.« Sie zwinkerte Lucy, der Studentin, zu, die an diesem Abend mit aushalf. »Was meinst du, Lucy?«

»Also, die Jagd auf Tom ist eindeutig wieder eröffnet«, erwiderte Lucy. »Was glaubst du denn, warum ich hier überhaupt arbeite?«

Während sie alle gut gelaunt halfen, den kommenden Tag vorzubereiten, warf Cathy hin und wieder Tom einen Blick zu. Er wirkte nicht mehr ganz so angespannt und traurig. Vielleicht war er schon dabei, zu vergessen, aber vielleicht tat er auch nur so. Menschen, die derart eng miteinander verbunden waren wie Marcella und Tom, die gingen nicht einfach so auseinander, ohne großen Kummer und Schmerz. Wo immer dieses dumme Mädchen heute Abend auch sein mochte, sie würde bestimmt an den großen, gut aussehenden Tom Feather denken und an seine warme, liebevolle Art. Cathy überlegte gerade, dass sie noch nie in ihrem Leben einen Menschen getroffen hatte, der ständig so freundlich war wie er, als sie Tom sagen hörte: »Ich frage mich, ob diese Tante von Harry nicht gegen irgendetwas allergisch ist. Vielleicht könnten wir ihr morgen irgendwelche Nüsse oder Drogenpilze vorsetzen und sie damit um die Ecke bringen, bevor sie weiteren Schaden anrichten kann.«

»Mich hat sie heute herumgescheucht und von mir verlangt, dass ich sie an die frische Luft begleite und wieder zurück«, erzählte Con.

»Und mir hat sie geraten, dass ich mir dringend einen guten Hüfthalter anschaffen sollte«, berichtete June lachend.

»Sie ist eben alt, einsam und voller Ängste, also, seid nett zu ihr«, warf Cathy ein.

Alle sahen sie erstaunt an.

»Seit wann bist du denn so verständnisvoll?«, fragte June verwundert.

»Weil Tom es heute nicht ist und irgendjemand schließlich die Rolle der Guten spielen muss, wenn wir den Laden am Laufen halten wollen«, erklärte Cathy.

Der Tag der Hochzeit, der neunzehnte August, war ein schöner, sonniger Tag, was niemand hätte vorhersagen können. Der Pfarrer war freundlich und nett zu allen Hochzeitsgästen, was vermutlich nicht in jeder Pfarrkirche in Irland der Fall gewesen wäre. Die Gemeinde hatte sich rechtzeitig und zahlreich eingefunden, und wie es sich für den feierlichen Anlass gehörte, trugen alle Frauen Hut. Harry strahlte, als Muttie und Marian langsamen, gemessenen Schrittes durch das Kirchenschiff auf ihn zukamen, ohne zu stolpern. Es war ein Wunder. Lizzie sah in ihrem eleganten Jackenkleid aus grauer Seide und dem raffinierten schwarzen Hut aus wie eine jener betuchten Rennplatzbesucherinnen, auf die sich alle Fotografen stürzen, um sie als bestgekleidete Dame des Tages abzulichten. Geraldine, die die Hüte für alle besorgt hatte, trug einen apricotfarbenen Anzug, und Cathy, die neben ihr stand, ein Seidenkleid, das sie sich in der Woche zuvor bei Hayward's gekauft hatte.

Um die angeheiratete Verwandtschaft zu beeindrucken, hatte Neil seinen besten Anzug aus dem Schrank geholt, in dem er sonst nur vor Gericht auftrat. Bald würden sie das alles hinter sich haben. Er würde sich ein, zwei Tage freinehmen, und sie würden sich eine schöne Zeit machen und in Ruhe über die Zukunft sprechen. Das hatte er versprochen. Gleich nach Marians Hochzeit. Cathy spürte plötzlich, dass ihr Tränen über das Gesicht rannen, als sie Simon und Maud derart feierlich hinter der Braut und Muttie herschreiten sahen, als hinge ihr Leben davon ab. Die beiden waren so liebe Kinder. Wie war sie nur auf die Idee gekommen, die zwei könnten irgendeine Dummheit anstellen und alle enttäuschen? Ihre Haare glänzten, die kleinen Schottenröcke waren makellos gebügelt und ihre Straßenschuhe auf Hochglanz poliert. Und sie musste richtig schluchzen, als sie hörte, wie sich Harry und Marian, die schon lange in Chicago zusammenlebten, ewige Treue schworen. Zum ersten Mal wünschte sich Cathy, dass sie und Neil eine größere und festlichere Hochzeit veranstaltet hätten. Aber damals war schon die Tatsache, dass sie heirateten, ein Sieg gewesen.

Der Gemeindesaal, in dem das Hochzeitsessen stattfand, war mit Bändern, grünen Zweigen und Blumen geschmückt und bot einen prächtigen Anblick. Nachdem sich die Kirche geleert hatte, mussten Con und June rasch die Blumen vom Altar holen und sie auf dem Tisch des Hochzeitspaares arrangieren. Jeder Gast, der den Saal betrat, bekam zunächst ein Glas Champagner serviert. Tom kümmerte sich höchstpersönlich um Mike, Cathys Bruder, der Probleme hatte, auf den Alkohol zu verzichten.

»Hallo, Mike, ich bin Tom Feather, der Partner deiner Schwester.«

»Ich dachte, sie ist mit Neil verheiratet.« Mike blickte Tom finster an.

»Ja, natürlich, wir sind Partner in unserer gemeinsamen Firma. Du stellst dich besser gut mit mir, weil ich hier für Essen und Trinken zuständig bin.«

»Trinken?«, wiederholte Mike.

»Ich habe hier was, das dir bestimmt schmecken wird.

Preiselbeersaft ohne Zucker mit frisch gepresster Grapefruit, verquirlt mit einem Schuss Sirup und einem Eiweiß.«

»Und wie nennt sich das?« Mike war nicht so leicht zu überzeugen.

»Es nennt sich: ›Das ist unser kleines Geheimnis, das trinken wir allein‹«, erwiderte Tom und zwinkerte ihm zu.

»Du hast auch aufgehört?«

»Schlimm, nicht wahr? Aber die anderen sind so dumm und saufen weiter und erzählen immer wieder dieselben Geschichten.«

»Und dann können sie nicht mehr gerade gehen«, meinte Mike bitter.

»Oh, das kenne ich zur Genüge«, bestätigte Tom. »Aber du und ich, wir halten uns lieber an unser exklusives Getränk, das sonst keiner serviert bekommt. Und stell dir nur vor, wie gut es uns beiden morgen gehen wird.« Mikes Gesicht hellte sich endlich auf. »Und wenn wir singen, dann wissen wir, im Unterschied zu den anderen, wenigstens noch den Text.«

»Du meinst, hier wird auch gesungen?« Vielleicht würde dieser Tag doch nicht ganz so ernst und getragen ablaufen, dachte Mike.

»Na, wir feiern hier schließlich eine Hochzeit, oder? Wir müssen zumindest ein Loblied auf Chicago singen, und irgendjemand muss uns die Vorzüge von ›Dublin's Fair City‹ nahebringen, findest du nicht?«

Mike war bester Laune, als Tom sich wieder den anderen Gästen zuwandte. Jetzt musste Tom nur noch sicherstellen, dass sich im Saal ein paar Leute fänden, die zu singen bereit und zudem in der Lage waren, die Aufmerksamkeit auf sich zu ziehen, wenn Maud und Simon mit ihrem Auftritt fertig waren. Im Augenblick unterhielten sich alle recht angeregt, und Tom und Cathy, die zwischen den Gästen hin und her liefen, spürten, dass das Fest bereits jetzt ein großer Erfolg war. Das war die erste von vielen Hochzeitsfeiern, die sie zusammen in diesem Saal veranstalten würden, beim nächsten Mal hoffentlich schon in ihrer schmucken Scarlet-Feather-Uniform. Heute hatten sie jedenfalls noch diese idiotischen Schürzen mit den Kleeblättern umgebunden, an denen bis zur letzten Minute genäht worden war. Wann immer einer von ihnen im Laufschritt in die helle, von der nachmittäglichen Sonne durchflutete Küche kam, gab er Bruchstücke der unfreiwillig belauschten Unterhaltungen wieder.

»Harrys Tante, über die du dich gestern so freundlich geäußert hattest, schläft tief und fest. Wahrscheinlich weil es ihr so gut gefällt«, berichtete Tom.

»Ich habe den anderen gesagt, sie sollen sie schlafen lassen und nicht aufwecken. Das liegt am Jetlag. Zum Nachtisch und für das Programm ist sie bestimmt wieder fit«, erwiderte Cathy.

»Simon und Maud haben mich inständig gebeten, ihren Kuchen und ihr Eis doch bitte aufzuheben, bis sie mit ihrer Tanzvorführung fertig sind«, verkündete June.

»Sehr vernünftig«, meinte Con. »Ich würde nur höchst ungern Zeuge werden, wie sie nachher das Ganze wieder von sich geben, oder?«

Shona brachte ihren Wagen vor dem Haus in Rathgar zum Stehen. Sie musste nicht hineingehen. Sie hatte seine Telefonnummer und konnte ihn vom Handy aus anrufen und sagen, dass sie sich nicht wohlfühle. Das war noch nicht einmal gelogen. Shona war eine erwachsene Frau von achtundzwanzig Jahren und hatte vierzehn Jahre lang nichts von ihm gehört, das heißt, bis auf diesen sorgfältig formulierten Brief eines alten Mannes. Wieso hatte er geschrieben, dass er für sie kochen wolle? Irgendwie hatte sie das gerührt. Damals, vor fast fünfzehn Jahren, hatte er nicht kochen können. Er habe es extra gelernt, um ihr eine Mahlzeit zuzubereiten, hatte er geschrieben. Vielleicht hatte er die Zeile aber auch nur eingefügt, um sie damit zu ködern. Aber früher hatte er sich nie die Mühe gemacht oder sich geschickt genug für solche Winkelzüge angestellt. Warum sollte er jetzt damit anfangen? Und warum, um alles in der Welt, wollte er sie überhaupt wiedersehen? Und weil sie das unbedingt wissen wollte, war sie gekommen … Und da sie schon einmal hier war, würde sie auch hineingehen.

Shona stieg aus dem Wagen und klingelte an der Tür von James Byrnes Gartenwohnung.

»Con, könntest du bitte die Weinflasche etwas weiter von meiner Mutter wegstellen und meinem Vater noch ein Bier bringen?«, bat Cathy.

»Die Leute stürzen sich ja regelrecht auf den Lachs. Reicht es denn noch für einen Nachschlag?«, wollte Lucy wissen.

»Ja, aber füll die Servierplatten lieber noch mit Kresse und reichlich Sauce auf, dann fällt nicht so schnell auf, dass es nicht mehr viel Fisch gibt«, riet ihr Tom. »Und schneide auch noch gleich eine Lammkeule auf«, fügte er hinzu. »Richte sie hübsch an, die können wir immer noch gebrauchen.«

Und schließlich war es Zeit für die schlicht und geradlinig gehaltenen Reden, bei denen mit Dank nicht gespart, aber glücklicherweise auf peinliche Witze vonseiten der Trauzeugen verzichtet wurde. Und dann war endlich der Augenblick für Maud und Simon gekommen.

Harry räusperte sich. »Als ich erfuhr, dass ich mein Jawort bei einer überwältigend gastfreundlichen irischen Hochzeit geben sollte, wusste ich bereits, dass ich meine Braut in einem blumengeschmückten Saal in die Arme schließen und mit ihr den Hochzeitswalzer tanzen würde … Aber ich konnte mir nicht vorstellen, wie schön der Saal und meine Braut aussehen würden. Und es gibt noch mehr dieser wunderbaren Überraschungen. So durfte ich Maud und Simon Mitchell kennenlernen, die nun durch die Hochzeit meine Cousine und mein Cousin sind … Unser wunderschönes Blumenmädchen und unser eleganter Page werden jetzt für uns tanzen, und ich bitte alle hier im Saal, die beiden mit einem herzlichen Applaus zu empfangen.«

Maud und Simon betraten mit Umhang, Schottenrock und großer Taraspange den Saal, so selbstbewusst, als kennten sie nichts anderes, als mit donnerndem Applaus empfangen zu werden.

»Liebe Hochzeitsgäste von Marian und Harry«, las Simon von einem Blatt Papier ab. »Ich bin Simon Mitchell. Ich möchte Sie alle herzlich in Irland willkommen heißen, das heißt diejenigen, die noch nie hier waren, meine ich. Meine Partnerin Maud und ich werden jetzt eine Gigue für Sie tanzen mit dem passenden Titel: ›Auf zur Hochzeit‹. Auch wenn Sie in unserem Fall schon alle da sind. Bei der Feier, meine ich«, fügte er strahlend hinzu.

»Gütiger Gott, mach bitte, dass sie zu tanzen anfangen, bevor ihm noch ein paar solcher Bemerkungen in den Sinn kommen«, stöhnte Cathy.

Aber sie hätte sich keine Sorgen zu machen brauchen. Simon nickte dem Pianisten zu, die Kinder stellten sich in Positur, hoben einen Arm, fassten sich an den Händen und hoben das Bein ein Stück hoch, bis die ersten Takte erklangen. Dann legten sie los, und die Gäste klatschten begeistert Beifall. Vor dem nächsten Tanz trat Maud nach vorn.

»Liebe Hochzeitsgäste, ich hoffe, die Gigue hat Ihnen gefallen. Jetzt werden mein Partner Simon und ich Ihnen einen Reel zeigen, einen schottischen Volkstanz. Er heißt: ›Immer westwärts entlang der Straße‹. Das ist natürlich Unsinn, weil Sie nach Osten geflogen sind, aber der Tanz heißt nun mal so.«

Sie legte ihren Zettel beiseite, und wieder warteten sie mit feierlicher Miene, bis die Musik einsetzte. Sie tanzten mit solcher Hingabe und merkten überhaupt nicht, dass einige der Gäste die Tränen zurückhalten mussten angesichts ihres Eifers und ihrer Entschlossenheit, ja alles richtig zu machen, während andere wiederum kaum das Lachen unterdrücken konnten angesichts ihres erhabenen Auftretens. Cathy suchte Toms Blick. Er prostete ihr zu. Sie lächelte.

»Du lächelst ja«, meinte Tom in gespieltem Staunen.

»Ich weiß, ist das nicht erstaunlich? Die Muskeln arbeiten noch«, erwiderte Cathy grinsend.

»Komm doch herein, komm herein«, wiederholte James Byrne aufgeregt und führte Shona in das Zimmer, das er nach langem Überlegen mit vier bunten Kissen und zwei blumengefüllten Vasen dekoriert hatte. Shona hatte eine Flasche Wein mitgebracht. Umständlich betrachtete er das Etikett.

»Meine Güte, ein australischer Chardonnay, wie wunderbar. Der sieht aber gut aus, wirklich sehr interessant.« Er betrachtete die Flasche wie ein Interessent bei einer Auktion von Spitzenweinen. Das machte Shona ganz nervös. Es war doch nur ein anständiger australischer Weißwein aus dem Supermarkt. Warum musste er deswegen ständig seine Brille auf- und absetzen? Wahrscheinlich, weil er aufgeregt war, kam Shona in den Sinn. So aufgeregt wie sie. Wenn man jemanden zum ersten Mal besuchte, fiel einem normalerweise immer irgendetwas auf, das man lobend erwähnen konnte. Shona ließ ihre Augen durch die Wohnung schweifen. Ihr fehlten die Worte. Sie erkannte überhaupt nichts wieder, aber er konnte doch unmöglich alles neu gekauft haben. Vielleicht hatte er die Wohnung möbliert gemietet. Sie nahmen einander gegenüber Platz. Shonas Blick fiel auf das Schälchen mit den dicken Oliven und auf den kleinen Korb mit dem Brot von Tom Feather. James Byrne hatte sich wirklich angestrengt. Bisher hatte er allein die Unterhaltung bestritten… über den Wein, das Wetter, und ob sie das Haus gleich gefunden habe. Jetzt war es an Shona, auch etwas zu dem Gespräch beizutragen.

»Wie lange bist du denn schon in Dublin?«, fragte sie.

»Inzwischen sind es fünf Jahre«, antwortete er. »Gleich nach Unas Tod.«

»Sie ist gestorben? Das tut mir leid.« Doch Shonas Stimme klang kühl.

»Ja. Ja, es war traurig.«

Shona fragte nicht, was geschehen war, ob sie friedlich eingeschlafen sei oder ob sie lange habe leiden müssen. Keine der Fragen, die man normalerweise stellt, wenn jemand erzählt, dass seine Frau gestorben ist. Keiner sagte etwas, und Shona richtete sich auf längeres Schweigen ein. Sie hatte eine Frage gestellt, jetzt war er wieder an der Reihe, immerhin hatte er sie eingeladen und war deshalb auch für die Konversation zuständig. Schließlich ergriff er wieder das Wort.

»Una war nie stark, weißt du. Für sie waren schon normale Tätigkeiten wie Treppensteigen oder Bettenmachen sehr anstrengend. Ist dir das aufgefallen, als du noch bei uns warst?«

»Nein. Da es das einzige Leben war, das ich kannte, dachte ich wahrscheinlich, dass es bei allen so zugehen müsse. Ich wusste ja nicht, wie es bei anderen Menschen zu Hause war, bis ich mein Zuhause verlor.«

James warf ihr einen traurigen Blick zu. »Una war nicht mehr dieselbe, nachdem du uns verlassen hattest«, sagte er.

»Ich habe euch nicht verlassen, ich wurde weggeschickt.«

»Shona, ich habe dich nicht eingeladen, um böse Worte auszutauschen, die damals schon zu nichts gut waren, außer uns dein halbes Leben lang zu entzweien.«

»Warum hast du mich dann hergebeten?« Shona fiel auf, dass sie ihn die ganze Zeit über nicht mit Namen angesprochen hatte. Aber wie sollte sie ihn nennen? Jedenfalls nicht Daddy und auch nicht Mr. Byrne.

»Ich glaube, ich habe dich eingeladen, um dir zu sagen, was für eine große Lücke du in unserem Leben hinterlassen hast. Seit dem Tag, an dem du uns weggenommen worden bist, war nichts mehr wie zuvor.«

»Du meinst den Tag, an dem du mich weggegeben hast, ohne auch nur im Geringsten Widerstand zu leisten, mit der

Begründung, das sei eben das Gesetz«, sagte Shona mit versteinerter Miene.

»Aber Shona, das ist doch das Schreckliche, das Gesetz war so«, widersprach er mit Tränen in den Augen.

Im Gemeindesaal stimmte der Pianist den Hochzeitswalzer an. Harry führte Marian zur Tanzfläche, und alle klatschten Beifall.

»Als Erstes wird die Braut mit ihrem Vater tanzen«, verkündete Harry.

Muttie, der seinen Söhnen gerade in allen Einzelheiten die Vorzüge eines Pferdes schilderte, das seiner Meinung nach im kommenden Jahr auf dem Rennplatz Furore machen würde, wehrte ab.

»Aber ich bin doch überhaupt kein guter Tänzer«, flüsterte er ängstlich.

»Ganz ruhig, Dad. Marian wird dir schon zeigen, wie es geht, so wie sie es mit uns auch immer macht«, beruhigten ihn seine Söhne.

Unter allgemeinem Gelächter und aufmunternden Rufen der Gäste drehten Muttie und Marian zwei Runden durch den Saal und gaben anschließend das Parkett für alle frei. Tom hatte den Zwillingen ihren Kuchen und ihr Eis serviert und jedem zusätzlich noch ein Pfund geschenkt, damit sie sich zu der alten Dame in dem purpurroten Kleid setzten und ihr etwas über Irland erzählten.

»Und was machst du, Tom?«, wollte Simon wissen.

»Ich werde ein bisschen herumgehen.«

»Heißt das, du tanzt?«, fragte Maud.

»Nein, ich plaudere nur ein wenig mit den Gästen. Mir ist nicht nach Tanzen zumute. Außerdem ist euer Auftritt mit nichts zu überbieten.«

Die Kinder strahlten. »Glaubst du, Marcella würde zurückkommen, wenn du sie heiratest?«, erkundigte sich Simon.

»Nein, ich habe sie das oft genug gefragt, aber sie wollte stattdessen lieber Karriere machen.«

»Und sie musste sich für eines von beidem entscheiden? Kann man denn nicht heiraten und Karriere machen? So wie Cathy und Mutties Frau Lizzie?«

»Es gibt Frauen, die beides können«, erklärte Tom. »Aber als Model zu arbeiten ist sehr anstrengend, und man ist viel unterwegs.«

Die Zwillinge zucken die Schultern. Dann war es wohl besser, dass Marcella gegangen war. Wenn Tom das schon sagte.

In der Gartenwohnung war es Shona und James Byrne nach langen Mühen gelungen, eine hölzerne und steife Unterhaltung in Gang zu setzen. Schließlich bat er sie zu Tisch und forderte sie auf, Platz zu nehmen. Shonas Gefühle schwankten hin und her zwischen der Anteilnahme für die Schicksalsschläge, die er hatte erleiden müssen, und dem Zorn über seine kalte, zynische Haltung dem Leben gegenüber, mit der er sich über die langen Jahre des Schweigens und der Entbehrung hinweggerettet hatte. Sie sprachen über Shonas Schulzeit nach ihrem Abgang von der Klosterschule in der kleinen Stadt. Shona schilderte mit ruhiger Stimme das Zuhause, in das sie zurückgekehrt war, sie erzählte von ihrer Mutter, die auch damals noch zwischen Drogenabhängigkeit und Entzug hin- und hergependelt war, von ihrem Vater, der mit einer weniger labilen Frau eine neue Familie gegründet hatte. Sie sprach von ihren älteren Schwestern, die alles andere als begeistert über ihre Rückkehr waren und ihr vorwarfen, sie habe sich jede Menge Allüren angewöhnt. Schließlich erzählte sie sogar vom Tod ihrer Mutter in diesem Jahr, die sie bis dahin aus Pflichtgefühl regelmäßig im Krankenhaus besucht hatte, ohne auch nur die geringste Regung dabei zu empfinden. Er wiederum schilderte zögernd, dass er und seine Frau sich immer im Klaren darüber gewesen seien, dass ein Pflegekind nur auf Zeit bei ihnen bleiben und wieder nach Hause zurückkehren würde, sobald sich die Bedingungen dort gebessert hatten. Unsinnigerweise hätten sie jedoch gehofft, dass dies nie geschehen würde. Er erzählte von dem anschließenden geistigen Verfall seiner Frau, von der Leere des Lebens, das sie geführt hatten. Es sei ihm unmöglich gewesen, nach ihrem Tod weiter in dem Haus zu bleiben, und deswegen sei er nach Dublin gekommen und habe sich hier in eine neue Arbeit gestürzt.

»Genau das habe ich auch getan«, sagte Shona, nachdem sie den geräucherten Fisch gegessen hatte und James dabei zusah, wie er nach den Topfhandschuhen griff, um den nächsten Gang zu holen. »Ich kam zu dem Schluss, dass Arbeit für mich die einzige Antwort auf alle Fragen war, das und etwas, das man vorzeigen konnte. Ich wollte eine Wohnung haben, auf die ich stolz sein konnte. Glenstar ist eigentlich viel zu teuer für mich, aber ich genieße es, diese Adresse anzugeben. Ich freue mich jeden Abend darüber, in eine so elegante Umgebung heimzukommen.«

»Und wie sieht es mit der Liebe aus, Shona? Spielt die in deinem Leben eine Rolle?«

»Nein, ich habe noch nie jemanden geliebt.«

Er lächelte nachsichtig.

»Es gibt keinen Grund, zu lächeln, James«, erwiderte Shona. »An dem Tag, als du mich einfach gehen ließest, ohne mir zu sagen, dass du mich liebst und mich zurückhaben willst, an dem Tag ist jeder Gedanke an Liebe in mir abgetötet worden.«

September

Nach der Hochzeit verlief das Leben wieder in normalen Bahnen, aber die Normalität war nicht immer einfach zu bewältigen. Tom schrieb den Brief an Marcella nie zu Ende. Er hatte recht gehabt, es gab nichts mehr zu sagen. Sie verabschiedete sich nicht vom ihm, als sie die Insel verließ. Bei einem seiner frühmorgendlichen Termine bei Hayward's erfuhr er, dass sie ihre Stelle im Schönheitssalon aufgegeben hatte. Zwei Mitarbeiter aus der Küche hatten gehört, sie würde jetzt als Model arbeiten. Geraldine erfuhr aus den Immobiliennachrichten, dass Freddie Flynn und seine Frau Pauline ein Anwesen auf dem Land mit vierundzwanzig Zimmern und über drei Hektar Grund gekauft hatten, irgendwo außerhalb von Dublin. Junes Mann Jimmy war bei der Arbeit gestürzt und seitdem bettlägerig. Natürlich hatte er schwarzgearbeitet und war nicht versichert gewesen. Joe Feather überließ einen großen Teil seiner Ware einem schlauen Burschen, der es schaffte, alles zu verkaufen, ehe er das Land verließ, und einen Haufen unbezahlter Rechnungen zu hinterlassen. Muttie benötigte Geld für die Tierarztrechnung von Hooves und nahm schließlich eine kleine Anleihe auf Lizzies Ersparnisse auf – wie üblich eine todsichere Sache, die, wie es sich herausstellte, alles andere als sicher war. James Byrne machte sich die größten Vorwürfe, dass er die verletzte, verschlossene junge Frau nicht einfach in den Arm genommen und mit ihr gemeinsam die verlorene Zeit und den erlittenen Schmerz betrauert hatte. Aber er hatte zu große Angst gehabt, sie würde ihn zurückweisen. Old Barty meldete sich überraschend und schrieb, dass er im Anmarsch sei und hoffe, wieder ein paar Tage bleiben zu dürfen. Kenneth

Mitchells Antwort fiel ziemlich kühl aus; die Zeiten hätten sich geändert, und beim letzten Mal habe er so große Schulden hinterlassen, dass ein erneuter Besuch nicht erwünscht sei. Kenneth erhielt postwendend einen noch kühleren Brief, in dem stand, dass seine, Bartys, Vermögensverhältnisse sich mittlerweile geklärt hätten und er es ausgesprochen schade fände, wenn er nicht mehr willkommen sei, aber durchaus damit leben könne. Walter Mitchell schließlich erhielt eine letzte Warnung von seinem Onkel Jock. Wenn er noch einmal morgens zu spät käme oder abends zu früh ginge, müsste er die Kanzlei verlassen. Jocks Miene war anzusehen, dass er es dieses Mal ernst meinte. Und Neil und Cathy verschoben es abermals um ein paar Tage, Jock und Hannah von dem Baby zu erzählen, auch Muttie und Lizzie sagten sie es nicht.

Um diese Zeit erhielten Neil und Cathy einen überraschenden Anruf von Hannah, die ihnen mitteilte, dass sie sie gerne nach Oaklands einladen würde.

»Das ist aber nett von dir, Hannah. Gibt es was Besonderes?«

»Nein, muss es immer ein besonderer Anlass sein? Ihr seid mein Sohn… und seine Frau, da brauche ich doch keinen Anlass oder Vorwand.«

»Natürlich nicht«, erwiderte Cathy, die noch nie zuvor offiziell auf Oaklands zu Besuch eingeladen worden war.

»Ach, und Cathy, bietet ihr eigentlich auch Mahlzeiten an, die man zu Hause einfach aufwärmen und servieren kann… Ich meine, in eurem Prospekt so etwas gelesen zu haben…«

»Selbstverständlich, Hannah. Was hättest du denn gerne?«

Hannah wünschte sich geschmorten Fasan, da Jock zwei Vögel geschenkt bekommen hatte. Die Zubereitung dauerte ewig, und alle in der Zentrale verfluchten sie. Aber manche Dinge hätten eben Vorrang, sagte Cathy, und von Hannah Mitchell nicht mehr geschnitten zu werden sei das Wichtigste von allen.

»Sollen wir eine Rechnung beilegen?«, wollte Tom wissen.
»Nein«, antwortete Cathy. Con sollte die Vögel, die bereits munter vor sich hin köcheln würden, wenn sie am Abend nach Oaklands kämen, im Lauf des Nachmittags mit dem Lieferwagen vorbeibringen. Nächste Woche würde Hannah bestimmt anrufen, einen Riesenwirbel veranstalten und ihre Zeit vergeuden.

Zu viert saßen sie an dem Tisch, den Lizzie so oft poliert hatte, und fast nie hatte sie es Hannah recht machen können. Cathy fragte sich, ob Hannah manchmal noch an diese Zeit zurückdachte oder ob sie sie vergessen hatte. Der Umgang mit ihr war jetzt entschieden leichter. Richtig mögen würde Cathy Hannah nie, aber der Hass war verflogen. Manchmal ärgerte sie sich noch über sie, wie jetzt, als Hannah nicht lockerließ und unbedingt wissen wollte, weshalb sie und Neil nie wie andere Leute gemeinsam im Ausland Urlaub machen konnten.

»Neil ist beruflich viel im Ausland«, erklärte sie.

»Cathy ist sehr mit ihrem Geschäft eingespannt«, meinte er.

Cathy entging der triumphierende Blick von Hannah Mitchell nicht. Dieses eine Mal waren die vereinten Kräfte von Neil und Cathy nicht gegen sie gerichtet. Sie hatte es endlich geschafft, die beiden auseinanderzudividieren. Und noch dazu mit diesem Thema. Cathy schärfte sich ein, dass so etwas nicht noch einmal vorkommen dürfe. Einer der vielen Gründe, weshalb sie ihre Ehe retten wollte, war der, es Hannah Mitchell zu beweisen.

»Müde?«, fragte Neil, als sie mit dem Wagen nach Hause fuhren.

»Nein, eigentlich nicht. Wieso?«

»Weil du eben geseufzt hast«, erwiderte er.

»Aber ich seufze doch ständig«, meinte Cathy.

»Das Essen hat gut geschmeckt«, sagte er.

»Danke«, sagte sie, ohne zu überlegen.

»Hast du gekocht?«, fragte er überrascht.

Sie betrachtete ihn nachdenklich. Er war einer der klügsten Köpfe in der Anwaltschaft, besaß aber nicht den geringsten praktischen Verstand. Selbstverständlich stammte das Essen von ihr, sonst hätte es nur wieder einen trockenen Rinderbraten, gefolgt von Eiscreme mit einem Schuss Likör, gegeben. Aber es brachte nichts, jetzt darauf hinzuweisen.

Er erzählte ihr von dem Obdachlosenprojekt, das er und Sara entwickelt hatten, dem die anderen im Ausschuss aber nicht zustimmen wollten. Cathy hörte nicht zu, sondern ließ ihre Gedanken schweifen. Sie überlegte, ob sie vielleicht in ihrer Zentrale Kochkurse abhalten sollte, wenn die Schwangerschaft zu weit fortgeschritten war, um noch draußen an der Front zu arbeiten. Vielleicht gar keine so schlechte Idee. In kleinen Gruppen von acht oder zwölf Frauen, die reich und einsam wie Hannah waren und keine Ahnung vom Kochen hatten. Sie hätte zu gern gewusst, wie James Byrnes Essenseinladung verlaufen war, aber sie würde ihn natürlich niemals danach fragen. Neil redete immer noch – Sara habe dies gesagt, er habe jenes geantwortet. Er schien Sara recht häufig zu sehen, verlor dabei aber nie ein Wort über die Zwillinge. Doch in der letzten Zeit beschränkte sich ihre Zusammenarbeit in erster Linie auf diesen Ausschuss, und Simon und Maud waren schließlich nur ein Fall unter vielen für Sara, sagte Cathy sich.

Geraldine fragte bei Scarlet Feather an, ob man ihr kurzfristig eine Party in den Glenstar Apartments ausrichten könnte.

»Aus irgendeinem bestimmten Anlass?«, wollte Tom wissen.

»Sie ist auf der Suche nach einem neuen Gönner. Wir könnten ja eine mit Liebesperlen verzierte Torte als Dessert servieren.«

»Du bist so boshaft, wenn es um sie geht«, bemerkte Tom.

»Nein, bin ich nicht. Ich zitiere nur ihre eigenen Worte. Freddie Flynn ist für immer zu seiner Frau zurückgekehrt, wie du vielleicht bemerkt haben dürftest, und hat sogar seinen Anteil aus ihrer PR-Agentur zurückgezogen, was mir ein bisschen zu weit zu gehen scheint.«

»Tja, möglicherweise hat seine Frau dem Frieden nicht mehr getraut, wenn er weiter ständig mit Geraldines langen Beinen und ihrem strahlenden Lächeln konfrontiert gewesen wäre«, erwiderte Tom grinsend.

»Geraldine hat es ausgesprochen gut gefallen, was wir für die Nachfeier aus ihrer Wohnung gemacht haben. Jetzt hat sie beschlossen, Kapital daraus zu schlagen.«

»Sie hat aber nicht zufälligerweise die Absicht, auch noch ein paar Tänzer auftreten zu lassen?«, fragte er.

»Nein, das ginge dann doch zu weit. Tom, halsen wir uns damit vielleicht zu viel Arbeit auf? Was denkst du?«, fragte Cathy besorgt.

»Aber natürlich nicht. Wir haben jede Menge köstlicher Dinge für ein Buffet in der Gefriertruhe, und wie ich sie kenne, isst sie gerne Meeresfrüchte, meinst du nicht auch?«

»Ja, stimmt, aber das alles vorzubereiten, aufzubauen und zu servieren.«

»Cathy, den größten Teil der Arbeit werden June und ich erledigen. Aber würdest du sagen, dass sie noch einen zusätzlichen Kellner braucht?«

»Ja, den braucht sie sicher, auch wenn ihr das jetzt noch nicht klar ist.« Cathy wollte so viele Helfer wie möglich dabeihaben.

»Entspann dich, Cathy. Du wirst es nicht vermeiden können, dass du in der nächsten Zeit hin und wieder etwas müde sein wirst. Akzeptiere das doch einfach.«

Sie schenkte ihm ein mattes Lächeln. Es tat gut, nicht ständig die Starke spielen zu müssen.

Freddie Flynns nächste Veranstaltung zur Vermietung von Ferienvillen verlief bestens. Dieses Mal servierten sie Rumpunsch in Kokosnuss-Schalen, vom Band war Bob Marley zu hören, und June trug eine Blumenkette um den Hals, die streng genommen eher nach Hawaii als in die Karibik gehörte, was aber keinen störte.

»Wie geht es denn Ihrer wunderbaren Tante?«, erkundigte sich Freddie Flynn.

»Ausgezeichnet. Kommen Sie auch zu ihrer großen Party nächste Woche?«, fragte Cathy mit unschuldigem Lächeln. Die gewünschte Wirkung trat prompt ein – er war völlig überrumpelt.

»Äh… Ja… nein, dabei fällt mir ein, dass ich nächste Woche wahrscheinlich gar nicht da bin. Ja, richtig, so ist das«, stammelte er.

»Na dann, bis zum nächsten Mal«, antwortete Cathy fröhlich.

Sara fuhr hinaus nach The Beeches, um sich zu vergewissern, dass die Rückkehr in die Schule wie geplant verlief. Kay sah sie mit großen Augen verständnislos an. Sara erklärte langsam ihr Anliegen. Sie wolle wissen, wie es mit den Schulbüchern, den Übungsheften und den Schuluniformen aussah, außerdem, ob die Schuhe beim Schuster und die Kinder beim Haareschneiden gewesen wären. Alles normale Dinge, die man normalen Leuten eigentlich nicht erklären musste.

»Ach, es gibt immer so viel zu tun«, erwiderte Kay Mitchell seufzend. »Das ist einfach uferlos, finden Sie nicht auch, Sara?«

»Ganz recht, uferlos, Mrs. Mitchell. Sollen wir vielleicht gemeinsam eine Liste der Dinge erstellen, die noch zu erledigen sind?«

Als Muttie mit Hooves seinen täglichen Verdauungsspaziergang machte, lief ihm dabei zufälligerweise J. T. Feather über den Weg.

»Eine schreckliche Geschichte mit diesen Vandalen, die bei

Tom und Cathy im Geschäft gehaust haben«, bemerkte Toms Vater.

»Ich habe keine Ahnung, wovon Sie reden«, musste Muttie bekennen.

Die beiden Väter waren sich kopfschüttelnd einig, dass Kinder heutzutage ihren Eltern wirklich nichts mehr erzählten – es sei denn, man zwang sie dazu – und dass sie sich unbedacht auf allzu riskante Unternehmungen einließen.

»Mir mussten sie es immerhin erzählen, damit ich meine Männer hinschicken und versuchen konnte, den schlimmsten Schaden wiedergutzumachen«, knurrte J. T.

»Na, dann sind Sie mir ja um Lichtjahre voraus, was Informationen angeht«, bemerkte Muttie, was der andere nicht ungern hörte.

»Wieso hast du mir nichts davon gesagt?«, wollte Lizzie aufgebracht wissen.

Cathy war völlig überrumpelt. Es gab so viele Dinge, die sie ihrer Mutter nicht erzählt hatte. Was mochte sie wohl meinen?

»Wovon redest du?«

»Von eurem Geschäft, in das eingebrochen wurde.«

»Oh, Ma, weil ich genau das vermeiden wollte, was jetzt kommen wird.«

»Und, weiß man, wer es war?«

»Nein, die haben nicht die geringste Ahnung.«

»Und, seid ihr versichert?«

»Selbstverständlich sind wir das, Mam.«

»Dann ist das also nicht der Grund, weshalb ihr beide eure Gesundheit ruiniert und du herumläufst wie zehn Tage Regenwetter?«

»Mam.« Cathy spürte eine Welle der Dankbarkeit ihrer Mutter gegenüber in sich hochsteigen. Sie hätte ihr noch im selben Moment von dem Baby erzählt, wenn sie es für sinnvoll gehalten hätte, aber das wäre nur ein Grund mehr zur Sorge gewesen. »Keine Angst, Mam, sonst geht es uns gut«, log Cathy ihre Mutter an.

James Byrne war an diesem Tag in der Zentrale gewesen und hatte berichtet, dass sie sich keine großen Hoffnungen machen sollten, die Versicherungsgesellschaft zu einer raschen Zahlung zu bewegen. Sie würden die teure Ausstattung schon noch ein paar Monate mieten müssen. Mit anderen Worten, sie würden sich weiterhin abrackern, keinen Gewinn machen und am Ende des Jahres mit einem massiven Verlust dastehen.

Langsam füllte sich Geraldines Wohnung. Von der Küche aus sah Cathy James Byrne hereinkommen. Er trug seinen besten Anzug und flüchtete sich sofort in eine sichere Ecke.

»Der kommt aber nicht für dich infrage«, warnte sie ihre Tante. »Ich war bei ihm in der Wohnung. Der hat nichts, was dir gefallen könnte.«

»Wenn ich nicht so viel in dich investiert hätte, Cathy Scarlet, würde ich dich jetzt skrupellos vom Balkon stoßen. Mr. Byrne ist hier, weil er unsere Eigentümervereinigung in Fragen unserer Wartungsverträge berät. Eine der Damen hier kannte ihn schon vor Jahren in Galway. Seit er im Ruhestand ist, hat er mehrere dieser kleinen Jobs übernommen. Außerdem ist er ein sehr hilfsbereiter und liebenswürdiger Mensch.«

Cathy freute sich sehr, ihn zu sehen. Wenn es später ruhiger wäre, könnte sie ihn vielleicht fragen, wie seine Einladung verlaufen war.

June schlenderte zu Peter Murphy, dem Hotelier und besten Freund Geraldines, hinüber. »Wunderbare Party, nicht wahr, Mr. Murphy?«, bemerkte sie beiläufig.

»In der Tat, meine Liebe«, erwiderte er distanziert. Er tat so, als hätte er sie noch nie im Leben gesehen.

»Peter Murphy scheint nicht gerade auf mich abzufahren«, beklagte sich June anschließend bei Cathy.

»Ich glaube, er ist immer noch an der Gastgeberin interessiert«, tröstete Cathy sie.

»Na, warum geht sie dann nicht wieder zurück zu ihm? Jetzt, wo seine Frau im Himmel und der andere Kerl wieder bei seiner Angetrauten ist?«, schlug June vor.

»Ich weiß es nicht. Ich habe sie danach gefragt, aber sie hat nur geantwortet, dass man im Leben nichts aufwärmen sollte. Ich habe keine Ahnung, was sie damit meint.«

»Schau mal, wer da kommt«, sagte June und deutete mit dem Kopf zur Tür. Joe Feather war gerade hereingekommen.

»Hoffentlich geht das gut«, seufzte Cathy. Das war das erste Mal, dass die beiden Brüder sich nach der Modenschau wiedersehen würden.

Shona schlenderte hinüber zum Fenster, wo James Byrne stand.

»Es tut mir leid, ich wusste nicht, dass du auch kommen würdest«, sagte sie.

»Und ich wusste nicht, dass du hier sein würdest«, erwiderte er schlicht.

»Ich würde mich gerne so bald wie möglich für deine Gastfreundschaft revanchieren«, erklärte sie.

»O bitte, denk nicht, dass ich das von dir erwarte«, stammelte er.

»Ich glaube nicht, dass du es von mir erwartest, es ist mir einfach ein Anliegen. Möchtest du vielleicht irgendwann nächste Woche mit mir zu Quentin's zum Mittagessen gehen?«

»Aber, Shona, das ist ein sehr …«, erwiderte er zaghaft, ehe er verstummte. Das Restaurant sei viel zu teuer, hatte er eigentlich sagen wollen, aber das wäre weder taktvoll noch einfühlsam gewesen.

Sie schien zu wissen, was er hatte sagen wollen. »Weißt du, ich spare mein Geld, damit ich mir eine schicke Wohnung und teure Restaurantbesuche leisten kann. Ich möchte, dass du mein Gast bist. Such du dir den Tag aus.«

»Ich wäre froh und stolz, wenn wir uns am Mittwoch treffen würden«, willigte er schließlich ein.

»Ich bestelle uns für ein Uhr einen Tisch«, antwortete sie und schlenderte weiter.

»Alles klar, Tom?«, fragte Joe in einem extra breiten Cockney-Akzent.

»Alles klar, Kumpel«, antwortete Tom in demselben munteren Tonfall.

Sie sahen einander einen Moment lang an und wussten nicht, was sie sagen sollten.

»Hier kann man wirklich gut Partys feiern«, meinte Joe schließlich.

»Ja, nicht wahr? Trinkst du was, oder bist du unter die Abstinenzler gegangen?«

»Ich werde nie mehr einen Tropfen Alkohol anrühren, Tom. Das kannst du mir glauben.«

»War eine schlimme Nacht, wie?«

»Nein, aber ich muss sturzbesoffen gewesen sein an dem Tag, als ich diesem verdammten Gangster geglaubt habe. Der hätte mich fast um Kopf und Kragen gebracht. Hast du davon gehört?«

»Ja, ich habe was läuten hören«, entgegnete Tom vage.

»Hör mal, ich möchte dich nicht bei deiner Arbeit stören. Vielleicht können wir ja mal zusammen Mittag essen, ohne Alkohol, versteht sich, und uns richtig ausheulen. Was meinst du?«

»In Ordnung, aber ich würde gern ein Bier dazu trinken, und ich werde mich nicht ausheulen, das überlasse ich dir. Einverstanden?«

»Einverstanden«, erwiderte Joe.

In Geraldines Wohnung klingelte das Telefon, und June meldete sich.

»June, könnten Sie das Gespräch bitte ins Schlafzimmer

durchstellen? Hier ist Frederick Flynn. Richten Sie Geraldine bitte aus, dass ich sie ihren Freunden nicht unnötig lange entführen werde.«

»Das ist im Moment wirklich ein bisschen ungünstig, Mr. Flynn. Könnten Sie vielleicht später …«

»Bitte, June«, sagte er.

Geraldine ging in ihr Schlafzimmer und hob ab. »Ja, Freddie?«, meldete sie sich freundlich.

»Ich muss verrückt gewesen sein. Ich sage dir, ich muss nicht ganz bei Trost gewesen sein. Ich kann nicht ohne dich leben, du bedeutest mir zu viel.«

»Wie bitte?«

»Du hast mich schon verstanden. Ich werde es ihr sagen.«

»Was willst du Pauline denn sagen?«, fragte sie mit kalter Stimme.

»Nun, ich werde ihr sagen, dass ich abends nach der Arbeit mehr Zeit in Dublin verbringen muss, dass man von mir nicht erwarten kann, dass ich jeden Abend aufs Land zurückkehre, und … du weißt schon.«

»An deiner Stelle würde ich das lieber lassen, Freddie. Du regst Pauline nur unnötig auf.«

»Was soll das heißen? Ich liebe dich, Geraldine, du bist eine außergewöhnliche Frau. Ich bin ein Narr gewesen, als ich sagte, ich würde dich aufgeben.«

»Aber das hast du doch gar nicht gesagt, Freddie. Wir waren uns beide einig, dass unsere Zeit abgelaufen ist.«

»Aber das stimmt nicht … jedenfalls nicht für mich.« Am anderen Ende der Leitung herrschte Schweigen. »Geraldine?«

»Ja, Freddie, ich bin noch da. Aber ich habe Gäste, ich muss zu ihnen zurück.«

»Ich weiß, dass du Gäste hast, das halbe Land hast du eingeladen. Meinst du nicht, ich wäre jetzt nicht auch gerne bei dir?« Er klang sehr erregt.

Aber sie rief sich zur Räson. Er hatte seine Entscheidung getroffen. Er hatte Geraldine nicht angerufen, um ihr zu sagen, dass er sie liebte und Pauline verlassen oder ihr die Stirn bieten würde. Er hatte sie gebeten, sich – wie bisher auch – mit ein paar gestohlenen Nächten zu bescheiden, bis Pauline ihn erneut zurückpfiff. Er war der warmherzigste und humorvollste aller ihrer Männer gewesen, aber er war schwach. Sie würde sich auf keinen faulen Kompromiss mehr einlassen und eine Beziehung mit ihm eingehen, bei der er alle paar Minuten verstohlen auf seine Uhr schauen würde.

»Du wirst immer ein ganz besonderer Mensch für mich sein, Freddie, aber ich muss jetzt gehen«, sagte sie und legte auf. Geraldine strich die Bettdecke glatt und kehrte zu ihrer Party zurück.

»Con, kannst du mal das Tablett nehmen? Ich muss mich kurz hinsetzen«, bat Cathy.

»Klar doch. Du bist ja schneeweiß, Cathy!«, rief er. »Kann ich was für dich tun? Brandy, ein Glas Wasser?«

»Ja, schau doch mal nach, ob eines von Geraldines eleganten Badezimmern frei ist. Früher dachte ich immer, sie spinnt, weil sie zwei hat, aber heute Abend bin ich richtig froh darum.«

Sekunden später war er zurück. »Gleich das nächste ist frei. Stütz dich auf mir ab, Cathy.«

»Danke, Con, du bist mein Retter.« Sie stürzte ins Bad und verriegelte die Tür.

Die ersten Gäste brachen bereits auf. Eine Menge Geschirr und Gläser waren schon in die Küche geräumt worden, und June kam mit einem weiteren Stapel Teller herein.

»Cathy ist auf dem Klo, sie sieht nicht gut aus«, berichtete Con.

»Gut, hol du den nächsten Schwung Geschirr herein, ich gehe zu ihr und schau nach.« June eilte Richtung Badezimmer. »Cathy, mach sofort die Tür auf.«

»June, geh weg, nimm das andere.«

»Ich will aber in das hier. Ich werde so lange gegen die Tür trommeln und schreien, bis du mich reinlässt.«

»Du bist verrückt. Geh weg, fort mit dir.«

»CATHY«, brüllte June.

Der Riegel wurde zurückgeschoben. Cathy kauerte neben der Badewanne; ihr Gesicht war so weiß wie das Porzellan ringsum.

»Geh wieder zurück, June«, bat sie mit schwacher Stimme. »Geh zurück, um Himmels willen. Wir können es uns nicht leisten, einen guten Auftrag zu vermasseln – Tante hin oder her.«

»Was ist los? Jetzt sag schon«, forderte June sie auf.

»Ich hatte plötzlich Schmerzen. Aber du siehst ja selbst, es ist nichts. Das Bad ist nicht überschwemmt, ich habe keine Blutung oder so was. Also, geh jetzt bitte wieder zurück.« Sie schnitt eine Grimasse und hielt sich den Bauch.

»Hast du wirklich nicht geblutet?«, herrschte June sie an.

»Nur ein paar Tropfen. Kaum der Rede wert.«

»Du musst dich unbedingt hinlegen«, beharrte June.

»Jetzt? Während der Party? Du bist ja verrückt.«

»Ab mit dir ins Gästezimmer, sofort«, befahl June und sammelte alle Handtücher ein, deren sie im Bad habhaft werden konnte. »Komm schon, Cathy, mach mir bitte keinen Ärger, sonst muss ich dir noch einen Kinnhaken geben und dich k.o. schlagen.«

Cathy stolperte in das leere Gästezimmer, das äußerst geschmackvoll in Lila und Mauve gehalten war; auf dem Boden lag ein purpurroter Teppich, und an der Wand prangte ein Stoffbehang in derselben Farbe. »Stell dir vor, wahrscheinlich bin ich die Erste, die in diesem Bett schläft«, meinte Cathy schläfrig, während June ihr ein paar Kissen unter die Füße schob und zurückging, um weitere Handtücher aus dem beheizten Wäscheschrank neben dem Bad zu holen.

June wandte sich in ihrer Not Hilfe suchend an Peter Murphy. »Mr. Murphy, ich bin June. Vielleicht können Sie mir ohne großes Aufsehen sagen, ob ein Arzt unter den Gästen ist?«

»Hat es in der Küche einen Unfall gegeben?«

»Eine Art Krise, ja. Ich möchte aber Geraldine nicht stören…«

Sie sahen beide zu Geraldine hinüber, die sich angeregt mit einem groß gewachsenen Mann unterhielt, der sehr von ihr angetan schien.

»Ich kenne nicht einmal die Hälfte aller Leute hier«, sagte Peter Murphy. »Ich wollte auch gerade gehen. Vielleicht ist Geraldines neuer Freund Arzt oder Ähnliches. Er zieht sich jedenfalls so an.«

»Wieso suchst du einen Arzt?« Tom hatte wirklich erstaunlich gute Ohren.

»Wegen Cathy. Sie liegt im Gästezimmer.«

Er verlor keine Zeit. »Los, Cathy, sag, was sollen wir tun?«

»Ich blute ein wenig… Tom, ich weiß nicht, ob es besser ist, ins Krankenhaus zu fahren oder still liegen zu bleiben.«

»Herrgott noch mal, warum hat bloß keiner von uns Medizin studiert? Hast du dein Handy da?«

»In meiner Tasche, in der Küche, aber bitte, geh noch nicht, Tom.«

June kam wieder ins Zimmer zurück. »Ich habe eine gefunden, sie kommt gleich.« Die Ärztin wohnte ebenfalls in den Glenstar Apartments und stammte aus Indien. Sie war klein und hatte ein freundliches Lächeln. Sie begriff die Situation sofort, setzte sich auf den Stuhl, den June ihr hingeschoben hatte, und griff nach Cathys Hand.

»Wievielte Woche?«

»Die vierzehnte oder fünfzehnte, denke ich.«

»Und haben Sie Schmerzen? Krämpfe? Blutungen?« Sie stellte ihre Fragen ohne sichtliche Eile. Und dazu nickte sie, als sei sie hoch zufrieden mit den Antworten. »Wir behalten

Sie erst mal hier und machen es Ihnen so bequem wie möglich. Und dann sehen wir weiter«, schlug sie vor.

»Bitte, geht zurück zur Party«, bat Cathy. »Mir geht es schon wieder viel besser, das seht ihr doch.«

»Die kommen da drin auch ganz gut ohne uns aus«, beruhigte Tom sie.

»Himmel, Tom, es ist doch nur Con draußen, und du weißt, wie hektisch die Leute reagieren können, wenn sie befürchten, die Party sei zu Ende. Geht sofort hinaus und helft ihm, alle beide.«

»Bitte, beruhigen Sie sich doch«, versuchte die Ärztin sie zu besänftigen.

»Da können Sie ebenso gut versuchen, Ebbe und Flut umzudrehen«, bemerkte Tom resigniert.

»Sind Sie ihr Mann?«

»Nein, nein. Ich habe Neil schon angerufen, aber es meldet sich nur der Anrufbeantworter, und ich wollte keine Nachricht hinterlassen, die ihn beunruhigt hätte. Kannst du mir vielleicht seine Handynummer geben, Cathy?«

»Jetzt noch nicht, wir müssen erst überlegen, was wir ihm sagen sollen. Aber jetzt geht bitte, alle«, flehte sie.

Die anderen ließen sie allein in dem geschmackvoll eingerichteten Zimmer, von dem sie in der Dunkelheit nur wenig sah, und bittere Tränen liefen über ihr Gesicht. Sie bemerkte, dass die Ärztin mit Junes Hilfe noch mehr große Badetücher neben sie gelegt hatte. Das Gute daran war, schloss sie, dass Geraldines elegante Tagesdecke keine Flecken abbekäme, das Schlechte jedoch, dass die Ärztin in Kürze offensichtlich größere Mengen Blut erwartete.

Geraldine wusste nur, dass es ein Problem gab, dass die Situation aber unter Kontrolle war. Sie verabschiedete sich von Nick Ryan, der eine Kette von Reinigungen in der ganzen Stadt besaß. Sie dürfe ihn nicht so stark mit Beschlag belegen, meinte sie, er solle sich doch noch unter ihre Gäste mischen und sich unterhalten. Leise erwiderte er, wie sehr er es hasse, schon gehen zu müssen, und dass er eigentlich kein Interesse daran habe, mit anderen Konversation zu machen. Einen deutlicheren Hinweis, dass er sie attraktiv fand, konnte er ihr unmöglich geben. Geraldine bemerkte, dass Peter Murphy zu ihr herübersah. Aber sie würde nicht in alte Gewohnheiten verfallen. Keine aufgewärmten Sachen, wie sie oft zu Cathy gesagt hatte, aber das Mädchen hörte ja nie auf sie. Wo war sie übrigens? Irgendwie war es eine merkwürdige Party. James Byrne und Shona Burke kannten sich von früher, wie es sich herausstellte. Ihre freundliche Nachbarin, Dr. Said, hatte erst nur eine Stunde bleiben wollen, saß jetzt aber immer noch mit dem harten Kern zusammen. Freddie hatte angerufen, um sie zu bitten, zu ihm zurückzukehren, und Peter Murphy benahm sich eifersüchtig und besitzergreifend. Nicht übel für eine Frau von vierzig Jahren, wollte Geraldine sich gerade gratulieren, als ihr auffiel, dass Dr. Said mal wieder unauffällig in Richtung Gästezimmer verschwand. Plötzlich wurde ihr klar, weshalb sie Cathy seit über einer Stunde nicht mehr gesehen hatte.

Erst als sie ins Krankenhaus kam, rückte Cathy mit Neils Handynummer heraus. Und als er dort eintraf, war alles schon vorbei.

Als sie wieder in der Zentrale waren, räumten Tom, June und Con den Lieferwagen aus, spülten ab, putzten und verstauten die Reste. Geraldine hatte versprochen, sie sofort anzurufen, wenn es etwas Neues gäbe. So setzten sie sich auf die großen Sofas im vorderen Zimmer und tranken Kaffee. Sie hatten darauf bestanden, dass dieser Raum nach dem Einbruch als erster wieder hergerichtet worden war. Sonst hätten sie es nie geschafft, sich auch nur einen Tag ohne Depressionen wieder an die Arbeit zu begeben. Sie versuchten, das Problem praktisch anzugehen. Sie würden Lucy wieder holen, die tüchtige junge

Studentin, und sie wiederum würde vielleicht ein paar Freunde kennen, die einspringen könnten. Das funktionierte oft so. Con hatte einen Kumpel, der ein guter und zuverlässiger Kellner war. Wie immer die Sache in dieser Nacht auch ausgehen mochte, alle wussten, dass Cathy eine ganze Weile nicht würde arbeiten können. Wenn sie das Baby behielt, würde sie vielleicht sogar wochenlang liegen müssen.

»Eines ist sicher … sie wird nie wieder auf die Beine kommen, wenn wir ihr nicht beweisen, dass wir es auch so schaffen«, bemerkte June. Cathy benötigte neben einer guten Pflege im Krankenhaus auch die Gewissheit, dass Scarlet Feather überleben würde, selbst wenn sie eine Zeit lang nicht dabei war.

Das Telefon klingelte unnatürlich laut. Es war zwei Uhr morgens, und Geraldine rief aus dem Krankenhaus an, um ihnen zu sagen, dass Cathy ihr Baby verloren hatte. June saß wie betäubt da und wischte nicht einmal die Tränen fort, die über ihr Gesicht liefen. Tom und Con schnäuzten sich lautstark in große Bogen Küchenpapier. Seufzend rief June schließlich zum ersten Mal freiwillig ein Taxi und fuhr, ohne zu murren, direkt zu ihrem Mann nach Hause. Con und Tom gingen in einen Club und genehmigten sich pro Kopf drei Gläser Wodka.

»Ich dachte, danach würde ich mich besser fühlen«, sagte Tom enttäuscht.

»Ich auch. Ich fühle mich nicht einmal betrunken«, bestätigte Con.

»Was für eine grässliche Verschwendung bei den Preisen.«

»Ich weiß, wir hätten in der Zentrale umsonst so viel Wodka trinken können, wie wir wollten. Und das Ganze ohne plärrende Musik und blendende Scheinwerfer«, sagte Tom wütend.

Aber aus irgendeinem Grund fanden die beiden das plötzlich ungemein spaßig und fingen haltlos zu lachen an, als sie sich dann auf den Nachhauseweg machten. Con fuhr in die Wohnung, die er sich mit drei Freunden teilte, die um die Zeit vielleicht noch wach waren und Poker spielten. Tom kehrte nach Stoneyfield zurück, um dort immerhin zwei Stunden zu schlafen, ehe er wieder aufstand, um bei Hayward's das Brot zu backen.

Als Neil ins Zimmer kam, setzte er sich zu ihr ans Bett und ergriff ihre Hand.

»Tja«, sagte sie mit unendlich müder Stimme zu ihm.

»Sie sagen, dass du wieder gesund wirst«, entgegnete er.

»Ja«, erwiderte sie.

»Das ist das Einzige, das zählt. Du bist mir sehr wichtig.«

»Ja«, wiederholte sie.

»Und es tut mir unsagbar leid, Cathy. Es klingt vielleicht banal, aber ich weiß, es ist ein großer Verlust, und es tut mir wirklich leid, dass es passiert ist.«

»Danke, Neil«, erwiderte sie.

Er streichelte über ihre Stirn, während er ständig wiederholte: »Arme Cathy, aber du wirst wieder gesund.« Irgendwann schloss sie die Augen, und er dachte, sie sei eingeschlafen. Er küsste sie, und sie hörte, wie er mit der Schwester sprach und ihr erklärte, dass er am nächsten Morgen wiederkäme, ehe er zur Arbeit ging.

»Wie viele Tage werden Sie sie hier behalten?«, fragte er.

Die Schwester sagte, zwei Tage vielleicht, aber das könne sie nicht versprechen. Neil erwiderte, das sei ja großartig, da er die nächsten Tage nicht aus Dublin wegmüsse.

»Ein sehr rücksichtsvoller Mensch, Ihr Mann. Manche Männer treiben sich in der Zeit Gott weiß wo herum«, schimpfte die Schwester.

»Das stimmt«, entgegnete Cathy und dachte, dass manche Männer aber auch untröstlich waren, wenn sie ein ungeborenes Kind verloren hatten.

In einem Punkt ließ Cathy sich nicht erweichen. Sie wollte

auf keinen Fall, dass sonst jemand erfuhr, wo sie war. Es hatte ihrer Meinung nach wenig Sinn, vier Menschen zu erzählen, dass sie ihr ungeborenes Enkelkind verloren hatten. Und sie wusste, dass sie dann auch den Vorwürfen ausgesetzt wäre, sie hätte zu hart gearbeitet, sich zu viel zugemutet. Mit anderen Worten, dass sie selbst an allem schuld sei. Neil war in der Hinsicht äußerst rücksichtsvoll gewesen. Die Entscheidung über ihr Leben liege allein bei ihr, nur bei ihr. Als Tom auf einen Sprung vorbeischaute, brachte er eine Schachtel mit kleinen, selbst gebackenen Kuchen für die Schwestern zum Morgenkaffee mit.

Auch Geraldine verhielt sich wunderbar; sie setzte sich doch tatsächlich mit einem Stapel Unterlagen an Cathys Bett. »Versuch lieber, zu schlafen, aber wenn du reden willst, dann bin ich da«, sagte sie.

Die Ruhe tat gut. Cathy döste immer wieder ein, froh, dass Geraldine genug zu tun hatte und nicht von ihr unterhalten werden musste. Gelegentlich schlug sie die Augen auf und stellte ihrer Tante eine Frage.

»Was meinst du, ob es Dr. Said in Irland gefällt? Wenn es mir wieder besser geht, werden Tom und ich ihr zum Dank ein Essen kochen.«

»War es ein Junge oder Mädchen? Ich nenne es Pat, da könnte es beides gewesen sein.«

»Glaubst du wirklich, ich bin wie du, Geraldine? Das hast du früher immer gesagt, jetzt aber schon lange nicht mehr.«

Und schließlich: »Was würdest du tun, wenn du diesen Mann wiedertriffst, du weißt schon, den, den du wirklich geliebt hast?«

Sie blieb jedoch nie lange wach genug, um die besänftigenden, tröstlichen Antworten mitzubekommen, die Geraldine ihr zumurmelte.

Aber Geraldine dachte lange über Cathys Fragen nach und blickte gedankenverloren zum Fenster hinaus, während ihre Nichte bleich und schwach neben ihr im Bett lag.

Neil kam selbst und fuhr sie zurück nach Waterview. Er befahl ihr, sie solle sofort wieder ins Bett gehen; er würde noch arbeiten und ihr später was zum Essen bringen. »Das geht schon in Ordnung«, versicherte er ihr. »Tom hat mir vier kleine Mahlzeiten für zwei Personen samt Anleitung mitgebracht, ich werde dich also nicht vergiften.«

Als das Telefon klingelte, hörte Cathy, wie er zu jemandem sagte, sie sei nicht da. Für die kommenden paar Tage würde sie sich eine gute Ausrede einfallen lassen müssen. Nächste Woche sähe es dann schon wieder anders aus, dann wäre sie sicher wieder auf den Beinen und in der Arbeit. Aber in der Zwischenzeit mussten sie allen dieselbe Geschichte erzählen, dass sie die Grippe, ein Virus oder irgendetwas Ähnliches erwischt hätte.

»Es waren nur Simon und Maud, ein einziges Gemecker und Genörgel«, erzählte er kopfschüttelnd. »Ich sagte ihnen, wir würden uns in ein paar Tagen wieder melden.«

»Haben sie sich denn damit zufrieden gegeben?«, wollte Cathy wissen.

»Zufrieden, diese beiden? Du machst wohl Witze, aber ich bin sie losgeworden«, antwortete er stolz.

»Und sie ist doch sauer auf uns«, stellte Maud fest.

»Aber wieso? Wir haben doch nichts angestellt. Jedenfalls nicht in letzter Zeit«, meinte Simon.

Gemeinsam gingen sie noch einmal alles durch. Bei der Hochzeit war Cathy ausgesprochen lieb zu ihnen gewesen und hatte sogar verkündet, wie stolz sie auf sie sei. Muttie und seine Frau Lizzie konnten ihr auch keine Schauergeschichten erzählt haben. Sie wuschen ihre Wäsche selbst und räumten ihr Zimmer ordentlich auf. Sie beschwerten sie nie, wenn es nur Gemüse und Reis und kein Fleisch oder Fisch gab. Sara hatte Geld für ihre Schulbücher besorgt. Eigentlich hatten sie Cathy ja nur fragen wollen, ob sie wieder einmal ins Geschäft kommen und Besteck polieren dürften, weil sie sich etwas Geld für die Busfahrkarten verdienen wollten. Vater hatte nämlich gesagt, dass Old Barty ihm das Geld nicht zurückgegeben habe, das er ihm schuldete, sodass es in diesem Monat kein Taschengeld für sie gäbe.

»Miss Burke hat einen Tisch für zwei Personen bestellt«, sagte James Byrne, als er zu Quentin's kam.

»Bitte, hier entlang, Mr. Byrne.« Brenda Brennan war immer wieder aufs Neue überrascht, in welch unwahrscheinlichen Kombinationen die Leute in Dublin oft bei ihnen auftauchten.

»Ich dachte mir, hier würden wir nicht so schnell emotional werden und uns anbrüllen«, erklärte Shona.

»Da hast du recht. Das Restaurant ist nicht gerade bekannt dafür, dass hier sehr oft herumgeschrien würde«, erwiderte James Byrne trocken.

Sie entschieden sich für ein Menü von der Mittagskarte und bestellten für jeden ein Glas Wein.

»Ich hätte nicht sagen sollen, du hättest mich gelehrt, niemals mehr zu lieben, das ging zu weit«, begann Shona.

»Wenn du es so empfunden hast, dann hattest du vollkommen recht, es zu sagen. Aber ich bete zu Gott, dass es nicht immer so bleiben wird«, entgegnete er.

»Möchtest du mir vielleicht noch mal ganz genau erzählen, was damals passiert ist? Ich werde dich auch nicht unterbrechen.«

Und mit leiser Stimme und ohne falsches Selbstmitleid erzählte er ihr seine Geschichte. Una und er hatten keine Kinder bekommen können. Sie hatten jeden erdenklichen Test über sich ergehen lassen. Aber die Medizin war vor dreißig Jahren noch nicht so weit in der Behandlung von Fruchtbarkeitsstörungen wie heute. Nichts half. Und dann war das auch noch die Zeit, als immer mehr junge Frauen, die ledige Kinder bekamen, diese auch behielten, was zwar bewundernswert und richtig war, aber bedeutete, dass es für Paare wie sie kaum mehr Kinder zum Adoptieren gab. Die Sozialämter versuchten aber trotzdem, zu helfen, wo es ging, und man konnte schließlich immer noch ein Kind in Pflege nehmen. Es wurde natürlich darauf hingewiesen, dass dieses Kind sozusagen nur geliehen war und man es nur so lange versorgen könne, bis es wieder an seine Eltern zurückgegeben werden konnte. In Shonas ursprünglicher Familie hatte es Probleme gegeben. Ihre Eltern hatten Dublin verlassen und waren in den Westen gekommen, um dort einen neuen Anfang zu machen, aber es hatte nicht geklappt. Ihre Mutter hatte hier, wie auch in Dublin, sofort neue Dealer gefunden, und in vielerlei Hinsicht war es sogar noch schlimmer für sie, weil sie keine große Familie mehr hatte, auf die sie zurückgreifen konnte. Shonas Vater hatte sich auch nicht gerade als starker Fels in der Brandung erwiesen. Shona war deshalb bereits als Kleinkind von dreieinhalb Jahren zu den Byrnes gekommen. Andere Verwandte hatten ihre Schwestern und einen Bruder bei sich aufgenommen. Die Byrnes hatten Shona geliebt; ein besseres Kind als sie hätten sie sich nicht wünschen können. Sie hatten der Kleinen auch immer von ihrer richtigen Mutter und ihrem richtigen Vater erzählt. Aber für Shona waren das nur schemenhafte Gestalten gewesen, wesentlich irrealer und nichtssagender als Goldlöckchen oder Der Esel der Torfstecher oder andere Geschichten, die ihre Pflegeeltern ihr erzählten. So vergingen die Jahre, Shona kam in die Schule und schloss viele neue Freundschaften.

»Mit Carrie und Bebe«, erinnerte Shona sich.

Es stellte sich heraus, dass sie sehr gut in der Schule war.

»Du hast dich stundenlang hingesetzt und mit mir gelernt«, sagte Shona. »Ich war nie gut, Carrie und Bebe waren es nicht, und meine Schwestern auch nicht. Ich war nur gut, weil du so viel Zeit mit mir verbracht, Dinge für mich nachgeschlagen und mir immer geduldig alles erklärt hast.«

»Du erinnerst dich daran?« Er war gerührt.

»An manches, ja«, sagte sie.

Der Kellner kam mit ihrem ersten Gang. Sie verstummten, dankten ihm lächelnd und nahmen ihr Gespräch wieder auf, als er gegangen war. James erzählte Shona von den vielen Malen, als er und Una zum Einkaufen unterwegs gewesen waren, eigentlich einen Wintermantel für Una oder ein Paar Schuhe für ihn gesucht, stattdessen aber etwas für Shona gesehen und gekauft hatten.

»Ich will dir damit nicht zeigen, wie viel wir für dich ausgegeben haben, so, als forderte ich damit deinen Dank. Wir hatten genügend Geld. Ich will nur, dass du weißt, dass du der absolute Mittelpunkt unseres Lebens warst. In unserem Haus wurde keine einzige Entscheidung getroffen, ohne an dich zu denken: angefangen bei den Cornflakes, die wir aßen, bis hin zu unseren Urlaubsplänen. Mir ist nicht an Dank gelegen; wir wünschten, wir hätten mehr für dich tun können ... Ich will nur, dass du weißt, welche Leere du in unserem Leben zurückgelassen hast, als du gehen musstest.«

In dem Jahr, in dem sie sie zurückgeben mussten, hatten sie geplant, mit ihr nach London ins Museum für Naturwissenschaften zu fahren.

»Das wusste ich nicht«, warf sie ein. »Ich bin übrigens noch nie dort gewesen.«

»Es sollte ja auch eine Überraschung sein, und als du zurückmusstest, haben wir dir natürlich nichts mehr gesagt.«

»Musste ich denn wirklich zurück, James?«

»O Shona, ja, und man erklärte uns, das Beste, was wir für dich tun könnten, sei, nicht zu weinen und dir nicht zu sagen, wie sehr du uns fehlen würdest. Du würdest schließlich wieder zu deiner Familie zurückkehren, und nach zehn Jahren wäre das schon hart genug, auch ohne unser Gejammere, sodass wir beide dir gegenüber so taten, als wären das die tollsten Neuigkeiten auf der Welt.«

»Und ich dachte immer, ihr wärt tatsächlich erleichtert gewesen, mich endlich wieder los zu sein«, sagte sie mit tonloser Stimme.

»Aber, Shona, Kind, wie konntest du nur so etwas denken. Doch nicht im Ernst?«

»Was hätte ich sonst denken sollen? Kein einziger Brief, ich sah jeden Tag nach. Ihr beide habt so oft und gerne anderen Leuten geschrieben, da konnte ich einfach nicht glauben, dass ihr mir nicht ein einziges Kärtchen schreiben würdet.«

»Man hat uns gebeten, es zu unterlassen, um dich nicht zu beunruhigen.«

»Ich hätte nicht beunruhigter sein können, als ich war. Im Geist bin ich diesen Tag immer wieder durchgegangen. Es gab keine Tränen von eurer Seite, als ich ging. Nur ich habe geweint. Ich erinnere mich, dass ich sagte, ich wolle unbedingt bleiben, aber ihr zwei seid dagestanden wie versteinert. Immer wieder habt ihr mir erklärt, dass wir das doch eigentlich von Anfang an alle gewollt hätten und dass ich meiner Mutter und meinen Schwestern sagen solle, wie sehr ich mich freue, sie wiederzusehen.«

»Ich werde dir jetzt sagen, wie ich den Tag erlebt habe, und du sagst mir, wie er für dich war. Der Wagen fuhr weg, und wir sahen ihm auf der Auffahrt hinterher. Du hast dich kein einziges Mal umgedreht.«

»Ich habe dich gehasst dafür, dass du mich weggegeben hast.«

»Und dann kehrten wir ins Haus zurück, und ich fragte, ob wir Tee machen sollten, und Una sagte: ›Wozu?‹ Die Worte hingen zwischen uns wie Blei. Was hatte es noch für einen Sinn, Wasser aufzusetzen oder morgens aufzustehen, wenn du nicht mehr da warst? Der Tag verging, und Una saß in der Küche und schaute auf den Garten hinaus, während ich mich in die Halle gesetzt hatte und auf die Tür starrte, eine halbe Stunde ungefähr. Dann kam Una zu mir heraus und sagte: ›James, da ist etwas Komisches passiert, alle Uhren sind stehen geblieben. Sie sind um Viertel vor sechs stehen geblieben.‹ Und ich sagte: ›Aber es ist doch so spät. Es ist Viertel vor sechs.‹ Und dann wollte sie wissen, ob es abends oder morgens sei. Damit fing es an, Shona. Ihr Geist verabschiedete sich an diesem Nachmittag. Sie dachte, du seist schon fünf oder sechs Stunden fort, sie meinte, dass es schon fast Mitternacht sei. Ich führte sie hinaus und zeigte ihr den Himmel, ich schaltete das Radio an. Sie beharrte jedoch darauf, dass du schon vor Stunden weggegangen seist, nicht erst vor vierzig Minuten. Damals verabschiedete sich ihr Geist.«

»Und sie war so klug und so belesen.« Shona seufzte.

»Das letzte richtige Gespräch mit ihr hatte ich an dem Abend, bevor du fortgingst. Sie wollte, dass wir mit dir zusammen weglaufen, dass wir unseren Namen ändern, nach England gehen, ganz neu anfangen. Ich musste ihr leider sagen, dass das nicht möglich war. Wir hätten nichts gehabt, wir wären ständig auf der Flucht gewesen und hätten dich schließlich auch verloren.«

»Das hatte sie vorgehabt?«

»Ich auch, Shona, aber wie hätte ich unter falschem Namen das Haus verkaufen, mir eine andere Arbeit suchen und für uns sorgen sollen? Man hätte uns überall gesucht, dieses Paar, das ein Kind gestohlen hatte. Und da es uns nicht möglich war, das zu tun, was wir am liebsten getan hätten, erschien es uns am besten, mit dem weiterzumachen, was wir für unsere Pflicht hielten.«

»Ich verstehe«, sagte sie leise.

»Schließlich hatte man uns erlaubt, dir zu schreiben, wenn du uns zuerst schriebst, aber du hast es nie getan. Aber jetzt erzähl mir, wie du den Tag in Erinnerung hast«, forderte er sie auf.

Sie überlegte eine Weile, und er drängte sie nicht. Auch das kannte sie noch gut von früher. Dad hatte immer gewartet, bis man seine Gedanken geordnet hatte.

»Es war Sommer, und die Sonne stand den ganzen Weg hinter uns, als wir nach Dublin fuhren, da sie ja im Westen untergeht. Ich saß hinten im Wagen, und die beiden Frauen unterhielten sich. Ich kannte sie nicht und wusste auch nicht, dass sie Sozialarbeiterinnen waren. Sie waren eigentlich recht nett. Unterwegs hielten wir in einer kleinen Stadt an, und sie kauften mir einen Hamburger und Pommes frites, aber obwohl ich Hunger hatte, warf ich sie weg. Irgendwann kam ich dann in dieses Haus und zu der Frau, von der sie sagten, dass es meine Mutter sei. Sie sah schrecklich aus. Sie hatte langes, strähniges Haar, das sie seit Wochen nicht mehr gewaschen hatte, und rauchte ununterbrochen. Sie sah mich an und sagte: ›Was hast du denn für einen Haarschnitt?‹ Das war alles, was sie sagte, sie hatte mich zehn Jahre nicht gesehen, und das war ihre Begrüßung.«

»Was hast zu ihr gesagt?«, fragte James.

»Ich war vierzehn. Nichts habe ich gesagt.«

Wieder schwiegen sie, aber es war keine belastende Stille. Er wartete einfach, bis sie weitersprach.

»Aber ein paar Tage später wusste ich, was ich zu tun hatte, ich musste weg von dort. Ihr wolltet mich nicht mehr haben… dachte ich, sodass ich zu euch auch nicht zurückkonnte. Ich musste also meinen eigenen Weg gehen, und vielleicht würde mir die Schule dabei helfen. Und so begann ich mein jetziges Leben und stürzte mich in die Arbeit. Meine Schwestern waren Schlafmützen, sie taten nichts, außer mir vorzuwerfen, wie hochnäsig und eingebildet ich sei und dass ich mich vor dem Milchkarton auf dem Tisch ekele. ›Madam möchte einen Milchkrug‹, zogen sie mich immer auf. Aber ich hatte wunderbare Lehrer. Einer von ihnen, Mrs. Ryan, erzählte ich, wie schlimm es bei mir zu Hause war; sie war so nett. Sie sagte, dass es zu Hause immer schlimm sei, deshalb dachte ich, dass sie auch eine schwere Zeit hinter sich hatte. Jahre später sollte ich erfahren, dass sie ein gutes Leben hatte. Sie brachte mir in der Mittagspause das Tippen bei und ließ mich auf der Schreibmaschine in der Schule üben. Und dann waren da auch noch andere. An dieser Schule, die mitten in der Stadt lag, herrschten raue Sitten. Es kam gut an, wenn die Lehrkräfte merkten, dass sich jemand anstrengte und etwas lernen wollte, statt in den Läden zu klauen oder sich mit sechzehn schwängern zu lassen.«

»Und als du dann weggingst?«

»Ah, zuvor musste ich noch einen harten Kampf ausfechten, um überhaupt an der Schule bleiben zu können. Sie wollten, dass ich in der Fabrik zu arbeiten anfing, aber ich weigerte mich. Da war ich sechzehn. Ich wollte mein Abschlusszeugnis haben und mir ein eigenes Leben aufbauen. Meine Mutter nahm wieder Drogen, aber mir war das egal. Alles, was ich brauchte, war ein Arbeitsplatz, ein eigenes Zimmer hatte ich mittlerweile, weil alle anderen ausgezogen waren. Ich nahm mir immer einen kleinen Teil von der Sozialhilfe und versuchte, damit jeden Abend etwas zum Essen auf den Tisch zu bringen – Kartoffeln, Linsen und ab und zu auch mal billige, matschige Tomaten. Manchmal konnte Mutter einen Becher Suppe mitessen, aber meistens war ihr sogar das zu viel. Und ich wäre so gerne an die Universität gegangen. Ich hatte genügend Punkte, aber der einzige Weg, wie ich aus der Misere herauskommen konnte, war der, mir eine Arbeit zu suchen. Und so fing ich an dem Tag zu arbeiten an, an dem ich meine Prüfungen beendete.«

»Was hast du gemacht?«

»Ich zog von zu Hause aus und fing in einem Reisebüro als Lehrling an. Ich lernte, so viel mir in einem halben Jahr nur möglich war. Danach bekam ich eine richtige Stelle in einem anderen Reisebüro. Ich fuhr zweimal in Urlaub, einmal nach Italien, einmal nach Spanien. Das waren die einzigen Ferien meines Lebens. Ein paar Mal war ich beruflich in London, aber in Urlaub war ich seitdem nie mehr. Ich weiß noch, was das für eine Aufregung war, als ich meinen Pass bekam. Anschließend arbeitete ich in einem Bekleidungsgeschäft, dann in einem Hotel, und als mir die Stelle bei Hayward's angeboten wurde, war ich darauf gut vorbereitet.«

»Und deine … Mutter?«

»Ich habe sie jede Woche besucht… Du hast mir schließlich Anstand und Manieren beigebracht. Manchmal war sie so zugedröhnt, dass sie kaum wusste, wer ich war; manchmal war sie nur deprimiert. Ich brachte ihr immer etwas Suppe mit, manchmal trank sie sie, manchmal stand sie noch verschimmelt herum, wenn ich wiederkam. Aber ich war nicht die einzige Märtyrerin, meine Schwestern besuchten sie ebenfalls. Wir haben nie gestritten, sie haben sich einfach lustig über mich gemacht. Lady Pingelig haben sie mich am Anfang immer genannt. Ich wehrte mich nie. Im Lauf der Zeit wurden sie mir immer gleichgültiger, wie ich ihnen wahrscheinlich auch. Jetzt ist es so, als seien sie Fremde für mich. Bei der Beerdigung betrachtete ich sie und musste feststellen, dass ich nichts über sie wusste und sie nichts über mich.«

James holte ein Papiertaschentuch heraus und wischte sich über die Augen.

»Du hast also endlich festgestellt, dass man nicht unbedingt auch noch Taschentücher zu waschen braucht. Mum und ich haben immer gesagt, dass du einer der Letzten bist, der noch Stofftaschentücher benutzt…«

Plötzlich hielt sie inne. Ihr wurde klar, dass sie seine verstorbene Frau nach all diesen Jahren wieder »Mum« genannt hatte. Sie streckten gleichzeitig die Hand aus.

»Was für eine Verschwendung«, bemerkte er.

»Von so vielen Leben«, stimmte sie ihm zu.

»Wir dürfen nicht zulassen, dass so etwas noch einmal passiert, Shona.«

»Ich kann meine Dankbarkeit, dass du dich mit mir in Verbindung gesetzt hast, mit Worten gar nicht ausdrücken«, entgegnete sie.

»Lass gut sein. Ich habe drei verschiedene Menüs zu kochen gelernt. Du bist bisher erst in den Genuss von einem gekommen, zwei stehen also noch aus«, kündigte er an und fragte sich im selbem Moment erschrocken, ob er damit wohl zu weit gegangen war.

»Wie wär's mit Samstag?«, schlug Shona von sich aus vor. »Ich weiß gar nicht mehr, wann ich das letzte Mal am Samstagabend eine Verabredung hatte.«

»Ich werde morgen wieder zu arbeiten anfangen«, verkündete Cathy. Sie saß im Morgenmantel am Küchentisch in Waterview.

»Kommt nicht infrage, das ist viel zu früh«, sagte Neil.

»Aber es hieß, wenn es mir wieder gut geht, und jetzt geht es mir wieder gut.«

»Nein, das ist zu gefährlich ... Du bist noch nicht wieder völlig erholt.«

»Ich habe alles verloren, was ich verlieren konnte. Es ist nichts mehr in mir von dem Baby, was ich noch verlieren könnte.«

Der Satz, die Vorstellung ließen ihn zusammenzucken. Aber das störte sie nicht. Sie würde nicht so tun, als hätte dieses Kind nie existiert.

»Ich bin trotzdem der Ansicht, dass du noch nicht vollständig wiederhergestellt bist«, protestierte er.

»Meine Seele ist noch in Aufruhr, weil ich traurig bin, aber mein Körper ist so weit in Ordnung und muss wieder zurück an die Arbeit, statt den ganzen Tag allein hier rumzusitzen.«

»Ich werde früher nach Hause kommen«, versprach er.

»Nein, das ist es doch nicht.«

»Ich weiß, es ist vielleicht nicht angebracht, das zu sagen, aber in mehr als einer Hinsicht ...«

»Dann sag es nicht.«

»Du weißt doch gar nicht, was ich sagen wollte.«

»Doch, bitte sag es nicht«, bat sie ihn.

Er lachte. »Mit einem solchen Argument kämst du vor Gericht nicht weit«, entgegnete er.

»Wir sind hier aber nicht vor Gericht.«

»Bitte, lass mich ausreden. Ich wollte nur sagen, dass diese traurige Geschichte uns in mehr als einer Hinsicht aufgerüttelt und uns gezwungen hat, über unser Leben und unsere Ziele nachzudenken.«

»Ja.«

»Und ich werde niemals mehr einfach so annehmen, dass du bereit wärst, alles liegen und stehen zu lassen und mir überallhin zu folgen, wo immer meine Karriere mich auch hinführt. Das war alles, was ich sagen wollte. Ist das in Ordnung?«

Erwartungsvoll sah er sie an.

»Es ist in Ordnung.«

»Also hast du doch nicht gewusst, was ich sagen wollte.« Wieder hoffte er auf eine positive Reaktion.

»Nein, nicht genau.«

»Was soll das heißen?«

»Als du anfingst, dachte ich, du würdest sagen, dass alles seine guten und schlechten Seiten hat. Aber das hast du nicht gesagt, jedenfalls nicht mit so vielen Worten.«

»Ich habe nicht ein Wort in diese Richtung gesagt, und falls du dich erinnerst, habe ich von einer traurigen Geschichte gesprochen. Wann habe ich gesagt, das hätte auch seine guten Seiten?«

»Aber denken tust du es, Neil«, sagte sie traurig.

»Also, zuerst wirfst du mir das vor, was ich angeblich sagen wollte, und dann, als ich es nicht gesagt habe, das, von dem du glaubst, dass ich es denke.« Er wirkte verletzt.

»Es tut mir leid, Neil, aber wenn du es so formulierst, dann klingt meine Aussage sehr hart, und das sollte es nicht.«

»Und ich will nicht unsensibel erscheinen. Ruh dich noch etwas aus«, rief er ihr von der Tür her zu.

Cathy wünschte sich nichts sehnlicher, als dass sie und Neil wieder zur Normalität hätten zurückkehren können, aber es schien ihnen nicht möglich zu sein, über das Ereignis zu reden, ohne dass sie am liebsten laut ihrem Schmerz Ausdruck verliehen hätte. Sein kalter, analytischer Anwaltsverstand löste diesen Impuls immer wieder in ihr aus. Sie wollte, dass sie zusammen das tote Baby beweinten und sich eingestanden, was für eine Tragödie das war. Aber Neil, der sich die Probleme anderer Menschen zum Lebensinhalt erwählt hatte, erkannte nicht, dass sich der größte aller Schicksalsschläge in seinem eigenen Haus ereignet hatte. Wenn er nur ein Zehntel seiner Zuwendung und seines Mitgefühls für andere auf die Tatsache verwendet hätte, dass sie ein Kind verloren hatten, hätte ihr das durchaus genügt.

Aber sie durfte auf keinen Fall noch länger zu Hause herumsitzen und immer wieder dieselben Dinge rekapitulieren. Der einzige Ort, an dem möglicherweise noch so etwas wie Normalität herrschte, war in der Arbeit. Sie würde keinesfalls mehr bis morgen warten, sie würde noch heute wieder in die Arbeit gehen.

Alle freuten sich sehr, sie wiederzusehen, und bereiteten ihr ein herzliches Willkommen. Hier sagte keiner, dass alles seine zwei Seiten habe, hier bekam sie stattdessen zu hören, wie sehr man sie vermisst und wie hart man in ihrer Abwesenheit gearbeitet habe.

»Und was gibt es Neues?«

»Ein ungefähr hundertjähriges Paar, das im nächsten Monat heiraten will, aber keine passenden Räumlichkeiten finden kann«, erzählte June und holte die Unterlagen heraus.

»Wie alt sind sie wirklich?«

»Uralt«, antwortete June.

»Tja, wir können nicht alle siebzehnjährige Bräute sein«, meinte Cathy lachend.

»Das ist wahrscheinlich auch klüger so«, erwiderte June seufzend.

»Wie steht's mit dem Gemeindesaal?«, fragte Cathy.

»Der ist zu groß für sie, sie haben nicht so viele Leute, die sie einladen wollen. Fünfzig vielleicht, aber es könnten auch nur vierundzwanzig werden, meinen sie.«

»Sie haben also keinen großen Freundeskreis, wie?«, fragte Cathy.

»Die beiden sind das netteste Paar, das ich je getroffen habe«, antwortete Tom. »Sie kommen übrigens heute, du wirst sie mögen.«

Tom hatte recht. Stella O'Brien und Sean Clery waren in der Tat die nettesten Menschen, die man sich vorstellen konnte. Beide waren Mitte fünfzig und hatten sich vor einem Jahr in einem Anfängerkurs für Bridge kennengelernt. Was das Bridge betraf, waren sie immer noch hoffnungslose Anfänger, aber dafür waren sie einander menschlich nähergekommen. Es gab nur ein Problem.

»Es gibt doch bei jeder Hochzeit ein Problem«, meinte Cathy mitfühlend.

In dem Fall waren die drei Kinder von Sean und die beiden von Stella das Problem. Sie schienen sich ganz und gar nicht auf die Hochzeit zu freuen. Stellas Sohn und ihre Tochter waren davon ausgegangen, dass ihre Mutter für immer Witwe bleiben, auf ihre zukünftigen Enkelkinder aufpassen und ihnen irgendwann einmal ihr Haus überlassen würde. Seans drei Töchter hatten ebenfalls gedacht, dass ihr Vater für immer Witwer bliebe und irgendwann aus seinem Haus auszöge, das sie dann hätten verkaufen und das Geld unter sich verteilen können. Sie hatten sich ausgemalt, ihn abwechselnd bei sich aufzunehmen, sodass er bei keiner länger als vier Monate im Jahr hätte wohnen müssen. Natürlich erzählten die beiden Brautleute das nicht mit diesen Worten, aber im Gespräch kam es trotzdem zum Ausdruck. Cathy hörte aufmerksam zu, nickte hin und wieder und machte sich im Geist Notizen, welche Örtlichkeiten infrage kamen und welche eher nicht.

»Das kommt Ihnen bestimmt ziemlich merkwürdig vor, Ms. Scarlet. Ich meine, ihr jungen Leute führt doch bestimmt ein völlig normales, unkompliziertes Leben, wo alles seinen geregelten Gang geht«, erklärte Stella entschuldigend.

»Ganz und gar nicht. Ich wusste am Morgen meiner

Hochzeit nicht einmal, ob außer fünf Freunden von uns und meiner Tante überhaupt jemand kommen würde.«

»Und, es waren mehr, oder?«, wollte Sean wissen.

»Ja, meine Mutter und mein Vater kamen und die paar Verwandten, die nicht emigriert waren. Der größte Teil von Neils Familie erschien nicht, mit Ausnahme seiner Mutter und seines Vaters, die kalt und abweisend wie zwei Eisberge wirkten. Aber unsere Freunde machten das mehr als wett. Wenn ich mich jetzt zurückerinnere, dann war es sogar ein sehr schöner Tag. Ihnen wird es genauso gehen. Sagen Sie mir doch, wo Sie am liebsten feiern würden, und wir sehen zu, dass wir etwas in der Richtung für Sie arrangieren können.«

»Kennen Sie Holly's Hotel in Wicklow?«, fragte Stella.

»Ja, und ob ich das kenne.« Dort hatte sie Neil von dem Baby erzählt. Wie unendlich lange das jetzt schon her schien. »Leider veranstalten sie dort keine Hochzeiten. Wir haben uns schon erkundigt. Aber kennen Sie vielleicht etwas Ähnliches?« Cathy betrachtete nachdenklich Stella O'Brien. Sie hatte bereits ihr Hochzeitskleid bei Hayward's angezahlt und freute sich so darüber, ihren Sean an einem mit grünem Flanell bezogenen Spieltisch kennengelernt zu haben, dass sie die ganze Welt an ihrem Glück teilnehmen lassen wollte. Sie betrachtete Sean Clery, der seiner Stella einen goldenen Ring mit keltischen Ornamenten gekauft hatte und immer wieder nach ihrer Hand griff, um ihn zu bewundern.

»Ich werde bestimmt etwas Ähnliches wie dieses Hotel für Sie finden«, versprach Cathy ihnen.

»Sie sind wirklich sehr freundlich«, versicherten sie ihr.

Cathy wusste, dass das nicht stimmte. Schließlich hatte sie schon zweimal abgelehnt, mit Maud und Simon am Telefon zu sprechen. Ein wirklich freundlicher Mensch hätte mit den beiden Kindern gesprochen, aber sie brachte es nicht übers Herz, noch nicht. Sie fühlte sich immer noch ein bisschen wacklig auf den Beinen und fragte sich, ob sie nicht tatsächlich zu früh zu arbeiten angefangen hatte.

»Braucht irgendjemand in den nächsten paar Stunden den Lieferwagen?«, fragte sie.

Sie kannte Toms Gesicht so gut, dass sie ihm seine Sorgen ansah, die er sich wegen ihrer Fahrtüchtigkeit machte... Aber er ließ sich nichts anmerken.

»Im Moment nicht«, sagte er nur und warf ihr die Schlüssel zu.

Cathy fuhr Richtung Süden nach Wicklow. Es war schön, an diesem wunderbaren Herbsttag aus der Stadt zu kommen. Sie sah sich an, was ihre Auswahl an Kassetten zu bieten hatte. Popbands, von denen sie noch nie etwas gehört hatte, einige Kassetten mit traditioneller irischer Musik, eine mit Country-and-Western-Musik, dann ein paar populäre Arien. Sie legte die letzte Kassette ein und drehte die Lautstärke voll auf, um sich in Pavarottis schmelzendem Gesang zu verlieren. Die Musik machte sie traurig. Sie musste an das Kind denken, dem es nicht vergönnt gewesen war, geboren zu werden. Tränen liefen ihr über die Wangen. Würde sie wohl jemals wieder zu weinen aufhören? Sie sang lauter, um ihre Tränen zum Versiegen zu bringen. An der Ampel lächelte ihr ein Mann aus dem Wagen nebenan zu.

»Was singen Sie da?«, wollte er wissen und warf ihr anerkennende Blicke zu.

»Nessun dorma... Niemand schläft«, erwiderte sie. »Mehr als wahrscheinlich bei meinem Gesang.«

»Sie sind mir sehr sympathisch«, sagte er. »Was halten Sie von einem Drink in Ashford?«

»Nein, vielen Dank, aber es ist nett von Ihnen, mich zu fragen«, sagte sie.

Sie kam sich fünfzehn Jahre jünger vor, wie ein Schulmädchen, als sie zu Holly's Hotel weiterfuhr.

»Das ist unmöglich, Ms. Scarlet, wir haben einfach nicht die Kapazitäten«, erklärte Miss Holly.

»Die beiden sind die nettesten Menschen, die Sie sich vorstellen können. Sie und ich, wir haben in unserem Beruf doch nun oft genug mit wirklich grässlichen Menschen zu tun.«

»Ich weiß, Ms. Scarlet, aber ich habe drei Bedienungen, die so alt sind wie ich, wir können einfach keine Hochzeiten übernehmen.«

»Überlassen Sie das Problem ruhig mir, Miss Holly. Wir mieten den Saal von Ihnen und richten danach alles wieder so her, wie es war. Sie werden nicht einmal merken, dass wir hier waren.«

»Gehören die beiden zu Ihrer Familie oder halten sie Ihnen aus sonst einem Grund das Messer an die Brust?«

»Ich habe die beiden erst heute Morgen kennengelernt, aber um Ihnen die Wahrheit zu sagen, mir ging es in letzter Zeit nicht gut. Ich hatte eine Fehlgeburt, und heute ist mein erster Arbeitstag, ich fühle mich noch ein bisschen verletzlich. Die zwei waren so ungeheuer nett und wünschten sich einen Ort wie Ihr Hotel… Und mir gefällt es hier auch sehr gut, deshalb kann ich sie auch gut verstehen.« Sie fürchtete, dass sich ihre Stimme belegt anhören würde.

»Und Ihnen gefällt es auch hier, Ihnen und Ihrem Mann?«

»Wir sind ganz verliebt in Ihr Hotel. Es ist ein Ort, der einen ganz bestimmten Zauber auf uns ausübt.«

»Letztes Mal aber anscheinend nicht«, erwiderte Miss Holly.

»Wie meinen Sie das?«

»Letztes Mal haben Sie mit Ihrem Mann beim Essen über das Baby gesprochen. Betty, eine der Bedienungen, hat es mir erzählt.«

»Ja, das stimmt, aber sonst haben wir es eigentlich keinem gesagt…«

»Wir auch nicht. Sie können das Hotel für das Essen haben, Ms. Scarlet.«

»Sie werden es nie bereuen, Miss Holly.«

»So, jetzt müssen wir uns nur noch ein Menü für Stella und Sean ausdenken«, sagte Cathy, als sie wieder zurück in der Zentrale war.

»Was soll das heißen? Zuerst brauchen wir einen Saal oder Ähnliches, und das ist nicht einfach bei all den Einschränkungen.«

»Oh, das ist schon alles organisiert«, erwiderte Cathy mit blitzenden Augen.

»Jetzt mach aber mal halblang. Ich weiß zwar, dass du Superfrau bist, aber wir haben drei Tage lang gesucht und nichts Passendes gefunden…«

»Miss Holly hat ja gesagt.«

»Du bist da heute hingefahren?«

»Genau«, antwortete Cathy.

»Und ich dachte schon, wir könnten ohne sie auskommen, Tom, aber da habe ich mich anscheinend getäuscht«, bemerkte June.

»Werden Sie eine Hochzeitsreise machen?«, wollte Cathy von Stella O'Brien wissen.

»Wir hatten es eigentlich nicht vor. Die Hochzeit allein ist schon eine so große Sache für uns. Sobald da alles geklärt ist…«

»Ich habe bereits alles geklärt, Stella. Miss Holly ist so freundlich, uns ihr Hotel zur Verfügung zu stellen. Warum bleiben Sie nicht anschließend noch drei, vier Nächte lang dort, statt einer Hochzeitsreise?«

»Das ist so ein friedlicher und glücklicher Ort.« Stella O'Brien hatte Tränen in den Augen. »Es war ein Glückstag, als wir uns für Ihre Firma entschieden.«

»Wie haben Sie eigentlich von uns erfahren?« Cathy wusste immer gerne, wie ihre Kunden auf ihren Partyservice aufmerksam geworden waren.

»Letztes Jahr Ostern habe ich an der Schule, an der ich arbeite, bei einer Tombola gewonnen. Der Preis war eine Maniküre bei Hayward's, und die hübsche junge Frau dort hat mir erzählt, dass ihr Verlobter einen Partyservice betreibt. Sie hat mir Ihre Karte gegeben… Als Sean und ich dann zu heiraten beschlossen… standen Sie schon in unserem Adressbuch. Ich würde mich so gerne bei der jungen Dame bedanken.«

»Aha, so war das also.«

»Sie sagen das so merkwürdig. Gibt es ein Problem wegen des Mädchens?«

»Sie und Tom sind nicht mehr zusammen… das ist alles. Aber eine andere Frage. Welche Art von Musik hätten Sie denn gerne?«

»Wie bitte?«

»Für die Hochzeit. Wir werden entweder einen Pianisten oder einen Akkordeonspieler engagieren… Oder wäre Ihnen eine Disco lieber? Tom kann das alles organisieren, das ist kein Problem, er legt jede CD auf, die Sie möchten.«

Stella wurde plötzlich kleinlaut. »Ich werde mich da voll und ganz auf Sie verlassen müssen. Ich habe nämlich Angst, es könnte albern wirken, wenn wir mit Musik feiern. Sean hatte beim ersten Mal eine sehr stille Hochzeit, seine Frau war ziemlich zurückhaltend, glaube ich. Er ist so ausgehungert nach Spaß und Vergnügen und hat keine Ahnung, wie sehr seine Kinder es uns verübeln, dass wir heiraten. Ich glaube auch nicht, dass eine seiner Töchter zur Hochzeit kommen wird.«

Cathy legte Stella die Hand auf den Arm. »Sie werden kommen, aus reiner Neugier. Glauben Sie mir, sie werden es nicht fertigbringen, ihren Vater heiraten zu lassen, ohne dabei zu sein. Sie werden da sein… Und Ihre Kinder?«

»Mein Sohn wird kommen. Bei meiner Tochter weiß ich es nicht.«

»Ich wette um jede Summe, dass sie kommt«, behauptete Cathy.

»Nicht ein Wort von den Kindern«, sagte Muttie. »Ich schätze, dass es ihnen so gut geht auf The Beeches, dass sie überhaupt keine Zeit mehr für uns haben«, meinte Lizzie diplomatisch.

»Cathy hat gesagt, sie würde es keiner Ratte wünschen, auf The Beeches leben zu müssen«, knurrte Muttie.

»Ja, aber du weißt doch, wie Cathy generell auf die Mitchells zu sprechen ist«, erklärte Lizzie.

»Letzten Samstag sind sie nicht gekommen, und seitdem kein Wort mehr von ihnen«, wiederholte Muttie aufgebracht.

»Also, ich habe Cathy deswegen angerufen, und sie meinte, sie seien alt genug, um selbst ihre Entscheidungen zu treffen«, sagte Lizzie.

»Es hätte noch so vieles zu tun und zu organisieren gegeben«, fuhr Muttie fort. »Ich glaube nicht, dass sie selbst so entschieden haben, ich glaube eher, dass sie kein Geld für den Bus hatten, das glaube ich.«

»So etwas darfst du aber nicht sagen«, empörte sich Lizzie.

»Natürlich werde ich es nicht sagen«, entgegnete Muttie, ehe er sich hinsetzte und einen Brief an Master Simon und Miss Maud Mitchell auf The Beeches schrieb. »Nur für den Fall, dass es ein Problem mit der Fahrt zwischen unseren Wohnsitzen gibt, lege ich 5 £ (fünf Pfund) bei. Wir sind immer daheim … M. und L. Scarlet.«

»Walter?«

»Ja, Vater?«

»Hat sich diese … äh … Sozialarbeiterin gemeldet?«

»Nein, ich glaube nicht. Wieso?«

»Mir ist aufgefallen, dass die Zwillinge letzten Samstag nicht zu Mr. Muttie, oder wie immer er heißt, nach St. Jarlath's Crescent gefahren sind.«

»Vielleicht haben sie keine Lust mehr.«

»Ich glaube eher, dass sie kein Geld dafür hatten.«

»Vielleicht haben sie schon ihr ganzes Taschengeld ausgegeben, Vater. Oder?«

»Weißt du, sie bekommen im Moment gar kein Taschengeld. Old Barty ist mir noch einiges schuldig.«

»O Gott, Vater, du musst unbedingt besser aufpassen. Diese Sara und Cathy können fürchterlich lästig werden.«

»Ich weiß. Wir müssen wirklich aufpassen.«

Walter holte die Post. Für die Kinder war ein verdächtig aussehender Umschlag angekommen. Walter öffnete ihn vorsichtig. Vielleicht irgendetwas über dieses lächerliche Arrangement, er und sein Vater sollten besser vorgewarnt sein. Er fand die Fünf-Pfund-Note und steckte sie ein. Den Brief und den Umschlag warf er ins Feuer.

Jock Mitchell kam überraschend auf The Beeches vorbei. Die Zwillinge saßen gerade am Tisch und machten Hausaufgaben.

»Wo ist euer Dad?«, wollte er wissen.

Sie erzählten ihm, dass Vaters alter Freund Old Barty angerufen habe, um einen alten Streit beizulegen, sodass ihr Vater ausgegangen sei, um ihn zu treffen und dieses Ereignis mit ihm zu feiern.

»Und eure Mutter?«

Offensichtlich hatte sich ihre Mutter sehr darüber aufgeregt, dass Vater sich mit Old Barty traf. Deshalb war sie zum Einkaufen gefahren. Jock Mitchell gefiel die Vorstellung, seine Schwägerin könnte zum Einkaufen gefahren sein, aus bestimmten Gründen ganz und gar nicht. So hatte es auch das letzte Mal mit dem Trinken angefangen; sie hatte im Supermarkt immer nur eine ganz bestimmte Abteilung angesteuert.

»Aber sonst ist alles in Ordnung bei euch, ja?«

Die Zwillinge sahen einander an und bestätigten die Frage mit einem zweifelnden Nicken. Onkel Jock kam nicht oft, um sie zu besuchen; vielleicht ließ er sich danach Monate nicht mehr blicken. Es hatte also keinen Sinn, sich Hoffnungen zu machen, er könnte regelmäßig kommen und nachschauen, ob auch alles in Ordnung sei.

»Wolltest du Vater besuchen, Onkel Jock?«

»Nein, eigentlich wollte ich nachsehen, wo Walter seinen Computer aufbewahrt.«

Die Zwillinge nahmen an, dass er in seinem Zimmer sein müsse. Aber das war abgesperrt.

»Er sagt, er benutzt ihn jeden Abend und hat ihn deshalb aus dem Büro mitgenommen.«

Maud und Simon sahen einander an. Sie hatten in diesem Haus noch nie das Geräusch eines Computers gehört oder gesehen, wie einer ins Haus gebracht worden war. Aber sie wussten, dass es besser war, keinerlei Information weiterzugeben, und schauten ihren Onkel deshalb verständnislos an. Die beiden waren zwei witzige kleine Geschöpfe, und Jock wünschte sich, Hannah würde sie ein bisschen lieber mögen. Sie hätten gern nach Oaklands kommen und auf den Schaukeln zwischen den großen Bäumen schwingen können... Es sah nämlich nicht so aus, als ob sein hart arbeitender Sohn und dessen ebenfalls an Karriere orientierte Frau bald ein paar Enkelkinder für sie produzieren würden. Und Mandanten hatten ihnen erklärt, dass in ihrem Fall auch nicht damit zu rechnen sei. Aber es hatte keinen Sinn, die Dinge zu komplizieren; Kenneth war schon immer ein komischer Kauz und seine Frau vom ersten Tag an äußerst labil gewesen. Es war klüger, sich von ihnen und den Kindern fernzuhalten. Jock seufzte. Was Walter betraf, wäre das auch klüger von ihm gewesen. Es war völlig unmöglich, ihn im Büro zu einer einigermaßen geregelten Arbeit zu überreden. Sogar Neil, der sonst immer auf die Seite der Unterdrückten stand, hatte ihm unerwartet offen geraten, den Jungen hochkant rauszuwerfen. Jock hegte den Verdacht, dass Walter den Computer gestohlen und verkauft haben könnte. Aber er hatte keinen Beweis, und es sah so aus, als würde ihm dieser Besuch auf The Beeches heute Abend auch keinen liefern.

»Sollen wir ausrichten, dass du Walter hattest besuchen wollen?«, fragte Simon.

»Oder sollen wir lieber nichts sagen?«, fügte Maud hinzu.

»Ich denke, wir sagen lieber nichts«, schlug Jock vor.

Er überlegte kurz, ob er nicht jedem der Kinder ein paar Pfund in die Hand drücken sollte, so wie es früher der Brauch war, aber vielleicht kam das heute gar nicht mehr so gut an und galt als Zeichen von Überheblichkeit. Außerdem gab es ja noch dieses Arrangement, das für alle verpflichtend war und alles genauestens regelte, auch das Taschengeld. Vielleicht brächte er mit seiner Großzügigkeit nur alles durcheinander. Und so spielte er gedankenverloren mit den Münzen und verabschiedete sich, während die Kinder ihn erwartungsvoll ansahen.

Geraldine war mit Nick Ryan zum Essen bei Quentin's verabredet. Brenda Brennan begrüßte sie mit einem höflichen Kopfnicken, als sie hereinkamen. Keiner wäre auf die Idee gekommen, dass die beiden Frauen Freundinnen waren. Manche Männer fühlten sich bedroht, wenn sie befürchten mussten, dass die Frau, mit der sie ein Rendezvous hatten, im Restaurant ihrer Wahl besser bekannt war als sie. Geraldine bewunderte diese Art von Professionalität. Sie verhielt sich ebenso. Vor dem Abendessen hatte sie einiges über das Reinigungsgeschäft in Irland nachgelesen. Ihr Gegenüber war ein angenehmer Mensch, der sich nicht scheute, Komplimente zu machen. Außerdem war er offen und direkt, was sie besonders zu schätzen wusste. Es sei ein großes Vergnügen für ihn, sagte er, mit einer atemberaubenden Frau wie ihr zum Abendessen verabredet zu sein. Normalerweise schlösse er um diese Zeit des Tages seine Haustür auf und jammere seiner Frau etwas über den schrecklichen Tag im Büro vor, während seine beiden schwierigen Kinder gleichzeitig an ihm zerrten. Geraldine nickte verständnisvoll. Alle Kinder seien schwierig; jeder, der etwas anderes behaupte, nähme sein Elternsein nicht ernst. Ihre Antwort vermittelte ihm ein gutes Gefühl, ebenso die Tatsache, mit welcher Nonchalance Geraldine die Existenz einer Frau und einer Familie im Leben des Mannes, mit dem sie gerade zu Abend speiste, zu akzeptieren schien. Sie sah aus wie immer, perfekt gestylt und um Jahre jünger. Fragen über sich selbst beantwortete sie auf eine routinierte, lockere Art. Sie gab nicht viel preis von sich, erzählte aber genug, um das Bild einer Frau zu zeichnen, die aus der Arbeiterklasse stammte und es mit harter Arbeit bis weit nach oben geschafft hatte. Sie gab sehr deutlich zu verstehen, dass sie nicht auf der Suche nach einem Ehemann und einem Heim war, sondern in dieser Phase lieber ein unabhängiges Leben in Gesellschaft vieler Freunde vorzöge.

»Und Sie haben wirklich viele Freunde. Ich war beeindruckt auf Ihrer Party«, sagte er. »Eine wirklich angenehme Gesellschaft.«

»Freut mich, dass es Ihnen gefallen hat. Ich hoffe, Sie haben ein paar nette Leute kennengelernt«, erwiderte Geraldine. Es war noch viel zu früh in ihrer Beziehung, um ihm zu erzählen, was sich an diesem Abend hinter den Kulissen alles abgespielt hatte: die blutgetränkten Badetücher, Doktor Said, die Tatsache, dass Cathy mit der Ambulanz ins Krankenhaus gebracht worden war.

»Um ehrlich zu sein, ich war gar nicht so interessiert daran, auch noch andere Leute kennenzulernen«, erwiderte er.

»Das ist aber sehr schmeichelhaft von Ihnen«, sagte Geraldine.

»Und es ist ernst gemeint«, entgegnete Nick Ryan.

»Ich weiß nicht, wie Geraldine das immer macht«, sagte Brenda Brennan in der Küche zu ihrem Mann Patrick. »Jetzt hat sie schon wieder einen reichen, gut aussehenden Geschäftsmann an der Angel, der um sie herumtanzt.«

»Schon, aber dafür hat sie keinen soliden, braven und verlässlichen Ehemann wie du«, tröstete Patrick sie.

»Ich weiß.« Brendas Tonfall ließ nicht darauf schließen, dass sie in diesem Vergleich diejenige sein könnte, die besser abschnitt. »Oder einen leidenschaftlichen, kreativen, temperamentvollen Küchenchef wie mich«, fügte er hinzu.

Das schien sie schon mehr zu überzeugen. »Den hat sie wirklich nicht«, antwortete Brenda zufrieden.

Mrs. Barry würde für eine Weile nicht mehr nach The Beeches kommen, da sie für drei Wochen zu ihren Töchtern auf Urlaub fahren wollte.

»In der Vorratskammer sind jede Menge Dosen für euch, und der Milchmann ist bis zum Ende des Monats bezahlt.«

»Danke, Mrs. Barry.«

»Und ihr wisst ... ihr wisst, dass es eurer Mutter nicht gut geht. Sie sollte zu einem Arzt gehen. Ich werde Sara anrufen und es ihr sagen.«

»Nein, Mrs. Barry, wir rufen Sara schon selbst an«, warf Maud rasch ein.

»Wir müssen ihr auch noch was anderes sagen, dann können wir ihr gleich erzählen, dass es Mutter nicht gut geht.«

»Gut. Ist in Ordnung. Sie wird sich dann schon um alles kümmern.«

Maud und Simon riefen Sara natürlich nicht an. Es regte alle immer nur fürchterlich auf, wenn Sara kam. Fünf Minuten danach war noch alles in Ordnung, aber kaum war sie weg, war alles nur noch schlimmer. Da war es schon besser, wenn sie nicht kam. Und als Sara irgendwann anrief, um sich zu erkundigen, ob alles in Ordnung sei, nickten die Zwillinge heftig und sagten ja.

Sara traf Neil bei der großen öffentlichen Veranstaltung über die Belange von Obdachlosen.

»Ich bin froh, dass auf The Beeches alles so gut läuft«, sagte sie.

»So, tatsächlich? Schön«, erwiderte er.

»Sie waren in der letzten Zeit nicht zufälligerweise draußen?«, fragte sie.

»Nein. Ich hatte ein paar andere Dinge um die Ohren. Hören Sie, ich muss Ihnen etwas erzählen, schließlich waren Sie eine der wenigen, die überhaupt wussten, dass Cathy schwanger war. Sie hatte eine Fehlgeburt.«

»Oh, das tut mir aber leid«, erwiderte Sara.

»Ja, aber niemand weiß etwas davon, am allerwenigsten die Zwillinge oder sonst jemand aus der Familie, also wäre es ...«

»Aber natürlich.«

»Und in mancherlei Hinsicht ist das natürlich ...«, begann Neil zögernd.

»Ich verstehe. In mancherlei Hinsicht ist das zum jetzigen Zeitpunkt die beste Lösung. Sie können jetzt noch immer die Stelle im Ausland annehmen.«

»Vielleicht werde ich meine Bewerbung zurückziehen«, sagte Neil langsam.

»Das ist auch keine schlechte Idee, schließlich gibt es hier noch wahnsinnig viel Arbeit zu erledigen«, erwiderte Sara. Sie freute sich insgeheim, dass er vielleicht doch nicht weggehen würde, und warf ihm einen Blick voll unverhohlener Bewunderung zu.

Er lächelte sie an. Es war schön, wenn einen jemand so bewunderte.

Cathy wollte eigentlich die Zwillinge anrufen. Sie stand schon vor dem Telefon, als ihr einfiel, dass sie wahrscheinlich zuerst mit Kenneth Mitchell reden müsste, und so überlegte sie es sich wieder anders. Sie versuchte, sich an die ersten Tage ihrer Verlobung mit Neil zu erinnern. Hatte sie sich damals wirklich bemüht, es allen diesen schrecklichen Leuten recht zu machen? Hatte sie versucht, Kenneth und Kay in ihrem Kampf gegen Hannah auf ihre Seite zu ziehen? Sie hoffte, nicht. Ihr Kampf um Neil schien so lange her und in vielerlei Hinsicht auch so unwichtig zu sein. Was hatte es letztendlich zu bedeuten, eine Schlacht nach der anderen gegen ihre Schwiegermutter gewonnen zu haben? Neil hatte recht gehabt. Wie albern sie doch gewesen war, diese kleinen, hart errungenen Siege über ihre Schwiegermutter wie Trophäen anzusehen. Sie würde die Zwillinge erst nach der Hochzeit anrufen, wenn sie wirklich wieder Zeit für sie hätte.

Simon und Maud saßen am Küchentisch. Sie hatten Sardinen und kalte Bohnen aus der Dose gegessen, was gar nicht so schlecht zusammenpasste. Sie hatten die Müllsäcke zusammengebunden und vor das große Tor von The Beeches gestellt; morgen sollte die Müllabfuhr kommen. Einen Bogen Zeitungspapier hatten sie behalten, um damit ihre Schuhe für die Schule zu putzen. Die Seite war voll mit den Ankündigungen über eine große Rennveranstaltung, die in Kürze stattfinden sollte. Muttie hatte versprochen, dass er sie dorthin mitnehmen würde, damit sie einmal ein richtiges Pferderennen auf dem Land miterleben könnten. Erst hatte er ihnen vorgeschwärmt, wie großartig das wäre, aber jetzt ließ er nichts mehr von sich hören. Sie mussten wohl annehmen, dass er sie vergessen hatte, wie so viele andere Leute auch.

»Ich begreife einfach nicht, wieso die Kinder sich nicht mehr bei uns melden. Bei der Hochzeit waren sie doch noch so anhänglich«, klagte Muttie.

»Vielleicht haben sie kein Geld«, erwiderte Lizzie, die nichts von der Fünf-Pfund-Note wusste, die er geschickt hatte.

»Sie brauchen doch kein Geld, um das Telefon abzuheben«, meinte Muttie, der ihnen den Fünfer geschickt hatte, den er eigentlich auf ein Pferd hatte setzen wollen, das ihm zwar vom Aussehen her, aber nicht vom Klang der Hufe gefallen hatte. Es hatte trotzdem gewonnen – mit einer Quote von dreißig zu eins.

Stella O'Briens Tochter stattete Scarlet Feather einen Besuch ab. Sie war eine große, schmale Frau Mitte zwanzig, mit einem unzufriedenen Gesichtsausdruck, der sie allen in der Zentrale auf den ersten Blick unsympathisch erscheinen ließ. Wie fast jede Frau flirtete sie ein wenig mit Tom Feather und warf ihm bewundernde Blicke zu. Aber es nützte ihr nichts.

»In erster Linie betreut Cathy diese Hochzeit, vielleicht sollten Sie mit ihr reden.« Tom brachte Kaffee ins vordere Zimmer und ließ die beiden Frauen mit einem Gefühl der Erleichterung allein.

Melanie, so hieß die junge Frau, hatte noch das ganze Leben vor sich, war offensichtlich aber jetzt schon voller Groll. »Ich hoffe, Sie wissen, dass meine Mutter kein Goldesel ist.«

»Ebenso wenig wie wir, Miss O'Brien. Wir sind die Kosten sehr sorgfältig miteinander durchgegangen, und Ihre Mutter und ihr Verlobter schienen durchaus zufrieden damit zu sein.«

»Es sind nicht die Kosten für Ihre Leistungen, die mir Kopfzerbrechen bereiten«, sagte Melanie spitz.

»Was ist es dann?«

»Die Anzahl der Gäste. Meine arme Mutter glaubt, dass tatsächlich fünfzig Leute kommen werden, um sich anzusehen, wie sie diesen miesen kleinen Mitgiftjäger heiratet, den sie bei einem Pokerspiel kennengelernt hat... Sie hat den Kopf verloren und wirft gutes Geld Schlechtem hinterher.«

»Nun, sie hat angedeutet, dass die Zahl der Gäste noch nicht ganz feststeht. Das haben wir auch in Betracht gezogen.«

»Noch nicht ganz feststeht – dass ich nicht lache. Es sollen achtundzwanzig von unserer Seite werden, und ich kann Ihnen sagen, dass zwanzig davon bestimmt nicht kommen werden, höchstens acht... Ich habe keine Ahnung, wie viel er zusammenbringt, aber soweit ich weiß, will seine Familie auch nichts von der Hochzeit wissen.«

Cathy verspürte den dringenden Wunsch, aufzustehen,

sich über den Tisch zu beugen und Melanie O'Brien zu Boden zu schlagen. Aber sie beherrschte sich natürlich.

»Nein! Was Sie nicht sagen! Mr. Clerys Familie ist auch dagegen?«

»Das habe ich jedenfalls gehört.«

»Wieso setzen Sie sich dann nicht mit seiner Familie in Verbindung?«, schlug Cathy vor.

»Ich will mit dieser Brut nichts zu tun haben.«

»Nein, ich dachte dabei eigentlich eher an das Geld Ihrer Mutter. Denn wenn seine Familie nicht kommt und die ihre auch nicht, dann haben Sie natürlich vollkommen recht, darauf zu achten, dass sie nicht so viel ausgibt.« Es war ein großes Risiko, das sie einging, aber das war es Cathy wert.

»Ich weiß ja nicht mal, wo sie wohnen«, grollte Melanie.

»Ich könnte Ihnen Mr. Clerys Adresse und Telefonnummer aus meinen Unterlagen heraussuchen. Ich glaube, eine seiner Töchter wohnt bei ihm, Sie könnten sie also über diesen Umweg ausfindig machen.«

»Das ist sehr hilfsbereit von Ihnen, Miss …«

»Scarlet … Cathy Scarlet.« In ungefähr vierzig Sekunden würde sie ihre Beherrschung doch noch verlieren.

»Ich verstehe nur nicht, wieso Sie sich da einmischen.«

»Ihre Mutter ist mir sehr sympathisch, ich möchte nicht, dass sie viel Geld ausgibt für Leute, die gar nicht kommen wollen. So können Sie mir die exakten Zahlen besorgen, und wir können noch einmal alles mit Mrs. O'Brien durchgehen.« Sie hatte nebenbei Sean Clerys Adresse aufgeschrieben und komplimentierte Melanie entschlossen zur Tür hinaus.

»Gebt mir schnell irgendwas zum Draufhauen«, rief Cathy, als sie wieder in die Küche zurückkam.

June griff nach dem Sack mit der sauberen Wäsche, die gerade zurückgekommen war. Cathy reagierte ihre Wut an Geschirrtüchern, Tischdecken und Servietten ab. »Jetzt geht es mir viel besser«, meinte sie schließlich erleichtert.

»Was hast du denn da getrieben?«, fragte Tom.

»Ich habe nur Melanie O'Brien die Fresse poliert, ohne dafür ins Gefängnis zu müssen«, verkündete Cathy erfreut.

»Und dürfen wir erfahren, was du mit ihr besprochen hast?«, fragte Tom weiter.

»Ich bin ein ziemliches Risiko eingegangen, Tom, und wenn die Sache danebengeht, nehme ich die ganze Schuld auf mich, versprochen.«

»Könntest du vielleicht eine kleine Andeutung... nur auf welchem Gebiet du dieses Risiko eingegangen bist?«, bat er grinsend.

Er machte sich keine ernsthaften Sorgen, trotzdem hätte er liebend gerne gewusst, was sie getan hatte.

»Du bist besser dran, wenn du es nicht weißt«, erwiderte Cathy.

Joe Feather holte das Backgammon-Spiel heraus. »Komm, Dad, los, ich habe dich letztes Mal geschlagen. Jetzt bekommst du deine Revanche.«

»Das ist ein dummes Spiel«, schimpfte Maura Feather. »Ich begreife nicht, wieso ihr das spielt. Das ist wie ›Mensch ärgere dich nicht‹ für Kinder.«

»Nein, überhaupt nicht. Man muss gut kombinieren und seine Schlüsse ziehen können und auch ein Risiko eingehen. Du wärst bestimmt gut, Mam.«

»Kann ich mir nicht vorstellen.«

»Komm her und spiel gegen Dad. Ich setze mich neben euch und schaue euch zu.«

Unter leisem Protest setzte sie sich hin und fing zu spielen an. Joe hing seinen Gedanken nach. Sich abwechselnd mit Tom um seine Eltern zu kümmern war nicht annähernd so schlimm, wie er befürchtet hatte. Zuerst hatte er seinen Bruder mit seinen regelmäßigen Besuchen entlasten wollen, aber mittlerweile war es das schlechte Gewissen wegen Marcella, das ihn weitermachen ließ. Merkwürdigerweise machte es ihm schon lange nichts mehr aus. Die Zeit, die er hier verbrachte, kam ihm überhaupt nicht verloren vor, und lästige Fragen über seinen Lebensstil wurden ihm auch keine mehr gestellt. Momentan lebte er zwar wie ein Mönch, was aber hoffentlich nur so lange dauern würde, bis er das Geld wieder zurückbekäme, um das der Kerl ihn gebracht hatte. Er würde das gleich an einem der nächsten Tage in Angriff nehmen. Joe Feather wusste, dass er den Gauner so nicht davonkommen lassen durfte. Von der Modelszene aus England gab es auch nichts Neues. Irgendjemand hatte Marcella getroffen, die am liebsten auf der Stelle wieder nach Hause zurückgekommen wäre.

Melanie hatte eine Verabredung mit Sheila, der jüngsten Tochter von Sean Clery, arrangiert. Sie waren ungefähr im selben Alter und waren sich völlig einig, dass die Hochzeit absolut lächerlich und geschmacklos war. Wenn ihre Mutter und ihr Vater nicht so einsam gewesen wären, wäre es niemals so weit gekommen.

»Warum wäre sie sonst wohl in diesen Pokerclub gegangen?«, fragte Melanie.

»Ich dachte immer, es sei eine Whistrunde gewesen, aber das ist ja jetzt egal«, erwiderte Sheila.

»Angenommen, wir erklären ihnen, dass wir sie öfter besuchen kommen, damit sie nicht immer so allein sind. Ob das funktionieren würde?«

»Ich glaube, dafür dürfte es jetzt zu spät sein«, erwiderte Sheila.

»Also, gehst du jetzt hin oder nicht?« Melanie hatte den ursprünglichen Zweck ihres Besuches nicht vergessen, das heißt, die Anzahl der Gäste herauszubekommen.

»Ich weiß es nicht, ehrlich. Ich bin nicht sicher. Ich will ja nichts gegen deine Mutter sagen, ich bin sicher, dass sie eine nette Person ist. Nur, mein Vater ist wirklich ein großartiger Mensch, und ich möchte nicht miterleben müssen, wie er eine Dummheit begeht.«

»Es ist also durchaus möglich, dass du hingehst. Willst du das damit sagen?«

»Tja, wenn er darauf besteht und es ihn glücklich macht, uns dort zu sehen, dann kann es schon sein – wir würden hingehen, wenn auch nicht ganz freiwillig. Was ist mit dir?«

»Ich werde nicht hingehen, und ich sage es noch mal, ich habe persönlich nichts gegen deinen Vater, aber meine Mutter hat es nicht nötig, ihn zu heiraten.«

»Und was denkt dein Bruder?«, wollte Sheila wissen.

»Der ist ein richtiges Muttersöhnchen, der macht alles, um bei Mama gut dazustehen.«

»Also geht er hin, oder?«

»Wahrscheinlich«, antwortete Melanie unwillig.

»Also, wenn ihre Seite vollzählig vertreten ist, dann würden wir, ehrlich gesagt, nicht wollen, dass Dad ganz allein dasteht«, meinte Sheila.

»Dann wirst du also doch zu der Hochzeit kommen?«

»Bevor ich ihm unnötig wehtue – ja.«

Melanie machte ein düsteres Gesicht. »Und wenn ihr geht, dann kommen die anderen natürlich auch. Ich meine, die Tanten und Onkel und so weiter.«

»Tut mir leid, Melanie, aber du hast gefragt, und ich glaube nicht, dass wir ihnen die Hochzeit noch ausreden können«, sagte Sheila.

Cathy fuhr hinaus zu The Beeches.

»In der Vereinbarung stand aber nichts davon, dass wir uns ständig gegenseitig besuchen«, maulte Kenneth Mitchell.

»Ich wollte auch nur meine Cousine und meinen Cousin besuchen. Ist das ein Verbrechen?«

»Sie sind nicht dein Cousin und deine Cousine.«

»Nein, aber der Cousin und die Cousine meines Mannes, was mehr oder weniger dasselbe ist.«

»Das ist etwas völlig anderes«, blaffte Kenneth Mitchell sie an.

»Wie du meinst«, erwiderte Cathy. »Aber ich würde sie jetzt trotzdem gerne sehen.«

»Ich fürchte, du hast sie verpasst.«

»So, tatsächlich, wo sind sie denn?«

»Ich habe keine Ahnung«, sagte er.

Cathy runzelte die Stirn. »Jetzt scheint es mir aber doch angebracht zu sein, einmal ein Wort über die Regelung zu verlieren. Du bist verpflichtet, immer über ihren Aufenthaltsort informiert zu sein.«

»Ist schon in Ordnung. Sie sind bei ihrer Mutter im Krankenhaus.«

»Was? Sie ist wieder im Krankenhaus?«

»Nur kurz. Sie kommt morgen schon wieder heim. Sie bringen ihr nur frische Kleidung.« Cathy griff nach ihrem Handy.

»Was machst du?«

»Das, was du hättest längst tun sollen. Ich verständige Sara.«

»Das ist doch wieder einmal eine völlige Überreaktion von deiner Seite.«

»Wo ist das Krankenhaus?«

»Das geht dich nun wirklich nichts an«, brauste Kenneth auf.

»Ich habe nicht die Absicht, dort hinzufahren und die arme Frau zu foltern. Ich wollte eigentlich nur die Kinder abholen, das ist alles.«

»Das ist nicht mehr nötig. Ich höre sie gerade kommen«, bemerkte er verdrossen.

Cathy meinte, einen Hauch von Kälte in ihrer Begrüßung zu spüren. »Es tut mir leid, dass es eurer Mutter nicht gut geht«, sagte sie.

»Wir haben ihr nichts gesagt«, verteidigte sich Simon und sah seinen Vater schuldbewusst an.

»Nicht ein Wort«, bestätigte Maud.

»Aber ihr hättet es Sara oder mir sagen müssen, wenn sich

hier irgendetwas ändert. Wir haben euch eigentlich für alt genug gehalten, dass ihr die Vereinbarung versteht.«

Betreten ließen sie die Köpfe hängen.

»Wenn die Kinder sich nicht beschwert haben, dann heißt das, dass sie vollkommen mit dem zufrieden sind, wie es hier läuft«, bemerkte Kenneth süffisant.

»Ich muss es Sara trotzdem sagen. Das war so abgemacht, Kenneth«, fuhr sie fort.

»Überall die Nase reinstecken, sich einmischen …«

Die Zwillinge konnten den Schlagabtausch nicht länger mehr mit anhören und liefen in den Garten hinaus. Cathy folgte ihnen. Sie setzten sich auf eine kleine Bank neben dem Schuppen.

»Siehst du, es wird alles nur noch schlimmer, wenn wir etwas sagen«, meinte Simon.

»Es ist besser, wenn wir den Mund halten«, fügte Maud hinzu.

»Wieso habt ihr eigentlich Muttie und seine Frau Lizzie nicht mehr besucht?« Cathy musste schmunzeln, als sie von ihrer Mutter mit denselben Worten sprach wie die Zwillinge. Schuldbewusst sahen sie sie an. Schließlich bekam sie den Grund doch aus ihnen heraus; sie hatten einfach kein Fahrgeld gehabt.

»Dad hat mir gesagt, er hätte euch einen Fünfer geschickt. Wieso habt ihr den nicht dafür ausgegeben?«

»Einen Fünfer?«, fragte Maud.

»Den haben wir nicht bekommen«, sagte Simon.

Sie sahen einander an. Das war viel Geld gewesen. Cathy war sich fast hundertprozentig sicher, dass sie die Wahrheit sagten. Sie hatten die Banknote nie erhalten. Sie griff in ihre Handtasche. »Er wollte unbedingt, dass ihr das Geld bekommt. Es muss unterwegs verloren gegangen sein.« Unschuldig sahen sie sie an. Sie waren noch in dem Alter, in dem man glaubte, dass Dinge mit der Post verloren gingen.

»Sind das nicht totale Clowns?«, fragte Neil an diesem Abend. »Wen meinst du denn dieses Mal?«

Es hätten alle gemeint sein können: die Regierung, die Versicherungsgesellschaft, die juristische Bibliothek, die Gerichtsbehörden, die Zeitungen.

»Diese Idioten auf The Beeches. Dad hat mir erzählt, dass Walter den Computer aus dem Büro mitgehen ließ und ihn im Haus versteckte, und Sara erzählt mir, dass die Zwillinge nichts zu essen und kein Taschengeld haben und dass Kay wieder in der Irrenanstalt ist.«

»Ganz so schlimm ist es nun auch wieder nicht, es war nur eine Routineuntersuchung im Krankenhaus. Sie soll morgen wieder nach Hause kommen.«

»Trotzdem.« Er war verärgert.

Sie hätte ihn gerne daran erinnert, dass er es war, der sich dafür stark gemacht hatte, dass diese hoffnungslosen Eltern ihre Kinder wieder zurückbekamen. Es war Neil Mitchell gewesen, der gesagt hatte, man müsse sie wieder ihrem Fleisch und Blut zurückgeben, statt sie in St. Jarlath's Crescent und in Waterview zu lassen, wo es ihnen gut gegangen war und alle auf sie aufpassen konnten. Aber es war die Mühe nicht wert, sich deswegen zu streiten, also ließ sie es. Aber von der fehlenden Fünf-Pfund-Note von Muttie erzählte sie ihm.

»Ich vermute, dieser Dummkopf von Walter kann Geld selbst noch durch Briefumschläge ertasten. Vermutlich hat er es genommen«, sagte Neil beiläufig.

Cathy spürte, wie eine große Wut auf Walter in ihr hochstieg. Der junge Schnösel hatte sich an Mutties Geld vergriffen. Zugegeben, Muttie hatte für dieses Geld nicht gearbeitet, es war Lizzie gewesen, die es mit Putzen verdient hatte. Aber dann war es schnurstracks in die Taschen eines Mitchells gewandert. Sie merkte, wie sie empört schnaubte.

»Alles in Ordnung mit dir?«, fragte Neil.

»Entschuldigung, alles klar.«

»Du hast zu früh wieder zu arbeiten angefangen.«

»Habe ich nicht. Es gefällt mir, es ist immer was los, sodass ich keine Zeit zum Nachdenken habe.«

»Und wenn du darüber reden würdest …«, begann er.

Sie durfte sich von ihm jetzt nicht provozieren lassen. Er meinte es nur gut, aber im Moment machte sie einfach alles verrückt. Wenn er nur zaghaft anfragte, ob sie sich eventuell bereit fühle, wieder mit ihm zu schlafen, fuhr sie schon die Stacheln aus. Oder er brauchte nur nebenbei zu erwähnen, dass ihre Arbeit vielleicht zu anstrengend für sie sein könnte, dann wurde sie schon wild. Nur in der Arbeit hatte sie ihre Emotionen wieder unter Kontrolle.

Neil konnte wirklich in bester Absicht sagen, was er wollte, alles regte sie im Moment fürchterlich auf.

Früher war das nie so gewesen.

»Ich muss dir unbedingt von der Hochzeit erzählen, die wir ausrichten«, fiel sie ihm ins Wort. Sie hatte keine Lust mehr, den Sinn des Lebens mit ihm zu diskutieren. Alles, was er gesagt hätte, wäre jetzt ohnehin falsch gewesen. Neil zuckte nur uninteressiert die Schultern. Cathy holte weit aus und erzählte von Stella und Sean, aber er hörte ihr schon nicht mehr zu.

Auf seinem Gesicht lag ein höflicher, aufmerksamer Ausdruck, aber er hatte sich bereits aus dem Gespräch zurückgezogen.

»Also, was soll ich deiner Meinung nach tun?«, fragte sie ihn unvermittelt. Das war gemein von ihr, aber sie musste unbedingt wissen, ob er ihr wirklich zuhörte.

»Was meinst du genau?«, lautete seine Gegenfrage.

»Wegen der Musik«, erwiderte sie lächelnd. Sie hatte die Musik bisher noch mit keinem einzigen Wort erwähnt.

»Du wirst es wissen, wenn du sie hörst«, sagte er. Kein Wunder, dass er ein so guter Anwalt war – nie um ein passendes Argument verlegen.

»Du hast recht, Neil, und außerdem hast du recht, dass ich müde bin. Ich gehe jetzt ins Bett.« Noch lange Zeit lag sie mit offenen Augen da. Niemand hatte ihr gesagt, dass es sich einmal so anfühlen würde. So leer.

»Cathy ist heute Morgen aber spät dran«, bemerkte June.

»Sie ist unterwegs auf der Suche nach der Musik für die Hochzeit«, erklärte Tom.

»Ist sie nicht unglaublich? Ich wüsste gar nicht, wo ich zu suchen anfangen sollte.«

»Ich glaube, sie weiß es auch nicht. Sie meint, sie wird es schon wissen, wenn sie sie hört.«

»Es wird toll werden, draußen auf dem Land zu arbeiten. Ich wünschte, wir könnten etwas länger bleiben«, seufzte June.

»June, du würdest sterben vor Langeweile. Du bist eine so eingefleischte Dublinerin, dass du eingehen würdest wie eine Primel, wenn du auf dem Land leben müsstest.«

»Nein, bestimmt nicht. Jimmy und ich haben schon mal überlegt, ob wir nicht aufs Land ziehen sollen. Ehrlich.«

»Ja, ungefähr drei Minuten lang. Wie geht es ihm übrigens?« Junes Mann war seit seinem Sturz ans Haus gefesselt.

»Er ist flink wie ein Wiesel«, erwiderte June leichthin. »Je schneller ich mir einen neuen Mann suche, desto besser. Er weiß nicht einmal, ob ich da bin oder nicht, Tom. Erst gestern habe ich zu ihm gesagt, dass ich für einen Monat verschwinden könnte, und wenn ich wiederkäme, würde er mich nur fragen, ob ich die Würstchen mitgebracht hätte.«

»Ich bin mir sicher, dass das nicht stimmt«, widersprach Tom.

»Was weißt du schon davon, Tom. Du hast ja nicht geheiratet, als du noch in der Schule warst, so wie wir. Keiner von uns beiden hatte je sein eigenes Leben, dafür hat Jimmy jetzt einen kaputten Rücken. Wenigstens mache ich Karriere.«

Cathy ging die Grafton Street entlang, blind und taub für ihre Umgebung. Sie war an diesem Morgen mit einem enormen Schuldgefühl aufgewacht. Aber weswegen hätte sie sich schuldig fühlen sollen? Die Fehlgeburt war nicht ihre Schuld gewesen, wie auch? Wieso hatte sie dann das Gefühl, dass sie alle Menschen in ihrem Leben schwer enttäuschte? Aber hätte sie nur ein wenig mehr Zeit, könnte sie bestimmt alles wieder in Ordnung bringen. Sie würde darauf bestehen, dass Tom sich ein paar Tage freinahm; er sah manchmal so entsetzlich müde aus. Dann würde sie ihre Mutter in den Lieferwagen packen und mit ihr einen Tag lang einen Einkaufsbummel über den Markt machen. Mit Geraldine würde sie in aller Ruhe zu Quentin's zum Mittagessen gehen, vier Stunden lang. Sie würde Hooves und die Zwillinge übers Wochenende mit hinaus ins Holly's nehmen; sie waren noch nie in einem Hotel gewesen, und Hunde durften dort auch logieren, Holly's hatte eine Lizenz. Und Neil? Was würde sie für Neil tun? Bei ihm war es nicht so leicht wie bei allen anderen. In dem Augenblick hörte sie die Musik, Geigen und Akkordeons. Sechs Männer, ein ganzes Kaffeehausorchester, spielten auf der Straße. Sie waren Asylanten und sammelten Geld. In der Ecke mit dem Wintergarten im Holly's würden sie sich wunderbar machen. Sie wären genau das Richtige für die Feier. Cathy besprach ihren Vorschlag mit Josef, der von allen am besten Englisch konnte; sie erklärte ihm, dass sie Walzer und alte Liebeslieder haben wolle.

»Wir haben aber keine teuren Anzüge, um bei einer Hochzeit im Hotel aufzuspielen«, wandte er ein.

»Das ist nicht wichtig. Kennen Sie ›A Kiss Is Just A Kiss‹?« Josef redete mit der Gruppe, und sie spielten es, anschließend »Smoke Gets In Your Eyes« und ein Strauß-Medley.

»Haben Sie eine Transportmöglichkeit, um nach Wicklow zu kommen?«, fragte Cathy und wagte kaum zu hoffen. Es stellte sich heraus, dass die Truppe einen Lieferwagen zur Verfügung hatte. »Sie sind genau die Richtigen«, strahlte Cathy glücklich. »Wo kann ich Sie finden, wenn es so weit ist?« Sie nannten ihr den Namen eines Hotels, und sie gab ihnen fünfzig Pfund als Anzahlung.

»Woher wollen Sie wissen, dass wir das Geld nicht einstecken, unsere Geigen in die Kästen packen und uns vor der Hochzeit aus dem Staub machen?«, fragte Josef. »Behalten Sie Ihre fünfzig Pfund!«

»Nein. Aber woher wollen Sie wissen, dass ich nicht eine dahergelaufene Irre bin und dass es gar keine Hochzeit und kein Engagement gibt? Sie müssen die fünfzig Pfund unbedingt behalten.« Sie verschränkte die Arme vor der Brust und sang im Weitergehen leise ein paar der vorhin gespielten Lieder vor sich hin.

Ein paar Schritte weiter lief sie Shona über den Weg, die ihren Namen rief. »He, du redest ja mit dir selbst. Das ist ein gutes Zeichen.«

»Noch schlimmer, ich singe für mich selbst. Man sollte mich besser einsperren.«

Zwei Tage vor der Hochzeit rief Melanie bei Cathy an.

»Meine Mutter hat mir erzählt, Sie hätten eine Band gemietet, ein ganzes Orchester … Übernimmt sie die Kosten dafür?«

»Ihre Mutter und Sean haben mir versichert, dass die Gruppe genauso klingt, wie sie es sich vorgestellt haben.«

»Ja, richtig, sie ist in eine Asylantenunterkunft gegangen und hat sich ein paar arme Schlucker angehört … Und Sie knöpfen ihr das Geld ab, damit diese Leute bei ihrer Hochzeit …«

»Melanie, entschuldigen Sie mich bitte, aber da ist jemand an der Tür. Bin gleich wieder für Sie da.« Cathy stand auf, lief dreimal um das Grundstück und ging dann zu Tom.

»Tom, tut mir leid, ich schaffe das nicht. Es gibt Leute, mit denen ich einfach nicht reden kann. Es ist diese Melanie, sie meint, das Orchester sei viel zu teuer … Kannst du nicht mit ihr reden?«

»Nein, nein, nein, Cathy.«

»Ich weiß, Tom, aber ich flehe dich an. Du musst sie unbedingt mit deiner sinnlichen Stimme einlullen. Sag einfach irgendetwas, das sexy klingt, und sie wird dir aus der Hand fressen wie alle anderen.«

»Ich hasse dich, Cathy Scarlet.«

»Und ich hasse dich meistens auch, Tom Feather, aber zum Wohl der Firma nehme ich vieles auf mich…«

»Was hast du ihr gesagt?«

»Dass es an der Tür geläutet hat.«

Er griff nach dem Hörer. »Melanie O'Brien, wie geht es Ihnen?«, gurrte er. »Cathy wird leider noch an der Tür aufgehalten. Verraten Sie mir doch inzwischen, wo der Schuh drückt, aber zuvor müssen Sie mir versprechen, dass Sie Mittwochabend einen Tanz für mich reservieren, ja?«

Cathy fiel auf, dass Tom dabei eine Geste machte, als streichelte er eine Katze.

»Alter Schauspieler«, sagte Cathy zu June.

»Aber das kann er, und wie«, erwiderte June verschmitzt. »Jetzt nörgelt sie nicht mehr wegen der Kosten für dieses verdammte Orchester herum, oder?«

Am Dienstag rief Maud bei Cathy an.

»Entschuldige bitte, aber ich möchte dich nicht aufhalten«, begann sie.

»Lieb von dir Maud, ich habe wirklich viel zu tun«, antwortete Cathy.

»Aber du weißt doch noch, dass du zu uns gesagt hast, wir seien nun langsam alt genug, ja?«

»Und das bringst du jetzt zum Ausdruck, indem du auf meine begrenzte Zeit Rücksicht nimmst. Also, was kann ich für dich tun, Maud?«

»Du hast doch gesagt, ihr braucht uns nicht mehr, um eure Schätze zu polieren, richtig?«

»Nein, im Moment wirklich nicht, danke.«

»Weißt du, Cathy, als du uns den Fünfer von Muttie gegeben hast, sind wir zu Muttie und seiner Frau Lizzie gefahren, und sie haben uns erzählt, dass ein Teil eurer Schätze gestohlen wurde …«

»Ja, aber macht euch darüber mal keine Sorgen.«

»Nein, aber ich weiß noch, wie gern du dieses silberne Ding hattest, diese Bowlenschüssel, wie du sie genannt hast.«

»Ja, Maud?«

»Waren eure Sachen sehr teuer?«

»Ich weiß es nicht, Maud, ehrlich, und wenn es sonst nichts gibt …«

»Es ist nur so, dass ich so ein Ding in unserem Schuppen gesehen habe. Der ist zwar normalerweise verschlossen, aber heute bin ich rein, und ich dachte mir, vielleicht gefällt dir die Schüssel ja statt deiner, und ich könnte Vater fragen …«

»Frag mal lieber nicht, Maud, bitte. Wir stecken hier bis zum Hals in Arbeit, aber wir melden uns wieder bei euch.«

»Das sagst du sonst auch immer, meldest dich aber nie.«

»Himmel, Maud, fang bitte jetzt nicht zu nörgeln an, bitte nicht. Wenn du wüsstest, was das heute wieder für ein Tag ist.«

»Tut mir leid.«

»Und nach der Hochzeit morgen werde ich mich wirklich bei euch melden und euch auch besuchen kommen. Versprochen. Okay?«

»Wer war das?«, fragte Tom.

»Maud. Ich war nicht sehr geduldig mit ihr, aber sie hat überhaupt nicht mehr aufgehört, mir von irgendeiner Bowlenschüssel zu erzählen.«

»Was?«

»Sie sagt, bei ihnen im Schuppen auf The Beeches wäre eine versteckt.«

Plötzlich sahen sie einander an.

»O mein Gott.« Cathy schlug die Hand vor den Mund.

»Walter«, meinte Tom lapidar.

Es war einer von den Tagen, an denen alles doppelt so lange zu dauern schien, wie es sollte. Sie fanden einfach nicht die paar Minuten Zeit, die sie gebraucht hätten, um ausführlich über eine mögliche Täterschaft Walters zu reden.

»Ich kann mir nicht vorstellen, dass er es war, der alles zerstört hat«, sagte Cathy.

»Es erscheint dir wahrscheinlicher, dass er die Sachen nur geklaut hat, das liegt eher in seiner Natur.«

»Vielleicht irgendein Komplize.«

»Aber wie ist er reingekommen?«, überlegte Tom.

Und damit war das Gespräch beendet. Sie mussten sich mit der Hiobsbotschaft des Fischhändlers auseinandersetzen, dass der Fang von letzter Nacht schlecht gewesen war und er den Fisch, den sie bestellt hatten, deshalb nicht liefern konnte. Also mussten sie sich statt der Fischplatte, die sich so gut als Auftakt gemacht hätte, etwas Neues einfallen lassen. Tom hatte zudem vergessen, den Metzger anzuweisen, das Fleisch in Würfel zu schneiden, was eine halbe Stunde zusätzliche Schneidearbeit bedeutete. Cathy hatte zwar die Hochzeitstorte bestellt, aber der Konditor lieferte nicht nach Wicklow. Ja, natürlich lieferten sie außer Haus, hatte es schnippisch am Telefon geheißen, aber nur innerhalb von Dublin, doch nicht hinter den Mond. Con hatte Zahnschmerzen und musste zum Zahnarzt. June hatte zu berichten, dass ihr Mann Jimmy sich wie ein Verrückter aufführte und darauf bestand, dass sie Punkt Mitternacht zu Hause sei. Ob Tom oder Cathy ihn nicht anrufen und ihm plausibel machen könnten, wie weit Wicklow entfernt lag und wie wenig vorhersagbar es war, wann eine Hochzeitsfeier endete. Lucy erzählte, sie habe mit ihren Eltern gestritten, die von ihr hatten wissen wollen, ob sie die Gebühren für ihr Studium dafür ausgaben, dass sie letztendlich als Bedienung arbeitete. Sie sei streng ermahnt worden, mehr Zeit in den Hörsälen und weniger bei Scarlet Feather zu verbringen. Und schließlich schienen alle Menschen, die sonst nie anriefen, beschlossen zu haben, sie ausgerechnet heute anzurufen. Joe Feather hatte angefragt, ob Tom abends bei ihm vorbeikommen und ihm helfen würde, den Kerl windelweich zu prügeln, der ihm seine ganze Ware abgeschwindelt hatte. Lizzie rief an und teilte mit, dass Marians Hochzeitsfotos eingetroffen wären; sie seien wunderschön geworden, sagte sie. Ob sie sie im Geschäft vorbeibringen solle? James Byrne rief wegen einer letzten Mahnung für eine Rechnung an, von der sie glaubten, sie längst bezahlt zu haben. Und Neil wollte schließlich wissen, an welchem Abend sie den Herrn aus Brüssel zum Essen einladen könnten. Cathy schlug vor, ob sie nicht vielleicht auswärts essen könnten; sie erwähnte nicht, dass sie ohnehin schon den ganzen Tag in der Küche stehe und es deshalb eine große Entlastung für sie sei. Die Zeit, ihm von Walter und der Bowlenschüssel zu erzählen, hatte sie nicht.

Tom fuhr mit den anderen schon mal ins Holly's voraus und setzte Cathy unterwegs bei der Kirche ab. Zu Ehren des Tages trug sie einen Hut, den Geraldine ihr geliehen hatte, und hatte ein paar Blumen ans Revers geheftet.

Die Versammlung der Hochzeitsgäste sah nicht sehr vielversprechend aus. Die beiden Grüppchen standen, strikt getrennt voneinander, vor der Kirche, steckten die Köpfe zusammen und warfen hin und wieder durchdringende Blicke auf die andere Seite. Cathy ging zuerst zu der Gruppe ohne Melanie O'Brien. Es war die Familie von Sean Clery, die an seinem großen Tag flüsternd und kopfschüttelnd zusammenstand. Sie stellte sich mit einem freundlichen Lächeln vor und versuchte, sich gleich ein paar Namen zu merken; dann wechselte sie zu der anderen Gruppe über und stellte sich dort ebenfalls vor. Beide Seiten reagierten spröde, konnten aber nur wenig dagegen tun, als diese Frau mit dem Hut sie mehr oder weniger zwang, einen Händedruck auszutauschen. Dann traf Sean ein. Keiner aus seiner Familie umarmte ihn, man nahm lediglich mit einem Achselzucken sein strahlendes Lächeln zur Kenntnis, als er in die Kirche eilte.

Cathy hätte ihnen allen am liebsten einen Tritt in den Allerwertesten versetzt. Schließlich kam Stella. Sie sah entzückend aus in einem Jackenkleid in Blau und Silber mit einem kleinen blauen Hütchen und großen silbernen Ohrringen. Cathy hatte einen Kloß im Hals beim Anblick dieser großzügigen Frau, die ihre Ersparnisse dazu verwendete, ihre Freunde und ihre Familie zu bewirten. Cathy warf der säuerlich dreinschauenden Melanie, die es nicht einmal der Mühe wert gefunden hatte, sich nett zu schminken oder etwas anderes als eine Strickjacke anzuziehen, einen vernichtenden Blick zu. Sie schwor sich, alles in ihrer Macht Stehende zu tun, um diesen Tag für Stella und Sean unvergesslich zu gestalten.

Tom hatte alles unter Kontrolle, als sie in Holly's Hotel eintrafen. Tabletts voller Champagner begrüßten die Gäste.

»Wie war es in der Kirche?«, flüsterte Tom ihr zu.

»Ein bisschen hölzern. Ist das Orchester schon da?«

»Ja, aber sie sehen ein wenig merkwürdig aus.«

»Du hast sie noch nicht spielen hören«, meinte sie.

»Nein, vielleicht kommt es auch gar nicht so weit. Sei doch so gut und sprich mit ihnen, ja? Ich erwische immer nur die, die kein Englisch reden.«

»Rassist. Wie gut sprichst du ihre Sprache?«

»Keine Ahnung, was sprechen sie denn?«, erwiderte Tom gut gelaunt.

»Weiß ich doch nicht, aber ich werde mit Josef reden«, versprach sie.

»Und, Cathy?«

»Was denn noch?«

»Nimm deinen Hut ab und schlüpf in deinen Schurz, du sollst hier nämlich was arbeiten«, sagte er lachend.

Josef schien genau zu wissen, worauf es bei einer Hochzeit ankam; in einem früheren Leben habe er einmal in einem Hotel gearbeitet, erzählte er.

»Verstehen Sie, was ich meine, wenn ich sage, dass diese hier ziemlich viel Unterstützung braucht?«, fragte sie.

»Meinen Sie damit, dass die Musik am Anfang die Unterhaltung ersetzen muss?«, fragte Josef.

»Hoffen und beten wir, dass es nur am Anfang so ist«, antwortete Cathy.

Weil sie bis zum Schluss nicht sicher gewusst hatten, wer alles kommen würde, hatten sie ein Buffet mit einer offenen Sitzordnung aufgebaut. Seans Verwandtschaft saß geschlossen auf der einen Seite des Saals, Stellas Familie auf der anderen. Lucy und Con schenkten großzügig Wein aus, hatten aber zu berichten, dass manche Hände abwehrend über die Gläser gehalten wurden. Lucy hatte sogar gehört, wie eine von Seans Töchtern sagte, sie würde der anderen Seite nicht die Genugtuung gönnen, sie betrunken zu sehen. Das Essen schien allen zu schmecken, sie bekamen sogar widerwillige Komplimente zu hören und mussten oft nachlegen. Die Mazurkas und Polkas und sonstigen Stücke, die Josefs Orchester spielte, kaschierten tatsächlich die Tatsache, dass die Gäste nicht unbedingt fröhlich und entspannt waren. Stella und Sean waren glücklich, dass schließlich doch alle gekommen waren, und schienen gar nicht mitzubekommen, welches Ausmaß an Ressentiments ihnen entgegenschlug. Sie waren so gutmütig zu glauben, dass alle nur gekommen wären, um ihnen Glück zu wünschen. Lucy berichtete aus der Damentoilette, das Gerücht sei im Umlauf, man würde versuchen, noch vor den Reden aufzubrechen. Und so trieb Tom die Gäste Richtung Torte, Josefs Truppe intonierte eine verheißungsvolle Melodie, und Sean räusperte sich.

»Als meine Frau Helen und Stellas Mann Michael starben, dachten wir beide, unser Leben sei vorbei. Doch dann erhielten wir eine zweite Chance. Es wird nicht dasselbe sein. Kein Mensch kann Helen und Michael ersetzen, und kein Mensch versucht es, aber wir möchten euch allen trotzdem danken, dass ihr gekommen seid, um mit uns das Glück zu feiern, das wir in der Vergangenheit erleben durften und das uns hoffentlich in der Zukunft erwartet. Dieser Tag würde Stella und mir nichts bedeuten, wenn nicht Helens und Michaels Kinder und Verwandte und Freunde gekommen wären, um uns Glück zu wünschen. Deshalb möchte ich euch bitten, einen Toast auszubringen auf die Freundschaft und die Zukunft. Und anschließend wird getanzt.«

Die Gäste erhoben sich schwerfällig und murmelten unwillig die entsprechenden Worte. Josef setzte mit einem langsamen Walzer ein, drehte sich dann um und versuchte mit lebhaften Gesten die Gruppe zum Tanzen zu animieren. Sean führte Stella auf die Tanzfläche. Eigentlich hätten die Gäste jetzt applaudieren und einander auffordernd zulächeln sollen. Aber keiner folgte dem Brautpaar auf die Tanzfläche. Stella versuchte die anderen zu ermutigen.

»Lass es, bitte sie nicht«, flehte Cathy. Sie bemerkte gar nicht, dass sie es nicht nur gedacht, sondern laut gesagt hatte.

»Nimm deinen Schurz ab«, forderte Tom sie auf.

Er beeilte sich, sein Scarlet-Feather-Sweatshirt auszuziehen, das er über seinem normalen weißen Hemd trug. Dann führte er Cathy auf die Tanzfläche. Josef und seine Freunde hatten bisher eine Melodie gespielt, die sich nach »Tennessee Waltz« angehört hatte, und intonierten nun etwas, das »Sailing Along On Moonlight Bay« hätte sein können. Cathy hatte noch nie zuvor mit Tom getanzt. Sie hatte ganz vergessen, wie groß er war, ihr Kopf reichte ihm gerade bis unter die Schulter. Wenn sie mit Neil tanzte, waren sie auf derselben Höhe. Tom roch nach Seife.

»Ich habe Angst, mich umzuschauen. Tanzt außer uns sonst noch jemand?«, murmelte sie in seine Brust.

»Con hat Lucy aufgefordert, aber ich glaube, es ist an der Zeit, Partner zu tauschen.«

Überraschend ließ er sie los und steuerte mit entschlossener Miene Melanie O'Brien an. »Melanie ... Sie haben es mir versprochen«, rief er.

Melanie ließ es sich nicht zweimal sagen, stand auf und ergriff seine Hand. Cathy hatte einen rotgesichtigen Freund von Sean aufgefordert, und auch June war ihrem Beispiel gefolgt und hatte Stellas Sohn auf die Tanzfläche geholt. Con und Lucy hatten sich getrennt und jeweils andere Partner aufgefordert. Alles geschah mit großem Nachdruck und großer Selbstverständlichkeit, sodass keiner sich weigern konnte oder mochte. Es dauerte eine Weile, aber schließlich waren alle auf der Tanzfläche. Tom tanzte mittlerweile mit der Braut, die freudig lächelnd zu ihm hochblickte.

»Ich werde mich nie für das alles bei Ihnen bedanken können«, sagte Stella. »Ein Sohn oder eine Tochter hätten sich nicht besser verhalten können. Ich wünsche Ihnen und Ihren Kindern viel Glück und Segen für die Zukunft.« Dabei warf sie einen Blick zu Cathy hinüber, die immer noch schwungvoll mit dem rotgesichtigen Mann tanzte. Wie so viele glaubte auch Stella, dass Tom und Cathy ein Paar waren.

»Cathy ist mit einem Anwalt verheiratet, und ich bin noch auf der Suche«, erklärte Tom.

»Ich hoffe, Sie finden eine wunderbare Frau«, sagte sie.

»Ich hoffe, dass ich so viel Glück wie Sie und Sean haben werde… Falls ich wirklich jemals heiraten sollte, werde ich an diesen Tag zurückdenken. Aber jetzt werde ich Sie wieder Ihrem Bräutigam überlassen und zurück an meine Arbeit gehen.«

Tom machte sich daran, die Hochzeitstorte zu verteilen und hier und da die Gläser nachzufüllen. Dabei bemerkte er, dass die Leute sich tatsächlich miteinander unterhielten und auch unaufgefordert weitertanzten. Die Feier wäre zwar nie zur Party des Jahres erklärt worden, aber die schreckliche Kälte und das gespenstische Schweigen, die herrschten, als Braut und Bräutigam den Hochzeitswalzer miteinander tanzten, waren überwunden. Er stieß einen tiefen Seufzer der Erleichterung aus. Wenn die Gäste jetzt allmählich aufbrachen, würde das niemanden mehr in Verlegenheit bringen. Aber erstaunlicherweise machte keiner Anstalten, zu gehen. Sie würden Josef und seinem Orchester noch mehr zahlen müssen, da sie bereits eine Stunde über der vereinbarten Zeit spielten. Diskret wie üblich fing die Mannschaft von Scarlet Feather an, die Tische zu säubern, Papierservietten, überflüssiges Besteck und Kaffeetassen wegzuräumen, ohne jedoch den Gästen buchstäblich die Gläser aus den Händen zu reißen. Irgendwann machten sich dann doch die ersten auf den Heimweg. Tom beschloss, den Lieferwagen näher an der Küchentür des Hotels zu parken, aber er sprang nicht an. Der Motor gab kein einziges Geräusch von sich. Schließlich versuchten sie es mit einem Überbrückungskabel, aber ohne Erfolg. Meilenweit war keine Werkstatt in der Nähe, und Tom musste rasch eine Lösung finden. Josef und sein Orchester sollten June nach Hause fahren.

»Das ist ja wie Geburtstag und Weihnachten zusammen. Ich fahre mit der Band nach Hause«, strahlte June.

Und Con konnte Lucy, die ebenfalls ganz begeistert war, hinten auf seinem Motorrad mitnehmen. Während der Abfahrt hielt sich Miss Holly diskret im Hintergrund, ohne dass ihr jedoch auch nur eine Kleinigkeit entgangen wäre. Als sie die makellos aufgeräumte Küche betrat, schnalzte sie bewundernd mit der Zunge und bedankte sich überschwänglich für die Leckereien, die Tom und Cathy fein säuberlich abgedeckt im Kühlschrank des Hotels für sie zurückgelassen hatten. Tom sorgte noch dafür, dass die Braut und der Bräutigam von ihren Schwierigkeiten nichts mitbekamen, ehe er sich mit Cathy in die Küche setzte, um endlich das dringend benötigte Glas Wein zu trinken.

»Sie beide sind wirklich ein leuchtendes Vorbild für das ganze Catering-Gewerbe«, meinte Miss Holly anerkennend. »Und falls sich je wieder die Gelegenheit bieten sollte, hier eine Hochzeit auszurichten, würde ich es mit Freuden wieder machen. Ich kann Ihnen gar nicht sagen …«

»Bevor Sie uns weiter loben, Miss Holly«, unterbrach Tom sie, »muss ich Ihnen leider sagen, dass wir unseren Lieferwagen nicht mehr starten können. Wir müssen heute Nacht hierbleiben. Es tut mir schrecklich leid, das ist uns noch nie zuvor passiert…«

»Machen Sie sich deswegen mal keine Gedanken, dafür sind Sie ja in einem Hotel. Wir haben genügend freie Zimmer. Nehmen Sie sich einfach einen Schlüssel von dem Brett in der Halle.«

Das altmodische Schlüsselbrett mit den verschiedenfarbigen großen Quasten war ein Markenzeichen von Holly's Hotel.

»Leisten Sie uns noch Gesellschaft bei einem Schlummertrunk, Miss Holly?«

»Nein, danke, ich bin völlig überdreht und muss auf der Stelle ins Bett. Aber bleiben Sie ruhig sitzen, solange Sie wollen und solange Sie brauchen, um abzuschalten«, sagte sie und ging in ihre Räume.

Tom und Cathy blieben also in der Küche von Holly's Hotel sitzen und kamen ins Reden. Irgendwann öffneten sie eine zweite Flasche Wein. Hätten sie erst einmal einen Ort wie diesen für ihre Hochzeiten, könnten sie wirklich expandieren. Sie mussten unbedingt Ricky vorbeischicken, damit er ein paar Fotos machte, solange noch buntes Herbstlaub an den Bäumen hing. Und sie würden in ihren Geschäftsräumen Kochkurse abhalten, Mittwochnachmittag wäre keine schlechte Zeit. Außerdem könnten sie selbst hergestellte Tiefkühlware direkt aus der Zentrale oder über andere Geschäfte vertreiben. Dabei fiel ihnen ein, dass Tom ganz früh am nächsten Morgen bei Hayward's anrufen und dafür sorgen musste, dass das Brot, das er für den Notfall eingefroren hatte, auch aufgebacken wurde. Es war wirklich clever von ihm gewesen, dieses Notfallsystem einzurichten. »Und ich muss noch rasch Neil anrufen.« Cathy holte ihr Handy heraus, und Tom machte Anstalten, sie allein zu lassen, aber sie gab ihm zu verstehen, er solle sitzen bleiben. Es war nur der Anrufbeantworter.

»Neil, du wirst es kaum glauben, aber der Lieferwagen hat uns im Stich gelassen, ich werde also hier im Holly's übernachten. Ich weiß nicht, wann wir morgen loskommen werden, aber ich rufe dich morgen früh wieder an. Hoffe, dir geht es gut, aber du bist ja auch noch spät unterwegs, wahrscheinlich hat die Besprechung wieder länger gedauert. Die Hochzeit ist übrigens gut gelaufen. Ich liebe dich. Bis morgen.«

»Ihr zwei seid wirklich sehr unabhängig.« Tom bewunderte sie für die Art und Weise, wie jeder von ihnen sein eigenes Leben führte.

»Es klappt ganz gut, normalerweise jedenfalls. Aber im Moment ist das alles ein bisschen viel. Neil meint, ich soll unbedingt mit ihm in Urlaub fahren.«

»Dann fahr doch«, entgegnete Tom.

»Das werde ich ganz bestimmt nicht tun. Was haben wir denn gerade eben besprochen? Jetzt kommt die Zeit, in der wir am meisten zu tun haben. Ich möchte zwar, dass du dir bald ein paar Tage freinimmst, aber ich wäre ziemlich sauer, wenn du beschließen würdest, ausgerechnet jetzt richtig Urlaub zu machen.«

»In Ordnung, ich werde es mir verkneifen«, erwiderte er grinsend.

»Wir trinken jetzt noch ein letztes Glas Wein, Tom, okay?«

»Klar, und morgen haben wir einen Kater, aber was macht das schon.«

»Dann trinken wir es oben, würde ich sagen«, schlug Cathy vor.

Sie nahmen sich einen der quastenbehangenen Schlüssel und sperrten, kichernd wie die Schulkinder, die passende Zimmertür damit auf. Cathy nahm sofort eines der Betten in Beschlag, zog die Schuhe aus, legte sich hin und setzte ihr Gespräch fort.

»Wir sollten uns das wirklich irgendwo aufschreiben.

Morgen werden wir uns an kein einziges Wort mehr erinnern.«

»Was sollen wir aufschreiben?« Tom setzte sich auf das andere Bett und goss zwei Gläser Wein ein. »Verschütte ihn nicht, Cathy, du bist schon sehr betrunken.«

»Ganz im Gegensatz zu dir, der du stocknüchtern bist. Unsere Ideen sollten wir aufschreiben, die Kochkurse am Mittwoch, die Tiefkühlware, was uns eben so einfällt – das meine ich.«

Cathy schaffte es gerade noch, das Glas neben sich abzustellen, ehe sie einschlief. Eigentlich brachten so etwas nur Zweijährige oder junge Hunde zustande. In der einen Minute war sie noch hellwach und diskutierte angeregt über irgendwelche Notizbücher, und in der anderen schlief sie bereits tief und fest. Tom deckte sie mit einer Daunendecke zu. Er überlegte kurz, wieder hinunterzugehen, sich einen zweiten Schlüssel zu holen und ein anderes Zimmer zu suchen, aber ihnen blieben gerade noch vier Stunden. Er legte sich auf das andere Bett und war ein paar Minuten später ebenfalls eingeschlafen.

Walter Mitchell konnte nicht schlafen. Diese blöden Zwillinge hatten doch tatsächlich Cathy Scarlet angerufen und ihr gesagt, dass die Sachen, die er bei ihr gestohlen hatte, in seinem Gartenschuppen versteckt waren. Er konnte es einfach nicht glauben. Er hatte Maud dabei ertappt, als sie darin herumstöberte. Sie hatte ihm irgendeine schwachsinnige Geschichte erzählt, dass Cathy nach einer Hochzeit heute noch vorbeikommen und sich die Sachen anschauen wolle. Und jetzt habe sie mal nachschauen wollen, ob sich sonst vielleicht noch etwas Nützliches in dem Schuppen befände. Die arme Cathy und der arme Tom hatten doch diesen schrecklichen Einbruch gehabt, wo die Verbrecher wie die Vandalen gehaust hatten…

»Ich habe euch gesagt, dass ihr meinen Schuppen niemals

betreten dürft, und ihr habt es mir versprochen. Ihr seid Lügner, kein Wunder, dass euch niemand haben will.«

»Es gibt schon Leute, die uns haben wollen«, widersprach Simon.

»Nenn mir jemanden.«

»Muttie will uns, und seine Frau, das sind schon zwei«, sagte Simon trotzig.

»Die wollen euch doch gar nicht haben«, erklärte Walter.

»Doch, Cathy sagt das. Muttie hat uns eine Fünf-Pfund-Note geschickt, damit wir mit dem Bus fahren können, aber die ist hier nie angekommen«, meinte Maud spitz. »Und Muttie nimmt uns an unserem Geburtstag auch mit zum Pferderennen.«

»Und habt ihr Cathy auch erzählt, dass ihr in meinem Schuppen herumgestöbert habt?«

»Ich habe ihr gesagt, dass dort eine Bowlenschüssel wie die ihre liegt.«

Walter wurde schneeweiß. »Und was hat sie gesagt? Rück raus mit der Sprache, du dumme Gans, bevor ich es aus dir herausprügeln muss.«

Maud bekam es mit der Angst zu tun. »Sie hat gar nichts gesagt, Walter, sie hat nur gemeint, sie hätte viel zu tun und käme nach der Hochzeit vorbei.«

»Geht sofort auf eure Zimmer«, befahl er ihnen.

»Was wirst du jetzt tun?«, wollte Maud wissen.

»Ich verlasse dieses Haus. Ich kann euren Anblick nicht mehr ertragen, ihr Lügner und Wichtigtuer. Kein Wunder, dass euch niemand haben will.«

»Aber…«

Sie warteten nicht lange, sondern schlichen ihm mit etwas Abstand hinterher. Erst packte er in seinem Zimmer einen Koffer und ging anschließend hinaus in den Garten. Vom Fenster aus sahen sie, wie er Gegenstände aus dem Schuppen in schwarze Mülltüten packte, ehe ein Taxi kam, in das er die Tüten einlud. Er wollte also tatsächlich weg. Dann rief auch noch Vater an und erklärte, dass er Old Barty getroffen habe und erst sehr spät oder vielleicht gar erst am nächsten Morgen nach Hause käme, sie sollten sich also keine Sorgen um ihn machen und kein Suchkommando ausschicken.

»Du wirst morgen erst nach Hause kommen?«, wiederholte Simon.

»Du bist wirklich das lästigste Kind, das ich in meinem ganzen Leben je kennengelernt habe«, erwiderte Kenneth Mitchell und legte auf.

»Walter hat recht«, sagte Simon, »keiner will uns, keiner.«

Am nächsten Morgen kehrte Kenneth Mitchell bei Tagesanbruch aus Old Bartys Club nach Hause. Er hatte ein paar Stunden in einem Sessel gedöst und fühlte sich jetzt viel frischer. Auf dem Küchentisch lag ein Zettel. »Wir gehen weg von zu Hause. Adieu, Maud und Simon.«

Kenneth rief seinen Bruder Jock an.

Jock war nicht sehr erfreut – weil er morgens um sieben Uhr geweckt wurde, natürlich.

»Rede mit Neil und Cathy, sie werden wissen, was zu tun ist«, meinte er nur und legte wieder auf.

Neil hörte sich ohne große Begeisterung die verworrene Geschichte an.

»Solltest du nicht besser Sara anrufen?«, schlug er vor.

»Ich dachte mir, dass ich lieber erst mal mit der Familie rede«, antwortete Kenneth.

»In Ordnung, ich werde Cathy für dich benachrichtigen. Weiß Walter irgendetwas?«

»Der scheint auch nicht hier zu sein«, sagte Kenneth Mitchell verwundert.

Betty hatte an diesem Morgen Dienst an der Rezeption in Holly's Hotel. Sie war voll des Lobes darüber, wie diese jungen Leute die Küche und den Saal tadellos aufgeräumt und für sie im Kühlschrank auch noch ein paar Leckereien zurückgelassen hatten. Das Telefon klingelte, und sie meldete sich. Für Holly's Hotel war das noch sehr früh. Es war dieser reizende junge Neil Mitchell, der seine Frau suchte. Offensichtlich hatte der Lieferwagen gestreikt, und sie hatte im Hotel übernachtet.

»Ich habe mich schon gefragt, wieso dieser große Wagen immer noch dasteht. Bleiben Sie einen Moment dran, Mr. Mitchell, sie muss in Zimmer neun sein. Ich stelle Sie zu ihr durch.«

Neil wartete, und dann meldete sich jemand.

»Hallo«, sagte die Stimme. Es war Tom Feather.

»Hallo?«, wiederholte Neil verdutzt. »Ist dort Zimmer neun?«

»Ja, stimmt. Wer ist denn am Apparat?« Tom hatte Kopfschmerzen, er war eine Stunde später als geplant aufgewacht, er musste einen Automechaniker finden, den Lieferwagen reparieren lassen und schnellstens nach Dublin zurückfahren. Wer konnte ihn da um diese Zeit anrufen und belästigen?

»Ich wollte eigentlich mit Cathy sprechen«, sagte die Stimme.

Es war Neil. Tom war mit einem Schlag hellwach. »Mein Gott, Neil, was hatten wir gestern Abend für ein Riesenpech. Der Wagen hat nicht einen Mucksér mehr von sich gegeben...« Während er telefonierte, versuchte er, Cathy im Bett nebenan wach zu rütteln.

»Ja, ich weiß, Cathy hat eine Nachricht hinterlassen. Wo ist sie übrigens? Ich habe nach ihrem Zimmer gefragt.«

»Oh, sie ist draußen und räumt den Wagen ein. Ich bin nur schnell hochgekommen, um ihr Handy für sie zu holen. Ich glaube, sie wollte dich gerade anrufen.«

»Das habe ich schon versucht. Sie hat es ausgeschaltet.«

»Nein, ich glaube, die Batterie ist leer. Soll ich ihr ausrichten, dass sie dich von einem anderen Telefon aus anrufen soll, von einem Hoteltelefon, meine ich?« Er spielte um Zeit.

Cathy hatte sich mittlerweile aufgerichtet und begriff allmählich, wo sie war. »Nein, wir stecken hier mitten in einer Krise. Soll ich dranbleiben, oder kannst du mich wieder mit der Rezeption verbinden?«

»Nein«, rief Tom. »Nein, Neil, bleib dran. Ich sehe sie gerade die Treppe hochkommen. Cathy, Cathy«, rief er übertrieben laut. »Ich habe dein Handy hier im Zimmer gefunden, aber die Batterie ist leer. Aber Neil ist hier am Telefon, komm und sprich mit ihm.«

Cathy hatte schneller begriffen, als er gedacht hatte. »Tut mir leid, Neil, aber ich bin noch etwas außer Atem von den Treppen. Alles in Ordnung?«

Er erzählte ihr die Geschichte. »Neil, ich bin hier mitten auf dem Land und kann nicht weg. Kannst du nicht Sara anrufen?«

»Was ist mit deinen Eltern?«

»Die hätten bestimmt irgendwo angerufen, wenn die Kinder in St. Jarlath's Crescent aufgetaucht wären. Aber ruf sie trotzdem an, bitte, Neil.«

»Und natürlich auch keine Spur von Walter, ausgerechnet dann, wenn man ihn einmal bräuchte.«

»Neil! Neil, ich hatte noch gar keine Zeit, dir das zu erzählen. Ich glaube, Walter war einer der Vandalen, die bei uns im Geschäft eingebrochen haben. Maud hat irgendetwas von uns in seinem Schuppen gesehen, du musst unbedingt nachschauen, vielleicht sind dort noch ein paar Sachen versteckt. Hör mal, ich lade mein Telefon wieder auf und rufe dich später wieder an, um zu erfahren, ob es was Neues gibt.« Sie legte auf. Tom und sie sahen einander an.

»Schnelle Reaktion«, sagte sie zu ihm.

»Schnelle Auffassungsgabe«, erwiderte er ihr Lob.

»Aber es wäre eigentlich nicht nötig gewesen, das weißt du. Wir hätten ruhig sagen können, wie es war. Neil hätte das verstanden.«

»Ich weiß, aber so war es einfacher«, meinte er.

»Du hast recht. Weniger Erklärungen. Gott, ich fühle mich schrecklich«, fuhr Cathy fort und ging ins Bad. »Und ich sehe entsetzlich aus«, rief sie, als sie sich im Spiegel sah.

»Was ist los mit den Kindern?«, wollte Tom wissen.

»Sie sind davongelaufen. Von allen dreihundertfünfundsechzig Tagen haben sie sich ausgerechnet den heutigen ausgesucht.«

Aber der Tag hatte eben erst begonnen. Als Tom und Cathy aufgeräumt und sich genug kaltes Wasser ins Gesicht gespritzt hatten, um wieder ein bisschen respektabler zu erscheinen, öffneten sie die Tür ihres Zimmers und traten hinaus auf den Gang, wo Betty gerade das Frühstückstablett zu den frisch Vermählten in Zimmer zwölf brachte. Sie blieb kurz stehen und warf ihnen einen verunsicherten Blick zu. Betty, die mit angehört hatte, wie Cathy ihrem Mann vor gut einem Monat hier im Hotel eröffnet hatte, dass sie schwanger sei, war aufs Äußerste schockiert.

Miss Holly schien im Anschluss daran auch nicht mehr ganz so herzlich zu ihnen zu sein. Die Nachricht hatte offensichtlich schnell ihre Runde gemacht.

Der Vormittag zog sich mit endlosen Verhandlungen mit diversen Autowerkstätten hin. Der Defekt wurde lokalisiert, das Ersatzteil gefunden. Cathy rief Neil in der juristischen Bibliothek an.

»Es gibt nichts Neues, Sara macht sich große Sorgen. Kannst du sie anrufen? Sie will mit dir über Walter reden.«

»Wissen Mam und Dad Bescheid?«, fragte Cathy.

»Alle Nachbarn in St. Jarlath's Crescent sind auf den Beinen und klopfen das Gebüsch neben dem Kanal mit Stöcken ab.«

»Das ist nicht dein Ernst?«

»Nein, aber fast. Alles in Ordnung mit dir, Cathy? Du klingst nicht gut.«

»Ich habe zu viel um die Ohren.«

»Es war deine Entscheidung, Cathy. Ich habe dir angeboten, mit mir in Urlaub zu fahren.«

»Aber das haben wir doch alles schon …«

»Nein, haben wir nicht. Weiter als bis zu der theoretischen Überlegung sind wir noch gar nicht gekommen …«

»Neil, ich rufe dich später wieder an«, unterbrach sie ihn.

Am frühen Nachmittag waren Tom und Cathy wieder in Dublin und ganz und gar nicht in der Stimmung, sich von Junes lustiger Rückfahrt mit dem Orchester erzählen zu lassen oder von Lucys Streit mit ihren Eltern, als die sie mit einem fremden Mann auf einem Motorrad heimkommen sahen. Sie hatten eigentlich auch keine Zeit für James Byrne und seine letzte Mahnung. Auch nicht für Hannah Mitchells langatmige Erzählungen über einen Brief aus Kanada oder für Peter Murphy, der, nur um Geraldine zu ärgern, eine Cocktailparty geben wollte. Sie wollten auch nicht hören, wo Freddie Flynn momentan seine Villen kaufte, oder eine witzige Halloweenparty mit Shay und Molly Hayes diskutieren.

Aber sie mussten trotzdem in den sauren Apfel beißen, weil auch das zu ihrer Arbeit gehörte. Als sich der Tag endlich seinem Ende zuneigte, schrillten zwei Telefone gleichzeitig. Cathy sah Tom aus großen, müden Augen an.

»Wieso habe ich so ein Gefühl, als würden wir gleich etwas erfahren, das wir eigentlich gar nicht hören wollen?«, fragte sie ihn und griff zum nächsten Apparat.

»Leg bitte nicht auf, Cathy, ich bin's, Marcella. Bitte, versuch, Tom zu überreden, mit mir zu sprechen, bitte.«

Tom nahm einen Anruf von Sara entgegen, die ihm erzählte, dass sich jetzt alles in Händen der Polizei befände und man davon ausgehen müsse, dass Maud und Simon diese erste Nacht im Freien verbracht hätten und ihnen eine ähnliche bevorstünde. Alle machten sich große Sorgen.

Oktober

Simon und Maud diskutierten, ob sie Muttie und seine Frau Lizzie anrufen sollten. Wenn es tatsächlich stimmte, dass sie ihnen einen Fünfer geschickt hatten, der verloren gegangen war, dann waren sie ihnen vielleicht nicht so feindlich gesinnt wie alle anderen. Lizzie meldete sich am Telefon, machte aber ein großes Geheimnis daraus, wo Muttie war; er sei für ein, zwei Tage fort, sagte sie nur. Das war verwirrend. Muttie ging doch nie wohin.

Und was sollte nun aus der Geburtstagsüberraschung für sie werden?

»Er weigert sich aber nicht, mit uns zu sprechen, oder?«, fragte Maud.

»Kind, du kommst wirklich manchmal auf komische Ideen. Warum sollte er das tun?«, fragte Lizzie. Es klang zwar einerseits beruhigend, war aber weder ein klares Ja noch ein Nein.

Simon bedankte sich bei ihr für die Fünf-Pfund-Note. »Das war sehr freundlich von euch, das hat uns sehr gefreut«, fügte er hinzu.

Verwundert erwiderte Lizzie, dass die Kinder sie mit irgendjemandem verwechseln müssten; sie und Muttie hätten ihnen ganz bestimmt keinen Fünfer geschickt. Simon erklärte, dass das Geld ja auch zuerst in der Post verloren gegangen sei, dass Cathy ihnen aber einen neuen Fünfer aus ihrer Handtasche gegeben habe.

»Aha, das muss ein Missverständnis gewesen sein.«

»Das tut mir wirklich sehr leid, Lizzie«, erwiderte Simon höflich. »Aber weißt du vielleicht, wann Muttie wieder zurückkommt?«

Sie schien nicht mit der Sprache herausrücken zu wollen. »Schwer zu sagen, in ein, zwei Tagen, glaube ich.«

»Sie hat gelogen«, sagte Maud hinterher.

»Muttie geht doch nie fort...«

»Nur zu Pferderennen.«

Muttie Scarlet hatte eine Nacht im Krankenhaus verbracht. Es war ihm entsetzlich peinlich gewesen, dass die jungen Ärzte dort mit unaussprechlichen Instrumenten die intimsten Teile seines Körpers untersucht hatten. Er wollte weder, dass es bekannt, noch, dass darüber gesprochen wurde. Lizzie hatte deshalb die strikte Anweisung, allen zu sagen, er sei geschäftlich unterwegs. Als er nach Hause kam, musste er feststellen, dass dort das Chaos ausgebrochen war. Die Zwillinge waren verschwunden. Sara, ihre Sozialarbeiterin, war am Durchdrehen und stellte Lizzie tausend Fragen. Die arme Lizzie musste immer wieder jedes Wort des Telefongesprächs wiederholen.

»Ich hatte ja keine Ahnung, dass sie so etwas vorhatten... Woher sollte ich das auch wissen? Sie erzählten doch ständig, dass es ihnen gut ginge, ich dachte einfach, sie hätten es satt, zu uns zu kommen... Nein, sie klangen überhaupt nicht aufgeregt. Sie erzählten denselben Unfug wie immer und bedankten sich bei mir für einen Fünfer, den wir ihnen niemals geschickt hatten.«

Der Tag hatte sich endlos lang hingezogen. Immer wieder wurden dieselben Dinge diskutiert und ergebnislos der Zettel hin und her gedreht, den die Kinder in der Hundehütte zurückgelassen hatten: »Wir haben Hooves mitgenommen.« Eine recht nichtssagende Botschaft, die keinerlei Information oder Hinweis darauf enthielt, wohin sie mit dem Tier wollten. Eine Suche an möglichen Verstecken erbrachte nichts; ihre Schulfreunde konnten auch nichts zur Klärung beitragen. Kenneth hatte sich sofort zur Mitarbeit bereit erklärt, enthüllte aber mit jedem neuen Satz, den er von sich gab, seine erschreckende Unkenntnis der Vorgänge auf The

Beeches. Auch von Walter keine Spur. Er war nicht an seinem Arbeitsplatz erschienen, sodass es durchaus möglich war, dass sich die Zwillinge bei ihm befanden. Kay, die die plötzliche Aktivität im Haus mit einem Schlag hatte nüchtern werden lassen, widersprach und erzählte, dass Walter bereits früher das Haus verlassen habe, mit einem Taxi und mit vielen schwarzen Plastiktüten. Aber da sie nicht als verlässliche Zeugin galt, nahm man kaum Notiz von ihrer Erinnerung. Als endlich die Polizei verständigt und Maud und Simon offiziell als vermisst gemeldet worden waren, hatte Muttie bereits einen Großteil seiner Partner zusammengetrommelt, die sich bereit erklärten, bei der Suche nach den Kindern zu helfen, die irgendwann nach zehn Uhr abends in St. Jarlath's Crescent gewesen sein mussten, da Lizzie um diese Zeit zu Bett gegangen war. Auch Nachbarn, die die Kinder kannten, wurden in die Suche mit einbezogen. Jedes Mal, wenn das Telefon klingelte, schreckten alle in St. Jarlath's Crescent hoch. Irgendwann rief Cathy an und sagte, dass sie auf dem Weg zu ihnen sei. Muttie entspannte sich zum ersten Mal an diesem Tag. Cathy würde das schon wieder in Ordnung bringen.

»Ich muss hinüberfahren«, sagte Cathy.

»Dann fahr los, nimm den Lieferwagen.«

»Könntest du vielleicht Marcella anrufen?«, fügte sie beiläufig hinzu.

»Was?«

Der Schock war ihm deutlich anzuhören.

»Ich habe hier ihre Nummer aufgeschrieben, sie wartet neben dem Telefon.«

»Danke, aber das lasse ich lieber.«

»Sie hat geweint, Tom. Ich versprach ihr, mein Bestes zu tun.«

»Und das hast du auch«, erwiderte er kalt.

»Aber ich kann sie doch jetzt nicht in einer Telefonzelle

stehen lassen, wo sie darauf wartet, dass du sie anrufst«, flehte Cathy.

»Danke, Cathy, nimm den Autoschlüssel und hör auf, dir Sorgen zu machen. Die beiden tauchen schon wieder auf und haben bestimmt eine fantastische Erklärung parat.«

»Mitten auf der Straße in London. Tom, das verdient sie nicht.« Er drehte sich um. Cathy wählte die Nummer.

»Tom!« Die Aufregung in Marcellas Stimme tat ihr fast körperlich weh.

»Nein, Marcella, tut mir leid. Ich bin's, Cathy. Ich habe es ihm ausgerichtet, aber er wird dich nicht anrufen. Nein, ich weiß nicht, warum, aber er will nicht, dass du weiter dort wartest.«

Einen Moment herrschte Schweigen. »Wieso will er nicht einmal mehr mit mir reden?«, schluchzte Marcella.

»Es tut mir fürchterlich leid«, sagte Cathy, legte auf und verließ die Zentrale, ohne noch einmal Toms Blick zu suchen.

»Es ist alles meine Schuld, ich war so kurz angebunden mit der armen kleinen Maud«, stieß Cathy weinend am Küchentisch hervor. »Dauernd habe ich Dinge gesagt wie: ›Jetzt beeil dich mal‹ oder: ›Wenn das alles ist, Maud‹...« Alle waren völlig verblüfft. Das war nicht die Cathy, die sie kannten. Lizzie, Geraldine, Muttie und Sara sahen einander hilflos an. »Und das Schlimme daran ist, dass sie so lieb war. Sie hat versucht, mir eine Bowlenschüssel aus dem Schuppen zukommen zu lassen, und hat gar nicht kapiert, dass die ihr eigener Bruder, dieser miese Kerl, gestohlen hatte.«

»Simon?«, fragte Muttie völlig verwirrt.

»Nein, Walter. Soweit ich es richtig verstanden habe, ist sein ganzer Schuppen voll mit Sachen aus unserem Geschäft.«

Sara warf ihr einen scharfen Blick zu. »Sie denken, dass Walter Ihr Einbrecher ist?«

»Ja, er muss es gewesen sein. Vielleicht sind die Kinder deswegen weggelaufen«, sagte sie nervös.

»Haben Sie das gemeldet? Weiß Neil Bescheid?«

»Nein, das habe ich erst gestern oder vorgestern erfahren, und ich hatte bis jetzt alle Hände voll zu tun mit einer Hochzeit auf dem Land.«

Sara schien das als Begründung nicht einzuleuchten. »Aber Sie werden Neil doch noch Bescheid geben, wenn Sie schon diesen Verdacht haben?«

Cathy entging der missbilligende Unterton nicht. »Haben Sie erzählt, dass Walter aus The Beeches verschwunden ist?«

»Ja, seine Mutter glaubt, ihn letzte Nacht mit einem Taxi wegfahren gesehen zu haben … Und er soll eine Menge Tüten bei sich gehabt haben«, erwiderte Sara zweifelnd.

In dem Moment sahen Sara und Cathy einander verstehend an, als fiele es ihnen wie Schuppen von den Augen. Sara griff zu ihrem Handy und rief erneut die Polizei an.

Kenneth und Kay warteten in The Beeches auf das Eintreffen der Polizei. Es gebe nichts Neues, aber die Beamten müssten sich den Schuppen und Mr. Walter Mitchells Zimmer genauer ansehen. Sie kündeten an, dass in Kürze auch eine gewisse Ms. Cathy Scarlet käme.

»Was will die denn schon wieder hier?«, wollte Kenneth wissen.

»Sie ist die Tochter des Paares, in dessen Haus die Zwillinge vergangene Nacht ihren Hund abgeholt hatten.«

»Unsere Kinder haben keinen Hund«, widersprach Kay.

»Sie sind aber der Ansicht, Madam, und Ms. Scarlet ist außerdem mit Ihrem Neffen verheiratet, gehört also praktisch zur Familie. Ich glaube, sie kommt zusammen mit ihrem Mann.«

»Soso«, meinte Kenneth.

»Mr. Neil Mitchell ist Anwalt, Sir. Falls Sie irgendwelche

Einwände dagegen haben, dass wir Ihr Haus durchsuchen, dann äußern Sie sie jetzt.«

»Und was würden Sie tun, wenn ich etwas dagegen hätte?«, fragte Kenneth.

»Wir würden uns einen Durchsuchungsbefehl besorgen«, entgegnete der junge Polizist.

»Ich sage nicht, dass er die Sachen gestohlen hat, ich sage nur, dass es ein seltsamer Zufall ist«, erklärte Cathy Neil, als sie zu The Beeches hinausfuhren.

»Aber wir müssen sehr vorsichtig sein und keine voreiligen Anschuldigungen vorbringen«, warnte Neil sie. »Dad hat mir zwar erzählt, dass er einen Computer aus dem Büro hat mitgehen lassen und außerdem heute nicht zur Arbeit erschienen ist – es sieht also durchaus so aus, als ob du recht hättest, aber ...«

»Und deine versoffene Tante meint, ihn gestern Abend mit einem Taxi und einem Haufen großer Plastiktüten wegfahren gesehen zu haben ...«

»Ich weiß. Und wenn er die Sachen wirklich genommen hat, dann hat er keine Gnade zu erwarten, Cathy, verstanden?«

»Nein, ich glaube dir kein Wort. Am Ende sagst du doch wieder, dass er eigentlich ein Opfer ist und unser Verständnis verdient.«

»Was habe ich dir eigentlich getan, Schatz? Wieso gehst du auf mich los?«, fragte Neil gekränkt.

»Ich weiß nicht, Neil, ich weiß es wirklich nicht. Am liebsten würde ich Walter umbringen und mich auch. Wenn ich doch nur ein wenig netter gewesen wäre, wären diese beiden dummen Kinder bestimmt nicht weggelaufen.«

»Du arbeitest zu hart. Du hattest einfach nicht die Zeit«, sagte er.

»Nein, Neil, ich habe mir einfach nicht die Zeit genommen, das ist der Unterschied.«

»Aber ich habe eine Überraschung für dich. Ich wollte es

dir nicht früher sagen, aber ich denke, jetzt kannst du es brauchen.«

»Eine Überraschung?« Sie sah ihn argwöhnisch an.

»Du bist einfach übermüdet, Schatz. Ich habe mit Tom schon darüber gesprochen. Er meint, dass er durchaus mal eine Weile ohne dich auskommt, und deshalb habe ich eine Woche Marokko für uns gebucht.«

Er wartete, die Freude auf ihrem Gesicht aufleuchten zu sehen, wurde aber enttäuscht. »Neil, das ist wirklich lieb von dir, aber es geht nicht.«

»Aber ich habe schon gebucht!«, protestierte er.

»Und ich kann im Moment an nichts anderes als an diese Kinder denken, und ich will auch gar nicht weg, Wir haben zu viel zu tun.«

»Tom sagte …«

»Tom ist ein netter Mensch, er sagt das, was die Leute von ihm hören wollen. Jedenfalls meistens«, fügte sie hinzu, als ihr die weinende Marcella einfiel. »Können wir nicht ein anderes Mal darüber reden, Neil?«

»Wann immer du meinst, Zeit dafür erübrigen zu können«, erwiderte er verstimmt.

»Na, jedenfalls nicht jetzt, wo wir uns die größten Sorgen um die Kinder machen.«

»Es ist doch nie der richtige Zeitpunkt, Cathy. Außerdem kann man momentan überhaupt nicht mit dir reden – ganz abgesehen davon, dass du nie Zeit hast.«

»Ich weiß nicht, was du meinst.«

Sein Gesicht war hart. »Wenn ich über die Fehlgeburt rede, sage ich das Falsche und verärgere dich. Rede ich nicht darüber, bin ich gefühllos und habe dich vergessen.«

»Aber das stimmt doch gar nicht.«

»Na ja, jedenfalls sieht es für mich so aus. Und unternehme ich dann etwas dagegen und versuche, uns von hier wegzubringen, damit wir vielleicht ein bisschen zur Ruhe kommen können …«

»Es geht dir doch nicht darum, Frieden und Ruhe in Marokko zu finden, du willst dich doch nur vergewissern, ob mir Afrika gefällt …«

»Oh, bitte, Cathy, dir kann man aber wirklich nichts recht machen. Hätte ich einen Urlaub auf der Isle of Man vorgeschlagen, hätte dir das auch nicht gepasst.« Auf seinem Gesicht lag ein Ausdruck, den sie noch nie zuvor gesehen hatte.

»Neil, ich würde wirklich nur zu gerne mit dir in Urlaub fahren, aber es wäre mir trotzdem lieber, du würdest solche Dinge vorher mit mir besprechen und mir nicht einfach mitteilen, dass du gebucht hast«, sagte sie betont langsam.

»Keine Angst, ein Urlaub mit dir ist im Moment das Letzte, was ich mir vorstellen kann«, entgegnete er böse. Schweigend fuhren sie hinaus nach The Beeches.

Die Bowlenschüssel war weg, als die Polizisten den Schuppen durchsuchten, aber dafür waren jede Menge anderer Dinge da, die Cathy sich anschauen sollte. Zuerst glaubte sie, nichts zu entdecken, das ihnen gehörte. Doch dann sah sie das Salatbesteck und eine Tischdecke aus Leinen.

»Das Salatbesteck haben wir vergangene Weihnachten von Neils Eltern geschenkt bekommen, und in der Tischdecke muss unser Wäschezeichen sein«, sagte sie mit leiser, dumpfer Stimme.

Neil nickte ernst. Die Polizisten schienen völlig überzeugt. Die Beweise gegen Walter waren erdrückend. Nun mussten sie ihn nur noch finden.

Neils Vater machte der Polizei gegenüber eine Aussage wegen des fehlenden Computers. »Und Sie sollen wissen, dass wir beabsichtigen, schärfstens gegen diesen missratenen Kerl vorzugehen – Neffe hin oder her.«

Zufrieden nickten die Beamten. »Haben Sie irgendeine Erklärung dafür, weshalb er die Kinder mitgenommen haben könnte, Sir?« Die Polizisten hatten bald begriffen, dass es wenig Sinn hatte, mit den Eltern der Kinder zu reden. Sie setzten weitaus größere Hoffnungen in Jock Mitchell, der einen normalen Eindruck machte, sich auszudrücken verstand und imstande war zu begreifen, was es hieß, dass zwei Neunjährige eine Nachricht hinterlassen hatten und von zu Hause verschwunden waren.

»Ich verstehe das alles nicht«, erwiderte Jock Mitchell. »Walter hat sie nie auch nur mit einem Wort erwähnt, und wenn ich ihn danach fragte, war er so vage, als wüsste er im Grunde gar nichts über sie.«

»Für ihn waren sie ja auch nicht da«, sagte Cathy. »Er hat sie nie mitgenommen, das weiß ich mit absoluter Sicherheit. Er hat sich aus dem Staub gemacht, weil er glaubte, wir seien ihm auf die Schliche gekommen.«

»Aber das ist doch ein zu großer Zufall, dass alle drei am selben Tag verschwunden sein sollen«, argumentierte Neil.

»Neil, du hast dich nie mit ihm unterhalten. Ich schwöre dir, sie spielten keine Rolle in seinem Leben. Er hat sie nicht entführt oder als Geiseln genommen.«

»Also, ich würde sagen…«, warf Kenneth missbilligend ein, als ginge ihm dieses Gespräch wirklich zu weit. Alle sahen ihn erwartungsvoll an und wollten wissen, was er denn nun zu sagen hatte. Aber er sagte nichts. »Entschuldigung«, meinte er schließlich.

»Vielleicht melden sie sich ja noch«, sagte Jock hoffnungsvoll.

»Aber wen sollten sie denn anrufen?«, fragte Cathy. »Das ist es ja, was mir das Herz bricht. Sie haben alle angerufen, und keiner von uns hat ihnen zugehört.«

»Sie könnten überall sein«, klagte Muttie.

»Sie sind doch erst neun. Zwei Kinder in dem Alter und ein Hund fallen den Leuten bestimmt auf, sie werden ihnen Fragen stellen. Und außerdem sind sie so unverwechselbar, die Polizei findet sie bestimmt im Handumdrehen«, versuchte Geraldine zu trösten, so gut sie konnte.

»Nein, die Polizei hat keine Ahnung, wo sie sind. Dauernd wollen sie von uns wissen, ob uns nicht ein paar mögliche Aufenthaltsorte einfallen oder ob wir ihre Freunde kennen. Aber keiner von uns weiß etwas über das Leben dieser armen kleinen Teufel. Wieso konnten sie sie nicht hier bei uns lassen, statt sie wieder nach The Beeches zu verpflanzen?«

»Aber sie mussten doch gehen«, erwiderte Lizzie, die es trotz allem immer noch glaubte.

»Und wie gut es ihnen dort ergangen ist«, höhnte Muttie. »So gut ist es ihnen gegangen, dass sie schließlich davonlaufen mussten. Mitten in der Nacht sind sie hierhergekommen, haben sich Hooves geschnappt und sind, Gott weiß wohin, verschwunden.«

»Weißt du noch, bei Marians Hochzeit? Wie waren sie da stolz auf sich«, seufzte Lizzie.

»Und die kleinen Reden, die sie gehalten haben«, sagte Muttie und putzte sich lautstark die Nase.

»Aber sie sind doch nicht tot, in Gottes Namen!«, schimpfte Geraldine. »Jetzt mal im Ernst, Lizzie, reiß dich zusammen. Die beiden sind durchaus in der Lage, allein auf sich aufzupassen.«

»Nein, das sind sie nicht. Sie sind noch zwei richtige Babys«, jammerte Lizzie.

»Ganz egal, wo sie jetzt sind, sie haben bestimmt Angst«, meinte Muttie.

Tom kam nicht zur Ruhe. Er konnte sich auf nichts konzentrieren. Der Gedanke an Marcella, die weinend in London in einer Telefonzelle stand, ließ ihn nicht mehr los. Er hatte recht gehabt, nicht mit ihr zu sprechen; es gab nichts mehr zu sagen. Es wäre nur ein endloser Streit geworden, der zu nichts geführt hätte, aber es wäre ihm lieber gewesen, sie hätte nicht angerufen. Sie musste wirklich verzweifelt gewesen sein, vor allem, weil sie es Cathy gegenüber auch noch zugegeben hatte. Marcella war immer bemüht gewesen, nach außen hin selbstsicher zu wirken. Wenn er selbst am Telefon gewesen wäre, wäre das Gespräch dann anders verlaufen? Vielleicht hätte er mit ganz normaler Stimme sagen können, dass es ihn zu sehr schmerzte, über etwas zu reden, das nicht mehr zu ändern war. Dann wäre sie vielleicht nicht weinend in einer Telefonzelle zurückgeblieben. Er konnte sich auf nichts konzentrieren, weil er immer dieses Bild vor Augen hatte. Er beschloss, zu seinen Eltern zu fahren. J.T. und Maura Feather saßen am Küchentisch und spielten zu dritt eine Partie Bridge mit Joe. Joe sah aus, als sei eine Wand auf ihn gestürzt; sein linkes Auge und seine Lippen waren geschwollen, und ein Teil seines Schädels war dort kahl rasiert, wo er genäht worden war.

»Ogottogott!«, rief Tom.

»Ist das nicht schrecklich?«, jammerte Maura Feather. »Der arme Joe ist rückwärts gegen eine Mauer gefahren, und es ist nur der Hilfe unseres Herrn zu verdanken, dass er keinen ernsthaften Schaden davongetragen hat.«

Tom sah sich die Verletzungen, die nie und nimmer davon herrühren konnten, dass Joe gegen eine Mauer gefahren war, genauer an.

»War es wenigstens die richtige Mauer?«, erkundigte er sich.

»Ja, und ob«, erwiderte Joe und nickte heftig trotz der Schmerzen.

»Und was passiert jetzt?«, fragte Tom.

»Die Rechnungen werden alle bezahlt«, erklärte Joe zufrieden.

»Aber wie es scheint, hast du auch dafür bezahlen müssen, wie?« Tom betrachtete mitfühlend die Verletzungen seines Bruders.

»Ja, aber das war es mir wert«, sagte Joe.

In dem Moment erkannte Tom, dass Joe, der Geschäftsmann, mehr darunter gelitten hatte, betrogen worden zu sein, als ihm diese Prügelei an körperlichen Schmerzen hatte zufügen können. Sein guter Ruf war wiederhergestellt, und für Joe war das wichtiger als alle Blessuren. Sein Vater runzelte die Stirn, als sollten sie vielleicht besser das Thema wechseln. Und so berichtete Tom, dass die Zwillinge davongelaufen waren und dass keiner wusste, wo sie zu suchen anfangen sollten.

»Man könnte eigentlich meinen, dass die beiden fähig sind, sich durchzusetzen. Schließlich sind sie Mitchells«, sagte Maura naserümpfend.

»Ich mache mir trotzdem Sorgen um sie, Mam. Sie sind zwei ausgesprochen seltsame Kinder, die alles wörtlich nehmen. Es könnte ihnen alles Mögliche zugestoßen sein.«

»Und Marcella, ist die immer noch auf Urlaub in London?«, wollte Maura wissen.

»Das ist kein Urlaub. Ich habe dir doch gesagt, dass sie drüben Kontakte geknüpft hat und als Model arbeiten will. Deswegen musste sie nach London.«

»Und läuft es gut für sie dort drüben?«, fragte J.T. Feather interessiert.

»Ich denke schon, Dad. Soweit ich höre, geht es ihr gut.«

»Das ist komisch«, meinte Joe. »Ich habe genau das Gegenteil gehört.«

»Immer noch kein Wort?«, fragte Tom.

Cathy schüttelte den Kopf. »Nein, und jetzt sind sie schon zwei Nächte ganz allein da draußen. Die Lage ist ernst, und alle glauben, dass Walter irgendetwas damit zu tun hat, aber das ist ausgemachter Blödsinn.«

»Sie würden ihn doch nur aufhalten«, gab Tom ihr recht.

»Es ist einfach schwierig, da sie immer alles wörtlich nehmen, weißt du. Die dachten vielleicht, ich würde noch an dem Abend nach der Hochzeit zu ihnen kommen. Ich sagte zwar, ›nach der Hochzeit‹, aber doch nicht am selben Tag.«

»Könnte Muttie irgendetwas zu ihnen gesagt haben, das sie verärgert hat?«

»Nein, es war ihm peinlich, wegen seiner Prostata ins Krankenhaus zu müssen. Er hat seit Tagen zu keinem mehr ein Wort gesagt.«

Gemeinsam sprachen sie noch einmal alle Möglichkeiten durch. Vielleicht hatten sie gemeint, irgendwo tanzen zu müssen? Oder es war ein Projekt in der Schule gewesen, das sie missverstanden hatten. Vielleicht hatten sie sich auch auf die Suche nach einer neuen Bowlenschüssel gemacht, wer wusste das schon zu sagen? Die beiden waren so seltsam, dass sie leicht nach Chicago hätten geflogen sein können. Während sie über die Kinder redeten, zerlegten Tom und Cathy nebenbei mehrere Hühnchen und kochten Saucen ein. Aber irgendwie kamen sie die ganze Zeit nicht dazu, die Jagd nach dem Mann anzusprechen, der ihr Eigentum gestohlen und ihr Geschäft verwüstet hatte, oder gar das verwirrende Gefühl, eine Nacht im selben Zimmer verbracht zu haben, wenn auch völlig unschuldig. Aber weil sie diese Nacht nicht ansprachen, schien sie eine größere Bedeutung anzunehmen, ebenso die Tatsache, dass Tom Neil am Telefon belogen und dass man im Hotel gesehen hatte, wie sie zusammen aus dem Zimmer gekommen waren – was selbstverständlich sofort völlig falsch interpretiert worden war. Unter normalen Umständen hätten sie bestimmt herzlich darüber gelacht, aber die Sorge um die Kinder überschattete alles, und jetzt war der Moment vorbei.

Walters Freund Derek, der ihm damals seinen Wagen geliehen hatte, weigerte sich strikt, ihn bei sich aufnehmen. »Mit dir handle ich mir nur Ärger ein, Walter. Und jetzt sagst du auch noch, dass die Polizei hinter dir her ist. Ich kann mir keinen neugierigen Polizisten in dieser Wohnung leisten.« Sie hätten nicht lange suchen müssen, um das Kokain und die schwarzen Plastiksäcke mit der Ware aus dem Schuppen von The Beeches zu finden.

»Kann ich wenigstens meine Sachen bei dir lassen?«

»Nein, kommt nicht infrage … verkauf das Zeug«, riet Derek ihm. »Das wirst du doch im Handumdrehen los.«

»Ja, aber ich bekomme nichts dafür.«

»Dann nimm das wenige und setz es auf ein Pferd, dann bist du aus dem Schneider«, sagte Derek, der Walter Mitchell am liebsten meilenweit weg gewusst hätte.

Sara war unermüdlich in ihren Anstrengungen, die Kinder zu finden; immer wieder las sie ihre Notizen durch, für den Fall, dass dort der Schlüssel zu dem Geheimnis liegen könnte. Sie fuhr sogar einmal nach Waterview, um Neil und Cathy zu befragen, welche Interessen die Zwillinge hatten.

»Tja, sie lieben ihren Hund, deshalb haben sie ihn ja abgeholt und mitgenommen«, sagte Cathy.

»Als sie noch hier im Haus wohnten, was haben sie da am Abend immer so gemacht?«

»Wir haben sie manchmal etwas Hausarbeit erledigen lassen, und sie mochten Puzzles … sonst fällt mir nichts mehr ein. Dir, Neil?«

»Nein, eigentlich auch nicht. Aber sie haben dauernd irgendwelche verrückten Fragen gestellt … Wie viel verdienst du, wie oft schläfst du mit deiner Frau, so was in der Art.«

»Sara, es wird sie doch niemand umgebracht haben, oder?« Cathys Gesicht drückte große Angst aus.

»Sie ist wirklich überarbeitet«, warf Neil ein. »Im Ernst, Cathy, du kannst so nicht weitermachen.«

»Nein, natürlich nicht«, antwortete Sara, aber ihre Stimme zitterte.

Cathys Augen füllten sich mit Tränen. Überraschend beugte sie sich vor und tätschelte Saras Arm.

»Es geht ihnen bestimmt gut. Die beiden sind echte Überlebenskünstler«, sagte sie und tröstete die bleiche Sozialarbeiterin. »Wahrscheinlich. Aber Sie freuen sich bestimmt schon auf den Urlaub«, meinte Sara.

»Welchen Urlaub?«

Neil mischte sich rasch ein. »Der ist verschoben«, sagte er. Cathy war verärgert. Er hätte Sara nicht von dem Urlaub erzählen sollen – so, als ob alles schon mit ihr abgesprochen gewesen wäre –, ohne sie vorher zu fragen.

Es war zwar im Moment nicht wichtig, aber es ärgerte sie trotzdem.

Auch Geraldine konnte sich nicht auf ihre Arbeit konzentrieren, da sie dauernd an die Zwillinge denken musste. Sie hatte zwei wichtige Aufträge zu erledigen, und ihr nächstes Rendezvous mit Nick Ryan stand kurz bevor. Aber die sorgenvollen, blassen Gesichter dieser beiden Kinder wollten ihr nicht mehr aus dem Kopf gehen. Sie waren so fröhlich gewesen an dem Tag, als die Nachfeier in ihrer Wohnung stattgefunden hatte. Sie hatten noch einmal getanzt, weil sie dachten, die Leute würden es von ihnen erwarten. Geraldine hatte versucht, ihre Umgebung aufzuheitern, und hatte sich lustig darüber gemacht, dass alle das Schlimmste befürchteten, aber dieses Mal war sie im tiefsten Innern selbst mehr als beunruhigt. Zwei weltfremde Kinder – man hörte doch ständig die schrecklichsten Dinge. Jeden Tag stand eine neue Horrormeldung in der Zeitung. Geraldine riss sich zusammen. Vor langer Zeit hatte sie ihre eigene Methode entwickelt, sich vor allzu vielen Grübeleien zu schützen: Stürz dich fieberhaft in die Arbeit, und wenn das aus irgendeinem Grund nicht funktioniert, stürz dich fieberhaft auf Sex und Nachtleben. Geraldine und Nick Ryan planten, einen Abend zusammen zu verbringen, der in ihrer Wohnung in Glenstar enden sollte. Beide wussten, dass er dort übernachten würde, aber keiner sprach das Thema an. Stattdessen wurden lang und breit die Schwierigkeiten diskutiert, nach dem Theater ein geeignetes Lokal für ein spätes Abendessen zu finden. Die Probleme schienen endlos. Kein Parkplatz, das Problem, nach ein paar Gläsern Wein noch Auto zu fahren, lärmende Menschen an den Nebentischen, während man sich zu unterhalten versuchte. Vielleicht könnten sie etwas Räucherlachs mit in Geraldines Wohnung nehmen. Wirklich, eine ausgesprochen gute Idee, und außerdem hätte sie noch Tom Feathers köstliches Brot im Kühlschrank. Und Nick würde liebend gern eine Flasche Wein mitbringen. Ob Nick nach dem Essen zu einer bestimmten Zeit gehen müsse? Nein, die Nacht gehörte ihm, sie gehörte ihm und ihr. Es war alles klar. Die Affäre hatte begonnen.

Es war reine Gewohnheit, dass Muttie bei Sandy Keane in dessen Wettbüro vorbeischaute. »Ich fühle mich heute aber nicht nach einer Wette. Mir gehen im Moment ganz andere Dinge durch den Kopf«, sagte er. »Kann schon sein, Muttie, aber das war ein netter kleiner Geldsegen, der gestern über dich hereingeprasselt ist«, bemerkte Sandy mürrisch.

»Gestern? Ich habe gestern nicht gewettet, ich hatte andere Dinge im Kopf«, erwiderte Muttie.

»Internet Dream«, sagte Sandy.

»Nie gehört«, antwortete Muttie.

»Wie, du hast gestern Morgen siebzig Pfund mit dem Gaul gewonnen. Nicht übel für ein Pferd, von dem du noch nie etwas gehört hast«, bemerkte Sandy süffisant.

»Einer von uns beiden scheint hier zu spinnen. Ich war gestern nicht mal in der Nähe von deinem Laden.«

»Ich weiß, Muttie. Sie haben es mir gesagt.«

»Wer hat es dir gesagt?«

»Die Zwillinge«, antwortete Sandy.

»O mein Gott, um welche Zeit?«

»Beim ersten Rennen in Wincanton«, sagte Sandy.

»Kann ich mal dein Telefon benutzen? Ich muss die Polizei anrufen.«

»Du willst die Polizei hier anschleppen und ihnen erzählen, dass ich Wetten von Minderjährigen entgegennehme?«

»Das wird sie im Moment wenig interessieren.«

»Und ob sie das interessieren wird!«

»Nein, Sandy.« Muttie wählte bereits. »Du verstehst nicht ganz. Die Polizei sucht überall nach diesen Kindern. Sie werden seit zwei Tagen vermisst.«

Viel weiter brachte sie das Wissen um ihre Wette allerdings auch nicht. Man wusste jetzt nur, dass sich die Kinder offensichtlich eine Nacht lang mit dem Hund in der Gegend des St. Jarlath's Crescent herumgetrieben hatten, bis die Buchmacher ihre Läden öffneten.

»Mir ist jetzt trotzdem wohler zumute, seit ich weiß, dass sie siebzig Pfund bei sich haben, und nicht nur einen Fünfer«, seufzte Cathy.

»Aber das heißt auch, dass sie noch länger durchhalten können. Jetzt wird sie wohl kaum die Verzweiflung nach Hause treiben«, erwiderte Muttie und biss sich auf die Lippen.

Die Suche konzentrierte sich mittlerweile mehr auf den St. Jarlath's Crescent als auf The Beeches. Hier waren die Kinder am glücklichsten gewesen, hier hatten sie Hooves abgeholt und ihre letzte Nachricht hinterlassen. Lizzie schaute die Fotos durch, die sie von Maud und Simon besaß. Die Polizei hatte sie um eine neuere Aufnahme gebeten, die sie veröffentlichen wollten, wenn es bis morgen nichts Neues gäbe. Sie hatten offensichtlich die Hoffnung aufgegeben, aus Kenneth und Kay irgendwelche nützlichen Informationen herauszubringen. Lizzie holte eine große Schachtel mit Fotos hervor, und da waren ein paar schöne Bilder der Kinder von Marians Hochzeit dabei. Aber vielleicht sollte sie doch lieber das eine mit Hooves nehmen. Sie durfte einfach nicht daran denken, dass ihnen etwas zugestoßen sein könnte. Sie lebten schließlich in Irland und nicht in irgendeinem gefährlichen Land, hier konnte ihnen nichts Schlimmes passieren.

»Es wird doch kein Mensch Kindern ernsthaft wehtun wollen, oder?«, fragte sie ängstlich den Polizisten, als sie ihm eine gelungene Aufnahme von Maud und Simon in ihren Kilts vor der Kirche zeigte.

Der Polizeibeamte blickte auf die beiden ernsten kleinen Gesichter und räusperte sich. Er hasste Fälle, bei denen es um Kinder ging. »Wir dürfen die Hoffnung nicht aufgeben, Mrs. Scarlet.«

Sie hatte seiner Miene jedoch angesehen, dass die Sache eventuell nicht gut ausgehen könnte, und wieder liefen die Tränen über ihre Wangen. »Wissen Sie, Sie müssen sie schon gut kennen, um zu merken, was für ein seltsames Gespann die beiden sind, nicht von dieser Welt. Plötzlich fällt den beiden etwas ein, und schon sind sie auf und davon.«

»Würden sie Fremden vertrauen, was meinen Sie?« Der große Polizist reichte Lizzie ein Papiertaschentuch.

»Natürlich würden sie das. Sie würden mit Jack the Ripper gehen, wenn er es ihnen schmackhaft machen könnte.« Sie ließ ihren Kopf auf die Tischplatte sinken und schluchzte laut.

Muttie kam gerade in die Küche und streichelte unbeholfen ihre Schulter.

»Wenn wir nur nachvollziehen könnten, was für verrückte Gedanken durch ihren Kopf gingen, als sie davonliefen, würden wir sie bestimmt ganz schnell finden«, sagte er und schüttelte heftig den Kopf.

In ganz Dublin versuchte eine Handvoll Menschen dahinterzukommen, was sich die Zwillinge wohl dabei gedacht hatten. Vergeblich.

Maud und Simon, die so lange unter den merkwürdigsten, schwierigsten und wechselvollsten Bedingungen gelebt hatten, hatten sich ihre eigene kleine Welt erschaffen, in die ihnen niemand folgen konnte.

»Wenn wir sie finden, greifen wir uns bestimmt an den Kopf und fragen uns, warum wir nicht von Anfang an darauf gekommen sind«, sagte Cathy zu Neil.

»Wenn sie sie finden«, erwiderte er.

»Ich bitte dich, das ist doch nicht dein Ernst. Wieso musst du so etwas Schreckliches sagen?«

»Ich wiederhole nur, was die Polizei gesagt hat. Die Sache gefällt ihnen nämlich ganz und gar nicht«, entgegnete er.

Die Zwillinge hatten keine Ahnung, welches Drama sie ausgelöst hatten. Für sie war die Sache völlig logisch. Muttie hatte versprochen, sie an ihrem Geburtstag mit zum Pferderennen zu nehmen, um dort das echte Donnern der Hufe zu hören. Und dort war er auch hingefahren, aufs Land, zum Rennen, und seine Frau Lizzie hatte es nicht zugeben wollen. Also legten sie sich einen Plan zurecht. Sie würden zum Pferderennen fahren und Muttie zur Rede stellen. Sie würden ihn geradeheraus fragen, was sie getan hatten, um ihn zu verärgern. Sie besaßen noch fünf Pfund und achtunddreißig Pence. Das war zwar viel Geld, aber würde es reichen, um sie die hundert Meilen nach County Kilkenny zu bringen? Sie blieben die ganze Nacht über wach und diskutierten dieses Problem. Es war niemand da, der sie hätte zurückhalten können. Vater war mit Old Barty unterwegs, Mutter verließ ihr Bett zurzeit überhaupt nicht mehr, und Walter war auch fort. So nahmen sie beide eine kleine Plastiktüte und stopften aufs Geratewohl ein paar Sachen hinein: ein Paar zusätzliche Schuhe, einen dicken Pullover, einen Schlafanzug, ein Glas Marmelade, einen Laib Brot und zwei Scheiben Schinken. Um die Frage, ob sie Seife mitnehmen sollten, entbrannte eine heftige Diskussion. Simon war der Ansicht, dass es dort, wo sie hinkämen, bestimmt Seife gäbe; Maud hingegen meinte, da sie in Schuppen und Scheunen und auf Feldern nächtigen würden, sei es verrückt, anzunehmen, dass dort so etwas wie Seife sei. Also nahmen sie ein kleines Stück mit.

Kurz nach Tagesanbruch, als die ersten Busse am Ende der Straße vorbeifuhren, fuhren die Zwillinge nach St. Jarlath's Crescent. Ohne Hooves wollten sie nicht weg. Aber die fünf Pfund würden sie nicht nach Kilkenny bringen.

»Was machen andere Leute, wenn sie dringend Geld brauchen?«, fragte Maud.

»Sie verdienen es oder stehlen es oder gewinnen im Lotto.«

»Vor Samstag können wir nicht Lotto spielen«, meinte Maud.

»Aber in Mutties Büro können wir«, schlug Simon vor.

Danach war alles ganz einfach gewesen. Sie studierten lange die Rennzeitung, bevor sie hineingingen und den Wettschein ausfüllten. Mr. Keane kannte sie ja gut.

»Wie geht's, wie steht's?«, fragte er, wie er es immer tat.

Sie erklärten ihm, dass alles bestens stünde, und platzierten die Wette. Zwei Pfund auf Sieg auf ein Pferd namens Internet Dream.

»Euretwegen verstoße ich gegen alle Vorschriften«, klagte Mr. Keane. »Ich lasse Minderjährige in mein Etablissement, noch dazu in Begleitung eines kleinen Vierbeiners.«

»Muttie hat uns gebeten, die Wette für ihn zu setzen.«

»Wo treibt sich der Mann nur herum? Gestern war er auch nicht da.«

Auch darauf waren sie vorbereitet. Sie konnten aber schlecht sagen, dass er zu dem großen Rennen nach Gowran Park in Kilkenny gefahren war, sonst würde er dort ja selbst wetten.

»Er muss heute jede Menge lästiger Sachen für seine Frau Lizzie erledigen, deshalb hat er uns gebeten, für ihn zu wetten«, erklärte Simon.

Sandy Keane nickte, das erschien ihm einleuchtend.

»Und dürfen wir hier warten, um ihm seinen Gewinn zu bringen?«, fragte Maud höflich.

»Würde es euch etwas ausmachen, draußen zu warten? Streng genommen seid ihr noch zu jung, man sollte euch hier lieber nicht sehen.«

»Draußen ist es aber kalt, Mr. Keane.«

»Na gut, aber dann setzt euch irgendwohin, wo man euch nicht gleich sieht.«

Mucksmäuschenstill blieben sie bis nach dem Rennen sitzen, Internet Dream gewann mit einer Quote von fünfunddreißig zu eins, sodass sie ihren Fahrpreis nach Kilkenny beisammenhatten. Hooves gefiel die Zugfahrt sehr. Er freundete sich mit einigen der Fahrgäste an, indem er ihnen einfach seinen Kopf auf den Schoß legte. Es schien ihnen zu gefallen.

»Was sollen wir machen, wenn er pinkeln muss?«, flüsterte Maud.

»Was machen andere Leute im Zug mit ihren Hunden?«, erwiderte Simon, ebenfalls flüsternd.

Sie sahen sich um. Sie waren die Einzigen mit einem Hund.

»Vielleicht weiß er von sich aus, dass er im Zug nicht gehen kann«, meinte Maud optimistisch. In dem Moment entdeckte Hooves eine schöne Aktentasche aus Leder und machte Anstalten, sich dagegen zu erleichtern. Simon und Maud sprangen entsetzt hoch und warnten den Besitzer der Aktentasche, der gerade in der Zeitung las. »Könnten Sie sie vielleicht wegstellen? Er hält sie für einen Laternenpfahl.«

»Oh, das passiert oft«, sagte der Mann.

»Wo soll ich nur hin mit ihm? Ich kann ihn ja schlecht aus dem Fenster halten?«, fragte Simon.

»Ich an deiner Stelle würde mit ihm rausgehen, dorthin, wo die beiden Wagons aneinander stoßen, und dann wegschauen, als ginge mich das Ganze überhaupt nichts an«, riet ihm der Mann.

Als sie wieder zurückkamen, setzten sie sich zu ihm, da er so nett zu ihnen gewesen war, und erzählten ihm, dass sie zum Pferderennen fuhren.

»Seid ihr nicht noch ein bisschen jung, um ganz allein zu fahren?«, fragte er.

»Wir sind dort natürlich mit einem Erwachsenen verabredet«, erklärte Simon.

»Ist das euer Vater?«

»Ja«, sagte Simon.

»Nein«, sagte Maud gleichzeitig.

»Eigentlich eher so ’ne Art Stiefvater oder Pflegevater.« – »Und hat er irgendwelche Tipps für heute?«

»Nein, aber er wird bestimmt den ganze Vormittag die Rennzeitung studiert haben«, erläuterte Maud.

»Gut. Aber das Wichtigste ist doch, Glück zu haben.«

»Wir hatten heute schon ziemliches Glück, wir haben auf Internet Dream gesetzt«, erzählte Simon stolz.

Der Mann betrachtete ihn mit wachsendem Interesse. »Tatsächlich? Welche Quote?«

»Fünfunddreißig zu eins«, sagte Maud.

»Na so was, vielleicht sollte ich mich besser an euch beide halten. Wie seid ihr denn bloß um Himmels willen auf Internet Dream gekommen?«

»Der Name«, erwiderte Simon, als ob das offensichtlich wäre.

»Wir haben das Pferd ganz allein ausgesucht.«

»Bei Gott, und ob ich bei euch bleibe. Ihr könntet einen gemachten Mann aus mir machen«, sagte der Mann und erzählte, dass er Jim hieß, bei seinen Freunden besser bekannt als Unlucky Jim, und dass er ein Taxi zum Rennplatz nehmen würde. Wenn sie mitfahren wollten…

»Vielen Dank, Unlucky«, antwortete Maud. »Aber wissen Sie, man hört doch dauernd davon, dass man zu Fremden nicht ins Auto steigen soll…«

»Außerdem glauben wir, dass ein Bus zum Rennplatz fährt«, erklärte Simon.

»Vielleicht könnte Unlucky bei uns im Bus mitfahren?« Maud wollte ihn nicht so ohne Weiteres gehen lassen; vielleicht würde er ihnen noch nützlich sein, um Muttie zu finden.

»Ich glaube, der heißt nicht Unlucky, seine Name ist Jim«, flüsterte Simon ihr zu.

»Wie heißen Sie denn nun?« Maud wollte, wie immer, Klarheit haben.

»Ich denke, beim Pferderennen klingt Jim besser«, antwortete der Mann verdutzt.

Unlucky Jim fuhr mit ihnen im Bus zum Rennplatz hinaus. »Wo trefft ihr denn euren Vater?«, wollte er wissen.

»Vater?«, sagte Maud alarmiert.

»Muttie«, zischte Simon.

»Oh, irgendwo, er wird uns schon finden.«

Da wurde ihnen klar, dass es langsam Zeit war, sich von Unlucky Jim zu verabschieden. Er stellte zu viele unbequeme Fragen.

»Ich glaube, wir drehen mit Hooves noch mal eine Runde, bevor wir hineingehen«, schlug Maud vor.

»Für den Fall, dass er versucht, wieder jemandem auf die Aktentasche zu pinkeln«, sagte Simon.

»Habt ihr denn das Geld für den Eintritt?«, fragte Jim.

»Selbstverständlich, wir haben jede Menge Geld«, erklärte Maud.

»Ihr wart eine sehr angenehme Gesellschaft. Dürfte ich euch vielleicht nach dem dritten Rennen auf einen Drink an die Bar neben dem Totalisator einladen? Euren Vater natürlich auch, falls ihr ihn bis dahin getroffen habt.«

»Wir nehmen die Einladung gern an«, antwortete Simon, als ob er mit seinen neun Jahren noch nie etwas anderes getan hätte, als mit dem Zug die Ostküste von Irland hinunterzufahren und dort von einem Mann zu einem Drink in die Bar neben dem Totalisator eingeladen zu werden.

Simon und Maud suchten überall nach Muttie, aber ohne Erfolg. Sie durchkämmten alle Bars, sie stellten sich während eines der Rennen neben den Zieleinlauf, sie spazierten zum Ring, wo die Pferde gezeigt wurden. Wenn Muttie da war, dann musste er hier sein. Nach dem dritten Rennen gingen sie zu ihrer Verabredung mit Unlucky Jim.

»Haben Sie was gewonnen?«, fragten sie.

»Wie denn? Ich bin doch völlig von euch beiden abhängig.«

»Wir haben uns die Rennzeitung noch nicht angesehen«, sagte Maud.

»Und was ist mit eurem Dad? Hat er denn wenigstens was gewonnen?«

»Eigentlich nicht«, erwiderte Simon.

Sie beschlossen, so zu tun, als hätten sie Muttie tatsächlich getroffen. Die Leute mochten die Vorstellung nicht, dass man allein sein und sich vielleicht auch noch verlaufen haben könnte. Man ließ sie besser in dem Glauben, dass sich jemand um einen kümmerte.

»Wo ist er jetzt?«

»Er sagte, er kommt vielleicht nach.«

»Auf welches Pferd würdet ihr im nächsten Rennen setzen?«, fragte Jim.

»Wir sind doch keine Experten, Jim«, gab Maud zu.

»Na ja, schlechter als ich könnt ihr auch nicht sein.«

Sie studierten aufmerksam die Renninformation. »Lucky Child«, sagte Maud schließlich.

Jim starrte eine Weile auf das Blatt. »Es spricht nicht viel für den Gaul.«

»Schauen Sie auf das Gewicht, und letztes Mal hat er auch nicht schlecht abgeschnitten.« Muttie hatte ihnen beigebracht, worauf sie bei einem Pferd achten mussten.

»Ihr habt recht. Ich setze fünfzig Pfund auf Platz und Sieg«, sagte Unlucky Jim.

Maud und Simon gingen hinunter an die Rennbahn und feuerten Lucky Child an. Es war knapp, aber er gewann.

»Gott sei Dank«, stieß Maud inbrünstig hervor.

»Es ist doch wirklich sehr einfach, oder nicht? Ich frage mich, warum Vater und Old Barty und andere Leute mit Geldproblemen das nicht öfter machen«, sagte Simon.

»Ich glaube, sie machen das öfter, deswegen haben sie ja Geldprobleme«, erwiderte Maud.

»Du könntest recht haben.«

»Trotzdem ist es schade, dass wir nicht auch zehn Pfund auf Lucky Child gesetzt haben. Schau, was wir gewonnen hätten.«

»Aber wenn wir verloren hätten, hätten wir jetzt großen Ärger«, bemerkte Simon, der sich noch keine Gedanken gemacht hatte, wo sie heute Nacht schlafen wollten.

Unlucky Jim suchte den gesamten Rennplatz ab, um den Zwillingen einen Anteil an dem größten Gewinn zu geben, den er je gemacht hatte. Diese beiden Kinder mit dem schwarzen Hund und den vollgestopften Plastiktüten waren wirklich seltsame kleine Geschöpfe, so rührend und ernsthaft. Er hätte sie gerne wiedergesehen, und das nicht nur, um sich einen Tipp für seine Rennkarte zu holen. Informanten, die an einem Tag auf Pferde wie Internet Dream und Lucky Child getippt hatten, gab es nicht viele. Da wurde ihm klar, dass er nicht einmal ihre Namen wusste.

»Viele Leute kommen am ersten Tag noch gar nicht, erst am zweiten«, meinte Simon altklug.

»Hat Muttie gesagt, an welchem Tag er mit uns hierherkommen wollte?« Maud war müde und machte sich ein wenig Sorgen wegen der vor ihnen liegenden Nacht.

»Nein, aber wenn er heute nicht hier ist, kommt er bestimmt morgen.«

»Was meinst du? Sollen wir versuchen, hier auf dem Rennplatz was zum Schlafen zu finden? Dann müssten wir morgen nicht noch mal Eintritt zahlen.«

»Nein, die durchsuchen bestimmt alles ganz genau, sonst würden ja alle die drei Tage hier bleiben«, entgegnete Simon.

Sie nahmen den Bus zurück nach Kilkenny und mussten lange laufen, bis sie durch Zufall einen geeigneten Platz fanden, als sie eine Tür aufstießen und sich plötzlich mitten in einem großen Schuppen befanden, in dem kaputte Landmaschinen, Traktoren und Ähnliches herumstanden.

»Hier sieht es aus wie in einer gigantischen Rumpelkammer«, flüsterte Maud.

Es war ideal für sie. Hier hatten sie keine Probleme mit Hooves, und in einer Ecke stand sogar ein alter, ausgebauter Autositz, auf dem sie schlafen konnten. Sie verfütterten eine

Scheibe Schinken an den Hund, teilten sich die zweite und aßen anschließend noch Brot mit Marmelade. Morgen würden sie Muttie ganz bestimmt finden.

Simon und Maud schliefen tief und fest in dieser ersten Nacht, weil sie schrecklich müde waren, und wachten erst auf, als sie Hooves bellen hörten. Sie hatten ihn an der Tür festgebunden, da sonst die Gefahr bestanden hätte, dass er zurück nach St. Jarlath's Crescent gelaufen wäre. Maud sah sich um. Sie hatten in einem Schuppen voller kaputter Landmaschinen geschlafen, hatten kaum noch saubere Sachen zum Anziehen, und zum Essen war ihnen nur noch altes Brot und ein halbes Glas Marmelade geblieben. Sie mussten Muttie heute unbedingt finden.

Simon wachte neben ihr auf und rieb sich die Augen. »Es ist schon fast zehn Uhr«, stellte er fest.

»Haben wir genügend Geld für ein Frühstück?«

»Du meinst, um irgendwohin zu gehen und uns eines zu kaufen?« Die Vorstellung gefiel Simon ganz und gar nicht.

»Wir könnten uns Eier und Speck bestellen«, schlug Maud vor. Simon zählte ihr Geld. Sie dürften aber nicht viel ausgeben, sagte er, schließlich mussten sie noch den Bus bezahlen, den Eintritt und – falls sie Muttie nicht fänden – die Rückfahrt mit dem Zug.

»Aber wir werden doch nicht zu Fuß nach Hause laufen, oder?«, fragte Maud ängstlich.

Simon antwortete, nein, auf keinen Fall, und dass sie sich unter diesen Umständen auch ruhig ein richtiges Frühstück leisten könnten. Irgendwo, wo sie auch Hooves mitnehmen dürften. Nach dem Frühstück fühlten sich die beiden gleich viel besser. Sie richteten ihre Kleidung, so gut sie konnten, und machten sich erneut auf den Weg zum Rennplatz.

Unlucky Jim konnte es kaum fassen. Noch nie hatte er so viel Geld gewonnen wie mit seinem Einsatz auf Lucky Child.

Vielleicht lag darin eine Botschaft für ihn verborgen, nach dem Motto: Man soll aufhören, wenn man am Gewinnen ist. Jim hatte sich bisher noch nie an diese Philosophie gehalten. Er fragte sich, ob er jetzt vielleicht damit anfangen sollte. Aber er hatte auch noch nie zwei so seltsame Kinder kennengelernt, die allein mit dem Zug unterwegs waren und nebenbei seine Finanzen in Ordnung brachten mit ihren fast hellseherischen Fähigkeiten, die Gewinner von Pferderennen vorherzusagen. Irgendetwas an ihrer Geschichte, dass sie ihren Vater oder Stiefvater treffen wollten, war ihm jedoch komisch vorgekommen. Jim rief seine Frau an und kündete ihr an, dass er vorzeitig nach Hause kommen würde.

»Aber heute ist doch erst der zweite Tag«, erwiderte sie ungläubig.

Sein Vorschlag, sie sollten an diesem Abend doch irgendwo schick essen gehen, alarmierte sie noch mehr. Und so brachte sie den ganzen Tag damit zu, sich Gedanken zu machen, was er angestellt haben könnte, um ein derart schlechtes Gewissen zu haben.

Mittlerweile kannten Simon und Maud den Rennplatz wie ihre Westentasche. Sie fragten sich, ob sie Unlucky Jim wohl noch mal treffen würden. Irgendwann mussten sie sich jedoch eingestehen, dass sie eigentlich gar nicht wussten, wo sie hofften, Muttie zu finden. Wo er wohl in das Studium des Rennprogramms vertieft wäre? In einer Bar, oder würde er sich doch eher mit den Buchmachern darüber austauschen? Bisher hatten sie ihm immer nur in Mr. Keanes Wettbüro bei der Arbeit zugesehen.

Maud setzte sich. »Ich bin müde vom Suchen«, jammerte sie.

»Du kannst nicht müde sein, du hast ein teures Frühstück gegessen«, widersprach Simon.

»Einmal angenommen, er ist gar nicht da«, fuhr Maud fort.

Jetzt war es heraus. Jetzt war es ausgesprochen und konnte

nicht mehr zurückgenommen werden. Simon war so schockiert, dass er Hooves' Leine losließ, der wie der Blitz durch die Menge davonraste. Die Kinder waren starr vor Schreck. Hooves war ein Hund, der ohne Leine auf einem Feld, in einem Park oder am Strand frei herumlaufen durfte, aber nie und nimmer dort, wo viele Menschen waren. Er würde schreckliche Schäden anrichten aus reiner Angst und aus dem Gefühl ungewohnter Freiheit heraus. Sie konnten ihn bellen hören, während er sich einen Weg durch die Menge bahnte. Sie rannten ihm hinterher... Einige Leute waren ängstlich zurückgewichen, als Hooves, aufgeregt bellend, auf sie zugekommen war. Die Kinder sahen, wie er durch eine Lücke schlüpfen wollte. Die Pferde hatten gerade den Ring verlassen und wurden auf der Startlinie aufgestellt.

»Bitte, Hooves, bitte lauf nicht auf die Rennstrecke. Hilfe, Hilfe, er wird getötet werden«, schrie Maud, stolperte und fiel aufs Gesicht. Sie holte sich üble Schürfwunden an beiden Knien und einen tiefen Kratzer an der Stirn. Aber sie rappelte sich wieder hoch und rannte weiter.

Simon war näher am Geschehen als sie. »Bitte, halten Sie den Hund auf«, rief er.

Von allen Seiten wurden ihnen unwillige Blicke und auch verärgerte Rufe zugeworfen. Dies sei kein Ort für einen Hund, die Pferde könnten sich erschrecken und scheuen... Wer hatte nur diese Kinder mit ihrem verdammten Hund hereingelassen? Hooves hatte sich mittlerweile gegen die Rennstrecke entschieden und war auf eine relativ leere Fläche eingebogen, wo ein paar Wagen und Pferdetransporter standen... Wilde Blicke um sich werfend, rannte er geradewegs unter die Räder eines Jeeps, der in dem Moment rückwärts fuhr. Der Fahrer konnte unmöglich noch rechtzeitig bremsen, vor den Augen der Zwillinge ereignete sich der Unfall wie in Zeitlupe. Sie sahen, wie Hooves in die Luft geschleudert wurde und anschließend zu Boden fiel. Er bewegte sich nicht mehr, als sie bei ihm ankamen.

Muttie genehmigte sich in Gesellschaft seiner Wettpartner ein Bier, deren Meinung über Sandy Keane geteilt war. Hatte er die Wette der Kinder wirklich annehmen dürfen? Wie hätte er sie verweigern sollen? Hätte er nicht von sich aus auf die Idee kommen können, dass da irgendetwas nicht stimmte? Und wo war Muttie eigentlich die letzten Tage gewesen? Das hätten alle gern gewusst. Muttie ließ sich nicht genau über seine Nacht im Krankenhaus aus und wechselte rasch das Thema. Die beiden konnten schließlich nicht ewig von siebzig Pfund leben, früher oder später würden sie zurückkommen müssen. Sie konnten schließlich kaum alle Wettbüros in Dublin abklappern und jedes Mal zwei Pfund auf Außenseiter setzen oder vielleicht gar zu den großen Rennen fahren.

»O mein Gott«, fiel es Muttie in dem Moment ein. »Ich habe den beiden versprochen, sie an ihrem Geburtstag mit nach Gowran Park zu nehmen. Vielleicht sind sie dorthin gefahren.«

Walter hatte sich überlegt, die paar Pennys, die er auf dem Markt bekommen hatte, zum Buchmacher zu tragen. Von Weitem sah er, dass vor einem Wettbüro eine gewisse Hektik herrschte, aber er interessierte sich nicht weiter dafür. Die Quote für Bright Brass Neck war nicht hoch genug, er würde weitergehen und schauen, ob er etwas Besseres fände. Es war immer dumm, alles gleich im erstbesten Laden zu verwetten, und auf dieses Pferd setzte er wirklich große Hoffnungen. Wenn alles klappte, könnte er heute einen großen Teil seiner Schulden zurückzahlen, nicht alles, aber ziemlich viel. Und alles andere könnte man danach immer noch klären. Walter hatte immer für alles eine Erklärung parat.

Maud war in Ohnmacht gefallen, als sie den Unfall sah. Eine Menschenmenge hatte sich um sie versammelt, und die Kinder wurden ins Informationsbüro gebracht. Dort erklärte man ihnen, dass man sich um den Hund kümmern werde.

»Ist er tot?«, fragte der Junge mit tränenverschmiertem Gesicht.

»Wie heißt du?«, fragten sie ihn.

»Hooves«, sagte Simon.

Erstaunt schüttelten sie die Köpfe, aber mehr war aus Simon nicht herauszubringen. Der Schock saß zu tief, als dass er hätte sprechen können. Mauds Verletzungen waren gesäubert worden, und man hatte ihr heißen, süßen Tee eingeflößt, aber sie konnte einfach nicht zu zittern aufhören. Schließlich war es doch gelungen, den Kindern wenigstens ihre Vornamen zu entlocken, und über Lautsprecher wurde eine Durchsage gemacht.

»Achtung, Achtung. Eine Durchsage des Informationsbüros. Hier bei uns sitzen zwei Kinder in ziemlich aufgelöstem Zustand. Wir bitten die Erwachsenen, in deren Begleitung Maud und Simon sich befinden, sich umgehend bei uns zu melden. Die beiden Kinder warten besonders auf einen Mr. Muttie. Kommen Sie bitte so schnell wie möglich ins Informationsbüro. Die Kinder sind sehr aufgeregt.«

Walter war eine ganze Reihe von Buchmachern abgelaufen, wo die Quoten auf Bright Brass Neck besser als am Anfang standen. Es war klug von ihm gewesen, abzuwarten. In dem Moment hörte er die Durchsage. Er konnte es nicht glauben, diese beiden verflixten Kinder waren ihm bis hierher gefolgt. Aber eigentlich war das unmöglich. Er war mit drei verschiedenen Fahrern getrampt. Aber was trieben sie hier? Neben ihm hörte er, wie jemand sagte, dass das bestimmt die Kinder mit dem Hund und dem Unfall mit dem Jeep waren. Ob er noch die Zeit hatte, erst nach der Platzierung seiner Wette ins Informationsbüro zu gehen? Vor dem Buchmacherstand herrschte das übliche Gedränge in letzter Minute. Die Durchsage wurde wiederholt, diesmal mit einem dringlicheren Unterton. Walter ging ins Informationsbüro.

Dann passierte alles gleichzeitig. Die Polizei in Kilkenny hatte aus Dublin erfahren, dass die Chancen nicht schlecht stünden, die Kinder könnten draußen beim Pferderennen auftauchen. Die Rennleitung und die Sicherheitskräfte, die bereits bezweifelten, jemals die Identität dieser Kinder feststellen zu können, waren erleichtert angesichts dieser Nachricht, die sie alle zu Helden stempelte. Einer der vielen Tierärzte am Rennplatz versicherte ihnen, dass Hooves überleben würde. Er würde etwas hinken, und vielleicht musste ihm auch eine Pfote amputiert werden, aber er würde überleben. Die junge Frau, die den Jeep gefahren hatte, wurde mit so vielen Brandys getröstet, dass sie nicht mehr fahren konnte und nach Hause gebracht werden musste. Maud und Simon, die vor Freude über die gute Nachricht ohnehin schon völlig aus dem Häuschen waren, konnten es kaum fassen, dass jetzt auch noch Walter zu ihrer Rettung auftauchte. Ihre Gesichter leuchteten vor Glück auf. Jetzt wussten sie, dass ihnen all die schrecklichen Dinge vergeben waren, die sie angestellt hatten. Sie fielen Walter vor Freude begeistert um den Hals, und zum ersten Mal in seinem Leben kam er sich billig und schäbig vor.

»Sind Sie zufälligerweise Mr. Muttie, Sir?«, wollte einer der Polizisten von Walter wissen.

Walter warf einen traurigen Blick auf die Uniform des Polizeibeamten.

»Das ist Walter, unser Bruder«, verkündete Maud stolz.

»Er hat uns gesucht«, erklärte Simon zufrieden.

»Hier ist ein Anruf für Simon und Maud. Ein Mr. Scarlet ist am Apparat.«

»Muttie!«, riefen sie entzückt.

Und draußen, wo die Rennen weitergingen, verkündete der Ansager, dass Bright Brass Neck elf zu eins gewonnen hatte.

Muttie galt als der eigentliche Held der Geschichte, aber er selbst machte sich die größten Vorwürfe. Natürlich hatte er den Kindern versprochen, dass er sie mitnehmen würde. Es war alles seine Schuld gewesen, von Anfang bis Ende. Aber man wollte nichts davon hören, dass er die Schande auf sich nahm. Cathy behauptete nämlich, es sei alles ihre Schuld, sie habe einfach nicht begriffen, wie sehr die Kinder den Menschen in ihrer Umgebung vertrauten. Sie hätte sie in die verwüsteten Räume ihrer Zentrale kommen lassen sollen, sie hätte einen genauen Termin mit ihnen ausmachen sollen, wann sie nach der Hochzeit zu ihnen kommen wollte, statt sie enttäuscht warten zu lassen. Wie gemein, Kindern gegenüber, die ohnehin so benachteiligt waren, ein Versprechen nicht einzuhalten. Und dann auch noch ihren Geburtstag zu vergessen – das war unverzeihlich. Neil gestand, dass ein großer Teil der Schuld auch ihm anzulasten sei. Er habe dem Bruder seines Vaters wirklich geglaubt und sei überzeugt gewesen, dass Blut immer noch dicker als Wasser sei. Sara widersprach und meinte nur, sie würden alle spinnen. Sie habe schließlich den Überblick über diesen Fall verloren, weil sie viel zu engagiert gewesen sei in der Kampagne für die Obdachlosen, um zu sehen, was sich direkt vor ihrer Nase abspielte, das heißt, dass Simon und Maud, die ihrer direkten Verantwortung unterstanden, im Prinzip kein richtiges Zuhause hatten. Kenneth Mitchell sagte nicht viel. Man hatte ihn darüber aufgeklärt, dass sein ältester Sohn sich höchstwahrscheinlich einer Reihe schwerer Vergehen schuldig gemacht hatte, einschließlich mutwilliger Zerstörung und Diebstahl. Die Verwandten hätten die Absicht, ihn anzuzeigen. Kay sagte noch weniger als ihr Mann. Sie hatte den ganzen Tag Wodka aus einer – wie sie behauptete – Mineralwasserflasche getrunken, was ihr aber bald niemand mehr glaubte. Doch selbst das spielte jetzt schon keine Rolle mehr, da Kenneth offensichtlich wieder kurz vor dem Aufbruch in die weite Welt stand. Aber dieses Mal würde es das Ende von

The Beeches bedeuten, das wahrscheinlich verkauft werden müsste.

Geraldine kehrte mit Nick Ryan zu einem späten Abendessen in ihre Wohnung zurück. Das war viel bequemer, als in ein Restaurant zu gehen, vor allem, weil es ihnen Gelegenheit böte, locker und diskret ihre Affäre zu beginnen. Sie setzte sich, während Nick die Flasche Wein öffnete.

»Du bist ein äußerst ausgeglichener Mensch«, bemerkte er.

Geraldine dachte über seine Bemerkung nach. Es stimmte, sie war ausgeglichen, stellte keine Ansprüche und nörgelte nicht herum. Man sah sie nie in einem schmutzigen Schurz oder über einem Spülbecken voller Abwasch. Sie war eine Frau, die Zeit hatte, zuzuhören, Zeit, sich in den nächsten drei oder vier Tagen, in denen sie ihn nicht sehen würde, auszuruhen, ins Fitnesscenter zu gehen und den Kühlschrank und die Bar wieder aufzufüllen. Sie musste weder seine Kinder großziehen, seine langweiligen Geschäftsfreunde bewirten noch seinen Haushalt so führen, wie er es wollte.

»Ausgeglichen, das ist ein schönes Kompliment«, erwiderte sie. »Aber würdest du mich bitte einen Moment entschuldigen, ich möchte wissen, ob es etwas Neues von den Kindern gibt?« Es war eine Nachricht auf ihrem Anrufbeantworter. Sie hatten sie gefunden, gesund und munter. Lizzie und Muttie waren nach Kilkenny gefahren, um sie zu holen. Sie schloss erleichtert die Augen. Man hörte überall so schreckliche Geschichten, und es hätte ihnen alles Mögliche zugestoßen sein können. Dann ging sie wieder zu Nick zurück. »Gute Neuigkeiten, sie sind auf dem Weg nach Hause«, sagte sie und verlor dann kein Wort mehr darüber. Männer mochten es nicht, wenn endlos über Leute gesprochen wurde, die sie nicht kannten. Geraldine verstand viel von Männern.

Sara fuhr Muttie und Lizzie in den Süden, um die Kinder abzuholen.

»Sind Sie sicher, dass die Familie Mitchell nichts dagegen hat, wenn sie über Nacht bei uns bleiben?«, fragte Lizzie ängstlich. »Sie wissen schon, die Vereinbarung.«

»Nein, Mrs. Scarlet, sie werden sich, im Gegenteil, sehr darüber freuen. Alle.«

»Wir möchten nämlich keinen Ärger verursachen«, fuhr Lizzie fort.

»Und außerdem tut es uns sehr leid«, fügte Muttie hinzu.

»Aber es gibt nichts, das Ihnen leidtun müsste. Schließlich ist alles gut ausgegangen«, versicherte sie ihm.

»Bis auf die Sache mit Hooves«, meinte Muttie.

»Sie sind sehr froh, dass er nicht tot ist«, sagte Sara.

»Ich weiß«, entgegnete Muttie. »Simon hat diesbezüglich auch gleich eine Theorie entwickelt. Er meint, wenn wir für Hooves' kaputtes Bein Rollerblades besorgen, wäre er fast wieder wie neu.«

»Sie lieben die beiden wirklich, nicht war?«, fragte Sara unvermittelt.

»Ach ja, alle Leute lieben doch Kinder. Die unseren sind ja alle nach Chicago gegangen, bis auf Cathy, und irgendwann hatten wir niemanden mehr. Deshalb war es einfach schön, wieder Kinder um uns zu haben.«

»Dann waren Sie bestimmt sehr aufgeregt über Cathys Neuigkeiten«, bemerkte Sara.

»Wie meinen Sie das?«, fragte Muttie.

»Wo Sie doch Kinder so lieben.«

»Welche Neuigkeiten?«, hakte Lizzie nach.

Mit einem Gefühl, als hätte sie einen Bleiklumpen verschluckt, erkannte Sara, dass Cathys Eltern nichts von der Fehlgeburt gewusst hatten. Neil hatte ihr zwar gesagt, dass es ein Geheimnis war, aber sie hatte nicht vermutet, welches Ausmaß die Geheimniskrämerei hatte.

»Ich dachte, es sei Cathy gewesen, die Ihnen die Nachricht überbracht hat, dass Maud und Simon gefunden worden waren«, stammelte sie hilflos.

»Nein, Muttie war da, als die Polizei anrief«, sagte Lizzie.

»Und weshalb hätten wir aufgeregt sein sollen? Wir waren außer uns vor Freude.« Muttie begriff nichts mehr.

Sara biss sich auf die Lippen. Sie war bestimmt die schlechteste Sozialarbeiterin der westlichen Hemisphäre, dachte sie, während sie im Dämmerlicht dem Treffen mit ihren Schützlingen entgegenfuhr.

»Cathy?« Der Anruf kam spät. Cathy war in der Küche und las, Neil arbeitete an seinem großen Schreibtisch.

»Ja, wer ist am Apparat?«

»Ich bin's, Walter.«

»Oh«, sagte sie nur. Die Geschichte, die sie gehört hatte, war zwar etwas konfus gewesen, aber wie es schien, hatte Walter es bei dieser Gelegenheit doch fertiggebracht, sich einigermaßen normal zu benehmen und seinem kleinen Bruder und seiner Schwester eine große Hilfe zu sein.

»Ich bin immer noch hier unten. Sie waren der Ansicht, ich sollte warten, bis Maud und Simon abgeholt würden.«

»Gut.« Sie war ziemlich kurz angebunden.

»Ich wollte jetzt eigentlich nur wissen, wer sie abholt …«

»Meine Mutter, mein Vater und ihre Sozialarbeiterin.«

»Und wird auch noch die … Was meinst du?«

»Ja, ich denke, die werden auch mitkommen …«

»Ich verstehe«, antwortete er. Eine Weile sagte keiner was. Dann ergriff er wieder das Wort: »Ich vermute, es ist zu spät, dich zu bitten, mir …«

»Viel zu spät, Walter. Das liegt jetzt nicht mehr in unserer Hand, und deine Eltern wissen ebenfalls Bescheid.«

»Ich verstehe«, wiederholte er.

»Möchtest du mit Neil sprechen, oder soll ich mich jetzt verabschieden?«, fragte sie.

Wieder folgte eine Pause. »Auf Wiedersehen, Cathy«, sagte Walter Mitchell.

Tom Feather hatte aus Freude über die guten Nachrichten einen Kuchen gebacken und nach St. Jarlath's Crescent gebracht. Er hatte eine Karte mit der Aufschrift »Für Maud, Simon und Hooves: Alles Gute zum Geburtstag und willkommen zu Hause« beigefügt und den Kuchen bei Mutties und Lizzies Nachbarn hinterlassen. Er war sehr froh gewesen, dass sie gesund und munter aufgefunden worden waren, diese beiden lustigen Racker. Einmal hatte er zu Marcella gesagt, dass er hoffe, eines Tages selbst solche Kinder zu haben, echte Individuen mit eigener Persönlichkeit. Er erinnerte sich, dass sie nachsichtig gelächelt hatte, als erklärte er ihr gerade, dass er eines Tages mit seiner eigenen Rakete zum Mars fliegen würde. Joes rätselhafte Bemerkung, dass es in London für Marcella nicht besonders gut laufen würde, hatte gemischte Gefühle in ihm ausgelöst. Er vermutete, dass dies seit ihrem Anruf bei Cathy der Fall war. Das Gegenteil wäre ihm natürlich lieber gewesen. Hätte sie durch ihre Entscheidung bekommen, was sie wollte, dann hätte diese schmerzliche, tragische Geschichte wenigstens einen Sinn gehabt. Wenn es ihr nicht gelungen war, eine Karriere als Model zu starten, wozu dann der ganze Aufwand?

Neil hatte an dem Abend mit ihr schlafen wollen, aber Cathy hatte ihn mit der Begründung zurückgewiesen, dass sie zu müde sei.

»Soso, müde bist du also«, wiederholte er.

»Ich bin wirklich zu müde. Ich muss morgen früh raus. Ich werde die Kinder bei Mam und Dad abholen und sie in die Schule fahren. Alle sind der Ansicht, dass sie gleich wieder hingehen sollten, dann wäre die Unterbrechung nicht so lang.«

»Aber gewiss doch, was immer unsere Pädagogin für richtig hält«, bemerkte er, verletzt und wütend über ihre Zurückweisung.

»Sei doch nicht so sarkastisch und bitter«, entgegnete sie.

»Bin ich nicht.«

»Du machst dich über mich lustig«, sagte sie. »Du nimmst mich nicht ernst.«

»Und du lässt mich am ausgestreckten Arm verhungern.«

»Gute Nacht, Neil«, erwiderte sie.

Und es war wieder eine jener immer häufiger werdenden Nächte, wo sie in ihrem Bett so viel Abstand wie möglich zwischen sich zu legen suchten.

Nick Ryan hatte die Glenstar Apartments am nächsten Morgen diskret eine halbe Stunde vor Geraldine verlassen. Es war eine unvergessliche Nacht gewesen, »ein wichtiger und vergnüglicher Abend«, wie er sich ausgedrückt hatte. Geraldine murmelte ihre Zustimmung. Nick Ryan fühlte sich offensichtlich ein wenig unwohl angesichts dieser Situation und der Tatsache, dass er nicht frei war, an diesem Abend wieder in ihre Wohnung zurückzukehren.

»Ich wünschte wirklich…«, begann er.

Geraldine unterbrach ihn. »Vergeuden wir keine Zeit damit, uns irgendwelche Dinge zu wünschen«, sagte sie, während sie den duftenden Kaffee in kostbare Porzellantassen goss. »Freuen wir uns einfach auf einen weiteren schönen Abend, wann immer sich die Gelegenheit dazu bietet.«

Als er ging, wusste sie, dass er ihr bereits völlig verfallen war. Hoffentlich würde das etwas länger halten.

Sie seufzte und wählte Lizzies Nummer. In St. Jarlath's Crescent stand alles zum Besten. Die Zwillinge sollten dort bis auf Weiteres wohnen bleiben, Cathy würde gleich vorbeikommen, um sie in die Schule zu fahren, dem Hund musste die Pfote nicht amputiert werden, er bekam nur eine Schiene. Und Sara, die nette Sozialarbeiterin, die Freundlichkeit in Person, schlug vor, dass Muttie und Lizzie sich als Pflegeeltern für die Kinder bewerben sollten. Sie war der Ansicht, dass sie eine gute Chance hätten, sie auch zu bekommen.

Shona Burke rief James an. »Wunderbare Neuigkeiten, die Kinder sind wieder aufgetaucht.«

»Ich freue mich ja so, das zu hören«, erwiderte er. »Wo sind sie jetzt?«

»Bei Muttie und Lizzie Scarlet.«

»Na, beten wir zu Gott, dass sie dort bleiben können«, sagte James. Er war sich des heiklen Themas durchaus bewusst, das er damit ansprach.

Simon und Maud waren gerade zehn Jahre alt geworden. Sie waren fast fünf Jahre jünger als Shona damals, als die Behörden der Ansicht waren, sie müsse die Familie verlassen, in der sie glücklich gewesen war.

»Ja, ich bete zu Gott«, entgegnete Shona.

»Heutzutage geht es vernünftiger zu auf der Welt, Shona«, meinte er. Sie erwiderte nichts. »Hoffen wir, Muttie Scarlet hat mehr Zivilcourage als ich damals«, fuhr er fort.

»Und ich hoffe, er hat ebenso viel Liebe in sich wie du«, antwortete Shona leise.

James Byrne fühlte sich so gut wie schon lange nicht mehr. Ein paar Minuten später erhielt er einen Anruf von Cathy.

»Zur Abwechslung einmal ein paar gute Neuigkeiten.«

»Ja, ich habe es gerade erfahren von den Zwillingen. Ist das nicht wunderbar?«, sagte er.

»Nein, bei den Neuigkeiten, die ich meine, geht es eigentlich um ihren Bruder. Die Polizei sucht nach Walter Mitchell. Sie haben genügend Gegenstände auf The Beeches sichergestellt und wissen jetzt, dass er für den Einbruch verantwortlich war.«

»Ich möchte die Freude ja nicht dämpfen…«

»Aber?«, fragte Cathy.

»Technisch gesehen war es kein Einbruch, das ist ja das Problem mit der Versicherung.«

»Sicher, aber er hat es getan«, entgegnete Cathy ungeduldig.

»Nein, Cathy, Sie müssen das mal aus deren Blickwinkel betrachten ... Der Cousin Ihres Mannes hat Ihr Geschäft mit einem Schlüssel betreten. Kein Wunder, wenn die Leute von der Versicherung auf die Idee kommen, es könnte ein abgekartetes Spiel gewesen sein.«

Cathy bedankte sich zunächst höflich und verabschiedete sich von ihm. Dann riss sie den Hörer wieder an sich und brüllte wütend ins Telefon: »Vielen Dank auch, dass Sie mir den Tag verdorben haben!«

»Gegen wen hast du denn jetzt wieder gewütet?«, wollte Tom nachsichtig wissen.

Sie erzählte es ihm.

»Walter ist so schleimig, dem fällt auch noch ein, zu sagen, wir hätten es alle gemeinsam auf das Geld der Versicherung abgesehen.« Sie klang sehr aufgebracht.

»Nein, dafür ist er zu dumm, so etwas denkt sich der nie allein aus«, tröstete Tom sie.

»Aber viel wichtiger ist doch die Frage, wie er an den Schlüssel gekommen ist?«

»Er hat uns vielleicht bei unserer Schlüsselzeremonie im Lieferwagen beobachtet, hat sich irgendwann reingeschlichen und ihn an sich genommen«, erklärte Cathy.

»Das habe ich mir auch schon überlegt, aber wir haben erst damit angefangen, als wir Walter schon gefeuert hatten«, sagte Tom.

»Du denkst also auch, dass sie es weiter für ein abgekartetes Spiel halten werden, obwohl wir den Täter gefunden haben?«

»Es ist eben Pech, dass er ein Cousin ist«, meinte Tom bedauernd.

»Ich weiß«, seufzte Cathy. »Oh, ich wüsste wirklich gerne, wo sich Cousin Walter in ebendieser Minute herumtreibt!«

Cousin Walter hatte seit den aufregenden Ereignissen auf dem Rennplatz drei Telefonate geführt. Erst hatte er Cathy angerufen, dann seinen Vater, um ihm zu sagen, dass es ihm leidtäte, dass er aber gewaltigen Ärger hätte und vielleicht für eine Weile nicht nach Hause kommen könne.

»Ich weiß, ich habe davon gehört«, erwiderte sein Vater düster.

»Trotzdem, es ist gut, dass den Kindern nichts geschehen ist«, sagte Walter.

Seinen Vater schien das merkwürdig kaltzulassen. »Sie haben uns damit nur alle möglichen Leute auf den Hals gehetzt. Das Sozialamt, die Polizei, alle gehen hier auf The Beeches ein und aus, als ob das ihr Büro wäre. Und dann diese schreckliche Frau, die deinen Cousin geheiratet hat, sie behauptet, du hättest ihr Geschäft ausgeraubt, damit die Leute dein Zimmer durchsuchen konnten. Und wieder andere fragen deine Mutter aus und wollen wissen, wie viel sie wirklich trinkt.«

»Ich weiß, Vater.«

»Nein, erzähl du mir nichts von unschuldigen Kindern, denen kein Vorwurf zu machen ist. Sie sind immerhin zu einem Buchmacher in den Laden und haben gewettet, und das in ihrem Alter. Sie haben Mutties Hund mit zu einem Pferderennen genommen – wirklich der letzte Ort für einen Hund. Dann wären sie auch fast noch alle umgebracht worden, und plötzlich soll das alles unsere Schuld sein. Wieso sie nicht wie normale Kinder zu Hause bleiben konnten, entzieht sich meinem Verständnis.«

Walters dritter Anruf galt Derek, um ihn zu warnen, dass die Polizei auf jeden Fall bei ihm auftauchen würde. Er solle also dafür sorgen, dass keine Substanzen ihm Haus wären, die dort nicht hingehörten.

»Mach dir deswegen mal keine Sorgen«, erwiderte Derek. »Aber ich werde hoffentlich nicht wegen deiner heißen Ware den Kopf hinhalten müssen, oder?«

»Nein, das ist alles weg.« – »Und was machst du jetzt?« – »Ich werde mich für ein paar Wochen verabschieden, bis Gras über die Sache gewachsen ist. Wir sehen uns wieder, in Dublin.«

»Pass auf dich auf, Walter, du bist kein schlechter Kerl«, erwiderte Derek mit einem Anflug von schlechtem Gewissen.

Walter hörte den Unterton sofort heraus und wagte einen letzten Vorstoß. »Oh, und noch was, Derek. In ungefähr fünf Stunden solltest du deine Kreditkarte als gestohlen melden«, sagte er.

»Du hast doch nicht etwa meine Kreditkarte geklaut?«, brüllte Derek ins Telefon.

»Nein, aber ich habe ihre Nummer und werde mir damit ein Ticket buchen.«

»Wohin?«, fragte Derek voller Panik.

»Ganz ruhig, nur nach London. Einfach. In fünf Stunden bin ich in Heathrow durch die Sperre, und dann solltest du anrufen und den Verlust melden.«

»Walter, das ist nicht fair.«

»Nicht fair? Was heißt hier, nicht fair? Ein mickriges Flugticket? Und das, wo ich schon mit einem Bein im Knast stehe? Jetzt mach mal halblang, Derek!«

»Okay, in fünf Stunden von jetzt an besorge ich mir eine neue Kreditkartennummer, und dann hoffe ich für dich, dass es wirklich nur ein Flugticket war«, drohte Derek.

Sara schien nicht sehr erfreut zu sein, als Cathy sie besuchte.

»Sie wissen, dass Ihre Eltern sich darum bewerben wollen, die Zwillinge in Pflege nehmen?«

»Ja, und ich wüsste gern, wie Mutties und Lizzies Chancen stehen, sie zu bekommen. Realistisch. Sie sind ganz vernarrt in die beiden, und ich will nicht, dass sie das noch einmal durchmachen müssen.«

»Wir reden hier von einer Pflegschaft, nicht von einer Adoption.«

»Ich weiß. Arme Leute nehmen in Pflege, reiche adoptieren«, erwiderte Cathy zynisch.

»Das stimmt ganz und gar nicht, und Sie wissen das auch. Es ist nur, weil Mauds und Simons Eltern noch leben und klagen könnten, um sie wieder zurückzubekommen. Und das Gesetz sagt...«

»Das Gesetz ist blind und taub gleichzeitig, wenn es um solche Dinge geht«, unterbrach Cathy.

»Glauben Sie mir, ich bin auf Ihrer Seite. Meine tägliche Arbeit bestätigt mir genau das, was Sie eben sagten, nur nicht so anschaulich.«

»Ich weiß, dass Sie das sind. Sie sind ebenso engagiert in solchen Dingen wie Neil. Hat er Ihnen übrigens gesagt, dass er jetzt doch die Zeit haben wird, kommenden Februar mit Ihnen zu dieser Konferenz zu fahren? Sie erinnern sich, als ich schwanger war, hat er Ihnen gesagt, dass er nicht mitkommen kann?«

»Aber sind Sie bis dahin nicht ohnehin fort?«, fragte Sara.

»Fort?«

»Bis Februar?« Sara war überrascht.

»Fort wohin?«, wollte Cathy wissen. Sara machte großes Aufhebens darum, ihr Handy hervorzukramen. »Fort wohin?«, wiederholte Cathy.

»Nein, ich verwechsle das mit jemand anderem, der... um diese Zeit... äh... nach England wollte. Denken Sie sich nichts dabei, ich bin momentan ein bisschen durcheinander.«

Cathy betrachtete sie nachdenklich. Sara war recht blass geworden.

Cathy war müde von den Vorbereitungen, die der Cocktailempfang mit den exquisiten Partyhäppchen für Peter Murphy in dessen Privathaus erfordert hatte. Die Crème de la Crème der Gesellschaft sei anwesend, versicherte er Cathy mehrmals, und sie müsse es unbedingt ihrer Tante erzählen. Cathy konnte kaum glauben, dass Menschen heutzutage noch solche Dinge sagten.

»Er ist immer noch scharf auf deine Tante!«, bemerkte June. »Ich hoffe nur, hinter uns sind auch noch so viele Verehrer her, wenn wir vierzig sind.«

»Ich weiß, dass du das nicht gerne hörst – aber deinem Mann ist sehr daran gelegen, deinen Versuchen, so viele Verehrer wie möglich an Land zu ziehen, ein Ende zu bereiten … Erst heute früh hat er Tom ausgehorcht, um was für eine Veranstaltung es sich denn diesmal handelt.«

»Achtet nicht auf ihn, er spinnt.«

»Er liebt dich«, erwiderte Cathy.

June lachte. »Gott, er hat mich vielleicht mal geliebt, für zwanzig Minuten, als ich sechzehn war.«

»Mach dich nicht selbst schlecht, June, er muss dich lieben. Wieso sollte es ihm sonst so wichtig sein, deinetwegen anzurufen?«

»Keine Ahnung, aber ich würde kein Geld darauf verwetten«, meinte June. »Fährst du eigentlich gleich nach Hause, wenn wir fertig sind?«

»Ja, heute Abend sind Tom und Con an der Reihe, den Lieferwagen auszuladen. Du und ich, wir können nach Hause zu unseren Männern.«

»Tja, du freust dich bestimmt, deinen Mann mal wieder zu Gesicht zu bekommen, und er wird sich ebenfalls freuen. Das ist bereits ein Unterschied«, entgegnete June. »Ich an deiner Stelle würde ihm ein paar von diesen Garnelen in Blätterteig mitbringen, das wird ihn besänftigen.«

»Ich kann diese Dinger nicht mehr sehen, June.«

»Du nicht, aber er hatte sie nicht den ganzen Tag vor der Nase wie wir«, antwortete June mit erbarmungsloser Logik.

»War es anstrengend heute Abend?«, erkundigte sich Neil.

»Nein, es ging. Tut mir leid, dass ich gestern Abend so schlecht gelaunt war.« Cathy strahlte ihn fröhlich an.

»Was ist das?«

»Ich dachte mir, du möchtest vielleicht ein paar ganz besondere Garnelen.«

Sie schienen ihm sehr gut zu schmecken. »Die sind köstlich... so leicht... Hast du die gemacht?«

Sie verspürte den unbändigen Drang, nein zu sagen und ihm zu erklären, sie habe sie unterwegs beim Chinesen mitgenommen. Was glaubte er eigentlich, womit sie ihr Geld verdiente? Aber sie lächelte nur und nickte.

»Die sind wirklich toll.« Er stellte ihr keine weiteren Fragen zu dem Auftrag am Abend. Er fragte nie etwas, ob es sich um Peter Murphys Cocktailempfang, eine Modenschau, eine Hochzeit oder eine Beerdigung handelte. Das war ja nur Cathys komischer Job.

»Du hast Sara heute getroffen«, fing er an. Er schien sich nicht wohl in seiner Haut zu fühlen.

»Ich wollte sie wegen der Zwillinge fragen, ob es eine Chance gibt, dass Dad und Mam sie für immer in Pflege bekommen.«

»Und was hat sie gesagt...?«

»Na ja, sie hat gemeint, dass die Ämter uns schon ein paar Steine in den Weg legen könnten, weil die beiden bereits älter sind und aus der Arbeiterschicht stammen. Aber ich erklärte ihr, dass das Unsinn sei, und sie hat mir mehr oder weniger recht gegeben.«

»Habt ihr sonst noch was besprochen?«

»Ist das ein Ratespiel, oder was?«, fragte Cathy.

»Na gut, dann ohne Umschweife. Sie hat mich heute angerufen und mir gesagt, sie sei ins Fettnäpfchen getreten.«

»Weswegen?«

»Jetzt lässt du mich aber raten.«

»Ich weiß es wirklich nicht, sag du es mir.«

»Sie sagte, sie hätte dir gegenüber durchklingen lassen,

dass ich immer noch an dem Flüchtlingsjob interessiert bin.«

»Aber natürlich bist du das«, erwiderte sie perplex. »Ich nehme mal an, dass du dir nicht erst ernsthafte Gedanken darum machst und dann die Sache urplötzlich wieder vergisst. Natürlich hast du weiter darüber nachgedacht.«

»Es ist jetzt so, dass man mir das Angebot ein weiteres Mal, aber zu veränderten Bedingungen gemacht hat.«

»Und du wirst es annehmen.«

»Selbstverständlich werde ich es nicht einfach so akzeptieren. Wir müssen erst mal ernsthaft darüber reden.«

»In der Zwischenzeit hast du es mit Sara ernsthaft besprochen.«

»Cathy!«

»Ich habe jetzt Lust auf eine schönes, langes Bad«, sagte sie.

»Bitte, sei doch nicht so.«

»Hör mal, Neil. Selbstverständlich werden wir ernsthaft darüber reden, aber nicht um diese Uhrzeit. Ich werde mich jetzt in die Wanne legen und über die Welt nachdenken, und ich würde das gerne als deine gute Freundin tun und nicht als jemand, der einen dummen, sinnlosen Streit mit dir hat.«

»Dann genieß dein Bad, gute Freundin«, gab er sich geschlagen.

Tom Feather führte Shona Burke zum Essen aus. Er betrachtete es als Mischung aus Arbeitsessen und netter Geste, um sich bei ihr für ihren Einsatz zu bedanken. Er ging mit ihr in ein kleines französisches Lokal.

»Ich verspreche dir, ich werde nicht die ganze Zeit das Essen misstrauisch beäugen und begutachten«, sagte er mit einem entschuldigenden Lächeln. »Die Leute erzählen mir nämlich immer, dass man mir schon von Weitem die Konkurrenz ansieht, wenn ich das Essen auf dem Teller seziere.«

Shona erwiderte lachend, dass sie auch nicht viel anders

sei; auch sie hielte ständig Ausschau nach Informationen, die ihr bei ihrer Arbeit nützlich sein könnten. Und sie mache sich sogar noch Notizen. Einmal habe jemand gedacht, sie hätte mitgeschrieben, was er gesagt hatte.

»Und hat er irgendetwas gesagt, von dem er nicht gewollt haben könnte, dass du es mitschreibst?«, fragte Tom. Der Mann hatte sich über Motorräder unterhalten, und Shona hatte sich den Namen und die Bezugsadresse eines effizienten Kühlungssystems aufgeschrieben. »Und, hast du ihn wiedergesehen?«, wollte Tom wissen.

»Nein, aber ich habe eine Menge aus seiner Erfahrung gelernt. Mittlerweile nehme ich mein Notizbuch aber nicht mehr zu Verabredungen mit.«

»Sehr klug, würde ich sagen. Aber eigentlich kann ich da gar nicht mitreden. Ich hatte schon lange keine Verabredung mehr.«

»Fehlt sie dir sehr?«

»Marcella?«, fragte er überrascht.

»Entschuldige, Tom, es geht mich nichts an. Normalerweise stecke ich meine Nase nicht in die Angelegenheiten anderer Leute.«

Er schien es ihr nicht übel zu nehmen. »Tja, die Antwort lautet ja und nein. Ich glaube, mir hat eher das gefehlt, von dem ich dachte, dass ich es hätte, als das, was wir wirklich miteinander hatten. Vielleicht ist das immer so, wenn etwas zu Ende ist.«

Nach dem Essen brachte Tom Shona zu den Glenstar Apartments zurück. Er ging nicht auf einen Kaffee mit hoch, weil er, wie er sagte, am nächsten Tag zum Brotbacken früh raus müsse und Schlaf bräuchte. Er fuhr zurück nach Stoneyfield. Als er den Wagen parkte, konnte er sehen, dass jemand in der kalten Nachtluft auf der Treppe saß. Es war Marcella.

November

Komm doch rein, Marcella«, sagte er müde. Schweigend stiegen sie die Treppe zu der Wohnung hinauf, in der sie einmal so glücklich zusammengelebt hatten. Sie sah sich um, als sähe sie sie zum ersten Mal. Keiner von beiden hatte bisher ein Wort gesagt. Tom setzte sich an den Tisch, auf dem immer noch die Decke aus pinkfarbenem Samt lag. Auffordernd deutete er auf den zweiten Stuhl. Es hatte noch nie Sinn gehabt, Marcella etwas zu essen oder zu trinken anzubieten, sie hatte nie etwas gewollt, also fing er jetzt auch nicht damit an. Er betrachtete sie, während er darauf wartete, dass sie zu reden anfing. Sie sah müde aus, aber sie war schön wie immer, mit ihrem schmalen Gesicht und den üppigen dunklen Haaren. Sie trug eine schwarze Lederjacke und einen weißen Pullover, um ihren langen, schlanken Hals hatte sie ein rotes Tuch gebunden. Sie hatte nur eine kleine Lederhandtasche bei sich, sonst hatte sie kein Gepäck.

»Danke, dass du mich hereingelassen hast«, begann sie.

»Das ist doch selbstverständlich«, erwiderte er.

»Aber am Telefon willst du nicht mit mir reden?«

»Es ist spät, ich bin müde, ich muss morgen zum Brotbacken früh aufstehen. Wir wollen doch nicht wieder alles von Anfang an aufrollen, oder?« Er sprach langsam und sanft und bemühte sich, vernünftig zu reagieren, statt den verletzten und verhärteten Teil von sich herauszukehren, wie er es bisher gemacht hatte.

»Ich möchte dir nur etwas erzählen, und dann bin ich gleich wieder fort.« Sie hörte sich sehr deprimiert und niedergeschlagen an. Sie jammerte nicht und weinte nicht, aber es war, als sei alles Leben aus ihr gewichen.

»Dann erzähl es mir«, forderte er sie auf. Sie redete nicht gleich weiter. »Es fällt mir ziemlich schwer. Könnte ich vielleicht etwas zu trinken bekommen?«

Er ging in die Küche und sah sich suchend um; er wusste nicht recht, was er ihr anbieten sollte. »Irgendetwas«, sagte sie. Er holte eine Dose Lager aus dem Kühlschrank, nahm zwei Gläser und brachte ihr gleich noch einen Aschenbecher mit. Sie schien ewig lange zu brauchen, ihre Zigarette anzuzünden. Schließlich fing sie zu sprechen an.

»Paul Newton betreibt tatsächlich eine Modelagentur, und ich weiß, dass er auch ziemlich bekannte Models unter Vertrag hat. Die Agentur hat drüben einen guten Namen, aber mir hat das wenig geholfen. Es lief überhaupt nicht, nicht einmal am Anfang.«

Sie sah so trostlos und traurig aus, dass Tom sich gezwungen fühlte, etwas zu sagen. »Aber du hast es wenigstens versucht, das wolltest du doch.«

»Nein, ich bekam nicht einmal die Chance, es zu versuchen. Er wollte mich nicht haben für diese Form von Auftritten, nicht für Modenschauen oder andere Jobs, die ich mir vorstellte ... Er wollte mich nur für Glamourfotos. Zuerst schickte er mich zu Leuten, die Dessous für Kataloge fotografierten ... und die wollten alle diese sogenannten Glamouraufnahmen, das heißt Oben-ohne-Fotos.« Aus ihrer Geschichte sprach so viel Trauer und Scham, dass Tom die Augen schloss, um nicht länger ihr Gesicht zu sehen. »Es war grauenvoll. Ich erklärte ihnen, dass da ein Fehler vorliegen müsse, ich sei ein richtiges Model und hätte einen Vertrag mit Mr. Newton, aber sie lachten nur und sagten, ich könne es tun oder lassen, die Entscheidung läge bei mir.« Sie schwieg eine Weile. »Natürlich ließ ich es bleiben und ging zurück zu Mr. Newton, um ihn zu informieren. Ich dachte, dass er auf diese Leute wütend sein würde.« Sie machte eine Pause, um einen Schluck Bier zu trinken, das sie früher nicht angerührt hätte. »Er war sehr beschäftigt an diesem Tag. Ich musste ewig warten, um zu ihm vorgelassen zu werden. Während ich dasaß, war ein ständiges Kommen und Gehen. Es kamen genau die Leute, die ich mein Leben lang immer hatte kennenlernen wollen: Stylisten und Designer und andere Models. Und dann, nach langer, langer Zeit wurde ich endlich zu ihm gerufen und erzählte ihm alles … Und er … er sagte …« Sie hielt inne, kaum fähig, die Worte zu wiederholen. »Er sagte, was ich in meinem Alter denn anderes erwartet hätte … Und ich sagte, dass er mir versprochen habe, mich als Model in seiner Agentur zu vermitteln. Da wurde er wütend und meinte, das habe er doch in Gottes Namen auch getan, was ich denn jetzt zu jammern hätte. Und weißt du, was dann passierte? In dem Moment rief Joe wegen irgendetwas an und erkundigte sich offensichtlich nach mir. Und Paul Newton sagte doch tatsächlich nicht nur, dass es mir gut ginge und dass ich im Moment neben ihm im Büro säße. Am Anfang, fuhr er fort, hätte ich das alles zwar noch etwas befremdlich gefunden, aber langsam würde ich mich einarbeiten.« Tom trank schweigend sein Bier; er spürte, wie demütigend das alles für sie gewesen sein musste. »Jedenfalls beendete er das Gespräch mit Joe und forderte mich auf, mich endlich wie ein großes, erwachsenes Mädchen und meinem Alter gemäß zu benehmen und mich damit abzufinden … Aber ich ließ nicht locker. ›Sie haben es versprochen‹, beharrte ich, und da wurde er richtig wütend. ›Ich habe dir die Wahrheit gesagt‹, wiederholte er ständig …« Tom sah hoch zu ihr. »Und plötzlich hatte ich das Gefühl, als säße ich dir gegenüber und redete mit dir. Du weißt schon, damals, als ich dir erklärte, ich hätte dir die Wahrheit gesagt. Aber du meintest, das sei nicht dasselbe, wie ehrlich zu sein, und dass es einen Unterschied gebe. Erst in dem Moment begriff ich.«

»O Marcella.«

»Ja, jedenfalls damals hatte ich noch genügend Geld für eine Monatsmiete, aber plötzlich war keines mehr da. Ich präsentierte überall meine Mappe, und als ich die Fotos von dir und mir zeigte, die wir für die Ausgabe mit dem Paar des Monats gemacht hatten, fragten mich die Leute, was ich denn hier zu suchen hätte, wo ich doch drüben sein könnte. Ich hatte keine Antwort. Und dann konnte ich im Monat darauf die Miete nicht mehr zahlen, und ich machte die Obenohne-Aufnahmen. Seltsamerweise war es nicht ganz so abstoßend, wie ich dachte. Alle waren sehr professionell und brachten den Job so schnell und so effizient wie möglich hinter sich. Auf eine merkwürdige Weise behandelten sie mich alle ziemlich respektvoll. Die Abrechnung lief über das Büro von Paul Newton, und alle zwei Wochen holte ich dort mein Geld ab. Ich bekam ihn nie zu Gesicht, bis auf einen Tag... den Tag, an dem ich dich anrief...«

»Was ist passiert... erzählst du es mir?«, fragte Tom.

»Er war vorn am Empfang, als ich meinen Umschlag abholte, und er bat mich in sein Büro. Er sagte, es täte ihm leid, dass wir uns im Unfrieden getrennt hätten, dass ich sehr gut sei bei meiner Arbeit und dass er mir jetzt etwas ganz Besonderes anzubieten habe. Ich freute mich, weil ich dachte, er hätte jetzt endlich einen richtigen Job als Model für mich. Doch zuerst zeigte er mir Zeitschriften mit Oben-ohne-Fotos von mir; ich hatte die Aufnahmen nie zuvor gesehen und war völlig durcheinander, als ich sie sah. Er meinte, ich müsse nicht mein ganzes Leben lang solche Dinge machen. Ich wartete ab. Er fuhr fort und erklärte mir, dass ich richtig viel Geld verdienen könnte, wenn ich nur wollte. Und dann zeigte er mir andere Magazine, richtige Pornohefte. Mir wurde schlecht, als ich sah, wo seiner Meinung nach die Zukunft für mich lag.« Wieder hielt sie inne und schüttelte in Erinnerung an den Schock den Kopf. »Er sagte, diese Leute hätten ein sehr distanziertes Verhältnis zu ihrer Arbeit, da würde weder gegrabscht noch sonst etwas. So würde das nicht ablaufen, die Leute gingen dorthin wie zu jeder anderen Arbeit auch. Ich stand auf, bedankte mich bei ihm und sagte, ich würde ihn am nächsten Tag anrufen. Dann wechselte ich das Zimmer und sah ihn nie wieder.« Es folgte eine sehr lange Pause. »Und dann kam ich heim.«

»Und wo …?«

»Im Augenblick bin ich bei Ricky. Ich putze und helfe ihm im Studio. Ein paar Abende habe ich auch in einer Kneipe gearbeitet, mittags auch ein paarmal in einer Sandwichbar. Weißt du, dass ich heute wirklich eine Zierde für Scarlet Feather wäre?« Der sehnsuchtsvolle Unterton in ihrer Stimme war kaum auszuhalten.

Aber er sagte, was gesagt werden musste. »Nein. Du kannst mir glauben, ich bin dir weder böse noch eingeschnappt, aber die Antwort lautet nein.«

»Ich sage ja auch nicht, dass wir sofort wieder zusammenziehen sollen… Ich würde noch eine Weile bei Ricky bleiben…«

»Nein.«

»Ich werde dich wieder fragen, ich muss es tun. Ich möchte, dass es wieder so wird, wie es war. Einmal angenommen, du hättest diesen Fehler gemacht und mich verletzt, weil du dich zu weit von mir entfernt hättest. Und weiter angenommen, du hättest irgendwann einmal erkannt, dass es das Dümmste auf der ganzen Welt war, und würdest mich bitten, wieder von vorn anzufangen – würdest du dann auch nicht lieber ein paar aufmunternde Worte hören statt eines kalten, abweisenden Neins?«

»Das ist kein kaltes, abweisendes Nein, glaub mir, das ist es nicht. Im Prinzip würde ich nichts lieber tun, als die Vergangenheit auszulöschen und wieder von vorn anzufangen…«

»Wieso können wir dann nicht …?«

»Weil nichts mehr so ist, wie es war. Es wäre alles nur erzwungen, wir würden so tun, als wären wir wieder ineinander verliebt. Vielleicht bin ich oberflächlich, und du bist besser dran ohne mich. Ich habe dir das schon mal gesagt.«

»Ich habe es dir damals nicht geglaubt und glaube es auch jetzt nicht.«

»Aber ich liebe dich nicht mehr. Ich werde nie vergessen, was wir miteinander hatten, und falls ich je eine andere Frau lieben sollte, wird unsere Liebe immer etwas Besonderes bleiben…«

»Liebe mich wieder, und such dir keine neue. Liebe mich wieder.«

Er verspürte kein Verlangen nach ihr, keine Erinnerungen an gemeinsam erlebte Liebe in dieser Wohnung kehrten zurück. Er empfand nichts als Mitleid. »Dieser Sommer lief nicht allzu gut für mich, und nachdem du weg warst, ist ein Haufen Dinge schiefgegangen, und ich war sehr unglücklich«, begann er. »Aber im Vergleich zu deinen Erfahrungen war das nichts. Es tut mir mehr leid, als ich sagen kann.«

»Du bist bestimmt zufrieden, dass du recht hattest«, sagte sie.

»Nein, ich hatte mit überhaupt nichts recht. Ich hatte nicht die geringste Ahnung, dass dir das widerfahren würde. Ich dachte, du hättest einen Riesenerfolg, denn du warst und bist sehr schön. Und ich hoffte ernsthaft, dass es dir gelingen würde, weil du es so sehr wolltest.«

Sie griff nach ihrer Handtasche. »Ich werde immer in deiner Nähe sein, falls du deine Meinung änderst«, sagte sie.

»Nein, ganz bestimmt nicht. Nicht jemand wie du.« Er versuchte, sie zum Lächeln zu bringen. Aber ihr Gesicht blieb traurig. »Komm, ich fahre dich zurück zu Ricky«, bot er ihr an.

»Aber wir werden doch Freunde bleiben?«, fragte sie.

»Wir werden mehr als Freunde sein, schließlich waren wir vier Jahre zusammen, oder nicht?«, entgegnete er.

»Das stimmt, und es gibt so vieles, das ich noch wissen möchte.«

So gerne er ihr all die Abenteuer und Dramen um die vermissten Zwillinge und von der Suche der Polizei nach Walter wegen des Einbruchs erzählt hätte, er hatte das Gefühl, dass jetzt nicht die Zeit zum Plaudern sei. Und so fuhren sie wortlos durch die dunklen, leeren, nassen Straßen.

»Wenn du schon keinen Urlaub mit mir machen willst, würdest du dann wenigstens übers Wochenende mit mir wegfahren?«, fragte Neil.

»Sicher, das wäre schön«, antwortete Cathy.

Doch eigentlich konnte sie sich mit der Vorstellung, ein ganzes Wochenende fort zu sein, nicht so richtig anfreunden. Das klang gefährlich nach Flitterwochen, und dafür war sie jetzt noch nicht bereit. Der Arzt hatte zwar gemeint, dass sie selbstverständlich irgendwann wieder ein normales Eheleben führen würden, nur, jedes Paar brauche dazu verschieden lang. Aber Cathy war der Ansicht, dass es in ihrem Fall sehr lange dauern würde. Es wäre Neil gegenüber nicht fair, mit ihm wegzufahren, wenn sie dazu noch nicht bereit war. Andererseits war das ein Thema, das nicht leicht zu diskutieren war.

Wenn sie zu ihm sagte, dass sie noch nicht bereit wäre, wieder mit ihm zu schlafen, würde er berechtigterweise einwenden, dass er ja eigentlich nur ein gemeinsames Wochenende vorgeschlagen habe, was in vielerlei Hinsicht ja auch sehr schön wäre. Sie würde sich ein paar mögliche Ziele überlegen und ihm diese dann vorschlagen, aber jetzt noch nicht, erst in ein paar Wochen.

Irgendwie hatte es sich in der letzten Zeit ergeben, dass sie fast nie mehr gleichzeitig zu Hause waren, eine beunruhigende Angewohnheit. Das Frühstück war die einzige Mahlzeit, die sie noch gemeinsam einnahmen, und selbst am Wochenende waren sie beide viel unterwegs. Cathy kochte tagsüber immer weniger zu Hause in Waterview, da im Geschäft allmählich alles wieder beim Alten war. Sie blieb sogar abends immer länger dort und setzte sich zum Lesen und zum Entspannen auf das große, bequeme Sofa, statt gleich nach Hause zu fahren. Falls Tom das auffallen sollte, so sagte er nichts; manchmal leistete er ihr Gesellschaft, manchmal ging er aus. Cathy wusste, dass er sich ab und zu mit Frauen traf, aber selten ein zweites Mal mit derselben. Sie wusste auch, dass Marcella wieder in der Stadt war und bei Ricky wohnte; mehr hatte er ihr nicht erzählt. June jedoch, die immer über alles informiert war, hatte gehört, dass Marcella sich völlig verändert hätte. Sie würde jeden Job annehmen, über den sie früher die Nase gerümpft hätte, und wünschte sich nichts sehnlicher, als zu Scarlet Feather zurückzukehren. Sie hatte jemandem gegenüber verlauten lassen, dass sie sogar den ganzen Tag lang Geschirr spülen würde, wenn sie nur zurückkommen könnte.

»Ob er sie wieder zurücknimmt? Was meint du?« Junes Augen waren vor Neugier ganz groß und rund.

»Sie hat nie hier gearbeitet, um zurückkommen zu können«, erwiderte Cathy ausweichend.

»Nein, hör auf mit den Spielchen – du weißt genau, was ich meine.«

»Tom spricht nicht darüber.«

»Das wundert mich aber. Ihr zwei habt doch so viel zusammen durchgemacht, da dachte ich, er würde sich bestimmt an deiner Schulter ausheulen.«

»Nein, wie die Dinge in unserem Geschäft liegen, heulen wir uns ohnehin schon oft genug beim anderen aus, das reicht.« Aber sie wusste auch, dass sie diesen Abstand voneinander dringend brauchten. Sie war zwar versucht gewesen, ihm zu erzählen, wie sehr Neil sie im Zusammenhang mit ihrer Schwangerschaft verletzt hatte, aber eigentlich wollte sie sich das lieber nicht so deutlich eingestehen. Außerdem schien der Schmerz jetzt schon viel weniger akut zu sein. Sie und Neil kamen mittlerweile auch wieder recht gut miteinander aus. Erst diesen Morgen hatte er gesagt, wie sehr er es sich wünschte, dass sie die Zeit hätte, an der großen Demonstration für die Obdachlosen teilzunehmen, aber er wisse ja, dass sie zu arbeiten habe.

»Viel Glück, Neil«, sagte sie. »Ich hoffe, ihr bekommt eine Menge Leute zusammen.«

»Das kann man während der Woche nie wissen.« Er klang besorgt. »Aber wenn alles klappt, haben wir eine gute Möglichkeit, auf die Situation aufmerksam zu machen.«

Er hatte sich so besorgt angehört, dass sie erneut froh war, Tom keine vor Selbstmitleid triefende Jammergeschichte erzählt zu haben. Der arme, müde Tom, der sich so auf einen ruhigen Tag im Geschäft freute, während sie alle unterwegs wären und arbeiten müssten.

»O June, wie sollen wir dieses Mittagessen heute nur überstehen. Diese Frau ist ein Ungeheuer.«

»Das sagst du doch jedes Mal, und jedes Mal läuft alles bestens.«

»Nicht dieses Mal. Wir sollen den Hintereingang des Hauses benutzen und den Lieferwagen ganz weit weg parken, damit keiner der Gäste ihn sieht und sich von seinem Anblick beleidigt fühlt. Wir sollen alle Hausschuhe tragen, die wir gleich beim Betreten des Hauses durch die Hintertür anziehen müssen. Sonst kann sie nämlich nicht sicher sein, dass wir keinen Dreck ins Haus tragen.«

»Na schön, wenn es sie glücklich macht.«

»Warte nur, bis sie dein Haar sieht, June.«

»Was stimmt damit nicht?« June schaute in den Spiegel und richtete sich die Frisur. Sie hatte sich leider kein zweites Mal die teuren Strähnen bei Hayward's leisten können. Mittlerweile waren sie herausgewachsen, sodass ihr Haar an die Mähne eines scheckigen Pferdes erinnerte.

»Oh, Mrs. Etepetete äußerte den Wunsch, das Personal möge doch bitte adrett anzusehen sein, weil ein Teil der Gäste Diplomatengattinnen sind.«

»Adrett? Bin ich das?« June schnitt ein paar Grimassen in den Spiegel.

»Aber wenn wir wirklich gut sind, könnte uns das die Tür zu vielen Botschaften öffnen. Das dürfen wir trotz allem nicht vergessen.«

Tom würde bei diesem Auftrag nicht dabei sein; Con sollte

für die Getränke zuständig sein, und June und Cathy würden das Mittagessen vorbereiten und servieren. Tom drängte sie, rechtzeitig loszufahren, denn die Dame schien Pünktlichkeit für höchst wichtig zu erachten.

»Cathy, hör auf, sie Mrs. Etepetete zu nennen, ja? Sonst sagst du das noch zu ihr, wenn du ihr gegenüberstehst.«

»Nein, bestimmt nicht.«

»Weißt du, wohin du musst?«

»Ja, ich habe gerade nachgeschaut.«

»Hast du dein Handy dabei?«

»Ja, Tom. Weißt du was, wenn du so weitermachst, entwickelst du dich in Windeseile zu einem Mr. Etepetete. Vielleicht seid ihr beide ja füreinander geschaffen.«

Er lachte und versetzte dem Lieferwagen einen Schlag. »Viel Glück«, rief er ihnen nach.

Danach hörte das Telefon nicht mehr zu klingeln auf.

»Hallo, Tom. Hier ist Neil, habe ich Cathy verpasst?«

»Ja, aber sie hat ihr Telefon im Auto dabei.«

»Nein, ist schon gut. Richte ihr einfach aus, dass ich für das übernächste Wochenende im Holly's für uns gebucht habe. Das wird sie etwas aufmuntern.«

»Einfache Frage, Tom. Ich habe Marcella getroffen. Sie bat mich, sie mit nach Fatima zu nehmen, um Mam und Dad zu besuchen. Du und sie, ihr seid jetzt gute Freunde, meinte sie.«

»Als sie noch mit mir zusammenlebte, wollte sie nie nach Fatima«, erwiderte er nur.

»Dann wäre es dir also lieber, wenn sie nicht mitkommt?«

»Sie soll gehen, wohin sie will.«

»Sie macht einen sehr deprimierten Eindruck. Ich möchte lieber nicht wissen, wie es ihr drüben ergangen ist. Sie redet nicht darüber, aber toll kann es nicht gewesen sein.«

»Nein, und ich wünsche ihr wirklich das Beste und hoffe,

dass sie ihr Glück findet, so wie ich es jedem anderen Freund auch wünschen würde.«

»In Ordnung, Tom, habe verstanden.«

»Tom, hier ist Muttie. Hör mal, die Zwillinge kochen gerade Irish Stew, um Lizzie heute Abend damit zu überraschen, und sie haben mir eine Liste gegeben…«

»Und jetzt möchtest du, dass ich es für euch koche… Okay, Muttie…«

»Entschuldige bitte, aber sie würden nie etwas davon hören wollen, dass du es kochst. Sie wollen es ganz allein machen. Ich habe das Lamm und die Karotten und die Zwiebeln, aber hier stehen noch Brühwürfel auf der Liste. Was ist das?«

Tom erklärte ihm, welche Suppenwürfel er im Supermarkt um die Ecke besorgen solle und wie sie aussahen. Cathys Mutter hatte wahrscheinlich jede Menge ausgezeichnete Brühwürfel im Kühlschrank, aber jetzt war keine Zeit mehr, irgendwelche falschen Packungen zu öffnen.

»Spreche ich mit Tom Feather? Hier ist Nick Ryan, ich möchte gerne eine Überraschungsparty zum Geburtstag von Cathys Tante in deren Wohnung veranstalten. Und Sie beide sollen das Catering übernehmen.«

»Wissen Sie, Mr. Ryan, was Überraschungspartys angeht, haben wir einen Grundsatz… wir übernehmen sie schlichtweg nicht, denn so eine Überraschung kann völlig nach hinten losgehen.«

»Aber doch sicher nicht bei Geraldine… Sie hat doch so viele Freunde, oder?« Er klang verunsichert.

»Könnte Cathy Sie deswegen noch mal anrufen? Bitte.«

»Na ja, gut. Ich dachte, Sie wären froh über das Geschäft.« Jetzt klang er ein wenig beleidigt.

»Das sind wir auch, Mr. Ryan. Wie ich schon sagte, Cathy wird sich darum kümmern, sobald sie kann.«

»Na dann.«

»Tom?« – »Cathy, das ist Gedankenübertragung. Ich wollte dich gerade anrufen.«

»Tom, hast du ihren Brief und den Stadtplan da?«

»Du meinst, du bist immer noch nicht dort? O mein Gott!«

»Keine Panik, du hast den Stadtplan. Ich war auf Nummer siebenundzwanzig, aber sie haben nie was gehört von einer Mrs. Etepetete.«

»Na ja, wenn du sie so genannt hast…«

»Selbstverständlich habe ich sie nicht so genannt, Tom. Schnell, beeil dich, bitte.«

Er rannte zum Schreibtisch und holte die Unterlagen mit den Aufträgen dieser Woche. Dann eilte er ans Telefon zurück und las ihr die Adresse vor.

»Aber da bin ich.«

»Also, die Adresse steht auf ihrem Briefkopf, den ich hier vor Augen habe.« Er las sie noch einmal vor, dieses Mal mit dem Namen des Vororts.

»Was?«, rief sie. Es gab zwei Straßen mit demselben Namen. Jemand, der so etwas erlaubte, sollte eigentlich gehängt werden. Sie war auf der falschen Seite von Dublin.

»Tom, was soll ich tun? Wenn ich sie jetzt anrufe, bricht sie mir zusammen. Tom, sag doch was.«

»Fahr sofort dorthin. Ich werde sie anrufen, ich bin für den Moment näher dran. Ich werde mich mit Champagner und Räucherlachs in ein Taxi werfen und sie so lange hinhalten, bis du kommst. Fahr vorsichtig, geh kein unnötiges Risiko ein. Ich will nicht, dass die ganze Firma bei diesem Manöver umkommt.«

Das folgende Telefonat mit Mrs. Etepetete verlief ziemlich unerfreulich, und ein paarmal musste er sein Handy ein Stück vom Ohr weghalten. Der Taxifahrer betrachtete ihn voller Mitgefühl.

»Wissen Sie, Ihr Job ist ja fast so schlimm wie meiner«, sagte er, als Tom erschöpft das Handy neben sich legte.

»So schlimm wie heute ist es nicht immer, aber können wir nicht vielleicht doch ausnahmsweise tauschen? Bitte.«

»Nein, heute würden Sie meinen Job bestimmt nicht haben wollen«, erwiderte der Taxifahrer düster. »Im Zentrum von Dublin ist irgendein Protestmarsch im Gange, die marschieren von der O'Connell Street bis zu Stephen's Green. Wir werden länger unterwegs sein, um zu der Dame zu kommen, mit der Sie gerade telefoniert haben. Und die mit dem Lieferwagen voller Essen, von der Sie gesprochen haben, die kann noch von Glück reden, wenn sie es bis zum nächsten Wochenende schafft.« Tom lehnte sich zurück und schloss die Augen. Er musste ruhig bleiben. Wenigstens einer in dieser Stadt musste Ruhe bewahren.

Mrs. Frizzell war um die fünfzig, klein und trug ein smaragdgrünes Wollkleid, das ihr nicht stand. Ihr schwarzes Haar war zu einem strengen Knoten zusammengefasst, und sie war übelster Laune, als er eintraf. Mit Erleichterung bemerkte er, dass noch keine anderen Wagen da waren. Dem wüsten Strom an Beschimpfungen, mit dem sie ihn begrüßte, entnahm er, dass sie noch allein war und er es wenigstens vor dem Eintreffen der Gäste geschafft hatte.

»Also wirklich, na, so was.« Er verschwand kurz in der Küche, um nach geeigneten Gläsern zu suchen. »Wissen Sie«, meinte er, »wie ich Ihnen schon gesagt habe, der Verkehr ist schrecklich. Sie werden sich alle verspäten, es ist für alle genau dasselbe.« Er hatte nichts dergleichen zu ihr gesagt, er wiederholte nur, was der Taxifahrer ihm erzählt hatte. »Ich glaube, es handelt sich um einen Protestmarsch, Mrs. Frizzell. Der Verkehr ist total zusammengebrochen, und einige Straßen sind ganz gesperrt.« Ihr Gesicht blieb versteinert. Tom öffnete gekonnt eine Flasche und stellte sie auf Eis, dann arrangierte er die Scheiben Räucherlachs auf gebuttertem Vollkornbrot, nahm ein scharfes Messer und schnitt die Scheiben in winzige Stücke.

Als er die Zentrale verlassen hatte, hatte er noch ein paar Zitronen und eine Hand voll Petersilie mitgenommen, aber jetzt brauchte er einen Teller. Er sah sich suchend um.

»Ich dachte, Sie sagten, Sie würden alles zur Verfügung stellen …«

»Und das tun wir auch. Unser Porzellan ist auf dem Weg, es ist nur so, wie ich Ihnen gesagt habe. Der Transport ist leider ohne unsere Schuld durch diesen Protestmarsch aufgehalten worden.«

»Protestmarsch«, schnaubte sie.

»Ich weiß, es ist äußerst lästig, aber trotzdem ist es gut, dass wir in einer Demokratie leben, meinen Sie nicht, und dass die Leute ihre Meinung offen kundtun können.«

Mrs. Frizzell schien nicht der Meinung zu sein, dass es besonders gut war, in einer Demokratie zu leben; solche Gedanken waren ihr eher fremd. In der Zwischenzeit hatte Tom eine schlichte weiße Platte entdeckt. »Seien Sie so nett und stellen Sie mir Ihre wunderschöne weiße Platte zu Verfügung. Ich werde sie hüten wie meinen Augapfel«, überredete er sie und arrangierte darauf in Windeseile ein paar köstliche Kanapees. Er merkte, wie sie langsam zugänglicher wurde.

»So, und jetzt bringe ich Sie zurück in das traumhafte Wohnzimmer, das ich auf meinem Weg hierher aus dem Augenwinkel gesehen habe. Ich gebe Ihnen ein Glas Champagner, und Sie setzen sich hin und warten auf Ihre Gäste. Die werden auch ein bisschen aufgeregt sein, weil sie zu spät kommen«, sagte er.

Die Gäste kamen leider nicht zu spät, denn zu seinem großen Missfallen sah er noch in dem Moment eine schwere schwarze Limousine die Auffahrt heraufkommen. Er ließ die Gastgeberin im Wohnzimmer stehen und eilte in die Küche zurück, wo er alle Schränke, Kühlschränke und Schubladen nach Rohstoffen für ein mögliches Mittagessen durchsuchte, für den Fall, dass Cathy es doch nicht schaffen würde. Dabei stieß er auf eine Flasche mit billigem Brandy und beschloss, klammheimlich ein paar Tropfen in jedes Glas Champagner zu geben, das er servierte. Das würde wahrscheinlich der längste Aperitif aller Zeiten werden – also sollten die Leute wenigstens etwas davon haben.

»Das glaube ich einfach nicht«, schrie Cathy, als der Verkehrspolizist ihr erklärte, dass die Straßen gesperrt seien. »Hat es einen Unfall gegeben?«

»O nein, das sind nur die Obdachlosen und ihre Fürsprecher, die meinen, man müsste deswegen gleich die ganze Stadt sperren«, erwiderte er und schickte einen verzweifelten Blick gen Himmel. Er war ein Mann mit müden Augen, der nur wenig Verständnis für Leute hatte, die seine Arbeit noch schwerer machten, als sie ohnehin schon war. »Seid ihr Zauberer?«, erkundigte er sich interessiert. Der Lieferwagen mit der roten Feder sah lustig aus, vielleicht waren sie Unterhaltungskünstler für Kinder.

»Nein, Wachtmeister«, antwortete Cathy, ehe sie zu einer gefährlichen Wende ansetzte. »Aber wir werden heute noch das Zaubern lernen müssen.«

»Wer hat sie bloß dazu gebracht, die Straßen zu sperren?«, fragte Con erstaunt.

»Mein eigener Mann«, erwiderte Cathy grimmig.

Die meisten der Frauen fühlten sich bereits wohl, kaum dass sie ihren Fuß über die Schwelle gesetzt hatten. Sie trugen sich alle in ein Gästebuch auf einem Tischchen in der Halle ein, damit Mrs. Frizzell ihrem Mann hinterher zeigen konnte, wer alles gekommen war… Tom verteilte hier ein Lächeln und versicherte dort glaubwürdig, dass Räucherlachs absolut keine Kalorien habe. Nebenbei musste er seine eigene Panik niederringen. Es waren zwölf Frauen, zwei der vier mitgebrachten Flaschen Champagner waren bereits leer, die Platte mit dem Räucherlachs fast aufgegessen. Es würde eine Stunde dauern, den Tisch herzurichten und das Mittagessen zu servieren, und noch immer war kein Lieferwagen in Sicht.

Die Fernsehkameras filmten den Demonstrationszug, ein beeindruckendes Bild, das angesichts des heftig fallenden Regens noch imposanter war. Fahnen wurden geschwenkt, und es waren Menschen aller Altersgruppen vertreten.

»Ich kann es nicht glauben, Neil«, sagte Sara. Er drückte ihre Hand; es lief besser, als einer von ihnen es für möglich gehalten hätte. Er wünschte sich, Cathy hätte kommen können, aber er würde ihr heute Abend davon erzählen, vielleicht würden auch ein paar der Reden in den Neun-Uhr-Nachrichten übertragen.

Tom öffnete drei Dosen Sardinen, tupfte sie trocken, gab etwas Zitronensaft und frisch gemahlenen schwarzen Pfeffer über die Mischung, die er anschließend über den Inhalt eines Päckchens mit Kräckern verteilte, das er noch irgendwo ausgegraben hatte.

»Sehr pikant«, sagte eine der Frauen. »Wie heißt das?«

»Sardines au citron«, erwiderte er.

»Sie sind köstlich.« Sie sah Tom lächelnd in die Augen.

Er erwiderte nervös ihr Lächeln und ging weiter.

Den Champagner, den er in der Küche einschenkte, verfeinerte er wie bisher mit ein paar Tropfen Brandy, nur Mrs. Frizzells Glas nicht. Er wollte nicht, dass sie erfuhr, weshalb ihre Gäste so beschwingt waren. Tom machte sich im Geist eine Notiz all der Dinge, die er Mrs. Frizzells Vorräten entnommen hatte. Falls dieser Tag jemals enden sollte, würde er außer einer halben Flasche Brandy noch etliche andere Sachen ersetzen müssen. Er hatte ein Glas mit Essiggurken geöffnet, eine Salatgurke in Scheiben geschnitten und aus diversen Joghurts, die er im Kühlschrank gefunden hatte, eine kleine Schale zum Dippen zusammengemischt. O lieber Gott, sei so gut und erinnere Dich, dass eine gewisse Mrs. Maura

Feather in Fatima Tag und Nacht zu Dir betet. Da hat sich mit Sicherheit schon ein ganz schönes Polster an Gebeten angesammelt, das Du, lieber Gott, jetzt hernehmen könntest, um den Lieferwagen auftauchen zu lassen.

»Ich habe Angst, hineinzufahren«, sagte Cathy am Tor. »Alle sind schon da, und die Auffahrt ist voller Autos. Gott, einige sogar mit Chauffeuren.«

»Fahr rein, Cathy«, drängte June.

»Soll ich nicht zuerst klingeln?«

»Fahr rein«, flehte Con.

Cathy fuhr direkt vor die Eingangstür, überlegte es sich aber anders, kehrte um und steuerte die Hintertür an. Tom sah sie kommen und dankte Gott und seiner Mutter für die Gebete.

»Ich habe sie schon mal irgendwo gesehen. Ich kenne sie und das Kleid«, sagte Cathy.

»Woher denn, du halluzinierst ja schon …« Tom trieb sie zur Eile an.

»Bisher gab's kalte Kanapees aller Arten – keine Zeit, irgendetwas warm zu machen. Die Öfen sind angeschaltet, schiebt den Hauptgang einfach rein«, zischte er Cathy zu.

»Und mach noch mehr Champagner auf, Con, meinen haben sie schon ausgetrunken. Schnell, June, deck die Tische.«

Es waren insgesamt zwölf Personen; sie würde zwei Tische zu jeweils sechs Plätzen decken müssen, und sie würde ihr Bestes geben. Cathy ging ins Wohnzimmer und stellte mit Erstaunen fest, dass es Tom irgendwie gelungen war, die Damen so lange ohne Essen ausharren zu lassen. Sie drängte ihnen die kleinen Spargelspitzen mit Parmaschinken förmlich auf und ließ nicht locker, bis auch Mrs. Frizzell von den winzigen Blinis mit Kaviar und Sauerrahm probiert hatte … Allen Damen schienen sie hervorragend zu schmecken. Zu ihrer größten Verwunderung sagte Mrs. Frizzell, wie leid es ihr täte, dass diese schrecklichen Demonstranten sie so lange aufgehalten hätten. Vielen Gästen hätten die Umleitungen ebenfalls zu schaffen gemacht. Mr. Feather habe ihr alles über den Marsch erklärt und sei im Übrigen ganz wunderbar gewesen. Cathy erwiderte, dass sie dies mit Freuden höre, während sie nebenbei die Teller einsammelte, die auf den Tischen und auf dem Klavier standen und die Überreste einer wirklich abstoßend aussehenden, undefinierbaren Mischung enthielten.

»Gott, was soll das denn sein?«, fragte sie, als sie sie in den Abfalleimer schaufelte.

»Etwas Besseres hatte ich nicht zu bieten, aber sie haben es mir aus der Hand gefressen, bis du mit der Kavallerie gekommen bist«, sagte er. »Ich werde jetzt nach Hause gehen, und du kannst zusehen, wie du mit alldem hier fertig wirst.«

»Du kannst jetzt nicht gehen.«

»Aber ihr seid zu dritt!«

»Tom, unsere Nerven liegen bloß, du musst bleiben und uns helfen.«

»Das werde ich nicht. Ich habe jetzt frei und werde mich einen Monat lang ins Bett legen.«

»Du verstehst nicht ganz. Sie wollen dich, wir sind ihnen völlig egal. Du musst bleiben und uns zur Hand gehen.«

Endlich merkte sie, dass er sie nur aufzog. »Natürlich werde ich bleiben, du Clown, außerdem habe ich gar nicht mehr die Kraft, diese Straße hinunterzugehen. Ihr werdet mich im Lieferwagen nach Hause fahren müssen.«

Und bald lief alles wieder in gewohnter Routine. Als eingespieltes Team erledigten sie die anfallenden Arbeiten in der Küche. Sie sorgten dafür, dass alles an seinen Platz kam, warfen weg, was nicht mehr zu gebrauchen war, und notierten sich die Anzahl der getrunkenen Weinflaschen. Zu guter Letzt verpackten sie noch ein paar Leckereien in Mrs. Frizzells eigenem Geschirr und stellten sie in den Kühlschrank, wo sie sie später finden würde. Als Con ihnen das Zeichen gab, dass die Gäste aufbrachen, fingen sie an, den Wagen zu beladen. Drei der elf Damen hatten Interesse an dem Essen gezeigt und ließen sich ihre Visitenkarten geben. Alles war fertig zur Abfahrt. Tom hatte sich die Sardinen, den Brandy und alle anderen Dinge aufgeschrieben, die er genommen hatte, damit es hinterher keine Missverständnise geben würde. Mrs. Frizzell bedankte sich steif. Es sei natürlich schon sehr bedauerlich gewesen, dass alle so spät gekommen waren, und eigentlich hätte man Vorkehrungen treffen müssen an einem Tag wie diesem, an dem schließlich jeder wusste, dass der Verkehr in der Innenstadt fast zum Erliegen käme.

»Aber wussten Sie es denn«, meinte Tom. In ungefähr acht Minuten wären sie fort. Cathy hatte versprochen, sie alle als Wiedergutmachung, weil sie die Adresse verwechselt hatte, auf ein Bier einzuladen.

»Nun, offensichtlich wussten Sie es oder hätten es zumindest wissen sollen. Einige der Damen hier erzählten mir, dass dieser gut aussehende Anwaltssohn von Jock und Hannah Mitchell – der, den man ständig über irgendwelche Fälle palavern hört – heute Morgen im Frühstücksfernsehen zu sehen war und alle Dubliner warnte. Sie hätten es also wirklich wissen müssen. Aber schließlich ist ja doch noch alles gut gegangen, und Sie müssen mir die Lebensmittel auch nicht bezahlen, die Sie verbraucht haben. Betrachten Sie es als Trinkgeld.«

»Sie kennen die Mitchells, Mrs. Frizzell?«, fragte Tom unschuldig.

»Mein Mann spielt Golf mit Jock. Wir waren einmal bei ihnen zu Hause eingeladen. In Oaklands – großes Anwesen, sehr schön.«

In dem Moment konnte Cathy sich wieder an sie und ihr Kleid erinnern. Es war an Silvester gewesen. Aber gnädigerweise hatte Mrs. Frizzell kein ähnlich gutes Gedächtnis. Sie lächelten, bis ihnen die Muskeln wehtaten, und stiegen in ihren Lieferwagen. Als sie durchs Tor gefahren waren, spielten sie die Szene Con und June vor.

»... dieser gut aussehende Anwalt ...«, sagte Tom.

»...der ständig über irgendwelche Fälle palavert...«, kicherte Cathy.

Die drei schilderten Tom lachend, dass der Polizist sie für eine Zaubertruppe gehalten hatte. Und Tom erwiderte, wenn der Polizist ihn gesehen hätte, wie er den mageren Inhalt von Mrs. Frizzells Vorratsschrank über ein paar Kräcker verteilte, dann hätte er den Beweis dafür gehabt, dass sie wirklich Zauberer waren. Dann erzählte er Cathy, dass sie unbedingt Nick Ryan wegen einer Überraschungsparty zu Geraldines vierzigstem Geburtstag zurückrufen solle.

»Das ist keine gute Idee. Sie zieht uns bei lebendigem Leib die Haut ab«, erwiderte Cathy. »Ist sonst noch etwas passiert, während ich in Dublin herumirrte?«

»Ja, der gut aussehende, ständig palavernde Anwalt hat angerufen und gesagt, er hätte für euch am übernächsten Wochenende in Holly's Hotel gebucht.«

»Ach du meine Güte, das ist aus diversen Gründen auch keine gute Idee«, erwiderte Cathy, starr geradeaus blickend. Auf dem ganzen Weg zur Kneipe sah sie kein einziges Mal zu Tom hinüber.

Neil kam gerade rechtzeitig für die Nachrichten nach Hause.

»Es war ein Riesenerfolg, soweit ich informiert bin«, begrüßte Cathy ihn.

»Ja, jetzt können die Leute nicht mehr so tun, als wüssten sie nichts von diesem Problem, und das ist gut so.«

»Schalten wir mal den Fernseher an und hören, was sie zu sagen haben.«

Sie reichte ihm ein Glas Wein und stellte einen Teller mit warmen Stilton-Törtchen auf den Tisch zwischen ihnen.

»Die sehen aber gut aus«, sagte er. »Sind das Reste von heute Mittag?«

Seine Bemerkung ärgerte sie. Sie hatte sie extra für ihn auf die Seite gelegt. »Tja, könnte man wohl so sagen, aber ich sehe es nicht so.«

»Jetzt sei doch nicht so kratzbürstig, Schatz.« Sie zuckte die Schultern. Die Nachrichten hatten noch nicht begonnen. »Wie ist es übrigens bei dir heute gelaufen?«

»Gut. Die Dame des Hauses kannte zufälligerweise deine Eltern ...«

Die Erkennungsmelodie für die Nachrichten ertönte. »Pst. Es geht los«, sagte er. Es wurde ausführlich über den Protestmarsch berichtet, und Luftaufnahmen zeigten, wo überall der Verkehr in Dublin zum Erliegen gekommen war. Irgendwo in dem belichteten Material musste eigentlich auch der Lieferwagen von Scarlet Feather sein, wie er sich drehte und wendete wie ein verwundetes Tier. Fast hoffte Cathy, er möge zu sehen sein mit seinem auffallenden Logo. Stattdessen sahen sie Neil. Ungefähr zwanzig Sekunden war er im Bild, jung und engagiert, mit im Wind wehendem Haar, das Gesicht nass vom Regen. Und wie immer hatte er ein kurzes, treffendes Statement parat.

»Danke, dass Sie heute auf die Straßen gekommen sind, um unserer Scham Ausdruck zu verleihen. Wir schämen uns, dass in einem Land des Überflusses heute Abend Menschen ohne ein Dach über dem Kopf die Nacht verbringen müssen.« Er blickte direkt in die Kamera. »Wir wollen unser Gewissen nicht dadurch beruhigen, dass wir sagen, diese Obdachlosen hätten sich ihr Leben selbst ausgesucht. Wer unter uns würde sich schon dafür entscheiden, diese Novembernacht in einer Hauseinfahrt oder unter einer Brücke in Kälte und Regen zu verbringen?«

Als er vom Podium herunterkam, nahmen Gleichgesinnte ihn in ihre Mitte und umarmten ihn solidarisch. Eine davon war Sara. Cathy nahm es kommentarlos zur Kenntnis.

Anschließend kamen in dem Bericht ein Politiker zu Wort, der anführte, was bisher getan worden war, und ein Mitglied der Opposition, der behauptete, dass noch nicht annähernd genug getan würde. Neil hob sich positiv von allen beiden ab. Diesen grauen Politikern im Studio fehlte die Leidenschaft des Wind und Wetter trotzenden jungen Mannes.

»Du warst großartig«, sagte Cathy bewundernd. Und es war ihr ernst damit.

»Vielleicht hilft es ja, die Dinge zu ändern.« Er meinte damit die Demonstration als Ganzes, nicht seinen eigenen kleinen Beitrag. »Es war wirklich großartig da draußen, Cathy. Ich wünschte mir so, du hättest mitkommen und ein Teil davon sein können.«

Cathy musste daran denken, wie sie und June und Con stundenlang – wie es ihnen in dem Moment erschienen war – in ihrem Lieferwagen gesessen und Neil die Pest an den Hals gewünscht hatten. »In gewisser Weise war ich Teil davon«, entgegnete sie.

Und dann fingen die Telefone zu klingeln an. Die Leute gratulierten ihm, weitere taktische Schritte wurden abgesprochen, Zeitungen und Rundfunksender baten ihn um Interviews. Neil hatte große Erfahrung darin, diese Bitten an andere weiterzuleiten. Er sei nur einer unter vielen in einem großen Ausschuss, und vielleicht sollten sie doch lieber erst mit dieser oder mit jener Person reden; er würde ihnen gerne ihre Telefonnummer oder E-Mail-Adresse geben. Neil wusste nur allzu gut, wie verhängnisvoll es war, als einziger Sprecher einer Gruppierung angesehen zu werden, und er sorgte dafür, dass nicht der Eindruck entstand, er könnte die ganze Sache plötzlich allein übernehmen. Wenn Anrufe auf seinem Handy kamen, übernahm Cathy das normale Telefon. Sie hatte den ganzen Abend als seine Assistentin und Helferin zu tun, als die er sie eigentlich so gerne haben wollte.

»Cathy, hallo, hier ist Sara.«

»Oh, Sara, schön, dass Sie sich melden. Ist alles gut gegangen?«

»Tja, natürlich, Sie haben es doch gesehen, oder?«

»Ich hatte bisher noch keine Zeit, meine Mutter anzurufen, aber wie ich hörte, haben sie zur Feier des Tages ein Irish Stew gekocht.«

»Wer? Ich verstehe nicht ganz?« Sara klang total verwirrt.

»Die Zwillinge, Sie wissen doch, ihre ganzen Besitztümer sind heute eingelagert worden, mein Dad hat Ihnen doch alles darüber erzählt. The Beeches wird heute dichtgemacht.«

»Oh, die Zwillinge«, meinte Sara. Cathy erwiderte nichts darauf. »Tut mir leid, Cathy, selbstverständlich haben Sie die Zwillinge gemeint. Entschuldigung.«

»Und Sie haben den Protestmarsch gemeint, ja?«

»Ja, ich bin einen Teil der Strecke mit Neil gegangen. War er nicht wunderbar im Fernsehen!«, strahlte Sara.

»Das war er. Soll ich ihn Ihnen geben?«, fragte sie und reichte den Hörer an Neil weiter. Cathy war plötzlich sehr müde und wollte von alledem nichts mehr wissen. Sie wollte nur noch in ihr Bett. Diese Anrufe konnten noch die ganze Nacht so weitergehen. Aber auf Neil hätte es abweisend und kalt gewirkt, wenn sie an seinem großen Tag so wenig Interesse an einer Sache gezeigt hätte, die ihm so viel bedeutete. Sie hätte es sich gern auf einem Sofa bequem gemacht, die Füße hochgelegt und sich alles noch einmal von ihm erzählen lassen. Aber hier gab es keine Sofas, auf denen man herumlümmeln konnte; hier gab es nur schlanke, klare Linien, und die Chance, etwas anderes zu hören zu bekommen als seine einsilbigen Antworten am Telefon, war gering. Noch vor ein paar Monaten hätte sie ihm alles über Mrs. Frizzell erzählt, und sie hätten gemeinsam darüber gelacht, dass sie ihn einen palavernden Anwalt genannt hatte. Heute Abend wäre das nur unpassend gewesen. Es hatte sich überhaupt alles sehr verändert. Es war wirklich dringend nötig, dass sie ein wenig Zeit weit weg von ihren Alltagsproblemen verbrachten. Dabei fiel ihr ein, dass sie ihm unbedingt sagen musste, dass sie nicht mit ihm ins Holly's fahren würde, aber heute wollte sie keinen Streit provozieren, sie würde bis morgen warten. Und so blieb Cathy sitzen und lauschte mit gespielter Begeisterung Neils Antworten am Telefon. Alle Angebote, ihm etwas zu essen zu bringen, lehnte er ab. Das Adrenalin genügte ihm. »Du bekommst auch etwas Richtiges zu essen, keine Reste«, sagte sie und wünschte sich sofort, sie hätte ihren Mund gehalten.

»Oh, Cathy, du nervst allmählich wegen dieser einen dummen Bemerkung. Tut mir leid, wenn ich dich beleidigt habe, ich will trotzdem nichts mehr, danke.«

Wieder klingelte das Telefon, und er schien den Anruf mit einer gewissen Erleichterung entgegenzunehmen. Wieso auch nicht?, fragte Cathy sich. Ganz Irland hielt ihn für einen Helden, nur seine Frau regte sich wegen irgendwelcher albernen Bemerkungen auf.

Am nächsten Morgen hatte Neil es fürchterlich eilig. Er musste ins Rundfunkstudio, um noch vor allem anderen ein Interview für Morning Ireland zu geben. Cathy sprach das Thema Holly's wieder nicht an. Es schien ihr auch jetzt unpassend.

»Wir sehen uns um elf«, rief sie ihm nach, als er ging. »Du wirst absolut überzeugend sein am Radio.«

»Elf?«, fragte er.

»Du weißt doch, das Treffen.«

»Treffen?« Er sah sie verständnislos an.

»O Neil, bei uns im Geschäft. Die gegnerische Seite kommt, und James.«

»Gott, ja, natürlich. Ich werde da sein«, sagte er.

James Byrne hatte um ein weiteres Treffen mit der Versicherungsgesellschaft gebeten. Man hatte ihm zu verstehen gegeben, dass ihre Position immer noch sehr unbefriedigend sei. Allem Anschein nach habe der Cousin eines der beiden Geschäftspartner sich Zutritt zu den Geschäftsräumen verschafft und aus keinem ersichtlichen Grund dort alles zerstört. Jetzt sei besagter Cousin verschwunden, und die Versicherungsgesellschaft solle zahlen, als ob es sich um einen

De-facto-Einbruch und um ein gewaltsames Eindringen von Kriminellen und Fremden handelte. Um elf Uhr, als sie mit der Besprechung beginnen wollten, war Neil nicht da. Sie servierten Kaffee im vorderen Zimmer und schalteten den Anrufbeantworter ein. James eröffnete die Besprechung damit, dass er die Vertreter der Gesellschaft bat, sich erst einmal in Ruhe die Räumlichkeiten der Firma anzusehen, wo alles darauf hindeutete, dass hier zwei hart arbeitende Menschen versuchten, ihr Geschäft wieder auf das Niveau zu bringen, das es vor dem Einbruch gehabt hatte. Und bis Neil Mitchell, der sie beratende Anwalt, einträfe, würde er, James Byrne, gerne einspringen und sie über die seitdem gemachten Fortschritte informieren. Er zeigte den Herren seine penibel geführten Bücher, die Quittungen für die gemieteten Ausrüstungsgegenstände und den laufenden Terminkalender mit den geplanten und gebuchten Aufträgen. Dazu erklärte er, dass sie momentan leider nicht in der Lage wären, Arbeiten anzunehmen, bei denen sie unter Umständen lange auf ihr Geld warten müssten. Sie konnten es nicht wagen, irgendwelche Aufträge zu akzeptieren, die nicht innerhalb der üblichen neunzig Tage bezahlt würden, auf denen große Firmen bestanden. Alles in allem zeichnete er das Bild zweier anständiger, hart arbeitender, um ihre Existenz kämpfender Geschäftspartner, die nur auf das Anspruch erhoben, was ihnen per Recht und Gesetz zustand.

»Es kommt immer darauf, wie man das Gesetz interpretiert«, bemerkte einer der Herren von der Versicherung.

Cathy wünschte sich sehnlichst, dass Neil hier wäre, um ihm eine passende Antwort zu geben. Wieso musste er ausgerechnet heute zu spät kommen? In dem Moment klingelte ihr Handy.

»Neil?«

»Tut mir leid, Schatz, du hast ja keine Ahnung, welche Lawine wir hier losgetreten haben. Ich bin buchstäblich belagert…«

»Die Herren sind wegen der Besprechung hier, und wir brauchen dich …«

»Es tut mir wirklich leid, und ich möchte dich auch bitten, mein tiefstes Bedauern …«

»Nein, Neil.« Tränen traten ihr in die Augen. Er hatte ihr das zu oft angetan. In der letzten halben Stunde waren aller Augen auf die Tür gerichtet gewesen, alle hatten auf ihn gewartet, und jetzt stellte sich heraus, dass er noch nicht einmal zu ihnen unterwegs war.

»Wenn ich könnte …«

»Gerade eben wurde gesagt, dass man das Gesetz interpretieren und definieren müsse. Du solltest hier sein, um das für uns zu tun.«

Tom und James fingen gleichzeitig laut zu reden an, um diesen Ehestreit und die demütigende Tatsache zu überspielen, dass ihr Rechtsberater offensichtlich nicht mehr erscheinen würde. Aber Cathy hatte das Telefonat bereits beendet.

»Neil konnte es leider nicht schaffen. Er bittet mich, ihn bei Ihnen allen zu entschuldigen. Obwohl ich wütend auf ihn bin, möchte ich Ihnen doch sein Bedauern übermitteln.«

Tom atmete erleichtert aus. Ganz langsam. Sie hatte sich wieder unter Kontrolle. Dann wandten sie sich erneut ihrer Besprechung zu und wiesen darauf hin, dass Walter nicht Cathys Cousin, sondern der ihres Mannes sei. Sie hätten keinen Kontakt zu ihm, die Polizei vermutete ihn in London, habe aber keine Ahnung, wo er sich dort aufhielte. Die Tatsache, dass Cathys Eltern Walter Mitchells Bruder und Schwester in Pflege nehmen wollten, bedeute nicht, dass eine enge und andauernde Beziehung bestünde. Walter habe mit alledem nicht das Geringste zu tun. Die Besprechung endete ergebnislos. Die Vertreter der Versicherung wiesen darauf hin, dass sie zu keiner weiteren Besprechung oder Beratung bereit wären, solange nichts Neues vorliegen würde. In der Zwischenzeit würde weiter in gewohntem Tempo untersucht und verhandelt werden.

Tom, James und Cathy saßen schweigend da, nachdem sie gegangen waren.

»Ich könnte ihn umbringen«, sagte Cathy.

»Bitte nicht«, flehte Tom. »Wir haben so schon genug Probleme.«

»Und ob wir Probleme haben«, bestätigte James. »Wenn die Versicherung bis Weihnachten nicht zahlt, können Sie Ihr Geschäft schließen.«

Sandy Keane wollte diese beiden schrecklichen Kinder kein weiteres Mal in seinem Wettbüro haben, sodass Simon und Maud nun immer draußen warten mussten, wenn Muttie in sein Büro ging, um seine Partner dort zu treffen.

»Ich rufe die Polizei, wenn sie nur durch die Tür kommen«, drohte Keane.

»Du bist schon ein extremer Mensch, Sandy«, sagte Muttie.

»Du bist ja nicht derjenige, den die gesamte Mannschaft vom Garda-Revier in der Mangel hatte... Ich musste mir anhören, dass ein Mann, der Wetten von Kindern unter zehn Jahren annimmt, zu allem fähig wäre, sogar, sie zu entführen.« Sandy zuckte bei der Erinnerung schmerzlich zusammen.

»Wieso hast du ihre Wette denn eigentlich angenommen?«, fragte Muttie. »Ich habe sie doch nie zuvor mit Geld zu dir geschickt.«

»Aber du warst ja verschwunden. Zwei Tage lang hatte dich keiner mehr gesehen. Wo warst übrigens?«

»Geschäftliche Verpflichtungen«, erwiderte Muttie. Er wollte mit keinem Wort an die Untersuchung im Krankenhaus erinnert werden.

»Muttie, du hast keine anderen geschäftlichen Verpflichtungen, außer zu mir zu kommen und mich zu quälen«, rief Sandy verzweifelt.

Es klopfte laut an der Tür. Draußen standen die Zwillinge.

»Nein«, brüllte Sandy.

»Wir wollen gar nicht hereinkommen, danke, Mr. Keane, wir wollen Muttie nur sagen, dass draußen Cathy in ihrem Lieferwagen steht und mit uns eine Spazierfahrt machen möchte. Und da wir hier draußen langsam etwas nass werden …«

»Gut, gut, fahrt weg mit ihr, auf Wiedersehen«, rief er.

»Wir wollten nur nicht, dass Muttie denkt, wir seien schon wieder weggelaufen.«

»Nein, das fänden wir alle sehr schade«, entgegnete Sandy Keane trocken.

»Vielen Dank, Mr. Keane«, sagte Maud.

Muttie kam zu ihnen heraus. »Der Mann hat einen richtigen Betonkopf. Was kann es schon schaden, wenn er zwei wohlerzogene Kinder und einen reinrassigen Labrador in sein Wettbüro lässt? Das würde sogar sein Niveau heben. Der Mann hat absolut keinen Verstand.«

Cathy parkte den Wagen neben ihnen. »Ich habe jetzt unbedingt etwas nette Gesellschaft gebraucht, und dabei ist mir Hooves eingefallen. Aber kein Hooves ohne Simon und Maud, die müssen natürlich auch mit.«

»Das ist ein Witz«, sagte Maud zu Muttie.

»Cathy hat schon immer gern Witze gemacht, als sie noch jünger war«, meinte Muttie. »Sie hat früher jeden Tag aus der Schule einen neuen mit nach Hause gebracht.«

»Aber zurzeit fallen dir nicht mehr viele Witze ein, Cathy«, bemerkte Simon.

»Oh, ich bin bis obenhin voll davon«, antwortete sie.

»Wann erzählst du sie und lachst darüber?«

Cathy musste kurz überlegen. Das letzte Mal hatte sie auf der Fahrt im Lieferwagen richtig gelacht, als sie von Mrs. Frizzell nach Hause fuhren. »In der Arbeit, zu Hause, überall.«

»Mag Neil Witze?«, wollte Maud wissen.

»Er liebt sie. Dad, wir können dich nicht überreden …?«

»Nein, ich habe jede Menge Arbeit. Wir sehen uns vielleicht beim Mittagessen. Es ist noch was von dem fantastischen Eintopf übrig, den die Zwillinge gemacht haben.«

»Wir haben viel zu viel gemacht, fürchte ich«, bestätigte Simon.

»Nein, man kann nie zu viel machen. Aus dem Grund hat der liebe Gott schließlich den Gefrierschrank erfunden...«

»Aber der liebe Gott hat eigentlich...«, begann Simon. »Ich verstehe«, sagte er dann.

Sie fuhren in ein Internet-Café, und die Zwillinge setzten sich vor einen Computer, während Cathy eine Tasse Kaffee nach der anderen trank und sich zurechtlegte, was sie Neil heute Abend sagen würde. Seine Anwesenheit heute hätte diesen Menschen bestimmt zu denken gegeben, und es wäre vielleicht etwas vorwärts gegangen. Das musste sie ihm unbedingt begreiflich machen. Aber ohne zu nörgeln, zu jammern und... Welchen Ausdruck hatte er neulich gleich wieder benutzt? Genau. Und ohne kratzbürstig zu sein. Und wegen des Gebots der Fairness würde sie ihm auch von James' düsterer Prognose erzählen, auch wenn es ihr widerstrebte. Vielleicht weckte das ein paar Schuldgefühle in ihm, weil er sie heute im Stich gelassen hatte. Und natürlich hatte sie wieder keine Gelegenheit gehabt, ihm zu sagen, dass sie nicht ins Holly's fahren würde. Ihr war klar, dass es in diesem Gespräch nicht viel zu lachen geben würde. In dem Moment kam Simon von den Computern zurück.

»Wir haben eine tolle Seite im Internet entdeckt, Cathy. Könnten wir noch ein halbe Stunde bekommen, oder ist das gierig?«

»Nein, das geht schon in Ordnung.«

»Das ist doch nicht zu teuer, oder? Da du ja jetzt arm bist nach dem Einbruch, meine ich.«

Bisher hatten die Zwillinge Walters Anteil an der ganzen Geschichte noch nicht begriffen, und sie hielt diese Tatsache auch bewusst von ihnen fern. Ihre Mutter und ihr Vater hatten sie erneut im Stich gelassen, da hatte es keinen Sinn, ihnen auch noch das letzte Mitglied ihrer Familie wegzunehmen, noch dazu den Bruder, der ihnen zur Seite gestanden hatte, als es nötig war.

»Nein, wir können uns noch eine halbe Stunde leisten. Und vergesst nicht, vielleicht gibt es ja an Weihnachten einen eigenen Computer für euch. Dann müsst ihr nie mehr hierher kommen.«

»Stell dir vor, zu Hause einen zu haben.« Simons Augen leuchteten vor Begeisterung.

Cathy hatte es arrangiert, dass Jock und Hannah den Kindern zu Weihnachten einen Computer schenken würden. Sie würde dafür sorgen, dass ein gutes Gerät nach St. Jarlath's Crescent geliefert würde. Neil hatte erklärt, dass die Mittel dafür – streng genommen – eigentlich aus dem für die Zwillinge eingerichteten Fonds kommen sollten, da das Geschenk ja auch einen didaktischen Zweck hätte. Er würde mit Sara darüber reden. Cathy hatte nur geseufzt.

»Lass deine Eltern doch etwas für sie tun, Neil. Sie haben bisher so wenig getan, dass sie irgendwohin müssen mit ihren Schuldgefühlen.«

Zuerst hatte er etwas pikiert reagiert, hatte ihr dann aber recht gegeben.

»Und dir macht es überhaupt nichts aus, noch länger hier zu sitzen?«, fragte Maud.

Cathy machte es nichts aus, im Gegenteil. Sie hatte es nicht eilig, nach Waterview zurückzukommen.

Es gab Neuigkeiten, als sie nach St. Jarlath's Crescent kamen. Marian hatte angerufen. Sie sei zwar noch ganz am Anfang, aber sie und Harry erwarteten ein Kind. Ob das nicht wunderbar sei? Die Taufe sollte im April in Chicago stattfinden, und alle würden kommen müssen.

»Wird bei Taufen auch getanzt?«, wollte Maud sofort wissen.

Und Cathy ertappte sich dabei, wie sie die Hand nach der ihrer Mutter ausstreckte, die in dem Moment genau dasselbe tat. Keine von beiden brachte ein Wort heraus.

Cathy schob es immer noch vor sich her, nach Hause zu fahren. Sie ging in eines der neuen Bistros in den Fress-Straßen des Temple Bar, um eine Kleinigkeit zu essen. Neil schien zurzeit nichts zu essen zu brauchen, und so stapelten sich im Kühlschrank die – wie er es nannte – Reste ihrer Arbeit. Zu ihrer großen Überraschung wurde sie von Marcella bedient. Sie sah sehr schön aus in einem raffinierten schwarzen Hosenanzug und einer roten Kette um den Hals. Ungläubig starrten sie einander an.

»Du siehst umwerfend aus, Marcella, aber das ist ja nichts Neues.«

»Aber mein gutes Aussehen hat mir nichts Gutes gebracht«, erwiderte Marcella. Verlegenes Schweigen. »Bist du hier mit jemandem verabredet?«, fuhr sie fort.

»Nein, ich wollte… Also, ich wollte nur ein Glas Wein und eine Kleinigkeit zu mir nehmen.«

»Wir haben einen Vorspeisenteller mit gemischten Tapas«, schlug Marcella vor.

Cathy nickte. »Das hört sich gut an«, sagte sie mit belegter Stimme.

»Und außerdem hätte ich gerade Pause, Cathy. Würde es dir etwas ausmachen, wenn ich mich zehn Minuten zu dir setze? Es würde mir Freude bereiten.«

»Mir auch«, antwortete Cathy nicht ganz wahrheitsgemäß. Hoffentlich wollte Marcella sich nicht bei ihr ausheulen und wieder von vorn mit ihrer Geschichte anfangen, dass sie doch nur mit Tom sprechen wolle. Aber dann war es genau umgekehrt. Marcella erkundigte sich eingehend nach Scarlet Feather und wollte wissen, was seit ihrem Weggang alles passiert war. Es gab jede Menge zu berichten. Cathy erzählte von Marians Hochzeit, von ihrer eigenen Schwangerschaft und ihrer Fehlgeburt. Sie erzählte vom Verschwinden der Zwillinge, davon, dass Junes Ehemann Jimmy durch seine Krankheit ans Haus gefesselt war, dass Geraldine einen neuen Verehrer hatte, dass Con jetzt fast ständig für sie arbeitete und dass Walter der Dieb gewesen war. Ein paar Dinge ließ sie aus. Ihre unsichere finanzielle Zukunft, zum Beispiel, oder dass Tom über lange Zeit hinweg wie ein Gespenst ausgesehen hatte und sie sich schon die größten Sorgen gemacht hatten, dass er jetzt aber die ersten Anzeichen von Besserung aufwies. Sie sprach auch nicht darüber, dass sie sich in der letzten Zeit innerlich so weit von Neil entfernt hatte, dass sie Angst hatte, nach Hause zu fahren und ihn heute Abend zu sehen. Weswegen sie jetzt hier saß und Tapas aß.

»Aber ich quassle dir hier die Ohren voll mit meinen Problemen. Marcella, du kannst mich fragen oder mir sagen, was du möchtest, Tom und ich reden nie über persönliche Dinge, das ist so eine Art ungeschriebenes Gesetz zwischen uns.«

»Glaubst du, es gibt eine Chance, dass er mich zurückhaben will?« Sie wirkte so verletzlich, demütig und traurig.

»Ich habe keine Ahnung, Marcella, wirklich nicht. Die eine Seite von ihm kenne ich gut, aber über die andere weiß ich absolut gar nichts.«

»Und gibt es da jemand Besonderen …?«

»Nein, niemand Besonderen. Ich weiß, dass er Verabredungen hat, aber ich höre in dieser Richtung nie etwas.«

»Dank dir, Cathy.« Marcella blickte auf ihre Uhr und stand auf.

»Ich gehe jetzt besser auch.« Cathy griff nach ihrer Brieftasche.

»Das geht auf mich, Cathy.«

Cathy wusste, dass man in diesen Bistros als Bedienung nicht sonderlich gut verdiente und dass sie auch kein Trinkgeld bekäme. Aber Würde war ebenso wichtig wie Geld.

»Vielen Dank. Es war köstlich, ich werde ein paar Leute vorbeischicken.«

In dem Augenblick betrat eine kleine Gruppe das Lokal. Marcella begrüßte sie, schlank und schön und mit einem selbstsicheren Lächeln.

Cathy rief in Waterview an. Neil war noch nicht zu Hause. Sie wollte nicht allein dort sitzen und warten. Aber wo konnte sie sonst noch hin? Es war noch nicht einmal acht Uhr an einem Winterabend. Es war verlockend, sich eine Stunde lang in die Zentrale zu setzen, etwas Musik aufzulegen, es sich auf einem der tiefen Sofas bequem zu machen und die Augen zu schließen. Aber sie könnte dabei einschlafen. Sie würde nach Waterview zurückfahren. Komisch, dass sie es jetzt kaum mehr als ihr Zuhause bezeichnete. Für sie war es einfach nur Waterview.

Sie trafen gleichzeitig ein, ihr Lieferwagen kam neben seinem Volvo zum Stehen.

»Das nennt man Timing«, sagte er zufrieden. Er hatte jede Menge Akten unter dem Arm und eine Aktenmappe über der Schulter hängen. Er ging vor ihr ins Haus und sah sofort nach, wie oft das rote Licht blinkte. »Nur drei Nachrichten. Gut«, meinte er.

»Hör sie später ab, Neil.«

Er lachte. »Was redest du da, Schatz. Man hat doch einen Anrufbeantworter nicht dafür, dass man ...«

»Bitte, lass das jetzt. Wenn du sie jetzt abhörst, dann musst du auch darauf reagieren«, bat sie.

»Ach, Cathy, was soll das jetzt wieder werden?«

»Ein Versuch, mit dir zu reden, bevor wir beide wieder todmüde sind und nur noch ins Bett fallen können.« Er bewegte sich Richtung Telefon.

»Ich fahre nicht mit dir ins Holly's«, sagte sie mit unerwartet lauter Stimme.

»Dir kann man aber auch wirklich nichts recht machen. Erst willst du nicht mit in den Urlaub fahren, den ich mit Tom abgesprochen hatte. Er wäre für dich eingesprungen, nachdem ich ihm erklärt hatte, wie ausgebrannt du bist. Und ich musste mir die Zeit schließlich auch freischaufeln, was schwer genug war. Ich habe eine Menge Termine deswegen abgesagt, was ich jetzt wieder hinbiegen muss. Dann warst du mit dem Holly's einverstanden, und jetzt änderst du wieder deine Meinung. Also, ganz ehrlich ...«

»Ich war mit einem Wochenende einverstanden, aber ich habe dich nicht gebeten, einfach irgendetwas ohne vorherige Absprache mit mir zu buchen.«

»Aber du magst doch das Holly's.«

»Ich will dort nicht hin«, erwiderte sie.

»Wieso, um alles auf der Welt ...?« Er sah sie verständnislos an.

»Als wir beide das letzte Mal dort waren, habe ich dir gesagt, dass wir ein Kind bekommen würden. Du glaubst doch nicht im Ernst, dass ich jetzt dorthin zurückfahren will, Neil?« Sie fühlte sich schuldig, als sie das sagte. Es war zwar der Grund, weshalb sie nicht fahren wollte, aber nur der halbe. Doch eigentlich gab es nichts, wofür sie sich schämen musste, kein echtes Geheimnis. Sie hätte Neil sofort erzählt, dass sie in Toms Zimmer eingeschlafen war, hätte sie nur irgendwann einmal Gelegenheit dazu gehabt.

Betreten sah er sie an. »Ich fürchte, daran habe ich nicht gedacht. Ich werde uns morgen sofort ein anderes Hotel buchen.«

»Vielleicht sollten wir das aber auch erst einmal miteinander besprechen«, meinte sie.

Neil hatte mittlerweile jeden Gedanken daran, seine Anrufe abzuhören, aufgegeben. »Ist es das, worum es dir geht? Dass ich nicht immer alles zuerst mit dir durchkaue, bevor wir etwas unternehmen? Ist es das?«

»Nein, es geht um viel, viel mehr. Es geht darum, dass du

heute nicht erschienen bist, obwohl wir dich wirklich dringend gebraucht hätten«, erwiderte sie.

Er hatte erst in letzter Minute an den Termin gedacht. Es war so ein voller Tag für ihn gewesen. Wenn sie das Nachtmagazin einschalten würden, würde sie sehen, dass er darin vorkam. Wie konnte man da von ihm erwarten, sich an eine Besprechung mit irgendwelchen Versicherungstypen zu erinnern, die vor langer Zeit vereinbart und dann kein einziges Mal mehr erwähnt worden war? »Hör mal, ich habe dich doch angerufen ...«, begann er.

»Du warst nicht da, Neil.«

»In Gottes Namen, du wusstest doch, wie gefragt ich heute nach dem Protestmarsch war. Du warst doch gestern Abend dabei, als die vielen Anrufe kamen.«

»Dann hättest du unser Treffen absagen sollen.«

»Aber, Cathy, es war nicht ...«, fuhr er fort.

Dieses Mal unterbrach sie ihn nicht, sie wartete. Er sprach nicht weiter. »Es war was nicht, Neil?«, fragte sie trotzig.

»Es war eine Frage der Prioritäten«, antwortete er schließlich. »Wir alle müssen jeden Tag Entscheidungen treffen, was wir tun und was wir lassen.« Er war immer noch ruhig und vernünftig.

»Und du hast dich in letzter Minute dafür entschieden, lieber doch nicht zu einer für die Firma deiner Frau äußerst wichtigen Sitzung zu kommen, ja? Du hast dich dafür entschieden, uns drei wie die letzten Idioten aussehen zu lassen, ja?«

Jetzt war es aus mit der Ruhe bei ihm. »Cathy, bitte. Es mussten Dinge erledigt werden. Wir mussten ein Organisationskomitee aufstellen, sie brauchten jemanden, der sie hinsichtlich der Aufgabenbereiche beriet ...«

»Wir brauchten dich auch bei uns im Geschäft, du hattest versprochen, zu kommen. Du hast ja keine Ahnung, wie das ablief. Die haben uns doch in die Tasche gesteckt mit ihrer hochnäsigen Art und ... Und du wirst es vielleicht nicht glauben, aber wenn sie nicht rechtzeitig zahlen, sind wir möglicherweise an Neujahr schon nicht mehr im Geschäft.« Sie wartete auf seinen schockierten Blick, aber er kam nicht. »Das heißt, wir können zusperren, für immer«, fügte sie hinzu, aus Angst, er könne sie nicht richtig verstanden haben.

»Cathy, ich weiß, das ist ein fürchterlicher Schlag für dich und Tom, und es tut mir natürlich auch sehr leid, aber im Ernst, angesichts dessen, was sonst so passiert ... Das ist nichts, weswegen ich andere Dinge einfach so liegen lassen könnte. Es ist doch nur ein Betrieb, nur ein kleines Geschäft. Was macht ihr schon – ihr bekocht die Reichen und versorgt sie mit teurem Fraß.«

»Was?« Sie sah ihn irritiert an.

»Du weißt, dass ich immer stolz auf dich war, und du hast dich auch wirklich tapfer geschlagen. Sehr sogar ...« Er machte eine Pause.

»Entschuldige, ich verstehe nicht ganz. Wir sprechen hier von meiner Arbeit, Neil.«

»Ich weiß, Schatz, aber du kannst doch das, was du tust, nicht mit dem vergleichen ... du weißt schon, immer diese Diskussionen über Kanapees und bunte Häppchen. Das kannst du doch nicht mit dem vergleichen, was ich heute zu tun hatte.«

»Wir haben heute nicht über bunte Häppchen diskutiert. Heute ging es um harte Fakten, um eine große Versicherungsgesellschaft und ihre Vertreter, die alles daransetzen, erst dann zu zahlen, wenn sie unbedingt müssen. Das hast du mir doch selbst erklärt, als der Einbruch passiert war.«

»Ich weiß, ich weiß.«

»Gut, wenn du es schon weißt, Neil, dann sag mir bitte, wieso wir, die wir dich für diese Besprechung engagiert hatten, auf dich verzichten mussten und uns nicht darauf verlassen konnten, dass du da warst, wie du es versprochen hattest?«

»Das ist wahnsinnig unfair ...«

»Sag es mir.«

»Weil es nicht so wichtig war wie die Aufstellung eines Organisationskomitees. Mach dir nichts vor, was die Bedeutung einer Firma oder eines Betriebes betrifft, Cathy. Sie kommen, sie gehen.«

»Auch dann nicht, wenn man sich dafür die Seele aus dem Leib geschuftet und sich immer an alle Regeln gehalten hat wie wir?«

»Wovon reden wir denn eigentlich... Du verachtest diese Leute doch, du verdienst doch nur dein Geld mit ihnen. Wie oft habe ich mir anhören müssen, dass du über sie geschimpft und sie verhöhnt hast, aber ihr Geld hast du trotzdem genommen.«

»Und ist es unmoralisch, eine Dienstleistung zu erbringen und dafür bezahlt zu werden?«

»Nein, Cathy, ist es nicht, aber mir scheint, du hast einen sehr hohen moralischen Standard angesetzt, als du glaubtest, dass ich meine wertvolle Arbeit für die Obdachlosen hätte hintanstellen müssen, um etwas zu verteidigen, das – worüber wir uns doch alle einig sind – letzten Endes ziemlich unwichtig ist.«

»Wiederhol das bitte noch einmal, Neil.«

»Hör auf mit diesen Spielchen, du hast mich ganz gut verstanden.«

»Du denkst also, Scarlet Feather ist unwichtig.«

»An sich nicht. Es erfüllt ein Bedürfnis, aber vor dem Hintergrund...«

»Hast du immer schon so gedacht, auch vor einem Jahr, als ich Tag und Nacht geschuftet habe, um das Geschäft auf die Beine zu stellen?«, fragte sie. Er seufzte schwer. »Ich muss es wissen.« Sie war völlig ruhig.

»Nun, ich dachte, es macht dir Freude, weißt du, wegen dieses Unsinns mit meiner Mutter und deiner Mutter. Übrigens ein Thema, das für alle anderen nie wichtig war.«

»Es war wichtig für alle außer für dich«, erwiderte sie.

»Das sagst du...!«

»Du hast meine Firma also immer für ein reichlich belangloses Unternehmen gehalten, das man einfach so anfängt und irgendwann wieder schließt.«

»Das passiert mit allen möglichen Unternehmen«, antwortete er achselzuckend, gleichgültig.

»Wieso hast du dich dann überhaupt so engagiert, als bei uns eingebrochen wurde... ein Einbruch, der zufälligerweise auch noch von deinem Cousin ausgeheckt wurde?«

»Ich habe mich schon gefragt, wann wir darauf zu sprechen kommen«, sagte er.

»Nein, Neil. Ich will wissen, wieso du dir erst die Mühe gemacht hast, dich mit der Angelegenheit zu befassen, wenn du die Sache dann doch nicht durchziehen wolltest?«

»Ich wollte die Sache durchziehen, und ich werde es auch tun, aber heute war nicht der Tag dafür. Das hätte dir jeder in Irland sagen können. Heute hatte ich andere Dinge zu tun.« Er wirkte sehr verletzt.

»Aber wieso hast du dir überhaupt die Mühe gemacht, wenn du das Ganze für ein Mickymaus-Unternehmen gehalten hast, nur was für reiche Leute?«

»Weil es dabei ums Prinzip ging. Weil man nicht zulassen sollte, dass sie damit durchkommen«, entgegnete er. Eine Weile sagte keiner ein Wort. »Cathy?«

»Was?«

»Hättest du... äh... äh...?«, fragte er.

Sie sah ihn lange an. »Ob ich etwas dagegen hätte, wenn du dir jetzt deine Nachrichten abhörst? Nein, ich finde, das ist eine großartige Idee«, erwiderte sie.

»Sei nicht so zynisch.«

»Das bin ich nicht, glaub mir.«

»Du wolltest ja reden«, sagte er.

»Und das haben wir auch getan«, erwiderte sie.

»Kann ich irgendetwas sagen oder tun, damit es dir besser geht?«, fragte er.

»Nein, gar nichts, Neil.«

»Ich weiß, das war nicht sehr feinfühlig von mir, diese Sache mit Holly's Hotel.«

»Ich sage es dir noch mal, es ist nicht wichtig. Auch das kannst du mir glauben.«

»Ich liebe dich«, sagte er.

»Kann sein, Neil.«

»Nein, ehrlich und wahrhaftig, und wir waren immer ehrlich zueinander, immer.«

»Ja«, erwiderte sie nachdenklich.

»Und ich habe niemanden auf der Welt außer dir. Ja, ich habe dich heute verärgert, und vielleicht auch in den vergangenen Monaten, weil ich zu selten hier war, das gebe ich zu. Aber ich habe eine Entscheidung getroffen.«

»Ja?« Sie sah ihn fragend an.

»Ich habe ernsthaft nicht begriffen, wie viel diese Sache mit dem Baby dir bedeutet hat.« Er beugte sich vor und ergriff ihre Hände. »Cathy, ich will es geradeheraus sagen. Wenn du willst, dass wir es noch einmal mit einem Kind versuchen, dann hätte ich nichts dagegen, ich hätte ganz und gar nichts dagegen einzuwenden.«

Dezember

Einer von Mutties Geschäftspartnern ging zur Akupunktur und war danach alle Probleme mit seinem Rücken los. Er kam sich vor, als sei er in Lourdes gewesen, so groß war die Veränderung. Cathy erzählte sofort June davon, denn vielleicht könnte diese Therapie ja auch ihrem Mann helfen.

»Jimmy ist nicht mehr zu helfen. Der ist zurzeit schlimmer als Interpol: Um wie viel Uhr war der Job zu Ende, wieso bist du nicht früher nach Hause gekommen, und so weiter und so fort. Es ist wirklich zum Davonlaufen.«

Cathy ergriff Jimmys Partei. »Wenn du ehrlich bist, dann hast du ihm schon ein bisschen Grund zur Eifersucht gegeben… Schließlich warst du oft genug allein auf Partys und in Clubs.«

»Ich habe nie mit einem anderen geschlafen, seit ich ihn vor mehr als hundert Jahren geheiratet habe. Und das können die wenigsten von sich behaupten, aber damit brauche ich ihm gar nicht zu kommen. Er lässt mich kaum mehr aus den Augen – mich, die einzige anständige Seele in ganz Dublin.«

Cathy fragte sich, ob das stimmte. Waren wirklich die meisten Menschen untreu? Sie war es nie gewesen. Und Neil? Unter den momentanen Umständen war das schwer zu sagen. Die Vorstellung, dass er zum Beispiel mit der rothaarigen Sara im Bett gewesen sein könnte, schockierte sie. Unvorstellbar der Gedanke, dass er zu ihr dieselben Dinge gesagt und mit ihr dieselben Dinge gemacht haben könnte wie mit ihr. Aber vieles andere war ebenso unvorstellbar.

»Cathy, du hast siebzig hineingetan statt sechzig…« June riss ihr die Schachtel aus der Hand. Sie waren gerade dabei, die Bestellungen für die weihnachtliche Tiefkühlkost fertig zu machen. Flache Kartons voller Kanapees, jeweils sechzig Stück.

»Du bist ja gar nicht richtig da«, meinte June vorwurfsvoll.

»Du hast recht.« Cathy riss sich zusammen. »Und wir müssen uns auch beeilen, weil wir uns ja hinterher noch zusammensetzen wollen. Schon vergessen?«

»In Ordnung, ich werde mich beeilen, wenn du mir versprichst, an nichts anderes als an die Arbeit hier zu denken.«

»In Ordnung. Ich werde an nichts anderes als an die Arbeit hier denken, und du wirst Jimmy den Namen des Akupunkteurs geben. Wenigstens versuchen soll er es.«

Und dann legten sie los. Sie mussten fürchterlich lachen, als sie sich dabei immer wieder in die Quere kamen, aber irgendwann waren die Schachteln gefüllt, beschriftet und tief im Innern der geleasten Tiefkühltruhen verstaut. Um elf Uhr war Tom wieder von Hayward's und seiner Einkaufsrunde im Großmarkt zurück. Auch Con und Lucy waren wie abgemacht gekommen, und schließlich saßen alle zusammen im vorderen Zimmer, fünf dampfende Kaffeebecher mit dem Scarlet-Feather-Logo und einen Teller voller Shortbread vor sich. Kaffee und Kekse standen auf dem Tisch, auf dem sonst immer Cathys geliebte Bowlenschüssel ihren Platz gehabt hatte.

»Wir halten jetzt so etwas Ähnliches wie einen Kriegsrat ab, da Cathy und ich es nur für fair halten, wenn ihr alle darüber Bescheid wisst, wie gefährlich nahe wir am Abgrund balancieren. Unsere einzige Hoffnung, zu überleben, besteht darin, uns in diesem Monat die Seele aus dem Leib zu schuften. Im Januar haben wir bisher noch keinen einzigen Auftrag, das heißt also auch kein Geld. Wie gesagt, die nächsten vier Wochen sind unsere einzige und letzte Hoffnung. Wir müssen jetzt unbedingt wissen, wie viele Tag- und Abendschichten wir mit euch rechnen können, sonst nehmen wir zu viele Aufträge an, und es gibt ein böses Erwachen.«

»Ich kann jeden Abend arbeiten, außer Weihnachten«, sagte Con.

»Aber was ist mit dem Pub, Con?«, fragte Tom erstaunt.

»Ich habe mir dort die Tagesschichten geben lassen. Die sind mir ohnehin lieber. Außerdem ist der Dezember immer ein chaotischer Monat.«

»Bist du sicher?«

»Ich bin mir sicher. Ich will im Januar mit einer Freundin zum Skifahren, ich kann also jeden Penny brauchen, den ich kriegen kann.«

»Und du, Lucy?«

»Jeden Abend außer Weihnachten, und mittags meistens auch noch.«

»Lucy, hast du die Uni geschmissen?«

»Nein, aber von jetzt an bis Februar ist nicht viel los. Dann müssen wir erst wieder zu lernen anfangen. Und außerdem will ich mit einem Freund zum Skifahren und brauche dringend ein paar neue Klamotten.« Sie tauschte ein verschwörerisches Grinsen mit Con.

»Und du, June?«, fuhr Tom fort.

»Jeden Abend, außer Weihnachten«, erwiderte sie.

»Aber was ist mit Jimmy?«, fragte Cathy.

»Er bringt kein Geld nach Hause und wird froh über meinen Verdienst sein.«

»Cathy?«, fragte Tom.

»Tag und Nacht, das ist doch klar. Das ist unsere letzte Chance.«

»Aber wirst du nicht…«

»Nein«, schnitt sie ihm das Wort ab.

»Was ist mit den Feiertagen, den Wochenenden?« Er wunderte sich sehr.

»Die werden eben ausfallen. Ich werde durcharbeiten.«

»Und ich werde auch die ganze Zeit hier sein, also hätten wir uns dieses Treffen eigentlich sparen können.« Die Mannschaft würde bereitstehen, jeder Einzelne von ihnen, Tag und

Nacht. Sie würden zu fünft alles in ihrer Macht Stehende unternehmen und dafür sorgen, dass Scarlet Feather nicht unterging. Jetzt mussten sie nur noch genügend Aufträge heranschaffen.

Sie würden die Stadt mit einem Netz von Werbebroschüren überziehen, sie würden sie überall auslegen: in Lucys Universität, in Cons Pub, in der Lebensmittelabteilung von Hayward's und auch in allen Filialen der Reinigung von Geraldines Freund Nick Ryan. Geraldine und Shona würden sie außerdem in allen Apartments in Glenstar verteilen, und Lizzie würde sie in den Wohnhäusern hinterlegen, in denen sie putzte. Und Stella und Sean, die sich immer noch wie die Kinder über ihre wunderbare Hochzeit freuten, würden sie schließlich in ihrem Bekanntenkreis empfehlen. Tom wollte an diesem Vormittag noch beim Drucker vorbeischauen, und Cathy sollte auf den Markt gehen und sich erkundigen, ob nicht der eine oder andere Standbetreiber sie ebenfalls dort auslegen würde. Kurz zuvor rief Geraldine an und registrierte mit Erleichterung, dass die Truppe keineswegs deprimiert war, sondern mit großem Enthusiasmus an die Sache heranging. Sie kündigte an, Harry, einen befreundeten Journalisten, um den Gefallen zu bitten, Scarlet Feather in einer jener Kolumnen zu erwähnen, die vor Weihnachten immer mit irgendwelchen Geheimtipps aufwarteten. Sie einigten sich darauf, sich noch am selben Tag über die jeweiligen Fortschritte zu informieren.

Ihre Bemühungen waren bemerkenswert, und als Tom zu dem Drucker kam, erinnerte sich der Mann wieder an ihn.

»Sie waren vor einem Jahr schon mal hier. Sie haben doch den Besitz von Martin Maguire gekauft.«

»Stimmt.« Tom war verblüfft.

»Haben Sie irgendeine Ahnung, wie es dem armen Teufel heute geht? Eine schreckliche Sache war das, einfach schrecklich.«

»Ich glaube, dass es ihm ganz gut geht. Cathy, meine Geschäftspartnerin, hat ihn irgendwann im Sommer mal getroffen. Er wollte eigentlich auch noch bei uns im Geschäft vorbeischauen, hat aber im letzten Moment abgesagt.«

»Ah, Sie konnten wirklich nicht erwarten, dass der Mann, nach alldem, was damals dort passiert ist, noch einmal einen Fuß über die Schwelle setzt.«

»Ich fürchte, ich bin völlig uninformiert. Was ist denn dort eigentlich passiert?«, fragte Tom schließlich.

»Vergessen Sie's. Ich rede immer viel zu viel«, wiegelte der Drucker ab.

»Nein, bitte, sagen Sie es mir.« Tom war nicht aufdringlich, ließ aber auch nicht locker.

»Sein Sohn Frankie hat sich dort aufgehängt, mitten in der Druckerei. Danach ist dort keinen einzigen Tag mehr gearbeitet worden.«

Cathy fuhr zum Markt, der sich langsam mit Weihnachtsgeschenken füllte und bestimmt viele Menschen anziehen würde. Aber die meisten Stände und Buden schienen ihr nur wenig geeignet, Reklame für ihren Partyservice zu machen. Vielleicht gab es in dem großen Gebäude am anderen Ende ja so etwas wie ein schwarzes Brett. Auf ihrem Weg dorthin kam sie an einer Bude mit Antiquitäten vorbei und bemerkte eine silberne Bowlenschüssel, die aussah wie die ihre. Sie nahm sie in die Hand und drehte sie um.

Da stand es. »Verliehen an Catherine Mary Scarlet für hervorragende Leistungen.«

»Wie viel wollen Sie dafür?«, fragte sie den Budenbesitzer mit rauer Stimme.

»Das ist zwar kein Sterlingsilber, aber es ist trotzdem ein schönes Stück.«

»Wie viel?«, wiederholte sie.

»Dreißig?«, erwiderte er unsicher.

»Zwanzig?«, schlug sie vor und bekam die Schüssel für fünfundzwanzig Pfund.

»Es ist mir zwar nicht so wichtig, aber haben Sie vielleicht eine Ahnung, woher sie stammt?«, fragte sie.

»Nicht die geringste«, antwortete er.

»Es ist wirklich nicht so wichtig«, entgegnete sie und vergaß darüber völlig, dass sie ja eigentlich einen Platz suchen wollte, um ihre Werbung auszulegen.

Geraldine fuhr persönlich in die Redaktion der Zeitung und brachte die paar Zeilen vorbei, die sie über Scarlet Feather verfasst hatte. Sie sollten gleich in Druck gehen. Harry war ein alter Freund. Sie kannte ihn seit ewigen Zeiten und hatte ihm erst kürzlich die Telefonnummern von zwei Politikern besorgt. Er war ihr also noch etwas schuldig.

»Komm doch noch mit auf einen Drink, Ger. Es tut mir gut, mit einer hübschen jungen Frau wie dir gesehen zu werden. Das wertet mein Image ungeheuer auf.«

Es war schmeichelhaft, eine hübsche junge Frau genannt zu werden, aber Harry war auch um einige Jahre älter als sie. Alles war eben relativ.

»Ich kann nicht, Harry. Trotzdem vielen Dank, ich habe noch viel zu tun.«

»Schade, ich bin nämlich im Moment ein wenig niedergeschlagen und könnte ein bisschen Aufmunterung vertragen.«

»Das tut mir leid. Was hat dich denn so mitgenommen?«

»Alle meine alten Freunde sterben wie die Fliegen, der arme Teddy ist der letzte. Ich nehme an, du hast davon gehört.«

Geraldine war völlig ahnungslos. Sie wusste nichts von dem Mann, der die Liebe ihres Lebens gewesen war und der vor zweiundzwanzig Jahren Irland verlassen hatte und mit Frau und Kindern nach Brüssel gegangen war. Ihr war plötzlich ganz merkwürdig zumute, aber sie zeigte es nicht. »Ja, ich habe was gehört«, murmelte sie. »Aber sag mir doch ...«

»Oh, das Übliche eben. Aber dieses Mal wird er keine Chemotherapie mehr über sich ergehen lassen. Er will zum Sterben nach Irland zurückkommen. Komisch, die ganze Zeit hat er sich hier kaum blicken lassen, und es ist doch bestimmt schon über fünfzehn Jahre her.«

»Länger, denke ich«, sagte sie.

»Kann sein. Hast du ihn damals eigentlich gekannt?«

»Flüchtig«, erwiderte sie und lief in die frische Luft hinaus, ehe in dem stickigen Büro ihre Beine ihren Dienst versagen konnten.

»Bekommst du eigentlich genügend Geld für uns, Muttie, damit wir hier wohnen können?«, wollte Simon wissen.

»Cathy hat dir doch beigebracht, dass man die Leute nicht fragt, wie viel Geld sie haben«, mischte Maud sich vorwurfsvoll ein.

»Ich habe ja nicht gefragt, wie viel Muttie bekommt. Ich wollte nur wissen, ob es reicht.« Simon war empört, derart missverstanden worden zu sein.

»Wir haben genug, mein Sohn, uns fehlt es an nichts«, erwiderte Muttie.

»Du bräuchtest einen guten Mantel, Muttie, deiner ist doch ganz dünn.«

»Aber dafür habe ich einen mächtig dicken Pullover«, entgegnete Muttie fröhlich.

»Vater hatte immer einen guten Mantel mit einem Samtkragen, und ich bin sicher, dass die einen Haufen Geld für The Beeches bekommen.« Die offensichtliche Ungleichheit auf dieser Welt schien Simon zu bekümmern.

»Ja, aber vergiss nicht, dein armer Vater hat sein Haus verloren und deine arme Mutter ihre Gesundheit, es hat also nicht jeder alles. Das ist eine ganz wichtige Sache, die du nie vergessen darfst«, sagte Muttie.

»Nach Weihnachten werden neue Leute auf The Beeches einziehen«, erzählte Maud.

»Ist das ein Problem für dich, mein Kind? Wird dir das Haus fehlen?«

»Nein, Muttie, es ist ja schließlich keiner mehr dort. Mutter wird die meiste Zeit in einem Heim sein, Vater reist mit Old Barty herum, und Walter ist auch weg. Da ist keiner mehr, der mir fehlen wird.«

»Dafür habt ihr hier euer Zuhause, solange ihr wollt. Für immer. Ich weiß, es ist nicht so großzügig, wie ihr es gewöhnt seid, aber ihr würdet uns ganz schrecklich fehlen, wenn ihr nicht mehr da wärt... Das heißt, ihr habt uns gefehlt, aber das wisst ihr ja.«

»Das wissen wir«, versicherte Simon ihm. »Hast du nicht den weiten Weg hinunter nach Kilkenny gemacht, um uns zu finden?«

»Ich wüsste gern, wo Walter steckt«, warf Maud ein. »Er schickt uns nie eine Postkarte.«

»Eines Tages wird er euch schon schreiben«, tröstete Muttie sie. »Ich hoffe, er hat einen guten Job«, meinte Maud. »Es war so nett von ihm, dass er uns an demselben Tag gesucht hat wie du. Das habe ich nicht von ihm erwartet.«

»Nein, ich dachte, wir wären ihm egal, aber er muss sich tatsächlich Sorgen um uns gemacht haben«, sagte Simon.

»Wir dachten eigentlich, er wäre auch am selben Abend fort wie wir, aber ich kann mich nicht mehr so genau erinnern«, bemerkte Maud mit betrübtem Gesicht.

Muttie beschloss, dass es an der Zeit war, das Thema zu wechseln. »Es heißt doch, man soll nach vorn und nicht zurückschauen. Schaue ich vielleicht zurück und denke an den Tag, an dem ich den Zehner auf Earl Grey setzen wollte und stattdessen auf King Grey setzte, nur weil ich nicht genau hingeschaut hatte? Nein. Ein schwarzer Tag war das, aber schaue ich vielleicht zurück? Nein.«

»Tom, ich bin's, Marcella. Leg nicht gleich wieder auf.«

»Ich werde nicht auflegen«, versprach er.

»Hör mal, ich kann nicht lange reden, aber es gibt doch diese Show im Fernsehen, bei der man Traumpreise gewinnen kann. Du weißt schon – ein Hubschrauberflug, jemanden, der einem ein mehrgängiges Abendessen kocht ...«

»Ich kenne sie«, erwiderte Tom seufzend. »Geraldine hat versucht, uns dort unterzubringen, aber ...«

»Ich esse gerade mit dem Direktor des Senders, wir sind momentan bei Quentin's. Wieso kommst du nicht mit Cathy vorbei, und ich mache euch miteinander bekannt. Brenda wird euch in den Himmel loben. Das wäre doch eine große Chance ...«

»Das ist sehr freundlich von dir, an uns zu denken, aber ...«

»Aber was, Tom? Es ist jetzt acht Uhr, ich werde noch mindestens eine Stunde mit diesem Menschen hier sitzen. Los, hol Cathy, ich wette, sie findet, es ist einen Versuch wert.« Und damit legte sie auf.

Sie trafen sich bei Quentin's. Tom trug einen dunklen Anzug und ein weißes Hemd.

Cathy sah ihn bewundernd an. »Du hast dich ja richtig in Schale geworfen«, meinte sie. Sie selbst hatte ihren dunkelblauen Samtanzug an und trug das Haar offen bis auf die Schultern.

»Und du hast sogar Make-up aufgelegt!«, stellte er fest.

»Wir nehmen besser nur eine Vorspeise, ein ganzes Menü können wir uns nicht leisten«, flüsterte sie und starrte nervös auf die Speisekarte.

Tom spähte zu Marcella hinüber, die gerade einem Herrn mit kantigem Kinn und Brille zulächelte. Das war der Direktor, der die Macht besaß, Scarlet Feather berühmt zu machen. Und mit einem Gefühl des Verlustes stellte er fest, dass er Marcella nicht mehr liebte.

Brenda kam an ihren Tisch. »Ich weiß, worum es geht«, sagte sie. »Sie sind gerade beim Kaffee. Bestellt jetzt noch nichts, dann können sie sich auf ihrem Weg zur Tür noch fünf Minuten zu euch setzen. Das ist besser, als wenn der Tisch voller Essen steht.«

»Du bist ein Genie«, flüsterte Cathy.

»Nein, aber ich liebe solche dramatischen Inszenierungen, diese Umschwünge im Leben anderer Menschen. Das ist es, was meinen Job ausmacht. Aber das solltet ihr eigentlich selbst wissen, ihr macht ja auch nichts anderes.«

Es klappte alles bestens. Marcella zeigte sich überrascht, sie zu sehen, Tom bat sie, sich doch fünf Minuten zu setzen. Douglas, der Direktor, der ein netter Kerl zu sein schien und als Einziger ahnungslos war, plauderte freundlich. Niemand erwähnte die Fernsehshow.

»Was machst du denn zurzeit, Marcella?«, fragte Tom beiläufig.

»Ich hoffe, sie wird unsere Fernsehshow als eine der Preisfeen schmücken«, erwiderte Douglas lächelnd.

In diesem Augenblick betrat Brenda die Szene und gratulierte Douglas zu seinem Riecher, Scarlet Feather entdeckt zu haben, das bestgehütete Geheimnis in der gesamten Catering-Branche Irlands. »Patrick und ich sind immer fürchterlich nervös, wenn sie hierherkommen. Sie haben so hohe Ansprüche«, erklärte Brenda.

»Sagen Sie doch mal, was für ein Abendessen würde Ihnen spontan für acht Leute einfallen …?«, fragte Douglas zögernd. Und da wussten sie, dass sie es geschafft hatten, und unter dem Tisch drückten sie einander fest die Hand.

Kay Mitchell befand sich in einem Pflegeheim. Man ging davon aus, dass sie nie mehr ohne fremde Hilfe auskommen würde; langfristig wurde eine therapeutische Wohngemeinschaft in Betracht gezogen. Das Pflegeheim war im Hinblick auf die Kinder ausgewählt worden, für die es leicht mit dem Bus zu erreichen war, sowohl von der Schule als auch von St. Jarlath's Crescent aus. Es gab dort einen angenehmen Aufenthaltsraum, in dem sie sich einmal in der Woche trafen. Und dort konnte Kay auch ihren Mann Kenneth sehen, falls er jemals wieder von seinen Reisen mit Old Barty zurückkommen sollte. Und Walter natürlich, falls man ihr hätte sagen können, wo er war und wann er wieder zurückkommen würde. Manchmal erkundigte sie sich bei den Zwillingen nach ihm, aber sie wussten es nicht. Manchmal vergaß sie völlig, dass The Beeches verkauft worden war, und fragte nach dem Garten. Es gab auch Tage, da wusste sie nicht einmal mit Sicherheit zu sagen, wer Maud und Simon eigentlich waren. Aber die Zwillinge ließen sich dadurch nicht die Laune verderben.

»Ich schätze, wenn man schlechte Nerven hat, dann fällt das, was normalerweise im Kopf ist, wie durch einen Rost unten raus«, überlegte Simon, als sie nach einem Besuch bei ihrer Mutter nach Hause fuhren. Wieder einmal hatte sie ständig gefragt, wen sie denn eigentlich besuchen wollten.

»Und wenn ihre Nerven wieder besser werden, findet sie bestimmt auch ihr Gedächtnis wieder«, sagte Maud zuversichtlich, als sie in die tröstliche Wärme des St. Jarlath's Crescent zurückkehrten, wo jeder wusste, wer sie waren, und wo man sie bereits mit einem Mittagessen erwartete.

Geraldine benötigte nicht lange, um herauszufinden, in welchem Krankenhaus Teddy lag; in einem Privatzimmer, wie man ihr sagte. Zweimal fuhr sie zu diesem Krankenhaus, in der festen Absicht, ihn zu besuchen, und zweimal fuhr sie unverrichteter Dinge wieder weg. Einmal hatte sie es sogar bis zum Korridor geschafft und gesehen, dass niemand bei ihm war… Aber irgendetwas hielt sie zurück. Wieso war er nach Irland zurückgekommen? Er kannte ja kaum noch jemanden hier, seine Familie war in Brüssel aufgewachsen, und er stand weder seinem Bruder noch seiner Schwester nahe. Wollte sie ihn wirklich in diesem Zustand sehen, jetzt, wo er so krank war? Wollte er, dass sie ihn so sah? Bestand vielleicht die vage

Möglichkeit, dass er sie jetzt, im letzten Abschnitt seines Lebens, wiedersehen wollte, es aber nicht wagte, sie um einen Besuch zu bitten? Bei ihrem dritten Anlauf war sie fest entschlossen, nicht wieder davonzulaufen. Die Tür zu seinem Zimmer stand ein Stück offen; sie konnte das Fußende seines Bettes sehen und eine Schwester, die mit ihm sprach. Aber sie brachte es immer noch nicht über sich, hineinzugehen. Sie hatte die Telefonnummer des Krankenhauses und ihr Handy dabei... Sie entfernte sich ein paar Schritte den Korridor hinunter und wählte; man stellte sie zu seinem Zimmer durch. Sie konnte das Telefon an seinem Bett klingeln hören, und dann meldete er sich.

»Teddy, hier ist Geraldine Murphy«, sagte sie.

»Wie bitte?« Seine Stimme klang mitgenommen, und er hörte sich verwirrt an.

»Du weißt doch... Geraldine«, wiederholte sie und verstummte.

»Haben Sie auch die richtige Nummer gewählt?«, fragte er. »Um Gottes willen, Teddy, ich bin's, Geraldine – ich, Geraldine.« Sie näherte sich dem Zimmer. Er würde sie nicht verleugnen oder so tun, als hätte er sie vergessen. Das durfte nicht passieren. Über die Hälfte ihres Lebens hatte sie sich korrekt benommen, und sie wollte sich jetzt nur verabschieden und ihm sagen, dass sie nie aufgehört hatte, ihn zu lieben.

»Es tut mir leid«, entschuldigte er sich. »Ich bekomme so viele Tabletten, dass ich mich an manche Namen nicht mehr erinnern kann.«

»Warum bist du dann hierher zurückgekommen, Teddy, wenn du dich an keinen mehr erinnern kannst?« Sie wusste, dass ihre Stimme hart klang.

»Bitte, entschuldigen Sie mich«, sagte er und legte auf.

Sie sah, wie die Schwester um sein Bett ging. Geraldine betrat das Zimmer nicht. Sie blieb reglos draußen auf dem Korridor stehen und beobachtete, wie das hübsche junge Mädchen in das Schwesternzimmer an der Ecke zurückkehrte. Geraldine wusste nicht, wie lange sie dort stand. Ein, zwei Leute fragten sie, ob alles in Ordnung sei mit ihr, und sie musste wohl zufriedenstellende Antworten gegeben haben. Sie sah, wie Besucher andere Zimmer betraten, nur zu Teddy kam niemand. Schließlich drehte sie sich um und ging zum Aufzug. Sie war immer noch zu zittrig, um sich ans Steuer zu setzen, und so trank sie erst eine Tasse Tee in der Cafeteria im Erdgeschoss. Es war das Beste für sie, redete sie sich ein. Worüber hätte sie denn mit ihm reden sollen? Dass er ihr Leben ruiniert und sein Freund, der Arzt, sie jeglicher Chancen beraubt hatte, jemals wieder ein Kind zu bekommen? Hätte sie ihm von all den Männern erzählen sollen, die seinen Platz in ihrem Leben eingenommen hatten, die sie aber nie so geliebt hatte wie ihn? Ein Mann, der im Sterben lag, würde keine solchen tragischen Geschichten hören wollen. Sie wischte die Tränen fort. Es war das Beste für sie gewesen, dass er sich nicht an sie erinnert hatte.

Der Abend bei Quentin's war so schön gewesen, dass Tom die Stimmung nicht dadurch hatte verderben wollen, die Geschichte des jungen Frankie Maguire zu erzählen, der sich in ihrem Geschäft das Leben genommen hatte. Manchmal sah er sich suchend um und überlegte, in welchem Raum es wohl passiert sein mochte. Aber das musste Cathy jetzt nicht unbedingt erfahren, und sonst brauchte es auch keiner zu wissen. Außerdem hatten sie ohnehin keinen Moment Luft, um irgendwelche Dinge zu besprechen, die nichts mit ihrer Arbeit zu tun hatten. Das mehrgängige Abendessen im Fernsehen war eine abgemachte Sache … Tom und Cathy würden im Studio sein. Die Werbeprospekte zeigten erste Wirkung, und zu fünft arbeiteten sie praktisch rund um die Uhr. Sie kochten, beluden und entluden den Lieferwagen, sie lieferten, servierten, räumten hinterher wieder auf und nahmen generell jeden Auftrag an, der hereinkam. Es tat sich so viel, dass Tom nicht mehr schlafen konnte. So fiel es ihm auch nicht schwer, morgens aufzustehen und bei Hayward's das Brot zu einer Zeit zu backen, zu der die meisten Menschen noch schliefen.

Shona konnte offensichtlich auch nicht schlafen, denn eines Morgens kam sie um dieselbe Zeit wie Tom in die Küche von Hayward's.

»Ich mache dir ein Frühstück«, erbot er sich.

»Gern.« Sie setzte sich in die Küche und sah ihm dabei zu, wie er den Ort zu frühem Leben erweckte, wie er den Teig vorbereitete und für sie beide Toast und Kaffee machte.

»Was treibt dich denn zu dieser unchristlichen Zeit schon in die Arbeit, Shona? Die schikanieren dich ja ganz schön.«

»Nein, nein, das mache ich freiwillig. Ich bin schon so früh da, weil ich mal eine Stunde ungestört im Internet surfen will. Ich habe den Auftrag, einen Urlaub zu buchen, und bin noch nicht sehr vertraut mit der Materie.«

»Wie viele seid ihr denn?«, fragte Tom geistesabwesend.

»Wir sind zu zweit«, antwortete sie.

Erstaunt blickte er hoch. »Das ist aber schön«, sagte er.

»Nicht das, was du denkst, Tom.«

»Nichts ist je so, wie ich mir das denke«, erwiderte er. »Je älter ich werde, desto mehr wird mir das bewusst.«

Cathy betrat den Frisiersalon von Hayward's. »Ich brauche ein total neues Image für eine Fernsehshow morgen Abend«, sagte sie.

»An was für ein Image hätten Sie denn gedacht?«, fragte Gerard, der Senior-Stylist.

»Ich will einfach umwerfend aussehen.«

Gerard hatte in seinem Leben schon genauere Anweisungen zu hören bekommen. »Was werden Sie denn tragen?«, hakte er nach.

»Ein rotes T-Shirt, schwarze Hosen und einen weißen Schurz. Und ich muss so eine Art Haube tragen oder etwas

Ähnliches, damit ja keiner auf die Idee kommt, meine Haare könnten ins Essen fallen.« Gerard bemerkte berechtigterweise, weshalb sie dann überhaupt eine neue Frisur bräuchte, wenn ihr Haar sowieso unter einer Kopfbedeckung verborgen wäre. Vielleicht solle sie sich lieber einen Hut kaufen, einen hübschen weißen Hut. »Ich brauche aber unbedingt eine neue Frisur, weil mir meine Schwiegermutter schon vor Monaten einen Gutschein für Ihren Salon geschenkt hat«, erwiderte Cathy, so, als müsse das jeder Mensch verstehen.

»Was haben Sie denn damit getan?«

»Ich habe ihn meiner Freundin June gegeben, die sich knallrote Strähnen hat machen lassen«, entgegnete Cathy.

»Aha«, meinte Gerard.

»Und ich habe nur eine Dreiviertelstunde Zeit, Gerard. Könnten Sie sich also schnell etwas einfallen lassen?« Gerard ließ aus dem Kaufhaus eine weiße Kopfbedeckung heraufkommen, damit sie die Situation besser einschätzen konnten. »Aber das dauert ja ewig!«, jammerte Cathy.

»Sie sind ein Profi, und ich bin ein Profi. Sie würden ja auch nicht wollen, dass Ihr Essen wie hingeklatscht aussieht. Und ich will nicht, dass Sie im Fernsehen mit einer Frisur von mir auftreten, die aussieht, als ob ein Sturm auf Ihrem Kopf gewütet hätte.«

Cathy sah es schließlich ein, dass auch er seinen guten Ruf schützen musste. Als die Kappe endlich gebracht wurde, setzte Gerard ihr sie in keckem Winkel auf den Kopf und machte sich anschließend daran, ihr Haar bis auf Schulterlänge abzuschneiden.

»Ich sehe aus wie ein Zwerg in einem Weihnachtsmärchen«, klagte Cathy mit einem Blick in den Spiegel.

»Oh, heißen Dank. Ich möchte wetten, Ihr Fraß ist nicht zu genießen«, erwiderte Gerard beleidigt.

Ihre Augen trafen sich im Spiegel, und sie fingen beide so heftig an zu lachen, dass die gesetzte Klientel von Hayward's eine vage Ahnung davon bekam, was Hysterie sein konnte, denn Cathy und Gerard lachten und lachten, bis sie befürchteten, überhaupt nicht mehr damit aufhören zu können.

»Tom, du weißt, dass wir dir nie im Leben auf die Nerven gehen würden«, sagte Maud am Telefon.

»Und ob ich das weiß. So, wie ihr wisst, dass ich euch nie im Leben abweisen würde, aber im Moment haben wir so viel zu tun, du wirst es dir kaum vorstellen können.«

»Ich kann es mir vorstellen. Ich habe gehört, wie Muttie zu seiner Frau Lizzie gesagt hat, dass ihr beide noch vor dem St.-Patricks-Tag im Sarg liegen werdet, wenn ihr weiter so schuftet...«

»Das hat er gesagt?« Tom streckte den Arm aus und holte einen Kochtopf vom Herd, ehe etwas anbrennen konnte.

»Hat er. Und er hat auch gesagt, dass er sofort in eure Firma investieren würde, falls er jemals zu viel Geld kommt.«

»Na, das ist aber sehr freundlich von ihm, Maud, und es ist auch wirklich nett, hin und wieder zu plaudern, aber...«

»Wir haben am Freitag schulfrei, und da haben wir uns überlegt, ob wir nicht wieder einmal zu euch kommen und eure Schätze polieren dürfen. Wir möchten etwas Geld verdienen, um Muttie einen Mantel zu kaufen.«

»Um ehrlich zu sein, glaube ich nicht, dass ihr das Geld dafür an einem Nachmittag zusammenbekommt.« Der arme Tom war der Verzweiflung nahe.

»Drüben im Discountladen hängt aber ein Mantel für drei Pfund«, erklärte Maud.

»Na, wenn das so ist, dann sehen wir uns am Freitag«, gab Tom sich geschlagen und legte auf.

»Ich glaube es dir nicht«, sagte Cathy.

»Ich konnte nicht anders«, antwortete Tom. »Du hättest es auch getan, wenn du hier gewesen wärst. Aber jetzt komm und nimm deinen Hut ab, lass dich in deiner neuen Pracht bewundern...«

»Ich sehe aus wie ein Lausejunge«, klagte Cathy. »Ich weiß, so hast du doch immer schon ausgesehen. Aber jetzt möchte ich dein Haar anschauen.«

»Komm, zier dich nicht so«, forderte June sie auf. »Was meinst du, warum ich es so lange hier ausgehalten habe?«

»Ist Jimmy eigentlich mal zu dem Akupunkteur gegangen?« Cathy versuchte, Zeit zu schinden.

»Wir hatten eine ziemlich heftige Diskussion deswegen, aber er ist hin und fühlt sich auch schon ein bisschen besser. Aber jetzt lass endlich dein Haar sehen.« June kannte keine Gnade.

Cathy nahm ihren Hut ab. Im Gegensatz zu anderen Frauen, die um ihr gutes Aussehen besorgt waren, trat sie nicht sofort vor einen Spiegel, um ihr Haar in Ordnung zu bringen und hastig zu erklären, dass die Frisur bestimmt ein wenig zerdrückt sei.

Tom, June, Lucy und Con betrachteten sie schweigend.

»O Gott, ist es so schlimm?«

»Du siehst wunderschön aus«, erklärte June.

»Wunderschön«, stimmte Tom ihr zu.

Con und Lucy applaudierten und klapperten mit den Topfdeckeln auf den Arbeitsflächen.

»Das reicht jetzt, ich lasse mich von euch doch nicht veralbern«, drohte Cathy ihnen. Aber sie sahen ihr an, dass sie sich freute, und bei der nächstbesten Gelegenheit verschwand sie in der Garderobe und bewunderte sich. Es war wirklich gar nicht so schlecht, es sah völlig natürlich aus. Ihr Haar fiel locker und glänzend ins Gesicht, statt streng zurückgekämmt zu sein, so, als ob es ständig störte. Sie musste Gerard unbedingt eine Karte schicken und sich bei ihm bedanken. Jetzt brauchte sie sich nur noch hinzustellen und vor einer halben Million Fernsehzuschauern ein mehrgängiges Abendessen auf den Bildschirm zu zaubern.

Der Tag im Studio verging unter Hektik und Aufregung. Doch zunächst ließen die heißen Scheinwerfer alles schmelzen, sodass die einzelnen Speisen schließlich zusammengeklebt und mit einer widerlich aussehenden Masse besprüht werden mussten, damit sie stärker glänzten. Immer wieder versicherte man den beiden Köchen, dass es völlig unwichtig war, wie es schmeckte, es würde ohnehin nicht gegessen werden, sondern es diente nur als Demonstrationsobjekt für das, was Tom und Cathy später für den Gewinner zubereiten sollten. Anschließend mussten sie bereits in einzelnen Schritten vorgekochte und tiefgekühlte Speisen launig den Zuschauern präsentieren, damit diese sich vorstellen konnten, dass die beiden Kochkünstler dieses Gourmetmenü auch in jeder noch so kleinen und primitiven Küche in Irland auf den Tisch zaubern würden. Douglas, der Direktor der Show, blieb inmitten all der Hektik im Studio erstaunlich gelassen. Tom und Cathy beobachteten ihn bewundernd. Sie waren noch nie zuvor im Leben so aufgeregt und gleichzeitig so gehemmt gewesen, aber diesen Mann schien das alles kaltzulassen. Zu ihrem größten Erstaunen schien er sie wiederum dafür zu bewundern, dass sie unter diesen Umständen überhaupt etwas kochen konnten.

»Sie sind wirklich zwei Naturtalente«, bestätigte er ihnen. »Es würde mich gar nicht überraschen, wenn wir Sie wieder einmal einladen würden. Das wäre ein hübscher kleiner Nebenverdienst, als die neuen Fernsehköche aufzutreten. Sind Sie schon lange zusammen?«

»Als Scarlet Feather arbeiten wir schon seit einer ganzen Weile zusammen, aber unser eigenes Geschäft haben wir erst seit einem knappen Jahr«, erwiderte Cathy.

Sie wusste, dass auch er sie für ein richtiges Paar hielt, wie so viele andere auch.

»Ich möchte wetten, Ihre Gäste bekommen bei Ihnen zu Hause immer ganz besondere Köstlichkeiten vorgesetzt«, fuhr er fort.

Tom und Cathy waren zu erschöpft, um ihm den Zusammenhang zu erklären, und nickten deshalb nur, als die

Maskenbildnerin wieder kam, um ihnen das Gesicht zu pudern.

»Marcella, Ihre Freundin, ist wirklich ein tolles Mädchen«, bemerkte Douglas.

Tom und Cathy tauschten einen raschen Blick.

»Ja, sie ist wirklich toll«, erwiderte Tom. »Etwas ganz Besonderes.«

»Wir sind schon seit ewigen Zeiten befreundet«, fügte Cathy hinzu.

Und dann ging es hinaus ins Studio. Alle wünschten ihnen viel Glück für die letzte Probe, bevor der Countdown lief und sie auf Sendung gingen.

Am nächsten Tag hörte das Telefon überhaupt nicht mehr zu klingeln auf. Lucy saß im vorderen Zimmer und nahm den ganzen Vormittag über Aufträge entgegen. Sie machte sich Notizen und verschickte Werbesprospekte. Es war genau der erwünschte Effekt eingetreten – sie waren voll ins Blickfeld der Öffentlichkeit katapultiert worden.

»Ihr werdet Marcella ewig dankbar sein müssen«, meinte June.

»Ich werde ihr einen großen Blumenstrauß von uns allen schicken«, sagte Cathy. »Wenn ihr hier alle auf der Karte unterschreibt, können wir ihn gleich zu Ricky hinüberschicken.«

Sie ließen Tom als Letzten unterschreiben, ehe sie die Karte in den Umschlag steckten. Er schrieb: »Für Marcella, eine wahrhaft großzügige und gute Freundin, alles Liebe von Tom.«

Cathy fiel auf, dass Lucy inzwischen recht verkrampft am Schreibtisch saß und sich immer wieder streckte. »Komm, ich übernehme eine Weile den Telefondienst. Geh du ruhig in die Küche und lauf dort ein bisschen herum«, schlug sie vor. Es herrschte eine so friedliche Atmosphäre im vorderen Zimmer. Ihre Bowlenschüssel stand wieder auf dem

Tisch, im Fenster erstrahlte ein kleiner Weihnachtsbaum, und ihre bunten Aktenordner füllten sich mehr und mehr mit Adressen, Kontakten und Kunden. Und ruhig war es hier. So hatte sie Gelegenheit, zwischen den einzelnen Anrufen ein wenig nachzudenken und sich ein paar Gedanken über Neil zu machen. Als sie gestern Abend nach Hause gekommen war, hatte Neil wie immer gearbeitet. Er hatte sie angelächelt und sich wirklich gefreut, sie zu sehen. Aber plötzlich war ein schuldbewusster Ausdruck auf sein Gesicht getreten.

»O mein Gott, das war heute Abend, euer Fernsehauftritt.«

»Du hast uns nicht gesehen?«

»Es tut mir so leid…«

»Oder aufgenommen…?«

»Ich kann dir gar nicht sagen…«

Sie war auf der Stelle ins Bett gegangen, und sie hatte an diesem Morgen das Haus verlassen, ehe er aufgestanden war. So schlecht hatte es noch nie um sie gestanden. Er würde bestimmt im Laufe des Tages anrufen, um sich zu entschuldigen, und sie konnte die Ruhe gut gebrauchen, um sich eine Antwort zu überlegen. Es ging nicht darum, dass sie eingeschnappt war oder sich weigerte, ihm zu verzeihen. In vielerlei Hinsicht war das nämlich alles schon nicht mehr wichtig. Es zählte nicht mehr das, was geschehen war, sondern was es über ihre Beziehung aussagte.

»Geraldine, hier ist Neil Mitchell. Hast du zufälligerweise gestern Abend Cathys Auftritt auf Video aufgenommen?«

»Ja, natürlich. War sie nicht großartig? Sie waren beide großartig.«

»Könnte ich die Aufnahmen vielleicht sehen?«

»Du hast es selbst nicht aufgenommen, das darf ja nicht wahr sein«, erwiderte sie lachend.

»Kannst du mir das Band nicht ausleihen, Geraldine?«

»Nein, tut mir leid, aber ich habe es fortgebracht, um es für Amerika adaptieren zu lassen. Weißt du, ich dachte mir, Cathys Schwester Marian würde vielleicht gerne …«

»Muttie, hast du Cathy gestern Abend im Fernsehen gesehen?«

»Der halbe St. Jarlath's Crescent war hier, um sie zu sehen.«

»Hast du eine Videoaufnahme davon?« Neils Stimme war die Verzweiflung anzuhören.

»Neil, mein Junge, die haben die Kinder heute mit in die Schule genommen.«

»Wozu das denn, in Gottes Namen?« Mittlerweile hörte er sich eher verärgert an.

»Für ein Projekt. Jeden Donnerstag müssen die Kinder irgendetwas Besonderes zeigen oder tun. Deshalb werden Simon und Maud heute sieben Minuten lang Cathy und Tom präsentieren und anschließend ein kleines Referat über die Nahrungsmittelindustrie halten. Sind das nicht ein paar Schlitzohren?«, meinte Muttie stolz.

»Und was für Schlitzohren«, erwiderte Neil und legte auf.

»Mutter, hast du Cathy gestern Abend vielleicht zufällig aufgenommen?«

»Nein, mein Lieber, warum sollte ich?«

»Ach, ich dachte mir, hätte ja sein können. Hast du sie denn gesehen?«

»Ja, und sie waren erstaunlich gut die beiden – findest du nicht?«

»Ja, ja, und wie«, antwortete Neil.

»Es freut mich, dass sie endlich was mit ihrem Haar getan und den Gutschein eingelöst hat, den ich ihr geschenkt habe. Ist schon ein Unterschied, findest du nicht?«

»Ein großer Unterschied. Auf Wiederhören, Mutter«, sagte Neil.

Sara rief an, um für später an diesem Tag ein Treffen auszumachen. »War das nicht ein toller Erfolg für Scarlet Feather?«, fragte sie.

»Sie haben es gesehen?«

»Aber natürlich habe ich es mir angeschaut.«

»Aber wie haben Sie das gemacht? Sie waren doch mit uns allen in dem Café, als es lief.«

»Ich weiß, aber ich habe es auf Video aufgenommen.«

»Tatsächlich? Das ist ja großartig. Könnte ich das Band haben?«

»Nein, ich habe es mittlerweile wieder überspielt, mit einem Horrorfilm von gestern Nacht.«

»Sara, war Cathys Haar irgendwie anders?«

»Und ob, ich habe sie kaum erkannt«, erwiderte Sara mit ihrem üblichen Feingefühl.

»Wie?«

»Nein, so habe ich das nicht gemeint. Es sieht doch sehr gut aus, das müssen Sie zugeben.«

»Mir ist es nicht aufgefallen«, sagte er.

»Tatsächlich?«, entgegnete Sara und schöpfte Hoffnung.

Einige der Anrufer wollten ihnen gratulieren, darunter zufriedene und stolze Kunden wie die Riordans, Molly Hayes, Stella und Sean, Mrs. Ryan, der sie ganz zu Anfang mit den Apfelstrudeln ausgeholfen hatten, und sogar Mrs. Etepetete. Junes Mann Jimmy rief an, um ihnen zu versichern, dass sie sich wie die Filmstars präsentiert hätten und dass er ihnen wegen der Akupunktur ewig dankbar wäre. Das sei zwar der reinste Aberglaube, aber es funktioniere, eigentlich kaum zu glauben. Und dann rief Neil an.

»Es gibt nichts, was ich sagen kann, außer dass ich mich schäme.«

»Ist schon gut, Neil«, sagte sie müde, und sie meinte es auch so. Es war in Ordnung für sie. Angesichts der vielen anderen Dinge war die Tatsache, dass er die Sendung vergessen hatte, nur noch zweitrangig.

»Ich weiß, dass ich meinen Schnitzer mit einer Einladung zum Mittagessen nicht wiedergutmachen kann.«

Cathy hatte nicht die Absicht, für immer schlechter Laune zu bleiben. Es war kein Leben, ständig beleidigt zu sein. Sie wusste, dass er wirklich zerknirscht war.

»Ich habe heute leider keine Zeit für ein Mittagessen, Neil. Ich will nicht abweisend erscheinen, aber das ist eine Tatsache. Ständig klingelt das Telefon – es ist kaum glauben.«

»Ich gratuliere, ich bin sehr stolz auf dich, und ich werde versuchen, es mir wenigstens heute anzuschauen.«

»Nein, das musst du nicht, ehrlich. Du hast doch so viel zu tun, wir besorgen uns später eine Kopie von Mams und Dads Video. Lass es, Neil, es ist gut so, glaube mir.«

»Und dein Haar, Cathy?«

»Ja?«

»Es ist sehr hübsch.«

»Das hast du mir schon gesagt.«

»Wann habe ich dir das gesagt?«

»Am Dienstag. Ich habe dich gefragt, ob es mir steht, und du hast ja gesagt.«

»Und der Meinung bin ich auch«, entgegnete er. »Wann wirst du nach Hause kommen, wenn du keine Mittagspause machst?«

»Gegen sieben«, sagte sie. »Aber du bist doch unterwegs.«

»Heute Abend nicht«, versprach er ihr. »Ich werde den Termin absagen.«

Shona Burke war zum Essen mit James in dessen Wohnung verabredet. Er hatte entdeckt, dass Suppen relativ leicht zuzubereiten waren; unbegreiflich, wieso ihm das zuvor noch niemand verraten hatte. Sie unterhielten sich über die gelungene Fernsehshow, die einen Wendepunkt in Cathys und Toms Leben darstellen könnte.

»Wenn doch nur die Versicherung endlich zahlen würde«, sagte James. »Ich möchte ja nicht den Teufel an die Wand malen, aber die Lage ist ernst, weißt du. Wie ist dieser schreckliche Junge nur ins Haus gekommen? Das müssen wir unbedingt herausbekommen, aber er wird es uns wahrscheinlich kaum sagen.«

»Die schuften sich heute zu fünft die Seele aus dem Leib. Ich habe sie vorhin auf meinem Weg hierher angerufen, um ihnen zu gratulieren ...«

»Was sagen sie eigentlich dazu, dass wir zusammen über Weihnachten nach Marokko fahren?«, wollte er wissen.

»Ich habe es ihnen noch nicht erzählt.«

»Wieso nicht?«

»Na ja, du bist so ein verschlossener Mensch, du sprichst nie über deine Privatangelegenheiten. Und ich auch nicht. Ich dachte, du würdest nicht wollen, dass sie oder irgendjemand anderes davon erfahren ... Dass wir zwei uns wiedergefunden haben und so ...«, erwiderte sie verlegen.

»Früher war ich nicht so verschlossen, Shona, früher habe ich immer allen alles erzählt. Ich habe deine Aufsätze mit ins Büro genommen, um sie meinen Kollegen zu zeigen. So offen war ich früher mal.«

»Ich auch. Irgendwann aber habe ich es dann gelernt, nichts mehr von mir preiszugeben. Aber ich schätze, wir können uns das auch wieder abgewöhnen. Soll ich es ihnen sagen, oder willst du das tun?«

»Wir könnten es ihnen ja auch zusammen sagen«, schlug er vor.

Cathy kam Punkt sieben Uhr nach Hause. Sie sah müde aus, dachte Neil, und ihr Haar sah wirklich schön aus, sehr weich und weiblich. Wie konnte ihm das vorher nur entgangen sein, dass er Dienstagabend so beiläufig darauf reagiert hatte?

»Ich habe den Anrufbeantworter auf ganz leise gestellt, wir werden es also nicht einmal hören, wenn jemand anruft.« Sein aufforderndes Lächeln rief keine Reaktion hervor. »Und ich habe Austern gekauft«, fuhr er fort. »Als Versuch einer Wiedergutmachung... Sie sind noch nicht offen. Ich weiß auch gar nicht, wie man sie öffnet, aber ich dachte mir, du würdest sie vielleicht...«

»Du meinst, ich würde gerne nach elf Stunden in der Küche nach Hause kommen und ein paar Austern öffnen?«, fragte sie.

»Nein, vielleicht eher nicht. Keine so tolle Idee.«

»Gut gemeinte Gesten reichen schon lange nicht mehr aus, nicht wahr, Neil?«

»Wie meinst du das...?«

»Wir haben uns schon zu weit voneinander entfernt, es ist nichts mehr da. Gemeinsame Wochenenden, Feste, Überraschungen, Gespräche, Austern... Das ist alles nur noch aufgesetzt.«

»Sicher, der Versuch ist nicht sehr gelungen... Wir haben momentan wirklich so wenig voneinander wie noch nie, aber schließlich habe ich dir gesagt, dass ich bereit bin, es noch mal mit einem Kind zu versuchen.«

»Das ist genau der Punkt, der uns noch weiter voneinander entfernt hat als alles andere.«

»Wie meinst du das?«

»Neil, du kannst doch nicht sagen, dass du mir ein Baby schenken willst und dich damit abfinden wirst, nur damit ich endlich Ruhe gebe.«

»Ich habe nie einen dieser Ausdrücke benützt oder es auch nur so empfunden. Leg mir bitte nichts in den Mund. Du bist unfair«

»Du hast mir das doch selbst als unsere letzte Chance verkauft.«

»Das bildest du dir doch nur ein«, widersprach er ihr sehr luftig.

»Du und ich, wir haben früher immer über alles reden können. Das war das Schönste auf der Welt für mich.«

»Wir können doch wieder zu diesem Zustand zurückfinden, glaubst du nicht?« Er klang jedoch unsicher.

»Ich denke nicht.«

»Das ist nicht dein Ernst«, sagte er.

»Doch. Du wünschst dir eine völlig andere Frau, als ich es bin. Jemanden, der dich anbetet, der jeden Abend bei dir zu Hause ist und nette Dinnerpartys für deine Kollegen gibt...«

»Das habe ich nie gesagt...«

»Nein, hast du nicht, und ich behaupte ja gar nicht, dass es falsch ist, was du willst, aber du brauchst keine Frau, die unabhängig ist und ihre eigene Karriere hat, du brauchst eine Frau, die alles aufgibt und dir überallhin folgt. Ich bin nicht diese Frau, aber es gibt bestimmt viele, die das wollen. Sara, zum Beispiel.«

»Sara? Was redest du da?«

»Du kannst mit ihr so reden, wie es früher zwischen dir und mir der Fall war.«

»Sara ... du willst doch damit nicht andeuten?«

»Ich sage nur, dass sie noch sehr jung ist und dass sie dich wie einen Helden verehrt...«

»Sie ist eben sehr engagiert...«

»Sie ist in dich verliebt, aber das ist nicht das Problem. Das ist jetzt nicht unser Thema.«

»Was ist denn dann unser Thema?«

»Ich schätze, was wir jetzt machen sollen.« Sie klang erschöpft und müde, fast niedergeschlagen. Seit sie die Worte ausgesprochen hatte, schienen sie weniger Furcht einflößend zu sein. Es lag alles offen auf dem Tisch. Sie gaben zu, dass die Dinge zwischen ihnen nicht zum Besten standen.

»Dir ist doch das, was ich tue, immer noch wichtig, meine Arbeit, die einfach getan werden muss, oder?«

»Ja, natürlich ist sie das. Aber ich denke, dass du uns – mich und dich – bei der ganzen Angelegenheit irgendwo vergessen hast. Wir reden nicht mehr miteinander ... Es ist nicht so, dass wir dafür keine Zeit hätten, wir nehmen uns die Zeit einfach nicht. Und so sehr ich dich auch bewundere – mir scheint, du reibst dich zwar auf für alles und für jeden auf dieser Welt, aber jedes globale Problem interessiert dich mehr als die Schmerzen und Hoffnung und Träume vor deiner eigenen Tür.«

»Nein, das ist jetzt wirklich nicht gerecht. Du hast gesagt, du würdest dieselben Dinge wie ich unterstützen, aber dann schlägst du plötzlich einen anderen Weg ein und versuchst, der Welt größten Partyservice zu betreiben. Du hast gesagt, dass du keine Kinder wolltest, genau wie ich, und dann wirst du schwanger, und ich bin das größte Ungeheuer auf der Welt, weil ich nicht begeistert davon bin. Und dann hast du wieder gesagt, du seist traurig und einsam und müde, woraufhin ich den Vorschlag machte, gut, versuchen wir es noch mal mit einem Kind – aber das scheint ja offensichtlich das Schlimmste überhaupt gewesen zu sein. Also, mach nicht mich allein für alles verantwortlich.«

Cathy betrachtete ihn, als sähe sie ihn zum ersten Mal. Er war ernsthaft der Ansicht und davon überzeugt, dass sie ihn die ganze Zeit über völlig verkannt hatte. Sie hatten sich sogar noch weiter voneinander entfernt, als sie gedacht hatte.

»Ich will keine gegenseitigen Beschimpfungen, Neil, ich sagte nur, dass dein Kopf so voll mit anderen Dingen ist, dass du nicht mehr siehst, was mit uns geschieht. Es gibt nichts, wofür du nicht erbittert kämpfen würdest, aber wir beide laufen ständig aneinander vorbei.«

»Nein, aber das stimmt doch gar nicht, ich kann das nicht so stehen lassen. Ich habe alles getan, was in meiner Macht stand, du versuchst doch nur, mich in eine Schublade zu stecken. Es ist nicht fair, von mir zu behaupten, ich sei für alle da, nur nicht für dich. Das werde ich so nicht akzeptieren.«

»Was würdest du dann akzeptieren?«, fragte sie. »Wirst du akzeptieren, dass die Dinge zwischen uns sehr, sehr schlecht stehen?«

»Ich kann nicht glauben, was hier geschieht«, erwiderte er und schüttelte den Kopf, als versuchte er, ein lästiges Geräusch aus seinen Ohren zu bekommen.

Sie saß reglos da und erwiderte nichts.

»Die Situation ist total verfahren. Und der Grund ist, dass wir beide viel zu hart arbeiten«, begann er. »Cathy, lass uns unsere Beziehung nicht so einfach aufgeben, es liegt an uns … du weißt das … Wenn wir etwas wollen, dann schaffen wir das auch. Das wäre nicht das erste Mal.«

Sie wollte sagen, dass sie es für zu spät hielt, aber die Worte wollten ihr nicht über die Lippen kommen.

»Hör mich an, Cathy, wir können wieder von vorn anfangen. Wir können von hier weggehen und die ganzen Belastungen hinter uns lassen, etwas Neues anfangen. Ich werde die Stelle annehmen, wir gehen weg und vergessen alles. Wir haben die Zeit und die Möglichkeiten, alles in Ruhe anzugehen und unser Baby zu bekommen, wann immer wir wollen. Wir sollten dieses unglückliche Jahr einfach vergessen.«

Sie sah ihn mit offenem Mund an.

»Und genau das werden wir auch machen. Sie fragen mich ohnehin jeden Tag, ob ich es mir schon überlegt hätte. Wir werden ihnen sagen, dass wir gehen. Wir werden zusammen gehen.«

»Bitte, Neil, bitte nicht.«

Aber sie konnte ihn nicht mehr bremsen, er war jetzt voll in Fahrt. »Wir müssen mal wieder raus hier … Manchmal lässt man sich von dem Umständen einfach unterkriegen. Du hast recht, wir haben nur noch nebeneinander her gelebt. Dieser Stress mit den Zwillingen, dann der Einbruch, dieses ewige Hin und Her zwischen deinen Eltern und meinen Eltern, die amerikanische Hochzeit, der Ärger mit der Versicherung, die Arbeit bis spät in die Nacht, und dabei nie die Zeit, mal ausführlich miteinander zu reden …«

»Es hat nichts mit alledem zu tun«, versuchte sie einzuwenden.

»Natürlich hat es damit was zu tun, nur damit. Sobald wir weit weg von allem und wieder unser eigener Herr sind…«

»So weit wird es nicht kommen…«

»Wir haben zu hart gearbeitet, wir haben uns einfach keine Pause gegönnt, mal innezuhalten und nachzudenken…«

»Nein, Neil.« Plötzlich verlor sie die Geduld.

»Würdest du bitte aufhören, deinen Kopf zu schütteln und mich wie ein kleines Kind zu behandeln! Ehrlich gesagt, sogar meine Mutter war nicht so stur und unnachgiebig wie du. Ich biete uns eine Chance, unsere Ehe zu retten, schließlich lieben wir uns. Wir haben hart und gegen eine Menge Widerstand darum gekämpft, ein Paar zu werden, das werden wir doch jetzt nicht wegwerfen, nur weil wir mal ein schlechtes Jahr hatten?« Sie sagte nichts.

»Oder willst du das? Sitz nicht einfach da und schau mich vorwurfsvoll an, als ob ich Simon und Maud wäre. Es ist mir ernst, es geht, in Gottes Namen, um unsere Zukunft.«

»Um deine Zukunft.«

»Ich will aber, dass es unsere ist, ich will, dass wir sie zusammen gestalten…«

»Aber…?«, warf sie ein.

»Aber ich weiß nicht, was du willst, ich weiß es wirklich nicht. Wüsste ich, was du wolltest, würde ich versuchen, es dir recht zu machen.«

»Ich habe immer nur das eine gewollt«, erwiderte sie.

»Nein, das stimmt nicht. Du willst deine Zeit mit dummen, nichtsnutzigen, reichen Leuten verbringen und sie mit lächerlichem Essen bekochen.«

»Aha, ich verstehe.«

»Das ist doch keine Art, sein Leben zu verbringen. Das war nie so geplant. Komm mit mir, wir beide schaffen das.«

»Nein.«

»Dir geht es doch nur darum, deinen sturen Kopf durchzusetzen.«

»Das stimmt nicht.«

»Das haben wir doch alles schon oft genug durchgekaut. Das hier ist wichtig, aber ich bin an einem Punkt angelangt, an dem ich es nicht mehr ertrage, mich ständig sinnlos mit dir zu streiten. Ich gehe auch ohne dich, wenn du nicht mitkommst. Und das ist mein voller Ernst. Sie fragen mich jeden Tag, und ich halte sie nur deinetwegen hin. Aber wenn du ohnehin nicht mitkommen willst, warum soll ich sie dann noch länger hinhalten?«

»Ganz recht«, sagte sie leise.

»Ich will aber nicht ohne dich gehen.«

»Nein, das sehe ich.«

»Aber ich werde es tun, schließlich habe ich mir so eine Chance immer erhofft. Eigentlich dachte ich, wir beide hätten sie uns gewünscht. Ich würde nur zynisch und bitter werden, wenn ich bliebe, und dann hätten wir beide überhaupt nichts mehr voneinander.«

»Du hast doch etwas erreicht, du hast Karriere als Anwalt gemacht und viel Gutes für viele Menschen erreicht, für Menschen wie Jonathan.«

»Ich kann noch mehr in größerem Rahmen erreichen.«

»Und du wirst allein gehen?«

»Ja, wenn es sein muss. Ich werde sogar noch vor Weihnachten gehen und es dir überlassen, ob du mir folgen willst oder nicht.«

»Damit ist die Sache doch entschieden. Und du weißt das auch. Man kann Menschen nicht Entscheidungen dieser Tragweite aufzwingen, ohne ihnen Zeit zum Nachdenken zu geben.«

»Hast du eigentlich irgendwann mal ernsthaft mit dem Gedanken gespielt, mit mir zu kommen?«, wollte er wissen.

Sie überlegte eine Weile.

»Vielleicht hätte ich es tatsächlich getan, aber erst, wenn mein Geschäft wirklich gelaufen wäre, ich meine Schulden zurückgezahlt und einen vollwertigen Ersatz für mich gefunden hätte.«

»Bedeutet es dir denn so viel?« – »Ja, denkst du denn, es ist ein Spiel?«

»Ich dachte immer, du wolltest meiner Mutter beweisen, dass du ein eigenständiger Mensch bist. Meiner Meinung nach hast du das nie jemandem beweisen müssen, aber ehrlich gesagt, mehr habe ich nicht gedacht.«

»Wir werden es ihr sagen müssen.«

»Was sagen?«

»Dass sich unsere Pläne geändert haben, dass du im Ausland bist – wir sollten doch Weihnachten bei ihnen sein.«

»Ja, wahrscheinlich hast du recht.«

»Komisch, aber ich glaube, das wird mir immer wie ein übler Nachgeschmack anhängen, dass sie die ganzen Jahre über recht hatte, wenn sie sagte, ich sei nicht die Richtige für dich.«

»Cathy ...«

»Wenn du nichts dagegen hast, dann bleibe ich jetzt nicht länger, um es für uns beide nicht noch schlimmer zu machen. Wir können im hellen Tageslicht besser weiterreden.«

»Bitte, geh nicht«, flehte er sie an.

»Es ist am besten so«, erwiderte Cathy Scarlet, als sie ihre Tasche packte und das Haus verließ.

Sie wusste, dass Tom mit Con unterwegs war und eine Party für einen Rugbyclub ausrichtete. Im Club gab es eine Küche, was hieß, dass sie heute Nacht nicht mehr zurückkämen. Ehe sie sich auf dem chintzbezogenen Sofa zum Schlafen legte, hinterließ sie noch eine Nachricht auf Toms Anrufbeantworter.

»Ich hoffe, die Firma hat nichts dagegen, wenn ich ein paar Nächte hier auf dem Sofa verbringe.«

Dann schlief sie ein. Als sie in dieser Nacht aufwachte, um sich ein Glas Wasser zu holen, sah sie, dass ein Fax angekommen war. Darauf stand: »Die Firma wünscht dir süße Träume.« Sie wusste, er würde ihr nie eine Frage stellen, ebenso wenig, wie sie ihn gefragt hatte. Irgendwie war das sehr tröstlich.

Cathy hatte jeden Hinweis auf ihre Übernachtung sorgfältig weggeräumt, bevor jemand kam. Wie sie bereits wusste, würde sie von Tom Feathers Seite keinen Kommentar zu erwarten haben, und das war auch gut so. Nur ein- oder zweimal hob er ihr einen schweren Topf vom Herd oder reichte ihr wortlos die wattierten Handschuhe, als befürchtete er sonst größere Verletzungen.

»Shona hat gemeint, sie würde heute Vormittag gerne auf einen Kaffee vorbeikommen«, sagte Cathy. »James wird auch kommen, und es soll nicht lange dauern.«

»Gott, da haben sie sich aber einen Vormittag ausgesucht. Heute bekommen wir nämlich auch noch Besuch von unseren himmlischen Aushilfskräften.«

»Was?«

»Hast du es schon vergessen? Ein Team hoch qualifizierter Silberpolierer hat einen halben Tag schulfrei und wird in Bälde hier aufkreuzen, und zwar auf Einladung eines gewissen Herrn, der einfach nicht nein sagen kann.«

»O Gott, Simon und Maud.« Sie hatte sie ganz vergessen.

»Macht nichts, irgendwann geht auch dieser Tag zu Ende.«

Die Zwillinge kamen schon früh. Sie trugen ihre ältesten Kleidungsstücke, wie sie sagten, um auch schwere Arbeiten erledigen zu können. Mutties Frau Lizzie hatte ihnen Putzwolle und alte Zahnbürsten mitgegeben, damit sie auch noch in die kleinsten Ritzen kommen konnten, selbst bei Sachen, die Beine hatten.

»Ich habe aber nicht genau verstanden, was sie damit meinte«, gestand Simon. »Vielleicht so was wie Hühnergerippe?«

»Nein, eher Saucieren oder Metallgriffe«, erklärte Cathy.

»Ach, da schau an, du hast eine neue Bowlenschüssel«, rief Maud zufrieden.

»Es ist die alte, seht her, mein Name steht unten am Boden«, erklärte Cathy.

»Wie hast du sie gefunden?«, wollte Simon wissen. »War sie vielleicht die ganze Zeit hier?«

»Nein, nein, sie hat eine lange Reise hinter sich und ist von einer schwarzen Mülltüte erst in einen Schuppen und dann von einem Stand mit Nippes zum anderen gewandert. Ich habe sie zurückgekauft.«

Da fiel ihr wieder ein, dass die Zwillinge ja über Walters Rolle bei diesem Einbruch nicht Bescheid wussten. Sie hoffte, dass sie keine Verbindung zwischen dem Schuppen und ihrem Bruder herstellen würden. Aber die beiden waren so froh und glücklich, mit ihrer Arbeit anfangen zu dürfen, dass ihnen nichts auffiel. Cathy erklärte ihnen ihre Pflichten und schärfte ihnen ein, den Leuten in der Küche nicht im Weg herumzustehen, da sie wahnsinnig viel zu tun hatten.

»Bekommen wir wieder was Warmes zu trinken und ein Scone, so wie beim ersten Mal?«, erkundigte sich Simon.

»Wieso nicht?«, erwiderte Cathy. »Komm her, Tom, machen wir fünf Minuten Pause mit Simon und Maud.«

Die vier setzten sich in den vorderen Raum, und die Zwillinge berichteten, was für ein großer Erfolg ihr Projekt in der Schule gewesen war. Es hatte allen sehr gefallen, und alle waren enorm beeindruckt von der Tatsache gewesen, dass Cathy ihre Tante war. Tante! Wenn sie und Neil sich scheiden ließen, wäre sie nicht länger mehr ihre Tante. Der Gedanke schien ihr noch recht unwirklich, sie musste ihn erst ein paar Mal im Geist wiederholen. Die Kinder plapperten währenddessen munter weiter.

»Habt ihr eigentlich immer noch denselben Code, um ins Haus zu kommen? Erst neunzehn, dann sechs?«, fragte Maud unvermittelt.

»Woher kennt ihr nur unseren Geheimcode?«, wollte Cathy wissen.

»Den habt ihr uns doch selbst verraten. Weißt du noch, an

dem Tag, an dem ihr uns im Lieferwagen nach The Beeches zurückgefahren habt. Ihr hattet eine große Party und habt uns von eurer Schlüsselzeremonie erzählt, das heißt, was ihr jedes Mal hinten im Lieferwagen mit den Schlüsseln macht und wo ihr sie hinhängt.«

Cathy wagte kaum zu atmen.

»Und habt ihr irgendjemandem davon erzählt?«

»Ich glaube nicht«, antwortete Simon. »Wir können doch nicht jedem Fremden euren Code verraten. Da sind vielleicht Räuber darunter, die dann bei euch einbrechen.«

»Aber Walter haben wir es an dem Abend gesagt«, warf Maud ein.

Tom und Cathy atmeten ganz langsam aus.

»Tatsächlich?«, fragte Tom in trügerischer Gelassenheit.

»Ja, weißt du, wir haben ihm alles über eure Schätze erzählt und dass wir sie poliert haben. Und er hat gemeint, er weiß überhaupt nichts über euer Geschäft, und da haben wir ihm zeigen wollen…«, erklärte Maud.

»Es ist doch nicht so wichtig, oder?« Simon fühlte sich plötzlich unbehaglich.

»Nein, es ist überhaupt nicht wichtig«, sagte Cathy. »Im Gegenteil, es ist gut, dass wir es wissen, weil sich dadurch so manches klärt.«

»Nein, Cathy, du kannst es ihnen nicht sagen«, wandte Tom ein.

»Doch, wir werden es ihnen erklären«, widersprach sie.

»Es ist zu hart für sie. Lass ihnen wenigstens noch etwas, woran sie sich festhalten können.«

»Glaubt ihr, dass Walter euer Einbrecher war?«, fragte Simon plötzlich.

»Und dass das deine Bowlenschüssel in unserem Schuppen im Garten war?«, meinte Maud entsetzt.

»Aber Muttie hat erzählt, dass alles kurz und klein geschlagen wurde. Warum hätte Walter so etwas tun sollen?«, entgegnete Simon.

»Glaubst du, dass er es getan hat, Cathy?«, fragte Maud geradeheraus.

»Ja, das tue ich, Maud.«

»Wieso?«

»Ich weiß es nicht, vielleicht weil er knapp bei Kasse war.«

»Er war eigentlich immer sehr nett zu uns, nur nicht, wenn wir uns dumm angestellt haben«, meinte Maud.

»Ich weiß, ich weiß«, erwiderte Cathy.

»Und schließlich hat er uns gesucht und gefunden.«

»Natürlich hat er das.« Wenigstens in diesem Glauben musste man sie lassen.

»Seid ihr sehr böse auf ihn?«, fragte Maud.

»Nein, jetzt nicht mehr. Aber es gibt da etwas, bei dem ihr uns sehr helfen könntet, ohne dass Walter noch mehr Schwierigkeiten bekommt.«

»Was ist das?« Die beiden sahen sie erwartungsvoll an.

Vorsichtig erklärte Cathy den Sachverhalt. Die Polizei wisse bereits, dass Walter alles gestohlen habe, nur wie er an den Code und an die Schlüssel gekommen war, das wüssten sie noch nicht.

»Ihr würdet nicht in Schwierigkeiten kommen«, versprach Tom. »Es ist meine Schuld, weil ich euch nicht gesagt habe, dass es ein Geheimnis ist.«

»Und Walter ist außerdem gar nicht mehr in Irland, sie würden ihn also niemals finden. Aber für uns bedeutet das, dass die Versicherung uns vielleicht endlich unser Geld bezahlt. Würde es euch etwas ausmachen, dasselbe noch mal anderen Menschen zu erzählen? Wenn ja, dann lassen wir es selbstverständlich, aber es wäre wirklich eine große Hilfe für uns.«

Sie sahen einander an. »Wir werden es erzählen«, lautete ihre Antwort.

Und an einem der geschäftigsten Vormittage in der Geschichte von Scarlet Feather brachten sie Stunden damit zu, Maud und Simon erst James Byrne, dann der Polizei und anschließend noch einem Vertreter der Versicherung den Abend schildern zu lassen, an dem sie ihrem Bruder hatten beweisen wollen, dass sie alles über Toms und Cathys Geschäft wussten. Und alle reagierten mit Verständnis auf die offensichtlich wahre Geschichte und die gemischten Gefühle, die die Zwillinge ihrem großen Bruder entgegenbrachten, der ganz Irland durchquert hatte, um sie zu suchen, weil er wusste, dass sie in Schwierigkeiten steckten.

»Das wird uns ein großes Stück weiterhelfen, glaubt mir, das ist genau das, was wir brauchen«, erklärte James.

»Was wolltest du uns eigentlich sagen, Shona?«, fragte Tom.

»James?«

»Wartet mal kurz. Simon, Maud, wollt ihr euch ein Extra-Pfund verdienen? Könntet ihr hinunter zu dem Zeitungshändler laufen, zu dem am Ende der Straße, und mir eine Irish Times kaufen?«

»Ein ganzes Pfund?«, fragte Simon.

»Soll ich weiterpolieren?«, wollte Maud wissen.

»Nein, geh mit und leiste ihm Gesellschaft«, erwiderte James.

Als sie fort waren, ergriff Shona das Wort. »Als ich noch ein kleines Mädchen war, bin ich bei James und seiner Frau Una in Galway aufgewachsen, aber man hat mich ihnen weggenommen und in meine eigene Familie zurückgebracht, als ich vierzehn war. Wir haben uns erst vor Kurzem wiedergetroffen.«

Cathy und Tom tauschten einen überraschten Blick. Was würde ihnen dieser Tag noch alles bringen?

Als James weitererzählte, hatte seine Stimme einen anderen Tonfall als üblich. »Man sagte uns, es sei das Beste, keinerlei Kontakt aufrechtzuerhalten. Ich habe das damals nicht infrage gestellt. Jetzt mache ich mir allerdings den Vorwurf, etwas nicht hinterfragt zu haben, das ich bereits damals als so offensichtlich falsch empfand, das heißt, das Kind, das wir geliebt haben, weggehen zu lassen, ohne alles zu tun, um es wiederzubekommen.«

»Und jetzt versuchen wir, die verlorene Zeit wiederaufzuholen, mit einem Gourmetessen nach dem anderen...« Shona lachte den beiden Lehrern schelmisch ins Gesicht, die ihrem Vater das Kochen beigebracht hatten.

»Und bald werden wir für drei Wochen zusammen in Urlaub fahren«, erklärte James stolz.

Tom putzte sich laut die Nase. »Wenn ich heute keinen zehnstündigen Arbeitstag vor mir hätte, würde ich sagen, wir gehen zusammen irgendwohin und stoßen darauf an.«

»Im neuen Jahr«, versprach James. »Dann kommen Sie alle in meine Wohnung, und ich koche eine marokkanische Spezialität für Sie.«

»Oh, dann dürfen Sie nicht vergessen, Gewürze von dort mitzubringen, und wir machen Huhn mit Pflaumen und Mandeln.« Cathys Augen leuchteten bei der Vorstellung.

»Wollten Sie und Neil nicht auch dorthin fahren?«, fragte James.

»Nein, dazu wird es jetzt nicht mehr kommen«, erwiderte Cathy. In dem Moment kamen die Kinder zurück.

»Mam, kann ich an Weihnachten zum Essen zu euch kommen?«, fragte Cathy.

»Selbstverständlich kannst du das, aber ich dachte, ihr zwei wolltet nach Oaklands.«

»Neil wird hingehen, Mam, ich nicht.«

»Ach nein, erzähl mir jetzt bitte nicht, du hättest dich wieder mit Mrs. Mitchell gestritten. Das ist ausgesprochen dumm um diese Jahreszeit.«

»Mam, setz dich bitte, ich muss dir was sagen«, verkündete Cathy.

»Geraldine, wirst du an Weihnachten wie üblich zu Mam und Dad kommen?«, erkundigte sich Cathy.

»Tja, das wird uns bösen Mädchen wohl immer verwehrt bleiben – Weihnachten mit einem Mann. Irgendwie haben die Herren die Angewohnheit, für den Truthahn immer an den heimischen Herd zurückzukehren.«

»Ich werde dir dieses Mal dabei Gesellschaft leisten, und ich verlasse mich auf dich, dass alles klargeht.«

»Ein schlimmer Streit?«

»Nein, eine Trennung. Komisch, gestritten haben wir eigentlich kaum.«

»Ja, aber, warum dann, in Gottes Namen? Und wieso trennen sich alle diese Männer, die ich kenne und die so grauenvolle Ehen führen, nicht von ihren Frauen? Wieso macht ihr so was, du und Neil, die ihr gegen alle Widerstände angekämpft habt, um heiraten zu können, und die ihr so gut zusammenpasst?«

»Nicht mehr, Geraldine. Ich bräuchte einen Mann, dem etwas mehr an mir, an unserem Zuhause, an einem Kind, an Simon und Maud und an noch ein, zwei Dutzend uns nahestehenden Menschen gelegen ist. Aber stattdessen erwartet er von mir, dass ich mich für Millionen wildfremder Menschen, für Prinzipien und für irgendwelche brisanten Themen engagiere.«

»Aber du kannst doch beides tun.«

»Nicht so, wie wir die Sache bisher angegangen sind, Geraldine.«

»Liebst du ihn?«

»Ich dachte, ich würde ihn lieben, aber eigentlich tue ich es nicht. Ich habe ihn allerdings sehr gerne.«

»Und hast du einen anderen?«

Cathy lachte lauthals. »Ich? Ich habe doch nicht einmal die Zeit für eine Beziehung, woher sollte ich denn die für eine zweite hernehmen?«

»Ich habe ja nur laut nachgedacht.«

»Nein, da hast du falsch gedacht.«

»Du bist so gefährlich ruhig«, sagte Geraldine. »Wenn ich

daran denke, wie du Hannah Mitchell und die ganze Welt bekämpfst hast, um Neil heiraten zu können.«

»Ich weiß, ich denke auch oft daran. Es ist schwer zu erklären, aber allmählich habe ich das Gefühl, als sei es das Bild von ihm gewesen, das ich geliebt habe, nicht er selbst. Kannst du dir darunter was vorstellen?«

»Ich weiß zufälligerweise genau, wovon du sprichst.« Cathy sah sie zweifelnd an. »Kannst du dich an den Mann erinnern, von dem ich dir erzählt habe, der Mann von früher?«

»Ja?«, antwortete Cathy.

»Er erinnert sich nicht mehr an mich.« Sie schilderte ihr die Begegnung mit Teddy.

»Natürlich erinnert er sich an dich«, erwiderte Cathy, diesen Mann verteidigend. »Er hat nur so getan, das ist alles. Wie könnte er dich als Achtzehnjährige und das, was damals geschah, vergessen haben? Sag mir, wo er ist, und ich gehe hin und werde die Wahrheit schon aus ihm herausbekommen.«

Geraldines Gesicht wurde traurig. »Nein, liebe Cathy, aber danke für deinen Vertrauensbeweis. Das habe ich mir auch schon einzureden versucht. Die Wahrheit ist, dass er mich nicht mehr kennt. Ich habe ebenfalls das Bild von ihm geliebt, nicht die Wirklichkeit. Ich habe ihn zweiundzwanzig Jahre nicht vergessen, und er hat wahrscheinlich kaum einen Gedanken an mich verschwendet.«

»Wir werden uns gegenseitig über Weihnachten hinweghelfen«, versprach Cathy.

So viel einfacher war es nun auch nicht, am hellen Tag miteinander zu reden, aber Cathy hatte das eigentlich auch gar nicht erwartet. Trotzdem schafften sie es, das Gespräch einigermaßen anständig zu führen.

Sie saßen ein paar Stunden friedlich in Waterview zusammen und erstellten eine Liste der Gegenstände, die jeder mitnehmen würde.

»Bleib hier wohnen, wenn du nicht doch mit mir kommen willst. Es ist dein Zuhause.«

»Für mich war es nie ein Zuhause. Ich habe zu viel von St. Jarlath's in mir, um es wirklich zu mögen. Es ist mir zu minimalistisch.« Dabei lächelte sie bedauernd, er auch.

In gewisser Weise kam es ihnen völlig natürlich vor, hier zu sitzen und sich bei immer neuen Bechern mit Tee miteinander zu unterhalten. Aber unterschwellig war es alles andere als das; es war, als sagten sie einen Dialog in einem Stück auf. Unter anderem trafen sie die Entscheidung, das Haus im Januar zum Verkauf auszuschreiben, so hätten sie genügend Zeit, die Möbel, die sie behalten wollten, woanders unterzubringen. Neil meinte, dass er kein Problem damit habe, seinen Anteil für diese Übergangszeit irgendwo einzulagern. Und Cathy war der Ansicht, bis dahin mit Sicherheit etwas Neues gefunden zu haben. Dann sahen sie die Bilder durch. Da war auch das eine, das sie zusammen in Griechenland gekauft hatten.

»Bitte, nimm du es«, sagte sie.

»Nein, er hat es für dich gemalt«, widersprach er.

»Dann ist es besser, wenn es keiner von uns hat«, meinte sie, und es wanderte zu der großen Anzahl von persönlichen Gegenständen, die weder Neil noch Cathy behalten wollten. Er versprach, sich um die Versicherungsangelegenheiten zu kümmern, und sie erklärte ihm, dass sie den Volvo nicht behalten wolle, der Lieferwagen würde vollauf genügen. Keiner von beiden konnte glauben, dass das alles real war, aber sie wussten, dass es kein Zurück mehr gab.

»Hast du es schon vielen Leuten gesagt?«, wollte Neil wissen.

»Eigentlich nur Mam und Geraldine«, gab sie zur Antwort. »Und du?«

»Keinem.«

»Es wäre gut, wenn wir zusammen deine Eltern besuchten. Das sind wir ihnen schuldig«, sagte Cathy. »Ich würde gern gleich morgen Abend gehen, so gegen sechs.«

»Das passt mir. Ich werde kommen, versprochen«, erwiderte er.

Aber natürlich kam er nicht. Sie hatten sich für sechs Uhr am nächsten Tag in Oaklands angekündigt. Um fünf erhielt sie einen Anruf, in dem Neil ihr mitteilte, dass sich die Besprechung noch hinziehen würde.

»Wir können sie aber nicht so im Unklaren lassen«, entgegnete sie.

»Du musst heute nicht hinfahren. Warte lieber, bis ich dich begleiten kann.«

Sie legte auf und bemerkte, dass Tom sie ansah.

»Danke«, sagte sie.

»Wofür ...?«

»Du weißt schon, dafür, dass du keine Fragen stellst.«

»Oh, aber das fällt mir doch gar nicht schwer«, antwortete er grinsend. »Du weißt doch, wie beschränkt die Männer sind. Sie würden es nicht einmal merken, wenn es etwas zu fragen gäbe.«

»Oh, du bist mit dem Lieferwagen da«, entschlüpfte es Hannah, als sie an die Tür kam.

»Neil hat den Volvo, er ist noch aufgehalten worden«, erklärte Cathy. Sie marschierte sofort in die Halle, legte Schal und Handschuhe auf dem kleinen Tisch ab und hängte ihren Mantel auf. Dann ging sie ins Kaminzimmer weiter, wo Jock und Hannah es sich gemütlich gemacht hatten.

»Ah, Cathy, was zu trinken?«

»Ja, bitte, Jock. Ein kleiner Brandy wäre nett. Schönes Feuer habt ihr hier, es ist wirklich kalt draußen.«

»Ist Neil nicht mitgekommen?«

»Nein, du weißt doch, dass er immer irgendwo hängen bleibt. Heute hat er zum Beispiel eine Besprechung. Er lässt sich vielmals entschuldigen.«

Hannah beeilte sich, ihn zu verteidigen. »Er hat aber auch

so viele Verpflichtungen. Die kann er unmöglich wegen eines Höflichkeitsbesuchs vernachlässigen.«

»Es ist mehr als ein Höflichkeitsbesuch, Hannah, wir wollten euch eigentlich etwas erzählen, aber das mache ich jetzt eben allein.«

Jock blickte beunruhigt hoch. »Es ist doch nichts passiert, oder?«, fragte er.

Hannahs Hand flatterte an ihre Kehle. »Ich weiß, was du uns sagen willst. Du und Neil, ihr wolltet uns offiziell mitteilen, dass ihr ein Baby bekommt!«

In der Zentrale klingelte das Telefon, und Tom meldete sich. Es war Walter.

»Äh, eigentlich wollte ich ja mit Cathy sprechen«, stammelte er.

»Ich bin sicher, sie wird vor Freude über deinen Anruf völlig aus dem Häuschen sein, Walter«, erklärte Tom trocken. »Aber leider ist sie nicht hier.«

»Hör auf, mich so dumm anzumachen, Tom, es ist ernst.«

»Darauf kannst du wetten, dass es ernst ist, Walter.« Tom warf einen Blick in ihre Geschäftsräume, die der Junge fast für immer ruiniert hätte.

»Ich wollte sie ein paar Dinge fragen.«

»Nur zu«, forderte Tom ihn liebenswürdig auf.

»Kannst du mich zu ihr durchstellen?«

»Nein, sie ist nicht hier.«

»Ist The Beeches verkauft worden?«

»Ja. Was wolltest du sonst noch fragen?«

»Und die Zwillinge? Geht es ihnen gut?«

»Es geht ihnen viel besser als damals, als du noch auf sie aufpassen solltest.«

»Sind sie bei Cathys Eltern?«

»Wieso willst du das wissen?«

»Ich wollte ihnen ein Weihnachtsgeschenk schicken, aber ich weiß die Adresse nicht.«

»Schick es an diese Adresse hier, die kennst du doch ganz bestimmt.«

»Du hältst dich wohl für sehr komisch.«

»Nein, ich halte mich für einen armen Idioten, der jeden Tag zur Arbeit geht und sich abschuftet, um Weihnachtsgeschenke kaufen zu können, statt sie zu stehlen oder irgendwelche Betriebe kurz und klein zu schlagen.«

»Richte Cathy aus, dass ich angerufen habe, ja?«

»Ich werde es ihr ausrichten. Ich nehme nicht an, dass du eine Nummer hinterlassen willst, wo sie dich zurückrufen kann?«

»Sie und die Hälfte aller Polizisten in Irland«, erwiderte Walter sarkastisch.

»Könnte passieren«, bestätigte Tom freundlich.

»Schlaues Kerlchen«, sagte Walter und legte auf.

Cathy saß eine Weile unschlüssig da und beobachtete ihre Schwiegereltern. Es war nicht fair, sie noch länger zappeln und auf eine so wichtige Neuigkeit wie diese warten zu lassen.

»Nein, es ist etwas anderes. Ich kam heute her, um euch zu sagen, dass Neil und ich Weihnachten nicht hier bei euch verbringen werden. Er wird diese Stelle im Ausland antreten, die er bereits erwähnt hat, und ich werde ihn nicht begleiten. Er wird deshalb an Weihnachten nicht in Irland sein, und ich werde unter diesen Umständen zu meinen Eltern nach St. Jarlath's gehen.«

Sie sahen sie beide mit offenem Mund an.

»Ist das dein Ernst?«, fragte Jock schließlich.

»Ich fürchte, ja. Neil hat mir eigentlich versprochen, heute hier zu sein und es euch gemeinsam mit mir zu erzählen, aber es sollte wohl wieder nicht so sein. Das Problem ist, dass wir beide verschiedene Dinge wollen…«

»Also, ich bitte dich. Vor ein paar Jahren hast du ihn doch unbedingt haben wollen, als wir alle versucht haben, dir begreiflich zu machen, dass ihr völlig unterschiedliche Menschen mit unterschiedlichem gesellschaftlichen Hintergrund seid.«

»Ich glaube nicht, dass der gesellschaftliche Hintergrund oder die Vergangenheit irgendetwas mit unserem Problem zu tun haben, es geht eher um unsere Zukunft. Neil möchte ins Ausland und hat sein ganzes Sinnen und Streben auf einen wichtigen Posten in Europa ausgerichtet. Ich möchte mein Geschäft nicht aufgeben ...«

»Aber dein Geschäft ist doch sicher nicht so wichtig wie ...«, begann Hannah.

»Leider hält Neil es ebenfalls für nicht so wichtig, wir haben also auch in diesem Punkt Differenzen.«

»Aber findest du nicht, dass deine Reaktion ein bisschen übertrieben ist?«, meinte Jock. »Für mich hört sich das eher nach einem handfesten Krach an.«

»Nein, es ist viel mehr als das.«

»Was wird jetzt passieren?«, wollte Hannah wissen. Sie wirkte keineswegs triumphierend oder überlegen, im Gegenteil, sie machte eher ein ängstliches Gesicht. Eine ihr mittlerweile vertraut gewordene Welt war dabei, sich zu verändern.

»Wir werden nichts überstürzen.«

»Hast du einen anderen?«

»Es gibt wirklich keinen anderen Mann in meinem Leben, Hannah.«

»Ich hoffe nicht, dass du damit andeuten willst, dass dies bei Neil der Fall ist? Weiß die arme Lizzie schon Bescheid?«

»Ja, Hannah, die arme Lizzie weiß Bescheid.«

»Du bist immer so schnell beleidigt, obwohl überhaupt kein Anlass dazu besteht. Das war immer schon so.«

»Nun, ich bin sicher, du bist froh, dass du letztendlich doch von Anfang an recht hattest, was mich betrifft«, sagte Cathy.

Jock fiel ihr ins Wort. »Unsinn, wir sind beide schockiert über deine Neuigkeiten. Das kommt völlig unerwartet.«

Hannah sprach stockend. »Und ganz gleich, was du denken magst, ich bin nicht zufrieden. Ich denke, dass du Neil glücklich gemacht hast. Es macht mir überhaupt keine Freude, zu sagen, ich hätte es immer schon gewusst.«

»Ich habe euch einen Früchtekuchen und einen Plumpudding gemacht. Con wird ihn euch vorbeibringen, wann es euch passt, und alles andere, das ihr wollt, natürlich auch.«

»Und wann wird Neil kommen und uns das selbst mitteilen? Wann ist seine Besprechung denn zu Ende?« Hannah wirkte plötzlich ziemlich verloren und bestürzt.

Cathy bemühte sich um eine sachliche Antwort. »Ich habe keine Ahnung. Weißt du, er muss mich nicht mehr über seine Pläne oder seine Zeiteinteilung auf dem Laufenden halten. Ich weiß nur, dass er irgendwann kommen und euch alles selbst erzählen wird, ganz bestimmt.«

»Das ist wirklich alles sehr traurig«, meinte Hannah tonlos.

Eine Weile sagte keiner ein Wort. Dann stand Cathy auf. »Ihr werdet sicher noch miteinander reden wollen, und Neil wird sich mit euch in Verbindung setzen. Ich gehe jetzt. Ihr könnt mich immer in der Arbeit anrufen, und ich hinterlasse euch auch meine Nummer, unter der ich in den nächsten drei Wochen zu erreichen bin, es ist in den Glenstar Apartments. Ich passe auf Shona Burkes Wohnung auf.« An der Tür zum Wohnzimmer blieb sie noch einmal stehen. »Ich finde schon selbst hinaus, danke. Ich glaube ja nicht, dass es im Fall einer Trennung von den Schwiegereltern so etwas wie eine Etikette gibt. Ich möchte euch deshalb nur sagen, dass ich hoffe, wir werden in Verbindung bleiben. Das meine ich ernst. Auch wenn Neil im Ausland ist, können wir über Maud und Simon Kontakt halten.« Und dann ließ sie die beiden allein, damit sie die Neuigkeit verdauen konnten, die sie vor fünf Jahren so gerne gehört hätten, nämlich dass sie und ihr Sohn keine gemeinsame Zukunft hatten.

»Ricky hat für den ersten Weihnachtstag eingeladen, und den ganzen Nachmittag über wird ein Buffet aufgebaut sein«, sagte Marcella zu Tom.

»Ich weiß, wir haben ihm jede Menge tiefgekühlte Sachen geliefert«, erwiderte Tom stolz.

»Wenigstens gibt es dort etwas zu essen. Es ist in erster Linie für Leute gedacht, die sonst allein wären und keine Lust auf den üblichen langweiligen Truthahn haben.«

»Ich werde an dem Tag in Fatima sein«, erklärte Tom.

»Du verpflichtest dich zu nichts. Es sind nur ein paar nette Leute beisammen.«

»Ich weiß, ich werde trotzdem nach Fatima fahren.«

»Du bist wirklich stur. Kann das nicht einmal Joe übernehmen?«

»Er wird auch da sein«, erwiderte Tom.

»Und ich vermute nicht, dass ...«

»Ich weiß, was du sagen willst. Ich vermute auch nicht, dass wir einen besonders anregenden Nachmittag verbringen werden, aber wir haben nun mal beschlossen, gemeinsam zu feiern, nur wir vier«, sagte er in der Absicht, ihr Ansinnen von vornherein abzublocken. Er wusste, das Marcella nach Fatima kommen wollte, aber jetzt war es zu spät für ihren Besuch. Er dachte an die vielen Male zurück, wo er sie so gern dort dabeigehabt hätte.

An Heiligabend wurde in den Geschäftsräumen von Scarlet Feather eine Flasche Champagner geöffnet, und dann noch eine und noch eine. Sie wollten feiern, dass sie ihre Hoffnungen in die Tat umgesetzt hatten.

Die Versicherung hatte bezahlt, sie waren für eine weitere Fernsehshow gebucht worden, und es war die Rede von insgesamt dreizehn weiteren Folgen. Sie alle hatten den ganzen Tag und den Abend fast vierundzwanzig Stunden lang durchgearbeitet. Sogar James Byrne hatte sich zu einem Lächeln durchgerungen, bevor er nach Marokko abflog. Sie hatten es also wirklich verdient, zu feiern. Jimmy war da, dessen Rücken auf wundersame Weise von dem Mann mit den verrückten Nadeln wieder aufgerichtet worden war. Geraldine hingegen ließ sich entschuldigen, sie war auf einen kurzen Drink mit Nick Ryan verabredet, der die Ausrede nutzte, noch in letzter Minute ein Geschenk einkaufen zu müssen. Dafür waren Lucys Eltern gekommen, die zu Beginn an allem etwas auszusetzen hatten, mit der Zeit aber zusehends auftauten. Con war mit seiner Mutter da, die Lucy die ersten beiden Drinks über nicht aus den Augen ließ, sich dann aber sichtlich entspannte. Muttie und Lizzie kamen mit den Zwillingen. Nur Tom und Cathy waren nicht in Begleitung.

»Da ist ein Päckchen für euch beide«, sagte Tom fröhlich zu den Zwillingen.

»Ist es von dir?«, wollten sie wissen.

»Nein, mein Geschenk liegt unter eurem Baum in St. Jarlath's Crescent.«

Sie fragten, ob sie es öffnen dürften, und Lizzie erlaubte es ihnen.

Sie zerrten an der Verpackung, bis zwei Uhren zum Vorschein kamen. Diese Uhren konnte man unter Wasser benutzen, und sie zeigten auch die Zeit in Amerika an, wenn man wollte. Die Zwillinge errechneten sofort die Zeit in Chicago und stellten das kleine Zifferblatt darauf ein. Solche Uhren hatten sie noch nie zuvor gesehen. Auf der beiliegenden Karte stand: »Alles Liebe von Eurem Walter.« Die Neuigkeit wurde mit betretenem Schweigen quittiert.

»Sehr nett von ihm«, sagte Cathy schließlich laut, und alle murmelten hastig ihre Zustimmung.

»Heiße Ware?«, flüsterte Tom ihr zu.

»So heiß wie die Hölle, könnte ich mir denken«, erwiderte sie.

»Aber wir werden sie doch behalten, ja?«, bettelte er.

»Selbstverständlich werden wir das, du Dummkopf.« Sie lächelte ihn an.

»Möchtest du morgen zum Weihnachtsessen in den St. Jarlath's Crescent kommen, Tom?«, bot Simon ihm freundlich an.

»Danke, nein, ich werde mich mit meiner Mutter wegen des Truthahns herumschlagen müssen. Sie liebt es, ihn mit einer fertigen Füllung aus der Packung vollzustopfen und anschließend zu einem Stück Holzkohle zu verbrennen, wenn ich nicht die ganze Zeit darauf aufpasse.«

»Dann wird das bei euch aber kein Fest des Friedens und der Liebe«, meinte Maud besorgt.

»Er hat nur Spaß gemacht, Maud«, erklärte Cathy.

»Nein, ganz und gar nicht.«

»Kluges Mädchen«, bemerkte Tom.

Sie hatten jetzt alle frei bis zum Neujahrstag, an dem ein großes Mittagessen stattfinden und sich die Mannschaft wiedersehen sollte. Dann wollten sie zusammen feiern, dass sie für den Silvesterabend elf Aufträge abgelehnt hatten. Sie wollten Silvester als Jahrestag begehen… schließlich war es jetzt ein Jahr her, dass sie ihre Firma gegründet hatten. Langsam gingen die Gäste nach Hause, Tom und Cathy bestanden darauf, noch dazubleiben und aufzuräumen.

»Wir müssen doch nur das bisschen Geschirr in die Maschinen einräumen. Das machen unsere Arme schon automatisch«, beruhigte Tom die anderen Gäste.

Den Zwillingen stand das schönste Weihnachtsfest ihres Lebens bevor.

»Hast du denn auch ein Geschenk für Hooves?«, wollte Maud von Cathy wissen.

»Wie könnte ich Hooves vergessen?«, erwiderte sie. Sie hatte ihn vergessen.

»Mir ist es unter dem Baum aber gar nicht aufgefallen«, meinte Simon.

»Weil er es unter dem Baum riechen könnte, deshalb«, mischte Tom sich ein.

Die Kinder strahlten.

»Sie hat einen Knochen für ihn!«, rief Simon aufgeregt. »Oder so etwas in der Art«, schränkte Cathy ein.

Arm in Arm mit Lizzie gingen die Zwillinge die kleine Gasse vor dem Geschäft hinunter. Tom und Cathy winkten ihnen zum Abschied hinterher.

»Hol mir, um Gottes willen, schnell was für Hooves aus der Tiefkühltruhe. Du bist übrigens ein Genie, wusstest du das?«, sagte Cathy.

»Ich könnte ein Filetsteak auftauen, wenn du möchtest«, schlug er vor. »Wir haben drei davon eingefroren, weißt du noch. Ich glaube, ich könnte selbst eines vertragen, ich habe heute schließlich nichts mehr vor«, fügte Tom Feather hinzu.

»Ich übrigens auch nicht«, erwiderte Cathy Scarlet.

Der Tag verging, wie er an Heiligabend für viele Menschen vergeht – in einer Wolke aus Geschenkpapier, mit unzähligen Päckchen und in üppiger Schlemmerei.

Als der Zeitpunkt gekommen war, bat Maura Feather ihre Familie, sich hinzuknien, um den päpstlichen Segen entgegenzunehmen. Sie taten ihr den Gefallen, da sie in allem anderen nachgegeben hatte, auch was den Truthahn betraf.

Neil verbrachte das Mittagessen auf Oaklands. Die Stimmung war betreten, keiner konnte über die Situation reden, dafür rief Amanda aus Toronto an, um ihnen zu Weihnachten alles Gute zu wünschen, was sehr aufgesetzt wirkte.

Muttie freute sich wie ein König über den neuen roten Mantel, den die Kinder aus dem Discountladen besorgt hatten, und kündigte an, dass er ihn überall tragen würde; auch morgen, wenn sie sich die Rennen im Fernsehen anschauen wollten. Er erzählte ihnen, dass er an diesem Tag die Wette seines Lebens laufen habe, eine sogenannte Schiebewette. Alles, was er im ersten Rennen gewann, würde auf sein Pferd im zweiten Rennen gesetzt werden, und so weiter, das ganze Renn-

programm hindurch. Er würde bestimmt Millionen gewinnen, und das zu einem geringen Einsatz.
Simon und Maud planten bereits, wofür sie die Millionen ausgeben wollten. Ihrer Mutter würden sie einen Morgenmantel kaufen, wie ihn eine andere Dame im Heim trug. Mutter hatte nicht verstanden, dass Weihnachten war. Das war ein bisschen traurig gewesen, aber Lizzie hatte gesagt, ihre arme Mutter würde in einer Art Traumwelt leben und sei darin eigentlich ganz glücklich. Vater hatte ihnen fünf Pfund für Geschenke geschickt und geschrieben, dass er und Old Barty irgendwann bestimmt wieder heimkämen und sie besuchten. Und dann waren da natürlich die tollen Uhren von Walter. Außerdem konnten die Zwillinge kaum glauben, dass Onkel Jock und Tante Hannah ihnen tatsächlich den heiß ersehnten Computer geschenkt hatten. Sie waren überzeugt gewesen, dass Tante Hannah sie hasste. Selbst Neil hatte Geschenke für sie unter den Baum gelegt: eine Auswahl spannender Computerspiele.

Cathy hatte Hooves ein Traumsteak spendiert, in Silberfolie eingewickelt und mit einer großen rosa Schleife. Sie bereitete es ihm sogar eigenhändig zu. Sie lächelte viel und oft, auch wenn es gar nicht so viel zu lächeln gab. Die Zwillinge waren von allen Seiten gewarnt worden, wegen dieser Geschichte mit der Trennung besonders nett zu ihr zu sein, aber sie war überhaupt nicht reizbar oder empfindlich. Es war allen ein Rätsel.

Als Muttie am Tag darauf mit seinem neuen roten Mantel vor dem Fernsehapparat saß, gewann zunächst sein erstes Pferd, danach sein zweites. Sie standen alle hinter seinem Sessel, starrten auf den Bildschirm und feuerten die Pferde an. Als das dritte Pferd gewann, bekamen alle Schmerzen in der Brustgegend. Selbst Hooves fing an zu heulen, so viel Spannung lag in der Luft. Geraldines Gesicht verzog sich zu einer immer stärkeren Grimasse, als das fragliche Pferd im vierten Rennen begann, sich vom Rest des Feldes abzusetzen.

»Bis zu diesem Moment wusste ich nicht, was das Wort Stress bedeutet«, stieß sie mit seltsam erstickter Stimme hervor.

Lizzie wiederholte ein ums andere Mal, er hätte doch lieber einzeln auf jedes Rennen setzen sollen, dann würde es ihnen jetzt besser gehen. Wieso habe er sich ausgerechnet für diese Wette entschieden und riskiert, dass sie alle an Herzversagen starben? Zudem seien die Quoten nicht sehr hoch, manche der Pferde seien sogar Favoriten, und selbst seine Partner hätten ihn für verrückt erklärt, aber Muttie entgegnete nur, dass er sich die Form der Pferde gut angesehen habe. Dieses Mal wisse er wirklich, was er tue, und Sandy Keane wisse mittlerweile bestimmt auch schon, was ihm dieses Mal widerfahren sei. Das Telefon klingelte in dem Moment, als das vierte Pferd als Erstes über die Ziellinie lief. Tom meldete sich. Es war Marian aus Chicago.

»Marian, hier im Haus kann momentan keiner mit dir sprechen, ich übrigens auch nicht, also sei ein braves Mädchen und leg bitte wieder auf. Wir rufen später zurück.«

Dann ließ er den Hörer neben dem Apparat liegen. Während des fünften Rennens hatte er seinen Arm so fest um Cathys Schultern und Nacken gelegt, dass sie meinte, gleich zu ersticken. Als das Pferd gewann, sprangen alle auf und umarmten einander. Jetzt stand nur noch ein Rennen aus.

Lizzie schimpfte: »Hätte er nicht auch noch auf das letzte Rennen gesetzt, hätte er jetzt schon zehntausend Pfund gewonnen, heilige Mutter Gottes. Stellt euch vor, diese zehntausend Pfund, die für immer alle unsere Probleme gelöst hätten, auf ein Pferd zu setzen. Muttie, kein Mensch setzt so viel Geld auf ein Pferd… Ich kann es nicht glauben.«

»Leg dich hin, Mam.« Cathy holte ihr einen Schemel und einen nassen Waschlappen für die Stirn. Hooves, der Krankheit witterte, legte seinen Kopf in ihren Schoß…

»Wie hoch sind die Quoten beim nächsten Pferd?« Maud und Simon kreischten vor Aufregung, während sie versuchten, den möglichen Gewinn auszurechnen.

Tom holte für Muttie ein Glas Wasser, für Geraldine einen Whisky und zog dann zwei Stühle für sich und Cathy heran – sie hatten nicht mehr die Kraft, noch länger zu stehen. Muttie war aschfahl im Gesicht, er konnte seinen Gewinn schon fast mit Händen greifen. Tom und Cathy umklammerten die Hand des anderen wie zwei Menschen auf einem Rettungsfloß. Das Pferd war unter den ersten drei. Eines der beiden anderen stürzte.

»Ich kann es nicht mehr ertragen«, rief Geraldine.

»Komm, Muttie, komm, Muttie«, brüllten die Zwillinge. Sie hatten an diesem Nachmittag so viele Pferde angefeuert, dass sie den Namen dieses Pferdes vergessen hatten.

»Lieber Gott, hör mir zu. Ich versuch's noch mal mit dir, wenn das hier gewinnt«, betete Tom.

»Bitte, bitte, liebes Pferd, gewinne für meinen Dad. Bitte gewinn für ihn, er hat noch nie irgendetwas Böses in seinem Leben getan«, flehte Cathy das Pferd an, während ihr die Tränen übers Gesicht liefen.

»Zehntausend Pfund, die uns für immer saniert hätten, weggeworfen an einen Gaul.« Lizzie hatte die Augen geschlossen, sodass sie nicht sah, wie Mutties Pferd, der einzige Außenseiter auf seiner Liste, mit einer Quote von dreizehn zu eins ins Ziel lief.

»Das sind dreizehntausend Pfund, nicht schlecht für einen Tag Arbeit«, verkündete Muttie mit einem glückseligen Lächeln auf den Lippen, mehr als zufrieden mit seinen Anstrengungen.

»Nein, Muttie, es sind hundertdreißigtausend Pfund«, riefen, bis auf Lizzie und Hooves, alle gleichzeitig.

Keiner konnte sich später genau erinnern, was danach geschah. Tom erinnerte sie, Marian anzurufen, der sie versprachen, geschlossen zur Taufe ihres Kindes zu kommen. Muttie lud einige seiner Partner auf ein Bier ein und erklärte ihnen mit fester Stimme, dass das Geld von Lizzie angelegt werden würde, die so etwas sehr gut könne. Er würde weiterhin sein Taschengeld bekommen, das – wenn er es sich recht überlege – aber wahrscheinlich ein bisschen höher ausfallen würde. Und mit einem Teil des Gewinns würden sie nach Chicago fahren, mit einem anderen Teil würden sie Scarlet Feather unterstützen und zusätzlich noch einen gebrauchten Kombi kaufen, falls er und Lizzie Ausflüge machen wollten oder die Kinder irgendwohin fahren müssten, für den Fall, dass deren Ausbildung dies erforderte.

»Und was ist mir dir, Muttie?«, wollten alle wissen.

»Habe ich nicht alles, was ein Mann sich nur wünschen kann?«, erwiderte Muttie mit einer Ernsthaftigkeit, dass den Leuten die Tränen in die Augen stiegen.

Tom erbot sich, Cathy in Shonas Wohnung in Glenstar zurückzufahren. Geraldine wollte die Nacht in St. Jarlath's Crescent verbringen; sie sagte, irgendjemand müsse schließlich auf diese Familie aufpassen, die nun völlig übergeschnappt sei.

Sie gab Cathy einen Kuss, als sie ihr eine gute Nacht wünschte. »Was für ein Jahr«, seufzte sie.

»Tja, da war einiges geboten«, erwiderte Cathy flapsig, aber dann bemerkte sie Geraldines Miene. Auch sie hatte einiges hinter sich: Teddy war gestorben, Freddie Flynn hatte sie verlassen, und die Zukunft mit Nick Ryan war alles andere als sicher. Cathy hatte schließlich selbst versucht, eine tapfere Fassade aufrechtzuerhalten und sich nicht anmerken zu lassen, was ihr in diesem Jahr widerfahren war.

»Das nächste Jahr wird für uns alle besser werden, das habe ich im Gefühl«, sagte sie, als sie in den Lieferwagen stieg.

Kurz bevor sie Richtung Glenstar abbiegen mussten, fragte Tom: »Weißt du eigentlich, dass wir heute Abend den Früchtekuchen gar nicht probiert haben?«

»Und das nach der ganzen Mühe, die wir uns mit dem Zuckerguss gemacht haben«, entgegnete Cathy.

»Wir könnten ja kurz im Geschäft vorbeifahren und dort

noch ein Stück Kuchen essen und eine Tasse Tee trinken, was meinst du?«

Cathy hielt das für eine großartige Idee. Keiner von beiden wollte in eine leere Wohnung heimkehren, aber bisher hatten sie einander abends noch nicht zu sich nach Hause eingeladen. Die Zentrale war immer neutrales Terrain gewesen.

Sie machten es sich im vorderen Zimmer bequem, tranken ihren Tee und unterhielten sich über Mutties Gewinn.

»Ich glaube, es freut ihn fast mehr, Sandy Keane ausgetrickst als tatsächlich so viel Geld gewonnen zu haben«, mutmaßte Cathy.

»Ich weiß, es ist eine persönliche Geschichte, aber wir können sein Geld nicht annehmen«, sagte Tom.

»Wir können ihn aber investieren lassen«, antwortete Cathy. »So ist es wenigstens gut angelegt und verschwindet nicht in Sandys gierigen kleinen Händen.«

»Da frage ich mich aber, welche die bessere Investition ist«, bemerkte Tom.

»Hör sofort auf damit, Tom Feather. Wir haben gewonnen. Wir haben ein hartes Jahr hinter uns, aber rein geschäftlich gesehen haben wir gewonnen, verstanden?«

»Selbstverständlich haben wir das. Für dich war es ein schlimmeres Jahr als für mich, aber letzten Endes haben wir tatsächlich gewonnen.«

Da klingelte das Telefon.

Um diese Uhrzeit?

»Lass es«, bat Cathy.

»Ich hatte nicht die Absicht, ranzugehen«, sagte er.

Sie hörten aufmerksam zu, als die Zwillinge ihre Nachricht auf Band sprachen. Maud und Simon bedankten sich bei ihnen für das schönste Weihnachtsfest, das sie je erlebt hätten, es sei einfach zauberhaft gewesen, unbeschreiblich. Und Mutties Frau Lizzie und Lizzies Schwester Geraldine hätten gemeint, sie dürften so lange aufbleiben, bis sie so müde seien, dass ihnen die Augen zufielen.

Tom und Cathy saßen nebeneinander auf dem Sofa und lauschten den glücklichen Stimmen der Zwillinge. Irgendwann rückten sie ein wenig näher zusammen und stellten fest, dass sie einander an den Händen hielten. Das erschien ihnen so normal, dass keiner von beiden auf die Idee kam, wieder wegzurutschen.

»Gute Nacht, Tom. Gute Nacht, Cathy«, wünschten ihnen die Zwillinge schließlich, als sie vermuteten, das Band könnte bald zu Ende sein.

»Sie wussten, dass wir hier sind«, sagte Cathy überrascht.

»Diese Kinder«, erwiderte Tom Feather und strich über ihr Haar.

Weltbild Buchverlag – Originalausgaben –
Genehmigte Lizenzausgabe 2007 für
Verlagsgruppe Weltbild GmbH,
Steinerne Furt, 86167 Augsburg

Projektleitung: Julia Kotzschmar
Übersetzung: Gabriela Schönberger
Umschlag: Hauptmann & Kompanie
Werbeagentur GmbH, München – Zürich
Umschlagabbildung: © Corbis
Satz: Uhl und Massopust GmbH, Aalen
Druck und Bindung: CPI Moravia Books s.r.o., Pohorelice
Gedruckt auf chlorfrei gebleichtem Papier

Printed in the EU

ISBN 978-3-89897-707-4